Osudy dobrého vojáka Švejka za světové války

Jaroslav Hašek

I. kniha V zázemí

II. kniha Na frontě

III. kniha Slavný výprask

IV. kniha Pokračování slavného výprasku

I. kniha V zázemí

Úvod

Veliká doba žádá velké lidi. Jsou nepoznaní hrdinové, skromní, bez slávy a historie Napoleona. Rozbor jejich povahy zastínil by i slávu Alexandra Macedonského. Dnes můžete potkat v pražských ulicích ošumělého muže, který sám ani neví, co vlastně znamená v historii nové velké doby. Jde skromné svou cestou, neobtěžuje nikoho, a není též obtěžován žurnalisty kteří by ho prosili o interview. Kdybyste se ho otázali, jak se jmenuje, odpověděl by vám prostince a skromně: "Já jsem Švejk . . ."

A tento tichý skromný ošumělý muž jest opravdu ten starý dobrý voják Švejk, hrdinný, statečný, který kdysi za Rakouska byl v ústech všech občanů Českého království a jehož sláva nezapadne ani v republice.

Mám velice rád toho dobrého vojáka Švejka, a podávaje jeho osudy za světové války jsem přesvědčen, že vy všichni budete sympatizovat s tím skromným, nepoznaným hrdinou. On nezapálil chrám bohyně v Efesu, jako to udělal ten hlupák Hérostrates, aby se dostal do novin a školních čítanek.

A to stačí.

AUTOR

Zasáhnutí dobrého vojáka Švejka do světové války

"Tak nám zabili Ferdinanda," řekla posluhovačka panu Švejkovi, který opustiv před léty vojenskou službu, když byl definitivně prohlášen vojenskou lékařskou komisí za blba, živil se prodejem psů, ošklivých nečistokrevných oblud, kterým padělal rodokmeny.

Kromě tohoto zaměstnání byl stižen revmatismem a mazal si právě kolena opodeldokem.

"Kterýho Ferdinanda, paní Müllerová?" otázal se Švejk, nepřestávaje si masírovat kolena, "já znám dva Ferdinandy. Jednoho, ten je sluhou u drogisty Průši a vypil mu tam jednou omylem láhev nějakého mazání na vlasy, a potom znám ještě Ferdinanda Kokošku, co sbírá ty psí hovínka. Vobou není žádná škoda."

"Ale, milostpane, pana arcivévodu Ferdinanda, toho z Konopiště, toho tlustýho, nábožnýho:"

"Ježíšmarjá," vykřikl Švejk, "to je dobrý. A kde se mu to, panu arcivévodovi, stalo?"

"Práskli ho v Sarajevu, milostpane, z revolveru, vědí. Jel tam s tou svou arcikněžnou v automobilu:"

"Tak se podívejme, paní Müllerová, v automobilu. Jó, takovej pán si to může dovolit, a ani si nepomyslí, jak taková jízda automobilem může nešťastně skončit. A v Sarajevu k tomu, to je v Bosně, paní Müllerová. To udělali asi Turci. My holt jsme jim tu Bosnu a Hercegovinu neměli brát. Tak vida, paní Müllerová. On je tedy pan arcivévoda už na pravdě boží. Trápil se dlouho?"

"Pan arcivévoda byl hned hotovej, milostpane. To vědí, že s revolverem nejsou žádný hračky. Nedávno taky si hrál jeden pán u nás v Nuslích s revolverem a postřílel celou rodinu i domovníka, kterej se šel podívat, kdo to tam střílí ve třetím poschodí:"

"Někerej revolver, paní Müllerová, vám nedá ránu, kdybyste se zbláznili. Takovejch systémů je moc. Ale na pana arcivévodu si koupili jistě něco lepšího, a taky bych se chtěl vsadit, paní Müllerová, že ten člověk, co mu to udělal, se na to pěkně voblík. To vědí, střílet pana arcivévodu, to je moc těžká práce. To není, jako když pytlák střílí hajnýho. Tady jde vo to, jak se k němu dostat, na takovýho pána nesmíte jít v nějakých hadrech. To musíte jít v cylindru, aby vás nesebral dřív policajt."

"Vono prej jich bylo víc, milostpane:"

"To se samo sebou rozumí, paní Müllerová," řekl Švejk, konče masírování kolen, "kdybyste chtěla zabít pana arcivévodu, nebo císaře pána, tak byste se jistě s někým poradila. Víc lidí má víc rozumu. Ten poradí to, ten vono, a pak se dílo podaří, jak je to v tej naší hymně. Hlavní věcí je vyčíhat na ten moment, až takovej pán jede kolem. Jako, jestli se pamatujou na toho pana Lucheniho, co probod naši nebožku Alžbětu tím pilníkem. Procházel se s ní. Pak věřte někomu; vod tý doby žádná císařovna nechodí na procházky. A vono to čeká ještě moc osob. A uvidějí, paní Müllerová, že se dostanou i na toho cara a carevnu, a může být, nedej pánbůh, i na císaře pána, když už to začli s jeho strýcem. Von má, starej pán, moc nepřátel. Ještě víc než ten Ferdinand. Jako nedávno povídal jeden pán v hospodě, že přijde čas, že ty císařové budou kapat jeden za druhým a že jim ani státní návladnictví nepomůže. Pak neměl na útratu a hostinský ho musel dát sebrat. A von mu dal facku a strážníkovi dvě. Pak ho odvezli v košatince, aby se vzpamatoval. Jó, paní Müllerová, dnes se dějou věci. To je zas ztráta pro Rakousko. Když jsem byl na vojně, tak tam jeden infanterista zastřelil hejtmana. Naládoval flintu a šel do kanceláře. Tam mu řekli, že tam nemá co dělat, ale on pořád vedl svou, že musí s panem hejtmanem mluvit. Ten hejtman vyšel ven a hned mu napařil kasárníka. Von vzal flintu a bouch ho přímo do srdce. Kulka vyletěla panu hejtmanovi ze zad a ještě udělala škodu v kanceláři. Rozbila flašku inkoustu a ten polil úřední akta."

"A co se stalo s tím vojákem?" otázala se po chvíli paní Müllerová, když Švejk se oblékal.

"Voběsil se na kšandě," řekl Švejk, čistě si tvrdý klobouk. "A ta kšanda nebyla ani jeho. Tu si vypůjčil od profousa, že prý mu padají kalhoty. Měl čekat, až ho zastřelejí? To vědí, paní Müllerová, že v takový situaci jde každému hlava kolem. Profousa za to degradovali a dali mu šest měsíců. Ale von si je nevodseděl. Utek do Švejcar a dneska tam dělá kazatele ňáký církve. Dneska je málo poctivců, paní Müllerová. Já si představuju, že se pan arcivévoda Ferdinand také v tom Sarajevu zmejlil v tom člověkovi, co ho střelil. Viděl nějakého pána a myslil si: To je nějakej pořádnej člověk, když mně volá slávu. A zatím ho ten pán bouch. Dal mu jednu nebo několik?"

"Noviny píšou, milostpane, že pan arcivévoda byl jako řešeto. Vystřílel do něho všechny patrony."

"To jde náramně rychle, paní Müllerová, strašné rychle. Já bych si na takovou věc koupil brovnink. Vypadá to jako hračka, ale můžete s tím za dvě minuty postřílet dvacet arcivévodů, hubenejch nebo tlustejch. Ačkoliv, mezi námi řečeno, paní Müllerová, že do tlustýho pana arcivévody se trefíte jistějc než do hubenýho. Jestli se pamatujou, jak tenkrát v Portugalsku si postříleli toho svýho krále. Byl taky takovej tlustej. To víte, že král nebude přece hubenej. Já tedy teď jdu do hospody U kalicha, a kdyby někdo sem přišel pro toho ratlíka, na kterýho jsem vzal zálohu, tak mu řeknou, že ho mám ve svém psinci na venkově, že jsem mu nedávno kupíroval uši a že se teď nesmí převážet, dokud se mu uši nezahojí, aby mu nenastydly. Klíč dají k domovnici:"

V hospodě U kalicha seděl jen jeden host. Byl to civilní strážník Bretschneider, stojící ve službách státní policie. Hostinský Palivec myl tácky a Bretschneider se marně snažil navázat s ním vážný rozhovor.

Palivec byl známý sprosťák, každé jeho druhé slovo byla zadnice nebo hovno. Přitom byl ale sečtělý a upozorňoval každého, aby si přečetl, co napsal o posledním předmětě Victor Hugo, když líčil poslední odpověď staré gardy Napoleonovy Angličanům v bitvě u Waterloo.

"To máme pěkné léto," navazoval Bretschneider svůj vážný rozhovor.

"Stojí to všechno za hovno," odpověděl Palivec, ukládaje tácky do skleníku.

"Ty nám to pěkně v tom Sarajevu vyvedli," se slabou nadějí ozval se Bretschneider.

"V jakým Sarajevu?" otázal se Palivec, "v tej nuselskej vinárně? Tam se perou každej den, to vědí, Nusle:"

"V bosenském Sarajevu, pane hostinský. Zastřelili tam pana arcivévodu Ferdinanda. Co tomu říkáte?"

"Já se do takových věcí nepletu, s tím ať mně každej políbí prdel," odpověděl slušně pan Palivec, zapaluje si dýmku, "dneska se do toho míchat, to by mohlo každému člověkovi zlomit vaz. Já jsem živnostník, když někdo přijde a dá si pivo, tak mu ho natočím. Ale nějaký Sarajevo, politika nebo nebožtík arcivévoda, to pro nás nic není, z toho nic nekouká než Pankrác:"

Bretschneider umlkl a díval se zklamané po pusté hospodě.

"Tady kdysi visel obraz císaře pána," ozval se opět po chvíli, "právě tam, kde teď visí zrcadlo:"

"Jó, to mají pravdu," odpověděl pan Palivec, "visel tam a sraly na něj mouchy, tak jsem ho dal na půdu. To víte, ještě by si někdo mohl dovolit nějakou poznámku a mohly by být z toho nepříjemnosti. Copak to potřebuju?"

"V tom Sarajevu muselo to být asi ošklivý, pane hostinský."

Na tuto záludně přímou otázku odpověděl pan Palivec neobyčejně opatrně:

"V tuhle dobu bývá v Bosně a Hercegovině strašný horko. Když jsem tam sloužil, tak museli dávat našemu obrlajtnantovi led na hlavu."

"U kterého pluku jste sloužil, pane hostinský?"

"Na takovou maličkost se nepamatuju, já jsem se nikdy o takovou hovadinu nezajímal a nikdy jsem nebyl na to zvědavej," odpověděl pan Palivec, "přílišná zvědavost škodí:"

Civilní strážník Bretschneider definitivně umlkl a jeho zachmuřený výraz se zlepšil teprve příchodem Švejka, který, vstoupiv do hospody, poručil si černé pivo s touto poznámkou:

"Ve Vídni dneska taky mají smutek." Bretschneidrovy oči zasvítily plnou nadějí; řekl stručně:

"Na Konopišti je deset černých práporů:"

"Má jich tam být dvanáct," řekl Švejk, když se napil.

"Proč myslíte dvanáct?" otázal se Bretschneider.

"Aby to šlo do počtu, do tuctu, to se dá lepší počítat a na tucty to vždycky přijde lacinějc," odpověděl Švejk.

Panovalo ticho, které přerušil sám Švejk povzdechem:

"Tak už tam je na pravdě boží, dej mu pánbůh věčnou slávu. Ani se nedočkal, až bude císařem. Když já jsem sloužil na vojně, tak jeden generál spadl s koně a zabil se docela klidně. Chtěli mu pomoct zas na koně, vysadit ho, a diveji se, že je úplně mrtvej. A měl taky avancírovat na feldmaršálka. Stalo se to při přehlídce vojska. Tyhle přehlídky nikdy nevedou k dobrýmu. V Sarajevě taky byla nějaká přehlídka. Jednou se pamatuji, že mně scházelo při takové přehlídce dvacet knoflíků u mundúru a že mě zavřeli za to na čtrnáct dní do ajnclíku a dva dni jsem ležel jako lazar, svázanej do kozelce. Ale disciplína na vojně musí být, jinak by si nikdo nedělal z ničeho nic. Náš obrlajtnant Makovec, ten nám vždy říkal: ,Disciplína, vy kluci pitomí, musí bejt, jinak byste lezli jako vopice po stromech, ale vojna z vás udělá lidi, vy blbouni pitomí.` A není to pravda? Představte si park, řekněme na Karláku, a na každým stromě jeden voják bez disciplíny. Z toho jsem vždycky měl největší strach."

"V tom Sarajevu," navazoval Bretschneider, "to udělali Srbové."

"To se mýlíte," odpověděl Švejk, "udělali to Turci, kvůli Bosně a Hercegovině:"

A Švejk vyložil svůj názor na mezinárodní politiku Rakouska na Balkáně. Turci to prohráli v roce 1912 se Srbskem, Bulharskem a Řeckem. Chtěli, aby jim Rakousko pomohlo, a když se to nestalo, střelili Ferdinanda.

"Máš rád Turky?" obrátil se Švejk na hostinského Palivce, "máš rád ty pohanský psy? Vid' že nemáš:"

"Host jako host," řekl Palivec, "třebas Turek. Pro nás živnostníky neplatí žádná politika. Zaplať si pivo a sed' v hospodě a žvaň si, co chceš. To je moje zásada. Jestli to tomu našemu Ferdinandovi udělal Srb nebo Turek, katolík nebo mohamedán, anarchista nebo mladočech, mně je to všechno jedno."

"Dobře, pane hostinský," ozval se Bretschneider, který opět pozbýval naděje, že z těch dvou se dá někdo chytit, "ale připustíte, že je to velká ztráta pro Rakousko:"

Místo hostinského odpověděl Švejk:

"Ztráta to je, to se nedá upřít. Hrozná ztráta. Von se Ferdinand nedá nahradit nějakým pitomou. Von měl bejt jenom ještě tlustější."

"Jak to myslíte?" ožil Bretschneider.

"Jak to myslím?" odvětil spokojeně Švejk. "Docela jenom takhle. Kdyby byl bejval tlustější, tak by ho jistě už dřív ranila mrtvice, když honil ty báby na Konopišti, když tam v jeho revíru sbíraly roští a houby, a nemusel zemřít takovou hanebnou smrtí. Když to povážím, strýc císaře pána, a voni ho zastřelejí. Vždyť je to ostuda, jsou toho plný noviny. U nás před léty v Budějovicích probodli na trhu v nějaké takové malé hádce jednoho obchodníka s dobytkem, nějakého Břetislava Ludvíka. Ten měl syna Bohuslava, a kam přišel prodávat prasata, nikdo od něho nic nekoupil a každý říkal: ,To je syn toho probodnutýho, to bude asi také pěknej lump: Musel skočit v Krumlově z toho mostu do Vltavy a museli ho vytáhnout, museli ho křísit, museli z něho pumpovat vodu a von jim musel skonat v náručí lékaře, když mu dal nějakou injekci."

"Vy ale máte divná přirovnání," řekl Bretschneider významně, "mluvíte napřed o Ferdinandovi a potom o obchodníku s dobytkem."

"Ale nemám," hájil se Švejk, "bůh mě chraň, abych já chtěl někoho k někomu přirovnávat. Pan hostinský mne zná. Vid' že jsem nikdy nikoho k někomu nepřirovnával? Já bych jenom nechtěl být v kůži té vdovy po arcivévodovi. Co teď bude dělat? Děti jsou sirotkové, panství v Konopišti bez pána. A vdávat se zas za nějakého nového arcivévodu? Co z toho má? Pojede s ním zas do Sarajeva, a bude vdovou podruhé. To byl ve Zlivi u Hluboké před léty jeden hajný, měl takové ošklivé jméno Pinďour. Zastřelili ho pytláci a zůstala po něm vdova s dvěma dítkami a vzala si za rok opět hajného, Pepíka Šavlovic z Mydlovar. A zastřelili jí ho taky. Pak se vdala potřetí a vzala si zas hajného a povídá: ‚Do třetice všeho dobrého. Jestli teď se to nepodaří, tak už nevím, co udělám.` To se ví, že jí ho zas zastřelili, a to už měla s těmi hajnými šest dětí dohromady. Byla až v kanceláři knížete pána na Hluboké a stěžovala si, že má s těmi hajnými trápení. Tak jí odporučili porybného Jareše z ražické bašty. A co byste řekli, utopili jí ho při lovení rybníka, a měla s ním dvě děti. Pak si vzala nunváře z Vodňan, a ten ji jednou v noci klepl sekyrou a šel se dobrovolně udat. Když ho potom u krajského soudu v Písku věšeli, ukousl knězi nos a řekl, že vůbec ničeho nelituje, a také řekl ještě něco hodně ošklivého o císaři pánovi."

"A nevíte, co o něm řekl?" otázal se hlasem plným naděje Bretschneider.

"To vám říct nemohu, poněvadž se to nikdo neodvážil opakovat. Ale bylo to prý tak něco strašlivýho a hrozný, že jeden rada od soudu, který byl při tom, se z toho zbláznil a ještě dodnes ho drží v izolaci, aby to nevyšlo najevo. To nebyla jenom obyčejná urážka císaře pána, jaká se dělá ve vožralství:"

"A jaké urážky císaře pána se dělají ve vožralství?" otázal se Bretschneider.

"Prosím vás, pánové, obraťte list," ozval se hostinský Palivec, "víte, já to nemám rád. Leccos se kecne a pak to člověka mrzí:"

"Jaké urážky císaře pána se dělají ve vožralství?" opakoval Švejk. "Všelijaké. Vopijte se, dejte si zahrát rakouskou hymnu a uvidíte, co začnete mluvit. Vymyslíte si toho tolik na císaře pána, že kdyby toho byla jen polovička pravda, stačilo by to, aby měl ostudu pro celý život. Ale von si to starej pán doopravdy nezaslouží. Vezměme si tohle. Syna Rudolfa ztratil v útlém věku, v plné mužské síle. Manželku Alžbětu mu propíchli pilníkem, potom se mu ztratil Jan Ort, bratra, císaře mexického, mu zastřelili v nějaké pevnosti u nějaké zdi. Teď zas mu odstřelili strýčka na stará kolena. To aby měl člověk železné nervy. A potom si vzpomene nějakej vožralej chlap a začne mu nadávat. Kdyby dnes něco vypuklo, půjdu dobrovolné a budu sloužit císaři pánu až do roztrhání těla."

Švejk se napil důkladně a pokračoval:

"Vy myslíte, že to císař pán takhle nechá bejt? To ho málo znáte. Vojna s Turky musí být. Zabili jste mně strejčka, tak tady máte přes držku. Válka jest jistá. Srbsko a Rusko nám pomůže v té válce. Bude se to řezat:"

Švejk v té prorocké chvíli vypadal krásně. Jeho prostodušná tvář, usměvavá jak měsíc v úplňku, zářila nadšením. Jemu bylo vše tak jasné.

"Může být," pokračoval v líčení budoucnosti Rakouska, "že nás v případě války s Tureckem Němci napadnou, poněvadž Němci a Turci drží dohromady. Jsou to takový potvory, že jim není v světě rovno. Můžeme se však spojit s Francií, která má od jedenasedmdesátého roku spadeno na Německo. A už to půjde. Válka bude, víc vám neřeknu."

Bretschneider vstal a řekl slavnostně:

"Víc nemusíte povídat, pojďte se mnou na chodbu, tam vám něco povím:"

Švejk vyšel za civilním strážníkem na chodbu, kde ho čekalo malé překvapení, když jeho soused od piva ukázal mu orlíčka a prohlásil, že ho zatýká a ihned odvede na policejní ředitelství. Švejk snažil se vysvětlit, že se asi ten pán mýlí, on že je úplně nevinný, že nepronesl ani jednoho slova, které by mohlo někoho urazit.

Bretschneider mu však řekl, že se skutečně dopustil několika trestných činů, mezi kterými hraje roli i zločin velezrády.

Pak se vrátili do hospody a Švejk řekl k panu Palivcovi:

"Já mám pět piv a jeden rohlík s párkem. Teď mně dej ještě jednu slivovici a já už musím jít, poněvadž jsem zatčenej."

Bretschneider ukázal panu Palivcovi orlíčka, chvíli se díval na pana Palivce a pak se otázal: "Jste ženat?"

"Jsem."

"A může vaše manželka za vás vésti obchod po dobu vaší nepřítomnosti?"

"Může:"

"Tak je to v pořádku, pane hostinský," vesele řekl Bretschneider, "zavolejte sem svou paní, předejte jí to a večer si pro vás přijedem."

"Nic si z toho nedělej," těšil ho Švejk, "já tam jdu i jenom pro velezrádu."

"Ale pro co já?" zabědoval pan Palivec. "Já byl přece tak vopatrnej:"

Bretschneider se usmál a vítězoslavné řekl:

"Za to, že jste řekl, že sraly mouchy na císaře pána. Oni vám už toho císaře pána vyženou z hlavy."

A Švejk opustil hospodu U kalicha v průvodu civilního strážníka, kterého, stihaje jeho tvář svým dobráckým úsměvem, se optal, když vyšli na ulici:

"Mám slézt z chodníku?"

"Jak to?"

"Já myslím, když jsem zatčenej, že nemám práva chodit po chodníku."

Když vcházeli do vrat policejního ředitelství, řekl Švejk:

"Tak nám to pěkně uteklo. Chodíte často ke Kalichu?"

A zatímco vedli Švejka do přijímací kanceláře, u Kalicha předával pan Palivec hospodu své plačící ženě, těše ji svým zvláštním způsobem:

"Neplač, neřvi, co mně mohou udělat kvůli posranýmu obrazu císaře pána?"

A tak zasáhl dobrý voják Švejk do světové války svým milým, roztomilým způsobem. Historiky bude zajímat, že on viděl daleko do budoucnosti. Jestli situace vyvinula se později jinak, než jak on vykládal u Kalicha, musíme mít na zřeteli, že neměl průpravného diplomatického vzdělání.

Dobrý voják Švejk na policejním ředitelství

Sarajevský atentát naplnil policejní ředitelství četnými obětmi. Vodili to jednoho po druhém a starý inspektor v přijímací kanceláři říkal svým dobráckým hlasem:

"Von se vám ten Ferdinand nevyplatí!"

Když Švejka zavřeli v jedné z četných komor prvého patra, Švejk našel tam společnost šesti lidí. Pět jich sedělo kolem stolu a v rohu na kavalci seděl, jako by se jich stranil, muž v prostředních letech.

Švejk se počal vyptávat jednoho po druhém, proč jsou zavřeni.

Od těch pěti sedících u stolu dostal takřka úplné stejnou odpověď:

"Kvůli Sarajevu!" - "Kvůli Ferdinandovi!" - "Kvůli té vraždě na panu arcivévodovi!" - "Pro Ferdinanda!" - "Za to, že pana arcivévodu odpravili v Sarajevu!"

Šestý, který se těch pěti stranil, řekl, že s nimi nechce nic mít, aby na něho nepadlo nijaké podezření, on že tu sedí jen pro pokus loupežné vraždy na pantátovi z Holic.

Švejk si sedl do společnosti spiklenců u stolu, kteří si už podesáté vyprávěli, jak se do toho dostali.

Všechny to až na jednoho stihlo bud v hospodě, ve vinárně, nebo v kavárně. Výjimku dělal neobyčejně tlustý pán s brýlemi, s uplakanýma očima, který byl zatčen doma ve svém bytě, poněvadž dva dny před atentátem v Sarajevu platil u Brejšky za dva srbské studenty, techniky, útratu a detektivem Brixim byl spatřen v jich společnosti opilý v Montmartru v Řetězové ulici, kde, jak již v protokole potvrdil svým podpisem, též za ně platil.

Na všechny otázky při předběžném vyšetřování na policejním komisařství stereotypně kvílel:

"Já mám papírnický obchod:"

Načež dostával taktéž stereotypní odpověď:

"To vás neomlouvá."

Malý pán, kterému se to stalo ve vinárně, byl profesorem dějepisu a vykládal vinárníkovi dějiny různých atentátů. Byl zatčen právě v okamžiku, když končil psychologický rozbor každého atentátu slovy:

"Myšlenka atentátu jest tak jednoduchá jako Kolumbovo vejce:"

"Stejně jako to, že vás čeká Pankrác," doplnil jeho výrok při výslechu policejní komisař.

Třetí spiklenec byl předseda dobročinného spolku Dobromil v Hodkovičkách. V den, kdy byl spáchán atentát, pořádal Dobromil zahradní slavnost spojenou s koncertem. Četnický strážmistr přišel, aby požádal účastníky, by se rozešli, že má Rakousko smutek, načež předseda Dobromilu řekl dobrácky:

"Počkají chvilku, než dohrajou Hej, Slované:" Nyní seděl tu s hlavou svěšenou a naříkal:

"V srpnu máme nové volby předsednictva, jestli nebudu doma do tý doby, tak se může stát, že mě nezvolejí. Už jsem tím předsedou podesátý. Já tu hanbu nepřežiju."

Podivné si nebožtík Ferdinand zahrál se čtvrtým zatčeným, mužem ryzí povahy a bezvadného štítu. Vyhýbal se celé dva dny jakékoliv rozmluvě o Ferdinandovi, až večer v kavárně při mariáši, zabíjeje žaludského krále kulovou sedmou trumfů, řekl:

"Sedum kulí jako v Sarajevu."

Pátý muž, který, jak sám řekl, že sedí "kvůli té vraždě na panu arcivévodovi v Sarajevu", měl ještě dnes zježené vlasy a vousy hrůzou, takže jeho hlava připomínala stájového pinče.

Ten vůbec v restauraci, kde byl zatčen, nepromluvil ani slova, ba dokonce ani nečetl noviny o zabití Ferdinanda a seděl u stolu úplné sám, když přišel k němu nějaký pán, posadil se naproti a řekl k němu rychle:

"Četl jste to?"

"Nečetl."

"Víte o tom?"

"Nevím:"

"A víte, oč se jedná?"

"Nevím, já se o to nestarám:"

"A přece by vás to mělo zajímat:"

"Nevím, co by mne mělo zajímat? Já si vykouřím doutník, vypiji svých několik sklenic, navečeřím se a nečtu noviny. Noviny lžou. Nač se budu rozčilovat?"

"Vás tedy nezajímá ani ta vražda v Sarajevu?" "Mne vůbec žádná vražda nezajímá, at je třebas v Praze, ve Vídni, v Sarajevu, nebo v Londýně. Od toho jsou úřady, soudy a policie. Jestli někdy někde někoho zabijou, dobře mu tak, proč je trouba a tak neopatrný, že se dá zabít."

To byla jeho poslední slova v této rozmluvě. Od té doby opakoval jen hlasitě v pětiminutových i přestávkách:

"Já jsem nevinnej, já jsem nevinnej:"

Ta slova křičel i ve vratech policejního ředitelství, ta slova bude opakovat i při převezení k trestnímu soudu v Praze a s těmi slovy vstoupí i do své žalářní kobky.

Když vyslechl Švejk všechny ty strašné spiklenecké historie, uznal za vhodné vysvětlit jim veškeru beznadějnost jich situace.

"Je to s námi se všemi moc špatný," začal svá slova útěchy, "to není pravda, jak vy říkáte, že se vám, nám všem nemůže nic stát. Vod čeho máme policii než vod toho, aby nás trestala za naše huby. Jestli je taková nebezpečná doba, že střílejí arcivévody, tak se nikdo nesmí divit, že ho vedou na direkci. To se všechno dělá kvůli lesku, aby měl Ferdinand reklamu před svým pohřbem. Čím víc nás tady bude, tím to bude pro nás lepší, poněvadž nám bude veselejc. Když jsem sloužil na vojně, byla nás někdy zavřená polovina kumpačky. A co nevinnejch lidí bejvávalo odsouzeno. A nejen na vojně, ale i soudama. Jednou se pamatuji, jedna ženská byla odsouzena, že uškrtila svoje novorozená dvojčata. Ačkoliv se zapřísahala, že ne mohla uškrtit dvojčata, když se jí narodila jen jedna holčička, kterou se jí podařilo uškrtit docela bez bolesti, byla odsouzena přece jen pro dvojnásobnou vraždu. Nebo ten nevinnej cikán v Záběhlicích, co se vloupal do toho hokynářskýho krámu na Boží hod vánoční v noci. Zapřísáh se, že se šel vohřát, ale nic mu to nepomohlo. Jak už něco soud vezme do ruky, je zle. Ale to zle musí bejt. Třebas všichni lidi nejsou takoví darebáci, jak se to o nich dá předpokládat; ale jak poznáš dneska toho hodnýho od toho lumpa, zejména dnes, v takový vážný době, kdy toho Ferdinanda odpráskli. To u nás, když jsem sloužil na vojně v Budějovicích, zastřelili v lese za cvičištěm psa panu hejtmanovi. Když se o tom dověděl, zavolal si nás všechny, postavil a povídá, ať vystoupí každý desátý muž. Já, samo sebou se rozumí, byl jsem taky desátý, a tak jsme stáli habacht a ani nemrkli. Hejtman chodí kolem nás a povídá: ,Vy lumpové, padouchové, neřádi, hyeny skvrnitý, tak bych vám chtěl kvůli tomu psovi všem napařit ajnclíka, rozsekat vás na nudle, postřílet a udělat z vás kapra namodro. Abyste ale věděli, že vás nebudu šetřit, dávám vám všem na čtrnáct dní kasárníka.` Tak vidíte, tenkrát se jednalo o pejska, a teď se jedná dokonce o pana arcivévodu. A proto musí bejt hrůza, aby ten smutek stál za něco."

"Já jsem nevinnej, já jsem nevinnej;" opakoval zježený muž.

"Kristus Pán byl taky nevinnej," řekl Švejk, "a taky ho ukřižovali. Nikde nikdy nikomu na nějakým nevinným člověku nezáleželo. Maul halten und weiter dienen! - jako říkávali nám na vojně. To je to nejlepší a nejkrásnější:"

Švejk si lehl na kavalec a spokojeně usnul.

Zatím přivedli nové dva. Jeden z nich byl Bosňák. Chodil po komoře, skřípal zuby a každé jeho druhé slovo bylo: "Jebem ti dušu." Mučilo ho pomyšlení, že se mu na policejním ředitelství ztratí jeho kočebrácký košík.

Druhý nový host byl hostinský Palivec, který zpozorovav svého známého Švejka, vzbudil ho a hlasem plným tragiky zvolal:

"Už jsem tady taky!"

Švejk mu srdečně potřásl ruku a řekl:

"To jsem opravdu rád. Já jsem věděl, že ten pán bude držet slovo, když vám říkal, že si pro vás přijdou. Taková přesnost je dobrá věc:"

Pan Palivec poznamenal však, že taková přesnost stojí za hovno, a optal se Švejka tiše, jestli ti ostatní zavření páni nejsou zloději, že by mu to mohlo jako živnostníkovi škodit.

Švejk mu vysvětlil, že všichni, až na jednoho, který je tu pro pokus loupežné vraždy na pantátovi z Holic, patří k jich společnosti kvůli arcivévodovi.

Pan Palivec se urazil a řekl, že zde není kvůli nějakému pitomému arcivévodovi, ale kvůli císaři pánu. A poněvadž to ostatní počalo zajímat, vypravoval jim to, jak mouchy mu znečistily císaře pána.

"Zaneřádily mně ho, bestie," končil líčení své příhody, "a nakonec přivedly mne do kriminálu. Já to těm mouchám neodpustím," dodal výhrůžně.

Švejk šel opět spát, ale nespal dlouho, poněvadž pro něho přišli, aby ho odvedli k výslechu.

A tak, stoupaje po schodišti do III. oddělení k výslechu, Švejk nesl svůj kříž na vrchol Golgoty, sám ničeho nepozoruje o svém mučednictví.

Spatřiv nadpis, že plivati po chodbách se zakazuje, poprosil strážníka, aby mu dovolil plivnouti do plivátka, a záře svou prostotou, vstoupil do kanceláře se slovy:

"Dobrý večer přeju, pánové, všem vespolek." Místo odpovědi dloubl ho někdo pod žebra a postavil před stůl, za kterým seděl pán chladné úřední tváře s rysy zvířecké ukrutnosti, jako by byl právě vypadl z Lombrosovy knihy O typech zločinných.

Podíval se krvežíznivě na Švejka a řekl: "Netvařte se tak blbě:"

"Já si nemohu pomoct," odpověděl vážně Švejk, "já jsem byl na vojně superarbitrován pro blbost a prohlášen ouředně zvláštní komisí za blba. Já jsem ouřední blb:"

Pán s typem zločince zacvakal zuby:

"To, z čeho jste obviněn a čeho jste se dopustil, svědčí, že máte všech pět pohromadě:" A vyjmenoval nyní Švejkovi celou řadu různých zločinů, začínaje velezrádou a konče urážkou Jeho Veličenstva a členů císařského domu. Ve středu té skupiny skvělo se schvalování zavraždění arcivévody Ferdinanda, odkud vycházela větev s novými zločiny, mezi kterými zářil zločin pobuřování, poněvadž se to všechno stalo ve veřejné místnosti.

"Co tomu říkáte?" vítězoslavně otázal se pán s rysy zvířecí ukrutnosti.

"Je toho hodně," odpověděl nevinně Švejk, "všeho moc škodí."

"Nu vidíte, že to uznáváte:"

"Já uznávám všechno, přísnost musí bejt, bez přísnosti by se nikdo nikam nedostal. Jako když jsem sloužil na vojně . . :"

"Držte hubu!" rozkřikl se policejní rada na Švejka, "a mluvte, až když se vás budu na něco ptát! Rozumíte?"

"Jak bych nerozuměl," řekl Švejk, "poslušně hlásím, že rozumím a že se ve všem, co ráčejí říct, dovedu orientýrovat."

"S kýmpak se stýkáte?"

"Se svou posluhovačkou, vašnosti."

"A v místních politických kruzích nemáte nikoho známého?"

"To mám, vašnosti, kupuji si odpolledníčka Národní politiky, čubičky."

"Ven!" zařval na Švejka pán se zvířecím vzezřením.

Když ho vyváděli z kanceláře, Švejk řekl:

"Dobrou noc, vašnosti."

Vrátiv se do své komory, oznámil Švejk všem zatčeným, že takový výslech je legrace. "Trochu tam na vás křičí a nakonec vás vyženou. - Dřív," pokračoval

Švejk, "to bejvávalo horší. Četl jsem kdysi jednu knihu, že obžalovaní museli chodit po rozžhaveným železe a pít roztavené olovo, aby se poznalo, jestli je nevinnej. Nebo mu dali nohy do španělský boty a natáhli ho na žebřík, když se nechtěl přiznat, nebo mu pálili boky hasičskou pochodní, jako to udělali svatému Janu Nepomuckému. Ten prej řval při tom, jako když ho na nože bere, a nepřestal, dokud ho neshodili z Eliščina mostu v nepromokavým pytli. Takovejch případů bylo víc a ještě potom člověka čtvrtili nebo narazili na kůl někde u Muzea. A když ho hodili jenom do lidomorny, to se takovej člověk cítil jako znovuzrozenej. - Dnes je to legrace, bejt zavřenej," liboval si Švejk dále, "žádný čtvrcení, žádný španělský boty, kavalce máme, stůl máme, lavici máme, nemačkáme se jeden na druhýho, polévku dostanem, chleba nám dají, džbán vody přinesou, záchod máme přímo pod hubou. Ve všem je vidět pokrok. Trochu, je pravda, k výslechu je daleko, až přes tři chodby o poschodí vejš, ale zato po chodbách čisto a živo. To vedou jednoho sem, druhého tam, mladýho, starýho, mužského i ženského pohlaví. Máte radost, že tady aspoň nejste sám. Každej jde spokojené svou cestou a nemusí se obávat, že mu v kanceláři řeknou: ,Tak jsme se poradili a zejtra budete rozčtvrcenej nebo upálenej, podle vašeho vlastního přání: To bylo jisté těžký rozmyšleni a já myslím, pánové, že by mnohej z nás v takovej moment byl celej zaražený. Jó, dneska už se poměry zlepšily k našemu dobru."

Právě dokončil obhajobu moderního věznění občanů, když dozorce otevřel dveře a zvolal: "Švejk, obléknou se a půjdou k výslechu:"

"Já se oblíknu," odpověděl Švejk, "proti tomu nic nemám, ale já se bojím, že to bude nějaká mejlka, já už byl jednou od výslechu vyhozenej. A potom se bojím, aby se ti vostatní páni, co jsou zde se mnou, na mne nehněvali, že jdu já dvakrát za sebou k výslechu a voni ještě ani jednou tam teď večer nebyli. Voni by mohli na mne žárlit."

"Lezou ven a nežvanějí," byla odpověď na džentlmenský projev Švejkův.

Švejk se opět ocitl před pánem zločinného typu, který beze všech úvodů se ho zeptal tvrdě a neodvratně:

"Přiznáváte se ke všemu?"

Švejk upřel své dobré modré oči na neúprosného člověka a řekl měkce:

"lestli si přejou, vašnosti, abych se přiznal, tak se přiznám, mně to nemůže škodit. Jestli ale řeknou: ,Švejku, nepřiznávejte se k ničemu,` budu se vykrucovat do roztrhání těla."

Přísný pán psal něco na aktech, a podávaje Švejkovi péro, vyzval ho, aby to podepsal.

A Švejk podepsal udání Bretschneidrovo i tento dodatek:

Vše výše ukázaná obvinění proti mně zakládají se na pravdě.Josef Švejk

Když podepsal, obrátil se k přísnému pánovi:

"Mám ještě něco podepsat? Nebo mám přijít až ráno?"

"Ráno vás odvezou k trestnímu soudu," dostal za odpověď.

"V kolik hodin, vašnosti? Abych snad, prokristapána, nezaspal."

"Ven!" zařvalo to podruhé dnes na Švejka z druhé strany stolu, před kterým stál.

Vraceje se do svého zamřížovaného nového domova, Švejk řekl strážníkovi, který ho doprovázel:

"Všechno to jde tady jako na drátkách." Jakmile za ním zavřeli dveře, jeho spoluvězňové zasypali ho různými otázkami, na které Švejk odvětil jasně:

"Právě jsem se přiznal, že jsem asi zabil arcivévodu Ferdinanda."

Šest mužů schoulilo se uděšeně pod zavšivené deky, jediné Bosňák řekl:

"Dobro došli."

Ukládaje se na kavalec, řekl Švejk:

"To je hloupý, že nemáme tady budíček."

Ráno však ho vzbudili i bez budíčka a přesné v šest hodin Švejka odváželi v zeleném antonu k zemskému trestnímu soudu.

"Ranní ptáče dál doskáče," řekl Švejk k svým spolucestujícím, když zelený anton vyjížděl ze vrat policejního ředitelství.

Švejk před soudními lékaři

Čisté, útulné pokojíky zemského "co trestního" soudu učinili na Švejka nejpříznivější dojem bílené stěny, černě natřené mříže i tlustý pan Demartini, vrchní dozorce ve vyšetřovací vazbě s fialovými výložky i obrubou na erární čepici. Fialová barva je předepsaná nejen zde, nýbrž i při náboženských obřadech na Popeleční středu i Veliký pátek.

Vracela se slavná historie římského panství nad Jeruzalémem. Vězně vyváděli i představovali je před Piláty roku 1914tého dolů do přízemku. A vyšetřující soudcové, Piláti nové doby, místo aby si čestně myli ruce, posílali si pro papriku a plzeňské pivo k Teissigovi a odevzdávali nové a nové žaloby na státní návladnictví.

Zde mizela povětšině všechna logika a vítězil §, škrtil §, blbl §, prskal §, smál se §, vyhrožoval §, zabíjel §, a neodpouštěl. Byli to žongléři zákonů, žreci liter v zákonících, žrouti obžalovaných, tygři rakouské džungle, rozměřující sobě skok na obžalovaného podle čísla paragrafů.

Výjimku činilo několik pánů (stejně jako i na policejním ředitelství), kteří zákon nebrali tak vážně, neboť všude se najde pšenice mezi koukolem.

K jednomu takovému pánovi přivedli Švejka k výslechu. Starší pán dobromyslného vzezření, který kdysi vyšetřuje známého vraha Valeše, nikdy neopomenul jemu říci: "Račte si sednout, pane Valeš, právě je zde jedna prázdná židle:"

Když Švejka přivedli, požádal ho ve vrozené jemu roztomilosti, aby si sedl, a řekl:

"Tak vy jste tedy ten pan Švejk?"

"Já myslím," odpověděl Švejk, "že jím musím bejt, poněvadž i můj tatínek byl Švejk a maminka paní Švejková. Já jim nemohu udělat takovou hanbu, abych zapíral svoje jméno."

Laskavý úsměv přelétl po tváři vyšetřujícího soudního rady:

"Vy jste ale nadrobil pěkné věci. Vy toho máte mnoho na svědomí:"

"Já mám toho vždycky mnoho na svědomí," řekl Švejk, usmívaje se ještě laskavěji než pan soudní rada; "já mám toho, může bejt, ještě víc na svědomí, než ráčejí mít voni, vašnosti."

"To je vidět podle protokolu, který jste podepsal," neméně laskavým tónem řekl soudní rada, "nedělali na vás nějaký nátlak na policii?"

"Ale kdepak, vašnosti. Já sám jsem se jich optal, jestli to mám podepsat, a když hekli, abych to podepsal, tak jsem jich uposlechl. Přece se nebudu prát s nimi kvůli mýmu vlastnímu podpisu. Tím bych si rozhodné neposloužil. Pořádek musí bejt "

"Cítíte se, pane Švejku, úplně zdravým?"

"Úplné zdravým, to právě ne, vašnosti pane rado. Mám revma, mažu se opodeldokem:"

Starý pán se opět laskavé usmál: "Co byste tomu řekl, kdybychom vás dali prohlédnout soud nimi lékaři?"

"Já myslím, že to se mnou nebude tak zlý, aby ti páni ztráceli se mnou zbytečně čas. Mě už prohlédl nějakej pan doktor na policejním ředitelství, jestli nemám kapavku:"

"Víte, pane Švejku, my to přece jen zkusíme s těmi pány soudními lékaři. Sestavíme pěkně komisi, dáme vás dát do vyšetřovací vazby a zatím si pěkné odpočinete. Zatím ještě jednu otázku: Vy jste prý podle protokolu prohlašoval a rozšiřoval, že vypukne teď někdy brzy válka?"

"To prosím, vašnosti pane rado, vypukne co nejdřív."

"A nemíváte někdy občas nějaké záchvaty?"

"To prosím nemám, jen jednou málem byl by mne zachvátil nějakej automobil na Karlově náměstí, ale to už je řada let "

Tím byl výslech ukončen, Švejk podal panu soudnímu radovi ruku, a vrátiv se do svého pokojíka, řekl ku svým sousedům:

"Tak mé budou kvůli té vraždě na panu arcivévodovi Ferdinandovi prohlížet soudní lékaři."

"Já byl také už prohlížený soudními lékaři," řekl jeden mladý muž, "to bylo tenkrát, když jsem se dostal kvůli kobercům před porotu. Uznali mne za slabomyslného. Teď jsem zpronevěřil parní mláťičku, a nemůžou mně nic udělat. Říkal mně včera můj advokát, že když už jednou jsem byl prohlášen za slabomyslného, tak že už z toho musím mít prospěch na celej život:"

"Já těm soudním lékařům nic nevěřím," poznamenal muž inteligentního vzezření. "Když jsem jednou padělal směnky, pro všechen případ chodil jsem na přednášky k doktoru Heverochovi, a když mne chytili, simuloval jsem paralytika právě tak, jak ho vyličoval pan doktor Heveroch. Kousl jsem jednoho soudního lékaře při komisi do nohy, vypil jsem inkoust z kalamáře a vydělal jsem se, s odpuštěním, pánové, před celou komisí do kouta. Ale za to, že jsem jednomu prokousl to lýtko, uznali mne za úplně zdravého a byl jsem ztracen."

"Já se prohlídky těch pánů úplně nic nebojím," prohlásil Švejk; "když jsem sloužil na vojně, tak mne prohlížel jeden zvěrolékař a dopadlo to docela dobře."

"Soudní lékaři jsou mrchy;" ozval se malý, skrčený člověk, "nedávno nějakou náhodou vykopali na mý louce kostru a soudní lékaři řekli, že ta kostra byla zavražděna nějakým tupým předmětem do hlavy před čtyřiceti léty. Mně je osmatřicet a jsem zavřenej, ačkoliv mám křestní list, výtah z matriky a domovský list."

"Myslím," řekl Švejk, "abychom se na všechno dívali z poctivější stránky. Von se každý může zmejlit, a musí se zmejlit, čím víc o něčem přemejšlí. Soudní lékaři jsou lidi, a lidi mají svoje chyby. Jako jednou v Nuslích, právě u mostu přes Botič, přišel ke mně v noci jeden pán, když jsem se vracel od Banzetů, a praštil mě bejkovcem přes hlavu, a když jsem ležel na zemi, posvítil si na mne a povídá: ‚Tohle je mejlka, to není von: A dopálil se tak na to, že se zmejlil, že mě přetáhnul ještě jednou přes záda. To už je tak v přirozenosti lidský, že se člověk mejlí až do svý smrti. Jako ten pán, co našel v noci vzteklýho psa polozmrzlýho a vzal ho s sebou domů a strčil ženě do postele. Jakmile se pes vohřál a vokřál, pokousal celou rodinu a toho nejmladšího v kolíbce roztrhal a sežral. Nebo vám povím příklad, jak se zmejlil u nás v domě jeden soustružník. Votevřel si klíčem podolskej kostelík, poněvadž myslel, že je doma, zulse v sakristii, poněvadž myslel, že je to u nich ta kuchyně, a lehl si na voltář, poněvadž myslel, že je doma v posteli, a dal na sebe nějaký ty dečky se svatými nápisy a pod hlavu evangelium a ještě jiný svěcený knihy, aby měl vysoko pod hlavou. Ráno ho našel kostelník a von mu docela dobrácky povídá, když se vzpamatoval, že je to mejlka. ‚Pěkná mejlka,` povídá kostelník, ‚když kvůli takový mejlce musíme dát kostel znovu vysvětit: Potom stál ten soustružník před soudními lékaři a ti mu dokázali, že byl úplně příčetnej a střízlivej, poněvadž kdyby byl vožralej, tak by prej tím klíčem netrefil do toho zámku ve dveřích kostela. Potom ten soustružník zemřel na Pankráci. Taky vám dám příklad, jak se na Kladně zmejlil jeden policejní pes, vlčák toho známého rytmistra Rottra. Rytmistr Rotter pěstoval ty psy a dělal pokusy s vandráky, až se Kladensku počali všichni vandráci vyhejbat. Tak dal rozkaz, aby stůj co stůj četníci přivedli nějakého podezřelého člověka. Tak mu přivedli jednou tak dost slušně ošaceného člověka, kterýho našli v lánských lesích sedět na nějakém pařezu. Hned mu dal uříznout kousek šosu od kabátu, ten dal očichat svými četnickými policejními psy a potom toho člověka odvedli do nějaký cihelny za městem a pustili po jeho stopách ty vycvičené psy, kteří ho našli a přivedli zase nazpátek. Pak ten člověk musel lézt po nějakém žebříku na půdu, skákat přes zeď, skočit do rybníka a psi za ním. Nakonec se ukázalo, že ten člověk byl jeden českej radikální poslanec, kerej si vyjel na vejlet do lánskejch lesů, když už ho parlament vomrzel. Proto říkám, že jsou lidi chybující, že se mejlejí, ať je učenej, nebo pitomej, nevzdělanej blbec. Mejlejí se i ministři."

***

Komise soudních lékařů, která měla rozhodovat, zdali duševní obzor Švejkův odpovídá či neodpovídá všem těm zločinům, pro které jest žalován, sestávala z tří neobyčejně vážných pánů s názory, z nichž názor každého jednotlivce lišil se znamenité od názoru jakéhokoliv druhých dvou.

Byly tu zastoupeny tři různé vědecké školy a názory psychiatrů.

Jestli v případě Švejkové došlo k úplné shodě mezi těmi protivopoložnými vědeckými tábory, dá se to vysvětliti čisté jedině tím ohromujícím dojmem, který na celou komisi učinil Švejk, když vstoupiv v síň, kde měl být prozkoumán jeho duševní stav, vykřikl, zpozorovav na stěně visící obraz rakouského mocnáře: "Ať žije, pánové, císař František Josef I.!"

Věc byla úplně jasnou. Spontánním projevem Švejkovým odpadla celá řada otázek a zůstaly jen některé nejdůležitější, aby z odpovědí potvrzeno bylo prvé mínění o Švejkovi na základě systému doktora psychiatrie Kallersona, doktora Heverocha i Angličana Weikinga.

"Jest rádium těžší než olovo?"

"Já ho prosím nevážil," se svým milým úsměvem odpověděl Švejk.

"Věříte v konec světa?"

"Napřed bych ten konec světa musel vidět," ledabyle odvětil Švejk, "rozhodně se ho ale zejtra ještě nedočkám:"

"Dovedl byste vypočítat průměr zeměkoule?" "To bych prosím nedovedl," odpověděl Švejk, "ale sám bych vám, pánové, dal také jednu hádanku: Je tříposchoďovej dům, v tom domě je v každém poschodí 8 oken. Na střeše jsou dva vikýře a dva komíny. V každém poschodí jsou dva nájemníci. A teď mně řekněte, pánové, v kerým roce zemřela domovníkovi jeho babička?"

Soudní lékaři podívali se významně na sebe, nicméně jeden z nich dal ještě tuto otázku: "Neznáte nejvyšší hloubku v Tichém oceáně?" "To prosím neznám," zněla odpověď, "ale myslím, že rozhodně bude větší než pod vyšehradskou skálou na Vltavě:"

Předseda komise se stručně otázal: "Stačí?", ale přece si ještě jeden z členů vyžádal tuto otázku: "Kolik je 12 897 krát 13 863?"

"729," odpověděl Švejk nemrkaje.

"Myslím, že to úplně postačí," řekl předseda komise, "můžete toho obžalovaného zas odvést na staré místo:"

"Děkuji vám, pánové," uctivě se ozval Švejk, "mně to také úplně stačí:"

Po jeho odchodu kolegie tří se shodla, že je Švejk notorický blb a idiot podle všech přírodních zákonů vynalezených psychiatrickými vědátory.

V relaci odevzdané vyšetřujícímu soudci stálo mezi jiným: "Nížepodepsaní soudní lékaři bazírují na úplné duševní otupělosti a vrozeném kretenismu představeného komisi výše ukázané Josefa Švejka, vyjadřujícího se slovy jako ,Ať žije císař František Josef I.`, kterýžto výrok úplně stačí, aby osvětlil duševní stav Josefa Švejka jako notorického blba. Nížepodepsaná komise navrhuje proto: 1. Zastaviti vyšetřování proti Josefu Švejkovi. 2. Odpraviti Josefa Švejka na pozorování na psychiatrickou kliniku ku zjištění, jak dalece jest jeho duševní stav nebezpečný jeho okolí."

Zatímco byla sestavována tato relace, Švejk vykládal svým spoluvězňům: "Na Ferdinanda nakašlali a bavili se se mnou o ještě větších pitomostech. Nakonec jsme si řekli, že nám to úplně stačí, o čem jsme si vyprávěli, a rozešli jsme se:"

"Já nikomu nevěřím," poznamenal skrčený malý člověk, na jehož louce náhodou vykopali kostru, "je to všechno zlodějna."

"I ta zlodějna musí bejt," řekl Švejk, ukládaje se na slamník, "jestli by to všichni lidi myseli s druhými lidmi dobře, tak by se potloukli co nejdřív navzájem:"

21

Švejka vyhodili z blázince

Když později Švejk líčil život v blázinci, činil tak způsobem neobyčejného chvalořečení: "Vopravdu nevím, proč se ti blázni zlobějí, když je tam drží. Člověk tam může lezt nahej po podlaze, vejt jako šakal, zuřit a kousat. Jestli by to člověk udělal někde na promenádě, tak by se lidi divili, ale tam to patří k něčemu prachvobyčejnýmu. Je tam taková svoboda, vo kerej se ani socialistům nikdy nezdálo. Člověk se tam může vydávat i za pánaboha nebo za Panenku Marii, nebo za papeže, nebo za anglickýho krále, nebo za císaře pána, nebo za sv. Václava, ačkoliv ten poslední byl pořád svázanej a nahej a ležel v izolaci. Byl tam taky jeden, kerej křičel, že je arcibiskupem, ale ten nic jiného nedělal, než jen žral a ještě něco dělal, s odpuštěním, víte, jak se to může rýmovat, ale tam se žádnej za to nestydí. Jeden se tam dokonce vydával za svatýho Cyrila a Metoděje, aby dostával dvě porce. A jeden pán byl tam těhotnej a zval každýho na křtiny. Moc tam bylo zavřenejch šachistů, politiků, rybářů a skautů, sběratelů známek a fotografů amatérů. Jeden tam byl kvůli nějakým starým hrncům, kterým říkal popelnice. Jeden byl pořád ve svěrací kazajce, aby nemohl vypočítat, kdy bude konec světa. Taky jsem se tam sešel s několika profesory. Jeden z nich pořád chodil za mnou a vykládal, že kolíbka Cikánů byla v Krkonoších, a ten druhý mně vysvětloval, že uvnitř zeměkoule je ještě jedna mnohem větší než ta vrchní.

Každej tam mohl mluvit, co chtěl a co mu slina právě přinesla na jazyk, jako by byl v parlamentě. Někdy si tam vypravovali pohádky a porvali se, když to s nějakou princeznou moc špatně dopadlo. Nejzuřivější byl jeden pán, kerej se vydával za 16. díl Ottova slovníku naučného a každého prosil, aby ho otevřel a našel heslo ,Kartonážní šička`, jinak že je ztracenej. Upokojil se teprv, když mu dali svěrací kazajku. To si liboval, že se dostal do knihařského lisu, a prosil, aby mu udělali moderní ořízku. Vůbec žilo se tam jako v ráji. Můžete tam hulákat, řvát, zpívat, plakat, mečet, ječet, skákat, modlit se, metat kotrmelce, chodit po čtyřech, poskakovat po jedné noze, běhat dokola, tancovat, hopkat, sedět celej den na bobku a lezt po stěnách. Nikdo k vám nepřijde a neřekne: ,Tohle nesmíte dělat, tohle se, pane, nesluší, to byste se mohl stydět, to jste vzdělanej člověk?` Je však také pravdou, že jsou tam úplné tichý blázni. Jako tam byl jeden vzdělanej vynálezce, který se pořád rýpal v nose a jenom jednou za den řekl: ,Právě jsem vynašel elektřinu: Jak říkám, moc pěkný to tam bylo a těch několik dní, který jsem strávil v blázinci, patří k nejkrásnějším chvílím mýho života."

A doopravdy, již samo uvítání, které očekávalo Švejka v blázinci, když ho odvezli na pozorování od zemského trestního soudu, předčilo jeho očekávání.

Napřed ho svlékli do naha, pak mu dali nějaký chalát a vedli ho vykoupat, vzavše ho důvěrně pod paždí, přičemž jeden z ošetřovatelů bavil ho vypravováním nějaké anekdoty o židech. V koupelně ho potopili do vany s teplou vodou a pak ho vytáhli a postavili pod studenou sprchu. To s ním opakovali třikrát a pak se ho optali, jak se mu to líbí. Švejk řekl, že je to lepší než v těch lázních u Karlova mostu a že se velmi rád koupe. "Jestli mně ještě ostříháte nehty a vlasy, tak nebude nic scházet k mému ouplnému štěstí," dodal usmívaje se příjemně.

I tomu přání bylo vyhověno, a když ho ještě důkladně vydřeli houbou, zabalili ho do prostěradla a odnesli do prvého oddělení na postel, kde ho uložili, přikryli pokrývkou a poprosili ho, aby usnul.

Švejk ještě dnes vypravuje o tom s láskou: "Představte si, že mě nesli, docela vodnesli, mně bylo v tom okamžiku úplně blaze:"

A také na posteli blaženě usnul. Pak ho probudili, aby mu předložili hrnek mléka a housku. Houska byla již rozřezána na malé kousky, a zatímco jeden z ošetřovatelů držel Švejka za obě ruce, druhý namáčel kousky housky do mléka a krmil ho, jako krmí se husa šiškami. Když ho nakrmili, vzali ho pod paždí a odvedli na záchod, kde ho poprosili, aby vykonal malou i velkou tělesnou potřebu.

I o této pěkné chvíli vypravuje Švejk s láskou a nemusím jisté reprodukovat jeho slova, co s ním potom dělali. Zmíním se jedině, že Švejk říká:

"Von mě z nich jeden při tom držel v náručí:"

Když ho přivedli nazpět, uložili ho opět do postele a opětně ho poprosili, aby usnul. Když usnul, probudili ho a odvedli do vyšetřovacího pokoje, kde Švejk, stoje úplně nahý před dvěma lékaři, připomněl si slavné doby svého odvodu. Mimoděk splynulo mu ze rtů:

"Tauglich."

"Co povídáte?" ozval se jeden z lékařů. "Udělejte pět kroků kupředu a pět nazpátek."

Švejk udělal jich deset.

"Já vám přece říkal," pravil lékař, "abyste jich udělal pět "

"Mně na pár krocích nezáleží," řekl Švejk.

Nato ho lékaři požádali, aby si sedl na židli, a jeden ho klepal do kolena. Pak řekl k druhému, že reflexe jsou úplně správné, načež druhý zakroutil hlavou a počal Švejka sám klepat do kolena, mezitímco první rozevíral Švejkovi oční klapky a prohlížel jeho pupilu. Potom odešli ke stolu a prohodili několik latinských výrazů.

"Poslyšte, umíte zpívat?" otázal se jeden z nich Švejka. "Nemohl byste nám zazpívat nějakou píseň?"

"Bezevšeho, pánové," odpověděl Švejk. "Nemám sice ani hlas, ani hudební sluch, ale pokusím se o to, udělat vám to k vůli, když se chcete bavit."

A Švejk spustil:

"Což ten mladý mnich v tom křesle

čelo v ruku pravou kloní,
dvě hořké, žhavé slzy
po bledých Lících se roní... Dál to neumím," pokračoval Švejk. "Jestli chcete,
tak vám zazpívám:
Jak je mi teskno okolo srdce,
co těžce, bolně zdvíhá ňádra má,
když tiše sedím, do dálky hledím,
tam, tam do dálky touha má . . . A také to dál neumím," vzdychl Švejk.
"Znám ještě první sloku z ,Kde domov můj` a potom ,Jenerál Windischgrätz a
vojenští páni od východu slunce vojnu započali` a ještě pár takových národních
písniček jako ,Zachovej nám, Hospodine` a ,Když jsme táhli k Jaroměři` a
,Tisíckrát pozdravujeme Tebe` . . ."

Oba páni lékaři se na sebe podívali a jeden z nich dal Švejkovi otázku: "Byl váš
duševní stav již někdy zkoumán?"

"Na vojně," odpověděl Švejk slavnostně a hrdě, "byl jsem pány vojenskými
lékaři úředně uznán za notorického blba."

"Mně se zdá, že jste simulant," rozkřikl se druhý lékař na Švejka.

"Já, pánové," hájil se Švejk, "nejsem žádný simulant, já jsem opravdovej blbec,
můžete se zpravit v kanceláři jednadevadesátýho pluku v Českých Budějovicích
nebo na doplňovacím velitelství v Karlíně:"

Starší z lékařů mávl beznadějné rukou, a ukazuje na Švejka, řekl k
ošetřovatelům: "Tomuto člověku vrátíte jeho šaty a dáte ho na třetí třídu na
první koridor, potom se jeden vrátí a odnese všechny spisy o něm do kanceláře.
A řekněte tam, aby to brzy vyřídili, abysme ho tu dlouho neměli na krku: `

Lékaři vrhli ještě jednou zdrcující pohled na Švejka, který uctivě couval
pozpátku ku dveřím, ukláněje se zdvořile. Na otázku jednoho z ošetřovatelů, co
to dělá za hlouposti, odpověděl: "Poněvadž nejsem voblečenej, jsem nahej a
nechci na ty pány nic ukazovat, aby si nemysleli, že jsem nezdvořile] nebo
sprostej: `

Od toho okamžiku, kdy ošetřovatelé dostali rozkaz, aby vrátili Švejkovi jeho
šaty, nejevili již o něho pražádnou péči. Poručili mu, aby se oblékl, a jeden ho
odvedl na třetí třídu, kde měl po těch několik dní, než vyřídili v kanceláři
písemný vyhazov o něm, příležitost konati svá pěkná pozorování. Zklamaní
lékaři dali mu dobrozdání, že je "simulant mdlého rozumu", a poněvadž ho
propouštěli před obědem, došlo k malému výstupu.

Švejk prohlásil, že když někoho vyhazují z blázince, že ho nesmí vyhodit bez
oběda.

Výtržnosti učinil konec vrátným přivolaný policejní strážník, který Švejka
předvedl na policejní komisařství do Salmovy ulice.

Švejk na policejním ředitelství v Salmově ulici

Po krásných slunných dnech v blázinci přišly na Švejka hodiny plné pronásledování. Policejní inspektor Braun aranžoval scénu setkání se Švejkem s krutostí římských pochopů doby roztomilého císaře Nerona. Tvrdé, jako tenkrát, když oni říkali: "Hoďte toho lumpa křesťana lvům," řekl inspektor Braun: "Dejte ho za katr!"

Ani o slovíčko více, ani méně. Jenom oči pana policejního inspektora Brauna zasvítily přitom zvláštní, perverzní rozkoší.

Švejk se uklonil a řekl hrdě: "Jsem připraven, pánové. Myslím, že katr znamená tolik co separace, a to není právě tak zlý."

"Moc se nám tady neroztahujou," odpověděl policejní strážník, načež se Švejk ozval: "Já jsem úplně skromnej a vděčnej za všechno, co pro mne uděláte."

V separaci na pryčně seděl zadumaně jeden muž. Seděl apaticky a na jeho vzezření bylo vidět, že nevěřil tomu, když zaskřípal klíč ve dveřích separace, že se mu otvírají dveře na svobodu.

"Má poklona, vašnosti," řekl Švejk, usedaje k němu na pryčnu, "kolik asi může být hodin?" "Hodiny nejsou mými pány," odvětil zadumaný muž.

"Zde to není špatný," navazoval dál Švejk rozmluv, "tahle pryčna je z hlazeného dříví:"

Vážný muž neodpověděl, vstal a počal rychle chodit v malém prostoru mezi dveřmi a pryčnou, jako kdyby spěchal, aby něco zachránil.

Švejk mezitím pozoroval se zájmem nápisy načmárané po stěnách. Byl tu nápis, ve kterém neznámý vězeň slibuje nebi zápas na život i na smrt s policií. Text zněl: "Vy si to vypijete: ` Jiný vězeň napsal: "Vlezte mně na záda, kohouti: ` Jiný opět prostě konstatoval fakt: "Seděl jsem zde 5. června 1913 a bylo se mnou slušně zacházeno. Josef Mareček, obchodník z Vršovic: ` A byl tu i nadpis otřásající svou hloubkou: "Milost, velký bože . . ." a pod tím: "Polibte mně p." Písmena "p" byla však přeškrtnuta a po straně napsáno velkými literami ŠOS. Vedle toho nějaká poetická duše napsala verše: "U potůčku zarmoucený sedím, slunko se za hory ukrývá, na pahorky ozářené hledím, tam, kde drahá milka přebývá "

Muž, který běhal mezi dveřmi a pryčnou, jako by chtěl vyhrát maratónský běh, se zastavil a udýchán se posadil opět na své staré místo, složil hlavu do dlaní a náhle zařval: "Puste mne ven!"

"Ne, oni mne nepustí," mluvil pro sebe, "nepustí a nepustí. Už jsem zde od rána od šesti hodin."

Dostal záchvat sdílnosti, vztyčil se a otázal se Švejka: "Nemáte náhodou u sebe řemen, abych s tím pokončil?"

"Tím vám mohu posloužit milerád," odpověděl Švejk odpínaje řemen, "já jsem ještě nikdy neviděl, jak se v separaci lidi věší na řemenu. - Jenom to je mrzuté," pokračoval rozhlížeje se kolem, "že tu není žádná skoba. Klika na okně vás neudrží. Ledaže byste se pověsil vkleče u pryčny, jako to udělal ten mnich v klášteře v Emauzích, co se oběsil na krucifixu kvůli jedný mladý židovce. Já mám sebevrahy moc rád, tak jen s chutí do toho: `

Zachmuřený muž, kterému Švejk strčil řemen do ruky, podíval se na řemen, odhodil ho do kouta a dal se do pláče, rozmazávaje si slzy černýma rukama, přičemž vyrážel ze sebe skřeky: "Já mám dětičky, já jsem tu pro opilství a nemravný život, ježíšmarjá, moje ubohá žena, co mně řeknou v úřadě? Já mám dětičky, já jsem tu pro opilství a nemravný život" a tak dále až donekonečna.

Nakonec se přece jen trochu uklidnil, šel ke dveřím a počal do nich kopat a bušit na ně pěstí. Za dveřmi ozvaly se kroky a hlas: "Co chcete?"

"Puste mne ven!" řekl takovým hlasem, jako by mu nezbývalo už ničeho, aby žil. "Kam?" byla otázka z druhé strany. "Do úřadu," odvětil nešťastný otec, manžel, úředník, piják a nemrava.

Ozval se smích, příšerný smích v tichu chodby, a kroky se opět vzdálily.

"Jak se mně zdá, ten pán vás nenávidí, když se vám tak směje," řekl Švejk, zatímco beznadějný muž opět se posadil vedle něho. "Takovej strážník, když má zlost, dovede učinit moc, a když má ještě větší zlost, udělá všechno. Seďte jen klidně, když se nechcete oběsit, a čekejte, jak se věci vyvinou. Jste-li úředník, ženat a máte-li dítky, je to, přiznávám, strašný. Vy jste asi přesvědčenej, že vás pustí z úřadu, jestli se nemejlím."

"To vám nemohu říct," vzdychl, "poněvadž sám se nepamatuji, co jsem vyváděl, já jenom vím, že mne odněkud vyhodili a že jsem se tam chtěl vrátit, abych si zapálil doutník. Ale napřed to pěkně začlo. Přednosta našeho oddělení slavil jmeniny a pozval nás do jedné vinárny, pak se šlo do druhé, do třetí, do čtvrté, do páté, do šesté, do sedmé, do osmé, do deváté . . ."

"Nepřejete si, abych vám pomohl počítat?" otázal se Švejk. "Já se v tom vyznám, já byl jednou za , noc v osmdvaceti místnostech. Ale všechna čest, nikde jsem víc neměl než nanejvýš tři piva:"

"Zkrátka," pokračoval nešťastný podřízený přednosty, který slavil tak velikolepé své jmeniny, "když jsme přešli asi tucet těch různých pajzlíčků, zpozorovali jsme, že se nám přednosta ztratil, ačkoliv jsme si ho uvázali za špagát a vodili s sebou jako pejska. Tak jsme ho šli opět všude hledat a nakonec jsme se ztratili jeden druhému, až nakonec jsem se ocitl v jedné z nočních kaváren na Vinohradech, velmi slušné místnosti, kde jsem pil nějaký likér přímo z láhve. Co jsem potom dělal, na to se nepamatuji, jenom vím, že již zde na komisařství, když mne sem přivedli, hlásili oba páni strážníci raportem, že jsem se opil, choval nemravně, zbil jednu dámu, rozřezal kapesním nožem cizí klobouk, který jsem sňal z věšáku, rozehnal dámskou kapelu, obvinil vrchního číšníka přede všemi z krádeže dvacetikoruny, přerazil mramorovou desku u stolu, kde jsem seděl, a plivl neznámému pánovi u vedlejšího stolu zúmyslně do černé kávy. Víc jsem neudělal, alespoň se nedovedu upamatovat, že bych byl ještě něco provedl. A věřte mně, že jsem takový pořádný, inteligentní člověk, který na nic jiného nemyslí než na svou rodinu. Co tomu všemu říkáte? Já přece nejsem žádný výtržník!"

"Dalo vám to mnoho práce, než jste přerazil tu mramorovou desku," otázal se se zájmem Švejk místo odpovědi, "nebo jste ji přerazil naráz?"

"Naráz," odvětil inteligentní pán.

"Pak jste ztracenej," zádumčivě řekl Švejk. "Dokážou vám, že jste se na to připravoval pilným cvičením. A ta káva toho cizího pána, do které jste plivl, byla bez rumu nebo s rumem?"

A nečekaje na odpověď, vyjasňoval:

"Jestli byla s rumem, tak to bude horší, poněvadž je dražší. U soudu se všechno počítá, dává dohromady, aby to vylezlo nejmíň na zločin:"

"U soudu . . .," malomyslně zašeptal svědomitý otec rodiny, a svěsiv hlavu, upadl v nepříjemný stav, kdy člověka žerou výčitky svědomí. [1]

"A vědí doma," otázal se Švejk, "že jste zavřenej, nebo počkají, až to bude v novinách?"

"Vy myslíte, že to bude v novinách?" naivně otázala se oběť jmenin svého představeného.

"Je to víc než jistý," zněla přímá odpověď, neboť Švejk neměl nikdy ve zvyku skrývat něco před druhým. "Tohle o vás se bude všem čtenářům novin náramně líbit. Já taky čtu rád tu rubriku o těch vopilejch a jejich výtržnostech. Nedávno u Kalicha nevyvedl jeden host nic jinýho, než že sám sobě rozbil sklenicí hlavu. Vyhodil ji do vejšky a postavil se pod.ni. Odvezli ho, a ráno už jsme to četli. Nebo v Bendlovce jsem dal jednou jednomu funebrákovi facku a on mně ji vrátil. Abychom se smířili, museli nás oba zatknout, a hned to bylo v odpoledníčku. Nebo když v kavárně U mrtvoly rozbil ten pan rada dva tácky, myslíte, že ho šetřili? Byl taky na druhej den hned v novinách. Vy můžete jedině z vězení poslat do novin opravu, ,že zpráva, která byla o vás uveřejněná, se vás netýká a že s pánem toho jména nejste ani příbuznej, ani společnej, a domů psaní, aby vám tu vaši opravu vystřihli a, schovali, abyste si to mohl přečíst, až si vodsedíte trest. - Není vám zima?" otázal se Švejk pln účasti, když zpozoroval, že inteligentní pán se klepe. "Máme letos nějak moc studenej konec léta:"

"Já jsem nemožný," zalkal společník Švejkův, "já mám po postupu."

"To máte," ochotně přisvědčoval Švejk. ,"Jestli vás, až si trest odsedíte, nepřijmou nazpátek do úřadu, nevím, jestli tak brzo najdete druhý místo, poněvadž každej, i kdybyste chtěl sloužit u pohodnýho, žádá od vás vysvědčení zachovalosti. Ba, taková chvilka rozkoše, kterou jste si popřál, se nevyplácí. A má být vaše paní s vašemi dětmi od čeho živa po tu dobu, co budete sedět? Nebo

---

1Někteří spisovatelé užívají výrazu "hryžou výčitky svědomí". Nepovažuji ten výraz úplně přiléhajícím. i tygr člověka žere, a nehryže.

bude muset chodit žebrat a učit dítky různým neřestem?"

Ozval se vzlykot:

"Mé ubohé dítky, má ubohá žena!"

Nesvědomitý kajícník vstal a rozhovořil se o svých dítkách: Má jich pět, nejstaršímu je dvanáct let a je u těch skautů. Pije jen vodu a měl by být příkladem svému otci, který tohle provedl prvně ve svém životě.

"U skautů?" zvolal Švejk. "O těch skautech rád slyším. Jednou v Mydlovarech u Zlivi, okres Hluboká, okresní hejtmanství České Budějovice, právě když jsme tam měli jednadevadesátí cvičení, udělali si sedláci z okolí hon na skauty v obecním lese, kteří se jim tam rozplemenili. Chytli tři. Ten nejmenší z nich, když ho svazovali, kvílel, píštěl a naříkal, že my, otužilí vojáci, jsme se na to nemohli dívat a raději jsme odešli stranou. Při tom svazování ti tři skauti pokousali osm sedláků. Potom na trápení u starosty, pod rákoskou, doznali, že není ani jedna louka v okolí, kterou by nebyli zváleli, když se vyhřívali na slunci, dále že ten lán žita nastojatě, právě před žněmi, u Ražic, vyhořel čirou náhodou, když si v žité pekli na rožni srnku, ku které se přikradli s noži v obecním lese. V jejich doupěti v lese našli přes půl metráku vohlodaných kostí drůbeže i lesní zvěře, ohromný množství pecek z třešní, spoustu vohryzků z nezralejch jablek a jinejch dobrejch věcí:"

Ubohý otec skauta nebyl však k upokojení.

"Co jsem to udělal?" bědoval, "já mám zničenou pověst."

"To máte," řekl Švejk s upřímností jemu vrozenou; "po tom, co se stalo, musíte mít zničenou pověst na celý život, poněvadž až to budou číst v novinách, ještě vaši známí k tomu něco přidají. To se tak vždy dělá, ale z toho si nic nedělejte. Lidí, kteří mají zničenou a zkaženou pověst, je ve světě aspoň desetkrát tolik než těch s čistou pověstí. To je pouhá a pranepatrná maličkost."

Na chodbě se ozvaly pádné kroky, klíč zarachotil v zámku, otevřely se dveře a policejní strážník vyvolal Švejkovo jméno.

"Odpuste," řekl rytířsky Švejk, "já jsem tu teprve od dvanácti hodin v poledne, ale tenhle pán je tu už od šesti hodin ráno. Já tak nespěchám."

Místo odpovědi vytáhla Švejka na chodbu silná ruka policejního strážníka a mlčky ho vyvedla po schodech do prvního poschodí.

V druhém pokoji seděl u stolu policejní komisař, tlustý pán bodrého vzezření, který řekl k Švejkovi:

"Tak vy jste tedy ten Švejk? A jak jste se sem dostal?"

"Prachobyčejným způsobem," odpověděl Švejk; "přišel jsem sem v průvodu jednoho pana strážníka, poněvadž jsem si nechtěl dát líbit, aby mne z blázince vyhazovali bez oběda. To je, jako kdyby mne považovali za nějakou odkopnutou holku z ulice:"

"Víte co, Švejku," řekl vlídné pan komisař, "nač se zde, na Salmovce, máme s vámi zlobit? Nebude lepší, když vás pošleme na policejní ředitelství?"

"Vy jste, jak se říká," pravil Švejk spokojené, "pánem situace; projít se na policejní ředitelství teď k večeru je docela příjemná malá procházka: `

"To jsem rád, že jsme se shodli," pravil vesele policejní komisař, "není lepší, když se domluvíme? Že je to pravda, Švejku?"

"Já se také s každým náramně rád radím," odvětil Švejk; "já vám, věřte mně, pane komisaři, nikdy nezapomenu na vaši dobrotu."

Ukloniv se uctivě, odcházel s policejním strážníkem dolů na strážnici a za čtvrt hodiny bylo již vidět na rohu Ječné ulice a Karlova náměstí Švejka v průvodu druhého policejního strážníka, který měl pod paždí objemnou knihu s německým nápisem Arrestantenbuch.

Na rohu Spálené ulice setkal se Švejk se svým průvodčím s tlupou lidí, kteří se tlačili kolem vyvěšeného plakátu.

"To je manifest císaře pána o vypovězení války," řekl policejní strážník k Švejkovi.

"Já to předpovídal," řekl Švejk, "ale v blázinci o tom ještě nic nevědí, ačkoliv by to měli mít z první ruky."

"Jak to myslíte?" otázal se policejní strážník Švejka.

"Poněvadž je tam zavřenejch mnoho pánů důstojníků," vysvětlil Švejk, a když přišli k nové tlupě tlačící se před manifestem, Švejk vykřikl:

"Císaři Františkovi Josefovi nazdar! Tuhle vojnu vyhrajem."

Někdo z nadšeného davu narazil mu klobouk přes uši a tak za sběhu lidu dobrý voják Švejk vkročil opětně do vrat policejního ředitelství.

"Tuhle vojnu vyhrajem docela určitě, opakuji to ještě jednou, pánové!" s těmi slovy rozloučil se Švejk s davem, který ho vyprovázel.

A kdesi v dálných dálavách historie snášela se k Evropě pravda, že zítřek rozboří i plány přítomnosti.

Švejk opět doma, proraziv začarovaný kruh

Budovou policejního ředitelství vanul duch cizí autority, která zjišťovala, jak dalece je obyvatelstvo nadšeno pro válku. Kromě několika výjimek, lidí, kteří nezapřeli, že jsou synové národa, který má vykrvácet za zájmy jemu úplně cizí, policejní ředitelství představovalo nejkrásnější skupinu byrokratických dravců, kteří měli smysl jedině pro žalář a šibenici, aby uhájili existenci zakroucených paragrafů.

Přitom nakládali se svými oběťmi s jízlivou vlídností, uvažujíce předem každé slovo.

"Je mně velmi líto," řekl jeden z těch dravců černožlutě žíhaných, když k němu přivedli Švejka, "že vy jste opět padl v naše ruce. Mysleli jsme, že se polepšíte, ale zklamali jsme se."

Švejk němé přitakal hlavou a tvářil se tak nevinné, že černožlutý dravec pohlédl tázavě na něho a zdůraznil:

"Netvařte se tak pitomě."

Přešel však ihned do laskavého tónu a pokračoval:

"Pro nás je jisté velmi nemilé držet vás ve vazbě a mohu vás ujistit, že podle mého mínění vaše vina není tak veliká, neboť při vaší malé inteligenci není pochyby, že jste byl sveden. Řekněte mně, pane Švejku, kdo vlastně vás svádí, abyste vyváděl takové hlouposti?"

Švejk zakašlal a ozval se:

"Já prosím o žádných hloupostech nevím."

"A to není hloupost, pane Švejku," řekl umělý otcovský tón, "když vy, podle udání policejního strážníka, který vás sem přivedl, způsobil jste sběh lidu před manifestem o válce nalepeným na nároží a když jste pobuřoval lid výkřiky, Nazdar císaři Františkovi Josefovi. Tahle vojna je vyhrána!`?"

"Já nemoh zahálet," prohlásil Švejk, upíraje své dobré oči v zrak inkvizitora, "já jsem se rozčílil, když jsem viděl, že všichni čtou ten manifest o vojně a nejevějí žádnou radost. Žádný volání slávy, žádný hurrá, vůbec nic, pane rado. Tak jako kdyby se jich to vůbec netýkalo. A tu já, starý voják od jednadevadesátýho regimentu, nemoh jsem se na to dívat, a tak jsem vykřikl ty věty, a já si myslím, že kdybyste vy byl na mým místě, že byste to udělal zrovna jako já. Když je válka, musí se vyhrát a musí se volat sláva císaři pánu, to mně nikdo nevymluví."

Překonán a zkrušen nesnesl černožlutý dravec zrak nevinného beránka Švejka, sklopil jej na úřední akta a řekl:

"Přiznávám plné vaše nadšení, ale kdyby se bylo projevilo za jiných okolností. Víte však sám dobře, že vás vedl policejní strážník, takže takový vlastenecký projev mohl a musel účinkovat na obecenstvo spíše ironicky než vážně."

"Jestli vede někoho policejní strážník," odpověděl Švejk, "je to těžký moment v životě lidským. Ale jestli člověk ani v takovej těžkej moment nezapomíná, co se patří dělat, když je vojna, myslím, že takovej člověk není tak špatnej."

Černožlutý dravec zavrčel a podíval se ještě jednou Švejkovi do očí.

Švejk odpověděl nevinným, měkkým, skromným a něžným teplem svého zraku.

Chvíli dívali se ti dva upřené na sebe.

"Vem vás čert,. Švejku," řekla nakonec úřední brada, "jestli se sem ještě jednou dostanete, tak se vás vůbec nebudu na nic ptát a poputujete přímo k vojenskému soudu na Hradčany. Rozuměl jste?"

A nežli se nadál, Švejk přikročil k němu, políbil mu ruku a řekl:

"Zaplať vám pánbůh za všechno, kdybyste potřeboval někdy nějakého čistokrevného pejska, račte se obrátit na mne. Já mám obchod se psy."

A tak se ocitl Švejk opět na svobodě a na cestě k domovu.

Jeho uvažování, má-li se stavit napřed ještě u Kalichu, skončilo tím, že otevřel ty dveře, odkud vyšel před časem v průvodu detektiva Bretschneidra.

Ve výčepu panovalo hrobové ticho. Sedělo tam několik hostů, mezi nimi kostelník od Svatého Apolináře. Tvářili se zachmuřené. Za výčepním pultem seděla hostinská Palivcová a tupě se dívala na pivní pípy.

"Tak už jsem se vrátil," řekl Švejk vesele, "dejte mně sklenici piva. Kdepak máme pana Palivce, je už také doma?"

Místo odpovědi dala se Palivcová do pláče, a soustřeďujíc své neštěstí ve zvláštním přízvuku na každém slově, zasténala:

"Dali - mu - deset - let - před - tejdnem."

"Nu vida," řekl Švejk, "tak už má sedum dní za sebou."

"On byl takovej opatrnej," plakala Palivcová, "sám to také vždycky o sobě tvrdil."

Hosté ve výčepu tvrdošíjné mlčeli, jako by tu bloudil duch Palivcův a nabádal je ještě k větší opatrnosti.

"Opatrnost matkou moudrostí," řekl Švejk, usedaje ke stolu za sklenici piva, ve které v pěné byly malé otvory, jak na pěnu kapaly slzy paní Palivcové, když nesla Švejkovi pivo na stůl, "dnešní doba je taková, že vona nutí člověka k opatrnosti."

"Včera jsme měli dva pohřby," zaváděl řeč na jiné pole kostelník od Svatého Apolináře.

"To patrně někdo umřel," řekl druhý host, načež třetí dodal:

"Byly ty pohřby s katafalkem?"

"Rád bych věděl," řekl Švejk, "jaký budou ve válce teď ty vojenský pohřby."

Hosté se zvedli, zaplatili a tiše odešli. Švejk osaměl s paní Palivcovou.

"To jsem si nepomyslil," řekl, "aby odsuzovali nevinného člověka na deset let. Že jednoho nevinného člověka odsoudili na pět let, to jsem už slyšel, ale na deset, to je trochu moc."

"Když on se můj přiznal," plakala Palivcová, "jak to tady říkal o těch mouchách a o tom obraze, tak to opakoval i na direkci, i u soudu. Já byla na tom přelíčení jako svědek, ale co jsem mohla svědčit, když mně řekli, že jsem v příbuzenském poměru k svému muži a že se mohu vzdát svědectví. Já jsem se tak lekla toho příbuzenského poměru, aby snad ještě z toho něco nebylo, tak jsem se vzdala svědectví a on chudák stará se tak na mne podíval, do smrti na ty jeho oči nezapomenu. A potom, po rozsudku, když ho odváděli, vykřik jim tam na chodbě, jak byl z toho celej pitomej: ‚Ať žije Volná myšlenka!` "

"A pan Bretschneider už sem nechodí?" otázal se Švejk.

"Byl tady několikrát," odpověděla paní hostinská, "vypil jedno nebo dvě piva, ptal se mne, kdo sem chodí, a poslouchal, jak si hosti vypravují o fotbalu. Oni si vždycky, když ho vidí, vypravují jen o fotbalu. A on sebou cukal, jako kdyby každou chvilku chtěl běsnit a svíjet se. Za tu celou dobu dostal na lep jen jednoho čalouníka z Příčné ulice."

"Je to věc výcviku," poznamenal Švejk, "byl ten čalouník hloupej člověk?"

"Asi jako můj muž," odpověděla s pláčem, "ptal se ho, jestli by střílel proti Srbům. A on mu řek, že neumí střílet, že byl jednou na střelnici a prostřílel tam korunu. Pak jsme všichni slyšeli, že pan Bretschneider řekl, vytahuje si zápisník: ‚I hleďme, zase nová pěkná velezráda!`, a odešel s tím čalouníkem z Příčné ulice, který se již nevrátil."

"Ono se jich nevrátí víc," pravil Švejk, "dejte mně rum."

Právě si Švejk dával nalít rum podruhé, když do výčepu přišel civilní strážník Bretschneider. Vrhnuv zběžný pohled do výčepu i prázdného lokálu, přisedl k Švejkovi a poručiv si pivo čekal, co řekne Švejk.

Švejk sňal z věšáku nějaké noviny a prohlížeje zadní stranu inzerátů ozval se:

"Tak vida, tenhle Čimpera v Straškově číslo 5, pošta Račiněves, prodá hospodářství s třinácti korci vlastních polí, škola a dráha na místě."

Bretschneider nervózně zabubnoval prsty a obraceje se k Švejkovi řekl:

"To se divím, proč vás to hospodářství zajímá, pane Švejku."

"Ach, to jste vy," pravil Švejk, podávaje mu ruku, "já vás hned nemoh poznat, já mám velmi slabou paměť. Posledně jsme se rozešli, jestli se nemejlím, v přijímací kanceláři policejního ředitelství. Copak děláte od té doby, chodíte sem často?"

"Já jsem dnes přišel kvůli vám," řekl Bretschneider, "bylo mně sděleno na policejním ředitelství, že prodáváte psy. Potřeboval bych pěkného ratlíčka, nebo špice, nebo něco podobného."

"To vám všechno mohu opatřit," odvětil Švejk, "přejete si čistokrevný zvíře nebo nějaké z ulice?" "Myslím," odpověděl Bretschneider, "že se rozhodnu pro čistokrevné zvíře."

"A což policejního psa byste si nepřál?" otázal se Švejk, "takového, kerej hned všechno vyslídí a přivede na stopu zločinu. Má ho jeden řezník ve Vršovicích a on mu tahá vozejk, ten pes se, jak se říká, minul se svým povoláním."

"Já bych chtěl špice," s klidnou umírněností řekl Bretschneider, "špice, který by nekousal:"

"Přejete si tedy bezzubého špice?" otázal se Švejk, "vím o jednom. Má ho jeden hostinský v Dejvicích:"

"Tak raději ratlíčka," rozpačitě ozval se Bretschneider, jehož kynologické schopnosti byly v samých začátcích, a kdyby byl nedostal ten rozkaz z policejního ředitelství, nikdy by se o psech byl ničeho nedověděl.

Ale rozkaz zněl přesně, jasné a tvrdě. Seznámit se důvěrněji se Švejkem na podkladě jeho obchodu se psy, ku kterémuž účelu měl právo vybrat si pomocníky a disponovat obnosy na nákup psů.

"Ratlíčkové jsou větší a menší," řekl Švejk, "vím o dvou menších a třech větších. Všech pět se dá chovat na klíně. Mohu vám je co nejvřeleji odporučit."

"To by se mně zamlouvalo," prohlásil Bretschneider, "a co by stál jeden?"

"To přijde na velikost," odpověděl Švejk, "to záleží na velikostí. Ratlík není tele, u ratlíků je to právě naopak, čím menší, tím dražší."

"Já reflektuji na větší, kteří by hlídali," odvětil Bretschneider, obávaje se, aby neztížil tajný fond státní policie.

"Dobrá," řekl Švejk, "větší vám mohu prodat po padesáti korunách a ještě větší po pětačtyřiceti korunách, ale přitom jsme zapomněli na jednu věc. Mají to být štěňata nebo starší psi, nebo psíci či feny?"

"Mně je to jedno," odpověděl Bretschneider, který měl tu co dělat s neznámými problémy, "zaopatřte mně je a já si zítra v sedm hodin večer k vám pro ně přijdu. Budou?"

"Přijdte, budou," suše odvětil Švejk, "ale v takovém případě jsem nucen požádat vás o zálohu třiceti korun."

"Bezevšeho," řekl Bretschneider, vypláceje peníze, "a teď si dáme každý čtvrtku vína na moje konto:"

Když vypili, dal Švejk čtvrtku vína na svůj účet, potom Bretschneider, vyzývaje Švejka, aby se ho nebál, že dnes není ve službě a že se může mluvit dnes s ním o politice.

Švejk prohlásil, že on nikdy o politice v hospodě nemluví, že celá politika je pro malé děti. Bretschneider byl naproti tomu revolučnějších názorů a říkal, že každý slabý stát je předurčen k zániku, a ptal se Švejka, jaký je jeho názor v této věci.

Švejk prohlásil, že neměl se státem co dělat, ale že jednou měl na ošetřování slabé štěně bernardýna, které krmil vojenskými sucharly, a že také chcíplo.

Když měli každý pátou čtvrtku, prohlásil se Bretschneider za anarchistu a ptal se Švejka, do které organizace se má dát zapsat.

Švejk řekl, že si jednou jeden anarchista koupil od něho leonbergra za sto korun a že mu zůstal poslední splátku dlužen.

Při šesté čtvrtce mluvil Bretschneider o revoluci a proti mobilizaci, načež Švejk naklonil se k němu a pošeptal mu do ucha:

"Právě přišel do lokálu nějakej host, tak ať vás neslyší, nebo byste mohl mít z toho nepříjemnosti...Vidíte, že hostinská už pláče:"

Paní Palivcová opravdu plakala na své židli za výčepním pultem.

"Proč pláčete, paní hostinská?" otázal se Bretschneider, "za tři měsíce vyhrajeme vojnu, bude amnestie, váš pán se vrátí a pak si dáme u vás do trumpety. - Nebo nemyslíte, že to vyhrajeme?" obrátil se k Švejkovi.

"Nač to pořád přežvykovat," řekl Švejk, "vyhrát se to musí, a basta, teď ale už musím jít domů: ` Švejk zaplatil útratu a vrátil se ku své staré posluhovačce paní Müllerové, která se velice lekla, když viděla, že muž, který si otvírá klíčem dveře do bytu, je Švejk.

"Já myslela, milostpane, že se vrátějí až za kolik roků," řekla s obvyklou upřímností, "já jsem si zatím vzala z lítosti na byt jednoho portýra z noční kavárny, poněvadž u nás byla třikrát domovní prohlídka, a když nic nemohli najít, tak říkali, že jste ztracenej, poněvadž jste rafinovanej."

Švejk se ihned přesvědčil, že neznámý cizinec zařídil se úplně pohodlně. Spal v jeho posteli a byl dokonce tak šlechetný, že se spokojil s polovicí postele a na druhou polovici umístil nějaké dlouhovlasé stvoření, které z vděčnosti spalo, objavši ho kolem krku, zatímco části pánské i dámské garderoby válely se smíchány kolem postele. Z toho chaosu bylo vidět, že se portýr z noční kavárny vrátil se svou dámou ve veselé náladě.

"Pane," řekl Švejk, třesa vetřelcem, "abyste nezmeškal k obědu. Mé by velice mrzelo, kdybyste o mně říkal, že jsem vás vyhodil, když už nikde jste nemoh dostat něco k obědu: `

Portýr z noční kavárny byl velice rozespalý, a dlouho to trvalo, než pochopil, že se majitel postele vrátil domů a že si dělá nárok na ni.

Po zvyku všech portýrů z nočních kaváren i tento pán se vyjádřil, že každého ztluče, kdo ho bude budit, a pokusil se spát dál.

Švejk sebral mezitím části jeho garderoby, přinesl mu je k posteli, a zatřepav jím energicky, řekl:

"Jestli se neobléknete, tak vás zkusím vyhodit tak, jak jste, na ulici. Pro vás bude velkou výhodou, když vyletíte odtud oblečenej."

"Já jsem chtěl spát do osmi večer," zaraženě ozval se portýr, navlékaje si kalhoty, "já platím denně z postele dvě koruny té paní a můžu si sem vodit slečny z kavárny. Mařeno, vstávej!"

Když si bral límeček a skládal kravatu, vzpamatoval se již do té míry, že mohl ujistit Švejka, že noční kavárna Mimóza jest opravdu jedna z nejslušnějších nočních místností, kam mají přístup jediné dámy, které mají policejní knížku v úplném pořádku, a zval Švejka srdečné, aby přišel na návštěvu.

Naproti tomu jeho společnice nebyla nijak spokojena se Švejkem a použila několika velice slušných výrazů, z nichž nejslušnější byl "Ty kluku velekněžská!"

Po odchodu vetřelců šel Švejk udělat pořádek s paní Müllerovou, ale nenašel po ní žádné jiné stopy kromě kousku papíru, na kterém tužkou byl načmárán rozházený rukopis paní Müllerové, která neobyčejně lehce vyjádřila své myšlenky týkající se nešťastné příhody s propůjčováním Švejkovy postele portýru z noční kavárny:

"Odpustějí, milostpane, že jich víckrát neuvidím, poněvadž skočím z okna."
"Lže," řekl Švejk a čekal.

Za půl hodiny vplížila se do kuchyně nešťastná paní Müllerová a bylo na její zdrceném výrazu tváře vidět, že čeká od Švejka slova útěchy.

"Jestli chcete skákat z okna," řekl Švejk, "jděte do pokoje, okno jsem otevřel. Skákat z kuchyňského okna bych vám neradil, poněvadž spadnete do zahrádky na růže a pomačkala byste keře a musela byste to platit. Z pokojského okna sletíte krásně na chodník, a když budete mít štěstí, zlomíte si vaz. Jestli budete mít smůlu, tak si přelámete jedině všechny žebra, ruce a nohy a budete muset platit nemocnici."

Paní Müllerová se dala do pláče, potichu odešla do pokoje, zavřela okno, a když se vrátila, řekla: "Vono to táhne a nebylo by to dobrý na milostpánův revmatismus."

Pak šla stlát postel, neobyčejně pečlivě uváděla všechno do pořádku a vrátivši se k Švejkovi do kuchyně se zaslzeným zrakem poznamenala: "Ty dvě štěňata, milostpane, co jsme měli na dvoře, chcíply. A ten bernardýn, ten nám utek, když tady dělali domovní prohlídku."

"A prokristapána," vykřikl Švejk, "ten se může dostat do pěkný bryndy, toho teď jisté bude hledat policie."

"On kousl jednoho pana policejního komisaře, když ho při prohlídce vytáhl zpod postele," pokračovala paní Müllerová, "napřed totiž jeden z těch pánů řek, že tam někdo je pod postelí, tak vyzvali toho bernardýna jménem zákona, aby vylezl ven, a když nechtěl, tak ho vytáhli. A on je chtěl spolknout, pak vyrazil ze dveří a víc se nevrátil. Se mnou také dělali výslech, kdo k nám chodí, jestli nedostáváme nějaké peníze z ciziny, a potom dělali narážky, že jsem hloupá, když jsem jim řekla, že peníze z ciziny chodějí jen zřídka, posledně od toho pana řídícího z Brna ta záloha šedesát korun na angorskou kočku, kterou jste inzeroval v Národní politice a místo který jste mu poslal v bedničce od datlí to slepé štěňátko foxteriéra. Potom se mnou mluvili velice vlídně a odporučili mně sem toho portýra z noční kavárny, abych se sama v bytě nebála, toho samýho, kerýho vyhodili..."

"Já už mám s těmi úřady smůlu, paní Müllerová, teď uvidíte, kolik jich sem přijde kupovat psy," povzdechl Švejk.

Nevím, jestli ti pánové, kteří po převratu prohlíželi policejní archív, rozšifrovali položky tajného fondu státní policie, kde stálo: B . . . 40 K, F . . . 50 K, L . . . 80 K atd., ale rozhodně se mýlili, že B, F, L jsou začáteční písmena nějakých pánů, kteří za 40, 50, 80 atd. korun prodávali český národ černožlutému orlu.

B znamená bernardýn, F foxteriér a L značí leonbergra. Tyto všechny psy přivedl Bretschneider od Švejka na policejní ředitelství. Byly to ohyzdné obludy, které neměly toho nejmenšího společného s nějakou čistokrevnou rasou, za kterou je Švejk Bretschneidrovi vydával.

Bernardýn byla směs z nečistokrevného pudla a nějakého pouličního čokla, foxteriér měl uši jezevčíka a velikost řeznického psa se zakroucenýma nohama, jako by prodělal andělskou nemoc. Leonberger připomínal hlavou chlupatou tlamu stájového pinče, měl useknutý ohon, výšku jezevčíka a zadek holý jako proslulí psíci naháčkové američtí.

Pak tam šel koupit psa detektiv Kalous a vrátil se s vyjevenou potvorou, připomínající hyenu skvrnitou, s hřívou škotského ovčáka, a v položkách tajného fondu přibyla nová: D . . . 90 K.

Ta potvora hrála roli dogy...

Ale ani Kalousovi se nepodařilo vyzvědět něco od Švejka. Dařilo se mu tak jako Bretschneidrovi. I nejobratnější politické rozhovory Švejk převedl na léčení psinky u štěňat a nejbystřejší záludné léčky končily tím, že si Bretschneider odváděl s sebou od Švejka opět novou nemyslitelně kříženou obludu.

A to byl konec slavného detektiva Bretschneidra. Když měl již ve svém bytě sedm takových ohav, uzavřel se s nimi v zadním pokoji a nedal jim tak dlouho nic jíst, dokud ho nesežraly.

Byl tak čestný, že ušetřil eráru za pohřeb.

V jeho služebním spisku na policejním ředitelství byla zanesena do rubriky "Postup ve službě" tato slova plná tragiky: "Sežrán vlastními psy."

Když se později dověděl Švejk o té tragické události, řekl:

"To mně jenom vrtá hlavou, jalo ho dají při posledním soudu dohromady."

Švejk jde na vojnu

V době, kdy lesy na řece Rábu v Haliči viděly utíkat přes Ráb rakouská vojska a dole v Srbsku rakouské divize jedna za druhou dostávaly přes kalhoty to, co jim dávno patřilo, vzpomnělo si rakouské ministerstvo vojenství i na Švejka, aby pomohl mocnářství z bryndy.

Švejk, když mu přinesli vyrozumění, že se má za týden dostavit na Střelecký ostrov k lékařské prohlídce, ležel právě v posteli, stižen opětné revmatismem.

Paní Müllerová vařila mu v kuchyni kávu. "Paní Müllerová," ozval se z pokoje tichý hlas Švejkův, "paní Müllerová, pojďte sem na chvilku:"

Když posluhovačka stála u postele, řekl Švejk opět takovým tichým hlasem: "Sedněte si, paní Müllerová."

V jeho hlase bylo něco tajuplně slavnostního. Když se paní Müllerová posadila, prohlásil Švejk, vztyčuje se na posteli: "Já jdu na vojnu!"

"Panenko Maria," vykřikla paní Müllerová, "co tam budou dělat?"

"Bojovat," hrobovým hlasem odpověděl Švejk, "s Rakouskem je to moc špatný. Nahoře nám už lezou na Krakov a dole do Uher. Jsme biti jako žito, kam se podíváme, a proto mě volají na vojnu. Já jim přece včera četl z novin, že drahou vlast vovinuly nějaké mraky."

"Ale vždyť se nemůžou hejbat."

"To nevadí, paní Müllerová, pojedu na vojnu ve vozejku. Znají toho cukráře za rohem, ten takovej vozejk má. Vozil v něm před lety svýho chromého zlýho dědečka na čerstvej vzduch. Vy mne, paní Müllerová, v tom vozejku na tu vojnu odtáhnete:"

Paní Müllerová se dala do pláče: "Nemám, milostpane, doběhnout pro doktora?"

"Nikam nepudou, paní Müllerová, já jsem až na ty nohy úplně zdravej kanónenfutr a v tý době, když je to s Rakouskem vošklivý, každej mrzák musí bejt na svým místě. Vařte kávu klidné dál:"

A zatímco paní Müllerová, uplakaná a rozechvělá, cedila kávu, dobrý voják Švejk si zpíval na posteli:

Jenerál Windischgrätz a vojenští páni
od východu slunce vojnu započali
hop, hop, hop!
Vojnu započali, takto jsou zvolali:
Pomoz nám Kristus Pán s Panenkou Marií;
hop, hop, hop!

Uděšená paní Müllerová pod dojmem strašného válečného zpěvu zapomněla na kávu a třesouc se na celém těle uděšeně naslouchala, jak dobrý voják Švejk dál zpívá na posteli:

S Panenkou Marií a ty čtyry mosty
postav si Pimonte, silnější forposty;
hop, hop, hop!

Byla bitva, byla, tam u Solferina,
teklo tam krve moc, krve pod kolena;
hop, hop, hop!
Krve pod kolena a na fůry masa,
vzdyť se tam sekala vosumnáctá chasa;
hop, hop, hop!
Vosumnáctá chaso, neboj se ty nouze,
vždyť za tebou vezou peníze na voze;
hop, hop, hop!

"Milostpane, proboha jich prosím," ozvalo se žalostivé z kuchyně, ale Švejk již končil svou válečnou píseň:

Peníze na voze a menáž v kočáře,
kerejpak regiment tohlencto dokáže?
Hop, hop, hop!

Paní Müllerová vyrazila ze dveří a běžela pro lékaře. Vrátila se za hodinu, zatímco Švejk si zdříml.

A tak byl probuzen obtloustlým pánem, který mu chvíli držel ruku na čele a říkal:

"Nebojte se, já jsem doktor Pávek z Vinohrad ukažte ruku - tenhle teploměr si dejte pod paždí...Tak - ukažte jazyk - ještě víc - držte jazyk - na co zemřel váš pan otec a vaše matka?"

A tak v době, kdy Vídeň si přála, aby všichni národové Rakousko-Uherska dávali nejskvělejší příklady věrnosti a oddanosti, předepsal doktor Pávek Švejkovi proti jeho vlasteneckému nadšení bróm a doporučoval statečnému a hodnému vojínu Švejkovi, aby nemyslil na vojnu:

"Ležte rovně a zachovejte klid, já zítra opět přijdu. Když druhého dne přišel, ptal se v kuchyni paní Müllerové, jak se daří pacientovi.

"Je to s ním horší, pane doktore," odpověděla s opravdovým zármutkem, "v noci zpíval, s odpuštěním, když ho revma chytlo, rakouskou hymnu:"

Doktor Pávek viděl se nucena reagovat na tento nový projev loajality pacientovy zvýšenou dávkou brómu.

Třetího dne hlásila mu paní Müllerová, že je to se Švejkem ještě horší.

"Odpůldne, pane doktore, si poslal pro mapu bojiště a v noci ho chytla fantaz, že to Rakousko vyhraje:"

"A prášky užívá přesně podle předpisu?"

"Ještě si pro ně, pane doktore, ani neposlal."

Doktor Pávek odešel, když snesl na Švejka bouři výčitek s ujištěním, že nikdy více nepřijde léčit člověka, který odmítá jeho lékařskou pomoc s brómem.

Zbyly jen dva dny, kdy se měl objevit Švejk před odvodní komisí.

Za tu dobu učinil Švejk náležité přípravy. Předně poslal koupit paní Müllerovou vojenskou čepici a za druhé ji poslal vypůjčit si vozík od cukráře za rohem, na kterém kdysi cukrář vozil svého zlého chromého dědečka na čerstvý vzduch. Pak si vzpomněl, že potřebuje berle. Naštěstí cukrář choval též i berle jako rodinnou památku na svého dědečka.

Scházela mu ještě rekrutská kytka. I tu mu sehnala paní Müllerová, která za ty dny nápadně zhubla, a kudy chodila, tudy i plakala.

A tak v ten památný den objevil se na pražských ulicích případ dojemné loajality:

Stará žena, strkající před sebou vozík, na kterém seděl muž ve vojenské čepici s vyleštěným frantíkem, mávající berlemi. A na kabátě skvěla se pestrá rekrutská kytka.

A muž ten, mávaje poznovu a poznovu berlemi, křičel do pražských ulic:

"Na Bělehrad, na Bělehrad!"

Za ním šel zástup lidu, který stále vzrůstal z nepatrného hloučku shromáždivšího se před domem, odkud Švejk vyjel na vojnu.

Švejk mohl konstatovat, že policejní strážníci, stojící na některých křižovatkách, mu zasalutovali.

Na Václavském náměstí vzrostl zástup kolem vozíku se Švejkem na několik set hlav a na rohu Krakovské ulice byl jím zbit nějaký buršák, který v cerevisce křičel k Švejkovi:

"Heil! Nieder mit den Serben!"

Na rohu Vodičkovy ulice vjela do toho jízdní policie a rozehnala zástup.

Když Švejk revírnímu inspektorovi ukázal, že to má černé na bílém, že dnes musí být před odvodní komisí, byl revírní inspektor trochu zklamán a kvůli zamezení výtržností dal doprovázet vozík se Švejkem dvěma jízdními strážníky na Střelecký ostrov.

O celé této události objevil se v Pražských úředních novinách tento článek:

Vlastenectví mrzáka. Včera dopoledne byli chodci na hlavních pražských třídách svědky scény, která krásně mluví o tom, že v této veliké a vážné době i synové našeho národa mohou dáti nejskvělejší příklady věrnosti a oddanosti k trůnu staříčkého mocnáře. Zdá se nám, že se vrátily doby starých Řeků a Římanů, kdy Mucius Scaevola dal se odvésti do boje, nedbaje své upálené ruky. Nejsvětější city a zájmy byly včera krásně demonstrovány mrzákem o berlích, kterého stará matička vezla na vozíku pro nemocné. Tento syn českého národa dobrovolně nedbaje své neduživosti dal se odvésti na vojnu, aby dal svůj život i statky za svého císaře. A jestli jeho volání "Na Bělehrad!" mělo tak živý ohlas v pražských ulicích, jest to jen svědectvím, že Pražané skýtají vzorné příklady lásky k vlasti a k panovnickému domu.

Ve stejném smyslu psal i Prager Tagblatt, který končil. svůj článek slovy, že mrzáka dobrovolce vyprovázel zástup Němců, kteří ho svými těly chránili před lynčováním ze strany českých agentů známé Dohody.

Bohemie uveřejnila tuto zprávu žádajíc, aby mrzák vlastenec byl odměněn, a oznámila, že pro neznámého přijímá od německých občanů dárky v administraci listu.

Jestli podle těch tří časopisů nemohla země česká vydat ušlechtilejšího občana, nebyli téhož názoru páni v odvodní komisi.

Zejména ne vrchní vojenský lékař Bautze. Byl to muž neúprosný, který ve všem viděl podvodný pokus uniknout vojně, frontě, kulce a šrapnelům.

Známý jest jeho výrok: "Das ganze tschechische Volk ist eine Simulantenbande."

Za deset týdnů své činnosti vymýtil z 11 000 civilistů 10 999 simulantů a byl by se dostal na kobylku i tomu jedenáctitisícímu, kdyby nebyla toho šťastného člověka právě v tom okamžiku, když na něho zařval "Kehrt euch!", ranila mrtvice.

"Odneste toho simulanta!" řekl Bautze, když zjistil, že je muž mrtev.

A před ním stál v ten památný den Švejk jako ostatní v plné nahotě, zakrývaje cudně svou nahotu berlemi, o které se opíral.

"Das ist wirklich ein besonderes Feigenblatt," řekl Bautze, "takových fíkových listů v ráji nebylo."

"Superarbitrován pro blbost," poznamenal šikovatel, dívaje se do úředních listin.

"A co vám ještě schází?" otázal se Bautze. "Poslušně hlásím, že jsem revmatik, ale sloužit budu císaři pánu až do roztrhání těla," skromné řekl Švejk, "já mám oteklý kolena."

Bautze podíval se strašně na dobrého vojáka Švejka a zařval: "Sie sind ein Simulant!", a obraceje se k šikovateli, s ledovým klidem Tekl: "Den Kerl sogleich einsperren!"

Dva vojáci s bajonety odváděli Švejka do posádkové věznice.

Švejk šel o berlích a s hrůzou pozoroval, že jeho revmatismus začíná mizet.

Paní Müllerová, která čekala nahoře na mostě s vozíkem na Švejka, když ho viděla pod bajonety, zaplakala a odešla od vozíku, aby se vícekrát k němu nevrátila.

A dobrý voják Švejk šel skromné v průvodu ozbrojených ochránců státu.

Bajonety svítily v záři slunce a na Malé Straně obrátil se Švejk před pomníkem Radeckého k zástupu, který je vyprovázel:

"Na Bělehrad! Na Bělehrad!"

A maršálek Radecký snivě se díval ze svého pomníku za vzdalujícím se dobrým vojákem Švejkem s rekrutskou kytkou na kabátě, kulhajícím na starých berlích, zatímco sděloval nějaký vážný pán lidem kolem, že vedou dezentéra.

Švejk simulantem

V této velké době vojenští lékaři dali si neobyčejně záležet, aby ze simulantů vyhnali ďábla sabotáže a vrátili je opět do lůna armády.

Bylo zavedeno několik stupňů trápení simulantů a lidí podezřelých, že jsou simulanti, jakými byli: souchotináři, revmatikové, lidé s kýlou, ledvinovou nemocí, tyfem, cukrovkou, zánětem plic a jinými chorobami.

Trápení, kterému byli simulanti podrobeni, bylo systematizováno a stupně trápení byly tyto:

1. Naprostá dieta, ráno a večer po šálku čaje během tří dnů, přičemž se všem bez rozdílu toho, nač si stěžují, podává aspirin pro pocení.

2. Podává se, aby si nemysleli, že .je vojna med, v hojných porcích chinin v prášku, čili takzvané "lízání chininu".

3. Vyplachování žaludku dvakrát za den litrem teplé vody.

4. Klystýr, při použití mýdlové vody a glycerínu.

5. Zabalení do prostěradla namočeného ve studené vodě.

Byli lidé stateční, kteří přetrpěli všech pět stupňů trápení a dali se odvézt v prosté rakvi na vojenský hřbitov. Byli však lidé malomyslní, kteří, když došli ke klystýru, prohlásili, že už je jim dobře a že si nic jiného nepřejí než odejít s nejbližším maršovým batalіónem do zákopů.

Švejka v posádkové věznici uložili do nemocničního baráku právě mezi takové malomyslné simulanty.

"Už to nevydržím," řekl jeho soused na posteli, kterého přivedli z ordinačního pokoje, kde mu již podruhé vyplachovali žaludek.

Muž ten simuloval krátkozrakost.

"Zítra pojedu k pluku," rozhodoval se druhý soused po levé straně, který právě dostal klystýr, simuluje, že je hluchý jako pařez.

Na posteli u dveří umíral jeden souchotinář, zabalený do prostěradla namočeného ve studené vodě.

"To je už třetí tenhle týden," poznamenal soused po pravé straně, "a co tobě schází?"

"Já mám revma," odpověděl Švejk, načež následoval upřímný smích všech kolem. Smál se i umírající souchotinář simulující tuberkulózu.

"S revmatismem mezi nás nelez," vážně Švejka upozorňoval tučný muž, "revmatismus, ten tu platí tolik jako kuří oka; já jsem chudokrevný, mám pryč, půl žaludku a pět žeber pryč, a nikdo mně nevěří. Byl zde dokonce jeden hluchoněmý, čtrnáct dní ho balili každou půl hodiny do prostěradla namočeného ve studené vodě, každý den mu dávali klystýr a pumpovali žaludek.

Už všichni saniťáci mysleli, že to vyhrál a že půjde domů, když mu tu předepsal doktor něco pro dávení. Mohlo ho to ztrhat, a tu on zmalomyslněl. ,Nemohu,` povídá, ,déle dělat hluchoněmého, vrátila se mně řeč i sluch: Marodi všichni mu domlouvali, aby se nehubil, ale on stál na svém, že slyší a mluví jako ostatní. A také to tak i hlásil ráno při vizitě:"

"Držel se dost dlouho," poznamenal muž simulující, že má jednu nohu kratší o celý decimetr, "ne jako ten, co simuloval, že ho ranila mrtvice. Stačily tři chininy, jeden klystýr a jednodenní půst. Přiznal se, a než došlo k pumpování žaludku, nebylo po mrtvici ani památky. Nejdéle se zde držel ten, co byl pokousán vzteklým psem. Kousal, vyl, to je pravda, to uměl znamenitě, ale nemoh nijak dostat dohromady tu pěnu u huby. Pomáhali jsme mu, jak jsme mohli. Lechtali jsme ho kolikrát po celou hodinu do vizity, až dostal křeče a zmodral nám, ale pěna u huby se nedostavovala a také nedostavila. Bylo to něco hrozného. Když se vzdával takhle ráno při vizitě, tak nám ho bylo líto. Postavil se u postele jako svíčka, zasalutoval a řekl: ,Poslušně hlásím, pane obrarct, že asi ten pes, který mne krous, nebyl vzteklej.` Obrarct se na něho podíval tak nějak divně, že pokousaný se počal třást na celém těle a pokračoval: ,Poslušně hlásím, pane obrarct, že mne vůbec žádnej pes nekous, to jsem se já sám kous do ruky.` Po tom přiznání ho vyšetřovali pro sebezohavení, že si chtěl ukousnout ruku, aby nemusel do pole:"

"Všechny takové nemoci, kde se potřebuje, pěna u huby," řekl tučný simulant, "se dají špatně simulovat. Jako kupříkladu padoucnice. Byl zde také jeden s padoucnicí, ten nám vždy říkal, že mu na jednom záchvatu nezáleží, tak jich dělal třebas deset za den. Svíjel se v těch křečích, zatínal pěstě, vypuloval oči, maje je jako na šťopkách, bil sebou, vyplazoval jazyk, zkrátka vám řeknu, nádherná prvotřídní padoucnice, taková upřímná. Najednou dostal nežidy, dva na krk, dva na záda, a bylo po svíjení a bití sebou o podlahu, když nemohl hlavou hnout, ani sedět, ani ležet. Dostal horečku a v horečce na sebe při vizitě všechno pověděl. A dal nám s těmi nežidami co proto, poněvadž musel s nimi ležet ještě tři dny mezi námi a dostával druhou dietu, ráno kávu s houskou, k obědu polévku, omáčku a knedlík, večer kaši nebo polévku, a my se museli dívat s hladovými vypumpovanými žaludky s úplnou dietou, jak ten chlap žere, mlaská, funí a krká sytostí. Třema tím podrazil nohy, přiznali se také. Ti leželi na srdeční vadu."

"Nejlepší," mínil jeden ze simulantů, "dá se simulovat šílenství. Z našeho učitelského sboru jsou vedle v cimře dva, jeden neustále křičí dnem i nocí: ,Hranice Giordana Bruna ještě dýmá, obnovte proces Galileův!` a ten druhý štěká, na před třikrát pomalu: haf - haf - haf, potom pětkrát rychle za sebou: hafhafhafhafhaf, a zas pomalu, a tak to jde neustále. Už to vydrželi přes tři neděle. Já jsem původně také chtěl dělat blázna, náboženského šílence, a kázat o neomylnosti papežové, ale nakonec jsem si opatřil rakovinu žaludku od jednoho holiče na Malé Straně za patnáct korun."

"Já znám jednoho kominíka v Břevnově," poznamenal jiný pacient, "ten vám za deset korun udělá takovou horečku, že vyskočíte z okna:"

"To nic není," řekl druhý, "ve Vršovicích je jedna porodní bába, která vám za dvacet korun vymkne nohu tak pěkně, že jste mrzák nadosmrti: `

"Já mám vymknutou nohu za pětku," ozvalo se z řady postelí u okna, "za pětku a tři piva."

"Mě ta moje nemoc stojí už přes dvě stovky," prohlásil jeho soused, vyschlá tyčka, "jmenujte mně jakýkoliv jed, kterého bych byl neužíval, nenajdete. Jsem živé skladiště jedů. Pil jsem sublimát, vdechoval rtuťové páry, chroupal arzén, kouřil opium, pil opiovou tinkturu, sypal si morfium na chleba, polykal strychnin, pil roztok fosforu v sirouhlíku i kyselinu pikrovou. Zničil jsem si játra, plíce, ledviny, žluč, mozek, srdce, střeva. Nikdo neví, co mám za nemoc:"

"Nejlepší je," vysvětloval někdo ode dveří, "vstříknout si petrolej pod kůži na ruce. Můj bratranec byl tak šťastný, že mu uřízli ruku pod loket, a dnes má s celou vojnou pokoj."

"Tak vidíte," řekl Švejk, "to všechno každej musí zkusit pro císaře pána. I to pumpování žaludku, i ten klystýr. Když jsem sloužil před léty u mýho regimentu, bejvalo to ještě horší. To takovýho maroda svázali do kozelce a hodili do díry, aby se vykurýroval. To nebyly žádný postele s kavalci jako zde nebo plivátka. Holá pryčna a na tej leželi marodi. Jednou měl jeden vopravdovskej tyfus a druhej vedle něho černý neštovice. Voba byli svázaní do kozelce a regimentsarct je kopal do břicha, že jsou prej simulanti. Pak když ty voba vojáci umřeli, přišlo to do parlamentu a bylo to v novinách. Ty noviny hned nám zakázali číst a dělali prohlídku v kuffíkách, kdo má ty noviny. A jak už mám vždycky to neštěstí, u celýho regimentu je u nikoho nenašli než u mě. Tak mne vedli k regimentsraportu a náš obrst, takovej vůl, dej mu pánbůh nebe, začal na mne řvát, abych stál rovně a řek, kdo to do těch novin napsal, nebo že mně roztrhne hubu od ucha k uchu a dá mě zavřít, až budu černej. Potom přišel regimentsarct, šermoval mně pěstí pod nosem a křičel: ,Sie verfluchter Hund, Sie schäbiges Wesen, Sie unglückliches Mistvieh, ty kluku socialistická!` Dívám se všem upřímně do očí, ani nemrknu a mlčím, ruku na čepici a levou na faldě kalhot. Běhali kolem mne jako psi, štěkali na mne, a já pořád nic. Mlčím, vzdávám čest a levá ruka na faldě kalhot. Když tak řádili asi půl hodiny, rozběhl se obršt ke mně a zařval: ,Jsi blbec, nebo nejsi blbec?` - ,Poslušně hlásím, pane obrst, že jsem blbec.` - ,Jednadvacet dní tuhého vězení pro blbost, dva půsty týdně, měsíc kasárníka, osumačtyřicet hodin špangle, hned zavřít, nedat mu žrát, svázat ho, ukázat mu, že erár blbce nepotřebuje. My už ti, holomku, noviny vytlučem z hlavy,` rozhodl se po dlouhým lítání pan obršt. - Zatímco jsem seděl, děly se v kasárnách divy. Náš obršt zakázal vůbec vojákům číst, třebas by to byly i Pražské úřední noviny, v kantýně nesměli balit do novin ani párky, ani syrečky. Vod tý doby vojáci začti číst a náš regiment byl nejvzdělanější. Četli jsme všechny noviny a u každý kumpačky skládali veršíčky, písničky proti panu obrštovi. A když se něco u regimentu stalo, tak se vždycky našel mezi manšaftem nějakej dobrodinec, kerej to dal do novin pod názvem ,Tejrání vojáků`. A na tom neměli dost. Psali poslancům do Vídně, aby se jich ujmuli, a ti začali dávat interpelaci jednu za druhou, že je náš pan obršt zvíře a podobně. Nějakej ministr poslal k nám komisi, aby to vyšetřila, a nějakej Franta Henčlů z Hluboký dostal potom dva roky, poněvadž to byl ten, co se vobrátil do Vídně k poslancům kvůli tý facce, kerou dostal na cvičišti od pana obršta. Potom, když komise vodjela, dal si nás pan obršt všechny seřadit, celej regiment, a povídá, že voják je voják, že musí držet hubu a sloužit, jestli se mu něco nelíbí, tak že je to porušení subordinace. ,Tak jste si, lumpové, mysleli, že vám ta komise pomůže,` povídá pan obršt, ,drek vám pomohla. A teď bude každá kumpačka kolem mne defilírovat a opakovat hlasitě, co jsem řekl: - Tak jsme šli jedna kumpačka za druhou, rechtšsaut, kde stál pan obršt, ruku na řemeni flinty, a řvali jsme na něho: ,Tak jsme si, lumpové, mysleli, že nám ta komise pomůže, drek nám pomohla.` - Pan obršt se smál, až se za břicho popadal, až defilírovala jedenáctá kumpačka. Jde, dupe, a když přijde k panu obrštovi, nic, ticho, ani hlásku. Pan obršt se začervenal jako kohout a vrátil jedenáctou kumpačku, aby to ještě jednou opakovala. Defilíruje a mlčí, jen řada za řadou se drze dívá panu obrštovi do očí. - ,Ruht!` povídá pan obršt a chodí po dvoře, seká si bičíkem přes holinky, plivá, pak najednou se zastaví a zařve ,Abtreten!`, sedne si na svou herku a už je z brány venku. hekali jsme, co se stane s jedenáctou kumpačkou, a ono nic. hekáme jeden den, druhý den, celý týden, a ono pořád nic. Pan obršt se v kasárnách vůbec neobjevil, z čehož mělo mužstvo, šarže i důstojníci velkou radost. Potom jsme dostali nového obršta a o tom starém se povídalo, že je v nějakém sanatoriu, poněvadž napsal vlastnoruční dopis k císaři pánovi, že se jedenáctá kumpačka. vzbouřila."

Přiblížila se doba odpolední vizity. Vojenský lékař Grünstein chodil od postele k posteli a za ním sanitní poddůstojník se zápisní knihou.

"Macuna?!"

"Zde!"

"Klystýr a aspirin! - Pokorný?!"

"Zde!"

"Vypláchnout žaludek a chinin! - Kovařík?!"

"Zde!"

"Klystýr a aspirin! - Koťátko?!"

"Zde!"

"Vypláchnout žaludek a chinin!"

A tak to šlo, jeden za druhým, bez milosti, mechanicky, řízně.

"Švejk?!"

"Zde!"

Dr. Grünstein podíval se na nový přírůstek.

"Co vám schází'?"

"Poslušně hlásím, že mám revma!"

Dr. Grünstein po dobu své praxe přivykl být jemně ironickým, kterýž způsob působil mnohem vydatněji nežli křik.

"Aha, revma," řekl k Švejkovi, "to máte náramně těžkou nemoc. Je to opravdu náhoda, dostat revma v době, kdy je světová válka a člověk má jít na vojnu. Já myslím, že vás to musí strašně mrzet."

"Poslušně hlásím, pane obrarct, že mě to strašně mrzí."

"Tak vida, ono ho to mrzí. To je od vás náramně hezké, že jste si s tím revmatismem právě teď na nás vzpomněl. V době míru běhá takový chudák jako kůzlátko, ale jak vypukne vojna, hned má revma a hned mu kolena neslouží. Nebolí vás kolena?"

"Poslušně hlásím, že bolí."

"A celé noci nemůžete spát, není-li pravda? Revma je velice nebezpečná, bolestná a těžká nemoc. My už tady máme s revmatiky dobré zkušenosti. Naprostá dieta a jiný náš způsob léčení se velice dobře osvědčil. Budete zde dřív zdravější než v Píšťanech a mašírovat budete na pozice, jen se za vámi zapráší."

Obraceje se k sanitnímu poddůstojníkovi řekl: "Pište: Švejk, úplná dieta, dvakrát denně vypláchnout žaludek, jednou za den klystýr, a jak bude dál, uvidíme. Prozatím ho odveďte do ordinačního pokoje, vypláchněte mu žaludek a dejte mu, až se vzpamatuje, klystýr, ale pořádný, až bude volat všechny svaté, aby se to jeho revma leklo a vyběhlo."

Obraceje se pak ku všem postelím, pronesl řeč plnou pěkných a rozumných sentencí:

"Nemyslete si, že máte před sebou nějakého vola, který si dá všechno nabulíkovat na nos. Mě vaše chování nijak nepřivede z rovnováhy. Já vím, že jste všichni simulanti, že chcete dezentýrovat z vojny. A podle toho s vámi jednám. Přežil jsem sta a sta takových vojáků, jako jste vy. Na těchto postelích ležely celé spousty lidí, kterým nic jiného nescházelo než vojenský duch. Zatímco jich kamarádi bojovali v poli, oni si mysleli, že se budou válet na posteli, dostávat nemocniční stravu a čekat, až se válka přežene. To se ale zmýlili setsakramentsky, a i vy všichni se také setsakramentsky zmýlíte. Ještě za dvacet let budete křičet ze spaní, když se vám bude zdát, jak jste u mne simulovali."

"Poslušně hlásím, pane obrarct," ozvalo se tiše od postele u okna, "já už jsem zdravej, já už v noci pozoroval, že mne záducha přešla."

"Jmenujete se?"

"Kovařík, poslušně hlásím, mám dostat klystýr."

"Dobře, klystýr dostanete ještě na cestu," rozhodl dr. Grünstein, "abyste si nestěžoval, že jsme vás tady neléčili. Tak, a teď všichni marodi, které jsem četl, za poddůstojníkem, aby každý dostal, co mu patří."

A každý také dostal poctivou porci, jakou měl předepsáno. A jestli někteří snažili se na vykonavatele lékařského rozkazu působit prosbami nebo vyhrožováním, že se dají také k sanitě a může být, že jim oni také padnou jednou do rukou, Švejk se držel statečně.

"Nešetři mne," vybízel tuho pochopa, který mu dával klystýr, "pamatuj na svou přísahu. I kdyby zde ležel tvůj otec nebo vlastní bratr, dej jim klystýr, aniž bys mrkl okem. Mysli si, že na takových klystýrech stojí Rakousko, a vítězství je naše:"

Druhého dne při vizitě otázal se dr. Grünstein Švejka, jak se mu líbí ve vojenské nemocnici.

Švejk odpověděl, že jest to podnik správný a vznešený. Za odměnu dostal totéž co včera, kromě aspirinu a tří prášků chininu, které mu nasypali do vody, aby je ihned vypil.

Ani Sokrates nepil svou číši bolehlavu s takovým klidem jako chinin Švejk, na kterém vyzkoušel dr. Grünstein všechny stupně trápení.

Když balili Švejka do mokrého prostěradla u přítomnosti lékaře, odpověděl Švejk na jeho otázku, jak se mu to teď líbí:

"Poslušně hlásím, pane obrarct, že je to jako na plovárně nebo v mořských lázních:"

"Máte ještě revma?"

"Poslušně hlásím, pane obrarct, že se to nechce nijak lepšit."

Švejk byl podroben novému trápení.

V té době měla vdova po generálovi pěchoty baronka von Botzenheim velice mnoho starostí, aby vypátrala toho vojáka, o kterém uveřejnila nedávno Bohemie zprávu, jak dal se vozit, on, mrzák, na vozíku pro nemocné a křičel "Na Bělehrad!", kterýž vlastenecký projev dal původ redakci Bohemie k vyzvání čtenářů, aby konali sbírky ve prospěch loajálního hrdiny mrzáka.

Konečně poptávkou na policejním ředitelství zjištěno bylo, že to byl Švejk, a dále bylo už lehké pátrat. Baronka von Botzenheim vzala s sebou svou společnici a komorníka s košem a jeli na Hradčany.

Chuděrka paní baronka ani nevěděla, co to znamená, když někdo leží ve vojenské nemocnici posádkové věznice. Její navštívenka otevřela jí dveře věznice a v kanceláři se k ní chovali náramně vlídně, a za pět minut už věděla, že "der brave Soldat Švejk", po kterém se ptala, leží ve třetím baráku, postel číslo 17. Šel s ní sám dr. Grünstein, který byl z toho janek.

Švejk právě seděl na posteli po obvyklé denní kúře předepsané dr. Grünsteinem, obklopen skupinou vychrtlých a vyhladovělých simulantů, kteří se doposud nevzdali a houževnatě zápasili s dr. Grünsteinem na půdě úplné diety.

Kdo by je byl poslouchal, měl by dojem, že se octl ve společnosti kulinárů, ve vyšší kuchařské škole nebo na labužnických kursech.

"I ty sprosté lojové škvarky se dají jíst," vyprávěl právě jeden, který zde ležel se ‚zastaralým katarem žaludku`, "jestli jsou teplé. Když se lůj škvaří, vymačkají se dosucha, posolí, opepří, a já vám říkám, že se husí škvarky jim nevyrovnají."

"Nechte husí škvarky být," řekl muž se ‚žaludeční rakovinou`, "nad husí škvarky není. Kam se proti nim hrabou z vepřového sádla. To se rozumí, že musí být dozlata vyškvařeny, jako to dělají židi. Vezmou tučnou husu a stáhnou sádlo s kůží a škvaří to."

"Víte, že jste na omylu, pokud se týká vepřových škvarků?" poznamenal Švejkův soused, "rozumí se samo sebou, že mluvím o škvarkách z domácího sádla, tak jak jim říkají domácí škvarky. Ne hnědé barvy a také ne žluté. Musí to být něco mezi těma dvěma odstíny. Takový škvarek nesmí být ani příliš měkký, ani příliš tvrdý. On nesmí chroupat, to je přepálen. Musí se rozplynout na jazyku a nesmíte mít přitom dojem, že vám teče sádlo po bradě."

"Kdo z vás jed škvarky z koňského sádla?" ozval se čísi hlas, na který však nikdo nedal odpovědi, poněvadž sem vběhl sanitní poddůstojník: "Všichni do postele, jde sem nějaká arcikněžna, ať nikdo neukazuje špinavé nohy z deky!"

Ani arcikněžna nemohla tak vážně vejít, jako to udělala baronka von Botzenheim. Za ní valil se celý průvod, ve kterém neschazel ani účetní šikovatel při nemocnici, který v tom všem viděl tajemnou ruku revize, která ho od tučného žlabu v týlu hodí napospas šrapnelům někam pod drátěné překážky pozic.

Byl bledý, ale ještě bledší byl dr. Grünstein. Jemu tancovala před očima malá vizitka staré baronky s titulem "vdova po generálu" a všechno to, co mohlo být spojeno s tím titulem, jako konexe, protekce, stížnosti, přeložení na frontu a jiné hrozné věci.

"Zde máme Švejka," řekl, zachovávaje umělý klid, veda baronku von Botzenheim ku Švejkově posteli; "chová se velice trpělivě:"

Baronka von Botzenheim posadila se na přistavenou židli k Švejkové posteli a řekla:

"Cešky fójak, toprá fójak, kriplfójak pýt tapferfójak, moc rát měl cešky Rakušan."

Přitom hladila Švejka po neholené tváři a pokračovala: "Já čist všekno f nófiny, já vám pšinest pápat, kousat, kuřit, cúcat, cešky fójak, toprá fójak. Johann, kommen Sie her!"

Komorník, připomínající svými ježatými licousy Babinského, přitáhl objemný koš k posteli, zatímco společnice staré baronky, vysoká dáma s uplakanou tváří, sedla si na Švejkovu postel a urovnávala mu slaměný polštář pod záda s fixní myšlenkou, že se to patří dělat nemocným hrdinům.

Baronka zatím vytahovala dárky z koše. Tucet pečených kuřat, zabalených do růžového hedvábného papíru a ovázaných černožlutou hedvábnou stužkou, dvě láhve nějakého válečného likéru s etiketou "Gott strafe England!" Na druhé straně byl na etiketě František Josef s Vilémem, jak se drží za ruce, jako by si chtěli hrát hru "Králíček v své jamce seděl sám, ubožátko, co je ti, že nemůžeš skákati".

Potom vytáhla z koše tři láhve vína pro rekonvalescenty a dvě krabice cigaret. Vše elegantně rozložila na prázdnou postel vedle Švejka, kam přibyla ještě pěkně vázaná kniha Příběhy ze života našeho mocnáře, kterou napsal nynější zasloužilý šéfredaktor naší úřední Československé republiky, který se ve starém Frantíkovi viděl. Potom se octly na posteli balíčky čokolády s týmž nápisem "Gott strafe England!" a opět s podobiznami rakouského i německého císaře. Na čokoládě už si nedrželi ruce a každý se udělal pro sebe a ukazovali na sebe záda. Pěkný byl dvouřadový kartáček na zuby s nápisem "Viribus unitis", aby každý, kdo si čistí zuby, vzpomínal na Rakousko. Elegantním a velice vhodným dárečkem do fronty a do zákopů byla souprava na čištění nehtů. Na krabici byl obrázek, jak praská šrapnel a nějaký člověk v šišáku se žene s bodákem kupředu. Pod tím: "Für Gott, Kaiser und Vaterland!" Bez obrázku byl balík sušenek, zato byl tam verš:

Osterreich, du edles Haus,
steck deine Fahne aus,
lalß sie im Winde weh`n,
Österreich muß ewig stehn!

s českým překladem umístěným na druhé straně:

Rakousko, vznešený dům,
vystrč prapor svůj,
nech ho ve větrech vlát,
Rakousko věčně musí stát!

Posledním dárkem byl bílý hyacint v kořenáči.

Když to všechno leželo vybaleno na posteli, baronka von Botzenheim nemohla se pohnutím udržet slz. Několika vyhladovělým simulantům tekly sliny z úst. Společnice baročina podpírala sedícího Švejka a také slzela. Bylo ticho jako v kostele, které přerušil náhle Švejk, sepjav ruce:

"Otče náš, jenž jsi na nebesích, posvěť se jméno Tvé, přijď království Tvé...pardon, milostpaní, tak to není, já jsem chtěl říct: Pane Bože, otče nebeský, požehnej nám těchto darů, které z Tvé štědrostí požívati budeme. Amen!"

Po těchto slovech vzal z postele kuře a pustil se do něho, sledován vyděšeným zrakem dr. Grünsteina.

"Ach, jak mu chutná, vojáčkovi," s nadšením šeptala dr. Grünsteinovi stará baronka, "on je jisté už zdravý a může jít do pole. Jsem opravdu velice ráda, jak mu to přišlo vhod:"

Potom chodila od postele k posteli a rozdávala cigarety a čokoládové pralinky a vrátila se ze své obchůzky opět k Švejkovi, pohladila mu vlasy se slovy "Behüt' euch Gott" a vyšla s celým průvodem ze dveří.

Nežli se dr. Grünstein vrátil zezdola, kam šel doprovodit baronku, Švejk rozdal kuřata, která byla zhlcena pacienty s takovou rychlostí, že místo kuřat našel dr. Grünstein jen hromadu kostí, ohlodaných tak čistě, jako by byla kuřata padla zaživa do hnízda supů a na jejich ohlodané kosti pražilo několik měsíců slunce.

Zmizel i válečný likér, i tři láhve vína. Ztratily se v žaludcích pacientů i balíčky čokolády, i balík sušenek. Někdo dokonce vypil i lahvičku politury na nehty, nalézající se v soupravě, a nakousl pastu na zuby, přiloženou ke kartáčku.

Když se dr. Grünstein vrátil, postavil se opět do bojové pózy a měl dlouhou řeč. Kámen mu spadl ze srdce, že již návštěva odešla. Hromada ohlodaných kostí utvrdila ho v myšlence, že jsou všichni nenapravitelní.

"Vojáci," spustil, "jestli byste měli trochu rozumu, tak byste nechali to všechno ležet a řekli byste si, že jestli to sežerem, že nám pan obrarct nebude věřit, že jsme těžcí marodi. Vy jste tím sami dali sobě svědectví, že si nevážíte mé dobroty. Pumpuji vám žaludek, dávám vám klystýry, snažím se udržet vás při úplné dietě, a vy si mně přecpete žaludek. Chcete dostat žaludeční katar? To se mýlíte, dříve nežli se váš žaludek pokusí to strávit, vyčistím vám ho tak důkladně, že budete na to vzpomínat do nejdelší smrti a ještě svým dětem vypravovat, jak jste jednou sežrali kuřata a napráskali se různé jiné dobroty, ale jak to u vás nevydrželo ani čtvrt hodiny v žaludku, poněvadž vám vypumpovali ještě zatepla žaludek. A tak jeden po druhém za mnou, abyste nezapomněli, že nejsem žádný vůl jako vy, ale přece jen o trochu chytřejší než vy všichni dohromady. Kromě toho vám oznamuji, že zítra sem na vás pošlu komisi, poněvadž se už válíte tady moc dlouho a nic z vás nikomu neschází, když si umíte za těch pár minut zasvinit žaludek tak pěkně, jak jste to právě nyní dokázali. Tak pochodem póchod!"

Když došla řada na Švejka, podíval se dr. Grünstein na něho a jakási reminiscence na dnešní záhadnou návštěvu přinutila ho, že se otázal: "Vy znáte paní baronku?"

"Je to moje nevlastní matka," odpověděl klidně Švejk, "v outlém věku mne pohodila a teď mne zas našla . . ."

A dr. Grünstein řekl stručně: "Potom dejte Švejkovi ještě klystýr."

Večer na kavalcích bylo smutno. Před několika hodinami měli všichni v žaludcích různé dobré a chutné věci, a nyní tam mají slabý čaj a skývu chleba. Číslo 21 se ozvalo od okna: "Věříte, kamarádi, že raději mám smažené kuře než pečené?"

Kdosi zabručel: "Dejte mu deku," ale byli všichni tak zesláblí po té nezdařené hostině, že se nikdo nehýbal.

Dr. Grünstein držel slovo. Dopoledne přišlo několik vojenských lékařů z proslulé komise.

Šli vážně řadami postelí a nic jiného nebylo slyšet než "Ukažte jazyk!"

Švejk vyplázl jazyk tak daleko, že jeho obličej udělal pitvornou grimasu a oči se mu zahmouřily:

"Poslušně hlásím, pane štábarct, že už delší jazyk nemám:"

Nastala zajímavá rozprava mezi Švejkem a komisí. Švejk tvrdil, že učinil tu poznámku, obávaje se, aby si nemyslili, že před nimi skrývá svůj jazyk.

Členové komise naproti tomu se rozcházeli znamenitě ve svých úsudcích o Švejkovi.

Polovina z nich tvrdila, že je Švejk "ein blöder Kerl", kdežto druhá, že je lotr, který si chce z vojny dělat legraci.

"To by v tom musel bejt hrom," zařval na Švejka předseda komise, "abychom na vás nevyzráli:"

Švejk díval se na celou komisi s božským klidem nevinného dítěte.

Vrchní štábní lékař přistoupil těsně k Švejkovi: "To bych rád viděl, vy mořské prase, co si asi teď myslíte."

"Poslušně hlásím, že já vůbec nemyslím:"

"Himldonrvetr," hulákal jeden z členů komise, břinkaje šavlí, "tak von vůbec nemyslí. Pročpak, vy jeden siamskej slone, nemyslíte?"

"Poslušně hlásím, že já proto nemyslím, poněvadž je to na vojně vojákům zakázáno. Když jsem byl před léty u 91. regimentu, tak nám náš pan hejtman vždycky říkal: ‚Voják nesmí sám myslet. Za něho myslí jeho představení. Jakmile voják začne myslet, už to není voják, ale nějakej prachšivej civilista. Myšlení nevede...‘ "

"Držte hubu," přerušil Švejka zuřivě předseda komise, "o vás už máme zprávy. Der Kerl meint: man wird glauben, er sei ein wirklicher Idiot...

Žádnej idiot nejste, Švejku, chytrej jste, mazanej jste, lump jste, uličník, všivák, rozumíte..."

"Poslušně hlásím, že rozumím:"

"Už jsem vám říkal, abyste držel hubu, slyšel jste?"

"Poslušně hlásím, že jsem slyšel, abych držel hubu."

"Himlhergot, tak tu hubu držte, když jsem vám poručil, tak víte dobře, že nesmíte kušnit!"

"Poslušně hlásím, že vím, že nesmím kušnit."

Vojenští páni podívali se na sebe a zavolali šikovatele.

"Tohoto muže," řekl vrchní štábní lékař z komise, ukazuje na Švejka, "odvedete dolů do kanceláře a počkáte na naši relaci a raport. Na garnizónu už mu to kušnění vyženou z hlavy. Chlap je zdravej jako ryba, simuluje a ještě kušní a dělá si legraci ze svých představených. Myslí si, že jsou zde jen kvůli jeho zábavě, že je celá vojna legrace, špásovná věc. Oni vám to, Švejku, na garnizóně ukážou, že vojna není žádná sranda."

Švejk odcházel s šikovatelem do kanceláře a po cestě přes nádvoří bručel si:

Vždycky jsem si myslel,

že je vojna špás,

že tam budu tejden nebo dvě neděle,

přijdu domů zas...

A zatímco na Švejka řval v kanceláři důstojník mající službu, že takoví chlapi, jako je Švejk, se mají střílet, komise nahoře v nemocničních pokojích pobíjela simulanty. Ze sedmdesáti pacientů zachránili se jen dva. Jeden, který měl uraženou nohu granátem, a druhý s opravdovým kostižerem.

Jedině ti neslyšeli slůvko "tauglich", ostatní všichni, nevyjímaje ani tří umírajících souchotinářů, byli uznáni schopnými služby v poli, přičemž vrchní štábní lékař neodepřel si té příležitosti, aby si nezařečnil.

Jeho řeč byla propletena nejrozmanitějšími nadávkami a byla obsahově stručná. Všichni jsou dobytek a hnůj, a jedině budou-li bojovat statečně za císaře pána, mohou se vrátit do lidské společnosti a po válce jim bude odpuštěno, že se chtěli dostat z vojny a simulovali. On sám ale v to nevěří a myslí, že všechny čeká provaz.

Nějaký mladičký vojenský lékař, duše čistá doposud a nezkažená, požádal vrchního štábního, aby směl též promluvit. Jeho řeč lišila se od řeči jeho představeného optimismem a naivitou. Mluvil německy.

Mluvil dlouho o tom, že každý z těch, kteří opouští nemocnici, aby odešli ke svým plukům do pole, musí být vítězem i rytířem. On že jest přesvědčen, že budou zruční ve zbrani, na bojišti i čestní ve všech záležitostech válečných i soukromých. Že budou nepřemožitelnými válečníky, pamětlivými na slávu Radeckého i prince Eugena Savojského. Že zúrodní svou krví široká pole slávy mocnářství a vítězně dokonají úlohu, kterou jim předurčila historie. Ve smělé odvaze, pohrdajíce svými životy pořítí se kupředu pod rozstřílenými prapory svých regimentů k nové slávě, k novým vítězstvím.

Potom na chodbě řekl k tomu naivnímu muži vrchní štábní lékař: "Pane kolego, mohu vás ubezpečit, že je to všechno marné. Z těch lumpů by ani Radecký, ani ten váš princ Eugen Savojský nevychovali vojáky. Mluvit k nim andělsky nebo ďábelsky, to je všechno jedno. Je to banda:"

Švejk na garnizóně

Posledním útočištěm lidí, kteří nechtěli jít do války, byl garnizón. Znal jsem jednoho suplenta, který nechtěl střílet jako matematik u artilérie a kvůli tomu ukradl hodinky jednomu nadporučíkovi, aby se dostal na garnizón. Učinil tak s plnou rozvahou. Válka mu neimponovala a neokouzlovala ho. Střílet do nepřítele a zabíjet na druhé straně šrapnely a granáty stejné takové nešťastné suplenty, matematiky, považoval za blbost.

"Nechci být nenáviděn pro své násilnictví," řekl si a ukradl s klidem hodinky. Zkoumali zprvu jeho duševní stav, a když prohlásil, že se chtěl obohatit, dopravili ho na garnizón. Bylo takových lidí víc, kteří seděli na garnizóně pro krádež nebo podvody. Idealisté i neidealisté. Lidé, kteří považovali vojnu za zdroj příjmů, různí ti účetní poddůstojníci v týlu i na frontě, kteří páchali všemožné podvody s menáží, s žoldem, a potom drobní zlodějové, tisíckrát poctivější než ti chlapi, kteří je sem poslali. Dále na garnizóně seděli vojáci pro různé jiné delikty, čisté vojenského rázu, porušení disciplíny, pokus vzpoury, dezerce. Potom zvláštním typem byli političtí, z kterých osmdesát procent bylo úplně nevinných a z kterých opět devětadevadesát procent bylo odsuzováno.

Aparát auditorů byl velkolepý. Takový soudní aparát má každý stát před všeobecným politickým, hospodářským i mravním úpadkem. Zář bývalé moci a slávy zachovává soudy s policií, četnictvem a prodajnou chátrou donášečů.

V každé vojenské části mělo Rakousko své špicly, udávající své druhy, kteří s nimi spali na kavalcích a na pochodu dělili se s nimi o chleba.

Státní policie dodávala také na garnizón materiál - pánové Klíma, Slavíček & comp. Vojenská cenzura dopravovala sem autory korespondence mezi frontou a těmi, které doma zanechali v zoufalství. Sem vodili četníci i staré výměnkáře, kteří posílali psaní na frontu, a vojenský soud házel jim na krk za jich slova útěchy a líčení bídy domácí po dvanácti letech.

Z hradčanského garnizónu vedla také cesta přes Břevnov na motolské cvičiště. Napřed šel v průvodu bodáků člověk s řetízky na rukách a za ním vůz s rakví. A na motolském cvičišti úsečný povel: "An! Feuer!" A po všech regimentech a batalionech četli plukovní rozkaz, že zas jednoho zastřelili pro vzpouru, když narukoval a pan hejtman sekl šavlí jeho ženu, která se nemohla od muže rozloučit.

A v garnizóně trojice: štábní profous Slavík, hejtman Linhart a šikovatel Řepa, přezvaný též "kat", vykonávali již svou úlohu. Kolik jich umlátili v samovazbě! Může být, že dnes hejtman Linhart i za republiky je dále hejtmanem. Přál bych si, aby mu byla započtena služební léta na garnizóně. Slavíček a Klíma od státní policie je započteny mají. Řepa se vrátil do civilu a vykonává dál své zaměstnání zednického mistra. Může být, že je členem vlasteneckých spolků v republice.

Štábní profous Slavík stal se zlodějem za republiky a je dnes zavřen. Nezakotvil se chudák v republice jako jiní vojenští páni.

***

Je úplné přirozené, že štábní profous Slavík, když přejímal Švejka, vrhl na něho pohled plný němé výčitky:

"I ty máš porouchanou pověst, že jsi se dostal až sem mezi nás? My ti, chlapečku, pobyt zde osladíme, jako všem, kteří upadli v naše ruce, a ty naše ruce nejsou nějaké dámské ručky."

Aby pak dodal váhy svému pohledu, přiložil svou svalnatou, tlustou pěst Švejkovi pod nos a řekl:

"Čichni si, lumpe!"

Švejk si čichl a poznamenal:

"S tou bych nechtěl dostat do nosu, to voní hřbitovem."

Klidná, rozvážná řeč zalíbila se štábnímu profousovi.

"He," řekl, štouchaje Švejka pěstí do břicha, "stůj rovné, co máš v kapsách? Jestli máš cigareto, tak si ho můžeš nechat, a peníze dáš sem, aby ti je neukradl. Víc nemáš? Doopravdy nemáš? Nelži, lež se trestá."

"Kam ho dáme?" otázal se šikovatel Řepa.

"Dáme ho do šestnáctky," rozhodl se štábní profous, "mezi ty v podvlíkačkách, cožpak nevidíte, že je na spise napsáno panem hejtmanem Linhartem ‚Streng behüten, beobachten!'? - Jojo," prohlásil slavnostně k Švejkovi, "s neřádama se jedná neřádsky. Jestli se někdo vzpouzí, tak si ho odtáhneme do ajnclíku a tam mu přelámeme všechny žebra a necháme ho tam ležet, dokud nechcípne. Na to máme právo. Jako jsme to udělali s tím řezníkem, víte, Řepo?"

"Inu, dal nám práce, pane štábní profous," odpověděl snivě šikovatel Řepa, "to bylo tělo! Šlapal jsem po něm přes pět minut, než mu začly praskat žebra a lejt se krev z huby. A ještě deset dní byl živ. Hotovej nezmar."

"Tak vidíš, lumpe, jak to u nás chodí, když se někdo vzpouzí," končil svůj pedagogický výklad štábní profous Slavík, "nebo když chce utéct. To je vlastně sebevražda, která se u nás taky tak trestá. Nebo nedej pánbůh, aby tě, hajzlíku, napadlo, až přijde inspekce, si na něco stěžovat. Když inspekce přijde a optá se: ‚Máte nějakou stížnost?', tak musíš, smrade, stát hapták, zasalutovat a odpovědět: ‚Poslušně hlásím, že nemám, že jsem úplně spokojen.' - Jak to řekneš, hnuse, opakuj to!"

"Poslušně hlásím, že nemám, že jsem úplně spokojen," opakoval Švejk s takovým milým výrazem, že se štábní profous zmýlil a považoval to za upřímnou snahu a poctivost.

"Tak se vysvleč do podvlíkaček a půjdeš do šestnáctky," řekl vlídně, nepřidávaje ani lumpa, hnusa nebo smrada, jak měl ve zvyku.

V šestnáctce setkal se Švejk s devatenácti muži bez kalhot. To byli všichni, kteří měli na spisech napsanou poznámku "Streng behüten, beobachten!" a o které nyní pečovali velice starostlivě, aby jim neutekli.

Kdyby ty podvlékačky byly čisté a nebyly v oknech mříže, na první pohled dělalo by to dojem, že jste v šatně nějakých lázní.

Švejka přijal od šikovatele Řepy cimrkomandant, zarostlý chlap v rozhalené košili. Zapsal si jeho jméno na kousek papíru visícího na zdi a řekl k němu:

"Zejtra máme u nás divadlo. Povedou nás do kaple na kázání. My všichni v podvlíkačkách stojíme zrovna pod kazatelnou. To ti bude legrace!"

Jako ve všech věznicích a trestnicích, tak i na garnizóně těšila se domácí kaple velké oblibě. Nejednalo se o to, že by nucená návštěva vězeňské kaple sblížila návštěvníky s bohem, že by se vězňové více dověděli o mravnosti. O takové hlouposti nemůže být ani řeči.

Služby boží a kázání byly pěkným vytržením z nudy garnizónu. Nejednalo se o to, že jsou blíže bohu, ale že po cestě je naděje najíti na chodbách a cestou přes dvůr kousek odhozené cigarety nebo doutníku. Boha úplně zastrčil do ústraní malý špaček válející se beznadějně v plivátku nebo někde na zemi v prachu. Ten malinký páchnoucí předmět zvítězil nad bohem i nad spasením duše.

Potom ještě to kázání, ta zábava a legrace. Polní kurát Otto Katz byl přece jen roztomilý člověk. Jeho kázání byla neobyčejně poutavá, legrační , osvěžující tu nudu garnizónu. Uměl tak krásně žvanit o neskonalé milosti boží, sílit zpustlé vězně a muže zneuctěné. Uměl tak krásně vynadat z kazatelny i od oltáře. Uměl tak báječně řvát u oltáře své "Ite, missa est", celé bohoslužby provést originelním způsobem a přeházet celý pořádek mše svaté, vymyslit si, když už byl hodně opilý, úplně nové modlitby a novou mši svatou, svůj ritus, něco, co zde ještě nebylo.

A potom ta švanda, když někdy sklouzl a upadl s kalichem, s velebnou svátostí nebo s mešní knihou, a hlasitě obviňuje ministranta z trestanecké roty, že mu úmyslně podrazil nohu, a hned mu před samou velebnou svátostí napařuje ajnclíčka a špangle.

A postižený má radost, neboť to patří k celé té švandě v trestanecké kapli. On hraje velkou úlohu v kuse a důstojně se jí zhostil.

Polní kurát Otto Katz, nejdokonalejší vojenský kněz, byl žid. To ostatně není nic divného. Arcibiskup Kohn byl také žid a ještě k tomu Macharův kamarád. Polní kurát Otto Katz měl ještě pestřejší minulost než slavný arcibiskup Kohn.

Studoval obchodní akademii a sloužil jako jednoroční dobrovolník. A vyznal se tak dobře v směnečném právu a ve směnkách, že přivedl za ten rok obchodní firmu Katz a spol. k bankrotu tak slavnému a podařenému, že starý pán Katz odjel do Severní Ameriky, zkombinovav nějaké vyrovnání se svými věřiteli bez vědomí posledních i svého společníka, který odjel do Argentiny.

Když tedy mladý Otto Katz podělil firmou Katz a spol. nezištně Ameriku Severní i Jižní, octl se v situaci člověka, který nemá vůbec co dědit, neví, kam hlavu složit, a musí se dát na vojně aktivovat.

Předtím však vymyslil si jednoroční dobrovolník Otto Katz náramně slavnou věc. Dal se pokřtít. Obrátil se ke Kristu, aby mu pomohl udělat kariéru. Obrátil se k němu s naprostou důvěrou, že je to obchodní věc mezi ním a synem božím.

Křtili ho slavnostně v Emauzích. Sám páter Albán ho namáčel do křtitelnice. Byla to nádherná podívaná, byl u toho jeden nábožný major od pluku, kde Otto Katz sloužil, jedna stará panna z ústavu šlechtičen na Hradčanech a nějaký otlemený zástupce konzistoře, který mu dělal kmotra.

Důstojnická zkouška dopadla dobře a nový křesťan Otto Katz zůstal na vojně. Zprvu se mu zdálo, že to půjde dobře, chtěl se dokonce dát na studování štábních kursů.

Ale jednoho dne se opil a šel do kláštera, zanechal šavle a chopil se kutny. Byl u arcibiskupa na Hradčanech a dostal se do semináře. Opil se namol před svým vysvěcením v jednom velmi pořádném domě s dámskou obsluhou v uličce za Vejvodovic a přímo z víru rozkoše a zábavy šel se dát vysvětit. Po vysvěcení šel k svému pluku o protekci, a když byl jmenován polním kurátem, koupil si koně a projížděl se po Praze a zúčastňoval se vesele všech pitek s důstojníky svého pluku.

Na chodbě domu, kde měl byt, velice často ozývaly se kletby neuspokojených věřitelů. Vodil si také do bytu holky z ulice nebo posílal si pro ně svého vojenského sluhu. Velmi rád hrával ferbla a byly jisté domněnky a předpoklady, že hraje falešně, ale nikdo mu nedokázal, že má schované eso v širokém rukávě své vojenské kleriky. V důstojnických kruzích zvali ho svatým otcem.

Na kázání se nikdy nepřipravoval, v čemž se lišil od svého předchůdce, který také navštěvoval garnizón. To byl člověk stižený utkvělou představou, že se mužstvo zavřené na garnizóně dá z kazatelny polepšit. Ten ctihodný kurát kroutil nábožně očima a vykládal zavřeným, že je nutna reforma nevěstek, reforma péče o neprovdanou matku, vypravoval o výchově nemanželských dětí. Jeho kázání byla abstraktního rázu a neměla nijaké spojitosti s přítomnou situací, nudila.

Naproti tomu polní kurát Otto Katz měl kázání, na která se všichni těšili.

Byl to slavnostní okamžik, když pokoj šestnáctku vedli v podvlékačkách do kaple, poněvadž oblékat je bylo spojeno s rizikem, že se někdo z nich ztratí. Postavili těch dvacet bílých podvlékaček a andělů pod kazatelnu. Někteří z nich, na které se štěstěna usmála, bagovali špačky, které našli po cestě, poněvadž neměli - jak přirozeno - kapsy a nebylo to kam schovat.

Kolem nich stáli ostatní vězňové garnizónu a libovali si pohledem na dvacet podvlékaček pod kazatelnou, na kterou vylezl polní kurát, břinkaje ostruhami.

"Habacht!" vykřikl, "k modlitbě, všichni za mnou, co já budu říkat! A ty vzadu, ty lumpe, nesmrkej do ruky, jsi v chrámu Páně, a to té dám zavřít. Jestlipak jste, vy syčáci, ještě nezapomněli otčenáš? Tak to zkusíme - - - Nu, já věděl, že to nepůjde. Kdepak otčenáš, takhle dvě porce masa a fazulový salát, napráskat se, lehnout si na břicho na kavalec, dloubat se v nose a nemyslit na pánaboha, nemám pravdu?"

Podíval se z kazatelny dolů na dvacet bílých andělů v podvlékačkách, kteří se náramné dobře, stejně jako všichni, bavili. Vzadu hráli maso!

"Je to moc dobrý," zašeptal Švejk svému sousedovi, na kterém lpělo podezření, že-za tři koruny usekl svému kamarádovi sekyrou všechny prsty na ruce, aby se ten dostal z vojny.

"Vono to ještě přijde," byla odpověď, "dnes je zas pořádně nalítej, to zas bude povídat o trnitej cestě hříchu."

Polní kurát byl opravdu dnes ve výtečné náladě. Sám ani nevěděl, proč to dělá, ale nakloňoval se neustále z kazatelny a byl by málem ztratil rovnováhu a přepadl.

"Zpívejte něco, hoši," křičel dolů, "nebo chcete, abych vás naučil nové písničce? Tak zpívejte za mnou:

Ze všech znejmilejší
svou milou já mám,
nechodím tam za ní sám,
chodí za ni jiných více,
milenců má na tisíce,
a ta moje znejmilejší
je Panenka Maria - - -

Vy se tomu, holomci, nikdy nenaučíte," pokračoval polní kurát, "já jsem pro to, všechny vás postřílet; rozumíte mně dobře?! Já to tvrdím z tohoto božího místa, ničemové, neboť bůh je něco, co se vás nebojí a co s vámi zatočí, až budete z toho pitomí, neboť vy váháte obrátit se ke Kristu a raději jdete po trnité cestě hříchu."

"Už je to tady, je správné nalítej," šeptal radostně soused Švejkovi.

"Trnitá cesta hříchu je, vy kluci pitomí, cesta boje s neřestmi. Vy jste marnotratní synové, kteří se raději válíte v ajnclíku, než byste se vrátili k otci. Jen dále a výše upřete svůj zrak do výsosti nebes, i zvítězíte a uhostí se pokoj ve vaší duši, vy uličníci. Já bych si vyprosil, aby si tam vzadu někdo odfrkával. Není kůň a není v maštali, je v chrámu Páně. Na to vás upozorňuji, miláčkové moji. Tak kdepak jsem to přestal. Ja, über den Seelenfrieden, sehr gut. Pamatujte si, vy dobytku jeden, že jste lidi a že se musíte dívat i skrze temný mrak v daleký prostor a vědět, že zde trvá všechno jen do času, však bůh že je navěky. Sehr gut, nicht wahr, meine Herren? Já bych se měl dnem a nocí za vás modlit, aby milosrdný bůh, vy kluci pitomí, vlil svou duši ve vaše studená srdce a svou svatou milostí smyl hříchy vaše, abyste byli jeho navěky a aby vás, vy darebáci, vždycky miloval. To se ale mýlíte. Já vás do toho ráje uvádět nebudu -" Polní kurát škytl. "A nebudu," opakoval umíněně, "nic pro vás neudělám, ani mne nenapadne, poněvadž jste nenapravitelní ničemové. Po cestách vašich vás nepovede dobrota Páně, dech lásky boží vás neprovane, poněvadž milému pánubohu ani nenapadne zabývat se s takovými lotry. Slyšíte to, vy tady dole v těch podvlékačkách?"

Dvacet podvlékaček podívalo se nahoru a řeklo jako jedním hlasem:

"Poslušně hlásíme, že slyšíme."

"Nestačí jenom slyšet," pokračoval ve svém kázání polní kurát, "temný mrak života, v němž žal vám boží úsměv nevezme, vy pitomci, neboť dobrota boží má také své meze, a ty mezku vzadu, se nekuckej, nebo tě dám zavřít, až budeš černej. A vy tam dole, nemyslete si, že jste v putyce. Bůh je nejvýš milosrdný, ale jen pro pořádné lidi, a ne pro nějaký vyvrhely lidské společnosti, která se nespravuje jeho zákony ani dienstreglamá. To jsem vám chtěl říct. Modlit se neumíte a myslíte si, že chodit do kaple patří k nějaké legraci, že je zde nějaké divadlo nebo kinoteátr. A to vám vyženu z hlavy, abyste si nemyslili, že jsem zde kvůli tomu, abych vás bavil a dal vám nějakou radost do života. Rozsadím vás po ajnclíkách, to vám udělám, lumpové. Ztrácím s vámi čas a vidím, že je to všechno dočista marné. Že kdyby zde byl sám polní maršálek nebo arcibiskup, že se nenapravíte, neobrátíte k bohu. A přece si jednou na mne vzpomenete, že jsem to s vámi myslel dobře:"

Mezi dvaceti podvlékačkami ozval se vzlykot. To se dal Švejk do pláče.

Polní kurát podíval se dolů. Tam stál Švejk a utíral si pěstí oči. Kolem bylo vidět radostný souhlas.

Polní kurát pokračoval, ukazuje na Švejka:

"Z toho člověka nechť si každý vezme příklad. Co dělá? Pláče. Neplač, povídám ti, neplač. Ty se chceš polepšit? To se ti, chlapečku, tak lehce nepodaří. Teď' pláčeš, a až se odtud vrátíš do cimry, zas budeš stejně takový lump jako předtím. To musíš ještě moc přemýšlet o neskonalé milosti a milosrdenství božím, moc se starat, aby tvoje hřešící duše mohla nalézt ve světě tu pravou cestu, po které má kráčet. Dnes vidíme, že se nám zde rozbrečel jeden muž, který se chce obrátit, a co děláte vy ostatní? Docela nic. Tamhleten něco žvýká, jako kdyby jeho rodiče byli přežvýkavci, a tamhle zas si hledají v chrámu Páně vši v košili. Copak se nemůžete škrábat doma a musíte si to právě nechat na služby boží? Pane štábsprofous, vy si taky ničeho nevšímáte. Vždyť jste všichni vojáci, a ne nějací pitomí civilisti. Máte se přece chovat, jak se sluší na vojáky, třebas jste byli v kostele. Puste se, krucifix, do hledání boha a vši si hledejte doma. Tím jsem končil, vy uličníci, a žádám od vás, abyste při mši chovali se slušné, aby se nestalo jako posledně, že si vzadu vyměňovali erární prádlo za chleba a žrali ho při pozdvihování:"

Polní kurát sestoupil z kazatelny a odešel do sakristie, kam se za ním odebral štábní profous. Za chvíli štábní profous vyšel, obrátil se přímo k Švejkovi, vytáhl ho ze skupiny dvaceti podvlékaček a odvedl do sakristie.

Polní kurát seděl velice pohodlně na ~ stole a kroutil si cigaretu.

Když Švejk vstoupil, řekl polní kurát:

"Tak vás tady mám. Já už jsem si všechno rozmyslil a myslím, že jsem vás prohlídl jaksepatří, rozumíš, chlape? To je první případ, aby se mně tady v kostele někdo rozbrečel."

Seskočil se stolu a cukaje Švejkovi za rameno křičel pod velkým, zasmušilým obrazem Františka Sáleského:

"Přiznej se, lumpe, žes brečel jen tak kvůli legraci?!"

A František Sáleský díval se tázavě z obrazu na Švejka. Z druhé strany, z jiného obrazu, díval se na Švejka vyjeveně nějaký mučedník, který měl právě v zadnici zuby od pily, jíž ho nějací neznámí římští žoldnéři pilovali. Na tváři mučedníka přitom nebylo znát žádného utrpení a též žádné radosti a mučednické záře. Tvářil se jen vyjeveně, jako by chtěl říct: Jakpak jsem vlastně k tomuhle přišel, copak to, pánové, se mnou děláte?

"Poslušně hlásím, pane feldkurát," řekl rozvážně Švejk, sázeje všechno na jednu kartu, "že se zpovídám bohu všemohoucímu i vám, důstojný otče, který jste na místě božím, že jsem brečel opravdu jen kvůli legraci. Já jsem viděl, že k vašemu kázání schází jeden polepšenej hříšník, kterýho jste marně hledal ve vašem kázání. Tak jsem vám chtěl vopravdu udělat radost, abyste si nemyslel, že se nenajdou ještě spravedliví lidi, a sobě chtěl jsem udělat legraci, aby se mně vodlehčilo:"

Polní kurát podíval se zkoumavě do prostodušné tváře Švejkovy. Sluneční paprsek zahrál si na zasmušilém obraze Františka Sáleského a teple ohřál vyjeveného mučedníka na stěně naproti.

"Vy se mně začínáte líbit," řekl polní kurát, sedaje opět na stůl. "Ke kterému regimentu patříte?" Počal škytat.

"Poslušně hlásím, pane feldkurát, že patřím i nepatřím k jednadevadesátýmu regimentu, že vůbec nevím, jak to vlastně se mnou je:"

"A proč zde vlastně sedíte?" otázal se polní kurát, nepřestávaje škytat.

Z kaple nesly se sem zvuky harmonia, které zastupovalo varhany. Hudebník, jeden učitel zavřený pro dezerci, kvílel na harmoniu v nejtesklivějších církevních melodiích. Se škytáním polního kuráta splývaly ty zvuky v novou dórickou stupnici.

"Poslušně hlásím, pane feldkurát, že opravdu nevím, proč tu sedím, a že si nestěžuji, že tu sedím. Já mám jenom smůlu. Já myslím vždycky všechno dobře a nakonec se mně to vždycky vobrátí k tomu horšímu, jako tamhletomu mučedníkovi na tom obraze."

Polní kurát podíval se na obraz, usmál se a řekl:

"Vy se mně opravdu líbíte, na vás se musím přeptat u pana auditora a dál se s vámi bavit nebudu. Už abych měl tu mši svatou z krku! Kehrt euch! Abtreten!"

Když se Švejk vrátil do rodné skupiny podvlékaček pod kazatelnou, odpověděl na otázky, co mu chtěl v sakristii polní kurát, velice suše a stručně: "Je vožralej:"

Nový výkon polního kuráta, mše svatá, byla sledována všemi s velkou pozorností a netajenými sympatiemi. Jeden se dokonce vsadil pod kazatelnou, že polnímu kurátovi vypadne monstrance z ruky. Vsadil celou svou porci chleba proti dvěma fackám a vyhrál to.

To, co v kapli plnilo duše všech při pohledu na obřady polního kuráta, nebyl mysticismus věřících či zbožnost pravých katolíků. Byl to pocit takový jako v divadle, když neznáme obsah kusu, děj se zaplétá a my s dychtivostí čekáme, jak se to vyvine. Pohroužili se v obraz, který jim poskytoval s velkou obětavostí ten pan polní kurát u oltáře.

Oddali se v estetické požívání ornátu, který si polní kurát oblékl naruby, a s vroucím porozuměním a roznícením pozorovali všechno, co se děje u oltáře.

Zrzavý ministrant, dezertér z kostelnických kruhů, specialista v drobných krádežích u 28. pluku, snažil se poctivě vybavovat z paměti celý postup, techniku i text mše svaté. On byl současně i ministrantem,, i nápovědou polnímu kurátovi, který s naprostou lehkomyslností přehazoval celé věty a místo obyčejné mše dostal se v mešní knize až na roráty, které začal zpívat ku všeobecné spokojenosti obecenstva.

Neměl ani hlasu, ani hudebního sluchu a pod klenbou kaple ozvalo se takové kvičení a ječení jako v prasečím chlívku.

"Ten je ale dneska vožralej," s plným uspokojením a radostí říkali před oltářem, "ten ji má. Toho to zas chytlo! To se jistě vožral někde u holek:"

A už asi potřetí ozýval se od oltáře zpěv polního kuráta "Ite, missa est!" jako válečný řev Indiánů, až se třásla okna.

Potom polní kurát podíval se ještě jednou do kalichu, nezbyla-li tam přece ještě kapka vína, učinil mrzutý posuněk a obrátil se k posluchačům:

"Tak teď už, lumpové, můžete jít domů, už je konec..Pozoroval jsem, že nejvíte tu pravou zbožnost, jakou máte mít, jste-li v kostele před tváří nejsvětější svátosti oltářní, vy uličníci. ‚Tváří v tvář nejvyššímu bohu nestydíte se smát nahlas, kašlat a chrchlat, šoupat nohama, dokonce přede mnou, který tu zastupuji Panenku Marii, Krista Pána i boha otce, pitomci. Jestli se to příště bude opakovat, tak s vámi zatočím, jak se sluší a patří a abyste věděli, že není jenom to jedno peklo, o kterém jsem vám předposledně kázal, ale že je i peklo na zemi, a jestli byste se i mohli spasit před tím prvním, před tímhle se mně nespasíte. Abtreten!"

Polní kurát, který tak krásně v praxi vyložil zatraceně starou věc, vězně navštěvovati, odešel do sakristie, převlékl se, dal si nalít z demižónu do konvice mešní víno, vypil je a s pomocí zrzavého ministranta vsedl na svého jezdeckého koně na dvoře přivázaného, ale pak si vzpomněl na Švejka, slezl a šel do kanceláře k auditorovi Bernisovi.

Vyšetřující auditor Bernis byl muž společnosti, půvabný tanečník a mravní zpustlík, který se zde strašně nudil a psal německé verše do památníků, aby měl pohotově vždy nějakou zásobu. Byl nejdůležitější složkou celého aparátu vojenského soudu, poněvadž měl tak hrozné množství restů a spletených akt, že uváděl v respekt celý vojenský soud na Hradčanech. Ztrácel obžalovací materiál a byl nucen vymýšlet si nový. Přehazoval jména, ztrácel nitě k žalobě a soukal nové, jak mu to napadlo. Soudil dezertéry pro krádež a zloděje pro dezerci. Pletl i politické procesy, které přitahoval ze vzduchu. Dělal nejrozmanitější hokuspokusy, aby usvědčil obžalované ze zločinů, o kterých se těm nikdy nezdálo. Vymýšlel si urážky veličenstva a vymyšlené inkriminované výroky přiřkl vždy někomu, jehož obžaloba či udání na něho se ztratilo v tom nepřetržitém chaosu úředních akt a přípisů.

"Servus," řekl polní kurát, podávaje mu ruku, "jak se daří?"

"Nevalné," odpověděl vyšetřující auditor Bernis, "přeházeli mně materiál, a pak se v tom ani čert nemůže vyznat. Včera jsem poslal nahoru už zpracovaný materiál o jednom chlapovi pro vzpouru, a vrátili mně to nazpátek, že v tom případě nejde o vzpouru, ale o krádež konzervy. A ještě jsem na to dal jiné číslo, ale jak na to přišli, to bůh suď." Auditor si odplivl.

"Chodíš ještě hrát karty?" otázal se polní kurát. "S kartami jsem to všechno prohrál; posledně jsme hráli s tím plešatým plukovníkem makao a hodil jsem mu to všechno do chřtánu. Ale vím o jedné žábě. A co ty děláš, svatý otče?"

"Já potřebuji burše," řekl polní kurát, "měl jsem posledně jednoho starého účetního bez akademického vzdělání, ale hovado první třídy. Pořád jen fňukal a modlil se, aby ho bůh chránil, tak jsem ho poslal s maršbataliónem na frontu. Povídá se, že ten baťák úplně rozsekali. Potom mně poslali jednoho chlapíka, který nic jiného nedělal, než že seděl v hospodě a pil na můj účet. To byl ještě snesitelný člověk, ale potily se mu nohy. Tak jsem ho poslal také s maršbataliónem. Dnes jsem našel při kázání jednoho chlapa, který se mně z legrace rozplakal. Takového člověka bych potřeboval. Jmenuje se Švejk a sedí na šestnáctce. Rád bych věděl, proč ho zavřeli a jestli by to nešlo nějak udělat, abych ho mohl vzít odtud:"

Auditor hledal v zásuvkách akta týkající se Švejka, ale nemohl jako vždy ničeho najít.

"Bude to mít hejtman Linhart," řekl po dlouhém hledání, "čertví kam se u mne ta všechna akta ztrácejí. Patrně jsem je poslal k Linhartovi. Hned tam zatelefonuji - - - Haló, zde nadporučík auditor Bernis, pane hejtmane. Já bych prosil, nemáte-li tam spisy týkající se jakéhosi Švejka... Že musí být Švejk u mne? To se divím... Že jsem to od vás přejímal? To se opravdu divím... Sedí na šestnáctce... Já vím, pane hejtmane, že šestnáctku mám já. Ale já myslil, že spisy o Švejkovi se tam někde u vás válejí... Že si vyprošujete, abych tak s vámi mluvil? Že se u vás nic neválí? Haló, haló..."

Auditor Bernis se posadil ke stolu a rozhořčeně odsuzoval nepořádky ve vedení vyšetřování. Mezi ním a hejtmanem Linhartem panovalo již dávno nepřátelství, v kterém byli velice důslední. Dostal-li se spis patřící Linhartovi do rukou Bernise, založil ho Bernis, že se nikdo v tom nevyznal. Linhart dělal totéž se spisy patřícími Bernisovi. Ztráceli si navzájem přílohy.*

(Spisy o Švejkovi byly nalezeny v archívu vojenského soudu teprve až po převratu s touto relací: "Hodlal odhodit pokryteckou masku a vystoupit veřejně proti osobě našeho panovníka a našemu státu." Spisy byly zastrčeny do spisů týkajících se jakéhosi Josefa Koudely. Na obálce byl křížek a pod ním "Vyřízeno" a datum.)

"Tak se mně Švejk ztratil," řekl auditor Bernis; "dám si ho zavolat, a jestli se k ničemu nepřizná, tak ho pustím a dám ho odvést k tobě a ty už si to vyjednáš u regimentu."

Po odchodu polního kuráta dal si auditor Bernis předvésti Švejka a nechal ho stát u dveří, poněvadž právě dostal telefonogram od policejního ředitelství, že vyžadovaný materiál k obžalovacímu spisu číslo 7267, týkající se pěšáka Maixnera, byl přijat v kanceláři číslo 1 za podpisem hejtmana Linharta. Mezi tou dobou prohlížel si Švejk auditorovu kancelář.

Že by činila velice příznivý dojem, zejména fotografiemi na stěnách, nedá se říci. Byly to fotografie různých exekucí, provedených armádou v Haliči i v Srbsku. Umělecké fotografie s vypálenými chalupami a se stromy, jichž větve se skláněly pod tíhou oběšených. Zejména pěkná byla fotografie ze Srbska s pověšenou rodinou. Malý hoch, otec i matka. Dva vojáci s bajonetem hlídají strom s popravenými a nějaký důstojník jako vítěz stojí v popředí a kouří cigaretu. Na druhé straně v pozadí vidět polní kuchyň v práci.

"Tak jak je to s vámi, Švejku?" otázal se auditor Bernis, když uložil telefonogram ad acta, "co jste provedl? Chtěl byste se přiznat, nebo čekat, až bude na vás sestavena žaloba? Takhle to dál nejde. Nemyslete si, že jste před nějakým soudem, kde vás vyšetřují pitomí civilisti. U nás jsou vojenské soudy, k. u. k. Militärgericht. Jediným vaším spasením od přísného a spravedlivého trestu může být, že se přiznáte:"

Auditor Bernis měl zvláštní metodu, když ztratil materiál proti obžalovanému. Jak vidíte, nebylo v tom zcela nic zvláštního a také se nesmíme divit, že výsledky takového vyšetřování a výslechu rovnaly se v každém případě nule.

A tu auditor Bernis cítil se být vždy tak prozíravým, že nemaje materiálu proti obviněnému, neznaje, z čeho ho viní, proč tu sedí na garnizónu, pozorováním chování a fyziognomie předvedeného k výslechu kombinoval, proč rasi toho člověka zavřeli na garnizón.

Jeho prozíravost a znalost lidí byla tak veliká, že jednoho tikána, který se dostal od svého pluku na garnizón pro krádež několika tuctů prádla (byl k ruce skladníkovi ve skladišti!), obvinil z politických zločinů, že prý někde v hospodě mluvil s vojáky o zřízení samostatného národního státu ze zemí koruny české a Slovenska se slovanským králem v čele.

"My máme dokumenty," řekl nešťastnému Cikánovi, "vám nezbývá než se přiznat, v které hospodě jste to mluvil a od jakého pluku byli ti vojáci, kteří vás poslouchali, a kdy to bylo:"

Nešťastný tikán si vymyslil i datum, i hospodu, i od kterého pluku byli jeho domnělí posluchači, a když šel od výslechu, utekl vůbec z garnizónu.

"Vy se nechcete přiznat k ničemu," řekl auditor Bernis, když Švejk hrobové mlčel, "vy nechcete říct, proč jste zde, proč vás zavřeli? Mně byste to alespoň mohl říct, než vám to řeknu sám. Upozorňuji vás ještě jednou, abyste se přiznal. Je to pro vás lepší, poněvadž to usnadní vyšetřování a zmírňuje to trest. To je stejné u nás jako u civilistů "

"Poslušně hlásím," ozval se dobrácký hlas Švejkův, "že jsem zde v garnizónu jako nalezenec:"

"Jak to myslíte?"

"Poslušně hlásím, že to mohu vysvětlit náramně jednoduchým způsobem. U nás v ulici je uhlíř a ten měl úplné nevinnýho dvouletýho chlapečka a ten jednou se dostal pěšky z Vinohrad až do Libně, kde ho strážník našel sedět na chodníku. Tak toho chlapečka odved na komisařství a zavřeli je tam, to dvouletý dítě. Byl, jak vidíte, ten chlapeček úplné nevinnej, a přece byl zavřenej. A kdyby byl uměl mluvit a někdo se ho ptal, proč tam sedí, tak by taky nevěděl. A se mnou je něco podobnýho. Já jsem taky nalezenec:"

Bystrý pohled auditorův přelétl Švejkovu postavu i obličej a rozbil se o ně. Taková lhostejnost a nevinnost zářila z celé té bytosti stojící před auditorem, že Bernis začal chodit rozčíleně po kanceláři, a kdyby byl neslíbil polnímu kurátovi, že mu pošle Švejka, čertví jak by to se Švejkem bylo dopadlo.

Konečně se však zastavil opět u svého stolu.

"Poslyšte," řekl k Švejkovi, který se lhostejně díval před sebe, "jestli se ještě jednou s vámi setkám, tak na to budete pamatovat. – Odveďte ho!"

Když Švejka odváděli zpět na šestnáctku, dal si auditor Bernis zavolat štábního profousa Slavíka.

"Do dalšího rozhodnutí," řekl stručně, "posílá se Švejk k dispozici pana polního kuráta Katze. Vyhotovit propouštěcí papíry a odvést se dvěma muži Švejka k panu polnímu kurátovi."

"Dát mu řetízky na cestu, pane nadporučíku?" Auditor uhodil pěstí do stolu:

"Vy jste vůl. Řekl jsem vám přeci jasně vyhotovit propouštěcí papíry."

A všechno, co se nashromáždilo za den v duši auditorově, hejtman Linhart i Švejk, vylilo se jako dravá řeka na štábního profousa a končilo slovy:

"A nyní chápete, že jste korunovaný vůl?"

Má se sice tak říkat jen králům a císařům, ale ani prostý štábní profous, hlava nekorunovaná, nebyl s tím spokojen. Odcházeje od auditora, zkopal na chodbě trestance konkaře, dělajícího úklid na chodbě.

Co se týká Švejka, umínil si štábní profous, že Švejk musí alespoň jednu noc přespat ještě na garnizóně, aby také ještě něčeho užil.

***

Noc strávená na garnizóně patří vždy k milým vzpomínkám.

Vedle šestnáctky byl ajnclík, ponurá díra – samovazba, odkud i tu noc ozývalo se vytí nějakého zavřeného vojáka, kterému šikovatel Ftepa pro nějaký disciplinární přestupek z rozkazu štábního profousa Slavíka lámal žebra.

Když vytí utichlo, bylo slyšet v šestnáctce praskání vší, které se dostaly mezi prsty vězňů při prohlídce.

Nad dveřmi v otvoru ve zdi petrolejová lampa, opatřená mřížovaným chránítkem, vydávala matné světlo a čoudila. Zápach petroleje mísil se s přirozenými výpary lidských nemytých těl a se zápachem kyblíku, který po každém upotřebení rozhrnul svou hladinu, aby vrhl novou vlnu zápachu do šestnáctky.

špatná výživa činila u všech obtížným proces trávení a většina trpěla na větry;

které vypouštěli do nočního ticha, odpovídajíce si těmi signály navzájem za různých žertů.

Na chodbách bylo slyšet odměřený krok hlídek, občas otevřel se otvor ve dveřích a kukátkem se díval bachař.

Na středním kavalci ozývalo se tiché vypravování:

"Než jsem chtěl utéct a než mne potom sem dali mezi vás, byl jsem na čísle dvanáct. Tam jsou jako ti lehčí. Jednou vám tam přivedli jednoho člověka, odněkud z venkova. Dostal ten milý člověk čtrnáct dní, poněvadž u sebe nechával přespávat vojáky. Napřed se myslilo, že je to spiknutí, ale pak se vysvětlilo, že to dělal za peníze. Měl být mezi těma nejlehčíma zavřenej, ale poněvadž tam bylo plno, tak se dostal mezi nás. A co si ale všechno s sebou nepřinés z domova a co mu ještě neposlali, poněvadž měl nějak dovoleno, že může se stravovat sám a sobě přilepšit. I kouřit měl dovoleno. Měl dvě šunky, takový obrovský pecny chleba, vejce, máslo, cigarety, tabák, nu zkrátka na co si člověk pomyslí, to měl s sebou ve dvou baťochách. A chlap si myslel, že to musí sežrat sám. Začali jsme na něm loudit, když se nedovtípil, že se musí s námi dělit, jako se dělili ti druzí, když něco dostali, ale on chlap lakomá, že prý ne, že bude čtrnáct dní zavřenej a že by si zkazil žaludek tou kapustou a shnilýma bramborama, co nám dávají na mináž. Prej nám dá celou svou mináž i komisárek, vo to prý nestojí, ať prej si to dělíme mezi sebou anebo po pořadě se střídáme. Řteknu vám, že to byl takovej fajnovej člověk, že si nechtěl ani na ten kyblík sedat a čekal až na druhej den na procházce, že to udělá na dvoře na latríně. Byl takovej rozmazlenej, že si dokonce přines s sebou klozetovej papír. Řtekli jsme mu, že se mu vykašlem na tu jeho porci, a trpěli jsme den, druhej, třetí. Chlap žral šunku, mazal si máslo na chleba, loupal si vajíčka, zkrátka žil. Kouřil cigarety a ani šluka nechtěl nikomu dát. My prej nesmíme kouřit, a kdyby to viděl bachař, že nám dává šluka, že prej by ho zavřeli: Jak říkám, my jsme trpěli tři 'dny. Na čtvrtý den v noci jsme to udělali. Chlap se ráno probudí, a to jsem vám zapomněl říct, že se vždycky ráno, v poledne i večer, než se začal cpát, modlil, dlouho modlil. Tak se pomodlí a hledá svoje baťochy pod pryčnou. Jó, baťochy tam byly, ale vysušený, scvrklý jako sušená švestka. Začal křičet, že je vokradenej, že mu tam nechali jen klozetovej papír. Pak zas myslel asi pět minut, že si děláme legraci, že jsme to někam poschovávali. Povídá ještě tak vesele: ,Já vím, vy jste šizuňkové, já vím, že mně to vrátíte, ale povedlo se vám to.` Byl tam mezi náma jeden Libeňák a ten povídá: ,Vědí co, přikryjou se dekou a počítají do deseti. A pak se podívají do těch svejch baťochů.` Přikryl se jako poslušnej chlapec a počítá: ,Jedna, dvě, tři...` A ten Libeňák povídá znova: ,To nesmějí tak rychle, to musejí hodně pomalu.` A tak von pod tou dekou počítá pomalu, v přestávkách: ,Jedna - dvě - tři...` Když přepočítal deset, vylez z kavalce a prohlíd si svoje baťochy. ,Ježíšmarjá, lidičky,` začal křičet, ,vždyť jsou prázdný, jako byly dřív!` A přitom ten jeho blbej obličej, mohli jsme všichni puknout od smíchu. Ale ten Libeňák povídá: ,Zkusejí to ještě jednou.` A věříte, že byl takovej blbej z toho ze všeho, že to ještě jednou zkusil, a když viděl, že zas tam nic nemá než ten klozetovej papír, začal mlátit do dveří a křičet: ,Vokradli mne, vokradli mne, pomóc, votevřte, prokristapána, votevřte.` Tak tam hned přilítli, zavolali štábního profousa a šikovatele Řepu. My všichni jeden jako druhý říkáme, že se zbláznil, že včera i dlouho do noci žral a že to všechno sežral. A von jen plakal a pořád říkal: ,Vždyť někde musejí bejt drobečky: Tak hledali drobečky a nenašli, poněvádž tak chytrý jsme byli taky. Co jsme sami nemohli sežrat, poslali jsme poštou na šňůře do druhýho poschodí. Nemohli nám nic dokázat, ačkoliv ten blbec pořád ved svou: ,Dyť ty drobečky někde musejí bejt.` Celej den vám nic nežral a dával pozor, jestli někdo něco nejí nebo nekouří. Druhej den se k obědu ještě také netknul mináže, ale večer mu šly ty shnilé brambory a kapusta k duhu, jenomže se už nemodlil jako dřív, než se dával do šunky a do vajíček. Potom tam jeden od nás dostal zvenčí ňákým způsobem dramky, a to začal s náma ponejprv mluvit, abychom prý mu dali šluka. Nedali jsme mu nic:"

"Já jsem měl strach, že jste mu toho šluka dali," poznamenal Švejk, "to byste zkazil celý vypravování. Takový šlechetnosti jsou jenom v románech, ale na garnizóně za takovejch okolností by to byla blbost "

"A deku jste mu nedali?" ozval se čísi hlas. "Na to jsme zapomněli."

Nastala tichá debata, měl-li dostat ke všemu deku či ne. Většina byla pro.

Vypravování pomalu zatichalo. Usínali, škrábajíce se pod paždí, na prsou a na břiše, kde se v prádle vši nejvíce drží. Usínali, dávajíce si zavšivené deky přes hlavu, aby je nerušilo světlo petrolejové lampy...

Ráno v osm hodin vyzvali Švejka, aby šel do kanceláře.

"Po levej straně u dveří kanceláře je plivátko, tam házejí špačky," poučoval Švejka jeden. "Potom v prvním poschodí jdeš také kolem jednoho. Metou chodby až v devět, tak tam něco bude."

Ale Švejk zklamal jejich naděje. Nevrátil se více do šestnáctky. Devatenáct podvlékaček kombinovalo a hádalo všelijaké věci.

Nějaký pihovatý voják od zeměbrany, který měl největší fantazii, rozhlásil, že Švejk střelil po svém hejtmanovi a že dnes ho odvedli na motolské cvičiště na popravu.

Třicet procent lidí, kteří seděli na garnizóně, sedělo tam přes celou válku, aniž by byli jednou u výslechu.

Švejk vojenským sluhou u polního kuráta

1

Znovu počíná jeho odysea pod čestným průvodem dvou vojáků s bajonety, kteří ho měli dopravit k polnímu kurátovi.

Jeho průvodčí byli mužové, kteří se doplňovali navzájem. Jestli jeden z nich byl čahoun, druhý byl malý, tlustý. Čahoun kulhal na pravou nohu, malý voják na levou. Oba sloužili v týlu, poněvadž byli kdysi do války úplně zproštěni vojenské služby.

Šli vážně vedle chodníku a dívali se občas úkosem na Švejka, který kráčel uprostřed a salutoval kdekomu. Jeho civilní šaty ztratily se ve skladišti garnizónu i s jeho vojenskou čepicí, s kterou šel na vojnu. Nežli ho propustili, dali mu starý vojenský mundúr, který patřil nějakému břicháči a o hlavu většímu, než byl Švejk.

Do kalhot, které měl na sobě, byli by se vešli ještě tři Švejkové. Nekonečné faldy od noh až přes prsa, kam až sahaly kalhoty, mimovolně způsobovaly obdiv diváků. Ohromná blůza se záplatami na loktech, zamaštěná a špinavá, klátila se na Švejkovi jako kabát na hastrošovi. Kalhoty visely na něm jako kostým na klaunovi z cirku. Vojenská čepice, kterou mu též na garnizóně vyměnili, šla mu přes uši.

Na úsměvy diváků odpovídal Švejk měkkým úsměvem, teplem a něhou svých dobráckých očí.

A tak šli do Karlína, do bytu polního kuráta.

První promluvil na Švejka malý tlustý. Byli právě na Malé Straně dole pod podloubím.

„Odkud jseš?" otázal se malý tlustý.

„Z Prahy."

„A neutečeš nám?"

Do rozmluvy vmísil se Čahoun. Je to prazvláštní zjev, že jestli malí, tlustí bývají povětšině dobromyslnými optimisty, Čahouni, vytáhlí bývají naopak skeptiky.

A proto čahoun řekl k malému: „Kdyby moh, tak by utek."

„A proč by utíkal," ozval se malý tlouštík, „je tak jako tak na svobodě, venku z garnizónu. Tady to nesu v paketu:"

„A co tam je v tom paketu k polnímu kurátovi?" otázal se Čahoun.

„To já nevím."

„Tak vidíš, nevíš a mluvíš:"

Šli přes Karlův most za naprostého mlčení. V Karlově ulici promluvil opět malý tlustý na Švejka:

„Nevíš, proč tě vedeme k polnímu kurátovi?"

„Ke zpovědi," řekl ledabyle Švejk, „zítra mne budou věšet. To se vždycky tak dělá a říká se tomu duchovní outěcha."

„A proč tě budou jako tento…," otázal se opatrně čahoun, zatímco tlustý soustrastně se podíval na Švejka.

Oba byli řemeslníci z venkova, otcové rodin.

„Já nevím," odpověděl Švejk, usmívaje se dobrácky, „já o ničem nevím. Patrně to bude osud."

„Asis se narodil na nešťastné planetě," znalecky a se soucitem poznamenal malinký, „u nás v Jasenné u Josefova ještě za pruský války pověsili také tak jednoho. Přišli pro něho, nic mu neřekli a v Josefově ho pověsili:"

„Já myslím," řekl skeptický čahoun, „že pro nic a za nic člověka nevěší, že musí být k tomu vždycky nějaká příčina, aby se to mohlo odůvodnit."

„Když není válka," poznamenal Švejk, „tak se to odůvodňuje, ale ve válce se na jednoho člověka nebere zřetel. Má padnout na frontě, nebo bejt pověšenej doma. Pěšky jako za vozem."

„Poslouchej, nejsi ty nějakej politickej?" otázal se čahoun. V přízvuku jeho otázky bylo znát, že začíná být Švejkovi nakloněn.

„Politickej jsem až moc," usmál se Švejk.

„Nejsi národní socialista?" Nyní počal být malý tlustý opatrným. Vmísil se do toho. „Co je nám do toho," řekl, „je všude plno lidí a pozorujou nás. Aspoň kdybychom někde v průjezdě mohli sundat bodla, aby to tak nevypadalo. Neutečeš nám? My bychom měli z toho nepříjemnosti. Nemám pravdu, Toníku?" obrátil se k čahounovi, který potichu řekl:

„Bodla bychom mohli sundat. Je to přece náš člověk."

Přestal být skeptikem a duši jeho naplnila soustrast k Švejkovi. Hledali tedy vhodný průjezd, kde sňali bodáky, a tlustý dovolil Švejkovi, aby kráčel vedle něho.

„Kouřil bys, vid," řekl, „jestlipak…" Chtěl říct: „Jestlipak ti dají také zakouřit, než tě pověsí," ale nedokončil větu, vyciťuje, že by to byla beztaktnost.

Zakouřili si všichni a průvodčí Švejkovi počali sdělovat jemu o svých rodinách na Královéhradecku, o ženách, dětech, o kousku políčka, o jedné krávě.

„Já mám žízeň," řekl Švejk.

Čahoun s malým podívali se na sebe.

„Někam na jednu bychom také šli," řekl malý, vyciťuje čahounův souhlas, „ale někam, kde by to nebylo nápadný."

„Pojďme na Kuklík," vybízel Švejk, „kvéry si dáte do kuchyně, hostinský Serabona je sokol, toho se nemusíte bát. — Hrajou tam na housle a na harmoniku," pokračoval Švejk, „a chodějí tam pouliční holky a různá jiná dobrá společnost, která nesmí do Reprezenťáku."

Čahoun s malým podívali se ještě jednou na sebe a pak řekl čahoun: „Tak tam půjdem, do Karlína je ještě daleko."

Po cestě jim Švejk vypravoval různé anekdoty a v dobré náladě vstoupili na Kuklík a udělali to tak, jak Švejk radil. Ručnice uschovali v kuchyni a šli do lokálu, kde housle a harmonika naplňovaly místnost zvuky oblíbené písně „Na Pankráci, tam na tom vršíčku, stojí pěkné stromořadí…"

Nějaká slečna, která seděla na klíně vyžilému mladíkovi s hladce učesanou pěšinkou, zpívala chraplavým hlasem: „Měl jsem holku namluvenou, jinej mně za ní chodí."

U jednoho stolu spal opilý sardinkář, chvílemi se probouzel, uhodil pěstí do stolu, zabreptal: „Nejde to," a zas spal dál. Za kulečníkem pod zrcadlem seděly jiné tři slečny a pokřikovaly na nějakého konduktéra od dráhy: „Mladej pane, dají nám vermut." U hudby hádali se dva, že nějakou Mařku včera lízla patrola. Jeden to viděl na vlastní oči a druhý tvrdil, že šla s nějakým vojákem se vyspat k Valšům do hotelu.

U samých dveří seděl voják s několika civilisty a vykládal jim o svém zranění v Srbsku. Měl obvázanou ruku, plné kapsy cigaret, které od nich dostal. Říkal, že už nemůže pít, a jeden z té společnosti, plešatý dědek, neustále ho vybízel: „Jen pijte, vojáčku, kdoví jestli se ještě sejdem. Mám vám dát něco zahrát? Máte rád ‚Osiřelo dítě'?"

To byla totiž píseň plešatého dědka a opravdu již za chvíli housle i harmonika zakvílely, přičemž dědkovi vstoupily slzy do očí a on zpíval třaslavým hlasem: „Když už rozum bralo, na mámu se ptalo, na mámu se ptalo…"

Od druhého stolu ozvalo se: „Nechaj si to. Jdou se vycpat. Pověsej si to na hřebík, Odprejsknou s tím sirotkem."

A jako poslední trumf počal nepřátelský stůl zpívat: „Loučení, ach loučení, mé srdéčko je celý zhroucený, zhroucený…"

„Franto," volali na raněného vojáka, když přezpívali, zahlušivše ‚Osiřelé dítě', „nech už je bejt a pojď si k nám sednout. Vykašli se už na ně a pošli sem cigarety! Budeš je bavit, nádivy."

Švejk se svými průvodčími dívali se se zájmem na to všechno.

Švejk vžil se ve vzpomínky, když tu často sedával do vojny. Jak sem chodil policejní komisař Drašner na policejní prohlídku a prostitutky jak se ho bály a skládaly na něho písničky s obsahem opáčným. Jak právě jednou zpívaly chórem:

Za pana Drašnera
stala se tu mela,
Mařena byla vožralá
a Drašnera se nebála.

Vtom přišel Drašner se svým průvodem, strašný a neúprosný. Bylo to, jako když střelí do koroptví. Civilní strážníci seřadili to všechno do houfu. I on, Švejk, byl tenkrát v tom houfu, poněvadž při své smůle řekl komisaři Drašnerovi, když ho vyzval, aby se legitimoval: „Mají na to povolení od policejního ředitelství?"

Švejk vzpomínal též na jednoho básníka, který tu sedával pod zrcadlem a v tom všeobecném ruchu Kuklíku, zpěvu a pod zvuky harmoniky psával básničky a pročítal je prostitutkám.

Naproti tomu u Švejkových průvodčí nebylo žádných podobných reminiscencí. Bylo to pro ně. něco zcela nového. Začínalo se jim to líbit. První z nich, který našel zde úplného uspokojení, byl malý tlustý, neboť tací lidé, kromě svého optimismu, mají velký sklon být epikurejci. Čahoun chvíli sám s sebou zápasil. A jako ztratil již svůj skepticismus, ztrácel pomalu i svou odměřenost a zbytek rozvahy.

„Já si zatancuji,“ řekl po pátém pivě, když viděl, jak tancují páry šlapáka.

Malý oddal se úplně požitkářství. Vedle něho seděla jedna slečna, mluvila oplzle, a oči mu jen hrály.

Švejk pil. Čahoun přetancoval a vrátil se se svou tanečnicí ke stolu. Potom zpívali, tančili, neustále pili, poplácávali své společnice. A v atmosféře prodejné lásky, nikotinu a alkoholu kroužilo nenápadně staré heslo „Po nás ať přijde potopa!“

Odpůldne k nim přisedl nějaký voják a nabízel se, že jim udělá za pětku flegmónu a otravu krve. Má s sebou injekční stříkačku a stříkne jim do nohy nebo do ruky petrolej.[1] Budou s tím ležet nejmíň dva měsíce, a jestli budou krmit ránu slinami, tak třebas půl roku, a musí je pustit úplné z vojny.

Čahoun, který úplné již ztratil všechnu duševní rovnováhu, dal si na záchodě od vojáka stříknout petrolej pod kůži do nohy.

Když se schylovalo již k večeru, navrhl Švejk, aby nastoupili cestu k polnímu kurátovi. Malý tlouštík, který už začal breptat, sváděl Švejka, aby ještě počkal. Čahoun byl také toho mínění, že polní kurát může čekat. Švejkovi se však přestalo již na Kuklíku líbit, a proto jim pohrozil, že půjde sám.

Tak šli, ale musel jim slíbit, že se všichni ještě někde zastaví.

Stavili se za Florencí v malé kavárničce, kde tlustý prodal své stříbrné hodinky, aby se mohli ještě dále veselit.

Odtamtud už je Švejk vedl pod paždí. Dalo mu to strašné mnoho práce. Neustále jim nohy pode klesávaly a chtěli stále ještě jít někam. Malý a tlustý byl by málem ztratil paket k polnímu kurátovi, tak byl Švejk nucen nésti paket sám.

Švejk je neustále musel upozorňovat, když šel naproti důstojník nebo nějaká šarže. Po nadlidském úsilí a namáhání podařilo se Švejkovi přivléct je k domu v Královské třídě, kde bydlel polní kurát.

Sám jim nastrčil bajonety na ručnice a přinutil je dloubnutím pod žebra, aby ho vedli oni, a ne on je.

V prvém poschodí, kde byla navštívenka na dveřích bytu „Otto Katz, Feldkurat“, přišel jim otevřít nějaký voják. Z pokoje ozývaly se hlasy a cinkot lahví a sklenic.

„Wir — melden — gehorsam — Herr — Feldkurat,“ řekl namahavě čahoun, salutuje vojákovi, „ein — Paket — und ein Mann gebracht.“

„Lezte dál,“ řekl voják, „kdepak jste se tak zřídili? Pan feldkurát je taky…“

Voják si odplivl. Voják odešel s paketem. Lekali v předsíni dlouho, až se otevřely dveře a jimi nevešel, ale vletěl do předsíně polní kurát. Byl jen ve vestě, v ruce držel doutník.

„Tak už jste tady," řekl k Švejkovi; „a to vás přivedli. É — nemáte sirky?"

„Poslušně hlásím, pane feldkurát, že nemám."

„É — a proč nemáte sirky? Každý voják má mít sirky, aby si mohl zapálit. Voják, který nemá sirky, je… Co je?"

„Je, poslušně hlásím, bez sirek," odpověděl Švejk.

„Velice dobře, je bez sirek a nemůže nikomu připálit. Tak to by bylo jedno a teď to druhé. Nesmrdějí vám nohy, Švejku?"

„Poslušné hlásím, že nesmrdějí."

„Tak to by bylo to druhé. A teď to třetí. Pijete kořalku?"

„Poslušně hlásím, že kořalku nepiju, jenom rum."

„Dobře, podívejte se tady na toho vojáka. Toho jsem si vypůjčil na dnešek od obrlajtnanta Feldhubra, je to jeho pucflek. A ten nic nepije, je ab-ab-abstinent, a proto půjde s marškou. Po-poněvadž takového člověka nemohu potřebovat. To není pucflek, to je kráva. Ta pije taky jenom vodu a bučí jako vůl. — Ty jsi abstinent," obrátil se na vojáka, „že se ne-nestydíš, pitomče. Zasloužíš pár facek."

Polní kurát obrátil svou pozornost na ty, kteří Švejka přivedli a kteří ve snaze rovně stát klátili sebou, marné se opírajíce o své ručnice.

„Vy jste se o-opili," řekl polní kurát, „opili jste se ve službě a za to vás dám za-zavřít. Švejku, vy jim vezmete ručnice a odvedete je do kuchyně a budete je hlídat, dokud nepřijde patrola, aby je odvedla. Já hned zatelefonu-nu-nu-ju do kasáren."

A tak slova Napoleonova „Na vojně se mění situace každým okamžikem" došla i zde svého úplného potvrzení.

Ráno ho ti dva vedli pod bajonety a báli se, aby jim neutekl, pak je sám přived, a nakonec je musel hlídat sám.

Zprvu si dobře neuvědomili toho obratu, až když seděli v kuchyni a u dveří viděli stát Švejka s ručnicí a bajonetem.

„Já bych něco pil," povzdechl malý optimista, kdežto čahoun dostal opět záchvat skepticismu a řekl, že je to všechno mizerná zrada. Jal se hlasitě obviňovat Švejka, že je přivedl do toho postavení, a vyčetl mu, že prý jim sliboval, že bude zítra oběšenej, a teď že je vidět, že to je legrace i s tou zpovědí, i s tím oběšením.

Švejk mlčel a přecházel u dveří.

„Volové jsme byli," křičel čahoun.

Nakonec vyslechnuv všechna obvinění prohlásil Švejk:

„Nyní alespoň vidíte, že vojna není žádný med. Já konám svou povinnost. Já jsem se stejně do toho dostal tak jako vy, ale v obecnej řeči se říká, že se na mne štěstěna usmála."

„Já bych něco pil," opakoval zoufale optimista.

Čahoun vstal a šel ke dveřím vrávoraným krokem. „Pust nás domů," řekl Švejkovi, „kolego, neblbni."

„Jdi vode mě," odpověděl Švejk, „já vás musím hlídat. Teď se neznáme."

Ve dveřích objevil se polní kurát: „Já, já se nijak nemohu do těch kasáren dozvonit, tak jděte domů a pa-pamatujte si, že ve službě se chlastat ne-nesmí. Marš!"

Ku cti pana polního kuráta budiž řečeno, že do kasáren netelefonoval, poněvadž neměl doma telefonu a mluvil do stojanu na žárovku.

2

Již třetí den byl Švejk sluhou polního kuráta Otto Katze a za tu dobu viděl ho jen jednou. Třetího dne přišel vojenský sluha od nadporučíka Helmicha, aby si Švejk přišel pro polního kuráta.

Po cestě sdělil Švejkovi, že polní kurát pohádal se s nadporučíkem, rozbil pianino, že je opilý namol a nechce jít domů.

Nadporučík Helmich že je také opilý, vyhodil polního kuráta na chodbu a ten že sedí u dveří na zemi a dřímá.

Když přibyl Švejk na místo, zatřásl polním kurátem, a když ten zabručel a otevřel oči, Švejk zasalutoval a řekl: „Poslušné hlásím, pane feldkurát, že jsem zde."

„A co zde — chcete?"

„Poslušně hlásím, že mám pro vás přijít, pane feldkurát."

„Vy tedy máte pro mne přijít — a kam půjdem?"

„Do vašeho bytu, pane feldkurát"

„A proč mám jít do svého bytu — copak nejsem ve svém bytě?"

„Poslušné hlásím, pane feldkurát, že jste na chodbě v cizím domě."

„A — jak — jsem — se sem dostal?"

„Poslušně hlásím, že jste byl na návštěvě."

„Na — ná-návštěvě jsem ne-nebyl. — To — se vy mý-mýlíte."

Švejk zdvihl polního kuráta a přistavil ho ke zdi. Polní kurát se mu kácel ze strany na stranu, navaloval se na něho, přičemž říkal: „Já vám upadnu. — Upadnu," opakoval ještě jednou usmívaje se pitomě.

Konečně podařilo se Švejkovi přimáčknout polního kuráta ke zdi, který v nové pozici počal opět dřímat.

Švejk ho probudil. „Co si přejete?" řekl polní kurát, dělaje marný pokus svézt se po zdi a posadit se na zem. „Co jste zač?"

„Poslušné hlásím," odpověděl Švejk, přidržuje polního kuráta opět ke stěně, „že jsem váš pucflek, pane feldkurát."

„Já žádného pucfleka nemám," řekl namáhavé polní kurát, dělaje nový pokus skácet se na Švejka, „já nejsem žádný feldkurát. — Já jsem prase," dodal s upřímností pijáka, „poste mne, pane, já vás neznám."

Malý zápas skončil naprostým vítězstvím Švejkovým. Švejk využil svého vítězství tím, že polního kuráta stáhl ze schodů do průjezdu, kde polní kurát kladl odpor, aby nebyl vytažen na ulici. „Já vás, pane, neznám," tvrdil neustále při zápase Švejkovi do očí. „Znáte vy Ottu Katze? To jsem já. — Já byl u arcibiskupa," hulákal, drže se vrat v průjezdu. „Vatikán se o mne zajímá, rozumíte?"

Švejk shodil „Poslušné hlásím" a mluvil s polním kurátem čistě důvěrným tónem.

„Pust se, povídám," řekl, „nebo té seknu přes tu pazouru. Jdeme domů, a basta. Žádné řeči."

Polní kurát pustil se vrat a navalil se na Švejka: „Pojďme tedy někam, ale k Šuhům nepůjdu, tam jsem dlužen."

Švejk vytlačil ho i vynesl z průjezdu a tahal se s ním po chodníku směrem k domovu.

„Copak je to za pána?" otázal se někdo z diváků na ulici.

„To je můj bratr," odpověděl Švejk, „dostal dovolenou, tak mne přijel navštívit a z radosti se opil, poněvadž myslel, že jsem mrtvej."

Polní kurát, který zaslechl poslední slova, pobručuje si nějaký motiv z operety, kterou by nikdo nepoznal, vztyčil se k divákům: „Kdo je z vás mrtvej, ať se přihlásí u korpskomanda během tří dnů, aby mohla být jeho mrtvola vykropena."

A upadl v mlčení, snaže se upadnout nosem na chodník, když ho Švejk pod paždím táhl domů.

Maje hlavu kupředu a nohy vzadu, kterými pletl jako kočka s přeraženým hřbetem, polní kurát pobručoval si: „Dominus vobiscum — et cum spiritu tuo. Dominus vobiscum."

U stanoviště drožkářů Švejk posadil polního kuráta ke zdi a šel vyjednávat s drožkáři o převoz.

Jeden z drožkářů prohlásil, že toho pána velice dobře zná, že ho vezl jen jednou a víckrát že ho nepoveze.

„Poblil mně to všechno," vyjádřil se přímo, „a nezaplatil ani za jízdu. Vozil jsem ho přes dvě hodiny, než našel, kde bydlí. Teprve za týden, když jsem byl u něho asi třikrát, dal mně na to všechno pět korun."

Po dlouhém vyjednávání odhodlal se jeden z drožkářů, že je poveze.

Švejk vrátil se k polnímu kurátovi, který spal. Tvrdý černý klobouk (neboť on chodil obyčejně v civilu) mu někdo zatím sňal s hlavy a odnesl.

Švejk ho vzbudil a za pomoci drožkáře dopravil do drožky. V drožce polní kurát upadl v úplnou otupělost a považoval Švejka za plukovníka Justa od 75. pěšího pluku a několikrát za sebou opakoval: „Nehněvej se, kamaráde, že ti tykám. Jsem prase."

Jednu chvíli se zdálo, že drkotáním drožky o dlažbu přichází k rozumu. To se posadil rovně a začal zpívat nějaký úryvek z neznámé písně. Může být též, že to byla jeho fantazie:

Vzpomínám na zlaté časy,

když mne houpal na klíně,
bydleli jsme toho času
u Domažlic v Merklíně.

Po chvíli však upadl opět do úplné otupělosti, a obraceje se k Švejkovi, otázal se, přihmuřuje jedno oko: „Jak se vám dnes daří, milostivá? Pojedete někam na letní byt?" řekl po krátké přestávce, a vida všechno dvojatě, otázal se: „Vy račte mít už dospělého syna?" Přitom ukazoval prstem na Švejka.

„Sedneš!" zakřičel na něho Švejk, když polní kurát chtěl vylézt na sedadlo, „nemysli si, že tě nenaučím pořádku."

Polní kurát ztichl a díval se malýma prasečíma očima ven z drožky, naprosto nechápaje, co se to vlastně s ním děje.

Ztratil úplně všechny pojmy, a obraceje se na Švejka, řekl tesklivě: „Paní, dejte mně první třídu." Učinil pokus spustiti si kalhoty.

„Hned se zapneš, svině!" rozkřikl se Švejk, „už té znají všichni drožkáři, poblil jsi se už jednou, a ještě teď tohle. Nemysli si, že zůstaneš zas něco dlužen jako posledně."

Polní kurát melancholicky opřel hlavu do dlaní a počal zpívat: „Mne už nemá žádnej rád…" Přerušil však okamžitě svůj zpěv a poznamenal: „Entschuldigen Sie, lieber Kamerad, Sie sind ein Trottel, ich kann singen, was ich will."

Chtěl patrně zahvízdat nějakou melodii, ale místo toho řinulo se mu z pysků takové mohutné prrr, až drožka stanula.

Když potom na výzvu Švejkovu pokračovali dál v cestě, polní kurát počal si zapalovat špičku na cigarety.

„Nehoří to," řekl zoufale, když vyškrtal krabičku zápalek, „vy mně do toho foukáte."

Ztratil však opět okamžitě nit k pokračování a dal se do smíchu. „To je legrace, my jsme sami v elektrice, že ano, pane kolego."

Počal se šacovat.

„Já jsem ztratil lístek!" křičel, „zastavte, ten lístek se musí najít!"

Máchl rukou rezignovaně: „Ať jedou…"

Potom breptal: „V nejčastějších případech… Ano, v pořádku… Ve všech případech… Vy jste na omylu… Druhé poschodí?… To je výmluva… Nejde o mne, ale o vás, milostivá paní… Platit… Mám černou kávu…"

Počal se v polosnění hádat s nějakým domnělým nepřítelem, který mu upírá právo sedět v restauraci u okna. Potom počal považovat drožku za vlak, a nahýbaje se ven, křičel do ulice česky a německy: „Nymburk, přestupovat!"

Švejk ho přitáhl k sobě a polní kurát zapomněl na vlak a počal napodobit různé zvířecí hlasy. Nejdéle se zdržel u kohouta a jeho kikeriki vítězně znělo z drožky.

Byl vůbec nějakou chvíli velmi čilý, neposedný a pokoušel se vypadnout z drožky, spílaje lidem, které drožka míjela, uličníků. Potom vyhodil z drožky kapesník a křičel, aby zastavili, že ztratil zavazadla. Potom začal vypravovat: „V

Budějovicích byl jeden tambor. — Oženil se. — Za rok umřel." Dal se do smíchu: „Není to dobrá anekdota?"

Po celou tu dobu Švejk zacházel s polním kurátem s bezohlednou přísností.

Při různých pokusech polního kuráta o nějaký žertíček, jako vypadnout z drožky, ulomit sedátko, Švejk dával mu jednu pod žebra za druhou, což přijímal polní kurát s neobyčejnou tupostí.

Jen jednou učinil pokus se vzbouřit a vyskočit z drožky, prohlásiv, že dál již nepojede, že ví, že místo do Budějovic jedou do Podmoklí. Během minuty likvidoval Švejk jeho vzpouru úplně a přinutil ho vrátit se do první polohy na sedadlo, dávaje pozor, aby mu neusnul. Nejjemnější, co přitom pronesl, bylo: „Nespi, ty chcípáku."

Polní kurát dostal najednou záchvat melancholie a počal slzet, vyptávaje se Švejka, jestli měl matku.

„Já jsem, lidičky, na tom světě sám," křičel z drožky, „ujměte se mne!"

„Nedělej mně ostudu," napomínal ho Švejk, „přestaň, a to každý řekne, že jsi se namazal."

„Já nic nepil, kamaráde," odpovídal polní kurát, „já jsem úplně střízlivý."

Najednou však vstal, zasalutoval: „Ich melde gehorsam, Herr Oberst, ich bin besoffen. — Jsem čuně," opakoval desetkrát po sobě se zoufalou, upřímnou beznadějností.

A obraceje se na Švejka, prosil a žadonil vytrvale: „Vyholte mne z automobilu. Proč mne vezete s sebou?"

Posadil se a brucel: „Okolo měsíce kola se dělají. — Věříte, pane hejtmane, v nesmrtelnost duše? Může se kůň dostat do nebe?"

Počal se hlasitě smát, ale za chvíli zesmutněl a apaticky se díval na Švejka, pronášeje: „Dovolte, pane, já vás již někde viděl. Nebyl jste ve Vídni? Pamatuji se na vás ze semináře."

Chvíli se bavil tím, že počal deklamovat latinské verše: „Aurea prima sata estaetas, quae vindice nullo — Dál to nejde," řekl, „vyholte mne ven. Proč mne nechcete vyhodit? Já si nic neudělám. — Já chci upadnout na nos," prohlásil rozhodným hlasem.

„Pane," pokračoval opět prosebným hlasem, „drahý příteli, dejte mně pohlavek."

„Jeden nebo několik?" otázal se Švejk.

„Dva."

„Zde jsou…"

Polní kurát počítal nahlas pohlavky, které dostával, přičemž se blaženě tvářil.

„Dělá to moc dobře," řekl, „je to kvůli žaludku, vytravuje to. Dejte mně ještě přes hubu! — Srdečný dík," zvolal, když mu Švejk rychle vyhověl, „jsem úplně spokojen. Roztrhněte mně vestu, prosím vás!"

Projevoval nejrozmanitější přání. Přál si, aby mu Švejk vyvrtnut nohu, aby ho chvílí škrtil, aby mu ostříhal nehty, vytáhl přední zuby.

Projevoval mučednické touhy, žádaje, aby mu utrhl hlavu a hodil v pytli do

Vltavy.

„Mně by hvězdičky kolem hlavy slušely," mluvil s nadšením, „potřeboval bych jich deset."

Potom počal mluvit o dostizích a rychle přešel na balet, při kterém se též dlouho nezdržel.

„Tancujete čardáš," tázal se Švejka, „znáte medvědí tanec? Takhle…"

Chtěl poskočit a upadl na Švejka, který ho počal boxovat a potom uložil na sedadlo.

„Já něco chci," křičel polní kurát, „ale já nevím co. Nevíte, co chci?" Svěsil hlavu v naprosté rezignaci.

„Co je mně do toho, co chci," řekl vážně, „a vám, pane, také do toho nic není. Já vás neznám. Jak se opovažujete mne fixírovat? Umíte šermovat?"

Stal se na minutu výbojnějším a udělal pokus srazit Švejka ze sedadla.

Potom, když ho Švejk klidnil, dávaje mu bez ostychu znát svou fyzickou převahu, polní kurát se otázal: „Máme dnes pondělí nebo pátek?"

Byl také zvědav, není-li prosinec nebo červen, a projevil velkou schopnost klást nejrůznější otázky: „Jste ženat? Jíte rád gorgonzolu? Měli jste doma štěnice? Máte se dobře? Měl váš pes psinku?"

Stal se sdílným. Vypravoval, že je dlužen za jezdecké boty, bičík a sedlo, že měl před lety kapavku a že ji léčil hypermanganem.

„Na nic jiného nebylo času ani pomyšlení." Řekl škytaje, „může být, že se vám to zdá dosti trpkým. Ale řekněte, eah, eah, co mám dělat, eah? Už mně to musíte odpustit. — Autoterm," pokračoval, zapomínaje, o čem mluvil před chvílí, „nazývají se nádoby, které udržují nápoje a pokrmy v původní teplotě. Co soudíte, pane kolego, o tom, která hra je spravedlivější: ferbl nebo jedenadvacet? Opravdu, už jsem tě někde viděl," zvolal, pokoušeje se obejmout Švejka a políbit uslintanými rty, „my jsme spolu chodili do školy. — Ty dobráku jeden," říkal něžně, hladě si svou nohu, „jak jsi vyrostl od té doby, co jsem té neviděl. Ta radost, že tě vidím, vyrovná všechna utrpení."

Dostal básnickou náladu a počal mluviti o návratu do slunečního svitu šťastných tváří a vřelých srdcí.

Potom si klekl a počal se modlit Zdrávas Maria, směje se přitom na celé kolo.

Když zastavili před jeho bytem, bylo velice těžké dostat ho z drožky.

„Nejsme ještě na místě," křičel, „pomozte mně. Unášejí mne. Já si přeju jeti dál." Byl v pravém slova smyslu vytažen z drožky jako vařený plž z ulity. Jeden okamžik se zdálo, že ho přetrhnou, poněvadž se zapletl nohama za sedadlo.

Smál se však přitom hlasitě, že je napálil. „Vy mne přetrhnete, pánové."

Pak byl vlečen průjezdem přes schody k svému bytu a v bytě hozen jako žok na pohovku. Prohlásil, že nebude platit za ten automobil, který si neobjednal, a trvalo to přes čtvrt hodiny, nežli mu vysvětlili, že to byla drožka.

Ani pak s tím nesouhlasil, namítaje, že jezdí jedině ve fiakru.

„Vy mne chcete napálit," prohlašoval polní kurát, mrkaje na Švejka i na drožkáře významně, „my jsme šli pěšky."

A náhle v návalu velkomyslnosti hodil tobolku drožkáři: „Vezmi si všechno, ich kann bezahlen. Mně na krejcaru nezáleží.“

Správně měl říci, že mu nezáleží na šestatřiceti krejcařích, poněvadž víc v tobolce nebylo. Naštěstí drožkář ho podrobil důkladné prohlídce, mluvě přitom o fackách.

„Tak mě tedy uhoď,“ odpovídal polní kurát, „myslíš, že bych ji neunes? Pět jich snesu od tebe.“

Ve vestě polního kuráta našel drožkář pětku. Odešel, proklínaje svůj osud i polního kuráta, že ho zdržel a že mu zkazil ryta.

Polní kurát pomalu usínal, poněvadž stále budoval nějaké plány. Chtěl podniknout všechno možné, hrát na klavír, jít do tanečních hodin a smažit si rybičky.

Potom sliboval Švejkovi svou sestru, kterou neměl. Také si přál, aby ho odnesli na postel, a nakonec usnul prohlásiv, že si přeje, aby v něm byl uznán člověk, stejně cenná jednotka s prasetem.

3

Když ráno vstoupil Švejk do pokoje k polnímu kurátovi, našel ho ležet na pohovce úsilovně přemýšlejícího, jak se to mohlo stát, že ho někdo polil tak zvláštním způsobem, že se přilepil kalhotami ke kožené pohovce.

„Poslušně hlásím, pane feldkurát,“ řekl Švejk, „že jste se v noci…“
Několika slovy vysvětlil mu, jak se hrozně mýlí, že je polit. Polní kurát, který měl hlavu neobyčejně těžkou, byl ve stísněné náladě.

„Nemohu si vzpomenout,“ řekl, „jak jsem se dostal z postele na pohovku.“
„Tam jste vůbec nebyl, hned jak jsme přijeli, tak jsme vás uložili na pohovku, dál už to nešlo.“

„A co jsem vyváděl? Vyváděl jsem vůbec něco? Nebyl jsem snad opilý?“
„Pod obraz,“ odpověděl Švejk, „ouplně, pane feldkurát, přišlo na vás malinký delirium. Doufám, že vám pomůže, když se převléknete a umyjete.“

„Mně je, jako by mne někdo zmlátil,“ stěžoval si polní kurát, „potom mám žízeň. Nepral jsem se včera?“

„Nebylo to tak nejhorší, pane feldkurát. Žízeň je následkem včerejší žízně. Z toho se člověk nedostane tak brzy. Znal jsem jednoho truhláře, ten se ponejprv opil na Silvestra roku 1910 a prvního ledna ráno měl takovou žízeň a bylo mu tak špatné, že si koupil herynka a pil znovu, a to tak dělá denně už po čtyry roky a nikdo mu nepomůže, poněvadž si vždycky v sobotu koupí herynky na celej tejden. Je to takovej kolotoč, jako říkal jeden starej šikovatel u 91. pluku.“

Polní kurát byl stižen dokonalou kočkou a naprostou depresí. V tom okamžiku, kdo by ho slyšel, musil by být přesvědčen, že chodí na přednášky dr. Alexandra Batěka „Vypovězme válku na život a na smrt démonu alkoholu, jenž nám vraždí muže nejlepší“ a že čte jeho „Sto jisker etických“.

Trochu, pravda, to pozměnil. „Kdyby,“ řekl, „člověk pil nějaké ušlechtilé nápoje, jako arak, marašino, koňak, ale to jsem včera pil borovičku. Divím se, že ji mohu tak chlastat. Chuť to má odpornou. Kdyby to byla aspoň griotka. Lidé si vymyslí různé svinstvo a pijí ho jako vodu. Taková borovička není ani chutná, nemá ani barvu, pálí v krku. A kdyby byla alespoň pravá, destilát z jalovce, jakou jsem jednou pil na Moravě. Ale tahle borovička byla z nějakého dřevěného líhu a olejů. Podívejte se, jak krkám. — Kořalka je jed," rozhodl se, "musí být původní originál, pravá, a nikoliv vyráběná ve fabrice na studené cestě od žida. To je jako s rumem. Dobrý rum je vzácností. — Kdyby zde byla pravá ořechovka," povzdechl, "ta by mně spravila žaludek. Taková ořechovka, jako má pan hejtman Šnábl v Brusce."

Počal se šacovat a prohlížet tobolku.

"Mám všeho všudy šestatřicet krejcarů. Což abych prodal pohovku," uvažoval, "co myslíte? Koupí někdo pohovku? Domácímu řeknu, že jsem ji půjčil nebo že nám ji někdo ukradl. Ne, pohovku si nechám. Pošlu vás k panu hejtmanovi Šnáblovi, aby mi půjčil sto korun. Vyhrál předevčírem v kartách. Jestli tam nepochodíte, tak půjdete do Vršovic, do kasáren k nadporučíkovi Mahlerovi. Nezdaří-1i se to tam, půjdete na Hradčany k hejtmanovi Fišerovi. Tomu řeknete, že musím platit futráž pro koně, kterou jsem propil. A jestli ani tam se vám to nepodaří, zastavíme klavír, ať se děje co děje. Já vám napíši povšechné pár řádek. Nedejte se odbýt. Řeknete, že potřebuji, že jsem úplně bez peněz. Vymyslete si, co chcete, ale nevracejte se s holýma rukama, nebo vás pošlu na frontu. Zeptejte se u hejtmana Šnábla, kde kupuje tu ořechovku, a kupte dvě láhve."

Švejk vyplnil skvěle svou úlohu. Jeho prostosrdečnost a poctivá tvář zjednala mu plné důvěry, že co mluví, je pravdou.

Švejk uznal za vhodné i před hejtmanem Šnáblem, hejtmanem Fišerem i nadporučíkem Mahlerem mluvit ne o tom, že polní kurát musí platit futráž pro koně, ale podepřít jeho prosbu prohlášením, že polní kurát musí platit alimenty. Dostal všude peníze.

Když ukazoval tři sta korun, vrátiv se čestně z výpravy, byl polní kurát, který se zatím umyl a převlékl, velmi překvapen.

"Já to vzal najednou," řekl Švejk, "abychom se nemuseli zejtra nebo pozejtří starat znova o peníze. Šlo to dost hladce, ale před hejtmanem Šnáblem jsem musel kleknout na kolena. Je to nějaká potvora. Ale když jsem mu řek, že máme platit alimenty…"

"Alimenty?" zděšeně opakoval polní kurát.

"No, alimenty, pane feldkurát, odbytné holkám. Vy jste říkal, abych si něco vymyslil, a já nemoh na nic jiného přijít. U nás jeden švec platil najednou pěti holkám alimenty a byl z toho celej zoufalej a taky si na to vypůjčoval a každej mu rád věřil, že je v hrozným postavení. Ptali se mé, co je to za holku, a já jsem řek, že je moc hezká, že jí není ještě patnáct let. Tak chtěli její adresu."

"To jste to pěkné proved, Švejku," povzdechl polní kurát a počal chodit po pokoji.

„To zas je pěkná ostuda," říkal, chytaje se za hlavu, „mě bolí tolik hlava."

„Já jim dal adresu na jednu starou hluchou paní u nás v ulici," vysvětloval Švejk. „Já to chtěl důkladně provést, poněvadž rozkaz je rozkaz, Nedal jsem se odbýt — a něco jsem si musel vymyslit. Potom čekají v předsíni na ten klavír. Já je přived, aby nám ho odvezli do zastavárny, pane feldkurát. To nebude špatný, když ten klavír bude pryč. Bude zde víc místa a budeme mít víc peněz pohromadě. A máme na nějaký den pokoj. A jestli se bude pan domácí ptát, co s tím klavírem chceme dělat, řeknu, že se v něm přetrhaly dráty a že jsme ho poslali do továrny ku správce. Domovnici už jsem to řekl, aby jí to nebylo nápadné, když budou ten klavír vynášet a nakládat. Také už mám kupce na pohovku. Je to můj známý obchodník se starým nábytkem a přijde sem odpůldne. Dneska se kožená pohovka dobře platí."

„Víc jste nic neproved, Švejku?" otázal se polní kurát, drže si stále hlavu v dlaních a tváře se zoufale.

„Přines jsem, poslušné hlásím, pane feldkurát, místo dvou lahví ořechovky, jakou kupuje pan hejtman Šnábl, lahví pět, aby byla u nás nějaká zásoba, abychom měli co pít. Mohou si jít pro ten klavír, a to nám zavřou zastavárnu?"

Polní kurát máchl beznadějně rukou a za chvíli nakládali již klavír na vozík.

Když se vrátil Švejk ze zastavárny, našel polního kuráta sedět před otevřenou láhví ořechovky a nadávajícího; že při obědě dostal nepropečený řízek.

Polní kurát byl opět v tom. Prohlašoval k Švejkovi, že od zítřka povede nový život. Pít alkohol že je sprostý materialismus a že je třeba žít duševním životem. Mluvil filosoficky asi půl hodiny. Když otevřel třetí láhev, přišel obchodník se starým nábytkem a polní kurát mu prodal za pakatel pohovku a vybídl ho, aby s ním pobeseudoval, a byl velice nespokojen, když obchodník se omluvil, že jde kupovat ještě noční stolek.

„Škoda, že žádný nemám," řekl vyčítavě polní kurát, „člověk na všechno nepomyslí."

Po odchodu obchodníka se starým nábytkem polní kurát dal se do přátelské zábavy se Švejkem, s kterým vypil další láhev. Část jeho rozhovoru byla vyplněna osobním poměrem polního kuráta k ženám a ke kartám.

Seděli dlouho. I večer zastihl Švejka a polního kuráta v přátelské rozmluvě.

V noci se však poměr změnil. Polní kurát vrátil se do včerejšího stavu, popletl si Švejka s někým jiným a říkal mu: „Nikoliv, neodcházejte, pamatujete se na toho zrzavého kadeta od trénu?"

Tato idyla trvala až do té doby, kdy Švejk řekl polnímu kurátovi: „Už toho mám dost, teď polezeš do postele a budeš chrnět, rozumíš!"

„Lezu, miláčku, lezu — jakpak bych nelez," breptal polní kurát, „pamatuješ se, že jsme spolu chodili do kvinty a že jsem ti dělal úlohy z řečtiny? Vy máte vilu na Zbraslavi. A můžete jezdit parníkem po Vltavě. Víte, co je to Vltava?"

Švejk ho přinutil, aby si zul boty a vysvlékl se. Polní kurát uposlechl s protestem k neznámým osobám.

„Vidíte, pánové," mluvil ke skříni a ku fíkusu, „jak se mnou nakládají moji příbuzní. — Neznám svých příbuzných," rozhodl se náhle, ukládaje se do postele. „Kdyby se nebe i země spikly proti mně, neznám jich…"

A pokojem ozvalo se chrápání polního kuráta.

<h2 style="text-align:center">4</h2>

V tyto dny spadá též návštěva Švejkova v bytě u jeho staré posluhovačky paní Müllerové. V bytě našel Švejk sestřenici paní Müllerové, která mu s pláčem sdělila, že paní Miilierová byla zatčena týž večer, když odvážela Švejka na vojnu. Starou paní soudili vojenskými soudy a odvezli, poněvadž jí nic nemohli dokázat, do koncentračního tábora do Steinhofu. Přišel již od ní lístek.

Švejk vzal tu domácí relikvii a četl:

Milá Aninko! Máme se zde velice dobře, všichni jsme zdrávi. Sousedka vedle na posteli má skvrnitý ▇▇▇▇ a také jsou zde černé ▇▇▇▇. Jinak je vše v pořádku. Jídla máme dost a sbíráme bramborové ▇▇▇▇ na polívku. Slyšela jsem, že je pan Švejk už ▇▇▇▇, tak nějak vypátrej, kde leží, abychom po válce mohli mu dát ten hrob obložit. Zapomněla jsem ti říct, že na půdě v pravém rohu je v bedničce jeden malej pejsek ratlíček, štěňátko. Ale to už je kolik neděl, co nedostal nic žrát od tý doby, kdy si pro mne přišli pro ▇▇▇▇. Tak myslím, že je už pozdě, a že už je ten pejsek taky na pravdě ▇▇▇▇

A přes celý lístek růžové razítko: Zensuriert. K. k. Konzentrationslager Steinhof.

„A doopravdy byl už ten pejsek mrtvej," zavzlykala sestřenice paní Müllerové, „a také ani byste svůj byt nepoznal. Mám tam švadleny na bytě. A oni si z toho udělaly dámskej salónek. Všude jsou módy po stěnách a kytičky ve voknech."

Sestřenice paní Müllerové nebyla k upokojení. Za stálého vzlykání a naříkání projevila nakonec obavu, že Švejk utekl z vojny a chce ještě i ji zkazit a přivést do neštěstí. Nakonec s ním mluvila jako se zvrhlým dobrodruhem.

„To je náramně žertovné," řekl Švejk, „to se mně báječně líbí. Tak aby věděli, paní Kejřová, mají ouplnou pravdu, že jsem se dostal ven. Ale to jsem musel zabít patnáct vachmistrů a feldvéblů. Ale neříkají to nikomu…"

A Švejk odešel ze svého domova, který ho nepřijal, prohlásiv:

„Paní Kejřová, v prádelně mám nějaké límečky a náprsenky, tak mně to vyzdvihnou, abych až se vrátím z vojny, měl se do čeho v tom civilu voblíknout. Taky dají pozor, aby se mně nedali v almaře do šatů moli. A ty slečinky, co spějí v mý posteli, že dám pozdravovat."

Pak se šel Švejk podívat ke Kalichu. Když ho paní Palivcová uviděla, prohlásila, že mu nenaleje, že asi utekl.

„Můj muž," počala rozmazávat starou historii, „byl takovej vopatrnej, a je tam, sedí chudák zavřenej pro nic a za nic. A takovýhle lidi chodějí světem, utečou z vojny. Už vás tady zas minule] tejden hledali. — My jsme vopatrnější než vy," končila svou rozmluvu, „a jsme v neštěstí. Každej nemá to štěstí jako vy."

Při té rozmluvě byl jeden starší pán, zámečník ze Smíchova, který šel k Švejkovi a řekl k němu: „Prosím vás, pane, počkejte na mne venku, já s vámi musím mluvit."

Na ulici se domluvil se Švejkem, kterého též považoval dle odporučení hostinské Palivcové za dezentéra. Sdělil mu, že má syna, který také utekl z vojny a je u babičky v Jasenné u Josefova.

Nedbaje toho, že Švejk ho ubezpečoval, že není dezentérem, vtiskl mu do ruky desítku.

„To je první pomoc," řekl, tahaje ho s sebou do vinárny na rohu, „já vám rozumím, mne se nemusíte bát."

Švejk vrátil se pozdě v noci domů k polnímu kurátovi, který ještě nebyl doma.

Přišel až k ránu, probudil Švejka a řekl: „Zítra pojedeme sloužit polní mši. Vařte černou kávu s rumem. Anebo ještě lepší, vařte grog."

Švejk jede s polním kurátem sloužit polní mši

1

Přípravy k usmrcování lidí děly se vždy jménem božím či vůbec nějaké domnělé vyšší bytosti, kterou si lidstvo vymyslilo a stvořilo ve své obrazotvornosti.

Nežli podřízli staří Féničané krk nějakému zajatci, sloužili stejně slavné bohoslužby jako o několik tisíc let později nové generace, než táhly na vojnu a hubily své nepřátele ohněm i mečem.

Lidožrouti ostrovů Guinejských i Polynésie, než sežerou slavnostně své zajatce či lidi nepotřebné, jako misionáře, cestovatele a jednatele různých obchodních firem či prosté zvědavce, obětují předtím svým bohům, vykonávajíce nejrozmanitější náboženské výkony. Poněvadž k nim nepronikla ještě kultura ornátů, ozdobují své hyždě věnci z pestrého peří lesního ptactva.

Než svatá inkvizice upálila své oběti, sloužila přitom nejslavnější bohoslužby, velkou mši svatou se zpěvy.

Při popravách provinilců účinkují vždy kněží, obtěžujíce svou přítomností delikventa.

V Prusku vodil pastor ubožáka pod sekyru, v Rakousku katolický kněz k šibenici, ve Francii pod gilotinu, v Americe kněz na elektrickou stolici, ve Španělsku na židli, kde byl důmyslným přístrojem uškrcen, a v Rusku bradatý pop revolucionáře a tak dále.

Všude přitom manipulovali s Ukřižovaným, jako by chtěli říci: Tobě jenom useknou hlavu, oběsí tě, uškrtí, pustí do tebe patnáct tisíc volt, ale co tenhle musel zkusit.

Veliká jatka světové války neobešla se bez požehnání kněžského. Polní kuráti všech armád modlili se a sloužili polní mše za vítězství té strany, čí chleba jedli.

Při popravách vzbouřených vojáků objevil se kněz. Při popravách českých legionářů bylo vidět kněze.

Nic se nezměnilo od té doby, kdy loupežník Vojtěch, kterému přezděli „svatý", účinkoval s mečem v jedné a křížem v druhé ruce při vraždění a vyhubení Pobaltických Slovanů.

Lidi šli v celé Evropě na jatka jako dobytek, kam je vedli vedle řezníků císařů, králů a jiných potentátů a vojevůdců kněží všech vyznání, žehnajíce jim a dávajíce jim falešně přísahat, že na zemi, ve vzduchu, na moři a tak dále…

Dvakrát se sloužily polní mše. Když část odjížděla na pozici do fronty, a potom před frontou, před krvavými řežemi, ubíjením. Pamatuji se, že nám jednou při takové polní mši nepřátelský aeroplán pustil bombu právě do polního oltáře a z polního kuráta nezbylo nic než nějaké krvavé hadry.

Potom o něm psali jako o mučedníkovi, zatímco naše aeroplány připravovaly podobnou slávu polním karátům na druhé straně.

Měli jsme z toho nehoráznou švandu a na provizorním kříži, kde pochovali zbytky po polním kurátovi, objevil se přes noc tento hřbitovní nápis:

Co stihnout může nás, to stihlo také tebe.
Tys nebe sliboval nám, brachu, jistě.
Pak na tebe to spadlo při mši svaté z nebe.
Flek po tobě jen zůstal na tom místě.

2

Švejk uvařil slavný grog, předstihující grogy starých námořníků. Takový grog mohli by pít piráti osmnáctého století a byli by spokojeni.

Polní karát Otto Katz byl nadšen. „Kde jste se naučil vařit takovou dobrou věc?" otázal se.

„Když jsem před léty vandroval," odpověděl Švejk, „v Brémách od jednoho zpustlého námořníka, který říkal, že grog musí být tak silný, aby když někdo spadne do moře, přeplaval celý kanál La Manche. Po slabým grogu se utopí jako štěně."

„Po takovém grogu, Švejku, bude se nám dobře sloužit polní mše," uvažoval polní karát, „myslím, abych předtím pronesl několik slov na rozloučenou. Polní mše, to není taková legrace jako sloužit mši na garnizóně nebo mít kázání k těm lumpům. V tomhle případě musí mít člověk opravdově všech pět pohromadě. Polní oltář máme. Je skládací, kapesní vydání. - Ježíšmarjá, Švejku," chytil se za hlavu, „my jsme ale volové. Víte, kam jsem schoval ten skládací polní oltář? Do pohovky, kterou jsme prodali."

„Jó, to je neštěstí, pane feldkurát," řekl Švejk, „já ho sice znám, toho obchodníka se starým nábytkem, ale předevčírem potkal jsem jeho paní. On sedí kvůli nějaké ukradené almaře a naše pohovka je u jednoho učitele ve Vršovicích. To bude malér s tím polním oltářem. Nejlepší bude, když vypijeme grog a půjdeme jej shánět, poněvadž myslím, že bez polního oltáře se nedá mše sloužit."

„Schází nám opravdu jen ten polní oltář," řekl těžkomyslně polní kurát, „takhle už je na cvičišti všechno připraveno. Tesaři už tam udělali pódium. Monstranci nám půjčí z Břevnova. Kalich mám mít svůj, ale kde už je…"

Zamyslil se: „Řekněme si, že jsem ho ztratil. Tak dostaneme sportovní pohár od nadporučíka Witingra od 75. pluku. On kdysi před lety běhal o závod a vyhrál jej za Sport-Favorit. Byl to dobrý běžec. Dělal 40 kilometrů Vídeň—Mödling za 1 hodinu 48 minut, jak se nám vždycky chlubí. Mám to s ním včera již vyjednáno. Jsem hovado, že všechno odkládám na poslední chvíli. Proč jsem se, trouba, nepodíval do té pohovky."

Pod vlivem grogu zhotoveného podle receptu zpustlého námořníka počal si pustě nadávat a projadřoval v nejrozmanitějších sentencích, kam vlastně patří.

„Tak abychom už šli hledat ten polní oltář," vybízel Švejk, „je už ráno."

„Ještě si musím vzít uniformu a vypít ještě jeden grog."

Konečně vyšli. Po cestě k ženě obchodníka se starým nábytkem polní kurát vyprávěl Švejkovi, že včera vyhrál mnoho peněz v božím požehnání, a když to dobře dopadne, že vyptati klavír ze zastavárny.

Bylo to něco podobného, jako když pohani slibují nějakou obět.

Od rozespalé ženy obchodníka se starým nábytkem dověděli se adresu učitele ve Vršovicích, nového majitele pohovky. Polní kurát projevil neobyčejnou štědrost. Štípl ji do tváře a zalechtal pod bradou.

Šli do Vršovic pěšky, když polní kurát prohlásil, že se musí projít na čerstvém vzduchu, aby dostal jiné myšlenky.

Ve Vršovicích v bytě pana učitele, starého nábožného pána, čekalo je nemilé překvapení. Naleznuv polní oltář v pohovce, starý pán domníval se, že je to nějaké řízení boží, a daroval jej místnímu vršovickému kostelu do sakristie, vyhradiv si na druhé straně skládacího oltáře nápis: „Darováno ku cti a chvále boží p. Kolaříkem, učitelem v. v. Léta Páně 1914." Zastižen jsa ve spodním prádle, jevil velké rozpaky.

Z rozmluvy s ním bylo patrno, že nálezu přikládal význam zázraku a pokynu božího. Že když koupil tu pohovku, že mu jakýsi vnitřní hlas pravil: „Podívej se, co je v pohovce, v šupleti." Viděl prý také ve snu nějakého anděla, který mu přímo velel: „Otevři šuple od pohovky." Uposlechl.

A když tam viděl miniaturní skládací třídílný oltář s výklenkem pro tabernákulum, že klekl před pohovkou a dlouho se vroucně modlil a chválil boha a že to považoval za pokyn z nebe, ozdobit tím kostel ve Vršovicích.

„To nás nebaví," řekl polní kurát, „takovou věc, která vám nepatřila, měl jste odevzdat na policii, a ne do nějaké zatracené sakristie."

„Kvůli tomu zázraku," dodal Švejk, „můžou mít ještě vopletání. Voni koupili pohovku, a ne žádnej voltář, kterej patří vojenskému eráru. Takovej pokyn boží jich může stát draho. Voni neměli dát nic na anděly. Jeden člověk ve Zhoři taky vyoral nějakej kalich na poli, kterej pocházel ze svatokrádeže a byl tam schovanej na lepší doby, až se na to zapomene, a považoval to taky za pokyn boží a šel, místo aby jej rozšmelcoval, k panu faráři s tím kalichem, že prý ho chce darovat kostelu. A pan farář myslel, že se v něm hnuly výčitky svědomí, poslal pro starostu, starosta pro četníky a on byl odsouzen nevinně pro svatokrádež, poněvadž žvanil pořád něco o zázraku. Von se chtěl zachránit a taky vypravoval o nějakém andělu a zaplet do toho i Panenku Marii a dostal deset let. Nejlepší udělají, když půjdou s námi ke zdejšímu faráři, aby nám vrátil erární majetek. Polní voltář není žádná kočka nebo fuseble, kterou mohou darovat, komu chtějí."

Starý pán se třásl po celém těle a oblékaje se drkotal zuby: „Já jsem opravdu nic zlého nebo špatného v úmyslu neměl a nechoval. Domníval jsem se, že mohu takovým božím řízením posloužiti k ozdobení našeho chudého chrámu Páně ve Vršovicích."

„Na útraty vojenského eráru, to se rozumí," řekl tvrdě a drsné Švejk, „zaplať pánbůh za takový boží řízení. Nějakej Pivoňka z Chotěboře považoval jednou také za boží řízení, když se mu do rukou připletla ohlávka s cizí krávou."

Ubohý starý pán byl z těchto řečí úplně popleten a přestal se vůbec hájit, staraje se co nejrychleji se obléknout a vyřídit celou záležitost.

Vršovický farář ještě spal, a jsa probuzen hlukem, počal láteřit, poněvadž v rozespalosti myslel, že má jít někoho zaopatřovat.

„Taky mají dát pokoj s tím posledním pomazáním," bručel, oblékaje se neochotně, „vzpomenou si lidi umírat, když je člověk v nejlepším spánku. A aby se potom s nima handrkoval o peníze."

V předsíni se tedy setkali. On, zástupce pánaboha mezi vršovickými civilisty katolíky, a druhý, zástupce boží na zemi při vojenském eráru.

Celkem však to byl spor mezi civilistou a vojákem.

Jestli farář tvrdil, že polní oltář nepatří do pohovky, polní kurát se zmiňoval o tom, že tím méně podle toho patří z pohovky do sakristie kostela, kam chodí samí civilisté.

Švejk činil přitom různé poznámky, že je lehko obohacovat chudý kostel na účet vojenského eráru. „Chudý" řekl v uvozovkách.

Nakonec šli do sakristie kostela a farář vydal polní oltář pod touto zápiskou:
Přijal jsem polní oltář, který se náhodou dostal do chrámu ve Vršovicích.
Polní kurát Otto Katz

Slavný polní oltář byl od jedné židovské firmy, Moritz Mahler ve Vídni, která vyráběla všemožné mešní potřeby a předměty náboženské, jako růžence a obrázky svatých.

Oltář skládal se ze tří dílů, opatřených hodně falešným pozlátkem, jako celá sláva církve svaté.

Nebylo také možno zjistit bez fantazie, co vlastně představují obrazy namalované na těch třech dílech. Jisto je, že to byl oltář, kterého by mohli stejně používat nějací pohani na Zambezi či šamani Burjatů i Mongolů.

Opatřen řvavými barvami, vypadal zdáli jako barevné tabule určené pro zkoumání daltonistů na železné dráze.

Vynikala jen jediná figura. Nějaký nahý člověk se svatozáří a nazelenalým tělem jako biskup husy, která už zapáchá a je v rozkladu.

Tomu svatému nikdo nic nedělal. Naopak, měl po obou stranách dva křídlaté tvory, kteří měli znázorňovat anděly. Ale divák měl dojem, že ten svatý nahý muž řve hrůzou nad tou společností, která ho obklopuje. Andělé vypadali totiž jako pohádkové příšery, něco mezi okřídlenou divokou kočkou a apokalyptickou příšerou.

Protějškem k němu byl obrázek, který měl znázorňovat trojici boží. Na holubici celkem vzato nemohl malíř ničeho zkazit. Namaloval nějakého ptáka, který mohl být stejně holubicí jako slepicí bílých wyandotek.

Zato však bůh otec vypadal jako loupežník Divokého západu, kterého představuje obecenstvu film nějakého napínavého krváku.

Syn boží byl naproti tomu veselý mladý muž, s pěkným bříškem, zahaleným něčím, co vypadalo jako plavky. Celkem dělal dojem sportsmana. Kříž, který měl v ruce, držel s takovou elegancí, jako kdyby to byla tenisová raketa.

Zdálky však to všechno splývalo a činilo dojem, že vlak vjíždí do nádraží.

Třetí obrázek nebylo vůbec možno ocenit, co představuje. Vojáci se vidy hádali a luštili ten rébus. Někdo myslel dokonce, že je to krajinka z Posázaví.

Byl však pod tím nápis Heilige Maria, Mutter Gottes, erbarme unser.

Polní oltář naložil Švejk šťastně do drožky, sám si sedl k drožkáři na kozlík, polní karát dal si v drožce pohodlně nohy na trojici boží.

Švejk se bavil s drožkářem o vojně.

Drožkář byl rebelant. Dělal různé poznámky o vítězství rakouských zbraní, jako: „Ti vám to v Srbsku nahnuli" apod. Když přejížděli potravní čáru, ptal se zřízenec, co vezou.

Švejk odpověděl:

„Trojici boží a Panenku Marii s feldkurátem." Na cvičišti zatím netrpělivě čekaly pochodové setniny. A čekaly dlouho. Nebol ještě jeli pro sportovní kalich k nadporučíkovi Witingrovi a potom pro monstranci, ciborium a jiné příslušnosti ke mši do břevnovského kláštera, včetně i láhve mešního vína. Z toho je vidět, že není jen tak jednoduché sloužit polní mši.

„My to flákáme všelijak," řekl Švejk k drožkáři. A měl pravdu. Když totiž přijeli již na cvičiště a byli u pódia s dřevěným pažením a stolem, na který měl být postaven polní oltář, ukázalo se, že polní kurát zapomněl na ministranta.

Ministrovával mu vždy jeden pěšák od pluku, který se však dal přeložit raději k telefonu a odjel na frontu.

„To nevadí, pane feldkurát," řekl Švejk, „já to taky mohu zastat."

„A umíte ministrovat?"

„Nikdy jsem to nedělal," odpověděl Švejk, „ale zkusit se může všechno. Dneska je vojna, a ve válce dělají lidi věci, ve kterých se jim dřív ani nezdálo. To nějaký hloupý ‚et cum spiritu tuo' na to vaše ‚dominus vobiscum' taky svedu dohromady. A potom myslím, že to není nic těžkýho, chodit kolem vás jako kočka kolem horký kaše. A mejt vám ruce a nalejvat z konviček víno."

„Dobře," řekl polní kurát, „ale vodu mně nelejte. Raději si hned do té druhé konvičky nalejte také víno. Ostatně já vám vždycky řeknu, jestli máte jít napravo nebo nalevo. Jestli potichounku zapísknu jednou, to znamená napravo, dvakrát nalevo. S mešní knihou se nemusíte také mnoho tahat. Ostatně je to legrace. Nemáte trému?"

„Já se ničeho nebojím, pane feldkurát, ani ministrování."

Polní kurát měl pravdu, když se vyjádřil: Ostatně je to legrace.

Šlo všechno náramně hladce.

Řeč polního kuráta byla velice stručnou.

„Vojáci! Sešli jsme se zde, abychom před odjezdem na bojiště obrátili své srdce k bohu, aby nám dal vítězství a zachoval nás ve zdraví. Nebudu vás dlouho zdržovat a přeji vám všechno nejlepší."

„Ruht," zvolal starý plukovník na levém křídle.

Polní mši se říká proto polní, že podléhá témže zákonům jako vojenská taktika v poli. Při dlouhých manévrech vojsk za třicítileté války bývaly polní mše také neobyčejné dlouhé.

Při moderní taktice, kdy pohyby vojsk jsou rychlé a bystré, polní mše musí být také rychlou a bystrou. Tahle trvala právě deset minut a ti, kteří byli blíž, neobyčejné se divili, proč mezi mší polní kurát si pohvizduje.

Švejk bystře ovládal signály. Chodil na pravou stranu oltáře, opět byl na levé, a nic jiného neříkal než „et cum spiritu tuo".

Vypadalo to jako indiánský tanec kolem obětního kamene, ale dělalo to dobrý dojem, zaplašujíc nudu zaprášeného, smutného cvičiště s alejí stromů švestkových vzadu a latrínami, jejichž vůně zastupovala mystickou vůni kadidla gotických chrámů.

Všichni se náramné bavili. Důstojníci kolem plukovníka vypravovali si anekdoty a tak to šlo v úplném pořádku. Tu a tam bylo slyšet mezi mužstvem: „Dej mi štuka."

A jako obětní dým vycházely od rot k nebi modré obláčky tabákového dýmu. Kouřily všechny šarže, když viděly, že si i pan plukovník zapálil.

Konečně se ozvalo „Zum Gebet", zavířilo to prachem a šedivý čtverec uniforem sklonil svá kolena před sportovním kalichem nadporučíka Witingra, který on vyhrál za Sport-Favorit v běhu Vídeň—Mödling.

Kalich byl plný a všeobecný úsudek, který provázel manipulaci polního kuráta, bylo to, co šla řadami: „Ten to vyžunk."

Výkon ten byl opakován dvakrát. Pak ještě jednou „K modlitbě", nato kapela dala k lepšímu „Zachovej nám, Hospodine", seřazení a odchod.

„Seberte ty monatky," řekl polní kurát Švejkovi, ukazuje na polní oltář, „ať to můžem zase rozvézt, kam to patří!"

Jeli tedy se svým drožkářem, vrátili všechno poctivě, až na tu láhev mešního vína.

A když byli doma, poukázavše nešťastného drožkáře na velitelství, pokud se týká náhrady za ty dlouhé jízdy, řekl Švejk k polnímu kurátovi: „Poslušné hlásím, pane feldkurát, musí bejt ministrant toho samýho vyznání jako ten, kterýmu přisluhuje?"

„Zajisté," odpověděl polní kurát, „jinak by mše nebyla platnou."

„Pak se stal, pane feldkurát, velkej omyl," ozval se Švejk, „já jsem bez vyznání. Já už mám takovou smůlu."

Polní kurát podíval se na Švejka, chvíli mlčel, pak mu poklepal na rameno a řekl: „Můžete vypít to mešní víno, co zbylo v láhvi, a myslete si, že jste vstoupil opět do církve."

Náboženská debata

Stávalo se, že Švejk po celé dny neviděl pěstitele vojenských duší. Polní kurát rozděloval své povinnosti s hýřením a přicházíval velice zřídka domů, umazaný, nemytý, jako kocour, když se mrňouká a dělá své výlety po střechách.

Při návratu, mohl-li se vyjadřovat, hovoříval ještě se Švejkem, než usnul, o vznešených cílech, o zápale, o radosti z myšlení.

Někdy také se pokoušel mluvit ve verších, citovat Heine.

Švejk sloužil s polním kurátem ještě jednu polní mši u zákopníků, kam byl omylem pozván ještě jeden polní kurát, bývalý katecheta, neobyčejně nábožný člověk, dívající se na svého kolegu velice udiveně, když ten mu nabízel ze Švejkovy polní láhve, kterou ten vždy nosil na takové náboženské úkony s sebou, doušek koňaku.

"Je to dobrá známka," řekl polní kurát Otto Katz, "napijte se a jděte domů. Já už to sám vyřídím, poněvadž potřebuji být pod širým nebem, mě dnes nějak bolí hlava."

Nábožný polní kurát odešel, vrtě hlavou, a Katz zhostil se, jako vždy, velmi skvěle své úlohy.

V krev Páně se tenkrát proměňoval vinný střik a kázání bylo delší, přičemž každé třetí slovo bylo a tak dále a zajisté.

"Vy dnes, vojáci, budete odjíždět na frontu a tak dále. Vy obracejte se nyní k bohu a tak dále, zajisté. Nevíte, co se s vámi stane, a tak dále a zajisté."

A dál hřmělo od oltáře a tak dále a zajisté, střídajíc se s bohem a všemi svatými.

V zápalu a v řečnickém rozmachu vydával polní kurát i prince Evžena Savojského za světce, který je bude chránit, až budou dělat mosty přes řeky.

Nicméně skončila polní mše beze všeho pohoršení, příjemně a zábavně. Zákopníci se bavili velice dobře.

Na zpáteční cestě nechtěli je pustit se skládacím polním oltářem do elektriky.

"Že tě praštím tím svatým přes hlavu," poznamenal Švejk k průvodčímu.

Když se konečně dostali domů, zjistili, že ztratili někde po cestě tabernákulum.

"To nevadí," řekl Švejk, "první křesťani sloužili mši svatou i bez tabernákula. Kdybychom to někde voznámili, tak by chtěl ten poctívej nálezce na nás vodměnu. Kdyby to byly peníze, tak by se snad nenašel žádnej poctívej nálezce, ačkoliv jsou ještě takoví lidi. U nás v Budějovicích u regimentu byl jeden voják, takový dobrý hovado, ten našel jednou šest set korun na ulici a odevzdal je na policii a v novinách se o něm psalo jako poctivým nálezci a měl z toho vostudu. Žádnej s ním nechtěl mluvit, každej mu říkal: ,Ty jeden pitomče, co jsi to vyved za hloupost. Vždyť té to musí do smrti mrzet, jestli máš ještě trochu cti v těle.`

Měl holku, a ta s ním přestala mluvit. Když přijel domů na dovolenou, tak ho o muzice kvůli tomu kamarádi vyhodili z hospody. Počal chřadnout, brát si to do hlavy a nakonec se dal přejet vlakem. Jednou zas u nás v ulici našel jeden krejčí zlatý prsten. Lidi ho varovali, aby ho nevracel na policii, ale on si nedal říct. Přijali ho neobyčejně vlídně, že prý už je tam hlášena ztráta zlatého prstenu s briliantem, potom ale se podívají na kámen a říkají mu: ‚Člověče, vždyť je to sklo, a ne briliant. Kolikpak vám za ten briliant dali? Takový poctivý nálezce my známe.ʻ Nakonec se to vysvětlilo, že ještě jeden člověk ztratil zlatý prsten s falešným briliantem, nějakou rodinnou památku, ale krejčí seděl přece jen tři dny, poněvadž se z rozčilení dopustil urážky stráže. Dostal zákonitou odměnu deset procent, 1 K 20 hal., poněvadž ten šmejd měl cenu 12 korun, a on tu zákonitou odměnu hodil tomu pánovi do obličeje, a ten ho žaloval pra urážku na cti a krejčí dostal ještě deset korun pokuty. Potom všude říkal, že každej poctivej nálezce zaslouží pětadvacet, zřezat ho, až bude modrej, vysekat mu veřejné, aby si to lidi pamatovali a řídili se podle toho. Myslím, že naše tabernákulum nám nikdo nepřinese nazpátek, i když je vzadu značka regimentu, poněvadž s vojenskýma věcma nikdo nechce nic mít. Raději to zahodí někam do vody, aby s tím ještě neměl oplétání. Včera jsem mluvil v hospodě U zlatého věnce s jedním člověkem z venkova, je mu už šestapadesát let, a ten šel se optat na okresní hejtmanství do Nové Paky, proč mu rekvizírovali bryčku. Na zpáteční cestě, když ho z okresního hejtmanství vyhodili, díval se na trén, který právě přijel a stál na náměstí. Nějaký mladý muž poprosil ho, aby mu chvíli počkal u koní, že vezou pro vojsko konzervy, a víckrát už nepřišel. Když pak se hnuli, musel s nimi a dostal se až do Uher, kde někde poprosil taky někoho, aby mu počkal u vozu, a tím se jedině zachránil, a to by ho táhli do Srbska. Přijel celý vyjevený a víckrát nechce nic mít s vojenskejma věcma."

Večer dostali návštěvu nábožného polního kuráta, který chtěl také ráno sloužit polní mši zákopníkům. Byl to člověk fanatik, který chtěl každého přiblížit k bohu. Když byl katechetou, vyvíjel u dětí náboženský cit pohlavky a v různých časopisech občas uveřejňovány byly noticky o něm: "Katecheta surovec", "Katecheta, který pohlavkuje". Byl přesvědčen, že katechismus nejlépe si dítě osvojí pomocí rákoskového systému.

Kulhal trochu na jednu nohu, což bylo důsledkem toho, že ho vyhledal jeden otec žáka, kterému katecheta napohlavkoval, poněvadž školák jevil určité pochybnosti o trojici boží. Dostal tři pohlavky. Jeden za boha otce, druhý za boha syna a třetí za svatého ducha.

Dnes přišel svého kolegu Katze uvést na pravou cestu a promluvit mu do duše, což začal tím, že poznamenal: "Divím se, že u vás nevisí krucifix. Kde se modlíte breviář? Ani jeden obrázek svatých nezdobí stěny vašeho pokoje. Co to máte nad postelí?"

Katz se usmál: "To je ‚Zuzana v lázni‘ a ta nahá ženská pod tím je má stará známost. Napravo je japonérie, znázorňující sexuelní akt mezi gejšou a starým japonským samurajem. Pravda, něco velice originelního? Breviář mám v kuchyni. Švejku, přineste ho sem a otevřete na třetí straně."

Švejk odešel a z kuchyně ozvalo se třikrát za sebou vytáhnutí zátky z lahví vína.

Nábožný kurát byl zdrcen, když se na stole objevily tři láhve.

"Je to mešní lehké víno, pane kolego," řekl Katz, "velice dobré jakosti, ryzlink. Chutí podobá se moselskému."

"Nebudu pít," tvrdošíjně ozval se nábožný kurát, "přišel jsem vám promluvit do duše."

"To vám vyschne, pane kolego, v krku," řekl Katz, "napijte se a já poslouchám. Jsem člověk velice snášenlivý a mohu slyšet i jiné názory."

Nábožný kurát trochu upil a vytřeštil oči.

"Po čertech dobré víno, pane kolego, není-liž pravda?"

Fanatik tvrdě řekl: "Pozoruji, že vy klejete."

"To je zvyk," odpověděl Katz, "někdy se přistihnu dokonce, že se rouhám. Nalejte, Švejku, panu kurátovi. Mohu vás ubezpečit, že říkám také himlhergot, krucifix a sakra. Myslím, ai budete tak dlouho sloužit na vojně jako já, že se taky do toho vpravíte. Není to zcela nic těžkého, obtížného a nám duchovním je to velice blízké: nebe, bůh, kříž a velebná svátost, nezní to hezky a odborné? Pijte, pane kolego."

Bývalý katecheta mechanicky se napil. Bylo vidět, že by chtěl něco říct, ale nemohl. Sbíral myšlenky.

"Pane kolego," pokračoval Katz, "hlavu vzhůru, neseďte tak smutně, jako by vás měli za pět minut pověsit. Slyšel jsem o vás, že jste jednou v pátek omylem snědl v restauraci vepřovou kotletu, poněvadž jste myslel, že je čtvrtek, a že jste si na záchodě strkal prst do krku, aby to šlo ven, poněvadž jste si myslel, že vás bůh zahladí. Já se nebojím jíst v půstě maso a nebojím se ani pekla. Pardon, napijte se. Tak, už je vám lepší? Či máte pokrokový názor o peklu a jdete s duchem času a s reformisty? To jest místo obyčejných kotlů se sírou pro ubohé hříšníky papinské hrnce, kotle s velkou atmosférou, hříšníci se smaží na margarínu, rožně s elektrickým pohonem, po milióny let přejíždějí přes hříšníky stroje na válcování silnic, skřípání zubů obstarávají dentisti zvláštními přístroji, kvílení se zachycuje do gramofonů a desky se posílají nahoru do ráje k obveselení spravedlivých. V ráji účinkují rozprašovače kolínské vody a filharmonie hraje tak dlouho Brahmsa, že raději dáte přednost peklu a očistci. Andílkové mají v zadnici vrtuli od aeroplánu, aby se tolik nenadřeli se svými křídly. Pijte, pane kolego, Švejku, nalejte mu koňak, mně se zdá, že mu není dobře."

Když se nábožný kurát vzpamatoval, zašeptal: "Náboženství je rozumová úvaha. Kdo nevěří v existenci svaté trojice..."

"Švejku," přerušil ho Katz, "nalejte panu feldkurátovi ještě jeden koňak, ať se vzpamatuje. Řekněte mu něco, Švejku."

"U Vlašimě byl, poslušně hlásím, pane feldkurát," řekl Švejk, "jeden děkan a ten měl, když mu jeho stará hospodyně utekla s klukem i s penězi, posluhovačku. A ten děkan na stará kolena dal se do studování svatýho

Augustina, kterýmu říkají, že patří mezi svaté Otce, a dočet se tam, že kdo věří v protinožce, má být proklej. Tak si zavolal svou posluhovačku a povídá k ní: ,Poslouchejte, vy jste mně jednou povídala, že váš syn je strojní zámečník a odjel do Austrálie. To by byl mezi protinožci, a svatý Augustin přikazuje, aby každý, kdo věří v protinožce, byl proklet.` ,Jemnostpane,` povídá na to ta ženská, ,vždyť můj syn mně posílá z Austrálie psaní a peníze.` ,To je mámení ďábelské,` říká na to pan děkan, ,žádná Austrálie podle svatýho Augustina neexistuje, to vás jen ten antichrist svádí: V neděli je veřejně proklel a křičel, že Austrálie neexistuje. Tak ho rovnou z kostela odvezli do blázince. Vono by jich tam patřilo víc. U uršulinek mají v klášteře láhvičku s mlékem Panny Marie, kterým kojila Ježíška, a v sirotčinci u Benešova, když jim tam přivezli lurdskou vodu, dostali po ní sirotkové takovou běhavku, že to svět neviděl."

Nábožnému polnímu kurátu udělaly se mžitky před očima a vzpamatoval se novým koňakem, který mu vstoupil do hlavy.

Mžouraje očima, otázal se Katze: "Vy nevěříte v neposkvrněné početí Panny Marie, nevěříte, že palec svatého Jana Křtitele, který se chrání u piaristů, je pravý? Věříte vůbec v pánaboha? A když nevěříte, proč jste polním kurátem?"

"Pane kolego," odpověděl Katz, plácaje ho důvěrné po zádech, "dokud stát neuzná za dobré, že vojáci, než jdou mřít do bitvy, nepotřebují na to požehnání boží, je polní kurátství slušné honorovaným zaměstnáním, při kterém se člověk nepředře. Pro mne to bylo lepší než běhat po cvičištích, chodit na manévry... Tenkrát jsem dostával rozkazy od představených, a dnes si dělám, co chci. Zastupuji někoho, kdo neexistuje, a hraju sám úlohu boží. Jestli nechci někomu odpustit hříchy, tak mu je neodpustím, i kdyby mne prosil na kolenou. Ostatně posledních by se našlo sakramentsky málo."

"Já mám pánaboha rád," ozval se nábožný polní kurát, začínaje škytat, "moc ho mám rád. Dejte mně trochu vína. - Já si pánaboha vážím," pokračoval potom, "moc si ho vážím a ctím. Nikoho si tak nevážím jako jeho."

Uhodil pěstí do stolu, až láhve poskočily: "Bůh je vznešená povaha, cosi nadpozemského. Je čestný ve svých záležitostech, Je to slunný zjev, to mně nikdo nevyvrátí, I svatého Josefa si vážím, všechněch svatých si vážím, až na svatého Serapiona. Má takové ošklivé jméno."

"Měl by zažádat o změnu," poznamenal Švejk.

"Svatou Ludmilu mám rád, i svatého Bernardina," pokračoval bývalý katecheta, "ten zachránil moc poutníků ve Svatém Gotthardě. Má na krku láhev s koňakem a vyhledává zapadlé sněhem."

Zábava dostala jiný směr. Nábožný kurát počal mluvit páté přes deváté: "Mláďátek si ctím, mají svátek 28. prosince. Herodesa nenávidím. - Když spí slepice, tak nemůžete dostat čerstvá vajíčka."

Dal se do smíchu a počal zpívat "Svatý bože, svatý, silný".

Přerušil to však ihned, a obraceje se na Katze, otázal se ostře, vstávaje: "Vy nevěříte, že 15. srpna je svátek Nanebevzetí Panny Marie?"

Zábava byla v plném proudu. Objevily se ještě jiné láhve a chvílemi ozýval se

Katz: "Řekni, že nevěříš v pánaboha, a to ti jinak nenaleju."

Zdálo se, že se vrací doby pronásledování prvních křesťanů. Bývalý katecheta zpíval nějakou píseň mučedníků z římské arény a řval: "Věřím v pánaboha, nezapřu ho. Nech si své víno. Mohu si sám pro ně poslat."

Nakonec ho uložili do postele. Než usnul, prohlásil, vztyčuje k přísaze pravici: "Věřím v boha otce, syna i ducha svatého. Přineste mně breviář."

Švejk mu vstrčil do ruky nějakou knihu ležící na nočním stolku, a tak nábožný polní kurát usnul s Dekameronem G. Boccaccia v ruce.

Švejk jde zaopatřovat

Polní kurát Otto Katz seděl zadumané nad cirkulářem, který právě přinesl z kasáren. Byl to rezervát ministerstva vojenství:

"Ministerstvo vojenství ruší po dobu války platné předpisy týkající se zaopatřování vojínů armády posledním pomazáním a ustanovuje tyto pravidla pro vojenské duchovní:

§ 1. Na frontě se poslední pomazání zrušuje.

§ 2. Není dovoleno těžce nemocným a raněným odebrati se do týlu kvůli poslednímu pomazání. Vojenští duchovní povinni jsou předávat takové lidi okamžitě příslušným vojenským úřadům k dalšímu stíhání.

§ 3. Ve vojenských nemocnicích v zázemí možno jest udělit poslední pomazání hromadně na základě dobrozdání vojenských lékařů, pokud poslední pomazání nemá v sobě ráz obtěžování příslušné vojenské instituce.

§ 4. V mimořádných případech může velitelství vojenských nemocnic v zázemí dovolit jednotlivcům přijati poslední pomazání.

§ 5. Vojenští duchovní jsou povinni na vyzvání velitelství vojenských nemocnic udělovat poslední pomazání těm, které velitelství navrhuje."

Potom přečetl polní kurát ještě jednou předpis, ve kterém se mu oznamuje, že zítra má jít na Karlovo náměstí do Vojenské nemocnice zaopatřovat těžce raněné.

"Poslyšte, Švejku," zavolal polní kurát, "není to svinstvo? Jako kdyby v celé Praze byl jsem jen já jediným polním kurátem. Proč tam nepošlou toho nábožného kněze, který u nás posledně spal. Máme jít zaopatřovat na Karlák. Já už zapomněl, jak se to dělá."

"Tak si koupíme katechismus, pane feldkurát, tam to bude," řekl Švejk, "to je jako průvodčí cizinců pro duchovní pastýře. V Emauzích pracoval v klášteře jeden zahradnickej pomocník, a když chtěl vstoupit do řádu laiků a dostat kutnu, aby nemusel trhat svoje šaty, musel si koupit katechismus a učit se, kterak se dělá kříž, kdo jediný zůstal uchráněn hříchu dědičného a co je to, mít čisté svědomí, a jiné takové maličkosti, a potom jim prodal z klášterní zahrady pod rukou polovinu vokurek a odešel s hanbou z kláštera. Když jsem se s ním sešel, tak mně povídá: ,Vokurky jsem moh prodávat i bez katechismu.' "

Když přinesl Švejk koupený katechismus, polní kurát listuje se v něm řekl: "Vida, poslední pomazání může udělovat pouze kněz, a to jen olejem od biskupa posvěceným. Tak vidíte, Švejku, vy sám poslední pomazání udělovat nemůžete. Přečtěte mně, kterak se uděluje poslední pomazání."

Švejk četl: "Uděluje se takto: Kněz maže nemocného na jednotlivých smyslech, modle se zároveň: ,Skrze toto svaté pomazání a své předobrotivé milosrdenství odpustiž tobě Bůh, cokoliv jsi zavinil zrakem, sluchem, čichem, chutí, řečí, hmatem a chůzí.` "

"To bych rád věděl, Švejku," ozval se polní kurát, "co může člověk zaviniti hmatem, můžete mně to vysvětlit?"

"Moc věcí, pane feldkurát, hmátne třebas do cizí kapsy, nebo na tanečních zábavách, však mi rozumíte, jaký tam bývá představeni."

"A chůzí, Švejku?"

"Když začne pajdat, aby se nad ním lidi ustrnuli."

"A čichem?"

"Když se mu nějakej smrad nelíbí."

"A chutí, Švejku?"

"Když má na někoho chuť."

"A řečí?"

"To už patří se sluchem dohromady, pane feldkurát. Když někdo hodně žvaní a druhej ho poslouchá."

Po těchto filosofických úvahách polní kurát umlkl a řekl: "Potřebujeme tedy olej posvěcený od biskupa. Tady máte deset korun a kupte lahvičku. Ve vojenské intendantuře patrně takový olej nemají."

Švejk vypravil se tedy na cestu za olejem posvěceným od biskupa. Taková věc je horší než hledání živé vody v pohádkách Boženy Němcové.

Byl v několika drogériích, a jakmile řekl: "Prosím láhvičku oleje posvěceného od biskupa," dali se někde do smíchu a jinde skryli se uděšeni pod pultem. Přitom Švejk se tvářil neobyčejně vážně.

Umínil si tedy, že zkusí své štěstí v lékárnách. V první dali ho vyvést laborantem. V druhé chtěli telefonovat na ochrannou stanici a ve třetí mu řekl provizor, že firma Polák v Dlouhé třídě, obchod olejem a laky, bude mít rozhodně žádaný olej na skladě.

Firma Polák v Dlouhé třídě byla opravdu firma agilní. Nepustila žádného kupce, aby neuspokojila jeho přání. Chtěl-li balzám kopajvu, nalili mu terpentýn a bylo také dobře.

Když Švejk přišel a přál si za deset korun olej posvěcený od biskupa, řekl šéf k příručímu: "Nalejou mu, pane Tauchen, deset deka konopného oleje číslo tři."

A příručí, zabaluje lahvičku do papíru, řekl k Švejkovi čistě obchodně: "Je to první kvalita, budete-li si přát štětce, laky, fermež, račte se obrátit k nám. Obsloužíme vás solidně."

Zatím polní kurát si v katechismu zopakoval, co kdysi v semináři neutkvělo mu v paměti. Velmi se mu líbily neobyčejně duchaplné věty, kterým se upřímně zasmál: "Jméno ,poslední pomazání` pochází odtud, že toto pomazání obyčejně bývá posledním ze všech pomazání, jež církev člověku uděluje."

Nebo: "Poslední pomazání může přijmout každý katolický křesťan, který nebezpečně onemocněl a už přišel do rozumu."

"Nemocný má přijmouti poslední pomazání, možno-li, dokud ještě je při dobré pamětí."

Potom přišel ordonanc a přinesl paket, ve kterém se polnímu kurátovi oznamuje, že zítra bude při zaopatřování v nemocnici přítomno Sdružení šlechtičen pro náboženskou výchovu vojáků.

Toto Sdružení sestávalo z hysterických bab a rozdávalo po nemocnicích vojákům obrázky svatých a povídky o katolickém vojínovi, který umírá pro císaře pána. Byl na těch povídkách barevný obrázek představující bojiště. Všude se válí mrtvoly lidí a koní, převrácené muniční vozy a děla lafetami vzhůru. Na obzoru hoří vesnice a praskají šrapnely a v popředí leží umírající voják s utrženou nohou, nad kterým se sklání anděl a přináší mu věnec s nápisem na stuze: "Ještě dnes budeš se mnou v ráji." A umírající se blaženě usmívá, jako by mu nesli zmrzlinu.

Když Otto Katz přečetl obsah paketu, odplivl si a pomyslil si: "To bude zas zítra den."

Znal tu pakáž, jak ji nazýval, z chrámu od Ignáce, když před léty tam míval kázání pro vojsko. Tenkrát ještě vkládal do kázání mnoho a Sdružení sedávalo za plukovníkem. Dvě vytáhlé ženštiny v černých šatech s růžencem, které se jednou k němu přidaly po kázání a po dvě hodiny mluvily o náboženské výchově vojáků, dokud se nedopálil a neřekl jim: "Odpuste, mé dámy, na mne čeká pan hejtman s partií ferbla."

"Tak už máme volej," řekl slavnostně Švejk, když se vrátil od firmy Polák, "konopnej volej číslo tři první kvality, můžeme s ním namazat celej batalión. Je to solidní firma. Prodává taky fermež, laky a štětce. Ještě potřebujeme zvoneček."

"Na co zvoneček, Švejku?"

"Musíme po cestě zvonit, aby nám lidi smekali, když jdeme s pánembohem, pane feldkurát, s tím konopným volejem číslo tři. To se tak dělá, a bylo už mnoho lidí, kterým do toho nic nebylo, zavřenejch, že nesmekli. Na Žižkově jednou farář zmlátil jednoho slepýho, že při takovej příležitosti nesmek, a ještě byl zavřenej, poněvadž mu u soudu dokázali, že není hluchoněmej, a jenom slepej, a že slyšel cinkot zvonečku a budil pohoršení, ačkoliv to bylo v noci. To je jako o Božím těle. Jindy by si nás lidi ani nevšimli, a teď nám budou smekat. Jestli tedy, pane feldkurát, proti tomu nic nemáte, přinesu ho hned."

Obdržev svolení, Švejk přinesl za půl hodiny zvonek.

"Je od vrat zájezdní hospody U Křížků," řekl, "stál mne pět minut strachu a dlouho jsem předtím musel čekat, poněvadž se pořád trousili lidi."

"Půjdu do kavárny, Švejku, kdyby někdo přišel, ať počká."

Asi za hodinu přišel šedivý starší pán, přímého držení těla a přísného pohledu. Z jeho celého vzezření čišela urputnost a zloba. Díval se tak, jako by byl poslán osudem zničit naši bídnou planetu a zahladit její stopy ve vesmíru.

Řeč jeho byla drsná, suchá a přísná: "Doma? Že šel do nějaké kavárny? Že mám počkat? Dobrá, budu čekat až do rána. Na kavárnu má, ale dluhy platit, to nikoliv. Kněz, fujtajxl!"

Odplivl si v kuchyni.

"Pane, neplivejte nám tady!" ozval se Švejk, dívaje se se zájmem na cizího pána.

"A ještě jednou si odplivnu, vidíte, takhle," řekl tvrdošíjně přísný pán, plivaje podruhé na podlahu, "že se nestydí. Vojenský duchovní, hanba!"

"Jste-li vzdělanej člověk," upozorňoval ho Švejk, "tak si odvyknete plivat v cizím bytě. Nebo myslíte, že když je světová válka, že si můžete všechno dovolit? Máte se chovat slušně, a ne jako votrapa. Máte jednat jemně, mluvit slušně a nepočínat si jako rošťák, vy jeden pitomej civilisto."

Přísný pán vstal ze židle, počal se rozčilením třást a křičel: "Co si to vy opovažujete, já že nejsem slušný člověk, co tedy jsem, mluvte..."

"Hajzlík jste," odpověděl Švejk, dívaje se mu do očí, "plivíte na zem, jako byste byl v elektrice, ve vlaku nebo někde ve veřejné místnosti. Pořád jsem se divil, proč tam všude visejí cedulky, že plivat na zem se zakazuje, a teď vidím, že je to kvůli vám. Voni vás asi všude musejí moc dobře znát "

Přísný pán počal měnit barvu v obličeji a snažil se odpovědít přívalem nadávek adresovaných na Švejka i na polního kuráta.

"Jste hotov se svým řečněním," otázal se klidně Švejk (když padlo poslední ‚lumpové jste oba; jaký pán, taký krám`), "či chcete to ještě nějak doplnit, než poletíte ze schodů?"

Poněvadž přísný pán se již tak dalece vyčerpal, že mu na mysl nepřišla již žádná hodnotná nadávka, a proto se zamlčel, považoval to Švejk za to, že by čekal marné doplňků.

Otevřel tedy dveře, postavil si přísného pána do dveří obličejem na chodbu, a za takový šut by se nestyděl ani nejlepší hráč nejlepšího mezinárodního mistrovského fotbalového mužstva.

A za přísným pánem se nesl na schody Švejkův hlas: "Podruhý, když jdou někam mezi slušný lidi na návštěvu, tak se chovají slušně:

Přísný pán chodil dlouho pod okny a čekal na polního kuráta. Švejk si otevřel okno a pozoroval ho.

Konečně se host dočkal polního kuráta, který ho odvedl do pokoje a posadil naproti sobě na židli.

Švejk mlčky přinesl plivátko a postavil před hosta.

"Co to děláte, Švejku?"

"Poslušně hlásím, pane feldkurát, že už tady byla s tím pánem malá nepříjemnost kvůli plivání na podlahu."

"Opuste nás, Švejku, my máme něco mezi sebou vyřizovat."

Švejk zasalutoval.

"Poslušně hlásím, pane feldkurát, že vás opouštím."

Odešel do kuchyně a v pokoji vedl se velice zajímavý rozhovor.

"Vy jste přišel pro peníze za tu směnku, nemýlím-li se?" otázal se polní kurát svého hosta.

"Ano, a doufám . . ."

Polní kurát vzdychl.

"Člověk přichází častokrát do takové situace, že mu zbývá jedině naděje. Jak krásné je to slůvko ‚doufej` z toho trojlístku, který povznáší člověka z chaosu života: víra, naděje, láska."

"Já doufám, pane polní kuráte, že obnos..."

"Zajisté, ctěný pane," přerušil ho polní kurát, "mohu ještě jednou opakovat, že slovo ‚doufat` posilňuje člověka v jeho zápase se životem. I vy neztrácíte naděje. Jak je to krásné, míti určitý ideál, být nevinným, čistým tvorem, který půjčuje peníze na směnku a má naději, že dostane včas zaplaceno. Doufat, neustále doufat, že vám vyplatím 1200 korun, když mám v kapse necelých sto."

"Vy tedy...," zakoktal host.

"Ano, já tedy," odpověděl polní kurát.

Obličej hostův nabyl opět urputného a zlostného výrazu.

"Pane, to je podvod," řekl vstávaje.

"Uklidněte se, ctěný pane..."

"Je to podvod," křičel tvrdošíjně host, "zneužil jste mé důvěry."

"Pane," řekl polní kurát, "vám rozhodně prospěje změna vzduchu. Zde je příliš dusno. - Švejku," volal do kuchyně, "tento pán si přeje vyjít na čerstvý vzduch."

"Poslušně hlásím, pane feldkuráte," ozvalo se z kuchyně, "že jsem toho pána již jednou vyhodil."

"Opakovat," zněl rozkaz, který byl proveden rychle, bystře a krutě.

"To je dobře, pane feldkuráte," řekl Švejk, když se vrátil z chodby, "že jsme to s ním skoncovali dřív, než nám zde vyvedl nějakou výtržnost. V Malešicích byl jeden šenkýř, písmák, který na všechno měl citáty z Písma svatýho, a když někoho pral bejkovcem, vždycky říkal: ‚Kdo šetří metly, nenávidí syna svého; ale kdo ho miluje, včas jej tresce, já ti dám prát se mi v hospodě.` "

"Vidíte, Švejku, jak to dopadá s takovým člověkem, který nectí kněze," usmál se polní kurát. "Svatý Jan Zlatoústý řekl: ‚Kdo ctí kněze, ctí Krista, kdo příkoří činí kněží, činí příkoří Kristu Pánu, jehož zástupcem právě kněz jest.` - Na zítřek musíme se dokonale připravit. Udělejte smažená vajíčka se šunkou, uvařte bordó punč a potom věnujeme se rozjímání, neboť jak je v modlitbě večerní: ‚Odvráceny jsou milostí boží všechny úklady nepřátel o tento příbytek.` "

Na světě existují vytrvalci, mezi které patřil i muž dvakrát již vyhozený z bytu polního kuráta. Právě když byla večeře hotova, někdo zazvonil, Švejk šel otevřít, vrátil se za chvíli a hlásil: "Je tu zas, pane feldkurát. Zavřel jsem ho prozatím do koupelny, abychom se mohli spokojeně navečeřet."

"Nečiníte dobře, Švejku," řekl polní kurát, "host do domu, bůh do domu. Za dávných dob při hostinách dávali se obveselovat zrůdama. Přiveďte ho sem, ať nás pobaví."

Švejk vrátil se za chvíli s vytrvalým mužem, který hleděl zasmušile před sebe.

"Sedněte si," vybídl ho vlídně polní kurát, "právě dokončujeme večeři. Měli jsme humry, lososa, a teď ještě smažená vajíčka se šunkou. To se nám to hoduje, když nám lidi půjčují peníze."

"Doufám, že zde nejsem pro legraci," řekl zasmušilý muž, "jsem zde dnes již potřetí. Doufám, že nyní se vše vysvětlí."

"Poslušně hlásím, pane feldkurát," poznamenal Švejk, "že je to hotovej nezmar, jako nějakej Boušek z Libně. Vosumnáctkrát za večer ho vyhodili od Exnerů, a vždycky se jim tam vrátil, že tam zapomněl fajfku. Lez jim tam voknem, dveřma, z kuchyně, přes zeď do lokálu, přes sklep do výčepu a byl by se spustil snad komínem, kdyby ho byli hasiči nesundali se střechy. Takovej byl vytrvalej, že by se moh stát ministrem nebo poslancem. Udělali pro něj, co mohli."

Vytrvalý muž, jako by nedbal toho, co se mluví, tvrdošíjně opakoval: "Já chci mít jasno a přeji si, abych byl vyslechnut."

"To se vám povoluje," řekl polní kurát, "mluvte, ctěný pane. Mluvte, jak dlouho chcete, a my zatím budeme pokračovat v našich hodech. Doufám, že vám to nebude překážet ve vypravování. Švejku, neste na stůl."

"Jak je vám známo," řekl vytrvalec, "zuří vojna. Obnos půjčil jsem vám před vojnou, a kdyby nebylo vojny, nenaléhal bych na zaplacení. Mám však smutné zkušeností."

Vytáhl zápisník z kapsy a pokračoval: "Mám to všechno zapsáno. Nadporučík Janata dluhoval mně 700 korun, a odvážil se padnout na Drině. Poručík Prášek upadl na ruské frontě do zajeti, a je mně dlužen na dva tisíce korun. Hejtman Wichterle, dluhující mně stejný obnos, dal se zabit pod Ruskou Rávou vlastními vojáky. Nadporučík Machek zajat v Srbsku, dluhuje mně 1500 korun. Je zde víc takových lidí. Ten padne v Karpatech s mou nezaplacenou směnkou, ten jde do zajetí, ten se mně utopí v Srbsku, ten umře v Uhrách ve špitále. Chápete nyní mé obavy, že mne tato válka zahubí, nebudu-li energickým a neúprosným. Vy můžete mně namítnout, že u vás nehrozí žádného přímého nebezpečí. Podívejte se."

Přistrčil polnímu kurátovi svůj zápisník pod nos. "Vidíte: polní kurát Matyáš v Brně, zemřel v izolační nemocnici před týdnem. Já bych si rval vlasy. Nezaplatil mně 1800 korun, a jde do cholerového baráku zaopatřovat nějakého člověka, po kterém mu nic nebylo."

"To byla jeho povinnost, milý pane," řekl polní kurát, "já jdu také zítra zaopatřovat."

"A taky do cholerovýho baráku," poznamenal Švejk; "můžete jít s sebou, abyste viděl, co to znamená, vobětovat se."

"Pane polní kuráte," řekl vytrvalý muž, "věřte, že jsem v zoufalé situaci. Vede se válka kvůli tomu, aby sprovodila ze světa všechny mé dlužníky?"

"Až vás odvedou na vojnu a budete rukovat do pole," poznamenal opět Švejk, "tak vodsloužíme s panem feldkurátem mši svatou, aby bůh nebeský dal a první granát vás přeraziti ráčil."

"Pane, je to vážná věc," řekl nezmar k polnímu kurátovi, "žádám vás, aby váš sluha se do našich záležitostí nepletl, abychom to mohli ihned skoncovat."

"Dovolte, pane feldkurát," ozval se Švejk, "račte mně přikázat vopravdu, abych se do vašich záležitostí neplet, jinak budu hájit dál vaše zájmy, jak se na pořádného vojáka sluší a patří. Ten pán má ouplnou pravdu, von chce vodtud odejít sám. Já taky nemám rád nějaký výstupy, já jsem společenskej člověk."

"Švejku, mne už to začíná nudit," řekl polní kurát, jako by nepozoroval přítomnost hostovu, "myslel jsem, že nás ten člověk pobaví, bude nám vypravovat nějaké anekdoty, a on žádá, abych vám poručil, abyste se do toho nepletl, ačkoliv už jste měl s ním dvakrát co dělat. Večer, kdy mám před takovým důležitým náboženským úkonem, kdy mám obrátit všechny své smysly k bohu, obtěžuje mne nějakou pitomou historií o mizerných 1200 korunách, odvrací mne od zpytování svědomí, od boha, a chce, abych mu ještě jednou řekl, že mu teď nic nedám. Nechci s ním déle mluvit, aby tento posvátný večer nebyl zkažen. Řekněte mu sám, Švejku: Pan feldkurát vám nic nedá."

Švejk vyplnil rozkaz, zahulákav to hostu do ucha. Vytrvalý host zůstal však sedět dál.

"Švejku," vybízel polní kurát, "zeptejte se ho, jak dlouho myslí, že bude zde ještě okounět?"

"Nehnu se odtud, dokud nedostanu zaplaceno," tvrdošíjně ozval se nezmar.

Polní kurát vstal, šel k oknu a řekl: "V takovém případě odevzdávám ho vám, Švejku. Dělejte si s ním, co chcete."

"Pojďte, pane," řekl Švejk, uchopiv nemilého hosta za rameno, "do třetice všeho dobrého."

A opakoval svůj výkon rychle a elegantně, zatímco polní kurát bubnoval na okno pohřební pochod.

Večer věnovaný rozjímání prošel několik fází. Polní kurát tak zbožně a vroucně přibližoval se k bohu, že ještě ve dvanáct hodin v noci zněl z jeho bytu zpěv:

Když jsme mašírovali,
všechny holky plakaly...

S ním zpíval i dobrý voják Švejk.

***

Po posledním pomazání ve Vojenské nemocnici toužili dva. Jeden starý major a jeden bankovní disponent, důstojník v záloze. Oba dostali kulku do břicha v Karpatech a leželi vedle sebe. Rezervní důstojník považoval za svou povinnost dát se zaopatřit svátostí umírajících, poněvadž jeho představený toužil po posledním pomazání. Aby se nedal také zaopatřit, považoval za porušení subordinace. Nábožný major to dělal z chytrosti, domnívaje se, že modlitba víry uzdraví nemocného. Tu noc před posledním pomazáním oba však zemřeli, a když se dostavil ráno polní kurát se Švejkem, leželi s obličejem zčernalým pod prostěradlem jako všichni, kteří zemrou zadušením.

"Takovou slávu jsme dělali, pane feldkurát, a teď nám to zkazili," zlobil se Švejk, když jim v kanceláři oznámili, že ti dva už nepotřebují ničeho.

A to byla pravda, že dělali slávu. Jeli v drožce, Švejk zvonil a polní kurát držel v ruce lahvičku s olejem, zabalenou do ubrousku, kterým s vážnou tváří žehnal kolemjdoucím, kteří smekli.

Nebylo jich pravda mnoho, ačkoliv Švejk snažil se dělat se svým zvoncem obrovský rámus.

Za drožkou běželo několik nevinných pacholátek, z nichž jedno sedlo si vzadu, načež jeho druhové spustili unisono: "Za vozem, za vozem!"

A Švejk do toho zvonil, drožkář sekal bičem dozadu, ve Vodičkové ulici nějaká domovnice, členkyně mariánské kongregace, klusem dohnala drožku, dala si v jízdě požehnat, pokřižovala se, odplivla si poté: "Jedou s tím pánembohem jako všichni čerti! Člověk aby dostal souchotiny!" a vracela se udýchána na své staré místo.

Nejvíc hlas zvonku znepokojoval drožkářskou kobylu, které patrně musel něco připomínat z minulých let, poněvadž se stále ohlížela dozadu a občas učinila pokus zatancovat na dlažbě.

To byla tedy ta veliká sláva, o které mluvil Švejk. Polní kurát šel zatím do kanceláře vyřídit finanční stránku posledního pomazání a vypočítal již účetnímu šikovateli, že je mu vojenský erár dlužen na sto padesát korun za posvěcený olej a cestu.

Potom následoval spor s velitelem nemocnice a polním kurátem, přičemž polní kurát několikrát udeřil pěstí do stolu a vyjádřil se: "Nemyslete si, pane hejtmane, že je poslední pomazání zadarmo. Když důstojník od dragounů je komandýrován do hřebčince za koňma, tak se mu také platí diety. Opravdu lituji, že se ti dva posledního pomazání nedočkali. Bylo by to o padesát korun dražší."

Švejk čekal zatím dole na strážnici s lahvičkou svatého oleje, která mezi vojáky vzbuzovala opravdový zájem.

Někdo mínil, že by se s tím olejem daly velice dobře čistit ručnice a bodla.

Nějaký mladičký vojáček z Českomoravské vysočiny, který ještě věřil v pánaboha, prosil, aby se o takových věcech nevedly řeči a aby se svatá tajemství nezatahovala do debaty. Musíme křesťansky doufat.

Starý rezervista podíval se na zeleňáčka a řekl: "Pěkný doufání, že ti šrapnel utrhne hlavu. Bulíkovali nás. Jednou k nám přijel nějakej klerikální poslanec a mluvil o božím míru, který se klene nad zemí, a jak pánbůh si nepřeje války a chce, aby všichni žili v míru a snášeli se jako bratří. A vida ho, vola, jakmile vypukla válka, ve všech kostelích se modlí za zdar zbraní a o pánubohu se mluví jako o nějakém náčelníkovi jenerálního štábu, který tu vojnu řídí a diriguje. Z téhle vojenské nemocnice už jsem viděl pohřbů, a uříznutých noh a ruk vozí odtud vozy."

"A vojáky pochovávají nahý," řekl jiný voják, "a do toho mundúru voblíknou zas jinýho živýho a tak to jde napořád."

"Dokud to nevyhrajem," poznamenal Švejk.

"Taková fajfka chce něco vyhrát," ozval se z kouta desátník. "Na pozici s vámi, do zákopů, a hnát vás na bodáky o všechno pryč, na dráty, podkopy a minomety. Válet se v týlu, to dovede každej, a žádnýmu se nechce padnout "

"Já taky myslím, že je to moc hezký, dát se probodnout bajonetem," řekl

Švejk, "a taky to není špatný, dostat kouli do břicha, a ještě pěknější, když člověka přerazí granát a člověk kouká, že jeho nohy i s břichem jsou nějak vod něho vzdálený, a je mu to tak divný, že z toho umře dřív, než mu to někdo může vysvětlit."

Mladičký voják vzdychl si upřímně. Litoval sám svůj mladý život, že se narodil v tak hloupém století, aby ho zařezali jako krávu na porážce. Pročpak je tohle všechno?

Jeden voják, učitel z povolání, jako by četl jeho myšlenky, poznamenal: "Někteří učenci vysvětlují válku objevením se skvrn na slunci. Jakmile taková skvrna se udělá, tak přijde vždy něco hrozného. Dobytí Kartága..."

"Nechaj si své učenosti," přerušil ho desátník, "a jdou raději zamést cimru, dneska je to na nich. Co je nám do nějaký pitomý skvrny na slunci. Kdyby jich tam bylo třeba dvacet, tak si za to nic nekoupím."

"Ty skvrny na slunci mají vopravdu velkej význam," zamíchal se Švejk, "jednou se vobjevila taková skvrna a ještě ten samej den byl jsem bit u Banzetů v Nuslích. Vod tý doby, jak jsem šel někam, vždycky jsem v novinách hledal, jestli se zas nevobjevila nějaká skvrna. A jakmile se vobjevila, sbohem, Máry, nešel jsem nikam, a jen tak jsem to přečkal. Když tenkrát ta sopka Mont Pelé zničila celý ostrov Martinique, jeden profesor psal v Národní politice, že už dávno upozorňoval čtenáře na velkou skvrnu na slunci. A vona, ta Národní politika, včas nedošla na ten vostrov, a tak si to tam, na tom vostrově, vodskákali."

Zatím polní kurát setkal se nahoře v kanceláři s jednou dámou ze Sdružení šlechtičen pro náboženskou výchovu vojáků, starou, protivnou ochechulí, která již od rána chodila po nemocnici a všude rozdávala obrázky svatých, které ranění a nemocní vojáci házeli do plivátek.

Při své obchůzce rozčilovala všechny svým hloupým žvaněním, aby srdečné litovali svých hříchů a opravdové se polepšili, aby po smrti milý bůh jim dal věčné spasení.

Byla bledá, když mluvila s polním kurátem. Jak ta vojna, místo aby zušlechťovala, dělá z vojáků zvířata. Dole na ni marodi vyplázli jazyka řekli jí, Že je maškara a nebeská koza. "Das ist wirklich schrecklich, Herr Feldkurat, das Volk ist verdorben."

A rozhovořila se, jak si představuje náboženskou výchovu vojáka. Jen tenkrát bojuje voják statečně za svého císaře pána, když věří v boha a má náboženský cit, pak se neleká smrti, poněvadž ví, že ho čeká ráj.

Žvanilka řekla ještě několik podobných hloupostí a bylo vidět, že je odhodlána nepustit polního kuráta, který však zcela negalantně se poroučel.

"Jedem domů, Švejku!" zavolal do strážnice. Na zpáteční cestě nedělali žádnou slávu.

"Ať si jede zaopatřovat příště, kdo chce," řekl polní kurát, "člověk aby se za každou duši, kterou chce spasit, s nimi handrkoval o peníze. Mají samé účetnictví, pakáž."

Vida v ruce Švejkové lahvičku s ‚posvěceným‘ olejem, zachmuřil se: "Nejlepší uděláme, Švejku, když tím olejem mně a sobě namažete boty."

"Zkusím s tím namazat taky zámek," dodal Švejk, "strašné vrže, když v noci jdete domů."

Tak skončilo poslední pomazání, ke kterému nedošlo.

Švejk vojenským sluhou u nadporučíka Lukáše

1

Štěstí Švejkovo nemělo dlouhého trvání. Nelítostný osud přerval přátelský poměr mezi ním a polním kurátem. Jestli polní kurát až do té události byl osobou sympatickou, to, co nyní provedl, je s to strhnout z něho sympatickou tvářnost.

Polní kurát prodal Švejka nadporučíkovi Lukášovi, čili lépe řečeno, prohrál ho v kartách. Tak dřív prodávali na Rusi nevolníky. Přišlo to tak znenadání. Byla pěkná společnost u nadporučíka Lukáše a hrálo se jednadvacet.

Polní kurát prohrál všechno a nakonec řekl: "Kolik mně půjčíte na mého vojenského sluhu? Ohromný pitomec a zajímavá figura, něco non plus ultra. Ještě nikdy neměli jste takového vojenského sluhu."

"Půjčím ti sto korun," nabídl nadporučík Lukáš, "jestli pozítří je nedostanu, pošleš mně tu raritu. Můj pucflek je protivný člověk. Stále vzdychá, píše domů psaní, a přitom krade, na co přijde. Už jsem ho bil, ale to není nic platné. Pohlavkuji ho na potkání, ale nepomáhá to. Vyrazil jsem mu pár předních zubů, ale chlapa nenapravil."

"Tedy platí," řekl lehkomyslně polní kurát, "buď pozítří sto korun, nebo Švejka."

Prohrál i těch sto korun a šel smutně domů. Věděl určité a také nijak o tom nepochyboval, že do pozítří nesežene těch sto korun a že vlastně Švejka mizerně a bídně prodal.

"Mohl jsem si říct o dvě stě korun," mrzel se, ale přestupuje na elektrické tramvaji na trať, která ho za chvíli měla odvézt domů, dostával záchvat výčitek a sentimentality.

"Není to ode mne hezké," pomyslil si, když zvonil u dveří svého bytu, "jak se podívám do jeho pitomých, dobráckých očí?"

"Milý Švejku," řekl, když byl doma, "dnes se stalo něco neobyčejného. Měl jsem takovou smůlu v kartách. Hopal jsem to všechno a měl jsem pod rukou eso, pak přišla desítka, a bankéř měl pod rukou kluka a dotáh to taky na jednadvacet. Líznul jsem si několikrát na eso nebo na desítku a vždy jsem měl stejně s bankéřem. Projel jsem všechny peníze."

Odmlčel se. "A nakonec jsem prohrál vás. Vypůjčil jsem si na vás sto korun, a jestli do pozítří je nevrátím, už budete patřit ne mně, ale nadporučíkovi Lukášovi. Mně je to opravdu líto..."

"Sto korun ještě mám," řekl Švejk, "mohu vám půjčit."

"Dejte je sem," ožil polní kurát, "hned je zanesu Lukášovi. Nerad bych, opravdu, se s vámi loučil." Lukáš byl velice překvapen, když uviděl opět polního kuráta.

"Jdu ti zaplatit dluh," řekl polní kurát, rozhlížeje se vítězoslavně, "dejte mně také kartu."

"Hop," ozval se polní kurát, když byla řada na něm. "Jenom o oko," hlásil, "přetáh jsem."

"Tak tedy hop," řekl při druhém chodu, "hop bund."

"Dvacet brát," hlásil bankéř.

"Já mám celých devatenáct," tiše pronesl polní kurát, dávaje do banku posledních čtyřicet korun ze stovky, kterou mu půjčil Švejk, aby se vykoupil z nového nevolnictví.

Vraceje se domů, přišel polní kurát k přesvědčení, že je konec, že Švejka nemůže nic zachránit, že jest to předurčeno, aby sloužil u nadporučíka Lukáše.

A když mu Švejk otevřel, řekl k němu: "Všechno je marné, Švejku. Proti osudu se neubrání nikdo. Prohrál jsem vás i těch vašich sto korun. Dělal jsem vše, co bylo v mé moci, ale osud je silnější mne. Hodil vás do spárů nadporučíka Lukáše a přijde doba, že se musíme rozloučit."

"A bylo v banku hodně?" otázal se Švejk klidně, "nebo jste málokdy dělal forhonta? Když nepadá karta, je to velmi špatné, ale někdy je to mizérie, když to jde až příliš dobře. Na Zderaze žil nějakej klempíř Vejvoda a ten hrával vždy mariáš v jedné hospodě za Stoletou kavárnou. Jednou taky, čert mu to napískal, povídá: ,A což abychom si hodili jedníka o pětníček.` Hráli tedy pětníčkového jedníka a on držel bank. Všichni se ztropili a tak to rostlo do desítky. Starej Vejvoda chtěl popřát taky druhýmu něco a pořád říkal: ,Malá, špatná domů.` To si nedovedete představit, jakou měl smůlu. Malá špatná ne a ne přijít, bank rost, a už tam byla stovka. Z hráčů nikdo tolik neměl, aby to mohl hopnout, a Vejvoda už byl celej upocenej. Nebylo nic jinýho slyšet než jeho: ,Malá, špatná domů.` Přisazovali po pětce a spadali tam vždycky. Jeden kominický mistr se dopálil, šel si domů pro peníze, když tam bylo už přes půldruhý stovky, a hopnut to. Vejvoda chtěl se toho zbavit, a jak potom povídal, chtěl táhnout třebas až do třiceti, jen aby to nevyhrál, a místo toho dostal dvě esa. Dělal, že nic nemá, a schválně povídá: ,Šestnáct brát.` A ten kominickej mistr měl všeho všudy patnáct. Není to smůla? Starej Vejvoda byl celej bledej a nešťastnej, kolem už nadávali a šuškali si, že dělá volty, že už jednou byl bit pro falešnou hru, ačkoliv byl to nejpoctivější hráč, a sypali tam korunku za korunkou. Už tam bylo pět set korun. Hostinský to nevydržel. Měl právě přichystaný peníze do pivovaru, tak je vzal, přised si, strčil napřed do toho po dvou stovkách, pak zahmouřil oči, otočil židli pro štěstí a řek, že to všechno, co je v banku, hopá. ,Hrajeme,` povídá, ,s votevřenýma kartama.` Starej Vejvoda byl by já nevím co dal za to, aby teď prohrál. Všichni se divili, když otočil a ukázala se sedma, a on si ji nechal. Hostinský se smál pod fousy, poněvadž měl jednadvacet. Přišla druhá sedma starýmu Vejvodovi, a on si ji taky nechal. ,Teď přijde eso nebo desítka,` řekl hostinský jízlivě, ,vsadím krk, pane Vejvodo, že budete trop: Bylo ohromný ticho, Vejvoda otočí, a vona se objeví třetí sedmička. Hostinskej zbledl jako křída, byly to jeho poslední peníze, vodešel do kuchyně a za chvilku přiběhne kluk, kterej se u něho učil, abychom šli pana hostinskýho uříznout, že prej visí na klice u okna. Tak jsme ho odřízli, vzkřísili a hrálo se dál. Už nikdo neměl žádný peníze, všechno to bylo v banku před Vejvodou, kterej jen říkal: ,Malá, špatná domů` a za živýho boha chtěl bejt trop, ale poněvadž musel votáčet svoje karty a vyložit na stůl, nemoh dělat žádnej podvod a schválně přetáhnout. Všichni byli už nad jeho štěstím blbí a udělali si to tak, že když už nemají peníze, že tam budou dávat svoje úpisy. Trvalo to kolik hodin a před starým Vejvodou rostly tisíce a tisíce. Kominickej mistr byl už do banku dlužen přes půldruhého miliónu, uhlíř ze Zderazu asi milión, domovník ze Stoletý kavárny 800 000 korun, jeden medik přes dva milióny. Jenom v pince bylo přes tři sta tisíc na samých útržkách papíru. Starej Vejvoda zkoušel to všelijak. Chodil pořád na záchod a vždycky to dal jinýmu, aby to vzal za něho, a když se vrátil, hlásili mu, že bral, že mu přišlo jednadvacet. Poslali pro nový karty, a zas to nebylo nic platný. Když se Vejvoda zastavil na patnácti, tak měl ten druhej čtrnáct. Všichni se dívali vztekle na starýho Vejvodu a nejvíc láteřil jeden dlaždič, kerej do toho všeho všudy dal na hotovosti vosum korun. Ten votevřeně prohlásil, že takovej člověk, jako je Vejvoda, by neměl chodit po světě a měl by se zkopat, vyhodit a utopit jako štěně. To si nedovedete představit to zoufalství starýho Vejvody. Konečně přišel na nápad. ,Já jdu na záchod,` povídá kominíkovi, ,vezměte to za mne, pane mistře: A jen tak bez klobouku vyběh na ulici a přímo do Myslíkovy ulice pro strážníky. Našel patrolu a oznámil jí, že v tej a tej hospodě hrajou hazardní hru. Strážníci ho vyzvali, aby šel napřed, že přijdou hned za ním. Vrátil se tedy a hlásili mu, že zatím medik prohrál přes dva milióny a domovník přes tři. Do pinky že dali úpis na pět set tisíc korun. Za chvíli vrazili tam strážníci, dlaždič vykřik: ,Spas se, kdo můžeš,` ale nebylo to nic platný. Zabavili bank, vedli všechny na policii. Uhlíř ze Zderazu se zprotivil, tak ho přivezli v košatince. V banku bylo v dlužních úpisech přes půl miliardy a na hotových penězích patnáct set. ,Tohle jsem ještě nežral,` řekl policejní inspektor, když viděl takový závratný sumy, ,tohle je horší než Monte Carlo.` Zůstali tam všichni až na starýho Vejvodu do rána. Vejvodu jako udavače pustili a slíbili, že dostane zákonnou jednu třetinu odměny ze zabaveného banku, asi přes sto šedesát miliónů, von se ale do rána z toho zbláznil a ráno chodil po Praze vobjednávat si nedobytný pokladny na tucty. Tomu se říká štěstí v kartách."

Potom šel Švejk vařit grog a dopadlo to tak, že polní kurát, když v noci podařilo se Švejkovi dopravit ho s námahou na postel, zaslzel a zaštkal:

"Prodal jsem tě, kamaráde; hanebně prodal. Proklínej mne, bij, držím. Hodil jsem tě napospas. Nemohu se ti podívat do očí. Drásej mne, kousej, nič. Nezasloužím nic lepšího. Víš, co jsem?"

A polní kurát, zabořuje uplakanou tvář do polštáře, řekl tiše, jemným, měkkým hlasem: "Jsem bezcharakterní padouch," a usnul, jako když ho hodí do vody.

Druhý den polní kurát, vyhýbaje se Švejkovu pohledu, odešel časně ráno a vrátil se až v noci s nějakým tlustým infanteristou.

"Ukažte mu, Švejku," řekl, vyhýbaje se opět Švejkovu pohledu, "kde co leží, aby byl orientován, a poučte ho, jak se vaří grog. Ráno se hlaste u nadporučíka Lukáše."

Švejk s novým mužem strávili příjemně noc vařením grogu. K ránu stál tlustý infanterista sotva na nohou a pobručoval si jen podivnou směs z různých národních písní, které se mu spletly dohromady: "Okolo Chodova teče vodička, šenkuje tam má milá pivečko červený. Horo, horo, vysoká jsi, šly panenky silnicí, na Bílé hoře sedláček oře."

"Vo tebe nemám strach," řekl Švejk, "s takovým nadáním se u feldkuráta udržíš."

Tak se stalo, že to dopoledne uviděl nadporučík Lukáš ponejprv poctivou a upřímnou tvář dobrého vojáka Švejka, který mu hlásil: "Poslušně hlásím, pane obrlajtnant, že jsem ten Švejk prohranej panem feldkurátem v kartách."

2

Instituce důstojnických sluhů je prastarého původu. Zdá se, že již Alexandr Macedonský měl svého pucfleka. Jisto však je, že v době feudalismu vystupovali v té úloze žoldnéři rytířů. Čím byl Sancho Panza Dona Quijota? Divím se, že historie vojenských sluhů nebyla doposud nikým sepsána. Našli bychom tam, že vévoda z Almavíru snědl svého vojenského sluhu při obléhání Toleda z hladu bez soli, o čemž vévoda sám píše ve svých pamětech, vypravuje, že jeho sluha měl maso jemné, křehké, vláčné, chutí se podobající něčemu mezi kuřecím a oslím.

Ve staré švábské knize o umění vojenském nalézáme též pokyny pro vojenské sluhy. Pucflek staré doby měl býti zbožný, ctnostný, pravdomluvný, skromný, statečný, odvážný, poctivý, pracovitý. Zkrátka měl to být vzor člověka. Nová doba na tomto typu změnila mnoho. Moderní fajfka nebývá obyčejně ani zbožný, ani ctnostný, ani pravdomluvný. Lže, podvádí svého pána a proměňuje velice často život svého velitele v pravé peklo. Je to lstivý otrok, vymýšlející si nejrůznější záludné triky, aby ztrpčil svému pánovi život. Mezi touto novou generací pucfleků nenajdou se tací obětaví tvorové, kteří by se dali sníst svými pány bez soli jako šlechetný Fernando vévody z Almavíru. Na druhé straně vidíme, že velitelé, zápasíce na život a na smrt se svými sluhy nové doby, používají nejrozmanitějších prostředků, aby udrželi svou autoritu. Bývá to jistý druh hrůzovlády. Roku 1912 byl v Štýrském Hradci proces, při kterém vynikající úlohu hrál jeden hejtman, který ukopal svého pucfleka. Byl tenkrát osvobozen, poněvadž to udělal teprve podruhé. V názorech těch pánů nemá život pucfleka žádné ceny. Je to předmět pouze, v mnohém případě fackovací panák, otrok, služka pro všechno. Není pak divu, že takové postavení vyžaduje od otroka, aby byl vychytralý, lstivý. Jeho postavení na naší planetě možno srovnat jen s utrpením pikolíků za starých dob, vychovávaných k svědomitosti pohlavky a mučením.

Bývají však případy, že pucflek vyšine se na favorita, a tu stává se hrůzou roty, bataliónu. Všechny šarže snaží se ho podplácet. On rozhoduje o dovolené, on se může přimluvit, aby to u raportu dopadlo dobře.

Tito favoriti bývali za války odměňováni velkými i malými stříbrnými medaliemi za statečnost a chrabrost.

U 91. pluku znal jsem jich několik. Jeden pucflek dostal velkou stříbrnou proto, že uměl báječně péct husy, které kradl. Druhý dostal malou stříbrnou, poněvadž z domova dostával nádherné zásilky aprovizace, takže jeho pán v době největšího hladu přecpal se tak, že nemohl chodit.

A návrh na jeho odměnění medaliemi stylizoval jeho pán takto:

"Za to, že v bojích, projevuje neobyčejnou statečnost a chrabrost, opovrhoval svým životem a neopouštěl svého důstojníka ani na krok pod silnou palbou nastupujícího nepřítele."

A on zatím někde v týlu plundroval kurníky. Válka změnila poměr pucfleka k pánovi a učinila z něho nejnenáviděnějšího tvora mezi mužstvem. Pucflek měl vždy celou konzervu, když jedna byla rozdávána pěti mužům. Jeho polní láhev byla vždy plna rumu nebo koňaku. Celý den takový tvor žvýkal čokoládu a žral důstojnické sladké suchary, kouřil cigarety svého důstojníka, kuchtil, vařil celé hodiny a nosil extrablůzu.

Důstojnický sluha byl s ordonancí v nejdůvěrnějším styku a uděloval mu hojné odpadky ze svého stolu a ze všech těch výhod, které měl. Do triumvirátu přibíral si ještě účetního šikovatele. Tato trojka, žijící v bezprostředním styku s důstojníkem, znala všechny operace i válečné plány.

Ten švarm byl vždy nejlépe informován, kdy to začne, jehož desátník kamarádil s důstojnickým sluhou.

Když ten řekl: "Ve dvě třicet pět budem brát roha," tak přesně ve dvě třicet pět rakouští vojáci začali se odpoutávat od nepřítele.

Důstojnický sluha byl v nejintimnějších stycích s polní kuchyní a potloukal se velice rád u kotle a poroučel si, jako by byl v restauraci a měl před sebou jídelní lístek.

"Já chci žebro," říkal ke kuchaři, "včera jsi mně dal oháňku. Přidej mně taky kousek jater do polívky, víš, že slezinu nežeru."

A nejvelkolepějším byl pucflek v dělání paniky. Při bombardování pozic srdce mu padalo do kalhot. Nalézal se v tu dobu se svými a svého pána zavazadly v nejbezpečnější blindáži a ukrýval hlavu pod deku, aby ho granát nenašel, a neměl jiného přání, než aby jeho pán byl raněn a on se dostal s ním do týlu, do zázemí, hodně hluboko.

Paniku pěstoval soustavně s jistým tajnůstkářstvím. "Mně se zdá, že skládají telefon," sděloval důvěrně po švarmech. A byl šťastný, když mohl říct: "Už ho složili."

Nikdo tak rád neustupoval jako on. V tom okamžiku zapomínal, že sviští mu nad hlavou granáty a šrapnely, a probíral se neúnavně se zavazadly ke štábu, kde stálo vozatajstvo. Měl rád rakouský trén a neobyčejné rád se vozil. Používal v nejhorších případech i sanitních dvoukolek. Když musel jít pěšky, dělal dojem nejzničenějšího člověka. V takovém případě nechal zavazadla svého pána v zákopech a táhl jen svůj majetek.

Stal-li se takový případ, že se důstojník zachránil útěkem před zajetím a on tam zůstal, neopomenul důstojnický sluha v žádném případě od vléknout do zajetí i zavazadla svého pána. Ona 209 přešla v jeho majetek, na kterém lpěl s celou duší.

Viděl jsem jednoho zajatého důstojnického sluhu, který od Dubna šel s druhými pěšky až do Dárnice za Kyjevem. Měl s sebou kromě svého bafochu a batochu svého důstojníka, který před zajetím utekl, ještě pět ručních kufríků různého tvaru, dvě pokrývky a polštář, kromě nějakého zavazadla, které nesl na hlavě. Stěžoval si, že mu kozáci dva kufry ukradli.

Nikdy nezapomenu toho člověka, který se tak mořil s tím celou Ukrajinou. Byl to živý špediterský vůz a nemohu si vysvětlit, jak to mohl unést a táhnout kolik set kilometrů a potom jeti s tím až do Taškentu, opatrovat to a umřít na svých zavazadlech na skvrnitý tyf v zajateckém táboře.

Dnes jsou důstojničtí sluhové roztroušeni po celé naší republice a vypravují o svých hrdinných skutcích. Oni šturmovali Sokal, Dubno, Niš, Piavu. Každý z nich je Napoleonem: "Povídal jsem našemu obrstovi, aby telefonoval do štábu, že už to může začít "

Povětšině byli reakcionáři a mužstvo je nenávidělo. Někteří donášeli a bylo pro ně zvláštním potěšením, když se mohli dívat, jak někoho uvazují.

Vyvinuli se ve zvláštní kastu. Jich sobectví neznalo mezí.

3

Nadporučík Lukáš byl typem aktivního důstojníka zchátralé rakouské monarchie. Kadetka vychovala z něho obojživelníka. Mluvil německy ve společnosti, psal německy, četl české knížky, a když vyučoval ve škole jednoročních dobrovolníků, samých Čechů, říkal jim důvěrné: "Buďme Češi, ale nemusí o tom nikdo vědět. Já jsem taky Čech."

Považoval češství za jakousi tajnou organizaci, které je lépe zdaleka se vyhnout.

Jinak byl hodný člověk a nebál se svých představených a pečoval o svou rotu na manévrech, jak se sluší a patří. Našel vždy pro ni pohodlné rozmístění po stodolách a často dal ze své skromné gáže svým vojákům vyvalit sud piva.

Měl rád na pochodu, když zpívali vojáci písničky. Museli zpívat, i když šli na cvičení, i ze cvičení. A jda vedle své roty, zpíval s nimi:

A když bylo v půlnoci,
voves z pytle vyskočí
žumtarijá bum!

Těšil se oblibě vojáků, poněvadž byl neobyčejné spravedlivým a neměl ve zvyku někoho týrat.

Šarže se před ním třásly a z nejsurovějšího šikovatele udělal za měsíc pravého beránka.

Uměl pravda křičet, ale nikdy nenadával. Používal vybraných slov a vět.

"Vidíte," říkal, "opravdu nerad vás trestám, hochu, ale nemohu si pomoci, poněvadž na disciplíně záleží schopnost vojska, zdatnost, a bez disciplíny armáda je třtinou větrem se klátící. Jestli vy nemáte v pořádku svůj mundúr a knoflíky nejsou dobře přišity a schází, je vidět, že zapomínáte na své povinnosti, které máte k armádě. Může být, že zdá se vám to nepochopitelným, proč máte být zavřen kvůli tomu, že vám včera při přehlídce scházel jeden knoflík na blůze, taková malinká, nepatrná věc, která v civilu se úplné přehlídne. A vidíte, že takové zanedbání vašeho zevnějšku na vojně musí mít vzápětí trest. A proč? Zde nejde o to, že vám schází jeden knoflík, ale o to, že musíte si zvyknout na pořádek. Dnes si nepřišijete knoflík a začínáte lajdačit. Zítra už se vám bude zdát obtížným rozebrat flintu a vyčistit ji, pozítří zapomenete někde v hospodě bajonet a nakonec usnete na postu, poněvadž jste začal s tím nešťastným knoflíkem žít život lajdáka. Tak je to, hochu, a proto vás trestám, abych vás vyvaroval ještě horšímu trestu, za věci, které byste mohl provést, zapomínaje pomalu, ale jistě na své povinnosti. Zavírám vás na pět dní a přeji si, abyste o chlebu i vodě přemýšlel o tom, že trest není mstou, ale pouze prostředkem výchovným, sledujícím nápravu a polepšení trestaného vojáka."

Měl být už dávno hejtmanem a nepomohla mu jeho opatrnost v národnostní otázce, poněvadž vůči svým představeným vystupoval s opravdovou přímostí, neznaje ve služebním poměru žádného podlízání.

To bylo to, co zachoval z povahy sedláka na českém jihu, kde se narodil ve vesnici mezi černými lesy a rybníky.

Jestli vůči vojákům byl spravedlivým a netýznil jich, byl v jeho povaze zvláštní rys. Nenáviděl své sluhy, poněvadž vždy měl to štěstí, že dostal nejprotivnějšího a nejpodlejšího pucfleka.

Bil je po hubě, pohlavkoval a snažil se je vychovávat domluvami i skutky, nepovažuje je za vojáky. Zápasil s nimi beznadějně řadu let, střídal je neustále a nakonec si vzdychl: "Opět jsem dostal podlé hovado:' Své vojenské sluhy považoval za nižší druhy živočišstva.

Neobyčejně rád měl zvířata. Měl harckého kanárka, angorskou kočku a stájového pinče. Všichni sluhové, které vystřídal, nakládali s těmi zvířaty ne hůře, než nadporučík Lukáš nakládal se svými sluhy, když mu provedli nějakou podlost.

Kanárka mořili hladem, jeden sluha angorské kočce vyrazil jedno oko, stájový pinč byl od nich práskán na potkání a nakonec jeden z předchůdců Švejka odvedl chudáka na Pankrác k pohodnému, kde ho dal utratit, nelituje dát ze své kapsy deset korun. Oznámil potom prostě nadporučíkovi, že mu pes utekl na procházce, a druhý den už mašíroval s rotou na cvičiště.

Když Švejk se přišel ohlásit k Lukášovi, že nastupuje službu, nadporučík Lukáš zavedl ho do pokoje a řekl k němu: "Vás odporučil pan polní kurát Katz a přeji si, abyste nedělal jeho odporučení hanbu. Měl jsem již tucet sluhů a žádný z nich se u mě neohřál. Upozorňuji vás, že jsem přísný a že strašně trestám každou podlost a každou lež. Přeji si, abyste mluvil vždy pravdu a vykonával bez reptání všechny mé rozkazy. Jestli řeknu: ,Skočte do ohně,` tak do toho ohně musíte skočit, i kdyby se vám nechtělo. Kam to koukáte?"

Švejk se zájmem díval se na stranu na zeď, kde visela klec s kanárkem, a nyní, upíraje své dobrácké oči na nadporučíka, odpověděl milým, dobráckým tónem: "Poslušně hlásím, pane nadporučíku, že je tam harcký kanár."

A přerušiv tak proud řeči nadporučíka, Švejk stál po vojensku, a ani nemrkaje, díval se mu přímo do očí.

Nadporučík chtěl říci něco ostrého, ale pozoruje nevinný výraz Švejkova obličeje, řekl jediné: "Pan polní kurát vás rekomandoval jako ohromného pitomce a myslím, že se nemýlil."

"Poslušně hlásím, pane nadporučíku, že se opravdu pan polní kurát nemýlil. Když jsem sloužil aktivně, byl jsem superarbitrován pro blbost, a ještě k tomu notorickou. Od regimentu nás kvůli tomu pustili dva, mé a ještě jednoho pana hejtmana von Kaunitz. Ten, s dovolením, pane nadporučíku, když šel po ulici, tak se současně pořád dloubal prstem levé ruky v levej nosní díře a druhou rukou v pravý dírce, a když šel s námi na cvičení, tak nás vždy postavil jako pří defílírungu a říkal: ,Vojáci, éh, pamatujte si, éh, že je dneska středa, poněvadž zejtra bude čtvrtek, éh.` "

Nadporučík Lukáš pokrčil rameny jako člověk, který neví a nenalézá ihned slov k vyjádření určité myšlenky.

Prošel se ode dveří k protilehlému oknu kolem Švejka a zas nazpět, přičemž Švejk podle toho, kde se právě nadporučík nalézal, dělal rechtsšaut a linksšaut s takovým důrazně nevinným obličejem, že nadporučík sklopil oči, a dívaje se na koberec, řekl něco, co bylo beze vší spojitosti se Švejkovou poznámkou o pitomém hejtmanovi: "Ano, u mé musí být pořádek, čistota a nesmí se mně lhát. Miluji poctivost. Nenávidím lež a trestám ji bez milosti, rozumíte mi dobře?"

"Poslušně hlásím, pane nadporučíku, že rozumím. Není nic horšího, než když člověk lže. Jak se začne zaplítat, tak je ztracenej. V jedný vesnici za Pelhřimovem byl nějaký učitel Marek a ten chodil za dcerou hajnýho Špery, a ten mu dal vzkázat, že jestli se bude s holkou scházet v lese, že mu, když ho potká, pustí do zadnice z ručnice štětiny se solí. Učitel mu dal vzkázat, že to není pravda, ale jednou zas, když se s holkou měl sejít, tak ho ten hajnej natrefil a už chtěl na něm udělat tu voperaci, ale on se vymlouval, že prej sbírá květinky, potom zas, že šel chytat nějaký brouky, a zaplítal se čím dál tím víc, až nakonec vodpřísáhnul, jak byl cele] ulekanej, že šel klást voka na zajíce. Tak ho milej hajnej spakoval a vodved na četnickou stanici, vodtamtud to šlo k soudu a učitel by byl býval málem zavřenej. Kdyby byl řek holou pravdu, tak dostal pouze ty štětiny se solí. Já jsem toho mínění, že je vždycky nejlepší se přiznat, být votevřenej, a když už něco provedu, přijít a říct: ,Poslušné hlásím, že jsem proved tohle a tohle: A co se týká tý poctivosti, je to vždycky moc hezká věc, poněvadž s ní člověk vždycky nejdál dojde. Jako když jsou ty závody v chůzi. Jak začne fixlovat a běžet, už je distancovanej. To se stalo mýmu bratranci. Poctívej člověk je všude váženej, ctěnej, spokojenej sám sebou a cítí se jako znovuzrozenej, když jde ležet a může říct: ,Dneska jsem byl zase poctívej.` "

Mezi tou řečí nadporučík Lukáš seděl již dlouho na židli, dívaje se Švejkovi na boty, a myslil si: "Můj bože, vždyť i já často stejné mluvím takové blbosti a rozdíl je jen ve formě, kterou to podávám."

Nicméně, nechtěje ztratit svou autoritu, řekl, když Švejk skončil:

"U mě musíte si čistit boty, mít svou uniformu v pořádku, knoflíky správné přišité a musíte dělat dojem vojáka, a ne nějakého civilního otrapy. Jest to zvláštní, že vy neumíte se žádný držet vojensky. Jen jeden měl ze všech těch mých sluhů bojovné vzezření, a nakonec mně ukradl parádní uniformu a prodal ji v Židech."

Zamlčel se a pokračoval, vysvětluje Švejkovi všechny jeho povinnosti, přičemž neopomenul klást hlavní důraz na to, že musí být věrný, nikde nic nemluvit, co se doma děje.

"Ke mně chodí dámy na návštěvu," podotkl, "někdy zde některá ostane přes noc, když ráno nemám službu. V takovém případě nosíte nám kávu do postele, když zazvoním, rozumíte?"

"Poslušně hlásím, že rozumím, pane obrlajtnant, kdybych přišel znenadání k posteli, tak by to mohlo být třebas některý dámě nepříjemný. Já jsem si jednou přived jednu slečnu domů a moje posluhovačka' nám přinesla, právě když jsme se náramné dobře bavili, kávu do postele. Lekla se a polila mně celá záda a ještě řekla: ,Dej pánbůh dobrýtro.' Já vím, co se sluší a patří, když někde spí dáma."

"Dobře, Švejku, vůči dámám musíme zachovávat vždy neobyčejný takt;` řekl nadporučík, který dostával lepší náladu, poněvadž řeč přešla na předmět, který vyplňoval u něho prázdný čas mezi kasárnami, cvičištěm a kartami.

Ženy byly duší jeho bytu. Ony stvořily mu domov. Bylo jich několik tuctů a mnohé z nich snažily se po dobu svého pobytu vyzdobit jeho byt různými tretkami.

Jedna paní kavárníková, která žila u něho celých čtrnáct dní, než si pro ni pan manžel přijel, vyšila mu roztomilý přehoz na stůl, opatřila mu všechno spodní prádlo monogramy a byla by snad dokončila vyšívání nástěnného koberce, kdyby byl manžel nezničil tu idylu.

Jedna dáma, pro kterou za tři neděle přijeli rodiče, chtěla udělat z jeho ložnice dámský budoár, a rozestavila všude různé titěrnosti, vázičky a pověsila mu nad postel obrázek anděla strážce.

Ze všech koutů ložnice i jídelny vycítovala se ženská ruka, která vnikla i do kuchyně, kde bylo možno vidět nejrozmanitější kuchyňské nářadí a náčiní, velkolepý to dar jedné zamilované paní továrnice, která přivezla s sebou kromě své vášně řezací přístroj na veškerou kuchyňskou zeleninu a zelí, přístroj na strouhání žemličky, tření jater, kastroly, pekáče, pánve, vařečky a bůhví co ještě.

Odešla však za týden, poněvadž nemohla se smířit s myšlenkou, že má nadporučík kromě ní ještě asi kolem dvaceti jiných milenek, což zanechalo jisté stopy ve výkonnosti ušlechtilého samce v uniformě.

Nadporučík Lukáš vedl též obšírnou korespondenci, měl album svých milenek a sbírku různých relikvií, poněvadž poslední dva roky jevil sklon k fetišismu. Tak měl několik různých podvazků dámských, čtyry roztomilé dámské kalhotky s vyšíváním a tři průzračně jemné, tenké dámské košilky, batistové šátečky, dokonce jednu šněrovačku a několik punčošek.

"Mám dnes službu," řekl, "přijdu až v noci, opatrujte všechno a uveďte v pořádek byt. Poslední sluha pro svou ničemnost odjel dnes s maruškou na pozici."

Uděliv ještě rozkazy týkající se kanárka a angorské kočky, odešel, neopomenuv ještě ve dveřích prohodit několik slov o poctivosti a pořádku.

Po jeho odchodu uvedl Švejk v bytě vše v nejlepší pořádek, takže když se nadporučík Lukáš v noci vrátil domů, mohl mu Švejk hlásit:

"Poslušné hlásím, pane obrlajtnant, že je vše v pořádku, jediné kočka dělala neplechu a sežrala vašeho kanára."

"Jak to?" zahřměl nadporučík.

"Poslušné hlásím, pane obrlajtnant, takto: Já jsem věděl, že kočky nemají kanárky rády a že jim ubližujou. Tak jsem je chtěl dohromady seznámit a popřípadě, kdyby ta bestie chtěla něco podniknout, napráší jí kožich, aby na to do smrti nezapomněla, jak se má chovat ke kanárkovi, poněvadž mám velice rád zvířata. U nás v domě je jeden kloboučník a ten tak vycvičil kočku, že mu sežrala dřív tři kanáry a teď ani jednoho a může ten kanár si třebas na ni sednout. Tak jsem to chtěl taky zkusit a vytáhl jsem kanárka z klece a dal jí ho vočichat, a vona, vopice, nežli jsem se vzpamatoval, ukousla mu hlavu. Já jsem vopravdu takovou sprostotu vod ní nečekal. Kdyby to byl, pane obrlajtnant, vrabec, ještě bych nic neřek, ale takovej péknej kanárek, harcký. A jak ho dychtivé žrala i s péřím a vrněla přitom vod samý radosti. Voni prý kočky nejsou hudebně vzdělaný a nemohou vystát, když kanárek zpívá, poněvadž tomu ty bestie nerozumějí. Já jsem tý kočce vynadal, ale bůh mě chraň, nic jsem jí neudělal a čekal na vás, až jak rozhodnete, co se jí má stát za to, potvoře prašivý."

Vypravuje toto, díval se Švejk tak upřímně nadporučíkovi do očí, že týž, přistoupiv zprvu k němu s jistým surovým úmyslem, odstoupil od něho, sedl si na židli a otázal se:

"Poslyšte, Švejku, jste opravdu takové boží hovado?"

"Poslušně hlásím, pane obrlajtnant," odvětil slavnostně Švejk, "jsem! - Vodmalička mám takovou smůlu. Vždycky chci něco vopravit, udělat dobře, a nikdy nic z toho nevyjde než nějaká nepříjemnost pro mne i pro vokolí. Já jsem vopravdu chtěl ty dva seznámit, aby si rozuměli, a nemůžu za to, že vona ho sežrala a že bylo po známosti. V domě U Štupartů sežrala před léty kočka dokonce papouška, poněvadž se jí posmíval a mňoukal po ní. Voni ale mají kočky tuhej život. Jestli poručíte, pane obrlajtnant, abych ji vodpravil, tak ji budu muset trhnout mezi dveřmi, jinak nedodělá."

A Švejk s nejnevinnější tváří a milým dobráckým úsměvem vyložil nadporučíku, jak se popravují kočky, což by dle obsahu přivedlo jistě spolek proti týrání zvířat do blázince.

Jevil při tom odborné znalosti, že nadporučík Lukáš, zapomínaje na svůj hněv, se otázal:

"Vy umíte zacházet se zvířaty? Máte cit a lásku ke zvířatům?"

"Já mám nejradši psy," řekl Švejk, "poněvadž je to výnosnej obchod pro toho, kdo je umí prodávat. Já to nedoved, poněvadž jsem byl vždycky poctivej; ale ještě přeci lidi chodili na mne, že prej jsem jim prodal chcípáka místo čistokrevnýho a zdravýho psa, jako by všichni psi museli bejt čistokrevní a zdraví. A každej hned chtěl rodokmen, tak jsem si musel dát rodokmeny natisknout a dělat z nějakýho košířskýho voříška, kerej se narodil v cihelně, nejčistokrevnějšiho šlechtice z bavorskýho psince Armin von Barheim. A vopravdu, lidi hned byli rádi, že to tak dobře dopadlo, že mají doma čistokrevný zvíře, a že jsem jim moh nabídnout třebas vršovickýho špice za jezevčíka, a voni se jen divili, proč takovej vzácnej pes, kerej je až z Německa, je chlupatej a nemá křivý nohy. To se tak dělá ve všech psincích, to byste, pane obrlajtnant, teprve koukal na podvody s těmi rodokmeny, jaký se dělají ve velkých psincích. Psů, kerej by vo sobě moh říct: ,Já jsem čistokrevná potvora,' je vopravdu málo. Bud se mu zapomněla máma s nějakou vobludou, nebo jeho babička, nebo měl těch tatínků víc a vod každýho něco zdědil. Po tom uši, vod toho vocas, vod jinýho zas chlupy na držce, vod třetího čumák, vod čtvrtýho pajdavý nohy a vod pátýho velikost, a když měl takovejch tátů dvanáct, tak si můžete, pane obrlajtnant, pomyslit, jak takovej pes vypadá. Já jsem jednou koupil takovýho psa balabána, von byl po těch svých tátech tak vošklivej, že všichni psi se mu vyhýbali, a já ho koupil z lítosti, že je takovej vopuštěnej. A von sedával pořád doma v koutku, bejval takovej smutnej, až jsem ho musel prodat za stájovýho pinče. Nejvíc mně dalo práce ho přebarvit, aby měl barvu pepř a sůl. Tak se dostal se svým pánem až na Moravu a vod tý doby jsem ho neviděl."

Nadporučíka počal velice zajímat tento kynologický výklad, a tak mohl Švejk bez překážky pokračovat:

"Psi si sami nemůžou barvit vlasy, jako to dělají dámy, vo to se musí vždycky postarat ten, kdo je chce prodat. Když je pes takovej stařec, že je cele] šedivej, a vy ho chcete prodat za roční štěně, nebo ho dokonce vydáváte, dědečka, za devítiměsíčního, tak koupíte třaskavý stříbro, rozpustíte a namalujete ho načerno, že vypadá jako novej. Aby nabyl síly, tak ho krmíte jako koně utrejchem a zuby mu vyčistíte šmirglpapírem, takovým, co se s ním čistěji rezavý nože. A předtím, než ho vedete prodat nějakýmu kupci, tak mu do držky nalejete slivovici, aby se ten pes trochu vožral, a on je hned čilej, veselej, štěká radostně a kamarádí se s každým jako vopilej radní. Ale hlavní co je, to je to: do lidí se, pane obrlajtnant, musí mluvit, tak dlouho mluvit, až je kupec z toho úplně tumpachovej. Jestli si někdo chce od vás koupit ratlíčka a vy nemáte nic jinýho doma než nějakýho loveckýho psa, tak musíte umět toho člověka přemluvit, že si místo ratlíčka odvede s sebou toho loveckýho, a jestli náhodou máte doma jen ratlíčka a někdo si přijde koupit zlou německou dogu na hlídání, tak ho musíte tak zblbnout, že si vodnese v kapse toho trpasličího ratlíčka místo dogy. Když jsem já kdysi obchodoval se zvířaty, tak přišla jedna dáma, že prý jí uletěl papoušek na zahradu a že si tam právě nějací chlapečkové hráli před vilou na Indiány a že jí ho chytili a vytrhali mu všechna péra z vocasu a vokrášlili se jimi jako policajti. A ten papoušek že se z tý hanby, že je bezocasý, roznemoh a zvěrolékař že ho nějakejma práškama dorazil. Chce si tedy koupit novýho papouška, nějakýho slušnýho, žádnýho sprostýho, kerej umí jen nadávat. Co jsem si měl počít, když jsem žádnýho papouška doma neměl a vo žádným nevěděl. Měl jsem doma jen zlýho buldoga, úplně slepýho. Tak jsem, pane obrlajtnant, musel do tý paní mluvit od čtyř hodin odpůldne až do sedmi hodin večer, než koupila místo papouška toho slepýho buldoga. To bylo horší než nějaká diplomatická situace, a když vodcházela, tak jsem řek: ‚Ať mu jen kluci zkusejí taky vytrhnout vocas,` a víc jsem s tou paní nemluvil, poněvadž se musela kvůli tomu buldogovi vystěhovat z Prahy, poněvadž pokousal celej dům. Věříte, pane obrlajtnant, že je to velice těžký, dostat pořádný zvíře?"

"Já mám velice rád psy," řekl nadporučík, "někteří moji kamarádi, kteří jsou na frontě, mají s sebou psy a psali mně, že jim ta válka ve společnosti takového věrného a oddaného zvířete velice dobře ubíhá. Vy znáte tedy dobře všechny druhy psů a doufám, že kdybych měl psa, že byste ho řádně ošetřoval. Jaký druh podle vašeho mínění je nejlepší? Myslím totiž psa jako společníka. Měl jsem jednou stájového pinče, ale nevím..."

"Podle mýho mínění, pane obrlajtnant, je stájový pinč velice milý pes. Každýmu se pravda nelíbí, poněvadž má štětiny a takový tvrdý vousy na tlamě, že vypadá jako propuštěnej trestanec. Je tak vošklivej, až je krásnej, a přitom je chytrej. Kam se na něj hrabe takovej pitomej bernardýn. Je ještě chytřejší než foxteriér. Já jsem znal jednoho..."

Nadporučík Lukáš podíval se na hodinky a přerušil Švejkův rozhovor:

"Už je pozdě, musím se jít vyspat. Zítra mám opět službu, tak můžete celý den věnovat tomu, abyste našel nějakého stájového pinče."

Šel spat a Švejk v kuchyni lehl si na pohovku a četl ještě noviny, které nadporučík s sebou přinesl z kasáren.

"Tak vida," řekl pro sebe Švejk, sleduje se zájmem přehled denních událostí, "sultán vyznamenal císaře Viléma válečnou medalií, a já nemám dosud ani malou stříbrnou."

Zamyslil se a vyskočil: "Málem byl bych zapomněl..."

Švejk šel do pokoje k nadporučíkovi, který již tvrdě usnul, a vzbudil ho:

"Poslušně hlásím, pane obrlajtnant, že nemám žádný rozkaz stran tý kočky."

A rozespalý nadporučík v polosnění převrátil se na druhou stranu a zabručel:

"Tři dny kasárníka!" a spal dál.

Švejk tiše odešel z pokoje, vytáhl nešťastnou kočku zpod pohovky a řekl k ní: "Máš tři dny kasárníka, abtreten!"

A angorská kočka si opět vlezla pod pohovku.

4

Švejk se právě chystal, že se půjde poohlédnout po nějakém stájovém pinči, když mladá dáma zazvonila a přála si mluvit s nadporučíkem Lukášem. Vedle ní ležely dva těžké kufry a Švejk zahlédl ještě na schodech čepici posluhy scházejícího ze schodů.

"Není doma," řekl tvrdě Švejk, ale mladá dáma byla již v předsíni a kategoricky přikázala Švejkovi: "Odneste kufry do pokoje!"

"Bez svolení pana nadporučíka to nejde," řekl Švejk, "pan nadporučík přikázal, že nikdy nemám nic bez něho dělat."

"Vy jste se zbláznil," zvolala mladá dáma, "já jsem přijela k panu nadporučíkovi na návštěvu."

"O tom mně není docela nic známo," odpověděl Švejk, "pan nadporučík je ve službě, vrátí se až v noci a já dostal rozkaz najít stájového pinče. Vo žádných kufrech a vo žádný dámě nic nevím. Teď zavřu byt, tak bych prosil, abyste laskavě vodešla. Mně není nic voznámenýho a žádnou cizí osobu, kterou neznám, zde nemůžu nechat v bytě. Jako jednou u nás v ulici u cukráře Bělčickýho nechali jednoho člověka, a on si votevřel šatník a utek. - Já tím nemyslím nic zlýho o vás," pokračoval Švejk, když viděl, že mladá dáma se tváří zoufale a pláče, "ale rozhodně zde nemůžete zůstat, to přece uznáte, poněvadž celej byt je mně svěřenej a já jsem za každou maličkost zodpovědnej. Proto vás ještě jednou žádám velice laskavě, abyste se zbytečně nenamáhala. Dokud nedostanu rozkaz od pana nadporučíka, neznám bratra. Je mi opravdu líto, že musím s vámi takhle mluvit, ale na vojně musí být pořádek."

Mezitím se mladá dáma trochu vzpamatovala. Vytáhla z kabelky navštívenku, napsala několik řádků tužkou, vložila do roztomilé malé obálky a řekla stísněně: "Doneste to panu nadporučíkovi, já zde zatím počkám na odpověď. Zde máte pět korun od cesty."

"Z toho nekouká nic," odpověděl Švejk; uražen neústupností nenadálého hosta, "nechte si těch pět korun, jsou zde na židli, a jestli chcete, pojďte s sebou ke kasárnám, počkejte na mne, já to vaše psaníčko odevzdám a přinesu odpověď. Ale abyste zatím zde čekala, to rozhodně nejde."

Po těch slovech vtáhl kufry do předsíně, a rachotě klíči jako nějaký zámecký klíčník, řekl významně u dveří: "Zavíráme."

Mladá dáma beznadějně vyšla na chodbu, Švejk zavřel dveře a šel napřed. Návštěvnice capala jako pejsek za ním a dohonila ho, až když Švejk si zašel kupovat cigarety do trafiky.

Šla nyní vedle něho a snažila se navázat rozhovor:

"Odevzdáte to jistě?"

"Odevzdám, když jsem řek."

"A najdete pana nadporučíka?"

"To nevím."

Šli opět vedle sebe mlčky, až za hodnou chvíli jeho společnice opět začala hovořit:

"Myslíte tedy, že pana nadporučíka nenajdete?"

"To nemyslím."

"A kde myslíte že by mohl být?"

"To nevím."

Tím byl na hodnou chvíli rozhovor přetržen, až opět bylo v něm pokračováno otázkou mladé dámy: "Neztratil jste to psaní?"

"Doposud jsem ho neztratil."

"Tedy ho jistě odevzdáte panu nadporučíkovi?"

"Ano."

"A najdete ho?"

"Už jsem řek, že nevím," odpověděl Švejk, "to se divím, jak můžou být lidi tak zvědaví a neustále se ptát na jednu věc. To je, jako kdybych já na ulici každýho druhýho zastavil a ptal se ho, kolikátýho je."

Tím byl nadobro ukončen pokus dohovořit se se Švejkem a další cesta do kasáren šla v naprostém mlčení. Jedině když již stáli u kasáren, Švejk vyzval mladou dámu, aby počkala, a dal se do hovoru s vojáky ve vratech o vojně, z čehož musela mít mladá dáma náramnou radost, poněvadž chodila nervózně po chodníku a tvářila se velice nešťastně, když viděla, že Švejk pokračuje ve svých výkladech s tak hloupým výrazem, jaký bylo možno vidět též na fotografii uveřejněné v té době v Kronice světové války: "Rakouský následník trůnu rozmlouvá se dvěma letci sestřelivšími ruský aeroplán."

Švejk posadil se na lavici ve vratech a vykládal, že v bitevní frontě karpatské se útoky vojska ztroskotaly, na druhé straně však že velitel Přemyšlu generál Kusmanek přijel do Kyjeva a že za námi zůstalo v Srbsku jedenáct opěrných bodů a že Srbové dlouho nevydrží utíkat za našimi vojáky.

Potom pustil se do kritiky jednotlivých známých bojů a objevil novou španělskou vesnici, že ze všech stran obklopený oddíl musí se vzdát.

Když se dost nahovořil, uznal za vhodné vyjít ven a zoufalé dámě říci, že hned přijde, aby nikam neodcházela, a šel nahoru do kanceláře, kde našel nadporučíka Lukáše, který právě jednomu poručíkovi luštil nějaké schéma zákopů a vytýkal mu, že neumí kreslit a nemá o geometrii ani ponětí. "Vidíte, takhle se to má nakreslit. Máme-li k dané přímce narýsovat přímku kolmou, musíme narýsovati takovou, která s ní tvoří pravý úhel. Rozumíte? V takovém případě povedete zákopy správně a nepovedete je k nepříteli. Zůstanete od něho šest set metrů. Ale jak vy jste to kreslil, vrazil byste naši pozici do nepřátelské linie a stál byste se svými zákopy kolmo nad nepřítelem, a vy potřebujete úhel vypouklý. To je přece tak jednoduché, není-liž pravda?"

A poručík v záloze, v civilu pokladník nějaké banky, stál nad těmi plány celý zoufalý, nerozuměl ničemu a opravdu si oddychl, když Švejk přistoupil k nadporučíkovi:

"Poslušně hlásím, pane nadporučíku, že nějaká dáma vám posílá toto psaní a čeká na odpověď." Přitom významně a důvěrné mrkal.

Co přečetl, neudělalo na nadporučíka příznivý dojem:

Lieber Heinrich! Mein Mann verfolgt mich. Ich

muß unbedingt bei Dir ein paar Tage gastieren.

Dein Bursch ist ein großes Mistvieh. Ich bin unglücklich.

Deine Katy

Nadporučík Lukáš vzdychl, zavedl Švejka vedle do prázdné kanceláře, zavřel dveře a počal chodit mezi stoly. Když se konečně zastavil u Švejka, řekl: "Ta dáma píše, že jste dobytek. Copak jste jí udělal?"

"Já jí nic neudělal, poslušně hlásím, pane obrlajtnant, já jsem se choval velice slušně, ale vona se chtěla v bytě hned usadit. A poněvadž jsem nedostal od vás žádný rozkaz, tak jsem ji v bytě nenechal. Ještě ke všemu přijela se dvěma kufry jako domů."

Nadporučík vzdychl ještě jednou hlasitě, což opakoval též Švejk po něm.

"Cože?" vykřikl hrozivé nadporučík.

"Poslušně hlásím, pane obrlajtnant, že je to těžký případ. Ve Vojtěšské ulici před dvěma léty se nastěhovala k jednomu čalouníkovi nějaká slečna, a von ji nemoh vypudit z bytu a musel votrávit ji i sebe svítiplynem a bylo po legraci. S ženskýma je vobtíž. Já do nich vidím."

"Těžký případ," opakoval po Švejkovi nadporučík, a nikdy neřekl takovou holou pravdu. Milý Jindřich byl určitě v ošklivé situaci. Manželka pronásledovaná manželem přijede k němu na několik dní na návštěvu, právě když má přijeti paní Micková z Třeboně, aby po tři dny opakovala to, co mu pravidelně poskytuje každého čtvrtroku, když jede do Prahy dělat nákupy. Potom pozítří má přijít jedna slečna. Slíbila mu určité, že se dá svést, když se celý týden rozmýšlela, poněvadž se má až za měsíc vdávat za jednoho inženýra.

Nadporučík seděl nyní na stole se sklopenou hlavou, mlčel a přemýšlel, ale nevymyslil si prozatím ničeho, než že nakonec sedl ke stolu, vzal obálku, papír a napsal na úřední formát:

Drahá Katy! V službě do 9 hod. večer Přijdu
v deset. Prosím, bys se cítila u mne jako ve své
domácnosti. Co se týká Švejka, mého sluhy, dal
jsem mu již rozkazy aby Ti ve všem vyhověl.
Tvůj Jindřich

"Toto psaní," řekl nadporučík, "odevzdáte milostivé paní. *Přikazuji vám, abyste se k ní choval uctivě a taktně a vyplňoval všechna její přání, která vám musí být rozkazem. Musíte se chovat galantně a obsluhovat ji poctivé. Zde máte sto korun, které mně vyúčtujete, neboť třebas vás pro něco pošle, objednáte pro ni oběd, večeři a*

tak dále. Pak koupíte tři lahve vína, krabičku memfisek. Tak. Víc prozatím nic.
Můžete jít a ještě jednou vám kladu na srdce, že musíte jí udělat, co jí vidíte na
očích."

Mladá dáma již ztratila všechnu naději, že uvidí Švejka, a byla proto velice
překvapena, když uviděla, že vychází z kasáren a zaměřuje k ní s dopisem.

Zasalutovav podal jí dopis a hlásil: "Podle rozkazu pana obrlajtnanta mám se k
vám, milostivá paní, chovat uctivě a taktně a obsluhovat vás poctivě, udělat vám
všechno, co vám vidím na očích. Mám vás nakrmit a koupit pro vás, co si budete jen
přát. Dostal jsem na to vod pana obrlajtnanta sto korun, ale z toho musím koupit
tři láhve vína a krabičku memfisek."

Když přečetla dopis, vrátila se jí její rezolutnost, která se vyjádřila tím, že poručila
Švejkovi, aby jí obstaral fiakra, a když to bylo vyplněno, rozkázala mu, aby si sedl k
fiakristovi na kozlík.

Jeli domů. Když byli v bytě, sehrála roli paní domu znamenitě. Kufry musel Švejk
přenést do ložnice, koberce vyprášit na dvoře a nepatrná pavučina za zrcadlem
uvedla ji do velkého hněvu.

Všechno zdálo se nasvědčovat tomu, že se chce na hodně dlouho zakopat na této
vybojované pozici.

Švejk se potil. Když vyklepal koberce, vzpomněla si, že se musí sejmout záclony a
vyprášit. Potom dostal rozkaz umýt okna v pokoji i v kuchyni. Nato počala
přestavovat nábytek, což dělala velice nervózně, a když Švejk přetahal to všechno z
kouta do kouta, nelíbilo se jí to a znovu kombinovala a vymýšlela si nové
rozestavění.

Převrátila všechno v bytě naruby a pomalu se její energie v zařizování hnízda
počala vybíjet a drancování přestávalo.

Z prádelníku ještě vyňala čisté ložní prádlo, povlékla polštáře a peřiny sama a bylo
vidět, že činila tak s láskou k posteli, který předmět v ní vzbuzoval smyslné chvění
chřípí.

Potom poslala Švejka pro oběd a pro víno. A nežli přišel, převlékla se v průzračné
matiné, které ji činilo neobyčejně svůdnou a vábnou.

Při obědě vypila láhev vína, vykouřila mnoho memfisek a lehla si do postele,
zatímco Švejk v kuchyni pochutnával si na komisárku, který namáčel do sklenice s
nějakou sladkou kořalkou.

"Švejku," ozvalo se z ložnice, "Švejku!"

Švejk otevřel dveře a viděl mladou dámu v půvabné pozici na poduškách.

"Pojďte dál!"

Přikročil k posteli a tu ona se zvláštním úsměvem přeměřila jeho zavalitou postavu
a silná stehna.

Odhrnujíc jemnou látku, která halila a skrývala všechno, řekla přísně: "Sundejte si
boty a kalhoty. Ukažte..."

Tak se stalo, že dobrý voják Švejk mohl hlásit nadporučíkovi, když se ten vrátil z kasáren: "Poslušně hlásím, pane obrlajtnant, že jsem vyplnil všechna přání milostivé paní a obsloužil ji poctivě dle vašeho rozkazu."

"Děkuji vám, Švejku," řekl nadporučík, "měla těch přání moc?"

"Asi šest," odpověděl Švejk, "teď spí jako zabitá od tý jízdy. Udělal jsem jí všechno, co jsem jí viděl na očích:"

5

Zatímco masy vojsk, připnuté na lesích u Dunajce i Rábu, stály pod deštěm granátů a velkokalibrová děla roztrhávala celé setniny a zasypávala je v Karpatech a obzory na všech bojištích hořely od požárů vesnic i měst, prožíval nadporučík Lukáš se Švejkem nepříjemnou idylu s dámou, která utekla svému muži a dělala nyní domácí paní.

Nadporučík Lukáš, když odešla na procházku, konal se Švejkem válečnou poradu, jak by se jí zbavil.

"Nejlepší by bylo, pane obrlajtnant," řekl Švejk, "kdyby ten její muž, od kterýho utekla a který ji hledá, jak jste říkal, že je v tom psaní, který jsem vám přines, věděl o tom, kde je, aby si pro ni přijel. Poslat mu telegram, že se nalézá u vás a že si ji může vyzdvihnout. Ve Všenorech byl minule] rok takovej případ v jedný vile. Ale tenkrát si ten telegram poslala sama ta ženská svýmu muži a ten si pro ni přijel a nafackoval voboum. Voba byli civilisti, ale v tomto případě si na oficíra nebude troufat. Vostatně, vy nejste docela nic vinnej, poněvadž jste nikoho nezval, a když utekla, ták to udělala na svou pěst. Uvidíte, že takovej telegram udělá dobrou službu. Jestli i padne pár facek..."

"On je velice inteligentní," přerušil ho nadporučík Lukáš, "já ho znám, on obchoduje s chmelem ve velkém. Rozhodné s ním musím mluvit. Telegram pošlu."

Telegram, který odeslal, byl velice úsečný, obchodní: "Nynější adresa vaší choti je..." Následovala adresa bytu nadporučíka Lukáše.

Tak se stalo, že byla paní Katy velice nepříjemně překvapena, když se vhrnul do dveří obchodník s chmelem. Vypadal velice rozšafně a starostlivě, když paní Katy, neztrácejíc v tom okamžiku rozvahy, představila oba pány: "Můj muž - pan nadporučík Lukáš." Na nic jiného nevzpomněla.

"Račte se posadit, pane Wendler," vybídl přívětivě nadporučík Lukáš, vytahuje z kapsy pouzdro s cigaretami, "není libo?"

Inteligentní obchodník s chmelem vzal si slušně cigaretu, a vypouštěje z úst kouř, řekl rozvážně: "Pojedete brzy na pozici, pane nadporučíku?"

"Zažádal jsem o přeložení k 91. pluku do Budějovic, kam asi pojedu, jakmile budu hotov se školou jednoročáků. Potřebujeme spoustu důstojníků a dnes jest smutným zjevem, že mladí lidé mající nárok na právo jednoročního dobrovolníka nehlásí se k němu. Raději zůstane obyčejným infanteristou, než aby se snažil stát se kadetem."

"Válka poškodila hodně obchod s chmelem, ale já myslím, že nemůže mít dlouhého trvání," poznamenal obchodník s chmelem, dívaje se střídavě na svou ženu i nadporučíka.

"Naše situace je velice dobrá," řekl nadporučík Lukáš, *"dnes již nikdo nepochybuje, že válka skončí vítězstvím zbraní centrálních mocností. Francie, Anglie i Rusko jsou příliš slabé proti rakousko-turecko-německé žule. Pravda, že jsme utrpěli nepatrné neúspěchy na některých frontách. Jakmile však prolomíme ruskou frontu mezi karpatským hřbetem a středním Dunajcem, není nijaké pochybnosti, že bude to znamenat konec války. Stejně Francouzům hrozí v nejkratší době ztráta celé východní Francie a vtržení německého vojska do Paříže. To je naprosto jisté. Kromě toho naše manévry na Srbsku pokračují velice úspěšně a odchod našich vojsk, který jest fakticky jen přesunutím, vykládají si mnozí zcela jinak, než jak toho vyžaduje naprostá chladnokrevnost ve válce. Co nejdříve uvidíme, že naše vypočtené manévry na jižním bojišti ponesou ovoce. Račte se podívat..."*

Nadporučík Lukáš vzal obchodníka s chmelem jemně za rameno a odvedl k mapě bojiště, visící na stěně, a ukazuje mu jednotlivé body, vykládal: *"Východní Beskydy jsou naším znamenitým opěrným bodem. V karpatských úsecích, jak vidíte, máme velkou oporu. Mocný úder na tuto linii, a nezastavíme se až v Moskvě. Válka skončí dřív, než se nadějeme."*

"A co Turecko?" otázal se obchodník s chmelem, uvažuje přitom, jak začít, aby se dostal k jádru věci, pro kterou přijel.

"Turci se drží dobře," odpověděl nadporučík, uváděje ho opět ke stolu, *"předseda turecké sněmovny Hali bej a Ali bej přijeli do Vídně. Vrchním velitelem turecké armády dardanelské jmenován maršálek Liman šlechtic Sanders. Goltz paša přijel z Cařihradu do Berlína a naším císařem byli vyznamenáni Enver paša, viceadmirál Usedom paša a generál Dževad paša. Poměrně hodně vyznamenání za tak krátkou dobu."*

Seděli všichni chvíli mlčky proti sobě, až uznal nadporučík za vhodné přerušit trapnou situaci slovy: *"Kdy jste přijel, pane Wendler?"*

"Dnes ráno."

"To jsem velice rád, že jste mne našel a zastihl doma, poněvadž odpůldne jdu vždy do kasáren a mám noční službu. Poněvadž byt jest vlastně po celý den prázdný, mohl jsem nabídnout milostivé paní pohostinství. Není tu nikým obtěžována po dobu svého pobytu v Praze. Ze staré známosti..."

Obchodník s chmelem zakašlal: *"Katy je jistě divná ženská, pane nadporučíku, přijměte můj nejsrdečnější dík za všechno, co jste pro ni udělal. Vzpomene si jeti do Prahy zčistajasna, že prý se musí léčit z nervózy, já jsem na cestách, přijedu domů, a dům prázdný. Katy pryč."*

Snaže se dělat co nejpříjemnější obličej, pohrozil jí prstem, a nuceně se usmívaje, otázal se ženy: *"Tys asi patrně myslela, že když já jsem na cestách, že i ty můžeš též cestovat? Ty jsi si ovšem nepomyslila..."*

Nadporučík Lukáš, vida, že spád rozmluvy zabočuje do nepříjemností, odvedl opět inteligentního obchodníka s chmelem k mapě bojiště, a ukazuje na podtržená místa, řekl: "Zapomněl jsem vás upozornit na jednu velice zajímavou okolnost. Na tento veliký k jihozápadu obrácený oblouk, kde tvoří tato skupina hor veliké předmostí. Sem obrácena jest ofenzíva spojenců. Uzavřením této dráhy, která předmostí spojuje s hlavní obrannou linií nepřítele, musí být přerušeno spojení mezi pravým křídlem a severní armádou na Visle. Je vám to nyní jasné?"

Obchodník s chmelem odpověděl, že jest mu vše úplně jasné, a obávaje se ve své taktnosti, aby to, co řekl, nebylo považováno za narážku, zmínil se, vraceje se na své místo: "Náš chmel válkou ztratil odbytiště v cizině. Pro chmel je nyní ztracena Francie, Anglie, Rusko i Balkán. Ještě posíláme chmel do Itálie, ale obávám se, že se Itálie také do toho zamíchá. Ale pak, až to vyhrajem, budem si diktovat ceny za zboží my."

"Itálie zachovává přísnou neutralitu," těšil ho nadporučík, "to je..."

"Tak proč, nepřizná, že je vázána trojspolkovou smlouvou mezi Rakousko-Uherskem a Německem?" rozkatil se náhle obchodník s chmelem, kterému najednou přišlo všechno do hlavy, chmel, žena, válka, "já čekal, že Itálie vytáhne polem proti Francii a proti Srbsku. Pak by válka už byla u konce. Chmel mně ve skladištích hnije, uzávěrky domácí jsou slabé, export rovná se nule, a Itálie zachovává neutralitu. Proč Itálie obnovovala ještě v roce 1912 s námi trojspolek? Kde je italský ministr zahraničních záležitostí markýz di San Giuliano? Co dělá ten pán? Spí nebo co? Víte, jaký jsem měl do vojny roční obrat a jaký mám dnes? - Nemyslete si, že nesleduji události," pokračoval, dívaje se zuřivě na nadporučíka, který klidně vypouštěl z úst kolečka cigaretového dýmu, která stíhala jedno druhé a rozbíjela je, což sledovala paní Katy s velkým zájmem, "proč Němci odešli zpět ku hranicím, když byli již u Paříže? Proč zas se vedou mezi Mósou a Moselou prudké dělostřelecké boje? Víte, že v Combres a Wo(wru u Marche shořely tři pivovary, kam jsem posílal ročně přes pět set žoků chmele? A shořel i ve Vogézách Hartmansweilerský pivovar, je srovnán se zemí ohromný pivovar v Niederaspachu u Mylhúz. To máte ztráty 1200 žoků chmele pro mou firmu ročně. Šestkrát bojovali Němci s Belgičany o pivovar Klosterhoek, to máte ztrátu 350 žoků chmele ročně."

Nemohl dále rozčilením mluvit, jen vstal, přistoupil k ženě a řekl: "Katy, ty pojedeš okamžitě se mnou domů. Oblíkej se. - Mne všechny ty události tak rozčilují," řekl po chvíli omluvným tónem, "býval jsem kdysi úplně klidným."

A když odešla se obléknout, tiše řekl k nadporučíkovi: "Nevyvádí to ponejprv. Loni ujela s jedním suplentem a našel jsem je až v Záhřebu. Udělal jsem při té příležitosti v městském pivovaře v Záhřebě uzávěrku na šest set žoků chmele. Ba, jih byl vůbec zlatým dolem. Náš chmel šel až do Cařihradu. Dnes jsme napolo zničeni. Jestli vláda omezí výrobu piva, zasadí nám poslední ránu."

A zapaluje si nabídnutou cigaretu, řekl zoufale: "Jedině Varšava odbírala 2370 žoků chmele. Největší pivovar je tam augustiánský. Zástupce býval u mě na návštěvě každoročně, To je k zoufání. Ještě dobře, že nemám děti."

Tento logický závěr každoroční návštěvy zástupce augustiánského pivovaru z Varšavy způsobil, že se nadporučík jemně usmál, což obchodník s chmelem postřehl, a proto vykládal dál: "Uherské pivovary v Šoproni a ve Velké Kaniži odbíraly pro svá exportní piva, která vyvážely až do Alexandrie, u mé firmy ročně průměrem tisíc žoků chmele. Dnes odmítají jakoukoliv objednávku kvůli blokádě. Nabízím jim chmel o třicet procent lacinější, a neobjednávají ani jeden žok. Stagnace, úpadek, mizérie a ještě k tomu domácí starosti."

Obchodník s chmelem se odmlčel a mlčení přerušila paní Katy, připravená na cestu: "Jak to uděláme s mými kufry?"

"Přijedou pro ně, Katy," řekl spokojeně obchodník s chmelem, raduje se nakonec, že skončilo vše bez výstupu a pohoršlivé scény, "jestli chceš ještě obstarat nějaké nákupy, je nejvyšší čas, abychom šli. Vlak jede ve dvě dvacet."

Oba rozloučili se přátelsky s nadporučíkem a obchodník s chmelem byl tak rád, že už je to odbyto, že na rozchodu, v předsíni, řekl k nadporučíkovi: "Jestli, nedej bůh, byl byste na vojně raněn, přijeďte k nám na zotavenou. Budeme vás co nejpečlivěji opatrovat."

Vrátiv se do ložnice, kde paní Katy se oblékala na cestu, našel nadporučík na umyvadle 400 korun a tento lístek:

Pane nadporučíku! Nezastal jste se mne před tou
opicí, mým mužem, idiotem prvního řádu. Dovolil
jste, aby mne odvlékl s sebou jako nějakou věc,
kterou zapomenul v bytě. Přitom dovolil jste si
udělat poznámku, že jste mně nabídl
pohostinství. Doufám, že jsem vám nezpůsobila
větší útraty než přiložených 400 koruny o které
prosím byste se rozdělil se svým sluhou.

Nadporučík Lukáš chvíli stál s lístkem v ruce a pak jej pomalu roztrhal. S úsměvem podíval se na peníze ležící na umyvadle, a vida, že v rozčilení zapomněla hřebínek do vlasů na stolku, když si před zrcadlem upravovala vlasy, uložil jej mezi své fetišistické relikvie.

Švejk se vrátil po poledni. Šel hledat stájového pinče pro nadporučíka.

"Švejku," řekl nadporučík, "máte štěstí. Ta dáma, která u mne bydlila, je už pryč. Odvezl ji pan manžel. A za všechny služby, které jste jí prokázal, nechala vám na umyvadle 400 korun. Musíte jí pěkné poděkovat, respektive jejímu panu choti, poněvadž jsou to jeho peníze, které vzala s sebou na cestu. Já vám nadiktuji psaní."

Nadiktoval mu:

"Velectěný pane! Račte vyřídit nejsrdečnější dík za 400 korun, které mně darovala vaše paní choť za služby, které jsem jí prokázal při její návštěvě v Praze. Vše, co jsem pro ni udělal, učinil jsem ochotně, a proto nemohu přijmouti tento obnos a zasílám jej... - Nu jen pište dál, Švejku, copak sebou tak vrtíte? Kde jsem to přestal?"

"A zasílám jej...," řekl třesoucím se hlasem, plným tragiky, Švejk.

"Dobře tedy: zasílám jej nazpátek s ujištěním své nejhlubší úcty. Uctivý pozdrav a ruky políbení milostivé paní. Josef Švejk, důstojnický sluha u nadporučíka Lukáše. Hotovo?"

"Poslušně hlásím, pane obrlajtnant, ještě schází datum."

"20. prosince 1914. Tak a teď napište obálku a vezměte těch 400 korun a odnesete je na poštu a pošlete na tuto adresu."

A nadporučík Lukáš počal si vesele pohvizdovat árii z operety Rozvedená paní.

"Ještě něco, Švejku," otázal se nadporučík, když Švejk odcházel na poštu, "co je s tím psem, kterého jste šel hledat?"

"Mám jednoho v pácu, pane obrlajtnant, náramně hezký zvíře. Ale bude to těžký ho dostat. Zejtra doufám že ho snad přece přivedu. Kouše."

6

Posledního slova nadporučík Lukáš nezaslechl, a bylo přece tak důležité. "Kousala ta potvora o všechno pryč," chtěl ještě jednou opakovat Švejk, ale nakonec si pomyslil: "Co je vlastně nadporučíkovi do toho. Chce psa, tak ho dostane."

Není to ovšem lehkou věcí říci: "Přiveďte mně psa!" Majitelé psů jsou na své psy velice opatrní, a nemusí to být právě čistokrevný pes. I toho voříška, který nic jiného nedělá, než že nějaké stařence zahřívá nohy, má majitel rád a nedá mu ublížit.

Pes sám musí mít instinkt, zejména je-li čistokrevný, že jednoho krásného dne bude svému pánovi odcizen. Žije neustále ve strachu, že bude ukraden, že musí být ukraden. Pes se kupříkladu vzdálí od svého pána na procházce, je zpočátku veselý, dovádivý. Hraje si s druhými psy, leze na ně nemravně, oni na něho, očuchává patníky, vyzdvihuje nožičku na každém rohu i hokynářce na koš s brambory, zkrátka má takovou radost ze života a svět zdá se mu být jistě krásným jako jinochovi po šťastné maturitě.

Najednou však pozorujete, že veselost jeho mizí, že pes vycituje, že se ztratil. A nyní teprve přichází na něho ta pravá zoufalost. Pobíhá zděšeně po ulici, čenichá, skučí a v naprosté zoufalosti stáhne ohon mezi nohy, uši dá dozadu a mete si to uprostřed ulice kamsi do neznáma.

Kdyby mohl mluvit, tak by křičel: "Ježíšmarjá, mne někdo ukradne."

Byli jste někdy v psinci a viděli jste tam takové uděšené zjevy psí? Ti všichni jsou ukradeni. Velkoměsto vychovalo zvláštní druh zlodějů, kteří živí se výhradně krádežemi psů. Jsou malé druhy salónních pejsků, trpaslíčí, ratlíčkové, zcela nepatrná rukavice, vejdou se do kapsy u svrchníku nebo do dámského rukávníku, kde se nosí s sebou. I odtud vám ho chudáka vytáhnou. Zlou německou dogu skvrnitou, která hlídá zuřivě na předměstí vilu, ukradnou v noci. Policejního psa ukradnou detektivovi před nosem. Vedete si psa na šňůře, přestřihnou ji a už jsou se psem pryč a vy se pitomě díváte na prázdnou šňůru. Padesát procent psů, které na ulici potkáváte, měnilo několikrát své pány, a často po letech koupíte svého vlastního psa, kterého vám jako štěně ukradli, když jste s ním šel na procházku. Největší nebezpečí býti ukradenu hrozí psům, když je vyvádějí, aby vykonali malou i velkou tělesnou potřebu. Zejména při posledním aktu se jich nejvíc ztrácí. Proto se každý pes při tom opatrně kolem sebe rozhlíží.

Jest několik systémů, jak se kradou psi. Buď přímo, něco na způsob kapesní krádeže, nebo podvodným vylákáním nešťastného tvora k sobě. Pes jest zvíře věrné, ale jen v čítance neb v přírodopise. Dejte očichat i nejvěrnějšímu psu smaženou koňskou uzenku, a je ztracen. Zapomene na pána, vedle kterého kráčí, otočí se a jde za vámi, přičemž mu z tlamy tekou sliny a v předzvěsti a tušení velké radosti nad uzenkou vrtí přívětivě ocasem a protahuje nozdry jako nejbujnější hřebec, když ho vedou ke klisně.

Na Malé Straně u Zámeckých schodů je malý výčep piva. Jednoho dne seděli tam v šeru vzadu dva muži. Jeden voják a druhý civilista. Nakloněni k sobě šeptali si tajemně. Vyhlíželi jako spiklenci z dob Benátské republiky.

"Každej den ve vosum hodin," šeptal civilista vojákovi, "chodí s ním služka na roh Havlíčkovýho náměstí k parku. Ale von je potvora, kouše o všechno pryč. Nedá se pohladit."

A naklánějě se ještě víc k vojákovi, zašeptal mu do ucha: "Ani buřta nežere."

"Smaženýho?" otázal se voják.

"Ani smaženýho."

Oba si odplivli.

"Co tedy ta potvora žere?"

"Pánbůhví co. Voni jsou někteří psi rozmazlení a rozhejčkaní jako arcibiskup."

Voják s civilistou si ťukli a civilista dále šeptal: "Jednou ode mě jeden černej špic, kterýho jsem potřeboval pro psinec nad Klamovkou, nechtěl taky vzít buřta. Chodil jsem za ním po tři dny, až už jsem to nevydržel a přímo se zeptal té paní, co s tím psem chodila na procházku, co vlastně ten pes žere, že je tak pěknej. Paní to zalichotilo a řekla, že má nejradši kotlety. Tak jsem mu koupil řízek. Myslím si, to je ještě lepší. A vidíš, mrcha pes si ho ani nevšim, že to bylo telecí. Byl udělanej na vepřový maso. Tak jsem musel mu koupit kotletu. Dal jsem mu ji očichat a běžím, pes za mnou. Paní křičela: ,Puntíku, Puntíku,` ale kdepak milej Puntík. Za kotletou běžel až za roh, tam jsem mu dal řetízek na krk a druhej den už byl v psinci nad Klamovkou. Měl pod krkem pár bílejch chlupů, skupinku, tu mu zamalovali načerno a nikdo ho nepoznal. Ale vostátní psi, a že jich bylo hodně, všichni šli na koňskýho smaženýho buřta. Ty bys udělal taky nejlepší, kdybys se jí voptal, co ten pes nejraději žere; ty jsi voják, postavu máš a vona ti to spíš řekne. Já už jsem se jí ptal, ale ona se na mě podívala, jako kdyby mne chtěla probodnout, a řekla: ,Co je vám do toho: Vona není moc hezká, je to vopice, ale s vojákem bude mluvit."

"Je to opravdu stájovej pinč? Můj obrlajtnant jinýho nechce."

"Fešák stájovej proč. Pepř a sůl, dovopravdy čistokrevnej, jakože ty jseš Švejk a já Blahník. Mně jde vo to, co žere, to mu dám a přivedu ti ho."

Oba přátelé si opět ťukli. Ještě když Švejk se živil prodejem psů do vojny, Blahník mu je dodával. Byl to zkušený muž a vypravovalo se o něm, že kupoval pod rukou z pohodnice podezřelé psy a zas je prodával dál. Měl dokonce už jednou vzteklinu a v Pasteurově ústavu ve Vídni byl jako doma. Nyní považoval za svou povinnost nezištné vojákovi Švejkovi pomoci. Znal všechny psy v celé Praze i okolí, a mluvil proto tak tiše, aby se hostinskému neprozradil, poněvadž mu z hostince před půlrokem odnesl pod kabátem štěně, jezevčíka, kterému dal cucat mléko z dětské láhve, takže ho hloupé štěně patrně považovalo za mámu a ani nedutalo pod kabátem.

Kradl ze zásady jen čistokrevné psy a mohl být soudním znalcem. Dodával do všech psinců i soukromým osobám, jak se to dalo, a šel-li po ulici, tu na něho vrčeli psi, které kdysi ukradl, a když stál někde u výkladní skříně, často nějaký mstivý pes vyzdvihl u něho za zády nožičku a pokropil mu kalhoty.

**

V osm hodin ráno druhého dne bylo vidět dobrého vojáka Švejka chodit na rohu Havlíčkova náměstí a parku. hekal na služku se stájovým pinčem. Konečné se dočkal a kolem něho přeběhl vousatý pes, rozježený, ostrosrstý, s moudrýma černýma očima. Byl veselý jako všichni psi, když si odbyli svou potřebu, a hnal se k vrabcům snídajícím koňský trus na ulici.

Pak přešla kolem Švejka ta, která ho měla na starosti. Byla to starší dívka se způsobné do věnečku zapletenými vlasy. Hvízdala na psa a točila řetízkem a elegantním karabáčem.

Švejk ji oslovil:

"Dovolte, slečno, kudy se jde na Žižkov?"

Zastavila se a podívala se na něho, myslí-li to upřímně, a dobrácký obličej Švejkův jí řekl, že opravdu ten vojáček chce asi jít na Žižkov. Výraz její tváře změkl a ona ochotně mu vykládala, jak na ten Žižkov půjde.

"Já jsem teprve nedávno do Prahy přeloženej," řekl Švejk, "já nejsem zdejší, já jsem z venkova. Vy taky nejste z Prahy?"

"Já jsem z Vodňan."

"Tak jsme nedaleko od sebe," odpověděl Švejk, "já jsem z Protivína."

Tato znalost místopisu českého jihu, nabytá kdysi při manévrech v tom kraji, naplnila srdce dívky krajanským teplem.

"Tak znáte v Protivíně na náměstí řezníka Pejchara?"

"Jakpak bych ho neznal."

"To je můj bratr."

"Toho tam mají u nás všichni rádi," řekl Švejk, "von je moc hodnej, úslužnej, má *dobrý maso a dává dobrou váhu."*

"Nejste vy Jarešův?" otázala se dívka, začínajíc sympatizovat s neznámým vojáčkem.

"Jsem."

"A kterého Jareše, toho z Krče u Protivím, nebo z Ražic?"

"Z Ražic."

"Ještě rozváží pivo?"

"Pořád."

"Ale on už musí mít hodně přes šedesát?"

"Vosumašedesát mu bylo letos na jaře," odvětil klidně Švejk, "teď si zaopatřil psa a to se mu to jede. Pes mu sedí na voze. Zrovna takovej pes jako tamhleten, co honí ty vrabce. Hezkej pejsek, moc pěknej."

"To je náš," vysvětlovala mu jeho nová známá, "já sloužím zde u pana obršta. Vy neznáte našeho pana obršta?"

"Znám, to je pěknej inteligent," řekl Švejk, i "u nás byl v Budějovicích taky takovej jeden obršt."

"Náš pán je přísnej, a jak posledně se říkalo, že nám v Srbsku natloukli, tak přišel cele] vztekle] domů a sházel v kuchyni všechny talíře a chtěl I mně dát vejpověď."

"Tak to je tedy váš pejsek," přerušil ji Švejk, "to je škoda, že můj obrlajtnant nemůže žádného psa vystát, já mám velice rád psy." Odmlčel se a náhle vyrazil: "Každej pes ale taky všechno nežere."

"Náš Fox si strašně vybírá, jeden čas nechtěl vůbec jíst maso, až teď opět."

"A co žere nejradši?"

"Játra, vařená játra."

"Telecí nebo vepřový?"

"To je mu jedno," usmála se ,krajanka` Švejkova, považujíc poslední otázku za nepodařený pokus o vtip.

Procházeli se ještě chvíli, pak se k nim přidal i stájový pinč, který byl uvázán na řetízku. Choval se k Švejkovi velice důvěrně a pokoušel se roztrhnout mu alespoň náhubkem kalhoty, vyskakoval na něho a náhle, jako by vycítoval, co si o něm Švejk myslí, přestal skákat a šel smutně a zaraženě, dívaje se úkosem na Švejka, jako by chtěl říci: Tedy to na mne taky čeká?

Potom mu ještě řekla, že chodí též každý večer v šest hodin sem se psem, že nevěří žádnému mužskému z Prahy, že se dala jednou do novin a přihlásil se jeden zámečník za účelem sňatku a vylákal z ní 800 korun na nějaký vynález a zmizel. Na venkově jsou lidé rozhodně poctivější. Jestli by se vdala, vzala by si jedině venkovského člověka, ale až po válce. Válečné sňatky považuje za hloupost, poněvadž obyčejně taková ženská zůstane vdovou.

Švejk jí dal mnoho nadějí, že přijde v šest hodin, a odešel, aby sdělil příteli Blahníkovi, že pes žere játra jakéhokoliv druhu.

"Pohostím ho hovězíma," rozhodl se Blahník, "na ty jsem už dostal bernardýna *továrníka Vydry, náramně věrný zvíře. Zejtra ti psa přivedu v pořádku."*

Blahník splnil slovo. Když byl dopoledne Švejk hotov s uklízením bytu, ozval se za dveřmi štěkot a Blahník vtáhl do bytu vzpírajícího se stájového pinče, který byl ještě více rozježen, než ho rozježila příroda. Koulel divoce očima a díval se tak posupně, že připomínal hladového tygra v kleci, před kterou stojí vypasený návštěvník zoologické zahrady. Cvakal zuby, vrčel, jako by chtěl říct: Roztrhám, sežeru.

Uvázali psa ke kuchyňskému stolu a Blahník vylíčil postup odcizení.

"Šel jsem schválně kolem něho, drže zabalená vařená játra v papíru. Počal čenichat a vyskakovat na mne. Nedal jsem mu nic a šel dál. Pes za mnou. U parku jsem se votočil do Bredovské ulice a tam jsem mu dal první kousek. Žral to v chodu, aby mne neztratil z očí. Zabočil jsem do Jindřišské, kde jsem mu dal novou porci. Pak jsem ho, když se nažral, uvázal na řetízek a táh jsem ho přes Václavské náměstí na Vinohrady, až do Vršovic. Po cestě mně vyváděl pravé divy. Když jsem přecházel elektriku, lehl si a nechtěl se hnout. Snad se chtěl dát přejet. Přines jsem s sebou taky čistý rodokmen, který jsem koupil u papírníka Fuchse. Ty umíš padělat rodokmeny, Švejku."

"To musí bejt tvou rukou napsaný. Napiš, že pochází z Lipska ze psince von Bülow. Otec Arnheim von Kahlsberg, matka Emma von Trautensdorf, po otci Siegfried von Busenthal. Otec obdržel první cenu na berlínský výstavě stájových pinčů v roce 1912. Matka vyznamenána zlatou medalií norimberského spolku pro chov ušlechtilých psů. Jak myslíš že je starej?"

"Podle zubů dva roky."

"Napiš, že je půldruhýho."

"Je špatně kupírovanej, Švejku. Podívej se mu na uši."

"Tomu se dá pomoct. Zastříhneme mu je popřípadě, až si u nás zvykne. Teď by se ještě víc zlobil."

Ukradenec vrčel vztekle, funěl, zmítal sebou, a pak si lehl a s vyplazeným jazykem, unaven, čekal, co se s ním stane dál. Pomalu stával se klidnějším, jen občas žalostné zakňučel.

Švejk mu předložil zbytek jater, která mu předal Blahník. On však se jich nevšiml a vrhl na ně jen trucovitý pohled a podíval se na oba s výrazem: Už jsem se jednou napálil, sežerte si to sami.

Ležel rezignovaně a přetvařoval se, že dřímá. Pak mu najednou něco vlezlo do hlavy, vstal a začal panáčkovat a prosit předníma tlapkama. Vzdával se.

Na Švejka tato dojemná scéna nijak neúčinkovala.

"Lehneš," zakřičel na ubožáka, který opět si lehl, kňuče žalostně.

"Jaký mu mám dát jméno do rodokmenu?" otázal se Blahník, "jmenoval se Fox, tak něco podobnýho, aby tomu hned rozuměl."

"Tak ho nazveme třebas Max, podívej se, Blahníku, jak zvedá uši. Vstaň, Maxi!"

Nešťastný stájový proč, kterému vzali i domov, i jméno, vstal a očekával další rozkazy.

"Já bych myslel, abychom ho odvázali;" rozhodl se Švejk, "uvidíme, co to bude dělat "

Když byl odvázán, první jeho cesta byla ke dveřím, kde zaštěkal třikrát krátce na kliku, spoléhaje patrně na velikomyslnost těch zlých lidí. Vida však, že nemají pochopení pro jeho touhu dostat se ven, udělal u dveří loužičku, přesvědčen, že ho vyhodí, jako to kdysi dělávali, když byl mlád a plukovník ho učil, řízně, po vojensku, být zimmerrein.

Místo toho poznamenal Švejk: "Ten je chytrej, to je kus jezovity," přetáhl ho páskem a namočil mu v loužičce čumák, že se nestačil olizovat.

Kňučel nad tou potupou a počal běhat po kuchyni, čenichaje zoufale svou vlastní stopu, pak zčistajasna šel ke stolu, sežral na zemi předložený zbytek jater, lehl si ke kamnům a usnul po tom dobrodružství.

"Co jsem ti dlužen?" otázal se Švejk Blahníka, když se s ním loučil.

"Nemluv o tom, Švejku," řekl měkce Blahník, "pro starýho kamaráda všechno udělám, zejména když slouží na vojně. Sbohem, hochu, a nevoď ho nikdy přes Havlíčkovo náměstí, aby se nestalo nějaký neštěstí. Kdybys potřeboval ještě nějakýho psa, tak víš, kde bydlím."

Švejk nechal Maxa spát hodné dlouho a koupil zatím u řezníka čtvrt kila jater, uvařil je a čekal, až se Max probudí, dav mu k čenichu kousek teplých jater.

Max se začal ze spaní olizovat, pak se protáhl, očichal játra a zhltl je. Pak šel ke dveřím a opakoval svůj pokus s klikou.

"Maxi!" zavolal na něj Švejk, "pojď ke mně!"

Šel s nedůvěrou, Švejk ho vzal na klín, hladil a ponejprv Max zbytkem svého kupírovaného ohonu zavrtěl přátelsky a jemně chňapl po Švejkové ruce, držel ji v tlamě a podíval se moudře na Švejka, jako by chtěl říci: Zde se nedá nic dělat, já vím, že jsem to prohrál.

Švejk ho dál hladil a počal mu vypravovat něžným hlasem:

"Tak byl jednou jeden pejsek, jmenoval se Fox a ten žil u jednoho obršta. Vodila ho služka na procházku a přišel jeden pán, ten Foxa ukrad. Fox se dostal na vojnu k jednomu obrlajtnantovi a dali mu jméno Max.

Maxi, dej pac! Tak vidíš, hovado, že budeme dobrýma kamarády, jestli budeš hodnej a poslušnej. Jinak budeš mít vojnu jako řemen."

Max seskočil Švejkovi z klína a počal na něho vesele dorážet. Do večera, kdy se vrátil nadporučík z kasáren, byli Švejk a Max nejlepšími kamarády.

Dívaje se na Maxe, pomyslil si Švejk filosoficky: "Když se to vezme kolem a kolem, je vlastně každej voják taky ukradenej ze svýho domova."

Nadporučík Lukáš byl velice příjemně překvapen, když uviděl Maxa, který též jevil velkou radost, že opět vidí muže se šavlí.

Na otázku, odkud je a co stojí, sdělil mu Švejk s naprostým klidem, že pes byl mu darován jedním kamarádem, který právě narukoval.

"Dobře, Švejku," řekl nadporučík, hraje si s Maxem, "na prvního dostanete ode mě *padesát korun za psa."*

"Nemohu přijmout, pane obrlajtnant "

"Švejku," řekl přísné nadporučík, "když jste nastupoval Službu, vysvětlil jsem vám, že musíte poslouchat na slovo. Když vám říkám, že dostanete padesát korun, tak je musíte vzít a propít. Co uděláte, Švejku, s těmi padesáti korunami?"

"Poslušně hlásím, pane obrlajtnant, že je propiju podle rozkazu."

"A kdybych, Švejku, snad zapomněl na to, přikazuji vám, abyste mně hlásil, že mám vám dát za psa padesát korun. Rozumíte? Nemá ten pes blechy? Raději ho vykoupejte a vyčesejte. Zítra mám službu, ale pozítří s ním půjdu na procházku."

Zatímco Švejk koupal Maxa, plukovník, bývalý jeho majitel, strašné doma láteřil a vyhrožoval, že postaví toho, kdo mu psa ukradl, před válečný soud, že ho dá zastřelit, pověsit, zavřít na dvacet let a rozsekat.

"Der Teufel soll den Kerl buserieren," ozývalo se v bytě plukovníka, až se třásla okna, "mit solchen Meuchelmtirdern werde ich hald fertig."

Nad Švejkem i nadporučíkem Lukášem vznášela se ve vzduchu katastrofa.

Katastrofa

Plukovník Bedřich Kraus, mající též přídomek von Zillergut, po nějaké vesničce v Solnohradech, kterou jeho předkové prožrali již ve století osmnáctém, byl úctyhodným pitomcem. Když něco vypravoval, mluvil samé pozitivní věci, tázaje se přitom, zdali všichni rozumí nejprimitivnějším výrazům: "Tedy okno, pánové, ano. Víte, co je to okno?"

Nebo: "Cesta, u které po obou stranách jsou příkopy, nazývá se silnicí. Ano, pánové. Víte, co je to příkop? Příkop jest vykopávka, na které pracuje více lidí. Jest to prohlubenina. Ano. Pracuje se motykami. Víte, co je to motyka?"

Trpěl vysvětlovací mánií, což činil s takovým oduševněním jako nějaký vynálezce vypravující o svém díle.

"Kniha je, pánové, více různě nařezaných čtvrtek papíru, různého formátu, který jest potištěn a sestaven dohromady, svázán a sklížen. Ano. Víte, pánové, co je to klih? Klih jest lepidlo."

Byl tak nehorázně blbý, že se mu důstojníci zdaleka vyhýbali, aby nemuseli od něho slyšet, že chodník rozděluje ulici na jízdní dráhu a že je to vyvýšený dlážděný pruh kolem průčelí domu. A průčelí domu že je ona část, kterou vidíme z ulice nebo z chodníku. Zadní část domu z chodníku vidět nemůžeme, o čemž se okamžitě můžeme přesvědčit, jestli vstoupíme do jízdní dráhy.

Byl ochoten tu zajímavost ihned demonstrovat. Naštěstí však ho přejeli. Od té doby zpitoměl ještě víc. Zastavoval důstojníky a dával se s nimi do nekonečně dlouhých rozhovorů o amoletách, slunci, teploměrech, koblihách, oknech a poštovních známkách.

Bylo to opravdu podivuhodné, že ten blbec mohl poměrné dosti rychle postupovat a mít za sebou velice vlivné lidi, jako byl velící generál, který mu držel palec i při jeho naprosté vojenské neschopnosti.

O manévrech prováděl se svým plukem pravé divy. Nikdy nedorazil nikam včas, vodil pluk v kolonách proti strojním puškám, a kdysi před léty stalo se při císařských manévrech na českém jihu, že se úplně s plukem ztratil, dostal se s ním až na Moravu, kde se s ním potloukal ještě několik dní potom, když už bylo po manévrech a vojáci leželi v kasárnách. Prošlo mu to.

Jeho přátelský poměr s velícím generálem a jinými neméně blbými vojenskými hodnostáři starého Rakouska vynesl mu různá vyznamenání a řády, kterými byl neobyčejně poctěn, a považoval se za nejlepšího vojáka pod sluncem a teoretikem strategie i všech vojenských věd.

Při přehlídkách pluku dával se do hovoru s vojáky a ptal se jich vždy jedno a totéž:

"Proč se ručnici zavedené ve vojsku říká manlicherovka?"

U pluku měl přezdívku manlichertrotl. Byl neobyčejné mstivý, ničil podřízené důstojníky, když se mu nelíbili, a když se chtěli ženit, tu posílal nahoru velmi špatná odporučení jich žádosti.

Scházela mu polovička levého ucha, kterou mu usekl jeho protivník za mládí v souboji kvůli prostému konstatování pravdy, že Bedřich Kraus von Zillergut je prapitomý chlap.

Rozebereme-li jeho duševní schopnosti, dojdeme k přesvědčení, že nebyly o nic lepší těch, které proslavily otlemeného Habsburka Františka Josefa jako notorického idiota.

Týž spád jeho řeči, táž zásoba největší naivnosti. Na jednom banketu v důstojnickém kasině plukovník Kraus von Zillergut zčistajasna pronesl, když byla řeč o Schillerovi: "Tak jsem vám, pánové, včera viděl parní pluh hnaný lokomotivou. Považte si, pánové, lokomotivou, ale ne jednou, dvěma lokomotivami. Vidím kouř, jdu blíž, a ona to lokomotiva a na druhé straně druhá. Řekněte mně, pánové, není-liž to směšné? Dvě lokomotivy, jako by nestačila jedna."

Zamlčel se a po chvíli prohodil: "Dojde-li benzín, musí se automobil zastavit. To jsem také viděl včera. Potom se žvaní o setrvačnosti, pánové. Nejede, stojí, nehne se, nemá benzínu. Není-liž to směšné?"

Byl při své tuposti neobyčejně nábožný. Měl doma v bytě domácí oltář. Chodil často ke zpovědi a k přijímání k Ignáci a od vypuknutí války modlil se za zdar zbraní rakouských a německých. Míchal křesťanství se sny o germánské hegemonii. Bůh měl pomoci zabrat bohatství a území přemožených.

Strašně se vždy rozčiloval, když četl v novinách, že opět přivezli zajatce. Říkal: "K čemu vozit zajatce? Postřílet se mají všichni. Žádné slitování. Tancovat mezi mrtvolami. Všechny civilisty v Srbsku spálit do posledního. Děti ubít bajonety!"

Nebyl o nic horší než německý básník Vierordt, který uveřejnil za války verše, aby Německo nenávidělo a zabíjelo s železnou duší milióny francouzských ďáblů:

Ať až k oblakům nad hory
hromadí se lidské kosti a kouřící se maso...

Ukončiv vyučování ve škole jednoročních dobrovolníků, vyšel si nadporučík Lukáš na procházku s Maxem.

"Dovoluji si vás upozornit, pane obrlajtnant," řekl starostlivě Švejk, "že na toho psa musíte bejt vopatrnej, aby vám neutek. Vono se mu třeba může zastesknout po starým domově a von by moh vzít roha, kdybyste ho odvázal ze šňůry. A taky bych vám neradil vodit ho přes Havlíčkovo náměstí, tam se potlouká jeden zlej řeznickej pes vod Mariánskýho obrazu, kterej je náramně kousavej. Jak uvidí ve svým rájóně cizího psa, hned je na něho žárlivej, aby mu tam něco nesežral. Von je jako ten žebrák vod Svatýho Haštala."

Max vesele vyskakoval a pletl se pod nohy nadporučíkovi, zatočil se šňůrou kolem šavle a projevoval neobyčejnou radost, že jde na procházku.

Vyšli na ulici a nadporučík Lukáš zaměřil se psem na Příkopy. Měl se setkat s jednou dámou na rohu Panské ulice. Byl zabrán v úřední myšlenky. O čem má zítra přednášet jednoročním dobrovolníkům ve škole? Jak udáváme výšku nějakého vrchu? Proč udáváme vždy výšku od hladiny mořské? Jak z výšek nad hladinou mořskou ustanovíme prostou výšku vrchu od jeho paty? Zatraceně, proč ministerstvo vojenství dává takové věci do školního programu. To je přece pro dělostřelectvo. A jsou přece mapy jenerálního štábu. Když nepřítel bude na kótě 312, nestačí obyčejně přemýšlet o tom, proč je výška toho kopce udána od hladiny mořské, nebo vypočítat si, jak je vysoký ten kopec. Podíváme se na mapu, a máme to. Z těch myšlenek byl vyrušen přísným "Halt!", právě když se blížil k Panské ulici.

Současně s "Halt!" snažil se mu pes vyškubnout i se šňůrou a s radostným štěkotem vrhl se na toho člověka, který řekl přísné "Halt!"

Před nadporučíkem stál plukovník Kraus von Zillergut. Nadporučík Lukáš zasalutoval a stál před plukovníkem, omlouvaje se, že neviděl.

Plukovník Kraus byl znám mezi důstojníky svou vášní anhaltovat. Považoval salutování za něco, na čem závisí úspěch války a na čem zbudována celá vojenská moc.

"Do salutování má voják vkládat duši," říkával. Byl to nejkrásnější kaprálský mysticismus.

Dbal o to, aby ten, který vzdává čest, zasalutoval podle předpisu do nejjemnějších podrobností, přesné a důstojně.

Číhal na všechny, kteří šli kolem něho. Od infanteristy až na podplukovníka. Infanteristy, kteří letmo zasalutovali, jako by chtěli říci, dotýkajíce se štítku čepice: "Těbůh," vodil sám přímo do kasáren k potrestání.

Pro něho neplatilo: "Já neviděl."

"Voják," říkával, "musí svého představeného hledat v zástupu a na nic jiného nemyslet, než aby dostál všem svým povinnostem, které jsou mu předepsány v dienstreglamá. Když padne na bojišti, má před svou smrtí zasalutovat. Kdo neumí salutovat, dělá, že nevidí, nebo salutuje nedbale, je u mě bestie:`

"Pane nadporučíku," hrozným hlasem řekl plukovník Kraus, "nižší šarže musí vždy vzdát čest vyšším. To není zrušeno. A za druhé: Odkdy si zvykli páni důstojníci chodit s ukradenými psy po promenádě? Ano, s ukradenými psy. Pes, který patří druhému, jest pes kradený."

"Tento pes, pane plukovníku...," namítl nadporučík Lukáš.

"...patří mně, pane nadporučíku," přerušil ho drsně plukovník, "je to můj Fox."

A Fox čili Max vzpomněl si na svého starého pána a nového vypudil úplné ze svého srdce, a vytrhnuv se skákal na plukovníka a projevoval takovou radost, jaké by byl schopen zamilovaný sextán když najde pochopení u svého ideálu.

"Chodit s ukradenými psy, pane nadporučíku, nesrovnává se s důstojnickou ctí. Nevěděl? Důstojník nemůže kupovat psa, nepřesvědčiv se, že ho může koupit bez následků," hřímal dál plukovník Kraus, hladě Foxa-Maxa, který z podlosti počal vrčet na nadporučíka a cenit zuby, jako by mu byl plukovník řekl, ukazuje na nadporučíka: "Vem si ho!"

"Pane nadporučíku," pokračoval plukovník, "považujete za správné jezdit na ukradeném koni? Nečetl jste inzerát v Bohemii a v Tagblattu, že se mně ztratil stájový proč? Vy jste nečetl inzerát, který dal váš představený do novin?"

Plukovník spráskl ruce.

"Opravdu, tihle mladí důstojníci! Kde je disciplína? Plukovník dá inzeráty, a nadporučík je nečte."

"Kdybych ti, ty dědku stará, mohl dát pár facek," pomyslil si nadporučík Lukáš, dívaje se na licousy plukovníka, které připomínaly orangutana.

"Pojďte s sebou na minutu," řekl plukovník. A tak šli a vedli velmi příjemný rozhovor:

"Na frontě, pane nadporučíku, se vám nemůže taková věc podruhé přihodit. V týlu se procházet s ukradenými psy je jistě velice nepříjemné. Ano! Procházet se se psem svého představeného. V době, kdy denně ztrácíme na bojištích sta důstojníků. A inzeráty se nečtou. To bych mohl inzerovat sto let, že se mně ztratil pes. Dvě stě let, tři sta let!"

Plukovník se hlasitě vysmrkal, což bylo vždy u něho známkou velkého rozčilení, a řekl: "Můžete se dále procházet," otočil se a odcházel, sekaje zlostně jezdeckým bičíkem přes konce svého důstojnického pláště.

Nadporučík Lukáš přešel na druhý chodník a slyšel i tam poznovu "Halt!" Plukovník zadržel právě jednoho nešťastného infanteristu, záložníka, který myslel na svou mámu doma a přehlédl ho.

Plukovník vlastnoručně ho táhl do kasáren k potrestání, spílaje mu mořských prasat,

"Co s tím Švejkem udělám?" pomyslil si nadporučík. "Rozbiju mu hubu, ale to nestačí. I řemínky mu tahat z těla je na toho lumpa málo." Nedbaje, že se měl sejít s jednou dámou, zamířil rozčileně k domovu.

"Já ho zabiju, pacholka," řekl k sobě, sedaje do elektriky.

Mezitím byl dobrý voják Švejk pohřížen v rozmluvu s ordonancí z kasáren. Voják přinesl nadporučíkovi nějaké listiny k podpisu a čekal nyní.

Švejk hostil ho kávou a vypravovali si spolu, že to Rakousko projede.

Vedli ten hovor, jako by se to samo sebou rozumělo. Byla to nekonečná řada výroků, kde by každé slovo bylo jistě u soudu definováno jako velezráda a oba by byli oběšeni.

"Císař pán musí bejt z toho blbej," prohlásil Švejk, "von nikdy nebyl chytrej, ale tahle vojna ho jistě dorazí."

"Je blbej," s určitostí prohlásil voják z kasáren, "blbe] jako poleno. Von snad ani neví, že je vojna. Může bejt, že se mu to styděli říct. Jestli je podepsanej na tom manifestě k těm jeho národům, tak je to zlodějna. To dali do tisku bez jeho vědomí, von už vůbec nemůže na nic myslet."

"Von je hotovej," znalecky doplnil Švejk, "dělá pod sebe a musejí ho krmit jako malý dítě. Předešle vypravoval jeden pán v hospodě, že má dvě kojný a že každej den třikrát je císař pán u prsu."

"Kdyby už jen to bylo," povzdechl voják z kasáren, "a nařezali nám, aby už jednou Rakousko mělo pokoj."

A oba pokračovali dále v rozhovoru, až konečné Švejk odsoudil Rakousko nadobro slovy: "Taková blbá monarchie nemá ani na světě bejt," k čemuž, aby jaksi ten výrok doplnil v praktickém směru, dodal druhý: "Jak přijdu na.front, tak se jim zdejchnu."

Když oba potom ještě dále tlumočili názor českého člověka na válku, voják z kasáren opakoval, co dnes slyšel v Praze, že u Náchoda je slyšet děla a ruský car že bude co nejdřív v Krakově.

Potom si vypravovali o tom, že se obilí od nás vozí do Německa, němečtí vojáci že dostávají cigarety a čokoládu.

Pak si vzpomněli na doby starých válek a Švejk vážně dokazoval, že když házeli kdysi smradlavé hrnce do obleženého hradu, že to také nebyl žádný med, bojovat v takovém smradu. Že četl, jak jeden hrad někde obléhali tři roky a nepřítel že nic jiného nedělal, než že se denně s obleženými bavil takovým způsobem.

Byl by jistě řekl ještě něco zajímavého a poučného, kdyby jich hovor nepřerušil návrat nadporučíka Lukáše.

Vrhnuv strašný, zdrcující pohled na Švejka, podepsal listiny, a propustiv vojáka, kynul Švejkovi, aby ho následoval do pokoje.

Oči nadporučíka vysílaly strašlivé blesky. Usednuv na židli, přemýšlel, dívaje se na Švejka, kdy má začít s masakrem.

"Napřed mu dám pár přes hubu," myslel si nadporučík, "pak mu rozbiju nos a utrhnu uši a potom dál už se uvidí."

A naproti němu hleděl upřímné a dobrosrdečné na něho pár dobráckých, nevinných očí Švejkových, který odvážil se přerušit ticho před bouří slovy: "Poslušně hlásím, pane obrlajtnant, že jste přišel o kočku. Sežrala krém na boty a dovolila si chcípnout. Hodil jsem ji do sklepa, ale do vedlejšího. Takovou hodnou a hezkou angorskou kočku už nenajdete."

"Co s ním udělám?" mihlo se hlavou nadporučíkovi, "má, prokristapána, takový pitomý výraz." A dobrosrdečné, nevinné oči Švejkovy dál zářily měkkostí a něhou, kombinovanými výrazem naprosté duševní rovnováhy, že všechno je v pořádku a nic se nestalo, a jestli se něco stalo, že je to také v pořádku, že se vůbec něco děje.

Nadporučík Lukáš vyskočil, ale neudeřil Švejka, jak původně zamýšlel. Zamával mu pod nosem pěstí a zařval: "Vy jste, Švejku, ukradl psa!"

"Poslušné hlásím, pane obrlajtnant, že o žádným takovým případě za poslední dobu nevím, a dovoluji si, pane obrlajtnant, poznamenat, že s Maxem jste šel odpůldne na procházku, a tak jsem ho nemohl ukradnout. Mně to hned bylo nápadný, když jste přišel bez psa, že se asi muselo něco stát. Tomu se říká situace. Ve Spálený ulici je nějakej brašnář Kuneš a ten nemoh jít se psem na procházku, aby ho neztratil. Vobyčejně ho nechal někde v hospodě, nebo mu ho někdo ukrad, nebo si ho vypůjčil a nevrátil..."

"Švejku, dobytku, himllaudon, držte hubu! Buď jste takový rafinovaný ničema, nebo jste takový velbloud a blboun nejapný. Jste samý příklad, ale povídám vám, se mnou si nehrajte. Odkud jste přived toho psa? Jak jste k němu přišel? Víte, že patří našemu panu plukovníkovi, který si ho odvedl, když jsme se náhodou potkali? Víte, že je to ohromná ostuda? Tak řekněte pravdu, ukrad jste ho nebo neukrad?"

"Poslušně hlásím, pane obrlajtnant, že jsem ho neukrad."

"Věděl jste o tom, že je to kradený pes?"

"Poslušně hlásím, pane obrlajtnant, že jsem věděl, že je ten pes kradenej."

"Švejku, ježíšmarjá, himlhergot, já vás zastřelím, vy hovado, vy dobytku, vy vole, vy hajzle jeden. Jste tak blbej?"

"Tak, poslušně hlásím, pane obrlajtnant "

"Proč jste mně vodil ukradenýho psa, proč jste mně tu bestii nasadil do bytu?"

"Abych vám udělal radost, pane obrlajtnant."

A Švejkovy oči dobrácky a něžně podívaly se nadporučíkovi do tváře, který si sedl a zaúpěl: "Proč mne bůh trestá tímhle hovadem?"

V tiché rezignaci seděl nadporučík na židli a měl pocit, že nemá tolik síly nejen dát Švejkovi pohlavek, ale dokonce ukroutit si cigaretu, a sám nevěděl ani, proč posílá Švejka pro Bohemii a Tagblatt, aby si Švejk přečetl plukovníkův inzerát o ukradeném psu. S rozevřenými novinami na inzertní části vrátil se Švejk. Celý zářil a radostně hlásil: "Je to tam, pane obrlajtnant, tak vám pěkně popisuje pan obršt toho ukradenýho stájovýho pinče, jedna radost, a ještě dává vodměnu sto korun, kdo mu ho přivede. To je moc slušná vodměna. Vobyčejně se dává vodměna padesát korun. Nějakej Božetěch z Košíř, ten se jen tak živil. Ukrad vždycky psa, pak hledal v inzerátech, kdo se zaběh, a hned tam šel. Jednou ukrad pěknýho černýho špice, a poněvadž se majitel nehlásil v inzerátech, zkusil to a dal inzerát do novin sám. Proinzeroval celou pětku, až konečně se jeden pán přihlásil, že je to jeho pes, že se mu ztratil a že myslel, že by to bylo marný ho hledat. Že už nevěří na poctivost lidí. Teď ale že vidí, jak přece jen se ještě najdou poctiví lidi, což ho náramně těší. Je prej zásadně od toho, odměňovat poctivost, ale na památku že mu daruje svou knížku o pěstování květin doma i v zahrádce. Milej Božetěch vzal toho černýho špice za zadní nohy a otlouk ho tomu pánovi o hlavu, a vod tý doby se zařek, že nebude inzerovat. Radši psa prodá do psince, když se o něho nikdo v inzerátech nechce hlásit "

"Jděte ležet, Švejku," poručil nadporučík, "vy jste s to blbnout až do rána." Šel též spat a v noci se mu zdálo o Švejkovi, že Švejk ukradl také koně následníkovi trůnu, přivedl mu ho, a následník trůnu že toho koně při přehlídce poznal, když on, nešťastný nadporučík Lukáš, na něm jel před svou rotou.

Ráno bylo nadporučíkovi jako po prohýřené noci, ve které mu napohlavkovali. Neobyčejné těžká jakási duševní můra ho pronásledovala. Usnul ještě k ránu, vysílený strašným snem, a probudilo ho klepání na dveře, ve kterých se objevila dobrácká tvář Švejka s otázkou, kdy má pana nadporučíka vzbudit. Nadporučík zasténal v posteli: "Ven, dobytku, to je něco strašného!"

Když pak byl již vzhůru a Švejk mu přinesl snídani, byl nadporučík překvapen novou otázkou Švejka: "Poslušně hlásím, pane nadporučíku, nepřál byste si, abych vám zaopatřil nějakýho pejska?"

"Víte, Švejku, že bych měl chuť poslat vás před polní soud," s povzdechem řekl nadporučík, "ale oni by vás osvobodili, neboť něco tak kolosálně pitomého neviděli ve svém životě. Podívejte se na sebe do zrcadla. Není vám špatně nad vaším blbým výrazem? Vy jste nejpitomější hříčka přírody, kterou jsem kdy viděl. Nu, řekněte pravdu, Švejku: líbíte se sám sobě?"

"Poslušně hlásím, pane obrlajtnant, že se nelíbím, jsem v tom zrcadle nějakej takovej šišatej nebo co. Vono to není broušený zrcadlo. To jednou měli u toho Číňana Staňka vypouklý zrcadlo, a když se někdo na sebe podíval, tak se mu chtělo vrhnout. Huba takhle, hlava jako dřez na pomeje, břicho jako u napitýho kanovníka, zkrátka figura. Šel kolem pan místodržitel, podíval se na sebe, a hned to zrcadlo museli sundat."

Nadporučík se odvrátil, vzdychl a uznal za vhodné místo Švejkem obírat se raději bílou kávou.

Švejk šukal již v kuchyni a nadporučík Lukáš slyšel zpěv Švejkův:

Mašíruje Grenevil Prašnou bránou na špacír,
šavle se mu blejskají, hezký holky plakají...

Potom dál z kuchyně ozýval se zpěv

My vojáci, my jsme páni, nás milujou holky samy
fasujeme peníze, máme se všude dobře...

"Ty se máš jistě dobře, holomku," pomyslil si nadporučík a odplivl si.

Ve dveřích se objevila hlava Švejkova: "Poslušné hlásím, pane obrlajtnant, že jsou tady pro vás z kasáren, máte jít okamžitě k panu plukovníkovi, je tady ordonanci ` A důvěrně dodal: "Snad to bude kvůli tomu pejskovi."

"Už jsem slyšel," řekl nadporučík, když se mu ordonanc v předsíni chtěl hlásit. Řekl to stísněným hlasem a odcházel, vrhaje na Švejka zničující pohled. Nebyl to raport, bylo to něco horšího. Plukovník seděl velice zachmuřeně v křesle, když nadporučík vstoupil do jeho kanceláře.

"Před dvěma léty, pane nadporučíku," řekl plukovník, "přál jste si být přeložen do Budějovic k 91. pluku. Víte, kde jsou Budějovice? Na Vltavě, ano, na Vltavě a vtéká tam Ohře nebo něco podobného. Město je velice, abych tak řekl, přívětivé, a jestli se nemýlím, má nábřeží. Víte, co je to nábřeží? To jest zeď vystavěná nad vodou. Ano. Ostatně to sem nepatří. Dělali jsme tam manévry."

Plukovník se zamlčel, a dívaje se do kalamáře, přešel rychle na jiné téma: "Ten můj pes je u vás zkazil. Nechce nic žrát. Vida, v kalamáři je moucha. To je zvláštní, že i v zimě padají mouchy do kalamáře. To je nepořádek."

"Tak už se, dědku mizerná, vyslov," pomyslil si nadporučík. Plukovník vstal a přešel několikrát po kanceláři. "Dlouho jsem přemýšlel, pane nadporučíku, co vlastně vám udělám, aby se to nemohlo opakovat, a vzpomněl jsem si, že jste si přál být přeložen k 91. pluku. Vrchní velitelství nedávno nám oznámilo, že jest u 91. pluku velký nedostatek důstojnictva, poněvadž to všechno Srbové pobili. Zaručuji se vám čestným slovem, že do tří dnů jste u 91. pluku v Budějovicích, kde se formují maršbatalióny. Nemusíte děkovat. Vojsko potřebuje důstojníky, kteří..."

A nevěda už, co by řekl, podíval se na hodinky a promluvil: "Je půl jedenácté, nejvyšší čas jít k regimentsraportu."

Tím byl příjemný rozhovor ukončen a nadporučíkovi se velice ulehčilo, když vyšel z kanceláře a šel do školy jednoročních dobrovolníků, kde oznámil, že v nejbližších dnech jede na frontu, a uspořádá proto večírek na rozloučenou v Nekázance.

Vrátiv se domů, řekl k Švejkovi významně: "Víte, Švejku, co jest to maršbatalión?"

"Poslušně hlásím, pane obrlajtnant, že maršbatalión je maršbaťák a marška je marškumpačka. My to vždycky zkracujem."

"Tak vám, Švejku," slavnostním hlasem řekl nadporučík, "oznamuji, že pojedete se mnou maršbaťákem, když máte rád takovou zkráceninu. Ale nemyslete si, že na frontě budete vyvádět podobné blbosti jako zde. Máte radost?"

"Poslušně hlásím, pane obrlajtnant, že mám náramnou radost," odpověděl dobrý voják Švejk, "to bude něco nádhernýho, když voba padneme spolu za císaře pána a jeho rodinu..."

II. kniha Na frontě

Švejkovy nehody ve vlaku

V jednom kupé druhé třídy rychlíku Praha-České Budějovice byli tři, nadporučík Lukáš, naproti kterému seděl starší pán, úplně holohlavý, a Švejk, který stál skromně u dveří k chodbě a chystal se právě vyslechnout nový příval hromobití nadporučíka Lukáše, který, nedbaje přítomnosti holohlavého civilisty, hřímal Švejkovi do duše po celé trati, kterou projeli, že je boží dobytek a podobné.

Nešlo o nic jiného než o maličkost, o počet zavazadel, které Švejk opatroval.

"Ukradli nám kufr," vytýkal nadporučík Švejkovi; "to se jen tak řekne, holomku!"

"Poslušně hlásím, pane obrlajtnant," ozval se tiše Švejk, "dovopravdy ho ukradli. Na nádraží se vždycky potlouká moc takových šizuňků a já si to představuju tak, že jednomu z nich se nepochybně zamlouval váš kufr a ten člověk že nepochybně využitkoval toho, jak jsem vodešel vod zavazadel, abych vám vohlásil, že s našima zavazadlama je všechno v pořádku. Von moh ten náš kufr ukradnout právě jen v takovej příznivej okamžik. Po takovým okamžiku voni pasou. před dvěma léty na Severozápadním nádraží ukradli jedné paničce kočárek i s holčičkou v peřinkách a byli tak šlechetní, že holčičku vodevzdali na policejní komisařství u nás v ulici, že prej ji našli pohozenou v průjezdě. Potom udělaly noviny z tý ubohý paní krkavčí matku."

A Švejk důrazně prohlásil: "Na nádraží se kradlo vždycky a bude se krást dál. Jinak to nejde."

"Já jsem přesvědčen, Švejku," ujal se slova nadporučík, "že to s vámi jednou prachšpatně skončí. Pořád ještě nevím, děláte-li ze sebe vola nebo jste se už volem narodil. Co bylo v tom kufru?"

"Dohromady nic, pane obrlajtnant," odpověděl Švejk, nespouštěje očí z lysé lebky civilisty sedícího naproti nadporučíkovi, který, jak se zdálo, nejevil pražádný zájem o celou záležitost a četl si Neue freie Presse, "v celým tom kufru bylo jen zrcadlo z pokoje a železná věšák z předsíně, takže jsme vlastně neutrpěli žádný ztráty, poněvadž zrcadlo i věšák patřily panu domácímu."

Vida hrozný posuněk nadporučíkův, pokračoval Švejk laskavým hlasem: "Poslušně hlásím, pane obrlajtnant, že jsem vo tom, že ten kufr bude ukradenej, napřed nic nevěděl, a co se týká toho zrcadla a věšáku, tak jsem to voznámil panu domácímu, že mu to vrátíme, až přijdem z vojny domů. V nepřátelskejch zemích je hodně zrcadel i věšáků, takže ani v tomhle případě nemůžeme utrpět s panem domácím žádnou ztrátu. Jakmile dobyjeme nějaký město..."

"Kušte, Švejku," strašlivým hlasem skočil do toho nadporučík, "já vás jednou předám k polnímu soudu. Rozvažte si dobře, jestli nejste nejprachpitomějším chlapem na světě. Některý člověk, kdyby žil tisíc let, nevyvedl by tolik pitomostí jako vy během těch několika neděl. Doufám, že jste to také pozoroval?"

"Poslušně hlásím, že jsem to, pane obrlajtnant, pozoroval. Já mám, jak se říká, vyvinutej pozorovací talent, když už je pozdě a něco se stane nepříjemného. Já mám takovou smůlu jako nějakej Nechleba z Nekázanky, který tam chodil do hospody V čubčím háji. Ten chtěl vždycky dělat dobrotu a vod soboty vést novej život, a vždycky na druhej den říkal: ,Tak jsem vám, kamarádi, k ránu pozoroval, že jsem na pryčně: A vždycky ho to stihlo, když si umínil, že půjde v pořádku domů, a nakonec se vysvětlilo, že porazil někde nějakou vohradu nebo vypráh koně drožkářovi nebo si chtěl pročistit fajfku pérem z kohoutího chvostu nějaký policejní patroly. Von byl z toho cele] zoufale] a nejvíc mu to bylo líto, že se ta smůla táhne po celý generace. Jeho dědeček šel jednou na vandr..."

"Dejte mně pokoj; Švejku, s vašimi výklady." "Poslušně hlásím, pane obrlajtnant, že všechno, co zde povídám, je svatosvatá pravda. Jeho dědeček šel na vandr..."

"Švejku," rozčílil se nadporučík, "ještě jednou vám přikazuji, abyste mně nic nevykládal, nechci nic slyšet. Až přijedeme do Budějovic, pak si to s vámi vyřídím. Víte, Švejku, že vás dám zavřít?"

"Poslušně hlásím, pane obrlajtnant, že to nevím," měkce řekl Švejk, "ještě jste se vo tom nezmiňoval."

Nadporučíkovi bezděčně zacvakaly zuby, vzdychl si, vytáhl z pláště Bohemii a četl zprávy o velkých vítězstvích, o činnosti německé ponorky E na Středozemním moři, a když přišel na zprávu o novém německém vynálezu na vyhazování měst do povětří pomocí zvláštních bomb vrhaných z létadel, které vybuchují třikrát za sebou, byl vyrušen hlasem Švejka, který promluvil na holohlavého pána:

"Dovolte, vašnosti, neráčíte být pan Purkrábek, zástupce banky Slávie?"

Když holohlavý pán neodpovídal, řekl Švejk nadporučíkovi:

"Poslušně hlásím, pane obrlajtnant, že jsem jednou četl v novinách, že normální člověk má mít na hlavě průměrně 60 až 70 tisíc vlasů a že černý vlasy bývají řidší, jak je vidět z mnohých případů."

A pokračoval neúprosně dál: "Potom říkal jednou jeden medik v kavárně U Špírků, že padání vlasů zaviňuje duševní pohnutí v šestinedělí."

A nyní se stalo něco hrozného. Holohlavý pán vyskočil na Švejka, zařval na něho: "Marsch heraus, Sie Schweinkerl," vykopl ho do chodby a vrátiv se do kupé uchystal malé překvapení nadporučíkovi tím, že se mu představil.

Byl to nepatrný omyl. Holohlavé individuum nebylo panem Purkrábkem, zástupcem banky Slávie, ale pouze generálmajorem von Schwarzburg. Generálmajor konal právě v civilu inspekční cestu po posádkách a jel překvapit Budějovice.

Byl to nejstrašnější inspekční generál, který se kdy narodil, a našel-li něco v nepořádku, vedl jen tuto rozmluvu s veliteli posádek:

"Máte revolver?" "Mám." "Dobše! Na vašem místě jisté bych věděl, co s ním

137

dělat, nebol co zde vidím, to není posádka, ale stádo sviní."

A skutečné po jeho inspekční cestě se tu a tam vždycky někdo zastřelil, což generálmajor von Schwarzburg konstatoval se zadostiučiněním: "Tak to má být! To je voják!"

Vypadalo to tak, že nemá řád, když po jeho inspekci zůstal vůbec někdo naživu. Měl mánii přeložit vždy důstojníka na nejnepříjemnější místa. Stačilo to nejmenší, a důstojník se již loučil se svou posádkou a putoval na černohorské hranice nebo do nějakého opilého, zoufalého garnizónu v špinavém koutě Haliče.

"Pane nadporučíku," řekl, "kde jste navštěvoval kadetní školu?"

"V Praze."

"Vy jste tedy chodil do kadetní školy a nevíte ani, že důstojník je zodpověden za svého podřízeného. To je pěkné. Za druhé bavíte se se svým sluhou jako s nějakým svým intimním přítelem. Dovolujete mu, aby mluvil, aniž by byl tázán. To je ještě hezčí. Za třetí dovolíte mu urážet vaše představené. A to je to nejkrásnější, ze všeho toho vyvodím důsledky. Jak se jmenujete, pane nadporučíku?"

"Lukáš."

"A u kterého pluku sloužíte?"

"Byl jsem..."

"Děkuji, o to, kde jste byl, není řeči, chci vědět, kde jste teď."

"U 91. pěšího pluku, pane generálmajore. Přeložili mne..."

"Vás přeložili? To udělali velice dobře. Vám nebude na škodu podívat se co nejdřív s 91. pěším plukem někam na bojiště."

"O tom je již rozhodnuto, pane generálmajore."

Generálmajor měl nyní přednášku o tom, že pozoruje poslední léta, že důstojníci mluví se svými podřízenými familiérním tónem, a že v tom vidí nebezpečí šíření nějakých demokratických zásad. Voják má se držet v hrůze, musí se třást před svým představeným, bát se ho. Důstojníci musí držet mužstvo na deset kroků od těla a nedovolit mu, aby přemýšlelo samostatné nebo dokonce vůbec myslilo, v tom že je tragický omyl posledních let. Dřív se mužstvo bálo důstojníků jako ohně, ale dnes...

Generálmajor beznadějně máchl rukou: "Dnes většina důstojnictva mazlí se s vojáky. To jsem chtěl říct."

Generálmajor vzal opět své noviny a zahloubal se do čtení. Nadporučík Lukáš vyšel bledý na chodbu, aby si to se Švejkem vypořádal.

Našel ho stojícího u okna s tak blaženým a spokojeným výrazem, jaký může mít jen jednoměsíční robátko, které se napilo, nacucalo a nyní spinká.

Nadporučík se zastavil, kývl na Švejka a ukázal mu prázdné kupé. Vešel za Švejkem a uzavřel dveře.

"Švejku," řekl slavnostně, "konečně přišel okamžik, kdy dostanete pár facek, jakých svět neviděl. Pročpak jste napadl na toho plešatého pána? Víte, že je to generálmajor von Schwarzburg?"

"Poslušné hlásím, pane obrlajtnant," ozval se Švejk, tváře se jako mučedník, "že já vůbec nikdy v životě jsem neměl toho nejmenšího úmyslu někoho urazit a že vůbec nemám ponětí a zdání o nějakým panu generálmajoru. Von vopravdu je celej pan Purkrábek, zástupce banky Slávie. Ten chodil k nám do hospody a jednou, když u stolu usnul, tak mu na jeho pleš nějakej dobrodinec napsal inkoustovou tužkou: ,Dovolujeme si vám tímto dle připojené sazby IIIc zdvořile nabídnouti nastřádání věna a vybavení vašich dítek pomocí životního pojištění!' To se ví, že všichni vodešli, a já tam s ním zůstal sám, a poněvadž mám vždycky smůlu, tak von potom, když se probudil a podíval se do zrcadla, se rozčílil a myslel, že jsem to jemu udělal já, a chtěl mně dát taky pár facek."

Slůvko "taky" splynulo tak dojemné měkce a vyčítavé ze rtů Švejka, že nadporučíkovi sklesla ruka.

Ale Švejk pokračoval: "Pro takovou malou mejlku se ten pán nemusel rozčilovat, von má mít vopravdu 60 až 70 tisíc vlasů, jako to bylo v tom článku, co má všechno mít normální člověk. Mně nikdy v životě nenapadlo, že existuje nějakej plešatej pan generálmajor. To je, jak se říká, tragickej omyl, kerej se může každýmu přihodit, když člověk něco poznamená a ten druhej se hned toho chytí. To nám jednou před léty vypravoval krejčí Hývl, jak jel z místa, kde krejčoval ve Štýrsku, do Prahy přes Leoben a měl s sebou šunku, kterou si koupil v Mariboru. Jak tak jede ve vlaku, myslel si, že je vůbec jedinej dech mezi pasažírama, a když si u Svatýho Mořice začal ukrajovat z tý celý šunky, tak ten pán, co seděl naproti, počal dělat na tu šunku zamilovaný voči a sliny mu začaly téct z huby. Když to viděl krejčí Hývl, povídal si k sobě nahlas: ,To bys žral, ty chlape mizerná: A ten pán mu česky vodpoví: ,To se ví, že bych žral, kdybys mně dal.' Tak tu šunku sežrali společně, než přijeli do Budějovic. Ten pán se jmenoval Vojtěch Rous."

Nadporučík Lukáš podíval se na Švejka a vyšel z kupé. Když seděl opět na svém místě, objevila se za chvíli ve dveřích upřímná tvář Švejkova:

"Poslušně hlásím, pane obrlajtnant, že jsme za pět minut v Táboře. Vlak stojí pět minut. Nepřikážete objednat něco k snědku? Před léty zde mívali moc dobrou..."

Nadporučík zuřivě vyskočil a na chodbě řekl k Švejkovi: "Ještě jednou vás upozorňuji, že čím méně se ukazujete, tím jsem šťastnější. Nejraději bych byl, kdybych vás vůbec neviděl, a bulte ubezpečen, že se o to postarám. Neukazujte se mně vůbec na oči. Ztraťte se mně z dohledu, vy dobytku, pitomče."

"Dle rozkazu, pane obrlajtnant "

Švejk zasalutoval, otočil se vojenským krokem a šel na konec chodby, kde se posadil v koutku na sedátko průvodčího a zapředl rozmluvu s nějakým železničním zřízencem: "Mohu se vás prosím na něco zeptat?"

Železniční zřízenec, nejevící patrně žádné chuti do rozhovoru, slabě a apaticky kývl hlavou.

"Ke mně chodíval," rozhovořil se Švejk, "jeden dobrej člověk, nějakej Hofmann, a ten vždy tvrdil, že tyhle poplašný signály nikdy neúčinkují, že to zkrátka a dobře nefunguje, když se zatáhne za tuhle rukojeť. Já, spravedlivě řečeno, jsem se nikdy takovou věcí nezajímal, ale když už jsem si tady toho poplašného aparátu všiml, tak bych rád věděl, na čem jsem, kdybych náhodou toho někdy potřeboval." Švejk vstal a přistoupil s železničním zřízencem k poplašné brzdě "V nebezpečí".

Železniční zřízenec uznal za svou povinnost vysvětlit Švejkovi, v čem záleží celý mechanismus aparátu na poplach: "To vám správné řekl, že se musí zatáhnout za tuhle rukojeť, ale lhal vám, že to nefunguje. Vždy se vlak zastaví, poněvadž je to ve spojení přes všechny vagóny s lokomotivou. Poplašná brzda musí fungovat."

Oba měli přitom ruce na držátku rukojeti páky a je jistě záhadou, jak se to stalo, že ji vytáhli a vlak stanul.

Nemohli se také nijak oba shodnout, kdo to vlastně udělal a dal poplašný signál.

Švejk tvrdil, že on to nemohl být, že to neudělal, že není žádný uličník.

"Já se sám tomu divím," říkal dobrácky ke konduktérovi, "proč se vlak tak náhle zastavil. Jede, a najednou stojí. Mě to víc mrzí než vás."

Nějaký vážný pán postavil se na obranu železničního zřízence a tvrdil, že slyšel, jak ten voják první začal rozhovor o poplašných signálech.

Naproti tomu Švejk mluvil neustále cosi o své poctivosti, že nemá žádného zájmu na zpoždění vlaku, poněvadž jede do války.

"Pan přednosta stanice vám to vysvětlí," rozhodl konduktér, "to vás bude stát dvacet korun." Zatím bylo vidět, jak cestující vylézají z vagónů, vrchní průvodčí píská, nějaká paní zděšeně běží s cestovním kufrem přes trať do polí.

"To stojí dovopravdy za dvacet korun," rozšafně řekl Švejk, zachovávaje naprostý klid, "to je ještě moc laciný. Jednou, když byl císař pán návštěvou na Žižkově, tak nějakej Franta Šnor zastavil jeho kočár tím, že si před císařem pánem kleknut na kolena do jízdní dráhy. Potom ten policejní komisař z toho rajónu řekl k panu Šnorovi s pláčem, že mu to neměl dělat v jeho rajónu, že to měl udělat vo jednu ulici níž, co patří už pod policejního radu Krause, tam že měl vzdávat hold. Potom toho pana Šnora zavřeli."

Švejk rozhlédl se kolem, právě když vrchní průvodčí rozmnožil kruh posluchačů.

"Tak abychom zas dál jeli," řekl Švejk, "to není nic pěknýho, když se vlak vopozdí. Kdyby to bylo za míru, tak spánembohem, ale když je válka, tak má každej vědět, že v každým vlaku jedou vojenský osoby, generálmajorově, obrlajtnanti, buršové. Každý takový vopozdění je vošemetná věc. Napoleon se u Waterloo vopozdil vo pět minut, a byl v hajzlu s celou svou slávou..."

V tom okamžiku prodral se skupinou posluchačů nadporučík Lukáš. Byl příšerně bledý a nemohl nic jiného ze sebe vypravit než: "Švejku!"

Švejk zasalutoval a ozval se: "Poslušně hlásím, pane obrlajtnant, že na mě svalili, že jsem zastavil vlak. Železniční erár má náramné divný plomby u poplašnejch brzd. Člověk aby se k tomu ani nepřibližoval, jinak by mohl mít malér a mohli by na něm chtít dvacet korun, jako chtějí na mně."

Vrchní průvodčí byl již venku, dal signál a vlak se opět rozjel.

Posluchači šli na svá místa v kupé a nadporučík Lukáš nepromluvil víc ani slova a šel si též sednout.

Zůstal jen průvodčí vlaku se Švejkem a železničním zřízencem. Průvodčí vlaku vytáhl zápisní knížku a sestavoval relaci o celém případě. Železniční zřízenec nevraživě se díval na Švejka, který se klidně otázal: "Jste již dlouho u dráhy?"

Poněvadž železniční zřízenec neodpovídal, prohlásil Švejk, že znal nějakého Mlíčka Františka z Uhřiněvsu u Prahy, který také jednou zatáhl za takovou poplašnou brzdu a tak se lekl, že ztratil na čtrnáct dní řeč a nabyl ji opět, když přišel k Vaňkovi zahradníkovi do Hostivaře na návštěvu a popral se tam a voni vo něho přerazili bejkovec. "To se stalo," dodal Švejk, "v roce 1912 v květnu."

Železniční zřízenec otevřel si dveře klozetu a zamkl se v něm.

Zůstal průvodčí se Švejkem a mámil na něm dvacet korun pokuty, zdůrazňuje, že ho musí v opačném případě předvést v Táboře k přednostovi stanice.

"Dobrá," řekl Švejk, "já rád mluvím se vzdělanejma lidma a mě to bude moc těšit, když uvidím toho táborskýho přednostu stanice."

Švejk vytáhl z blůzy dýmku, zapálil si, a vypouštěje ostrý dým vojenského tabáku, pokračoval: "Před léty byl ve Svitavě přednostou stanice pan Wagner. Ten byl ras na svý podřízený a tejral je, kde moh, a nejvíc si zalez na nějakýho vejhybkáře Jungwirta, až ten chudák se ze zoufalství šel utopit do řeky. Než to ale udělal, napsal psaní přednostovi stanice, že ho bude v noci strašit. A já vám nelžu. Proved to. Sedí v noci mile] pan přednosta u telegrafního aparátu, ozvou se zvonky a přednosta přijme telegram: ,Jak se máš, pacholku? Jungwirt.` Celej týden to trvalo a přednosta počal posílat po všech, tratích takovýhle služební telegramy jako odpověď tomu strašidlu: ,Odpusť mně to, Jungwirte: A v noci nato vyklapá mu aparát takovouhle odpověď: ,Oběš se na semaforu u mostu. Jungwirt.` A pan přednosta ho poslech. Potom kvůli tomu zavřeli telegrafistu ze stanice před Svitavou. Vidíte, že jsou věci mezi nebem a zemí, vo kterých nemáme ani ponětí."

Vlak vjel do táborského nádraží a Švejk, než v průvodu průvodčího vyšel z vlaku, ohlásil, jak se patří, nadporučíkovi Lukášovi: "Poslušné hlásím, pane obrlajtnant, že mne vedou k panu přednostovi stanice."

Nadporučík Lukáš neodpověděl. Zmocnila se ho úplná apatie ke všemu. Problesklo mu hlavou, že je nejlepší vykašlat se na všechno. Stejné na Švejka jako na holohlavého generálmajora naproti. Sedět klidně, vystoupit v Budějovicích z vlaku, ohlásit se v kasárnách a ject na frontu s nějakou maršovou rotou. Na frontě se dát případně zabít a zbavit se toho mizerného světa, po kterém se potlouká taková potvora, jako je Švejk.

Když se vlak hnul, vyhlédl nadporučík Lukáš z okna a viděl na peróně stát Švejka, zabraného ve vážný rozhovor s přednostou stanice. Švejk byl obklopen zástupem lidu, mezi kterým bylo vidět též několik železničních uniforem.

Nadporučík Lukáš si povzdechl. Nebyl to povzdech lítosti. Bylo mu lehce u srdce, že Švejk zůstal na peróně. Dokonce i ten plešatý generálmajor nezdál se mu být takovou protivnou obludou.

***

Vlak již dávno supěl k Českým Budějovicím, ale na peróně nádraží lidí kolem Švejka neubývalo.

Švejk mluvil o své nevině a přesvědčil zástup tak, že se vyjádřila jedna paní: "Zas tady jednoho vojáčka sekýrujou."

Zástup přijal toto mínění a jeden pán obrátil se na přednostu stanice s prohlášením, že zaplatí za Švejka dvacet korun pokuty. Je přesvědčen, že ten voják to neudělal.

"Podívejte se na něho," odvozoval z nejnevinnějšího výrazu na tváři Švejka, který obraceje se k zástupu pronášel: "Já jsem, lidičky, nevinnej."

Potom se objevil četnický strážmistr a vyvedl ze zástupu jednoho občana, zatkl ho a odváděl se slovy: "To si zodpovíte, já vám ukážu pobuřovat lidi, že když se takhle jedná s vojáky, že nikdo nemůže od nich žádat, aby to Rakousko vyhrálo."

Nešťastný občan nevzmohl se na nic jiného než na upřímné tvrzení, že je přece řeznický mistr od Staré brány a že to tak nemyslel.

Mezitím dobry muž věřící v nevinnost Švejkovu zaplatil za něho v kanceláři pokutu a odvedl si Švejka do restaurace třetí třídy, kde ho pohostil pivem, a zjistiv, že všechny průkazy i vojenský lístek na dráhu nalézají se u nadporučíka Lukáše, velkomyslně dal mu pětku na lístek i na další útratu.

Když odcházel, řekl důvěrné k Švejkovi: "Tak vojáčku, jak vám povídám, jestli budete v Rusku v zajetí, tak pozdravujte ode mne sládka Zemana v Zdolbunově. Máte to přece napsané, jak se jmenuji. Jen buďte chytrý, abyste dlouho nebyl na frontě."

"Vo to nemějte žádnej strach," řekl Švejk, "je to vždycky zajímavý, uvidět nějaký cizí krajiny zadarmo."

Švejk zůstal sám sedět za stolem, a zatímco propíjel tiše pětku od šlechetného dobrodince, sdělovali si lidé na peróně, kteří nebyli při rozmluvě Švejkově s přednostou stanice a viděli jenom zdáli zástup lidu, že tam chytli nějakého špióna, který fotografoval nádraží, což však vyvracela jedna paní tvrzením, že se o žádného špióna nejedná, že však slyšela, jak jeden dragoun posekal důstojníka u záchodu pro dámy, poněvadž ten důstojník tam lezl za jeho milou, která vyprovázela toho dragouna.

Těmto dobrodružným kombinacím, charakterizujícím nervozitu válečné doby, učinilo přítrž četnictvo, které vyklízelo perón. A Švejk dál tiše pil, vzpomínaje něžně na svého nadporučíka. Co ten asi bude dělat, až přijede do Českých Budějovic a v celém vlaku nenajde svého sluhu.

Před příjezdem osobního vlaku naplnila se restaurace třetí třídu vojákv i civilisty. Převládali vojáci od různých regimentů, formací a nejrůznější národnosti, které vichřice válečná zavála do táborských lazaretů, kteří nyní odjížděli znova do pole pro nová zranění, zmrzačení, bolesti a jeli si vysloužit nad svými hroby prostý dřevěný kříž, na kterém ještě po letech na smutných pláních východní Haliče bude se ve větru a dešti třepetat vybledlá rakouská vojenská čepice se zrezavělým frantíkem, na které čas od času si usedne smutný zestárlý krkavec, vzpomínající na tučné hody před lety, kdy býval tu pro něho nekonečný prostřený stůl lidských chutných mrtvol a koňských zdechlin, kdy právě pod takovou čepicí, na které sedí, bylo to nejchutnější sousto - lidské oči.

Jeden z těch kandidátů utrpení, propuštěný po operaci z vojenského lazaretu, v zamazané uniformě se stopami krve a bláta, přisedl k Švejkovi. Byl tak nějak zakrslý, vyhublý, smutný. Položil si na stůl malý balíček, vytáhl rozbitou tobolku a přepočítával si peníze.

Potom se podíval na Švejka a otázal se: "Magyarul?"

"Já jsem, kamaráde, Čech," odpověděl Švejk, "nechceš se napít?"

"Nem tudom, barátom."

"To nevadí, kamaráde," pobízel Švejk, přistavuje svou plnou sklenici před smutného vojáka, "jen se pořádně napij."

Pochopil, napil se, poděkoval: "Köszönöm szivesen," a dál prohlížel obsah své tobolky a nakonec vzdychl.

Švejk pochopil, že by si ten Maďar dal rád pivo, a že nemá dost peněz, proto mu poručil jedno přinést, načež Maďar opět poděkoval a jal se vykládat něco Švejkovi pomocí posuňků, ukazuje na svou prostřelenou ruku, přičemž promluvil mezinárodním jazykem: "Pif, paf, puc!"

Švejk soustrastně kýval hlavou a zakrslý rekonvalescent sdělil ještě Švejkovi, naklaněje levici na půl metru od země a pozdvihuje potom tři prsty, že má tři malé děti.

"Nincs ham, nincs ham," pokračoval, chtěje říct, že nemají doma co jíst, a utřel si oči, ze kterých vytryskly slzy, špinavým rukávem svého vojenského pláště, ve kterém bylo vidět díru od kulky, která vlítla mu do těla pro uherského krále.

Nebylo to nic podivného, že při takové zábavě pomalu Švejkovi nezbývalo nic z oné pětky a že se pomalu, ale jistě odřezával od Českých Budějovic, ztráceje každou sklenicí piva, kterými hostil sebe i maďarského rekonvalescenta, možnost koupit si vojenský lístek.

Opět projel stanicí jeden vlak do Budějovic a Švejk stále seděl u stolu a poslouchal, jak Maďar opakuje své: "Pif, paf, puc! Három gyermek, nipcs ham, éljen!"

To poslední říkal, když si s ním Pukal.

"Jen pij, kluku maďarská," odpovídal. Švejk, "chlastej, vy byste nás tak nehostili..."

Od vedlejšího stolu řekl nějaký voják, že když přijeli do Segedina s 28. regimentem, že na ně Maďaři ukazovali ruce do výšky.

Byla to svatá pravda, ale tenhle voják se tím patrné cítil uražen, co potom bylo zjevem obyčejným u všech českých vojáků a co nakonec dělali Maďaři sami, když už se jim přestala líbit rvačka v zájmu uherského krále.

Pak si ten voják též přisedl a vyprávěl, jak to nahnuli v Segedině Maďarům a jak je vymlátili z několika hospod. Přitom s uznalostí pochválil, že se Maďaři umí také prát a že dostal jednu ránu nožem do zad, takže ho museli poslati do týlu se léčit. Teď ale, až se vrátí, že ho dá hejtman od jeho batalionu patrně zavřít, poněvadž už neměl čas tu ránu tomu Maďarovi oplatit, jak se duši a patří, aby ten taky z toho něco měl a byla zachráněna čest celého regimentu.

"Ihre Dokumentem vaši tokúment?" tak pěkné začal na Švejka velitel vojenské kontroly, šikovatel, provázený čtyřmi vojáky s bajonety, "já fidět, šédet, nicht fahren, šédet, pit, furt pit, burš!"

"Nemám, miláčku," odpověděl Švejk, "pan obrlajtnant Lukáš, regiment No 91, je vzal s sebou a já zůstal zde na nádraží."

"Was ist das Wort milatschek?" obrátil se šikovatel k jednomu ze svých vojáků, starému landverákovi, který podle všeho dělal svému šikovateli všechno naschvál, poněvadž řekl klidně:

"Miláček, das ist wie Herr Feldwebel." Šikovatel pokračoval dál v rozmluvě se Švejkem:

"Tokúment kaštý foják, pes tokúment žávžit auf Bahnhofsmilitärkommando, den lausigen Bursch, wie einen tollen Hund."

Švejka odváděli na vojenské nádražní velitelství, kde na strážnici sedělo mužstvo, stejné vypadající jako ten starý landverák, který tak pěkné znal překládat slovo "miláček" do němčiny svému přirozenému nepříteli, šikovatelské vrchnosti.

Strážnice byla vyzdobena litografiemi, které v té době dalo rozesílat ministerstvo vojenství po všech kancelářích, kterými procházeli vojáci, stejně jako do škol i do kasáren.

Dobrého vojáka Švejka uvítal obraz znázorňující dle nápisu, jak četař František Hammel a desátníci Paulhart a Bachmayer od c. k. 21, střeleckého pluku povzbuzují mužstvo k vytrvání. Na druhé straně visel obraz s nadpisem: "Četař Jan Danko od 5. pluku honvédských husarů vypátrá stanoviště nepřátelské baterie."

Po pravé straně níže visel plakát "Vzácné vzory zmužilosti".

Takovými plakáty, jejichž text, s vymyšlenými vzácnými vzory, v kancelářích ministerstva vojenství skládali různí ti němečtí žurnalisté povolaní na vojnu, chtělo to staré pitomé Rakousko nadchnout vojáky, kteří to nikdy nečtli, a když jim takové vzácné vzory zmužilosti posílali na frontu brožované v knížkách, balili si do toho cigarety z tabáku do dýmky nebo upotřebili to ještě vhodněji, aby to odpovídalo ceně i duchu sepsaných vzácných vzorů odvahy.

Zatímco šikovatel šel shánět nějakého důstojníka, Švejk si přečetl na plakátu:

VOZATAJEC JOSEF BONG

Vojáci zdravotního sboru dopravovali těžce raněné k vozům, připraveným v kryté úžlabině. Jakmile byl plný, odjelo se s ním na obvaziště. Rusové, vypátravše tyto vozy, počali je obstřelovati granáty. Kůň vozatajce Josefa Bonga od c. a k. 3. vozatajské švadrony byl usmrcen střepinou granátu. Bong bědoval: "Ubohý můj bělouši, je veta po tobě!" Vtom sám zasažen byl kusem granátu. Přesto vypřáhnul svého koně a odtáhl trojspřeží za bezpečný úkryt. Nato se vrátil pro postroj svého usmrceného koně. Rusové stříleli stále. "Jen si střílejte, zpropadení zuřivci, já postroj tady nenechám!" a snímal dál postroj s koně, bruče si ona slova. Konečně byl hotov a vláčel se s postrojem zpět k vozu. Zde mu bylo vyslechnouti hromobití od zdravotních vojínů pro jeho dlouhou nepřítomnost. "Nechtěl jsem tam nechat postroj, je skoro nový. Bylo by ho škoda, pomyslil jsem si. Nemáme nazbyt takových věcí," omlouval se statečný vojín, odjíždeje k obvazišti, kde se teprve hlásil jako raněný. Jeho rytmistr ozdobil později prsa jeho stříbrnou medalií za statečnost.

Když Švejk dočetl a šikovatel se ještě nevracel, řekl k landverákům na strážnici: "Tohle je moc krásnej příklad zmužilosti. Takhle budou u nás v armádě samý nový postroje na koně, ale když jsem byl v Praze, tak jsem čet v Pražskejch úředních listech ještě hezčí případ vo nějakým jednoročním dobrovolníkovi dr. Josefu Vojnoví. Ten byl v Haliči u 7. praporu polních myslivců, a když to přišlo na bodáky, tak dostal kulku do hlavy, a když ho vodnášeli na obvaziště, tak na ně zařval, že kvůli takovému šrámu se nenechá obvázat. A zas chtěl hned se svou četou forykovat, ale granát mu usekl kotník. Zas ho chtěli vodnášet, ale von se počal belhat vo holi k bitevní čáře a holí se bránil proti nepříteli, a přilít novej granát a utrh mu tu ruku, ve kterej držel hůl. Von si tu hůl přendal do druhý ruky, zařval, že jim to nevodpustí, a bůhví jak by to s ním dopadlo, kdyby ho byl šrapnel za chvilku definitivně nezamordoval. Možná, že kdyby ho nakonec přece jen nevoddělali, že by byl taky dostal stříbrnou medalii za statečnost. Když mu to urazilo hlavu, tak, jak se kutálela, ještě vykřikla: ‚Vždy povinnosti věrné spěch, byt vůkol vanul smrti dech.'"

"To toho v těch novinách napíšou," řekl jeden z mužstva, "ale takovej redaktor byl by za hodinu z toho tumpachovej."

Landverák si odplivl: "U nás v Čáslavi byl jeden redaktor z Vídně, Němec. Sloužil jako fénrich. S námi nechtěl česky ani mluvit, ale když ho přidělili k maršce, kde byli samí Češi, hned uměl česky."

Ve dveřích se objevil šikovatel, tvářil se zlostně a spustil:

"Wenn man být drei Minuten weg, da hört man nichts anderes als cesky, Cesi."

Vycházeje ven, patrně do restaurace, řekl kaprálovi landverákovi, ukazuje na Švejka, aby toho lumpa všivého hned zavedl k poručíkovi, až ten přijde.

"To se zas pan lajtnant baví s telegrafistkou na stanici," řekl po jeho odchodu desátník, "leze za ní už přes čtrnáct dní a je vždy náramně vzteklej, když přijde z telegrafního úřadu, a říká o ní: ‚Das ist aber eine Hure, sie will nicht mit mir schlafen.'"

I tentokrát byl v takové vzteklé náladě, poněvadž když za chvíli přišel, bylo slyšet, že bouchá nějakými knihami po stole.

"Nic platný, hochu, k němu musíš," promluvil soustrastně desátník na Švejka, "jeho rukama už prošlo lidí, staří i mladí vojáci."

A již vedl Švejka do kanceláře, kde za stolem s rozházenými papíry seděl mladý poručík, tvářící se nesmírně zuřivě.

Když uviděl Švejka s desátníkem, velmi mnohoslibně pronesl: "Aha!" Načež zněl raport desátníka: "Poslušně hlásím, pane lajtnant, že ten muž byl nalezen na nádraží bez dokumentů."

Poručík kývl hlavou, jako by chtěl se vyjádřit, že to již předpokládal před léty, že opravdu v tento den a v tuto hodinu najdou na nádraží Švejka bez dokumentů, neboť kdo se v té chvíli podíval na Švejka, musel mít takový dojem, že to vůbec není možné, aby muž s takovou tvářností a postavou mohl mít nějaké dokumenty u sebe. Švejk v tom okamžiku vyhlížel, jako by spadl z nebe z nějaké jiné planety a nyní hledí s naivním údivem na nový svět, kde od něho žádají takovou neznámou dosud pro něho pitomost, jako jsou nějaké dokumenty.

Poručík chvíli uvažoval, dívaje se na Švejka, co mu má říct a na co se ho má otázat.

Konečně se optal: "Co jste dělal na nádraží?" "Poslušně hlásím, pane lajtnant, že jsem čekal na vlak do Českých Budějovic, abych mohl se dostat k svému 91. regimentu, kde jsem buršem u pana obrlajtnanta Lukáše, kterého jsem byl nucen opustit, jsa předvedenej kvůli pokutě k přednostovi stanice, poněvadž jsem byl podezřelej, že jsem zastavil rychlík, ve kterém jsme jeli, pomocí vochrannej a poplašnej brzdy."

"Z toho jsem blázen," rozkřikl se poručík, "řekněte mně to nějak souvisle, krátce a nežvaňte nějaké voloviny."

"Poslušně hlásím, pane lajtnant, že již vod tý chvíle, jak jsme sedali s panem obrlajtnantem Lukášem do toho rychlíku, kterej nás měl odvézt a dopravit co nejrychleji k našemu 91. c. k. pěšímu regimentu, že jsme měli smůlu.'Napřed se nám ztratil kufr, potom zas, aby se to nepletlo, nějakej pán generálmajor, úplně plešatej..."

"Himlhergot," vzdychl poručík.

"Poslušně hlásím, pane lajtnant, že vono je třeba, aby to lezlo ze mé jako z chlupatý deky, aby byl přehled ve celý události, jak to vždycky říkal nebožtík švec Petrlík, když poroučel svýmu klukovi, než ho začal řezat řemenem, aby si svlíkl kalhoty."

A zatímco poručík supěl, pokračoval Švejk dál: "Tak jsem se nějak nezalíbil tomu panu plešatému generálmajorovi a byl jsem poslán ven na chodbu panem obrlajtnantem Lukášem, u kterého jsem buršem. Na chodbě potom byl jsem obviněnej, že jsem udělal to, jak už jsem vám říkal. Než se ta věc vyřídila, tak jsem zůstal na peróně sám. Vlak byl pryč, pan obrlajtnant i s kufry, í se všemi svýma, mýma dokumenty taky pryč, a já tu zůstal civět jako sirotek bez dokumentů."

Švejk podíval se tak dojemně něžně na poručíka, že tomu bylo teď úplně jasné, že je plnou pravdou, co zde slyší od toho chlapa, dělajícího takový dojem pitomce od narození.

Poručík vyjmenoval nyní Švejkovi všechny vlaky, které po rychlíku odjely do Budějovic, a položil mu otázku, proč zmeškal ty vlaky.

"Poslušně hlásím, pane lajtnant," odpověděl Švejk, dobromyslně se usmívaje, "že mne, mezitímco jsem čekal na ten nejbližší vlak, stihla ta nehoda, že jsem pil za stolem jedno piva za druhým." "Takového vola jsem neviděl," pomyslil si poručík, "přizná se ke všemu. Kolik už jsem jich tady měl, a každý zapíral, a tenhle si klidně řekne: ,Zmeškal jsem všechny vlaky, poněvadž jsem pil jedno pivo za druhým." Tyto úvahy shrnul v jednu vátu, s kterou se obrátil k Švejkovi: "Vy jste, chlape, degenerovanej. Víte, co je to, když se o někom řekne, že je degenerovaný?"

"U nás na rohu Bojiště a Kateřinský ulice, poslušně hlásím, pane lajtnant, byl taky jeden degenerovanej člověk. Jeho otec byl jeden polskej hrabě a matka byla porodní bábou. Von met ulice a jinak si po kořalnách nenechal říkat než pane hrabě."

Poručík uznal za dobré nějakým způsobem už to všechno ukončit, proto řekl důrazně: "Tak vám říkám, vy hlupáku, paznehte, že půjdete k pokladně, koupíte si lístek a pojedete do Budějovic. Jestli vás ještě tady uvidím, tak s vámi zatočím jako s dezertýrem. Abtreten!"

Poněvadž se Švejk nehýbal a stále držel ruku na štítku čepice, poručík zařval: "Marsch hinaus, neslyšel jste abtreten? Korporál Palánek, vezměte toho chlapa blbého ke kase a kupte mu lístek do Českých Budějovic!"

Desátník Palánek se za chvíli objevil opět v kanceláři. Pootevřenými dveřmi nakukovala za Palánkem dobromyslná tvář Švejkova.

"Co zas je?"

"Poslušně hlásím, pane lajtnant," tajemně zašeptal desátník Palánek, "von nemá peníze na dráhu a já taky ne. Zadarmo ho nechtějí vozit, poněvadž nemá jako ty vojenský dokumenty, že jede k pluku."

Poručík dlouho nedal na sebe čekat se šalomounským rozřešením trudné otázky.

"Tak ať jde pěšky," rozhodl, "ať ho zavřou u pluku, že se opozdil; kdo se s ním tady bude tahat."

"Nic platno, kamaráde," řekl desátník Palánek k Švejkovi, když vyšel z kanceláře, "musíš jít, holenku, pěšky do Budějovic. Máme tam na vachcimře veku komisárku, tak ti ji dáme na cestu."

A za půl hodiny, když Švejka napojili ještě černou kávou a dali mu kromě komisárku balíček vojenského tabáku na cestu k regimentu, vyšel Švejk z Tábora za tmavé noci, kterou zněl jeho zpěv. Zpíval si starou vojenskou píseň:

Když jsme táhli k Jaroměři,
ať si nám to kdo chce věří...

A čertví jak se to stalo, že dobrý voják Švejk místo na jih k Budějovicům šel pořád rovné na západ.

Šel sněhy silnice, ve mraze, zahalen v svůj vojenský plášť, jako poslední z gardy

Napoleonovy vracející se z výpravy na Moskvu, s tím toliko rozdílem, že si zpíval vesele:

Já jsem si vyšel na špacír
do háje zelenýho.

A v zasněžených lesích v nočním tichu hučelo to ozvěnou, až se po vesnicích rozštěkali psi.

Když ho zpěv omrzel, sedl si Švejk na hromádku štěrku, zapálil si dýmku a odpočinuv si šel dál, vstříc novým dobrodružstvím, budějovické anabazi.

Švejkova budějovická anabaze

Starověký válečník Xenofón prošel celou Malou Asii a byl bůhvíkde bez mapy. Staří Gótové dělali své výpravy také bez topografické znalosti. Mašírovat pořád kupředu, tomu se říká anabaze. Prodírat se neznámými krajinami. Být obklíčeným nepřáteli, kteří číhají na nejbližší příležitost, aby ti zakroutili krk. Když má někdo dobrou hlavu, jako ji měl Xenofón nebo všichni ti loupežní kmenové, kteří přišli do Evropy až bůhvíodkud od Kaspického nebo Azovského moře, dělá pravé divy na pochodu.

Tam někde na severu u Galského moře, kam až se také dostaly římské legie Caesarovy bez mapy, řekly si jednou, že se zas vrátí a pomašírujou jinou cestou, aby ještě víc toho užily, do Říma. A dostaly se tam také. Od té doby se říká patrné, že všechny cesty vedou do Říma.

Stejně vedou také všechny cesty do Českých Budějovic. O čemž byl plnou měrou přesvědčen dobrý voják Švejk, když místo budějovického kraje uviděl vesnice milevského:

Šel však nepřetržité dál, neboť žádnému dobrému vojákovi nemůže vadit takové Milevsko, aby přece jednou nedošel do Českých Budějovic.

A tak Švejk se objevil na západ od Milevska v Květově, když již vystřídal všechny vojenské písně, které znal o mašírování vojáků, takže byl nucen začít znova před Květovem s písní:

Když jsme mašírovali,
všechny holky plakaly...

Nějaká stará babička, která vracela se z kostela, zavedla na cestě od Květova do Vráže, což je neustále západním směrem, řeč se Švejkem křesťanským pozdravem: "Dobrý poledne, vojáčku, kampak máte namířino?"

"Ale jdu vám, matičko, do Budějovic k regimentu," odpověděl Švejk, "do tej války."

"Ale to jdou špatně, vojáčku," ulekaně řekla babička, "to tam nikdy nepřijdou tímhle směrem přes Vráž, kdyby šli pořád rovně, tak přijdou na Klatovy."

"Já myslím," řekl Švejk odevzdaně, "že se í z Klatov člověk dostane do Budějovic. Je to pravda pěkná procházka, když člověk spěchá k svýmu regimentu, aby neměl ještě ke všemu za tu svou dobrou vůli bejt včas na místě nějaký nepříjemnosti."

"U nás byl taky jeden takovej nezbeda. Ten měl ject do Plzně k landvér, nějakej Toníček Mašků," povzdechla si babička, "von je vod mojí neteře přibuznej, a vodjel. A za tejden už ho hledali četníci, že nepřijel ku svýmu regimentu. A ještě za tejden se vobjevil u nás v civilu, že prej je puštěnej domů na urláb. Tak šel starosta na četnictvo, a voní ho z toho urlábu vyzdvihli. Už psal z fronty, že je raněnej, že má nohu pryč."

Babička zadívala se na Švejka soustrastně: "Tamhle, vojáčku, v tom lesejčku počkají, já jim vod nás přinesu brambůrku, vona vás zahřeje. Je tá chalupa naše vodtuď vidět, právě za lesejčkem trochu vpravo. Přes tu naši vesnici Vráž nemůžou jít, tam jsou četníci jako vostříži. Dají se potom z lesejčka na Malčín. Vodtamtuď se vyhnou, vojáčku, Čížovej. Tam jsou četníci rasi a chytají dezentýry. Jdou přímo přes les na Sedlec u Horažďovic. Tam je moc hodnej četník, ten propustí každýho přes vesnici. Mají s sebou nějaký papíry?

"Nemám, matičko!"

"Tak ani tam nechodějí, jdou raději na Radomyšl, ale hledějí tam přijít kvečeru, to jsou všichni četníci v hospodě. Tam najdou v Dolejší ulici za Floriánkem takovej domek, dole modře natřenej, a ptají se tam na pantátu Melichárka. To je můj bratr. Že ho pozdravuju, a von jím už ukáže, kudy se jde na ty Budějovice."

V lesíku čekal Švejk na babičku přes půl hodiny, a když se zahřál bramborovou polévkou, kterou mu přinesla chudák stará v hrnci ovázaném polštářem, aby nevystydla, vytáhla ze šátku krajíc chleba a kus špeku, zastrčila to všechno Švejkovi do kapes, pokřižovala ho a řekla, že má tam dva vnuky.

Nato ještě důkladné mu opakovala, přes které vesnice má jít, kterým se má vyhnout. Nakonec vytáhla z kapsáře u jupky korunu, aby si koupil v Malčíné kořalku na cestu, poněvadž do Radomyšle je dlouhá míle.

Od Čížové šel Švejk dle rady babičky na Radomyšl na východ a pomyslil si, že se musí dostat do těch Budějovic z každé světové strany, ať je to jakákoliv.

Z Malčína šel s ním starý harmonikář, kterého našel tam Švejk v hospodě, když si kupoval kořalku na tu dlouhou míli k Radomyšli.

Harmonikář považoval Švejka za dezertýra a radil mu, aby šel s ním do Horažďovic, že tam má provdanou dceru, jejíž muž je taky dezertýr. Harmonikář v Malčíně očividně přebral.

"Má svýho muže už dva měsíce schovanýho v chlívě," přemlouval Švejka, "tak tebe tam taky schová a vy tam budete až do konce války. A když ta.m budete dva, tak vám nebude smutno."

Po zdvořilém odmítnutí Švejkové velice se rozčílil a dal se nalevo do polí, vyhrožuje Švejkovi, že ho jde udat na četnictvo do Čížový.

V Radomyšli Švejk našel kvečeru na Dolejší ulici za Floriánkem pantátu Melichárka. Když vyřídil mu pozdrav od jeho sestry ze Vráže, nijak to na pantátu neúčinkovalo.

Chtěl neustále na Švejkovi papíry. Byl to nějaký předpojatý člověk, poněvadž mluvil neustále něco o raubířích, sycácích a zlodějích, kterých se síla potlouká po celém píseckém kraji.

"Uteče to z vojny, sloužit to tam nechce, a tak to chodí po celým vokolí, a kde může, tak to krade," důrazné řekl Švejkovi do očí, "každej z nich vypadá, jako kdyby neuměl pět počítat. - Jó, ba jó, pro pravdu se lidi nejvíc hněvají," dodal, když Švejk se zvedal z lavice, "kdyby takovej člověk měl čistý svědomí, tak sedí a dá si prozkoumat papíry. Když je ale nemá..."

"Tak spánembohem, dědečku."

"I spánembohem a podruhý si přijdou na hloupějšího."

Když Švejk vyšel do tmy, pobručoval si dědek ještě hezkou chvíli: "Jde prej do Budějovic k svýmu regimentu. Z Tábora. A to jde, rošťák, napřed do Horaždovic a pak teprve na Písek. Dyť von dělá cestu kolem světa."

Švejk šel opět hnedle celou noc, až někde u Putimě našel v poli stoh. Odhrabal si slámu a slyšel zcela blízko sebe hlas: "Vod kterýho regimentu? Kam se neseš?"

"Vod 91. do Budějovic."

"Kam bys chodil?"

"Já tam mám svýho obrlajtnanta."

Bylo slyšet, že se vedle blízko nesměje jen jeden, ale tři. Když se smích utišil, optal se Švejk, od jakého regimentu jsou oni. Zjistil, že dva jsou od 35. a jeden že je od dělostřelectva, taktéž z Budějovic.

Pětatřicátníci že utekli před marškou před měsícem a dělostřelec že je od samé mobilizace na cestách. Je odtud z Putimě a stoh že patří jemu. Na noc vždy spí ve stohu. Včera je našel v lese, tak je vzal k sobě do svého stohu.

Všichni měli naději, že válka musí za měsíc, dva skončit. Měli představu, že Rusové už jsou za Budapeští a na Moravě. Všeobecně se to v Putimi povídá. K ránu, ještě než se rozední, přinese panímáma dragounova snídaní. Pětatřicátníci půjdou potom na Strakonice, poněvadž jeden z nich má tam tetu a ta zas má v horách za Sušicí nějakého známého, který má pílu, a tam že budou dobře schováni.

"A ty vod jednadevadesátýho, jestli chceš," vybídli Švejka, "můžeš jít taky s námi. Vyser se na svýho obrlajtnanta."

"To nejde jen tak zlehka," odpověděl Švejk a zabořil se, zalezl hluboko do stohu.

Když se ráno probudil, byli již všichni pryč a někdo mu, patrné dragoun, položil k nohám krajíc chleba na cestu.

Švejk šel lesy a u Štěkna setkal se s vandrákem, starým chlapíkem, který ho uvítal jako starého kamaráda douškem kořalky.

"V tomhle nechoď," poučoval Švejka, "to by se ti ta vojenská uniforma mohla někdy setsakramentsky vyplatit. Ted je všude plno četníků a žebrat v tomhle nemůžeš. Po nás ovšem dnes četníci už nejdou jako jindy, teď hledají jenom vás. - Jenom vás hledají," opakoval s takovou přesvědčivostí, že Švejk si umínil, že mu raději nebude nic říkat o 91. regimentu. Ať ho má za toho, jak si myslí. Nač kazit iluze dobrému starému chlapovi.

"A kam máš naměříno?" otázal se vandrák po chvíli, když si oba zapálili dýmky a pomalu obcházeli vesnici.

"Do Budějovic."

"Prokristapána," lekl se vandrák, "tam tě sbalejí za minutu. Ani se nevohřeješ. Civil musíš mít celej rozflákanej, musíš chodit a dělat ze sebe chromajzla. Neboj se ale nic, teď půjdem na Strakonice, Volyň, Dub, a to by v tom byl čert, abychom nějakej civil nesehnali. Tam u Strakonic jsou ještě takoví moc blbí a poctiví lidi, že ti nechají ještě leckdes přes noc votevříno a ve dne to vůbec nezamykají. Jdou někam teď v zimě k sousedovi si popovídat, a ty máš civil hned. Co ty potřebuješ? Boty máš, tak jen něco přes sebe. Vojenskej mantl je starej?"

"Starej."

"Tak ten si nech. V tom se na venkově chodí. Potřebuješ kalhoty a kabát. Až budeme mít ten civil, tak kalhoty a kabát prodáme židovi Herrmanovi ve Vodňanech. Ten kupuje všechno erární a zas to prodává po vesnicích. - Dnes půjdeme na Strakonice," rozvinoval dál svůj plán. "Odtud čtyry hodiny je starej švarcenberskej ovčín. Je tam můj jeden známel ovčák, taky už starej dědek, tam zůstaneme přes noc a ráno se potáhnem na Strakonice, splašit tam někde ve vokolí ten civil."

V ovčíně našel Švejk příjemného dědečka, který pamatoval, jak zas jeho dědeček vypravoval o francouzských vojnách. Byl asi o dvacet let starší starého vandráka, a proto mu říkal jako Švejkovi: hochu.

"Tak vidíte, hoši," vykládal, když seděli kolem pece, ve které se vařily brambory na loupačku, "tenkrát můj dědeček taky dezentýroval jako ten tvůj voják. Ale dopadli ho ve Vodňanech a tak mu rozsekali prdel, že z ní cáry lítaly. A to moh ještě mluvit o štěstí. Z Ražic za Protivínem syn Jarešův, dědeček starýho Jareše, baštýře, dostal za zběhnutí prach a volovo v Písku. A před tím, než ho stříleli na píseckých šancích, běžel ulicí vojáků a dostal šest set ran holema, takže smrt byla pro něho vodlehčením a vykoupením. - A kdypak ty jsi Arch?" obrátil se uplakanýma očima na Švejka.

"Po mobilizaci, jak nás vodvedli do kasáren," odpověděl Švejk, pochopuje, že uniforma starému ovčákovi nemůže zklamat důvěru.

"Přelez jsi zeď?" zvědavě otázal se ovčák, maje patrně v paměti, jak vypravoval jeho dědeček, jak lezl také přes zeď kasáren.

"Jinudy nešlo, dědečku."

"A varta byla silná a střílela?" "Ano, dědečku."

"A kam teď máš namířino?"

"Ale chyt ho rapl," odpověděl za Švejka vandrák, "chce mermomocí do Budějovic. To víš, člověk mladej, nerozumnej, sám leze do svý zkázy. Já ho trochu musím vzít do školy. Nějakej civil splašíme a už to půjde v pořádku. Do jara se nějak protlučeme a potom půjdem někam dělat k sedlákovi. Letos bude veliká nouze vo lidi, hlad, a vypravuje se, že letos budou vodvádět všechny vandráky na polní práce. Tak si myslím, radši jít potom dobrovolně. Lidí bude málo. Budou vytlučeni."

"To myslíš," otázal se ovčák, "že to letos neskončí? A máš, hochu, pravdu! Byly už dlouhý vojny. Ta napolionská, potom, jak nám vypravovávali, švédský vojny, sedmiletý vojny. A lidi si ty vojny zasloužili. Dyť se pánbůh už na to nemoh dívat, jak to všechno zpejchlo. Už jim ani to skopový maso nešlo pod fousy, už vám ho, hoši, nechtěli žrát. Jindá sem chodívali procesím, abych jim nějakýho toho skopce prodal pod rukou, ale poslední léta, žrali by byli jen samý vepřový, drůbeř, všechno máslem nebo sádlem maštěný. Tak se pánbůh na ně rozhněval pro tu jejich pejchu a voni zas přijdou k sobě, až budou si vařit lebedu, jako to bejvalo za napolionský vojny. Dyť vona i ta naše vrchnost už roupama nevěděla co dělat. Starej pán kníže Švarcenberk, ten jezdil jen v takovým kočáře, a ten mladej knížecí smrkáč smrdí samým automobilem. Von mu pánbůh taky ten benzín vomaže vo hubu."

Voda na bramborách vařících se v peci bublala a starý ovčák po krátké pomlčce řekl prorocky: "A von tu vojnu náš císař pán nevyhraje. To není žádný nadšení do války, poněvadž von, jak říká pan učitel ze Strakonic, se nedal korunovat. Ať si maže teď, jak se říká, komu chce med kolem huby. Když jsi, lumpe starej, slíbil, že se dáš korunovat, tak jsi měl držet slovo."

"Může bejt," zmínil se vandrák, "že von teď to nějak udělá."

"Na to se mu, hochu, teď každej vykašle," rozrážděně promluvil ovčák, "máš bejt při tom, když se sejdou sousedi dole ve Skočicích. Každej tam má někoho, a to bys viděl, jak ti mluvějí. Po tejhle válce že prej bude svoboda, nebude ani panskejch dvorů, ani císařů a knížecí statky že se vodeberou. Už taky kvůli takovej jednej řeči vodvedli četníci nějakýho Kořínka, že prej jako pobuřuje. Jó, dneska mají právo četníci."

"Voní ho měli i dřív," ozval se vandrák, "já pamatuju, že na Kladně bejval četnickým rytmistrem nějakej pan Rotter. Von vám najednou začal pěstovat tyhlety, jak jim říkají, policejní psy tý vlčí povahy, že všechno vyslídějí, když jsou vyučení. A měl ten pan rytmistr na Kladně těch svejch psích učeníků plnou prdel. Měl pro ně zvláštní domek, kde ti psi žili jako hrabata. A von si najednou vzpomněl, že bude s těma psema dělat pokusy na nás, na ubohejch vandrácích. Tak dal rozkaz, aby četnictvo po celým Kladencku sbíralo houževnatě vandráky a dodávalo je přímo do jeho rukouch. Já tak jednou štrekuju si to vod Lán a míhám se dost hluboko lesem, ale co platný, na tu hájovnu, kam jsem měl zamířeno, už jsem nedošel, už mé měli a vodváděli k panu rytmistrovi. A to si, lidičky, ani dobře nemůžete rozvážit a uvážit, co jsem u toho pana rytmistra s těma psema zkusil. Napřed mě dal všema vočichat, potom jsem musel lezt po žebříku, a když už jsem byl nahoře, tak pustili takovou jednu potvoru za mnou na žebřík a vona mě, bestie, vodnesla ze žebříku na zem, tam si na mne klekla a vrčela a cenila mně zuby do vobličeje. Potom tu potvoru vodvedli a mně řekli, abych se někde schoval, že můžu jít, kam chci. Vzal jsem to k údolí Kačáku do lesů, do jedný rokle, a za půl hodiny byli už dva ty vlčáci u mne, povalili mne, a zatímco jeden mne držel za krk, ten druhej běžel do Kladna, a za hodinu přišel sám pan rytmistr Rotter ke mně s četníky, zavolal na psa a dal mně pětikorunu a povolení, že můžu po celý dva dny na Kladencku žebrat. Ale kdepak já, běžel jsem, jako když mně hlavu zapálí, na Berounsko a víckrát jsem se na Kladencku neukázal. Tomu se vyhýbali všichni vandráci, poněvadž na všech dělal ten pan rytmistr svý pokusy. Von měl vůbec ty psy děsné rád. Vypravovali na četnických stanicích, že když von přišel na inspekci, tak kde viděl vlčáka, že tam vůbec inspekci nedělal a jen cele] den s vachmistrem z radosti chlastal."

A zatímco ovčák cedil brambory a nalíval do mísy kyselé ovčí mléko, dělil se dál vandrák se svými vzpomínkami na četnické právo: "V Lipnici bejval jeden strážmistr dole pod hradem. Bydlel přímo na četnické stanici a já, dobrák stará, pořád jsem byl všude v tý domněnce, že četnická stanice musí být přece někde na vystrčeným místě, jako na náměstí nebo podobně, a ne někde v zastrčenej uličce. Tak beru ty kraje městečka a nedívám se na nápisy. Beru to dům od domu, až přijdu v jednom takovým baráčku do prvního poschodí, votevřu dveře a voznámím se: ,Ponížené prosím, chudý vandrovní: Jó, panečku! Nohy mně zdřevěněly. Vona to četnická stanice. Pušky u stěny, krucifix na stole, lejstra na almárce, císař pán kouká zrovna na mě nad stolem. A nežli jsem moh něco bleptnout, přiskočil ke mně vachmajstr a dal mně takovou facku v těch dveřích, že jsem po těch dřevěnejch schodech letěl až dolů a nezastavil jsem se až v Kejžlicích. To je četnický právo."

Dali se do jídla a šli brzy spat v teplé sednici, rozloženi po lavicích.

V noci Švejk tiše se oblékl a vyšel ven. Vycházel měsíc na východě a v jeho probouzejícím se světle kráčel Švejk na východ, opakuje si: "To přece není možný, abych se do těch Budějovic nedostal."

Poněvadž napravo, když sestoupil z lesů, bylo vidět nějaké město, zabočil Švejk severněji, pak na jih, kde opět bylo vidět nějaké město. (Byly to Vodňany.) Vyhnul se mu obratně cestou přes luka a ranní slunce uvítalo ho v zasněžených stráních nad Protivínem.

"Stále kupředu," řekl si dobrý voják Švejk, "povinnost volá. Do Budějovic se dostat musím."

A nešťastnou náhodou místo od Protivím na jih na Budějovice Švejkovy kroky zaměřily k severu na Písek.

K polednímu uviděl Švejk před sebou nějakou vesnici. Sestupuje z malého návrší, pomyslil si Švejk: "Takhle dál už to nejde, zeptám se, kudy se jde do těch Budějovic."

A vcházeje do vesnice byl velice překvapen, vida označení vesnice na sloupu u prvního domku: Obec Putim.

"Prokristapána," vzdychl Švejk, "tak jsem zas v Putimi, kde jsem spal ve stohu."

Pak ale už nebyl vůbec ničím překvapen, když za rybníčkem z bíle natřeného domku, na kterém visela slepice (jak někde říkali orlíčku), vystoupil četník, jako pavouk, když hlídá pavučinu.

Četník šel přímo k Švejkovi a neřekl nic víc než: "Kampak?"

"Do Budějovic k svýmu regimentu."

Četník se sarkasticky usmál: "Vy jdete přece od Budějovic. Máte ty vaše Budějovice už za sebou," a vtáhl Švejka do četnické stanice.

Putimský četnický strážmistr byl znám po celém okolí, že jedná velice taktně a přitom bystře. Nikdy zadrženým nebo zatčeným nenadával, ale podroboval je takovému křížovému výslechu, že by se i nevinný přiznal.

Dva četníci na stanici přizpůsobili se k němu a křížový výslech konal se vždy za úsměvu celého četnického personálu.

"Kriminalistika záleží na chytrostí a vlídnosti," říkal vždy četnický strážmistr svým podřízeným, "řvát na někoho, to nemá žádný význam. Na delikventy a lidi podezřelé musí se jemné, ale přitom dbát na to, aby se utopili v přívalu otázek."

"Tak vás pěkné vítáme, vojáku," řekl četnický strážmistr, "sedněte si pěkné, beztoho jste se po cestě unavil, a vypravujte nám, kam jdete."

Švejk opakoval, že jde do Českých Budějovic k svému pluku.

"Pak jste si ovšem spletl cestu," usměvavě řekl strážmistr, "poněvadž vy jdete od Českých Budějovic. O čemž vás mohu přesvědčit. Nad vámi visí mapa Čech. Tak se podívejte, vojáku. Od nás na jih je Protivín. Od Protivína na jih je Hluboká a od ní jižně jsou České Budějovice. Tak vidíte, že jdete ne do Budějovic, ale z Budějovic."

Strážmistr podíval se laskavě na Švejka, který klidné a důstojné řekl: "A přece jdu do Budějovic." Bylo to víc než Galileovo "A přece se točí!" Poněvadž ten to musel říct patrně asi hodně vztekle.

"Víte, vojáku," stále se stejnou vlídností mluvil k Švejkovi strážmistr, "já vám to vymluvím, a vy sám nakonec také přijdete k tomu názoru, že každé zapírání jen ztěžuje přiznání!"

"To máte ouplnou pravdu," řekl Švejk, "každé zapírání ztěžuje přiznání a navopak."

"Tak vidíte, že sám, vojáku, také k tomu přijdete. Odpovězte mně dobrosrdečné, odkud jste vyšel, když jste šel do těch vašich Budějovic. Říkám schválně ‚vašich`, poněvadž musí být patrně ještě jiné Budějovice, které leží někde severně od Putimi a doposud nejsou zanešeny na žádné mapě." "Vyšel jsem z Tábora."

"A co jste dělal v Táboře?"

"Čekal jsem na vlak do Budějovic."

"Proč jste nejel vlakem do Budějovic?"

"Poněvadž jsem neměl lístek na dráhu."

"A proč vám, jako vojákovi, nedali vojenský lístek zadarmo?"

"Poněvadž jsem při sobě neměl žádný dokumenty."

"Tady to je," řekl vítězoslavně četnický strážmistr k jednomu z četníků, "není tak hloupý, jak se dělá, začíná to pěkně zamotávat "

Strážmistr počal znova, jako by přeslechl poslední odpověď o dokumentech: "Vy jste tedy vyšel z Tábora. Kam jste tedy šel?"

"Do Českých Budějovic."

Výraz tváře strážmistrovy nabyl trochu přísnosti a jeho zraky padly na mapu.

"Můžete nám ukázat na mapě, kudy jste šel do těch Budějovic?"

"Já si ta místa všechna nepamatuji a jenom na to se pamatuji, že jsem zde v Putimi byl už jednou."

Celý personál četnické stanice podíval se na sebe pátravě a strážmistr pokračoval: "V Táboře jste byl tedy na nádraží. Máte něco u sebe? Vyndejte to."

Když Švejka důkladně prošacovali a nenašli ničeho kromě dýmky a zápalek, otázal se strážmistr Švejka: "Řekněte mně, proč vůbec nic, ale prachnic u sebe nemáte?"

"Poněvadž nic nepotřebuju."

"Ach, můj bože," vzdychl strážmistr, "je to s vámi trápení! Vy jste řekl, že jste byl v Putimi už jednou. Co jste zde tenkrát dělal?"

"Šel jsem kolem Putimi do Budějovic."

"Tak vidíte, jak se pletete. Vy sám říkáte, že jste šel do Budějovic, a teď, jak jsme vás jisté přesvědčili, jdete od Budějovic."

"Patrně jsem musel udělat nějaký kruh."

Strážmistr opět vyměnil s celým personálem stanice významný pohled. "Ty vaše kruhy, to mně připadá, že se potloukáte po okolí. Zdržel jste se dlouho v Táboře na nádraží?"

"Do odjezdu posledního vlaku do Budějovic."

"A co jste tam dělal?"

"Rozmlouval s vojáky."

Nový velice významný pohled četnického strážmistra na personál.

"A o čem jste kupříkladu rozmlouval a na co jste se jich tázal?"

"Ptal jsem se jich, od jakého jsou pluku a kam jedou."

"Výborně. A neptal jste se jich, kolik mužstva má kupříkladu pluk a jak se rozděluje?"

"To jsem se neptal, poněvadž to už dávno vím nazpaměť."

"Vy jste tedy dokonale informován o složení našeho vojska?"

"Zajisté, pane strážmistře."

A poslední trumf vyhodil strážmistr, vítězoslavné rozhlížeje se na své četníky: "Umíte rusky?"

"Neumím."

Strážmistr pokynul závodčímu, a když oba vyšli do vedlejší komnaty, strážmistr s nadšením úplného svého vítězství a jistoty prohlásil, mna si ruce: "Slyšeli to? Neumí rusky! Chlap všemi mastmi mazaná! Všechno přiznal, až to nejdůležitější nepřiznal. Zítra ho budeme lifrovat do Písku, k panu okresnímu. Kriminalistika záleží na chytrostí a vlídnosti. Viděli to, jak jsem ho utopil přívalem otázek. Kdo by si to byl o něm myslel. Vypadá tak pitomě a hloupě, ale na takové lidi se právě musí zchytra. Ted ho někam usaďte a já půjdu sepsat o tom protokol."

A ještě odpůldne kvečeru četnický strážmistr sepisoval s líbezným úsměvem protokol, v němž v každé větě objevovalo se slovo spionageverdächtig.

Četnickému strážmistrovi Flanderkovi se situace, čím déle psal tou podivnou úřední němčinou, vyjasňovala, a když skončil: "So melde ich gehorsam, wird der feindliche Offizier heutigen Tages, nach Bezirksgendarmeriekommando Písek, überliefert," usmál se na své dílo a zavolal na četnického závodčího. "Dali tomu nepřátelskému důstojníkovi něco jíst?"

"Podle vašeho nařízení, pane vachmistr, zaopatřujeme stravou jen ty, kteří jsou předvedeni a vyslechnuti do dvanácti hodin."

"Tohle je velká vyjímka," důstojně řekl strážmistr, "to je nějaký vyšší důstojník, nějaký štábní. To víte, že Rusové na špionáž sem nepošlou nějakého frajtra. Pošlou mu do hospody Na kocourku pro nějaký oběd. Jestli už nic není, ať uvaří něco. Potom ať uvaří čaj s rumem a to všechno ať sem pošlou. Neříkají nic, pro koho to je. Vůbec nezmiňujou se nikomu, koho u nás máme. To je vojenské tajemství. A co teď dělá?"

"Poprosil o trochu tabáku, sedí na vachcimře a tváří se tak spokojeně, jako kdyby seděl doma. ,Máte tady hezký teploučko,` povídá, ,a kamna vám nekouřejí? Mně se tady u vás moc líbí. A kdyby vám kamna kouřila, tak dejte protáhnout komín. Ale až odpůldne, ale nikdy ne, když stojí slunce nad komínem.`"

"Je to ale rafinovanost od něho," hlasem plným nadšení řekl strážmistr, "dělá, jako by se ho to netýkalo. A přece ví, že bude zastřelen. Takového člověka si musíme vážit, třeba je náš nepřítel. Takový člověk jde na jistou smrt. Nevím, jestli bychom to dovedli my. Třebas bychom zakolísali, popustili. Ale on klidně sedí a říká: ,Máte tady hezky teploučko a kamna vám nekouřejí: To jsou, pane závodčí, povahy. K tomu je třeba ocelových nervů u takového člověka, sebezapírání, tvrdostí a nadšení. Kdyby bylo v Rakousku takové nadšení... ale nechme toho raději. I u nás jsou nadšenci. Četli v Národní politice o tom obrlajtnantovi Bergrovi od dělostřelectva, který si vylezl na vysokou jedli a zřídil si tam na větvi beobachtungspunkt? Jak naši ustoupili, a on už nemohl slézt, jinak by byl upadl do zajetí. Tak čekal, až naši zas nepřítele zaženou, a celých čtrnáct dní to trvalo, než se toho dočkal. Celých čtrnáct dní byl nahoře na stromě, a aby nezemřel hlady, ohlodal celý vršek a živil se větvičkami a jehličím. A když naši přišli, byl tak zesláblý, že se už nemohl na stromě udržet, spadl dolů a zabil se, Byl po smrti vyznamenán zlatou záslužnou medailí za chrabrost."

A strážmistr vážně dodal: "To je obětavost, pane závodčí, to je hrdinství. - Vida, jak jsme se zas rozpovídali, doběhnou teď objednat ten oběd a pošlou ho zatím ke mně."

Závodčí přivedl Švejka a strážmistr mu přátelsky kynul, aby si sedl, a počal se ho zprvu vyptávat, má-li rodiče.

"Nemám."

Strážmistrovi ihned napadlo, že je to lepší, aspoň nebude toho nešťastníka nikdo oplakávat. Zadíval se přitom do dobrácké tváře Švejkovy a zaklepal mu náhle v záchvatu dobromyslnosti na rameno, naklonil se k němu a optal se ho otcovským tónem: "Nu, a jak se vám v Čechách líbí?"

"Mně se všude v Čechách líbí," odpověděl Švejk, "na svej cestě našel jsem všude velice dobrý lidi."

Strážmistr přitakal hlavou: "U nás je lid velice dobrý a milý. Nějaká ta krádež nebo rvačka, to nepadá na váhu. Jsem zde již patnáct let, a když to vypočítám, přijde na jeden rok asi tři čtvrtiny jedné vraždy."

"To myslíte nedokonalou vraždu?" otázal se Švejk.

"Nikoliv, to já nemyslím. Za patnáct let vyšetřovali jsme jenom jedenáct vražd. Loupežných z nich bylo pět a šest ostatních, takových obyčejných, které za moc nestojí."

Strážmistr se odmlčel a přešel opět ku své vyslýchací metodě: "A co jste chtěl dělat v Budějovicích?"

"Nastoupit službu u 91. regimentu."

Strážmistr vyzval Švejka, aby šel zas na strážnici, a rychle, aby nezapomněl, připsal do svého raportu na okresní četnické velitelství v Písku: "Ovládaje dokonale český jazyk, chtěl se v Českých Budějovicích pokusit vstoupit do 91. pěšího pluku."

Strážmistr radostně zamnul si ruce, raduje se z bohatosti sebraného materiálu a z přesných výsledků své vyšetřovací metody. Vzpomněl si na svého předchůdce strážmistra Bürgra, který se zadrženým vůbec nemluvil, na nic se ho netázal a hned ho poslal k okresnímu soudu s krátkým raportem: "Dle udání závodčího byl zadržen pro potulku a žebrotu." Je to nějaký výslech?

A strážmistr dívaje se na stránky svého raportu se usmál se zadostiučiněním a vytáhl ze svého psacího stolu tajný rezervát zemského četnického velitelství v Praze s obvyklým "Přísně důvěrně" a přečetl si ještě jednou:

"Všem četnickým stanicím se přísné ukládá, aby s nesmírně zvýšenou pozorností sledovaly všechny osoby procházející jich rájonem. Přesunutí našich vojsk ve východní Haliči dalo původ k tomu, že některé ruské vojenské části; překročivše Karpaty, zaujaly pozice ve vnitrozemí naší říše, čímž fronta byla přesunuta hlouběji k západu mocnářství. Tato nová situace umožnila ruským vyzvědačům, při pohyblivosti fronty, vniknutí hlouběji do území našeho mocnářství, zejména do Slezska i Moravy, odkud dle důvěrných zpráv velké množství ruských vyzvědačů odebralo se do Čech. Je zjištěno, že mezi nimi jest mnoho ruských Čechů, vychovaných ve vysokých štábních vojenských školách Ruska, kteří ovládajíce dokonale český jazyk, jeví se býti zvláště nebezpečnými vyzvědači, neboť oni mohou a jisté provedou i mezi českým obyvatelstvem velezrádnou propagandu. Zemské velitelství nařizuje proto zadržet všechny podezřelé a zejména zvýšiti bedlivost v těch místech, kde v blízkosti nalézají se posádky, vojenská střediska a stanice s projíždějícími vojenskými vlaky. Zadržené podrobiti okamžité prohlídce a dopraviti k další instanci."

Četnický strážmistr Flanderka se opět spokojené usmál a uložil tajný rezervát, "Sekretreservaten", mezi ostatní do desek s nápisem "Tajná nařízení".

Bylo jich mnoho, které vypracovalo ministerstvo vnitra za součinnosti ministerstva zemské obrany, kterému podléhalo četnictvo.

Na zemském četnickém velitelství v Praze nestačili je rozmnožovat a rozesílat.

Byly tu:

Nařízení o kontrole smýšlení místního obyvatelstva.

Návod, jak sledovat v rozmluvách s místním obyvatelstvem, jaký vliv mají na jeho smýšlení zprávy z bojiště.

Dotazník o tom, jak se chová místní obyvatelstvo k vypsaným válečným půjčkám a sbírkám. Dotazník o náladě mezi odvedenými a těmi, kteří mají být odvedeni.

Dotazník o náladě mezi členy místní samosprávy a inteligenty.

Nařízení o bezodkladném zjištění, z jakých politických stran se skládá místní obyvatelstvo, jak silné jsou jednotlivé politické strany.

Nařízení o kontrole činnosti předáků místních politických stran a zjištění stupně loajality určitých politických stran, zastoupených mezi místním obyvatelstvem.

Dotazník o tom, jaké noviny, časopisy a brožurky docházejí do rajónu četnické stanice. Instrukce týkající se zjištění, s kým stýkají se osoby podezřelé z neloajálnosti, v čem jeví se jich neloajálnost.

Instrukce týkající se toho, jak získati z místního obyvatelstva placených donašečů a informátorů. Instrukce pro placené informátory z místního obyvatelstva, začíslené na službě při četnické stanici.

Každý den přinášel nové instrukce, návody, dotazníky a nařízení. Zaplaven tou spoustou vynálezů rakouského ministerstva vnitra, strážmistr Flanderka měl ohromnou spoustu restů a dotazníky zodpovídal stereotypně, že je u něho všechno v pořádku a loajalita že je mezi místním obyvatelstvem stupnice Ia.

Rakouské ministerstvo vnitra vynalezlo pro loajalitu a neochvějnost k mocnářství tyto stupnice: Ia, Ib, Ic-IIa, IIb, IIc-IIIa, IIIb, IIIc-Na, IVb, IVc. Tahle poslední římská čtverka znamenala ve spojení s a velezrádce a provaz, s b internovat, s c pozorovat a zavřít.

Ve stolku četnického strážmistra nalézaly se všemožné tiskopisy a rejstříky. Vláda chtěla vědět o každém občanu, co si o ní myslí.

Strážmistr Flanderka kolikrát zoufale lomil rukama nad těmi tiskovinami, které neuprosně přibývaly každou poštou. Jakmile uviděl známé obálky s razítkem "Portofrei - dienstlich", srdce mu vždy zabušilo a v noci, přemýšleje o všem, přicházel k přesvědčení, že se konce války nedočká, a že zemské četnické velitelství ho připraví o poslední špetku rozumu a že se nebude moci těšit z vítězství rakouských zbraní, poněvadž bude mít bud o kolečko víc, nebo míň. A okresní četnické velitelství bombardovalo ho denně dotazy, proč není zodpověděn dotazník pod číslem (72 345)/(721 a/5) d, jak vyřízena instrukce pod číslem (88 992)/(822 gfch) z, jaké jsou praktické výsledky návodu pod číslem (123456)/(1292 b/r) V. atd.

Nejvíce mu dala starostí instrukce, jak získati z místního obyvatelstva placené donašeče a informátory, nakonec, poněvadž uznal za nemožné, aby to mohl být někdo z místa, kde začínají Blata a kde je ten lid taková tvrdá palice, připadl na myšlenku vzít na tu službu obecního pasáka, kterému říkali "Pepku, vyskoč!" Byl to kretén, který vždy na tuto výzvu vyskočil. Jedna z těch ubohých, přírodou a lidmi zanedbaných postav, mrzák, který za pár zlatek ročně a za tu nějakou obživu pásl obecní dobytek.

Toho si dal zavolat a řekl k němu: "Víš, Pepku, kdo to je starej Procházka?"

"Méé."

"Nemeč, a pamatuj si, že tak říkají císaři pánu. Víš, kdo je to císař pán?"
"To je číšaš pán."
"Dobře, Pepku. Tak si pamatuj, že když někoho uslyšíš mluvit, když chodíš po obědech od domu k domu, že je císař pán dobytek nebo podobné, hned přijď ke mně a oznam mně to. Dostaneš šesták, a když uslyšíš někoho vykládat, že to nevyhrajeme, zas půjdeš, rozumíš, ke mně a řekneš, kdo to říkal, a dostaneš zas šesták. Jestli ale uslyším, že něco zatajuješ, tak bude s tebou zle. Seberu té a odvedu do Písku. A teď vyskoč!" Když vyskočil, dal mu dva šestáky a spokojené napsal raport na okresní četnické velitelství, že již získal informátora.

Druhý den přišel k němu pan farář a sděloval mu tajuplně, že dnes ráno potkal za vsí obecního pasáka Pepka Vyskoč a ten že mu vypravoval: "Mijostpane. Pan vachmajstr včera povídal, že je číšaš pán dobytek a že to nevyhrajeme. Méé. Hop!"

Po delším vysvětlení a rozmluvě s panem farářem dal strážmistr Flanderka zatknout obecního pasáka, který byl později na Hradčanech odsouzen na dvanáct let pro velezradu. Žaloba mu dokázala nebezpečné a velezrádné rejdy, pobuřování, urážku veličenstva a ještě několik zločinů a přečinů. Pepík Vyskoč choval se u soudu jako na pastvě nebo mezi sousedy. Na všechny otázky mečel jako koza a po vynesení rozsudku vyrazil ze sebe "Méé, hop!" a vyskočil. Byl za to disciplinárně potrestán tvrdým lůžkem o samovazbě a třemi posty.

Od té doby neměl četnický strážmistr informátora a musel se spokojit tím, že si vymyslil jednoho, udav fingované jméno, a zvýšil tak svůj příjem o padesát korun měsíčné, které propíjel v hospodě Na kocourku. Při desáté sklenici dostával záchvat svědomitosti a pivo mu hořklo v ústech a vždy slyšel od sousedů tutéž větu: "Dnes je náš pan strážmistr nějak smutnej, jako by nebyl ve svej náladě." Tu odcházel domů a po jeho odchodu vždy někdo řekl: "Naši to zas někde v Srbsku prosrati, že je vachmajstr takovej nemluva."

A strážmistr doma alespoň vyplnil opět jeden dotazník: "Nálada mezi obyvatelstvem: Ia."

Byly to často dlouhé bezsenné noci pro pana strážmistra. Neustále očekával inspekci, vyšetřování. V noci zdálo se mu o provaze, jak ho vedou k šibenici, a ještě naposled se ho sám ministr zemské obrany pod šibenicí táže: "Wachmeister, wo ist die Antwort des Zirkulärs No 1789678/23792 X. Y. Z?"

Až teď! Celou četnickou stanicí jako by ze všech koutů znělo staré myslivecké heslo "Lovu zdar!" A četnický strážmistr Flanderka nepochyboval, jak okresní velitel mu poklepá na rameno a řekne: "Ich gratuliere Ihnen, Herr Wachmeister."

Četnický strážmistr maloval si v duchu i jiné luzné obrazky, které vyrostly v nějakém záhybu jeho úřednického mozku. Vyznamenání, rychlý postup ve vyšší hodnostní třídu, ocenění jeho kriminalistických schopností, otvírajících mu kariéru. Zavolal závodčího a otázal se ho: "Dostali oběd?"

"Přinesli mu uzené se zelím a knedlíkem, polívka už nebyla. Vypil čaj a chce ještě jeden."

"Má ho mít!" velikomyslně svolil strážmistr, "až ten čaj vypije, pak ho přivedou ke mně."

"Jakpak? Chutnalo vám?" otázal se strážmistr, když závodčí za půl hodiny přivedl Švejka, nasyceného a spokojeného jako vždy.

"Bylo to ještě ucházející, pane vachmajstr, mělo bejt jen trochu víc toho zelí. Ale jakáž pomoc, já vím, že nebyli na to připraveni. Uzený maso bylo dobře vyuděný, muselo to bejt domácí uzený maso z domácího prasete. Čaj s rumem mně udělal taky dobře."

Strážmistr podíval se na Švejka a začal: "Pravda, že v Rusku se pije mnoho čaje? Mají tam také rum?"

"Rum je po celým světě, pane vachmajstr."

"Jen se nevykroucej," pomyslil si strážmistr, "měl jsi si dřív dát pozor na to; co povídáš." A otázal se důvěrně naklánějě se k Švejkovi: "Jsou v Rusku hezké holky?"

"Hezké holky jsou po celým světě, pane vachmajstr."

"I ty chlape," pomyslil si poznovu strážmistr, "ty bys se chtěl teď nějak rád z toho dostat." A strážmistr vyrazil s dvaačtyřicítkou:

"Co jste chtěl dělat u 91. regimentu?" "Chtěl jsem jít s ním na front"

Strážmistr se spokojeně zadíval na Švejka a poznamenal: "To je správné. To je ten nejlepší způsob dostat se do Ruska. - Opravdu velice dobře vymyšleno," zářil strážmistr, pozoruje, jaký účinek mají jeho slova na Švejka. Nemohl však z něho vyčíst nic jiného než naprostý klid.

"Ten člověk nehne ani brvou," hrozil se v duchu strážmistr, "to je jejich vojenská výchova. Já být v jeho situaci a mně tohle někdo říct, tak by se mně rozklepala kolena... - Ráno vás odvezeme do Písku," prohodil jako mimoděk, "byl jste již někdy v Písku?"

"V roce 1910 na císařských manévrech."

Úsměv strážmistrův byl po této odpovědi ještě příjemnějším a vítězoslavnějším. Cítil v duši, že svým systémem otázek překonal sám sebe.

"Prodělal jste celé manévry?"

"Zajisté, pane vachmajstr, jako infanterista." A zas se klidně jako dřív díval Švejk na strážmistra, který sebou vrtěl radostí a nemohl se již zdržet, aby to rychle nezanesl do raportu. Zavolal závodčího, aby Švejka odvedl, a doplnil svůj raport: "Jeho plán byl tento: Vplíživ se v řady 91. pěš. pluku, chtěl se ihned přihlásit na frontu a při nejbližší příležitosti dostat se do Ruska, neboť postřehl, že zpáteční cesta při bdělosti orgánů jest jinak nemožnou, Že by u 91. pěš. pluku mohl výborně prosperovat, jest plně pochopitelné, neboť dle jeho doznání, přiznal se po delším křížovém výslechu, že prodělal již v roce 1910 celé císařské manévry v okolí Písku jako infanterista. Z toho jest vidět, že jest ve svém oboru velice schopný. Podotýkám ještě, že sebraná obvinění jsou výsledkem mého systému křížového výslechu."

Ve dveřích objevil se závodčí: "Pane vachmajstr, on chce jít na záchod."

"Bajonett auf!" rozhodl strážmistr, "ale ne, přiveďte ho sem."

"Vy chcete jít na záchod?" laskavě řekl strážmistr, "není v tom něco jiného?" A upřel svůj zrak ve Švejkovu tvář.

"Je v tom opravdu jenom velká strana, pane vachmajstr," odpověděl Švejk.

"Jen aby v tom nebylo něco jiného," významně opakoval strážmistr, připínaje si služební revolver, "já půjdu s vámi."

"To je velice dobrý revolver," řekl po cestě k Švejkovi, "na sedm ran a střílí precizně."

Nežli však vyšli na dvůr, zavolal závodčího a tajemné k němu řekl: "Oni si vezmou bajonet auf a postavějí se, až bude vevnitř, vzadu u záchodu, aby se nám neprokopal misgrubnou."

Záchod byl malý, obyčejný domeček ze dřeva, stojící zoufale uprostřed dvora nad jámou s močůvkou vytékající z nedaleké kupy hnoje.

Byl to již starý veterán, v němž vykonávaly tělesnou potřebu celé generace. Nyní zde seděl Švejk, přidržuje jednou rukou za provázek dveře, zatímco vzadu okýnkem díval se mu závodčí na zadnici, aby se neprokopal. A jestřábí oči četnického strážmistra upřeny byly na dveře a strážmistr přemýšlel, do které nohy by ho měl střelit, kdyby se chtěl pokusit o útěk.

Ale dveře se klidně otevřely a vystoupil spokojený Švejk, poznamenávaje k strážmistrovi: "Nebyl jsem tam moc dlouho? Nezdržel jsem vás snad?"

"Ó nikoliv, nikoliv," odvětil strážmistr, pomysliv si v duchu: "Jací jsou to jemní, slušní lidé. Ví, co na něho čeká, ale všechna čest. Do poslední chvíle je slušný. Dokázal by to našinec na jeho místě?"

Strážmistr zůstal sedět na strážnici vedle Švejka na kavalci prázdné postele četníka Rampy, který měl do rána službu, obchůzku po vesnicích, a který v tu dobu klidně seděl u Černého koně v Protivíně a hrál s obuvnickými mistry mariáš, vykládaje v přestávkách, že to Rakousko musí vyhrát. Strážmistr zapálil si dýmku, dal nacpat Švejkovi, závodčí přiložil do kamen a četnická stanice proměnila se na nejpříjemnější místečko na zeměkouli, na klidný kout, teplé hnízdo za blížícího se zimního soumraku, kdy se drží černá hodinka.

Mlčeli však všichni. Strážmistr sledoval určitou myšlenku a nakonec se vyjádřil, obraceje se k závodčímu: "Podle mého názoru není správné Špióny věšet. Člověk, který se obětuje pro svou povinnost, za svou, tak řekněme, vlast, má být odpravený čestným způsobem, prachem a olovem, co myslíte, pane závodčí?"

"Rozhodně ho jen zastřelit a nevěšet," souhlasil závodčí, "řekněme, že by i nás poslali a řekli by nám: ‚Musíte vypátrat, kolik mají Rusové strojních pušek ve svém maschinengewehrabteilungu.‘ Tak bychom se převlíkli a šli. A za to by mne měli věšet, jako nějakého loupežného vraha?"

Závodčí se tak rozčílil, že vstal a zvolal: "Já žádám, abych byl zastřelen a pochován s vojenskými poctami."

"Vono to má háček," ozval se Švejk, "jestli je člověk chytrej, tak mu nikdy nic nedokážou."

"A dokážou," vyjádřil se důrazně strážmistr, "jestli i oni jsou tak chytří a mají svou metodu. Vy se sám o tom přesvědčíte. - Přesvědčíte se," opakoval již mírným tónem, připojiv k tomu přívětivý úsměv, "u nás nikdo s vytáčkami nepochodí, pravda, pane závodčí?"

Závodčí kývl souhlasně a zmínil se, že u některých lidí je věc již prohraná předem, že ani maska naprostého klidu nepomůže, že čím víc někdo vypadá klidněji, že tím víc ho to usvědčuje.

"Oni mají mou školu, pane závodčí," prohlásil hrdě strážmistr, "klid, to je mýdlová bublina, umělý klid je corpus delicti." A přerušuje výklad o své teorii, obrátil se na závodčího: "Copak si dnes dáme k večeři?"

"Vy dnes nepůjdete, pane strážmistr, do hospody?"

Touto otázkou vyvstanul před strážmistrem nový těžký problém, jejž nutno ihned rozluštit.

Což kdyby, použiv jeho noční nepřítomnosti, ten prchl. Závodčí je sice spolehlivý člověk, opatrný, ale utekli mu již dva vandráci. Fakticky bylo tomu tak, že se s nimi nechtěl jednou v zimě tahat ve sněhu až do Písku, tak je u Ražic v polích pustil a vypálil ránu do vzduchu pro forma.

"Pošleme si naši bábu pro večeři a bude chodit se džbánem pro pivo," rozluštil strážmistr těžký problém, "ať se bába trochu proběhne."

A bába Pejzlerka, která jim posluhovala, se opravdu proběhla.

Po večeři se cesta mezi četnickou stanicí a hospodou Na kocourku netrhla. Neobyčejné četné stopy těžkých velkých bot báby Pejzlerky na té spojovací linii svědčily o tom, že strážmistr si vynahražuje plnou měrou svou nepřítomnost na Kocourku.

A když se konečné objevila bába Pejzlerka v šenkovně s tím vzkazem, že se dá pan strážmistr pěkně poroučet a že chce, aby mu poslali láhev kontušovky, praskla zvědavost hostinského.

"Koho tam mají?" odpověděla bába Pejzlerka, "nějakýho podezřelýho člověka. Právě než jsem odešla, oba ho drželi kolem krku a pan strážmistr ho hladil po hlavě a říkal mu: ‚Ty můj zlatej kluku slovanskej, ty můj malinkej špiónku!'"

A potom, když bylo dlouho již přes půlnoc, závodčí spal, tvrdě chrápaje, natažen přes svůj kavalec, v celé uniformě.

Naproti seděl strážmistr se zbytkem kontušovky na dně lahve, držel Švejka kolem krku, slzy mu tekly po opálené tváři, jeho vousy byly slepeny kontušovkou a on jen breptal: "Řekni, že v Rusku nemají tak dobrou kontušovku, řekni, ať mohu klidně jít spát. Přiznej to jako muž."

"Nemají."

Strážmistr převalil se na Švejka.

"Potěšil jsi mne, přiznal jsi se. Tak to má být při výslechu. Jsem-li vinen, nač zapírat "

Zvedl se, a vrávoraje s prázdnou lahví do svého pokoje, mumlal: "Kdyby se byl nedostal na ne-nepravou drrráhu, tak to mohlo všechno jinak dó-dopadnout."

Nežli se svalil v uniformě na svou postel, vytáhl ze psacího stolu svůj raport a pokusil se ho doplnit tímto materiálem:

"Ich muß noch dazu beizufügen, daß die russische Kontuszówka na základě §

56..." Udělal kaňku, slízl ji, a usmívaje se pitomě, svalil se na postel a usnul jako špalek.

K ránu dal se četnický závodčí, ležící na posteli u protější stěny, do takového chrápání provázeného pískáním v nose, že to Švejka probudilo. Vstal, zatřásl závodčím a šel si opět lehnout. To již kohouti začali kokrhat, a když potom vyšlo slunce, přišla bába Pejzlerka, která také vyspávala to noční běhání, zatopit, tu našla dveře otevřené a všechno pohřížené v hluboký spánek. Petrolejová lampa na strážnici ještě koptila. Bába Pejzlerka udělala alarm, stáhla závodčího i Švejka z postele. Závodčímu řekla: "Že se nestydějí spát voblečenej, jako boží dobytek," a Švejka napomenula, aby si aspoň zapjal poklopec, když vidí ženskou.

Nakonec vybídla energicky rozespalého závodčího, aby šel vzbudit pana strážmistra, to že není žádný pořádek, když se tak dlouho hnípá.

"To padli do pěknejch rukou," bručela bába k Švejkovi, když závodčí budil strážmistra, "jeden větší kořala než druhej. Prochlastali by nos mezi očima. Mně jsou dlužni už třetí rok za posluhu, a když je upomínám, říká vždycky strážmistr: ,Mlčejí, bábo, nebo jich dám zavřít, my víme, že váš syn je pytlák a chodí na dříví do panskýho.` A tak se s nima trápím už na čtvrtej rok." Bába si hluboce vzdychla a dál pobručovala: "Zejména mají se na pozoru před strážmistrem, ten je takovej úlisnej, a zatím je to neřád prvního řádu. Kdekoho zkoupat a zavřít "

Strážmistr dal se velice těžko probudit. Závodčímu dalo mnoho obtíží přesvědčit ho, že je již ráno. Konečně prokoukl, mnul si oči a nejasně se začal upamatovávat na včerejšek. Najednou mu přišla na mysl hrozná myšlenka, kterou vyjádřil, dívaje se nejistě na závodčího: "On nám utek?"

"Ale kdepak, to je poctivý člověk."

Závodčí počal chodit po pokoji, podíval se z okna, zas se vrátil, utrhl kus papíru z novin na stole a žmoulal mezi prsty papírovou kuličku. Bylo vidět, že chce něco říct.

Strážmistr se nejistě po něm díval a konečně, chtěje nabýt úplné jistoty toho, co jen tušil, řekl: "Já jim, pane závodčí, pomůžu. Já zas musel včera řádit a provádět?"

Závodčí vyčítavě podíval se na svého představeného: "Kdybyste věděl, pane strážmistr, co všechno jste včera nepovídal, jaké řeči jste s ním nevedl."

Naklánéje se k uchu strážmistra, šeptal: "Že jsme všichni Češi a Rusové jedna slovanská krev, že Nikolaj Nikolajevič bude příští týden v Přerově, že se Rakousko neudrží, aby jen, až bude dál vyšetřován, zapíral a pletl páté přes deváté, aby to vydržel do té doby, dokud ho kozáci nevysvobodí, že už to musí co nejdřív prasknout, že to bude jako za husitských válek, že sedláci půjdou s cepy na Vídeň, že je císař pán nemocný dědek a že co nejdřív natáhne brka, že je císař Vilém zvíře, že mu budete do vězení posílat peníze na přilepšenou a ještě víc takových řečí . . ."

Závodčí odstoupil od strážmistra: "Na to všechno se dobře pamatuji, poněvadž jsem byl ze začátku jen málo stříknutý. Potom jsem se také zdělal a dál nevím nic."

Strážmistr pohleděl na závodčího.

"A já se zas pamatuji," prohlásil, "že oni říkali, že jsme proti Rusku kratinové, a že řvali před tou naší bábou ‚Ať žije Rusko!` "

Závodčí počal nervózně chodit po pokoji.

"Řvali to jako bejk," řekl strážmistr, "pak se svalili přes postel a začti chrápat."

Závodčí se zastavil u okna, a bubnuje na ně, prohlásil: "Vy jste si také, pane strážmistr, nedal ubrousek na ústa před naší bábou a pamatuji se, že jste jí řekl: ‚Pamatujou, bábo, že každý císař a král pamatuje jen na svou kapsu, a proto vede válku, ať je to třebas takový dědek jako starý Procházka, kterého nemohou už pustit z hajzlu, aby jim nepodělal celý Schönbrunn:"

"Tohle že jsem říkal?"

"Ano, pane strážmistr, tohle jste říkal, než jste šel ven na dvůr zvracet, a ještě jste křičel: ‚Bábo, strčejí mně prst do krku!` "

"Oni se také pěkně vyjádřili," přerušil ho strážmistr, "kde jen přišli na takovou hloupost, že Nikolaj Nikolajevič bude českým králem?"

"Na to se nepamatuji," nesměle ozval se závodčí.

"Bodejť by se na to pamatovali. Byli jako napitý žok, měli prasečí očička, a když chtěli jít ven, tak místo do dveří lezli na kamna."

Oba umlkli, až dlouhé mlčení přerušil strážmistr. "Já jsem jim vždycky říkal, že alkohol je zhouba. Oni mnoho nesnesou a pijou to. Což kdyby byl jim ten náš utek? Jak bychom to odůvodnili? Bože, to mě třeští hlava. - Povídám, pane závodčí," pokračoval strážmistr, "že právě poněvadž neutek, je věc úplně jasná, co je to za nebezpečného a rafinovaného člověka. Až ho tam budou vyšetřovat, tak řekne, že bylo otevříno celou noc, že jsme byli opilí a že moh tisíckrát utect, kdyby se cítil vinným. Ještě štěstí, že takovému člověku se nevěří, a když my pod služební přísahou řekneme, že je to smyšlenka a drzá lež od toho člověka, tak mu ani pánbůh nepomůže a má ještě o jeden paragraf na krku víc. Při jeho věci to nehraje ovšem žádnou roli. - Kdyby mně jen tak ta hlava nebolela."

Ticho. Za chvíli ozval se strážmistr: "Zavolaj sem naši bábu."

"Poslouchají, bábo," řekl strážmistr k Pejzlerce, přísně se jí dívaje do obličeje, "seženou někde krucifix na podstavci a přinesou ho sem."

Na tázavý pohled Pejzlerky zařval strážmistr: "Koukají, ať už jsou tady."

Strážmistr vytáhl ze stolku dvě svíčky, na kterých byly stopy od pečetního vosku, jak pečetil úřední spisy, a když se konečně Pejzlerka přistrachala s krucifixem, postavil strážmistr kříž mezi obě svíce na okraj stolu, zapálil svíčky a vážně řekl: "Posadějí se, bábo."

Ustrnulá Pejzlerka zapadla na pohovku a vyjeveně podívala se na strážmistra, svíčky i krucifix. Zmocnil se jí strach, a jak měla ruce na zástěře, bylo vidět, že se jí třesou i s koleny.

Strážmistr přešel vážně kolem ní, a zastaviv se podruhé před ní, promluvil slavnostně:

"Včera večer byla jste svědkem velké události, bábo. Může být, že to váš pitomý rozum nechápe. Ten voják, to je vyzvědač, špión, bábo."

"Ježíšmarjá," vykřikla Pejzlerka, "Panenko Maria Skočická!"

"Ticho, bábo! Abychom z něho něco dostali, museli jsme mluvit různé řeči. Slyšeli přece, jaké divné řeči jsme mluvili?"

"To jsem prosím slyšela," ozvala se třesoucím hlasem Pejzlerka.

"Ale ty všechny řeči, bábo, vedly jenom k tomu, aby se doznal, aby nám důvěřoval. Tak se nám to podařilo. Vytáhli jsme z něho všechno. Chňapli jsme ho."

Strážmistr na okamžik přerušil řeč, aby opravil knoty na svíčkách, a pak pokračoval vážně, hledě přísně na Pejzlerku: "Vy jste byla, bábo, při tom a jste zasvěcená do celého tajemství. Toto tajemství je úřední. O tom nesmíte nikomu se ani zmínit. Ani na smrtelné posteli, to by vás nesměli ani pochovat na hřbitově."

"Ježíšmarjájosefe," zabědovala Pejzlerka, "že jsem já nešťastná kdy sem vkročila."

"Neřvete, bábo, vstaňte, přistupte ke krucifixu, dejte dva prsty u pravé ruky nahoru. Budete přísahat. Říkejte za mnou."

Pejzlerka odpotácela se ke stolu za neustálého bědování: "Panenko Maria Skočická, že jsem sem kdy vkročila."

A z kříže díval se na ni utrápený obličej Krista, svíčky čoudily a všechno to připadalo Pejzlerce něčím příšerně nadpozemským. Ztrácela se v tom celá a kolena se jí klepala, ruce třásly.

Zvedla dva prsty do výše a četnický strážmistr důrazně a slavnostně předříkával: "Přísahám bohu všemohoucímu, i vám, pane strážmistr, že o tom, co jsem zde slyšela a viděla, nikomu se do své smrti nezmíním ani slovem, i kdybych snad od něho byla tázána. K tomu mně dopomáhej pánbůh."

"Polibte ještě, bábo, krucifix," poroučel strážmistr, když Pejzlerka za ukrutného vzlykotu odpřísáhla a pokřižovala se zbožně.

"Tak, a teď zas odnesou krucifix, odkud si ho vypůjčili, a řeknou, že jsem ho potřeboval k výslechu!"

Zdrcená Pejzlerka po špičkách vyšla s krucifixem z pokoje a bylo vidět oknem, že se neustále ohlíží ze silnice po četnické stanici, jako by se chtěla přesvědčit, že to nebyl jen sen, ale že skutečně právě před chvílí prožila něco hrozného ve svém životě.

Strážmistr zatím přepisoval svůj raport, který v noci doplňoval kaňkami, které rozlízal i s rukopisem, jako by na papíře byla marmeláda.

Nyní to úplně přepracoval a vzpomněl si, že se neoptal ještě na jednu věc. Dal si tedy zavolat Švejka a otázal se ho: "Umíte fotografovat?"

"Umím."

"A proč nenosíte s sebou aparát?"

"Poněvadž žádnej nemám," zněla upřímná a jasná odpověď.

"A kdybyste ho měl, tak byste fotografoval?" otázal se strážmistr.

"Kdyby, to jsou ty chyby," prostodušně odvětil Švejk a klidně snesl tázavý výraz v obličeji strážmistrově, kterému tak právě zas rozbolela hlava, že si nemohl vymyslit žádnou jinou otázku než tuto: "Je to těžké, fotografovat nádraží?"

"Lehčí než něco jinýho," odpověděl Švejk, "poněvadž se to nehejbá a pořád to nádraží stojí na jednom místě a člověk mu nemusí říkat, aby se tvářilo příjemně."

Strážmistr mohl tedy svůj raport doplnit: "Zu dem Bericht No 2172, melde ich..."

A strážmistr se rozepsal: "Mezi jiným při mém křížovém výslechu udal, že umí fotografovat, a to nejraději nádraží. Aparát fotografický sice u něho nalezen nebyl, ale jest domněnka, že ho někde skrývá, a proto s sebou nenosí, aby odvrátil od sebe pozornost, čemuž nasvědčuje i jeho vlastní doznání, že by fotografoval, kdyby měl aparát u sebe."

Strážmistr, maje těžkou hlavu po včerejšku, se stále více a více zaplétal do své zprávy o fotografování a psal dál: "Jisto je, že dle jeho vlastního doznání jediné to, že nemá aparát fotografický s sebou, zabránilo tomu, aby nefotografoval nádražní budovy a vůbec místa strategické důležitosti, a jest nesporné, že by byl tak učinil, kdyby byl měl dotyčný fotografický přístroj, který ukryl, při sobě. Jedině té okolnosti, že nebyl fotografický aparát při ruce, lze děkovati tomu, že u něho nebyly nalezeny žádné fotografie."

"To stačí," řekl strážmistr a podepsal se. Strážmistr byl úplně spokojen svým dílem a přečetl to závodčímu s velkou pýchou.

"To se povedlo," řekl k závodčímu, "tak vidějí, takhle se píšou berichty. Tam musí být všechno. Výslech, panečku, to není jen tak něco jednoduchého, a hlavní věcí je sestavit to pěkné do berichtu, aby tam nahoře na to čuměli jako jeleni. Přivedou sem toho našeho, ať s ním skoncujeme. Tak vás nyní odvede pan závodčí," pronesl vážně k Švejkovi, "do Písku na bezirksgendarmeriekommando. Podle předpisu máte dostat želízka. Poněvadž však myslím, že jste slušný člověk, tak vám ty želízka nedáme. Jsem přesvědčen, že ani po cestě nebudete dělat pokus útěku."

Strážmistr, zřetelně pohnut pohledem na dobrodušnou Švejkovu tvář, dodal: "A nevzpomínejte na mne ve zlém. Vezmou ho, pane závodčí, tady mají bericht."

"Tak spánembohem," řekl Švejk měkce, "děkuji jim, pane vachmajstr, za všechno, co pro mne udělali, a když bude příležitost, tak jim budu psáti, a kdybych měl někdy ještě cestu kolem, tak se u nich zastavím."

Švejk vyšel se závodčím na silnici, a kdokoliv je potkal, jak byli zabráni v přátelský rozhovor, považoval by je za staré známé, kteří mají náhodou stejnou cestu do města, řekněme do kostela.

"To byl bych si nikdy nemyslil," vykládal Švejk, "že taková cesta do Budějovic je spojena s takovejma vobtížema. To mně připadá jako ten případ s řezníkem Chaurou z Kobylis. Ten se jednou v noci dostal na Moráň k Palackého pomníku a chodil až do rána kolem dokola, poněvadž mu to připadalo, že ta zeď nemá konce. Byl z toho celej zoufalej, k ránu už nemoh, tak začal křičet ‚Patról!`, a když policajti přiběhli, tak se jich ptal, kudy se jde do Kobylis, že už chodí podél nějaký zdi pět hodin a pořád že tomu není žádný konec. Tak ho vzali s sebou a von jim všechno v separaci rozbil: ` Závodčí na to neřekl ani slova a myslel si: "Co mně to vypravuješ. Zas začínáš vypravovat nějakou pohádku o Budějovicích."

Šli kolem rybníka a Švejk se zájmem otázal se závodčího, jestli je hodné pytláků ryb v okolí.

"Zde je to samý pytlák," odpověděl závodčí, "předešlého strážmistra chtěli hodit do vody. Porybný na baště střílí jim štětiny do zadnice, ale to není nic platné. Nosejí v kalhotech kus plechu."

Závodčí rozhovořil se o pokroku, jak lidi na všechno přijdou a jeden jak podvádí druhého, a rozvinul novou teorii, že tahle válka je veliké štěstí pro lidstvo, poněvadž v těch patáliích vedle hodných lidí budou odstřelováni také lumpové a darebáci.

"Je beztoho moc lidí na světě," pronesl rozvážně, "jeden už se mačká na druhého a lidstvo se rozplemenilo až hrůza."

Přiblížili se zájezdní hospodě.

"Setsakramentsky to dnes profukuje," řekl závodčí, "myslím, že nám štamprle nemůže škodit. Neříkejte nikomu nic, že vás vedu do Písku. To je státní tajemství."

Před závodčím zatančila instrukce centrálních úřadů o lidech podezřelých a nápadných a o povinnosti každé četnické stanice: "Vyloučiti ony ze styku s místním obyvatelstvem a přísné dbáti, aby nepřicházelo při dopravě k dalším instancím k zbytečným rozhovorům v okolí."

"To se nesmí prozradit, co jste zač," znova ozval se závodčí, "do toho nikomu nic není, co jste vyved. Panika se nesmí šířit. - Panika je v těchhle dobách válečných zlá věc," pokračoval, "něco se řekne, a už to jde jako lavina po celém okolí. Rozumíte?"

"Já tedy nebudu šířit paniku," řekl Švejk a zachoval se také podle toho, poněvadž když hospodský se rozhovořil s nimi, Švejk zdůrazňoval: "Zde bratr říká, že budeme v jednu hodinu v Písku."

"A to má váš pan bratr orláb?" otázal se zvědavý hostinský závodčího, který ani nemrkaje drze odpověděl: "Dnes mu už končí!"

"To jsme ho dostali;' prohlásil usmívaje se k Švejkovi, když hospodský někam odběhl, "jenom ne žádnou paniku. Je válečná doba."

Jestli závodčí před vstupem do zájezdní hospody prohlásil, že myslí, že Štamprle nemůže škodit, byl optimistou, poněvadž zapomněl na množství, a když jich vypil dvanáct, prohlásil zcela rozhodné, že do tří hodin je velitel okresní četnické stanice u oběda, že to je marné přijít tam dřív, kromě toho že začíná chumelenice. Když budou do čtyř hodin odpůldne v Písku, je času habaděj. Do šesti je času dost. To už půjdou ve tmě, jak ukazuje dnešní počasí. Je to vůbec jedno, jít teď nebo až potom. Písek nemůže utéct.

"Buďme rádi, že sedíme v teple," bylo jeho rozhodné slovo, "tam v zákopech za takové sloty zkusejí víc než my u kamen."

Veliká stará kachlová kamna sálala teplem a závodčí zjistil, že to vnější teplo lze doplnit výhodně vnitřním, pomocí různých kořalek sladkých i mocných, jak říkají v Haliči.

Hospodský na této samotě měl jich osm druhů, nudil se a pil při zvuku meluzíny, která hvízdala za každým rohem stavení.

Závodčí neustále vybízel hostinského, aby s ním držel krok, obviňuje ho, že málo pije, což byla očividná křivda, neboť ten stál již sotva na nohou a chtěl neustále hrát ferbla a tvrdil, že v noci slyšel od východu dělostřelbu, načež závodčí škytal: "Jenom ne žádnou paniku. Od toho jsou in-instrukce."

A dal se do výkladu, že instrukce je souhrn nejbližších nařízení. Přitom prozradil několik tajných rezervátů. Hospodský již ničeho nechápal, jenom se vzmohl na prohlášení, že instrukcemi se vojna nevyhraje.

Bylo již temno, když závodčí rozhodl, že se nyní vydají se Švejkem na cestu do Písku. V chumelenici nebylo vidět na krok a závodčí neustále říkal: "Pořád rovně za nosem až do Písku: `

Když to řekl potřetí, hlas jeho nezněl již ze silnice, ale odněkud zdola, kam se svezl po stráni po sněhu. Pomáhaje si ručnicí, pracně vyškrábal se nahoru opět na silnici. Švejk slyšel, že se přidušeně směje: "Sklouzavka." Za chvíli však již ho opět nebylo slyšet, neboť sjel poznovu ze stráně, zařvav tak, až přehlušil vítr: "Upadnu, panika!" Závodčí proměnil se na pilného mravence, který když spadne odněkud, zas houževnaté leze nahoru. Pětkrát opakoval závodčí výlet ze stráně, a když opět byl u Švejka, řekl bezradně a zoufale: "Já bych vás mohl velice dobře ztratit."

"Nemají strachu, pane závodčí," řekl Švejk, "uděláme nejlepší, když se k sobě přivážem. Tak se nemůžem jeden druhýmu ztratit. Mají s sebou želízka?"

"Každý četník musí vždycky s sebou nosit želízka," důrazné řekl závodčí, klopýtaje kolem Švejka, "to je náš vezdejší chleba."

"Tak se tedy připnem," vybízel Švejk, "jen to zkusejí."

Mistrným pohybem připjal závodčí želízka Švejkovi a druhý konec sobě v zápěstí pravé ruky a nyní byli spolu spojeni jako dvojčata. Klopýtajíce po silnici nemohli od sebe a závodčí táhl Švejka přes hromádky kamenů, a když upadl, strhl Švejka s sebou. Přitom se jim želízka zařezávala do ruky, až konečně prohlásil závodčí, že to takhle dál nejde, že je musí opět odepjat. Po dlouhé a marné námaze zprostit sebe i Švejka želízek závodčí vzdychl: "My jsme spojeni na věky věkův."

"Amen," dodal Švejk a pokračovali v obtížné cestě.

Závodčího zmocnila se naprostá deprese, a když po hrozném utrpení pozdě večer dorazili do Písku k četnickému velitelství, na schodech' řekl úplně zdrceně závodčí Švejkovi: "Teď to bude hrozné. My od sebe nemůžem."

A opravdu bylo to hrozné, když strážmistr poslal pro velitele stanice, rytmistra Königa.

První slovo rytmistrovo bylo: "Dýchněte na mne."

"Teď to chápu," řekl rytmistr, zjistiv nesporné situaci svým bystrým, zkušeným čichem, "rum, kontušovka, čert, jeřabinka, ořechovka, višňovka a vanilková. - Pane strážmistr," obrátil se na svého podřízeného, "zde vidíte příklad, jak nemá četník vypadat. Takhle si počínat je takový přečin, že o tom bude rozhodovat vojenský soud. Svázat se s delikventem želízky. Přijít ožralý, total besoffen. Přilézt sem jako zvíře. Sundejte jim to."

"Co je?" obrátil se na závodčího, který volnou rukou obrácené salutoval.

"Poslušné hlásím, pane rytmistr, že nesu bericht "

"O vás půjde bericht k soudu," stručné řekl rytmistr, "pane strážmistr, zavřou oba muže, ráno je přivedou k výslechu, a ten bericht z Putimě proštudujou a pošlou mně do bytu."

Písecký rytmistr byl muž velice úřední, důsledný v pronásledování podřízených, znamenitý v byrokratických věcech.

Po četnických stanicích v jeho okresu nemohli nikdy říci, že odletěla bouřka. Ona se vracela každým přípisem podepsaným rytmistrem, který celý den vyřizoval různé výtky, napomenutí a výstrahy pro celý okres.

Od vypuknutí války visely nad četnickými stanicemi v píseckém okresu těžké chmůry.

Byla to pravá strašidelná, nálada. Hromy byrokratismu hřměly a bily do četnických strážmistrů, závodčích, mužstva, zřízenců. Pro každou pitomost disciplinární vyšetřování.

"Chceme-li vyhrát válku," říkal na svých inspekcích po četnických stanicích, "musí a být a b - b, všude musí být tečka na i."

Cítil se obklopen zradou a utvořil si přesný dojem, že každý četník na okrese má nějaké hříchy vyplývající z války, že každý má za sebou v té vážné době nějaké opomenutí ve službě.

A seshora ho bombardovali přípisy, ve kterých ministerstvo zemské obrany poukazovalo, že z píseckého okresu podle zpráv ministerstva vojenství přecházejí k nepříteli.

A honili jej pátrat po loajalitě v okresu. Vypadalo to strašidelné. Ženy z okolí šly doprovázet svoje muže na vojnu, a on věděl, že ti mužové určitě svým ženám slibují, že se, nedají zabít pro císaře pána.

Černožluté obzory počaly se zatahovat mraky revoluce. Na Srbsku, v Karpatech přecházely batalióny k nepříteli. 28. regiment, 11. regiment. V tom posledním vojáci z píseckého kraje a okresu. V tom předvzpourovém dusnu přijeli rekruti z Vodňan s karafiáty z černého organtýnu. Píseckým nádražím projížděli vojáci od Prahy a házeli nazpátek cigarety a čokoládu, kterou jim podávaly do prasečích vozů dámy z písecké společnosti.

Pak jel jeden maršový batalión a několik píseckých židů řvalo "Heil, nieder mit den Serben!" a dostalo takových pěkných pár facek, že týden se nemohli ukázat na ulici.

A mezitímco se dály tyto epizody, které jasné ukazovaly, že když po kostelích na varhany hrají "Zachovej nám, Hospodine", že je to jenom chatrné pozlátko a

170

všeobecná přetvářka; z četnických stanic přicházely ty známé odpovědi na dotazníky á la Putim, že je všechno v nejlepším pořádku, agitace že se nikde nevede proti válce, smýšlení obyvatelstva římská jednička a, nadšení římská jednička a-b.

"Vy nejste četníci, ale obecní policajti," říkával na svých obchůzkách, "místo toho, abyste zbystřili svou pozornost o tisíc procent, stává se z vás pomalu dobytek."

Učiniv tento zoologický objev, dodával: "Válíte se pěkné doma a myslíte si: Mit ganzem Krieg kann man uns Arsch lecken."

Následoval pak vždy výpočet všech povinností nešťastných četníků, přednáška o tom, jaká je celá situace a jak je to třeba všechno vzít do ruky, aby to skutečně bylo tak, jak to má být. Po tom vylíčení zářícího obrazu četnické dokonalosti, směřující k posílení rakouského mocnářství, následovaly hrozby, disciplinární vyšetřování, přesazení a nadávky.

Rytmistr byl pevně přesvědčen, že stojí zde na stráži, že něco zachraňuje a že všichni ti četníci z četnických stanic, které jsou pod ním, že je to líná sběř; egoisté, podlci, podvodníci, kteří vůbec ničemu jinému nerozumí nežli kořalce, pivu a vínu. A poněvadž mají nepatrné příjmy, že se, aby mohli chlastat, dají podplácet a rozbíjejí pomalu, ale jisté Rakousko. Jediný člověk, kterému důvěřoval, byl jeho vlastní strážmistr na okresním velitelství, který však vždycky v hospodě říkal: "Tak jsem vám zas měl dneska srandu z našeho starýho mrťafy..."

***

Rytmistr studoval bericht četnického strážmistra z Putimě o Švejkovi. Před ním stál jeho četnický strážmistr Matějka a myslel si, aby mu rytmistr vlezl na záda i se všemi berichty, poněvadž dole u Otavy čekají na něho s partií šnopsa.

"Posledně jsem vám říkal, Matějko," ozval se rytmistr, "že největší blbec, kterého jsem poznal, je četnický strážmistr z Protivína, ale podle tohohle berichtu přetrumfnul ho strážmistr z Putimi. Ten voják, kterého přivedl ten lotr kořala závodčí, s kterým byli svázaní jako dva psi, přece není žádný špión. Je to jistě praobyčejný dezertýr. Zde píše takové nesmysly, že každé malé dítě pozná na první pohled, že ten chlap byl ožralý jako papežský prelát. - Přiveďte sem ihned toho vojáka," poručil, když ještě chvíli studoval raport z Putimě. "Nikdy v životě jsem neviděl takovou snůšku blbostí, a ještě ke všemu pošle s tím podezřelým chlapem takový dobytek, jako je jeho závodčí. Mě ty lidi ještě málo znají, já dovedu být prevít. Dokud se třikrát denně přede mnou strachy nepodělají, tak jsou přesvědčeni, že si dám na sobě dříví štípat"

Rytmistr se rozpovídal o tom, jak se četnictvo dnes chová odmítavě ke všem rozkazům a jak sestavuje berichty, že ihned je vidět, že ze všeho si dělá každý takový strážmistr legraci, jen aby ještě něco víc zapletl.

Když seshora se upozorní, že není vyloučena možnost, aby se nepotloukali vyzvědači po krajinách, četničtí strážmistři je začínají vyrábět ve velkém, a jestli bude válka ještě nějaký čas trvat, bude z toho velký blázinec. Ať v kanceláři dají telegram do Putimě, aby zítra přišel strážmistr do Písku. On už mu tu "ohromnou událost", o které píše na počátku svého raportu, vytluče z hlavy.

"Od kterého regimentu jste utekl?" uvítal rytmistr Švejka.

"Od žádnýho regimentu."

Rytmistr pohlédl na Švejka a uviděl v jeho klidné tváři tolik bezstarostnosti, že se otázal: "Jak jste přišel k uniformě?"

"Každej voják, když narukuje, dostane uniformu," odpověděl Švejk s mírným úsměvem, "já sloužím u 91. regimentu, a nejenže jsem od svýho regimentu neutek, nýbrž naopak."

Slovo naopak provázel takovým přízvukem, že se rytmistr zatvářil žalostně a otázal se: "Jak to naopak?"

"To je věc náramně jednoduchá," svěřil se Švejk, "já jdu k svýmu regimentu, já ho hledám, a neutíkám od něho. Já si nic jinýho nepřeju než se co nejdřív dostat k svýmu regimentu. Já už jsem taky z toho celej nervózní, že se patrné vzdaluju od Českých Budějovic, když si pomyslím, že tam na mne čeká cele] regiment. Pan strážmistr v Putimi ukazoval mně na mapě, že Budějovice jsou na jih, a on místo toho obrátil mne na sever."

Rytmistr máchl rukou, jako by chtěl říct: Ten vyvádí ještě horší věci než obracet lidi na sever. "Vy tedy nemůžete svůj regiment najít," řekl, "vy jste ho šel hledat?"

Švejk vysvětlil mu celou situaci. Jmenoval Tábor a všechna místa, kudy šel do Budějovic: Milevsko - Květov - Vráž - Malčín - Čížová - Sedlec - Horažďovice - Radomyšl - Putim - Štěkno - Strakonice - Volyň - Dub - Vodňany - Protivín - a zas Putim.

S ohromným nadšením vylíčil Švejk svůj zápas s osudem, jak se chtěl živou mocí, nedbaje překážek, dostat k svému 91. regimentu do Budějovic a jak všechno jeho úsilí bylo marné.

Mluvil ohnivě a rytmistr mechanicky kreslil tužkou na kus papíru mrtvý kruh, ze kterého se nemohl dostat dobrý voják Švejk, když se vypravil k svému pluku.

"To byla herkulovská práce," řekl konečně, když se zalíbením naslouchal Švejkovu líčení, jak ho to mrzí, že se nemohl tak dlouho dostat k pluku, "na vás musela být mohutná podívaná, když jste se kroutil kolem Putimi."

"Vono se to mohlo už tenkrát rozhodnout," zmínil se Švejk, "nebejt toho pana strážmistra v tom nešťastným hnízdě. Von se mě vůbec neptal ani na jméno, ani na regiment a bylo mu to všechno nějak tůze moc divný. Von mě měl dát vodvést do Budějovic a v kasárnách už by mu řekli, jestli jsem ten Švejk, kerej hledá svůj regiment, nebo nějakej podezřelej člověk. Dneska už jsem moh bejt druhej den u svýho regimentu a vykonávat svý vojenský povinnosti."

"Proč jste v Putimi neupozornil, že se jedná o omyl?"

"Poněvadž jsem viděl, že je to marný, s ním mluvit. To už říkal starej hostinskej Rampa na Vinohradech, když mu chtěl někdo zůstat dlužen, že přijde někdy na člověka takovej moment, že je ke všemu hluchej jako pařez."

Rytmistr se dlouho nerozmýšlel a pomyslil si jen, že taková okružní cesta člověka, který chce se dostat k svému regimentu, je známkou nejhlubší lidské degenerace, i dal vyklepat v kanceláři na stroji, šetře všech pravidel a krás úředního slohu:

Slavnému velitelství c. k. pěšího pluku č. 91 v Českých Budějovicích

V příloze předvádí se Josef Švejk, dle dotyčného tvrzení býti pěšákem téhož pluku, zadržený na základě svého vyjádření v Putimi, okres Písek, četnickou stanicí, podezřelý ze zběhnutí. Týž uvádí, že se odebírá k svému výšeoznačenému pluku. Předvedený jest menší zavalité postavy, souměrného obličeje a nosu s modrýma očima, bez zvláštního znamení. V příloze B1 zasílá se účet za stravování dotyčného k laskavému převedení na účet min. zem. obrany s žádostí o potvrzení přijetí předvedeného. V příloze C1 zasílá se ku potvrzení seznam erárních věcí, které měl zadržený na sobě v době svého zachycení.

Cesta z Písku do Budějovic ve vlaku ušla Švejkovi bystře a rychle. Jeho společníkem byl mladý četník, nováček, který nespouštěl ze Švejka oči a měl hrozný strach, aby mu Švejk neutekl. Po celé cestě luštil těžký problém: Kdybych teď musel jít na malou nebo na velkou stranu, jak to udělám?

Rozřešil to tím, že mu musel Švejk dělat kmotra.

Po celé cestě se Švejkem od nádraží do Mariánských kasáren v Budějovicích upíral své oči křečovitě na Švejka, a kdykoliv přicházeli k nějakému rohu nebo křižovatce ulic, jako mimochodem vypravoval Švejkovi, kolik dostávají ostrých patron při každé eskortě, načež Švejk odpovídal, že je o tom přesvědčen, že žádný četník nebude po někom střílet na ulici, aby neudělal nějaké neštěstí.

Četník se s ním přel a tak dostali se do kasáren.

Službu v kasárnách měl již druhý den nadporučík Lukáš. Seděl, ničeho netuše, za stolem v kanceláři, když k němu přivedli Švejka s papíry.

"Poslušně hlásím, pane obrlajtnant, že jsem opět zde," zasalutoval Švejk, tváře se slavnostně. U celé té scény byl praporčík Koťátko, který později vypravoval, že po tom hlášení Švejkově nadporučík Lukáš vyskočil, chytil se za hlavu a upadl naznak na Koťátko, a že když ho vzkřísili, Švejk, který po celou tu dobu vzdával čest, opakoval: "Poslušné hlásím, pane obrlajtnant, že jsem opět zde!" A tu nadporučík Lukáš, celý bledý, třesoucí se rukou vzal papíry týkající se Švejka, podepsal, požádal všechny, aby vyšli, četníkovi že řekl, že je tak dobře, a že se se Švejkem uzavřel v kanceláři.

Tím skončila Švejkova budějovická anabaze. Je jisto, že kdyby byla popřána Švejkovi volnost pohybu, že by byl sám došel do Budějovic. Jestli úřady se mohly chvástat, že ony dopravily Švejka na místo služby, je to prosté omyl. Při jeho energii a nezmarné chuti bojovat zakročení úřadů v tom případě bylo házením klacků Švejkovi pod nohy.

***

Švejk a nadporučík Lukáš dívali se sobě do očí.

Nadporučíkovi oči svítily čímsi strašlivým a hrůzným a zoufalým, a Švejk díval se na nadporučíka něžně, láskyplně jako na ztracenou a opět nalezenou milenku.

V kanceláři bylo ticho jako v kostele. Vedle z chodby bylo slyšet, jak tam někdo přechází. Nějaký svědomitý jednoroční dobrovolník, který pro rýmu zůstal doma, což bylo znát na hlase, huhňal to, čemu se učil nazpaměť: jak se mají na pevnostech přijímat členové císařského domu. Bylo slyšet jasné: "Sobald die höchste Herrschaft in der Nähe der Festung anlangt, ist das Geschütz auf allen Bastionen und Werken abzufeuern, der Platzmajor empfängt dieselbe mit dem Degen in der Hand zu Pferde und reitet sodann vor."

"Držte tam hubu," zařval do chodby nadporučík, "vzdalte se ke všem čertům. Jestli máte horečku, tak zůstaňte doma ležet."

Bylo slyšet, jak se pilný jednoroční dobrovolník vzdaluje, a jako tichá ozvěna znělo sem z konce chodby huhňání: "In dem Augenblicke, als der Kommandant salutiert, ist das Abfeuern des Geschützes zu wiederholen, welches bei dem Absteigen der höchsten Herrschaft zum dritten Male zu geschehen ist "

A opět se dál nadporučík se Švejkem mlčky pozorovali, až konečně řekl nadporučík Lukáš s drsnou ironií: "Pěkně vás vítám, Švejku, do českých Budějovic. Kdo má být oběšen, ten se neutopí. Už na vás vydali zatykač a zítra jste u regimentsraportu. Já se s vámi již zlobit nebudu. Natrápil jsem se s vámi dost a dost a moje trpělivost praskla. Když si pomyslím, že jsem mohl tak dlouho žít s takovým blbem jako vy..."

Počal chodit po kanceláři: "Ne, to je hrozné. Teď se divím, že jsem vás nezastřelil. Co by se mně stalo? Nic. Byl bych osvobozen. Chápete to?"

"Poslušně hlásím, pane obrlajtnant, že to úplně chápu."

"Nezačínejte zas, Švejku, s těma vašima hovadinama, nebo se opravdu něco stane. Konečně vám zatneme žílu. Vy jste stupňoval svou pitomost donekonečna, až to všechno katastrofálně prasklo."

Nadporučík Lukáš zamnul si ruce: "Už je s vámi, Švejku, amen." Vrátil se ke svému stolu a napsal na kousek papíru několik řádků, zavolal na hlídku před kanceláří a poručil jí, aby odvedli Švejka k profousovi a odevzdali mu ten lístek.

Švejka odvedli přes nádvoří a nadporučík s netajenou radostí se díval, jak profous odmyká dveře s černožlutou tabulkou Regimentsarrest, jak Švejk mizí za těmi dveřmi a jak za chvíli vychází profous sám z těch dveří.

"Zaplať pánbůh," pomyslil si hlasitě nadporučík, "už je tam."

V tmavém prostoru lidomorny Mariánských kasáren Švejka uvítal srdečně tlustý jednoroční dobrovolník, provalující se na slamníku. Byl jediným vězněm a nudil se sám již druhý den. Na Švejkovu otázku, proč tam sedí, odpověděl, že pro maličkost. Napohlavkoval omylem jednomu poručíkovi od dělostřelectva v noci na náměstí v podloubí v opilém stavu. Vlastně ani nenapohlavkoval, srazil mu jenom čepici s hlavy. Stalo se to tak, že ten poručík od dělostřelectva stál v noci pod podloubím a patrně čekal na nějakou prostitutku. Byl obrácen k němu zády a jednoročnímu dobrovolníkovi připadal, jako by to byl jeho jeden známý jednoročák, Materna František.

"Ten je právě takové škorně," vyprávěl Švejkovi, "a tak jsem se pěkně zezadu připlížil a shodil jsem mu čepici a řekl jsem: ,Servus, Franci!` A ten chlap blbá hned začal pískat na patrolu a ta mne odvedla. - Může být," připouštěl jednoroční dobrovolník, "že při té tahanici padlo pár pohlavků, ale to myslím nic na věci nemění, poněvadž je to vyložený omyl. On sám přiznává, že jsem řekl: ,Servus, Franci,` a jeho křestní jméno je Anton. To je úplně jasné. Mně snad může škodit jenom to, že jsem utekl z nemocnice, a jestli to praskne s tím krankenbuchem... - Když jsem totiž narukoval," vypravoval dál, "tak jsem si předně najal pokoj v městě a snažil jsem si zaopatřit revmatismus. Třikrát za sebou jsem se namazal a pak jsem si lehl za město do příkopu, když pršelo, a zul si boty. Nepomáhalo to. Tak jsem se v zimě v noci koupal v Malši celý týden, a docílil jsem pravý opak. Kamaráde, já jsem se ti tak otužil, že jsem vydržel ležet ve sněhu na dvoře domu, kde jsem bydlel, celou noc a nohy jsem měl ráno, když mne domácí lidi probudili, tak teplé, jako kdybych nosil papuče. Kdybych byl alespoň dostal anginu, ale ono pořád nic nepřicházelo. Ba ani tu pitomou kapavku jsem nemohl dostat. Denně jsem chodil do Port Arthuru, někteří kolegové už dostali zánět varlat, řezali jim pauchy, a já jsem byl pořád imunní. Smůla, kamaráde, nekřesťanská. Až jsem se ti jednou u Růže seznámil s jedním invalidou z Hluboké. Ten mně řekl, abych jednou v neděli k němu přišel na návštěvu, a na druhý den že budu mít nohy jako konve. Měl doma tu jehlu i stříkačku, a já jsem opravdu sotva došel z Hluboké domů. Neoklamala mne ta zlatá duše. Tak jsem konečné přece měl svůj svalový revmatismus. Hned do nemocnice, a už bylo hej. A potom se na mne ještě štěstí usmálo podruhé. Do Budějovic byl přeložen můj pošvagřenec dr. Masák ze Žižkova a tomu mohu děkovat, že jsem se tak dlouho v nemocnici udržel. Byl by to se mnou dotáhl až k supravizitě, když jsem to ale tak zkazil s tím nešťastným krankenbuchem! Myšlenka to byla dobrá, znamenitá. Opatřil jsem si velkou knihu, nalepil na ni štítek, na který jsem namaloval ,Krankenbuch des 91. Reg.` Rubriky a všechno bylo v pořádku. Zapisoval jsem tam fingovaná jména, stupně horečky, nemoce a každý den odpůldne po vizitě šel jsem drze s knihou pod paždí do města. Ve vratech drželi vartu landveráci, takže i z té strany byl jsem úplně zabezpečen. Ukážu jim knihu a oni mně ještě zasalutovali. Pak šel jsem k jednomu známému úředníkovi od berního úřadu, tam jsem se převlékl do civilu a šel jsem do hospody, kde jsme vedli ve známé společnosti různé velezrádné řeči. Potom už jsem byl tak drzý, že jsem se ani do civilu nepřevlékal a chodil v uniformě po hospodách a po městě. Vracel jsem se na svou postel do nemocnice až k ránu, a když mě v noci zastavila patrola, ukázal jsem jí na svůj krankenbuch 91. regimentu a víc se mne nikdo na nic neptal. Ve vratech nemocnice opět mlčky ukázal jsem na knihu a nějak jsem se vždy do postele dostal. Tak stoupala moje drzost, že jsem myslel, že mně nikdo nemůže nic udělat, až došlo k osudnému omylu v noci na náměstí pod podloubím, k omylu, který jasně dokázal, že všechny stromy nerostou do nebe, kamaráde. Pýcha předchází pád. Všechna sláva polní tráva. Ikarus si spálil křídla. Člověk by chtěl být gigantem, a je hovno, kamaráde. Nevěřit náhodě a fackovat se ráno i večer s připomenutím, že opatrnosti nikdy nezbývá, a co je příliš moc, že škodí. Po bakchanáliích a orgiích dostaví se vždy morální kocovina. To je zákon přírody, milý příteli. Když povážím, že jsem si zkazil supravizitu, superarbitraci. Že jsem mohl být felddienstunfähig. Taková ohromná protekce! Mohl jsem se válet někde v kanceláři na doplňovacím velitelství, ale má neopatrnost mně podrazila nohy."

Svou zpověď zakončil jednoroční dobrovolník slavnostně:

"Došlo i na Kartágo, z Ninive udělali zříceniny, milý příteli, ale hlavu vzhůru! Ať si nemyslí, že když mne pošlou na front, že dám jednu ránu. Regimentsraport! Vyloučení ze školy! Ať žije c. k. kretenismus! Budu já jim dřepět ve škole a skládat zkoušky. Kadet, fénrich, lajtnant, obrlajtnant. Naseru jim! Offiziersschule. Behandlung jener Schüler derselben, welche einen Jahrgang repetieren müssen! Vojenská paralýza. Nosí se kvér na levém nebo pravém rameni? Kolik má kaprál hvězdiček? Evidenzhaltung Militärreservemänner! - Himlhergot není co kouřit, kamaráde. Nechcete, abych vás naučil plivat na strop? Podívejte se, to se dělá takhle. Myslete si přitom něco, a vaše přání se splní. Jestli rád pijete pivo, mohu vám doporučiti výbornou vodu tamhle ve džbáně. Máte-li hlad a chcete-li chutně pojíst, doporučuji vám Měšťanskou besedu. Mohu vám též rekomendovat, abyste psal z dlouhé chvíle básně. Já již zde složil epopej:

Je profous doma? On spí, hochu, klidně,
zde armády je těžiště,
než nový befel přijde opět z Vídně,
že ztraceno je celé bojiště.
Tu proti nepřítele vpádu

on z pryčen staví barikádu.
Z úst mu při té práci splyne,
když se mu to podaří:
Říš rakouská nezahyne,
sláva vlasti, císaři!`

Vidíte, kamaráde," pokračoval tlustý jednoroční dobrovolník, "pak ať někdo řekne, že mizí mezi lidem úcta k našemu milému mocnářství. Uvězněný muž, který nemá co kouřit a na kterého čeká regimentsraport, podává nejkrásnější případ příchylnosti k trůnu. Skládá ve svých písních hold své širší vlasti, ohrožené ze všech stran výpraskem. Je zbaven svobody, ale z jeho úst plynou verše neochvějné oddanosti. Morituri te salutant, Caesar! Mrtví tě pozdravují, císaři, ale profous je pacholek. Máš to pěknou čeládku ve svých službách. Předevčírem dal jsem mu pět korun, aby mně koupil cigarety, a on chlap mizerná dnes ráno řekl, že se zde nesmí kouřit, že by z toho měl opletání.a těch pět korun že mně vrátí, až bude lénunk. Ano, kamaráde, nevěřím dnes ničemu. Nejlepší hesla jsou zvrácena. Vězně okrádati! A ten chlap si ještě ke všemu celý den zpívá. ‚Wo man singt, da leg' dich sicher nieder, böse Leute haben keine Lieder!' Ničema, uličník, padouch, zrádce!"

Jednoroční dobrovolník dal nyní Švejkovi otázku o jeho vině.

"Hledal regiment?" řekl, "to je pěkná túra. Tábor, Milevsko, Květou, Vráž, Malčín, Čížová, Sedlec, Horažďovice, Radomyšl, Putim, Štěkno, Strakonice, Volyň, Dub, Vodňany, Protivín, Putim, Písek, Budějovice. Trnitá cesta. I vy zítra k regimentsraportu? Bratře, na popravišti se tedy sejdeme. To zas má náš obrst Schröder pěknou radost. Nedovedete si ani představit, jak na něho účinkují plukovní aféry. Lítá po dvoře jako pominutý hafan a vysunuje jazyk jako mrcha kobyla. A ty jeho řeči, napomínání, a jak přitom plivá kolem sebe, jako uslintaný velbloud. A ta jeho řeč nemá konce a vy čekáte, že co nejdřív musí spadnout celé Mariánské kasárny. Já ho znám dobře, poněvadž již jednou jsem byl u takového regimentsraportu. Narukoval jsem ve vysokých botách a na hlavě jsem měl cylindr, a poněvadž mně krejčí včas nedodal uniformu, tak jsem přišel za školou jednoročáků na cvičiště i ve vysokých botách a v cylindru a postavil jsem se do řady a mašíroval s nimi na levém flangu. Obrst Schröder přijel na mne přímo na koni a div mne nepovalil na zem. ‚Donnerwetter,' zařval, až to bylo slyšet jistě na Šumavě, ‚was machen Sie hier, Sie Zivilist?' Odpověděl jsem mu slušně, že jsem jednoroční dobrovolník a že se zúčastňuji cvičení. A to jste měl vidět. FLečnil půl hodiny a teprve potom si všiml, že salutuji v cylindru. To už zvolal jen, že zítra mám jít k regimentsraportu, a hnal to na koni ze vzteku až buhvíkam jako divoký jezdec, a zas přicválal, opět nanovo řval, zuřil, bil se v prsa a poručil mne okamžitě ze cvičiště odstranit a dát na hauptvachu. Při regimentsraportu mně napařil kasárníka na čtrnáct dní, dal mne obléct do nemožných hadrů ze skladiště, hrozil mně odpáráním štráfků. - ‚Jednoroční dobrovolník,' blbl ten pitomec obrst nahlas, ‚je cosi vznešeného, jsou to embrya slávy, vojenské hodnosti, hrdinové. Jednoroční dobrovolník Wohltat, byv po odbyté zkoušce povýšen na kaprála, dobrovolně přihlásil se na frontu a zajal patnáct nepřátel a při odevzdávání jich byl roztržen granátem. Za pět minut došel pak rozkaz, že jednoroční dobrovolník Wohltat je povýšen na kadeta. I vás by čekala taková skvělá budoucnost, postup, vyznamenání, vaše jméno bylo by zaneseno do zlaté knihy pluku.'"

Jednoroční dobrovolník si odplivl: "Vidíte, kamaráde, jaká hovada rodí se pod sluncem. Vykašlu se jim na jednoročácké štráfky i na všechna privilegia: ‚Vy, jednoroční dobrovolníku, jste dobytek.' Jak to zní pěkně: ‚Jste dobytek,' a ne to sprosté: ‚Jsi dobytek.' A po smrti dostanete signum laudis nebo velkou stříbrnou medalii. C. k. dodavatelé mrtvol s hvězdičkami i bez hvězdiček. Oč je šťastnější každý vůl. Toho zabijou na porážce a netahají ho předtím pořád na execírák a na feldschießen."

Tlustý jednoroční dobrovolník převalil se na druhý slamník a pokračoval: "To je jisté, že tohle musí jednou všechno prasknout a že to nemůže trvat věčně. Zkuste pumpovat slávu do prasete, tak vám nakonec přece jen vybouchne. Kdybych jel na frontu, tak bych napsal na ešalon:

Lidskými hnáty zúrodníme lán.

Acht Pferde oder achtundvierzig Mann."

Otevřely se dveře a objevil se profous, přinášeje čtvrt porce komisárku pro oba a čerstvou vodu.

Aniž by vstal ze slamníku, oslovil jednoroční dobrovolník profousa touto řečí: "Jak jest to vznešené a krásné, vězně navštěvovati, svatá Anežko 91. regimentu! Buď vítán, anděli dobročinnosti, jehož srdce jest naplněno soucitem. Jsi obtěžkán koši jídel a nápojů, abys zmírnil naše hoře. Nikdy ti nezapomeneme prokázaného nám dobrodiní. Jsi zářící zjev v temném našem vězení."

"U regimentsraportu vám přejdou žerty," bručel profous.

"Jen se neštěť, křečku," odpovídal z pryčny jednoroční dobrovolník, "řekni nám raději, jak bys to udělal, kdybys měl zavřít deset jednoročáků? Nedívej se tak hloupě, klíčníku Mariánských kasáren. - Zavřel bys jich dvacet a deset pustil, sysle. Ježíšmarjá, já být ministrem vojenství, ty bys měl u mě vojnu! Znáš poučku, že úhel dopadu rovná se úhlu odrazu? O jedno tě jen prosím: Naznač a dej mně pevný bod ve vesmíru, a vyzdvihnu celou zem i s tebou, nádivo."

Profous vyvalil oči, otřásl se a práskl dveřmi.

"Vzájemně podporující se spolek na odstranění profousů," řekl jednoroční dobrovolník, rozděluje spravedlivě porci chleba na dvě části, "podle paragrafu 16 vězeňského řádu mají vězňové v kasárnách až do rozsudku opatřeni býti mináží vojenskou, ale zde panuje zákon prérie: kdo to vězňům dřív sežere."

Seděli se Švejkem na pryčně a hryzli komisárek.

"Na profousovi je nejlepší vidět," pokračoval ve svých úvahách jednoroční dobrovolník, "jak vojna zesuroví člověka. Jistěže náš profous, než nastoupil službu vojenskou, byl mladý muž s ideály, plavovlasý cherubín, něžný a citlivý ke každému, obhájce nešťastných, kterých se zastával vždy při rvačkách o holku na posvícení v rodném kraji. Není pochyby, že si ho všichni vážili, ale dnes... Můj bože, jak bych mu rád dal přes hubu, otloukl mu hlavu o pryčnu, shodil ho po hlavě do latríny. I to je, příteli, důkaz naprostého zesurovění mysli při vojenském řemesle."

Dal se do zpěvu:

Nebála se ani čerta,

vtom ji potkal kanonýr...

"Milý příteli," vykládal dál, "pozorujeme-li to všechno v měřítku naší milé monarchie, dospíváme neodvolatelně k tomu závěru, že je to s ní právě tak jako se strýcem Puškina, o kterém ten napsal, že nezbývá jen, poněvadž strýc je chcíplotina,

vzdychat i myslet pro sebe,

kdypak čert vezme tebe!"

Ozvalo se opět zarachocení klíče ve dveřích a profous na chodbě rozsvěcoval petrolejovou lampičku.

"Paprsek světla v temnotě," křičel jednoroční dobrovolník, "osvěta vniká do armády. Dobrou noc, pane profouse, pozdravujte všechny šarže a ať se vám něco hezkého zdá. Třebas o tom, že jste mně už vrátil těch pět korun, které jsem vám dal na zakoupení cigaret a které jste propil na mé zdraví. Spěte sladce, netvore!" Bylo slyšet, že profous bručí něco o zítřejším regimentsraportu.

"Opět sami," řekl jednoroční dobrovolník, "věnuji nyní chvíle před spaním výkladu a přednášce o tom, jak se každodenně rozšiřují zoologické vědomosti šarží i důstojníků: Vytřískat nový válečný živý materiál a vojensky uvědomělá sousta pro jícny děl, k tomu je třeba důkladných studií přírodopisu .nebo knihy Zdroje hospodářského blahobytu, vydané u Kočího, kde vyskytuje se na každé stránce slovo dobytek, prase, svině. Poslední dobou vidíme však, že naše pokročilé vojenské kruhy zavádějí nová pojmenování nováčků. U 11. kompanie kaprál Althof používá slova engadinská koza. Svobodník Müller, německý učitel z Kašperských Hor, nazývá nováčky českými smradochy, šikovatel Sondernummer volskou žabou, yorkshirským kancem a slibuje přitom, že každého rekruta vydělá. siní tak přitom s takovou odbornou znalostí, jako by pocházel z rodiny vycpavačů zvířat. Všichni vojenští představení snaží se tak vštípit lásku k vlasti zvláštními pomůckami, jako je řev a tanec kolem rekrutů, válečný ryk, připomínající divochy v Africe připravující se ke stažení nevinné antilopy nebo k pečení kýty z misionáře připraveného ke snědění. Němců se to ovšem netýká. Jestli šikovatel Sondernummer mluví cosi o saubandě, přidá vždy k tomu rychle die tschechische, aby se Němci neurazili a nevztahovali to na sebe. Přitom všechny šarže u 1 i. kompanie koulí očima jako ubohý pes, který z hltavosti spolkne houbu namočenou v oleji a nemůže ji dostat z krku. Jednou jsem slyšel rozhovor svobodníka Müllera s kaprálem Althofem, týkající se dalšího postupu při výcviku domobranců. V tomto rozhovoru vynikala slova jako ein paar Ohrfeigen. Myslel jsem původně, že došlo mezi nimi k něčemu, že se trhá německá vojenská jednota, ale zmýlil jsem se znamenitě. Jednalo se opravdu jen o vojáky. ‚Když takové české prase,ʻ poučoval rozšafně kaprál Althof, ‚nenaučí se ani po třiceti nýdr stát rovně jako svíčka, nestačí mu jen dát pár přes hubu. Rýpni ho pěkné jednou rukou pěstí do břicha a druhou naraž mu čepici přes uši, řekni: Kehrt euch!, a jak se otočí, tak ho kopni do zadnice, a uvidíš, jak se bude štrekovat a jak se bude fénrich Dauerling smát: Nyní vám, kamaráde, musím něco říct o Dauerlingovi," pokračoval jednoroční dobrovolník, "o němž si vypravují rekruti u 11. kompanie tak, jako nějaká opuštěná babička na farmě v blízkostí mexických hranic báji o nějakém slavném mexickém banditovi. Dauerling má pověst lidožrouta, antropofága z australských kmenů, kteří požírají příslušníky druhých kmenů padší jim do rukou. Jeho životní dráha je skvělá. Zanedlouho po narození upadla s ním chůva a malý Konrád Dauerling uhodil se do hlavičky, takže ještě dnes je vidět na jeho hlavě takovou zploštěnost, jako kdyby kometa narazila na severní točnu. Všichni pochybovali, že z něho něco může být, jestli vydrží to otřesení mozku, jen jeho otec, plukovník, neztrácel naděje a tvrdil, že mu to nemůže nijak vadit, poněvadž, jak se samo sebou rozumí, mladý Dauerling, až povyroste, věnuje se vojenskému povolání. Mladý Dauerling, po hrozném zápase s čtyřmi třídami nižší reálky, které vystudoval soukromě, přičemž předčasně zešedivěl a zblbl jeho domácí učitel a druhý chtěl skočit v zoufalství ze svatoštěpánské věže ve Vídni, přišel do hamburské kadetní školy. V kadetce se nikdy nedbalo na předběžné vzdělání,, neboť to většinou nehodí se pro rakouské aktivní důstojníky. Vojenský ideál spatřoval se jediné ve hraní na vojáčky. Vzdělanost působí na zušlechtění duše, a toho se na vojně nemůže potřebovat. Čím hrubší důstojnictvo, tím lepší.

Žák kadetky Dauerling nevynikal ani v těch předmětech, které každý jakžtakž ovládal. I v kadetce bylo znát stopy toho, že si Dauerling v mládí narazil hlavičku.

Jeho odpovědi při zkouškách jasné hovořily o tom neštěstí a vynikaly takovou pitomostí, a byly považovány přímo za klasické pro svou hlubokou pitomost a popletenost, že profesoři kadetky jinak ho nenazývali než unser braver Trottel. Jeho hloupost byla tak oslňující, že byla největší naděje, že snad po několika desetiletích dostane se do tereziánské akademie či do ministerstva vojenství.

Když vypukla válka a všecky mladičké kadetíky udělali fénrichy, dostal se do archu hamburských povýšenců i Konrád Dauerling a tak se dostal k 91. regimentu."

Jednoroční dobrovolník si oddechl a vypravoval dál: "Vyšla nákladem ministerstva vojenství kniha Drill oder Erziehung, ze které vyčetl Dauerling, že rva vojáky patří hrůza. Podle stupňů hrůzy že má též výcvik úspěch. A v této své práci měl vždy úspěch. Vojáci, aby nemuseli slyšet jeho řvaní, hlásili se po celých cukách k marodvizitě, což však nebylo korunováno úspěchem. Kdo se hlásil marod, dostal tři dny verschärft. Ostatně, vy víte, co je to verschärft. Honí vás na cvičišti po celý den a na noc vás ještě zavřou. Tak se stalo, že u kumpanie Dauerlinga nebylo marodů. Kumpaniemarodi seděli v díře. Dauerling stále zachovává na cvičišti onen nenucený kasárenský tón, začínající slovem svině a končící podivnou zoologickou záhadou: svinským psem. Přitom je velice liberální. Ponechává vojákům svobodu rozhodnutí. Říká: ‚Co chceš, slone, pár do nosu nebo tři dny verschärft?' Vybral-li si někdo verschärft, dostal k tomu přece jen dvě rány do nosu, k čemuž Dauerling přidává toto vysvětlení: ‚Ty zbabělče, ty se bojíš o svůj rypák, a co budeš dělat potom, až spustí těžká artilérie?'

Jednou, když rozbil oko jednomu rekrutovi, vyjádřil se: ‚Pah, was für Geschichte mit einem Kerl, muß so wie so krepieren: To říkal též polní maršálek Konrád z Hötzendorfu: ‚Die Soldaten müssen so wie so krepieren.'

Oblíbeným a působivým prostředkem Dauerlingovým je, že svolává české mužstvo svou přednáškou, ve které mluví o vojenských úkolech Rakouska, přičemž vysvětluje všeobecné zásady vojenské výchovy od špinglí až po pověšení a zastřelení. Na začátku zimy, než jsem šel do nemocnice, cvičili jsme na cvičišti vedle 11. kumpanie, a když byl rast, měl Dauerling řeč k svým českým rekrutům:

‚Já vím,' začal, ‚že jste lumpové a že je vám třeba vytlouct z hlavy všechno bláznovství. S češtinou se nedostanete ani pod šibenici. Náš nejvyšší vojenský pán je taky Němec. Posloucháte? Himmellaudon, nieder!`

Dělá všechno nýdr, a jak tak leží na zemi, chodí před nimi Dauerling a řeční: ,Nieder zůstane nieder, i kdybyste se, bando, v tom blátě rozkrájeli. Nieder bylo už ve starém Římě, tenkrát už museli všichni rukovat od sedmnácti do šedesáti let a sloužilo se třicet let v poli a neváleli se jako prasata v kasárnách. Byla tenkrát taky jednotná armádní řeč a velení. To by se na to byli páni římští důstojníci podívali, aby mužstvo mluvilo etrurisch. Já také chci, abyste všichni odpovídali německy, a ne tou vaší patlaninou. Vidíte, jak se vám to pěkně leží v blátě, a teď si pomyslete, že by se někomu z vás nechtělo dál ležet a že by vstal. Co bych udělal? Roztrhl bych mu hubu až po uši, poněvadž jest to porušení subordinace, vzpoura, zprotivení, provinění proti povinnostem řádného vojáka, porušení řádu a kázně, opovrhnutí služebními předpisy vůbec, z čehož vyplývá, že na takového chlapa čeká provaz a Verwirkung des Anspruches auf die Achtung der Standesgenossen.`"

Jednoroční dobrovolník se zamlčel a pak pokračoval, když si patrně v přestávce rozvrhl téma líčení poměrů v kasárnách:

"To bylo za hejtmana Adamičky, to byl člověk úplně apatický. Když seděl v kanceláři, tu se obyčejné díval do prázdna jako tichý blázen a měl takový výraz, jako by chtěl říct: Sežerte si mě, mouchy. Při batalionsraportu bůhví na co myslel. Jednou se hlásil k batalionsraportu voják od 11. kumpanie se stížností, že ho nazval fénrich Dauerling na ulici večer českým prasetem. Byl to v civilu knihař, uvědomělý národní dělník.

,Tak se tedy věci mají,` řekl hejtman Adamička tiše, neboť on mluvil vždy velice tiše, ,to vám řekl večer na ulici. Třeba zjistiti, zdali jste měl dovoleno vyjít si z kasáren. Abtreten!`

Za nějaký čas dal si hejtman Adamička zavolat podavatele stížnosti.

,Je zjištěno,` řekl opět tak tiše, ,že jste měl povolení vzdálit se ten den z kasáren do deseti hodin večer. A proto nebudete potrestán. Abtreten!`

O tom hejtmanovi Adamičkovi se pak říkalo, že má smysl pro spravedlnost, milý kamaráde, tak ho poslali do pole a namístě něho přišel sem major Wenzl. A to byl čertův syn, pokud se týkalo národnostních štvanic, a ten zaťal tipec fénrichovi Dauerlingovi. Major Wenzl má za manželku pešku a má největší strach z národnostních sporů. Když před lety sloužil jako hejtman v Kutné Hoře, vynadal jednou v opilosti v jednom hotelu vrchnímu, že je česká pakáž. Upozorňuji přitom, že ve společnosti mluvil major Wenzl výhradně česky, stejně jako ve své domácnosti, a že jeho synové studují česky. Slovo padlo, a už to bylo v místních novinách a nějaký poslanec interpeloval chování hejtmana Wenzla v hotelu ve vídeňském parlamentě. Měl z toho Wenzl velké nepříjemnosti, poněvadž to bylo právě v době povolení parlamentem vojenské předlohy, a teď jim do toho vleze takový ožralý hejtman Wenzl z Kutné Hory.

Potom hejtman Wenzl dozvěděl se, že tohle všechno mu nadrobil kadetštelfrtrétr z jednoročních dobrovolníků Zítko. Ten to dal o něm do novin, neboť mezi ním a hejtmanem Wenzlem panovalo nepřátelství od té doby, kdy

Zítko v jedné společnosti u přítomnosti hejtmana Wenzla dal se do uvažování, že stačí poohlédnouti se po boží přírodě, pozorovat, jak mračna zakrývají horizont, jak na obzoru vysoko se tyčí hory a jak řve vodopád v lesích, jak ptáci zpívají.

,Stačí,` povídal kadetštelfrtrétr Zítko, ,zamyslit se nad tím, co je každý hejtman proti velebné přírodě. Stejná nula jako každý kadetštelfrtrétr:

Poněvadž všichni vojenští páni byli tenkrát namazaní, chtěl hejtman Wenzl nešťastného filosofa Zítka zmlátit jako koně, a nepřátelství toto se stupňovalo a hejtman sekýroval Zítka, kde mohl, tím víc, poněvadž výrok kadetštelfrtrétra Zítka stal se pořekadlem.

,Co je hejtman Wenzl proti velebné přírodě?` to znali po celé Kutné Hoře.

,Já ho lumpa doženu k sebevraždě,` říkal hejtman Wenzl, ale Zítko šel do civilu a studoval dál filosofii. Od té doby trvá zběsilost majora Wenzla proti mladým důstojníkům. Ani poručík není jistým před jeho řáděním a zuřením. O kadetech a praporčících ani nemluvě.

,Rozmačkám je jako štěnice,` říká major Wenzl, a běda tomu fénrichovi, který někoho pro nějakou malichernost by hnal před batalionsraport. Pro majora Wenzla je směrodatným jenom velké a hrozné provinění, jako když někdo usne u prachárny na vartě nebo když vyvede něco ještě hroznějšího, když například přelézá voják v noci zeď Mariánských kasáren a usne nahoře na zdi, dá se chytit landveráckou nebo dělostřeleckou patrolou v noci, zkrátka provede tak strašné věci, že dělá hanbu regimentu.

,Prokristapána,` slyšel jsem ho jednou hulákat na chodbě, ,tak už ho potřetí chytla landverácká patrola. Hned ho, bestii, dejte do díry, a chlap musí od regimentu pryč, někam ku trénu, aby vozil hnůj. A ani se s nimi nesepral! To nejsou vojáci, ale metaři. Žrát mu dejte až pozítří, vezměte mu slamník a strčte ho do ajnclíku, a žádnou deku, drnorysovi!`

Nyní si představte, příteli, že ihned po jeho příchodu sem ten pitomý fénrich Dauerling hnal před batalionsraport jednoho muže, že prý ho ten zúmyslné nepozdravil, když Dauerling jel přes náměstí ve fiakru v neděli odpůldne s nějakou slečinkou! Tenkrát při batalionsraportu, jak vyprávěly šarže, bylo boží dopuštění. Šikovatel bataliónní kanceláře utekl až k chodbě s lejstrama a major Wenzl řval na Dauerlinga:

,Já si to vyprošuji, himldonrvetr, já si to zakazuji! Víte, pane fénrich, co je to batalionsraport? Batalionsraport není žádný švajnfest. Jak mohl vás vidět, když jste ujížděl po náměstí? Nevíte, že jste sám učil, že vzdává se čest šaržím, s kterými se setkáváme, a to neznamená, jestli má voják se točit jako vrána, aby našel pana fénricha projíždějícího se přes náměstí. Mlčte, prosím vás. Batalionsraport je zřízení velice vážné. Jestli voják vám již tvrdil, že vás neviděl, poněvadž právě na korze vzdával čest mně, obrácen ke mně, rozumíte, k majorovi Wenzlovi, a že nemohl se dívat dozadu na fiakr, který vás vezl, myslím, že se tomu musí věřit. Příště prosím neobtěžovat mne s takovými maličkostmi.`

Od té doby Dauerling se změnil."

Jednoroční dobrovolník zívl: "Musíme se vyspat na regimentsraport. Chtěl jsem vám jenom částečně říct, jak to asi u regimentu vypadá. Plukovník Schröder nemá rád majora Wenzla, je to vůbec divný pavouk. Hejtman Ságner, který má na starosti školu jednoročních dobrovolníků, vidí v Schrödrovi pravý typ vojáka, ačkoliv plukovník Schröder nebojí se ničeho tak jako toho, kdyby měl jít do pole. Ságner je chlap všemi mastmi mazaný a stejné jako Schröder nemá rád rezervní důstojníky. Říká o nich, že jsou to civilní smradí. Na jednoročáky dívá se jako na divoká zvířata, ze kterých je třeba udělat vojenské stroje, přišít jim hvězdičky a poslat na frontu,, aby je vybili místo ušlechtilých aktivních důstojníků, které třeba zachovat na plemeno. - Vůbec," řekl jednoroční dobrovolník, ukrývaje se pod deku, "všechno v armádě smrdí hnilobou. Ted' se ještě vyjevené masy nevzpamatovaly. S vypoulenýma očima jdou se dát rozsekat na nudle a potom, když ho trefí kulička, zašeptá jen: Maminko... Neexistují hrdinové, ale jatečný dobytek a řezníci v jenerálních štábech. A nakonec se jim to všechno vzbouří, a to bude pěkná mela. Ať žije armáda! Dobrou noc!"

Jednoroční dobrovolník utichl a pak počal sebou vrtět pod dekou a otázal se: "Spíte, kamaráde?"

"Nespím," odpověděl Švejk na druhém kavalci, "přemejšlím."

"O čem přemýšlíte, kamaráde?"

"O velkej stříbrnej medalii za udatnost, kterou dostal jeden truhlář z Vávrovy ulice na Král. Vinohradech, nějakej Mlíčko, poněvadž byl první, kterému u jeho regimentu utrh na začátku války granát nohu. Dostal umělou nohu a počal se všude chvástat se svou medalií a že je vůbec první a nejprvnější mrzák od regimentu za války. Jednou přišel do Apolla na Vinohradech a tam se dostal do sporu s řezníky z porážky, kteří mu nakonec utrhli umělou nohu a praštili ho s ní přes hlavu. Ten, co mu ji utrh, nevěděl, že je to umělá noha, tak z toho leknutí omdlel. Na strážnici zas Mlíčkovi nohu přidělali, ale od té doby dostal Mlíčko zlost na svou velkou stříbrnou medalii za udatnost a šel ji zastavit do zastavárny a tam ho zadrželi i s medalií. Měl z toho opletání, a je nějaký takový čestný soud pro válečné invalidy, a ten ho odsoudil k tomu, že mu vzali tu stříbrnou medaili a pak ho odsoudili ještě ku ztrátě nohy..."

"Jak to?"

"Náramně prostě. Přišla jednoho dne k němu komise a oznámila mu, že není hoden nosit umělou nohu, tak mu ji vodepnuli a vodnesli. - Anebo," pokračoval Švejk, "taky je náramná legrace, když pozůstalí po někom, kerej pad ve válce, dostanou najednou takovou medalii s přípisem, že se jim ta medalie propůjčuje, aby ji někam pověsili na význačné místo. V Božetěchové ulici na Vyšehradě jeden rozzuřený otec, který myslel, že si z něho úřady dělají legraci, pověsil tu medalii na záchod a jeden policajt, který s ním měl na pavlači ten záchod společnej, udal ho pro velezrádu, a tak si to ten chudák odskákal."

"Z toho vyplývá," řekl jednoroční dobrovolník, "že všechna sláva polní tráva. Ted vydali ve Vídni Zápisník jednoročního dobrovolníka a tam je tento úchvatný verš v českém překladě:

Byl jednou jednoročák statný,

ten za vlast, krále svého pad

a příklad podal druhům zdatný,

jak za vlast třeba bojovat.
Hle, mrtvolu již na lafetě nesou,
na prsa hejtman dal mu řád,
modlitby tiché ku nebi se vznesou
za toho, který za vlast pad.
Tak mně připadá," řekl jednoroční dobrovolník po krátké pomlčce, "že duch vojenský v nás upadá, navrhuji, milý příteli, abychom v noční tmě, v tichu našeho vězení si zazpívali o kanonýrovi Jabůrkovi. To povznese vojenského ducha. Ale musíme řvát, aby to bylo slyšet po celých Mariánských kasárnách. Navrhuji proto, abychom se postavili ke dveřím." A z arestu ozval se za chvíli řev, až se na chodbě okna třásla:
...A u kanónu stál
a pořád lálo - ládo...
a u kanónu stál
a pořád ládoval.

Přiletěla koule prudce,
utrhla mu obě ruce,
a von klidně stál
a pořád ládo - ládo...
u kanónu stál

a pořád ládoval...
Na nádvoří ozvaly se kroky a hlasy.
"To je profous," řekl jednoroční dobrovolník, "jde s ním lajtnant Pelikán, který má dnes službu. Je to rezervní důstojník, můj známý z České besedy, v civilu je matematikem v jedné pojišťovně. Od toho dostaneme cigarety. Rveme jen dál."
A opět ozvalo se: A u kanónu stál...
Když se otevřely dveře, profous, zřejmé rozčílený přítomností službu konajícího důstojníka, spustil ostře:
"Zde není žádná menažérie."
"Pardon," odpověděl jednoroční dobrovolník, "zde je filiálka Rudolfina, koncert ve prospěch uvězněných. Právě ukončeno první číslo programu: Válečná symfonie."

"Nechte toho," řekl poručík Pelikán naoko přísné, "myslím, že víte, že máte jít v devět hodin ležet a netropit hluk. Vaše koncertní číslo je slyšet až na náměstí."

"Poslušně hlásím; pane lajtnant," řekl jednoroční dobrovolník, "že jsme se nepřipravili náležitě, a jestli nějaká disharmonie..."

"Tohle dělá každý večer," snažil se popichovat na svého nepřítele profous, "chová se vůbec strašně neinteligentně."

"Prosím, pane lajtnant," řekl jednoroční dobrovolník, "chtěl bych s vámi mluvit mezi čtyřma očima. At profous počká za dveřmi."

Když to bylo splněno, jednoroční dobrovolník důvěrné řekl: "Tak vysyp cigarety, Franto. - Sportky? A to jako lajtnant nemáš nic lepšího? Prozatím ti děkuji. Ještě sirky. - Sportky," řekl po jeho odchodu jednoroční dobrovolník opovržlivě, "i v nouzi má být člověk povznesen. Kuřte, kamaráde, na dobrou noc. Zítra nás čeká poslední soud." Jednoroční dobrovolník nežli usnul, neopomenul zazpívat "Hory, doly a skály vysoké jsou moji přátelé. To nám nenavrátí, co jsme měli rádi, děvčátka rozmilé..."

Jestli jednoroční dobrovolník vyličoval plukovníka Schrödra jako netvora, byl na omylu, neboť plukovník Schröder měl částečný smysl pro spravedlnost, který jasně vystupoval po těch nocích, kdy plukovník Schröder byl spokojen se společností, v jejíž středu trávil večery v hotelu. A nebyl-li spokojen?

Zatímco jednoroční dobrovolník pronášel zdrcující kritiku poměrů v kasárnách, plukovník Schröder seděl v hotelu ve společnosti důstojníků a poslouchal, jak nadporučík Kretschmann, který se vrátil ze Srbska s bolavou nohou (trkla ho kráva), vypravoval, jak se díval od štábu, ku kterému byl přidělen, na útok na srbské pozice:

"Ano, nyní vyletěli ze zákopů. Na celé délce dvou kilometrů lezou nyní přes drátěné překážky a vrhají se na nepřítele. Ruční granáty za pasem, masky, ručnici přes rameno, připraveni ku střelbě, připraveni k úderu. Hvízdají kulky. Padne jeden voják, který vyskakuje ze zákopu, druhý padne na vyhozeném náspu, třetí padne po několika krocích, ale těla kamarádů ženou se dále kupředu s hurá, kupředu do kouře a prachu. A nepřítel střílí ze všech stran, ze zákopů, z trychtýřů od granátů, a míří na nás kulomety. Zas padají vojáci. Švarm chce se dostat na nepřátelskou strojní pušku. Padnou. Ale kamarádi jsou již upředu. Hurrá! Padne jeden důstojník. Už není slyšet ručnice pěchoty, připravuje se něco hrozného. Zas padne jeden celý Švarm a je slyšet nepřátelské strojní pušky: ratatatata... Padne... Já, odpusťte, už dál nemohu, já jsem opilý..."

A důstojník s bolavou nohou se zamlčel a zůstal sedět tupé na židli. Plukovník Schröder se milostivě usmívá a poslouchá, jak naproti hejtman Spíra, jako kdyby se chtěl hádat, tluče pěstí do stolu a opakuje něco, co nemá žádného významu a čemuž není naprosto rozumět, co to vlastně má znamenat a co chce tím říct:

"Uvažte prosím dobře. Máme ve zbrani rakouské zeměbranecké hulány, rakouské zeměbrance, bosenské myslivce, rakouské myslivce, rakouské pěšáky, uherské pěšáky, tyrolské císařské střelce, bosenské pěšáky, uherské pěší honvédy, uherské husary, zeměbranecké husary, jízdní myslivce, dragouny, hulány, dělostřelce, trén, sapéry, sanitu, námořníky. Rozumíte? A Belgie? První a druhá výzva vojska tvoří operační armádu, třetí výzva obstarává službu v zádech armády..."

Hejtman Spíro udeřil pěstí do stolu. "Zeměbrana vykonává službu v zemi v čas míru."

Jeden mladý důstojník vedle horlivě se snažil, aby přesvědčil plukovníka o své vojenské tvrdostí, a velice hlasitě tvrdil k svému sousedovi: "Tuberkulózní lidi se musí posílat na frontu, udělá jim to dobře, a pak je lepší, když padnou nemocní než zdraví."

Plukovník se usmíval, ale náhle se zachmuřil a obraceje se na majora Wenzla řekl: "Divím se, že se nám nadporučík Lukáš vyhýbá, od té doby, co přijel, nepřišel ještě ani jednou mezi nás."

"On skládá básničky," posměšné se ozval hejtman Ságner, "sotva přijel, tak se zamiloval do paní inženýrově Schreiterové, s kterou se setkal v divadle."

Plukovník se zachmuřeně podíval před sebe: "Prý umí zpívat kuplety?"

"Už v kadetce nás velice bavil kuplety," odpověděl hejtman Ságner, "a anekdoty zná, jedna radost. Proč nejde mezi nás, nevím."

Plukovník smutně potřásl hlavou: "Dnes už není mezi námi to pravé kamarádství. Dřív, pamatuji se, že každý z nás, důstojníků, snažil se v kalině přispět něčím k zábavě. Jeden, pamatuji se, nějaký nadporučík Dankl, ten se svlékl do naha, lehl si na podlahu, zastrčil si do zadnice ocas ze slanečka a představoval nám mořskou pannu. Jiný zas, poručík Schleisner, uměl stříhat ušima a řičet jako hřebec, napodobovat mňoukání koček a bzučení čmeláka. Pamatuji se také na hejtmana Skodayho. Ten vždy, když jsme chtěli, přivedl do kasina holky, byly to tři sestry, a měl je nacvičené jako psy. Postavil je na stůl a ony se začaly před námi obnažovat do taktu. Měl takovou malou taktovku, a všechna čest, kapelník byl znamenitý. A co s nimi prováděl na pohovce! Jednou dal přinést vanu s teplou vodou doprostřed místnosti a my jeden po druhém museli jsme se s těma holkama vykoupat a on nás fotografoval."

Při této vzpomínce plukovník Schröder se blaženě usmíval.

"A jaké sázky jsme dělali ve vaně," pokračoval, mlaskaje hnusně a vrtě sebou na židli, "ale dnes? Je to nějaká zábava? Ani ten kupletista se neobjeví. Ani pít dnes mladší důstojníci neumí. Není ještě dvanáct hodin, a už je za stolem, jak vidíte, pět opilých. Byly časy, že jsme seděli dva dny, a čím víc pili, tím byli střízlivějšími, a lili jsme do sebe nepřetržitě pivo, víno, likéry. Dnes to není již ten pravý vojenský duch. Čertví co je toho příčinou. Žádný vtip, jen samé takové povídačky bez konce. Poslouchejte jen, jak tam dole u stolu mluví o Americe."

Od druhého konce stolu bylo slyšet čísi vážný hlas: "Amerika se do války pouštět nemůže. Američani a Angličani jsou na nůž. Amerika není na válku připravena."

Plukovník Schröder vzdychl: "To je žvanění rezervních důstojníků. Ty nám byl čert dlužen. Takový člověk ještě včera psal někde v bance nebo dělal kornoutky a prodával koření, skořici a leštidlo na boty nebo vypravoval dětem ve škole, že hlad vyhání vlky z lesů, a dnes by se chtěl rovnat k aktivním důstojníkům, všemu rozumět a do všeho strkat nos. A když máme u nás aktivní důstojníky, jako je nadporučík Lukáš, tu pan nadporučík mezi nás nejde."

Plukovník Schröder v mrzuté náladě odešel domů, a když se ráno probudil, měl ještě horší náladu, poněvadž v novinách, které četl v posteli, několikrát našel větu ve zprávách z bojiště, že naše vojska byla odvedena na předem již připravené pozice. Byly to slavné dny rakouské armády, podobající se jako vejce vejci dnům u Šabace.

A pod tím dojmem přikročil v deset hodin ráno plukovník Schröder k tomu výkonu, který snad správně pojmenoval jednoroční dobrovolník posledním soudem.

Švejk s jednoročním dobrovolníkem stáli na nádvoří a očekávali plukovníka. Byly zde již šarže, službu konající důstojník, plukovní adjutant a šikovatel z plukovní kanceláře se spisy o provinilcích, na které čeká sekyra spravedlnosti - regimentsraport.

Konečně se objevil zachmuřený plukovník v průvodu hejtmana Ságnera ze školy jednoročních dobrovolníků, nervózně sekaje bičíkem přes holinku svých vysokých bot.

Přijav raport, přešel několikrát za hrobového mlčení kolem Švejka a jednoročního dobrovolníka, kteří dělali rechtsšaut nebo linksšaut, podle toho, na kterém křídle se plukovník objevil. vinili to s neobyčejnou důkladností, že si mohli krky vykroutit, poněvadž to trvalo hezkou chvíli.

Konečně se plukovník zastavil před jednoročním dobrovolníkem, který hlásil: "Jednoroční dobrovolník..."

"Vím," řekl stručné plukovník, "vyvrhel jednoročních dobrovolníků. tím jste v civilu? Studující klasické filosofie? Tedy ožralý inteligent... Pane hejtmane," zvolal na Ságnera, "přiveďte sem celou školu jednoročních dobrovolníků. - To se ví," hovořil dál k jednoročnímu dobrovolníkovi, "milostpán student klasické filosofie, s kterým se musí našinec špinit. Kehrt euch! To jsem věděl. Faldy na mantlu v nepořádku. Jako kdyby šel od děvky nebo se válel v bordelu. Já vás, chlapečku, roznesu."

Škola jednoročních dobrovolníků vstoupila na nádvoří.

"Do čtverce!" rozkázal plukovník. Obklopili souzené i plukovníka úzkým čtvercem.

"Podívejte se na toho muže," řičel plukovník, ukazuje bičíkem na jednoročního dobrovolníka, "prochlastal vaši čest jednoročních dobrovolníků, ze kterých má se vychovat kádr řádných důstojníků, kteří by vedli mužstvo k slávě na poli bitevním. Ale kam by vedl on své mužstvo, tento ochlasta? Z hospody do hospody. Všechen vyfasovaný rum by mužstvu propil. Můžete říct něco na svou omluvu? Nemůžete. Podívejte se na něho. Ani na svou omluvu nemůže nic říct, a v civilu studuje klasickou filosofii. Opravdu, klasický případ."

Plukovník pronesl poslední slova významně pomalu a odplivl si: "Klasický filosof, který v opilosti sráží důstojníkům v noci čepice s hlavy. Mensch! Ještě štěstí, že to byl jen takový důstojník od dělostřelectva."

V tom posledním byla soustředěna všechna zášť 91. regimentu proti dělostřelectvu v Budějovicích. Běda dělostřelci, který padl v noci do rukou patroly od pluku, a naopak. Zášť hrozná, nesmiřitelná, vendeta, krevní msta, dědící se z ročníku na ročník, provázená na obou stranách tradičními historkami, jak bud infanteristi naházeli dělostřelce do Vltavy, nebo opačně. Jak se seprali v Port Arthuru, u Růže a v jiných četných zábavních místnostech jihočeské metropole.

"Nicméně," pokračoval plukovník, "taková věc se musí bezpříkladně potrestat, chlap musí být vyloučen ze školy jednoročních dobrovolníků, morálně zničen. Máme už dost takových inteligentů v armádě. Regimentskanzlei!"

Šikovatel z plukovní kanceláře přistoupil vážně se spisy a s tužkou.

Panovalo ticho jako v soudní síni, kde soudí vraha a předseda soudu spustí: "Poslyšte rozsudek."

A právě takovým hlasem pronesl plukovník: "Jednoroční dobrovolník Marek odsuzuje se: 21 dní verschärft a po odpykání trestu do kuchyně škrábat brambory."

Obraceje se ke škole jednoročních dobrovolníků, dal plukovník rozkaz k seřazení. Bylo slyšet, jak rychle se rozdělují do čtyřstupu a odcházejí, přičemž plukovník řekl k hejtmanovi Ságnerovi, že to neklape, aby s nimi na nádvoří odpůldne opakoval kroky.

"To musí hřmít, pane hejtmane. A ještě něco. Málem bych byl zapomněl. Řekněte jim, že celá škola jednoročních dobrovolníků má po pět dní kasárníka, aby nikdy nezapomněli pna svého bývalého kolegu, toho lumpa Marka."

A lump Marek stál vedle Švejka a tvářil se úplné spokojeně. Lépe to už s ním dopadnout nemohlo. Je rozhodně lepší škrábat v kuchyni brambory, modelovat blbouny a obírat žebro než řvát s plnými kaťaty pod uragánním ohněm nepřítele: "Einzeln abfallen! Bajonett auf!"

Vrátiv se od hejtmana Ságnera, plukovník Schröder zastavil se před Švejkem a podíval se na něho pozorně. Švejkovu figuru v ten okamžik reprezentoval jeho plný, usměvavý obličej, zakrojený velkýma ušima vyčuhujícíma pod naraženou vojenskou čepicí. Celek dělal výraz naprostého bezpečí a neznalosti nějakého provinění. Jeho oči se ptaly: "Provedl jsem prosím něco?" Jeho oči mluvily: "Mohu já prosím za něco?"

A plukovník shrnul svá pozorování v otázku, kterou dal šikovateli z plukovní kanceláře: "Blb?"

A tu viděl plukovník, jak ústa toho dobráckého obličeje před ním se otvírají.

"Poslušně hlásím, pane obrst, blb," odpověděl za šikovatele Švejk.

Plukovník Schröder kývl adjutantovi a odešel s ním stranou. Pak zavolali na šikovatele a prohlíželi materiál o Švejkovi.

"Aha," řekl plukovník Schröder, "to je tedy ten sluha nadporučíka Lukáše, který se mu dle jeho raportu ztratil v Táboře. Myslím, že páni důstojníci mají si sami vychovávat své sluhy. Když už si pan nadporučík Lukáš vybral takového notorického blba za sluhu, ať se s ním trápí sám. Má na to dost volného času, když nikam nechodí. Že jste ho také nikdy neviděl v naší společnosti? Nu tak vidíte. Má tedy dost času, aby si mohl svého sluhu vycepovat."

Plukovník Schröder přistoupil k Švejkovi, a dívaje se na jeho dobrácký obličej, řekl: "Pitomý dobytku, máte tři dny verschärft, a až si to odbudete, hlaste se u nadporučíka Lukáše."

Tak se opět setkal Švejk s jednoročním dobrovolníkem v plukovním arestě a nadporučík Lukáš mohl se velice potěšit, když si ho dal plukovník Schröder k sobě zavolat, aby mu řekl: "Pane nadporučíku. Asi před týdnem, po svém příjezdu k pluku, podal jste mně raport o přidělení sluhy, poněvadž se vám váš sluha ztratil na nádraží v Táboře. Poněvadž se vrátil..."

"Pane plukovníku...," prosebné ozval se nadporučík Lukáš.

"...rozhodl jsem se," s důrazem pokračoval plukovník, "posadit ho na tři dny a pak ho zas pošlu k vám..."

Nadporučík Lukáš zdrceně se vypotácel z plukovníkovy kanceláře.

***

Během těch tří dnů, které.strávil Švejk ve společnosti jednoročního dobrovolníka Marka, bavil se velice dobře. Každého večera oba pořádali na pryčnách vlastenecky projevy.

Večer z arestu ozývalo se vždy "Zachovej nám, Hospodine" a "Prim Eugen, der edle Ritter". Přezpívali též celou řadu vojenských písniček, a když přicházíval profous, znělo mu na uvítanou:

Ten náš starej profous,
  ten nesmí zemříti,
  pro toho si musí
  čert z pekla přijíti.
Příjde pro něj s vozem
  a praští s ním vo zem,
  čerti si s ním v pekle
  pěkně zatopěj...

A nad pryčnu nakreslil jednoroční dobrovolník profouse a pod něho napsal text staré písničky:

Když jsem šel do Prahy pro jelita,
  potkal jsem na cestě tajtrlíka.
Nebyl to tajtrlík, byl to profous,
  kdybych byl neutek, byl by mne kous.

A zatímco oba tak dráždili profouse, jako v Seville andaluského býka dráždí červeným šátkem, nadporučík Lukáš s úzkostí očekával, kdy se objeví Švejk, aby hlásil, že nastupuje opět službu.

Švejkovy příhody v Királyhidě

Jednadevadesátý pluk se stěhoval do Mostu nad Litavou - Királyhidy.

Právě když po třídenním věznění měl být za tři hodiny Švejk propuštěn na svobodu, byl s jednoročním dobrovolníkem odveden na hlavní strážnici a s eskortou vojáků doprovozen na nádraží.

"To už se dávno vědělo," řekl k němu po cestě jednoroční dobrovolník, "že nás přeloží do Uher. Tam budou formírovat maršbatalióny, vojáci se vycvičí v polní střelbě, seperou se s Maďary a vesele pojedeme do Karpat. Sem do Budějovic přijedou Maďaři posádkou a budou se mísit plemena. Je už taková teorie, že znásilňovat dívky jiné národnosti je nejlepší prostředek proti degeneraci. Dělali to Švédové a Španělé za třicetileté války, Francouzi za Napoleona a teď v budějovickém kraji budou to dělat zase Maďaři a nebude to spojeno s hrubým znásilňováním. Poddá se všechno během času. Bude to prostá výměna. Český voják vyspí se s maďarskou dívkou a ubohá česká děvečka přijme k sobě maďarského honvéda, a po staletích bude to zajímavé překvapení pro antropology, proč se objevily vysedlé lícní kosti u lidí na březích Malše."

"S tím vzájemným pářením," poznamenal Švejk, "je to vůbec zajímavá věc. V Praze je číšník černoch Kristián, jehož otec byl habešským králem a dal se ukazovat v Praze na Štvanici v jednom cirku. Do toho se zamilovala jedna učitelka, která psala básničky do Lady vo pastejřích a potůčku v lese, šla s ním do hotelu a smilnila s ním, jak se říká v Písmu svatým, a náramně se divila, že se jí narodil chlapeček úplně bílej. Jó, ale za čtrnáct dní začal chlapeček hnědnout. Hned a hned a za měsíc začal černat. Do půlroku byl černej jako jeho tatínek, habešskej král. Šla s ním na kliniku pro kožní nemoce, aby jí ho nějak vodbarvili, ale tam jí řekli, že je to vopravdová černá kůže mouřenínská a že se nedá nic dělat. Tak se z toho pomátla, začala se ptát v časopisech o radu, co je proti mouřenínům, a vodvezli ji do Kateřinek a mouřenínka dali do sirotčince, kde z něho měli náramnou legraci. Pak se vyučil číšníkem a chodíval tancovat po nočních kavárnách. Rodí se dnes po něm čeští mulati s velikým úspěchem, který už nejsou tak zabarveni jako von. Jeden medik, který chodíval ke Kalichu, nám jednou vykládal, že to ale není tak jednoduchý. Takovej míšenec zas rodí míšence a ti jsou už k nerozeznání vod bílejch lidí. Ale najednou v nějakém kolenu že se vobjeví černoch. Představte si ten malér. Vy se voženíte s nějakou slečnou. Potvora je úplně bílá, a najednou vám porodí černocha. A jestli před devíti měsíci se šla podívat bez vás do variété na atletické zápasy, kde vystupoval nějakej černoch, tu myslím, že by vám to přeci jen trochu vrtalo hlavou."

"Případ vašeho černocha Kristiána," řekl jednoroční dobrovolník, "třeba

190

promyslit i ze stanoviska válečného. Dejme tomu, že toho černocha odvedli. Je Pražák, tak patří k 28. regimentu. Přece jste slyšel, že dvacátý osmý přešel k Rusům. Jak by se asi Rusové divili, kdyby zajali i černocha Kristiána. Ruské noviny by jistě psaly, že Rakousko žene do války svá koloniální vojska, kterých nemá, že Rakousko sáhlo už k černošským rezervám."

"Vypravovalo se," prohodil Švejk, "že Rakousko má přece kolonie, někde na severu. Nějakou tu Zem císaře Františka Josefa..."

"Nechte si to, hoši," řekl jeden voják z eskorty, "to je moc nevopatrný, vypravovat dnes vo nějakej Zemi císaře Františka Josefa. Nejmenujte nikoho a uděláte lepší..."

"Tak se podívejte na mapu," vpadl do toho jednoroční dobrovolník, "že opravdu je země našeho nejmilostivějšího mocnáře císaře Františka Josefa. Podle statistiky je tam samý led a vyváží se odtud na ledoborcích patřících pražským ledárnám. Tento ledový průmysl je i cizinci neobyčejně ceněn a vážen, poněvadž je to podnik výnosný, ale nebezpečný. Největší nebezpečí panuje při dopravě ledu ze Země císaře Františka Josefa přes polární kruh. Dovedete si to představit?"

Voják z eskorty cosi nejasně zabručel a kaprál provázející eskortu přiblížil se a naslouchal dalšímu výkladu jednoročního dobrovolníka, který vážně pokračoval: "Tato jediná rakouská kolonie může ledem zásobit celou Evropu a jest znamenitým národohospodářským činitelem. Kolonizace pokračuje ovšem pomalu, poněvadž kolonisti dílem se nehlásí, dílem zmrznou. Nicméně úpravou klimatických poměrů, na které má velký zájem ministerstvo obchodu i zahraniční ministerstvo, je naděje, že budou náležitě využitkovány velké plochy ledovců. Zařízením několika hotelů přiváび se spousty turistů. Bude ovšem třeba vhodně upravit turistické stezky a cesty mezi ledovými kry a namalovat na ledovce turistické značky. Je divou obtíží jsou Eskymáci, kteří znemožňují našim místním orgánům jich práci... - Chlapi se nechtějí učit německy," pokračoval jednoroční dobrovolník, zatímco desátník se zájmem naslouchal. Byl to aktivní muž, v civilu býval čeledínem, byl pitomec a surovec, hltal všechno, o čem neměl zdání, a jeho ideálem bylo sloužit za supu.

"Ministerstvo vyučování, pane kaprále, zbudovalo pro ně s velkým nákladem a obětmi, kdy zmrzlo pět stavitelů..."

"Zedníci se zachránili," přerušil ho Švejk, "poněvadž se vohřáli vod zapálený fajfky."

"Ne všichni," řekl jednoroční dobrovolník, "dvěma stala se nehoda, že zapomněli táhnout a dýmky jim uhasly, tak je museli v ledu zakopat. - Ale nakonec byla přece škola vystavena z ledových cihel a železobetonu, což drží velice dobře pohromadě, ale Eskymáci rozdělali oheň kolem dokola z rozebraného dříví obchodních lodí zamrzlých v ledu a docílili, co chtěli. Led, na kterém škola vystavena, se roztál a celá škola i s řídícím učitelem a se zástupcem vlády, který měl být druhého dne přítomen slavnostnímu vysvěcení školy, propadla se do moře. Bylo jen slyšet, že zástupce vlády, když už byl po krk ve vodě, vykřikl: Gott strafe England! Teď tam asi pošlou vojsko, aby udělalo s Eskymáky pořádek. To se ví, že bude s nimi těžká vojna. Nejvíc budou našemu vojsku škodit ochočení ledoví medvědi."

"Ještě to by scházelo," moudře poznamenal desátník, "beztoho už je různejch válečnejch vynálezů. Kupříkladu vezmeme si gázmasky na votravování plynem. Natáhneš si to na hlavu a jseš votrávenej, jak nám vykládali v unteroffiziersschule."

"Voni vás jen tak strašejí," ozval se Švejk, "žádnej voják se nemá ničeho bát. I kdyby v boji padl do latríny, tak se jen voblíže a jde dál do gefechtu, a na votravný plyny je každej zvykle] z kasáren, když je čerstvej komisárek a hrách s kroupama. Ale teď prej vynašli Rusové něco proti šaržím..."

"To budou asi zvláštní elektrické proudy," doplnil to jednoroční dobrovolník, "ty se sloučí s hvězdičkami na límci a ty vybuchnou, poněvadž jsou z celuloidu. To zas bude nová pohroma."

Ačkoliv byl desátník v civilu od volů, přece snad nakonec pochopil, že si z něho dělají legraci, a přešel od nich v čelo patroly.

Blížili se ostatně k nádraží, kde se loučili Budějovičáci se svým regimentem. Nemělo to oficielního rázu, ale náměstí před nádražím bylo naplněno obecenstvem, které očekávalo vojsko.

Zájem Švejkův soustředil se na špalír obecenstva. A jak tomu vždy bývá, i teď se stalo, že hodní vojáci šli vzadu, a ti pod bajonetem první. Hodní vojáci budou později namačkáni do dobytčáků, a Švejk s jednoročákem do zvláštního arestantského vozu, který byl vždy připjat k vojenským vlakům hned za štábní vagóny. V takovém arestantském voze je místa habaděj.

Švejk nemohl se udržet, aby nevykřikl do špalíru "Nazdar!" a nezamával čepicí. Působilo to tak sugestivně, že zástup to hlučné opakoval a "Nazdar!" šířilo se dál a zaburácelo před nádražím, kde daleko odtud se začalo říkat: "Už jdou."

Desátník z eskorty byl celý nešťastný a zařval na Švejka, aby držel hubu. Ale volání šířilo se jako lavina. Četníci zatlačovali špalír a razili cestu eskortě, a davy dál řvaly "Nazdar!" a mávaly čepicemi a klobouky.

Byla to pořádná manifestace. Z hotelu naproti nádraží z oken mávaly nějaké dámy kapesníky a křičely "Heil!" Do "nazdar" mísilo se "heil" i ze špalíru a nějakému nadšenci, který použil té příležitosti, aby vykřikl "Nieder mit den Serben", podrazili nohy a trochu po něm šlapali v umělé tlačenici. A jako elektrická jiskra dál se neslo: "Už jdou!"

A šli, přičemž pod bajonety přívětivé kýval Švejk rukou zástupům a jednoroční dobrovolník vážné salutoval.

Tak vešli na nádraží a šli k určenému vojenskému vlaku, když málem by byla ostrostřelecká kapela, jejíž kapelník byl vážné popleten nečekanou manifestací, spustila "Zachovej nám, Hospodine". Naštěstí v pravé chvíli objevil se v černém tvrdém klobouku vrchní polní kurát páter Lacina od 7. jízdecké divize a počal dělat pořádek.

Jeho historie byla prostinká. Přijel včera do Budějovic, on, postrach všech důstojnických mináží, nenažrané chlapisko, nedožera, a jakoby náhodou zúčastnil se malého banketu důstojníků odjíždějícího regimentu. Jed, pil za deset a ve víceméně nestřízlivém stavu chodil do důstojnické mináže loudit na kuchařích nějaké zbytky. Pohlcoval mísy s omáčkami a knedlíky, rval jako kočkovitá šelma maso od kostí a dostal se v kuchyni nakonec na rum, kterého když se nalokal, až krkal, vrátil se k večírku na rozloučenou, kde se proslavil novým ' chlastem. Měl v tom bohaté zkušenosti a u 7. jízdecké divize doplácelí vždy důstojníci na něho. Ráno dostal nápad, že musí dělat pořádek při odjezdu prvních ešalonů regimentu, a proto se potloukal po celé délce špalíru, účinkoval na nádraží tak, že důstojníci řídící dopravu pluku uzavřeli se před ním v kanceláři přednosty stanice.

Objevil se proto opět před nádražím v pravý čas, aby strhl taktovku kapelníka ostrostřelců, který už chtěl dirigovat "Zachovej nám, Hospodine".

"Halt," řekl, "ještě ne, až dám znamení. Ted' rút a já zas přijdu." Odešel do nádraží a pustil se za eskortou, kterou zastavil svým křikem: "Halt!"

"Kampak?" otázal se přísné desátníka, který nevěděl si rady v nové situaci.

Místo něho odpověděl dobrácky Švejk: "Do Brucku nás vezou, jestli chtějí, pane obrfeldkurát, můžou ject s námi."

"A to taky pojedu," prohlásil páter Lacina, a otáčeje se po eskortě, dodal: "Kdo říká, že nemůžu ject? Vorwärts! Marsch!"

Když se vrchní polní kurát ocitl v arestantském vagóně, položil se na lavici a dobrosrdečný Švejk svlékl si plášť a položil ho páterovi Lacinovi pod hlavu, k čemuž k uděšenému desátníkovi poznamenal tiše jednoroční dobrovolník: "Obrfeldkuráty ošetřovati."

Páter Lacina, pohodlně natažen na lavici, počal vykládat: "Ragú s hříbkami, pánové, je tím lepší, čím je víc hříbků, ale hříbky se musí napřed smažit na cibulce a pak se teprve přidá bobkový list a cibule..."

"Cibuli už jste ráčil dát předem," ozval se jednoroční dobrovolník, provázen zoufalým pohledem desátníka, který viděl v páterovi Lacinovi opilého sice, ale přece jen svého představeného.

Situace desátníka byla opravdu zoufalá.

"Ano," podotkl Švejk, "pan obrfeldkurát má ouplnou pravdu. tím víc cibule, tím lepší. V Pakoměřicích býval sládek a ten dával i do piva cibuli, poněvadž prej cibule táhne žížeň. Cibule je vůbec náramné prospěšná věc. Pečená cibule se dává i na nežidy..."

Páter Lacina zatím na lavici mluvil polohlasné, jako ve snění: "Všechno záleží na koření, jaké koření se do toho dá a v jakém množství. Nic se nesmí přepepřit, přepaprikovat..."

Mluvil čím dál pomaleji a tišeji: "Pře-hře-bíčkovat, pře-citró-novat, pře-novo-oko-řenit, pře-muškä..."

Nedopověděl a usnul, hvízdaje chvílemi nosem, když občas přestal chrápat.

Desátník se strnule na něho díval, zatímco mužové z eskorty se tiše smáli na svých lavicích.

"Ten se tak brzo neprobudí," prohodil Švejk za chvíli, "je ouplné vožralej. - To je jedno," pokračoval Švejk, když mu dával desátník úzkostlivé znamení, aby mlčel, "na tom se nedá nic změnit, je vožralej, jak zákon káže. Von je v rangu hejtmana. Každej z těch feldkurátů, nižší nebo vyšší, už má takový nadání od boha, že se zežere při každý příležitosti pod vobraz boží. Já jsem sloužil u feldkuráta Katze a ten by byl propil nos mezi očima. Tohle, co vyvádí tenhle, to ještě nic není proti tomu, co vyváděl ten. Propili jsme spolu monstranci a byli bychom snad propili i samýho pánaboha, kdyby byl nám někdo něco na něho půjčil."

Švejk přistoupil k páteru Lacinovi, obrátil ho ke stěně a znalecky řekl: "Ten bude chrnět až do Brucku," a vrátil se na své místo, provázen zoufalým pohledem nešťastného desátníka, který poznamenal: "Abych to šel snad oznámit"

"To si dejte zajít," řekl jednoroční dobrovolník, "vy jste eskortenkomandant. Vy se nesmíte od nás vzdálit. A také podle předpisu nesmíte nikoho z provázející stráže pustit ven, aby to šel oznámit, dokud nebudete míti náhradníka. Jak vidíte, to je tvrdý oříšek. Abyste pak střelbou dal znamení, aby sem někdo přišel, to také nejde. Zde se nic neděje. Na druhé straně zas je předpis, že kromě arestantů a provázející jich eskorty nesmí v arestantském vagóně být cizí osoba. Nezaměstnaným vstup přísně zapověžen. Abyste pak chtěl smazat stopy svého přestupku a vrchního feldkuráta při jízdě vlakem chtěl shodit z vlaku nenápadným způsobem, to také nejde, poněvadž jsou zde svědci, kteří viděli, že jste ho pouštěl do vagónu, kam nepatří. Je to, pane kaprál, jistá degradace."

Desátník rozpačitě se ozval, že do vagónu vrchního polního kněze nepouštěl, že se on sám k nim přidal a že je to přece jeho představený.

"Zde jste představeným jedině vy," důrazně tvrdil jednoroční dobrovolník, jehož slova doplnil Švejk: "I kdyby se k nám chtěl přidat císař pán, tak jste to nesměl dovolit. To je jako na vartě, když přijde k takovému rekrutovi inspekční oficír a požádá ho, aby mu došel pro cigarety, a ten se ho ještě zeptá, jakej druh mu má přinést. Na takový věci je festunk."

Desátník nesměle namítl, že Švejk přece první řekl obrfeldkurátovi, že může ject s nimi.

"Já si to můžu, pane kaprál, dovolit," odpověděl Švejk, "poněvadž jsem blbej, ale od vás by to žádnej nečekal."

"Sloužíte už dlouho aktivně?" otázal se desátníka jako mimochodem jednoroční dobrovolník. "Třetí rok. Nyní mám být povýšenej na cuksfíru."

"Tak nad tím udělejte křížek," cynicky řekl jednoroční dobrovolník, "jak vám říkám, z toho kouká degradace."

"Vono je to úplné jedno," ozval se Švejk, "padnout jako šarže nebo jako sprostej voják - ale pravda, degradovaný prej strkají do první řady."

Vrchní polní kurát sebou pohnul.

"Chrní," prohlásil Švejk, když zjistil, že je s ním všechno v náležitém pořádku, "teď se mu asi zdá o nějaké žranici. Jenom se bojím, aby se nám zde nevydělal.

Můj feldkurát Katz, ten když se vožral, tak se ve spaní necítil. Jednou vám..."

A Švejk počal vypravovat své zkušenosti s polním kurátem Otto Katzem tak podrobné a zajímavě, že ani nepozorovali, že se vlak hnul.

Teprve řev z vagónů vzadu přerušil vypravování Švejkovo. Dvanáctá kumpanie, kde byli samí Němci od Krumlovska a Kašperských Hor, hulákala: *Wann ich kumm, wann ich kumm, wann ich wieda, wieda kumm*. A z jiného vagónu nějaký zoufalec řval ke vzdalujícím se Budějovicům: *Und du, mein Schatz, bleibst hier Holarjó, holarjó, holo!* Bylo to takové hrozné jódlování a ječení, že ho museli kamarádi odtáhnout od otevřených dveří dobytčího vozu.

"To se divím," řekl jednoroční dobrovolník k desátníkovi, "že u nás se ještě neobjevila inspekce. Podle předpisu měl jste nás hlásit u komandanta vlaku hned na nádraží a nezabývat se nějakým opilým vrchním polním kurátem."

Nešťastný desátník mlčel tvrdošíjně a zarputile se díval na dozadu ubíhající telegrafní sloupy. "Když si pomyslím, že nejsme hlášeni u nikoho," pokračoval jízlivý jednoroční dobrovolník, "a že na nejbližší stanici k nám jistě vleze komandant vlaku, tu se ve mně vzepře vojenská krev. Vždyť my jsme jako..."

"...cikáni," vpadl do toho Švejk, "nebo vandráci. Mně to připadá, jako bychom se báli božího světla a nesměli se nikde hlásit, aby nás nezavřeli."

"Kromě toho," řekl jednoroční dobrovolník, "na základě nařízení ze dne 21. listopadu 1879 při dopravě vojenských arestantů vlaky je třeba zachovávati tyto předpisy: Za prvé: Arestantský vagón musí být opatřen mřížemi. To je jasné nad slunce a zde též provedeno dle předpisu. Nalézáme se za dokonalými mřížemi. To by bylo tedy v pořádku. Za druhé: V doplnění c. k. nařízení ze dne 21. listopadu 1879 má se nacházeti v každém arestantském vagóně záchod. Není-li takového, má být opatřen vagón krytou nádobou na vykonávání velké i malé tělesné potřeby arestantů i provázející stráže. Zde vlastně u nás se nemůže mluvit o arestantském vagóně, kde by mohl být záchod. Nalézáme se prostě v jednom přepaženém kupé, izolováni od celého světa. A také zde není oné nádoby..."

"Můžete to udělat z okna," prohodil pln zoufalství desátník.

"Zapomínáte," řekl Švejk, "že žádnej arestant nesmí k volenu."

"Potom za třetí," pokračoval jednoroční dobrovolník, "má být opatřena nádoba s pitnou vodou. O to jste se také nepostaral. A propos! Víte, v které stanici bude se rozdávat menáž? Nevíte? To jsem věděl, že jste se neinformoval..."

"Tak vidíte, pane kaprál," poznamenal Švejk, "že to není žádná legrace, vozit arestanty. Vo nás se musí pečovat. My nejsme žádný vobyčejný vojáci, který se musejí sami vo sebe starat. Nám se musí všechno přinést až pod nos, poněvadž jsou na to nařízení a paragrafy, kterejch se musí každej držet, poněvadž by to nebyl žádnej pořádek. ‚Zavřenej člověk je jako dítě v peřince,' říkával jeden známej syčák, ‚ten se musí vopatrovat, aby se nenastudil, aby se nerozčílil, aby byl spokojenej se svým osudem, že se mu chudáčkovi neubližuje: - Vostatné," řekl po chvíli Švejk, dívaje se přátelsky na desátníka, "až bude jedenáct, tak mně laskavé řekněte."

Desátník se tázavě podíval na Švejka.

"Vy jste se mě, pane kaprál, patrně chtěl zeptat, proč mně máte říct, až bude jedenáct. Vod jedenácti hodin patřím do dobytčího vagónu, pane kaprál," důrazné řekl Švejk a pokračoval slavnostním hlasem: "Byl jsem odsouzen na tři dny u regimentsraportu. V jedenáct hodin jsem nastoupil svůj trest a dneska v jedenáct hodin musím bejt propuštěnej. Vod jedenácti hodin nemám tady co dělat. Žádnej voják nesmí bejt dýl zavřenej, než mu patří, poněvadž na vojně se musí zachovávat disciplína a pořádek, pane kaprál."

Zoufalý desátník po této ráně se dlouho nemohl vzpamatovat, až konečně namítl, že nedostal žádných papírů.

"Milý pane kaprále," ozval se jednoroční dobrovolník, "papíry nejdou samy k veliteli eskorty. Když hora nejde k Mahomedovi, musí jít velitel eskorty sám pro papíry. Vy jste se nyní ocitl před novou situací. Rozhodně nesmíte zadržovat nikoho, který má vyjít na svobodu. Na druhé straně nesmí nikdo opustit podle platných předpisů arestantský vagón. Opravdu nevím, jak se dostanete z této prožluklé situace. tím dál je to horší. Ted' je půl jedenácté." Jednoroční dobrovolník zastrčil kapesní hodinky: "Jsem velice zvědav, pane kaprále, co budete dělat za půl hodiny."

"Za půl hodiny patřím do dobytčího vagónu," opakoval snivě Švejk, načež desátník úplné popletený a zničený obrátil se k němu:

"Jestli vám to nebude nevhod, já myslím, že je to zde mnohem pohodlnější než v dobytčáku. Já myslím..."

Byl přerušen výkřikem ze spaní vrchního polního kuráta: "Více omáčky!"

"Spi, spi," řekl dobrácky Švejk, podkládaje mu pod hlavu cíp pláště, který padal z lavice, "ať se ti zdá zas pěkné dál o žrádle."

A jednoroční dobrovolník počal zpívat: *Spi, děťátko, spi, zavři očka svý, pánbůh bude s tebou spáti, andělíček kolíbati, spi děťátko, spi*. Zoufalý desátník nereagoval již na nic. Díval se tupé do kraje a dal plný průběh naprosté dezorganizaci v arestantském kupé.

U pažení hráli vojáci z eskorty maso a na zadní tváře dopadaly svižné a poctivé rány. Když se tím směrem ohlédl, dívala se právě na něho vyzývavě zadnice jednoho pěšáka. Desátník si vzdychl a odvrátil se opět k oknu.

Jednoroční dobrovolník chvíli o něčem přemýšlel a pak se obrátil na zdrceného desátníka: "Jestlipak znáte časopis Svět zvířat?"

"Ten časopis," odpověděl desátník se zřejmým výrazem radosti, že hovor převádí se na jiné pole, "odbíral hospodský u nás ve vsi, poněvadž měl děsné rád Bánské kozy a všechny mu chcíply. Proto žádal v tom časopise o radu."

"Milý kamaráde," řekl jednoroční dobrovolník, "můj rozhovor, který bude nyní následovat, dokáže vám neobyčejné jasné, že chyb není nikdo ušetřen! Jsem přesvědčen, pánové, že vy tam vzadu přestanete hrát maso, neboť to, co vám nyní povím, bude velice zajímavé už tím, že mnohým odborným výrazům neporozumíte. Budu vám vypravovat povídku o Světě zvířat, abychom zapomněli na naše dnešní válečné trampoty:

Jak jsem se vlastně stal kdysi redaktorem Světa zvířat, onoho velice zajímavého časopisu, bylo pro mne nějaký čas hádankou dosti složitou do té doby, kdy jsem sám přišel k tomu názoru, že jsem to mohl provést jen ve stavu naprosto nepříčetném, ve kterém jsem byl sveden přátelskou láskou ku starému kamarádovi Hájkovi, který redigoval do té doby poctivě časopis, ale zamiloval se přitom do dcerušky majitele časopisu pana Fuchse, který ho vyhnal na hodinu pod tou podmínkou, že mu zaopatří redaktora pořádného.

Jak vidíte, byly tenkrát podivuhodné námezdní poměry.

Majitel listu, když jsem mu byl představen svým kamarádem Hájkem, přijal mne velice vlídně a otázal se mne, zdali mám vůbec nějaké ponětí o zvířatech, a byl velice spokojen mou odpovědí, že jsem si vždy velice zvířat vážil a viděl v nich přechod ke člověku a že zejména ze stanoviska ochrany zvířat respektoval jsem vždy jejich tužby a přání. Každé zvíře si nic jiného nepřeje, než aby bylo před tím, než je snědeno, usmrceno pokud možno bezbolestně.

Kapr od samého svého narození chová utkvělou představu, že není hezké od kuchařky, když mu párá břicho zaživa, a zvyk stínání kohouta že je náběhem spolku pro ochranu zvířat nepodřezávat drůbež rukou neumělou.

Zkroucené postavy smažených mřínků svědčí o tom, že umírajíce protestují proti tomu, aby byli v Podole smaženi zaživa na margarínu. Hnát krocana...

Vtom mne přerušil a optal se, zdali znám drůbežnictví: psy, králíky, včelařství, rozmanitosti ze světa zvířat, vystřihovat z cizích žurnálů obrázky k reprodukci, překládat z cizozemských žurnálů odborné články o zvířatech, umím-li listovat v Brehmovi a mohl-li bych s ním psát úvodníky ze života zvířat se zabarvením katolických svátků, změny ročních počasí, dostih, honů, výchovy policejních psů, národních i církevních svátků, zkrátka mít situační novinářský přehled a využitkovat ho v krátkém obsažném úvodníčku.

Prohlásil jsem, že jsem již velice mnoho přemýšlel o správném vedení takovéhoto časopisu, jako je Svět zvířat, a že všechny ty rubriky a body dovedu plně reprezentovat, ovládaje zmíněné náměty. Mou snahou však že bude vyšinout časopis na nezvyklou výši. Reorganizovat obsahově i věcné.

Zavésti nové rubriky, například ‚Veselý koutek zvířat`, ‚Zvířata o zvířatech`, všímaje si přitom bedlivé politické situace.

Poskytnout čtenářům překvapení za překvapením, aby se od zvířete ku zvířeti nemohli vzpamatovat. Rubrika ‚Ze dne zvířat` že se musí střídat s ‚Novým programem řešení otázky domácího skotu` a ‚Hnutím mezi dobytkem`.

Opět mne přerušil a řekl, že mu to úplné stačí, a jestli jen poloviček toho podaří se mně splnit, že mně daruje párek trpasličích wyandotek z poslední berlínské výstavy drůbeže, které obdržely první cenu a majitel zlatou medaili za výborné spáření.

Mohu říci, že jsem se vynasnažil a svůj vládní program v časopise dodržoval, pokud mé schopnosti stačily, ba dokonce přišel jsem k objevu, že mé články převyšují mé schopnosti.

Chtěje obecenstvu poskytnouti něco úplně nového, vymýšlel jsem si zvířata.

Vycházel jsem z toho principu, že například slon, tygr, lev, opice, krtek, kůň, čuně atd. jsou dávno již každému čtenáři Světa zvířat úplné známými tvory. Že třeba čtenáře rozrušit něčím novým. Novými objevy, a proto jsem to zkusil s velrybou sírobřichou. Tento nový druh mé velryby byl velikostí tresky a opatřen měchýřem naplněným mravenčí kyselinou a zvláštní kloakou, kterou má velryba sírobřichá s výbuchy vypouštěla na malé rybky, které chtěla požřít, omamnou jedovatou kyselinu, které později dal anglický učenec... teď se již nepamatuji, jak jsem ho nazval, pojmenování kyseliny velrybí. Velrybí tuk byl již všem známý, ale nová kyselina vzbudila pozornost několika čtenářů, kteří se ptali na firmu vyrábějící tuto kyselinu.

Mohu vás ubezpečit, že jsou vůbec čtenáři Světa zvířat velice zvědaví.

Krátce za sebou objevil jsem po velrybě sírobřiché celou řadu jiných zvířat. Jmenuji mezi nimi blahníka prohnaného, savce z rodu klokanů, vola jedlého, pratypa to krávy, nálevníka sépiového, kterého jsem označil za druh potkana.

Přibývala mně nová zvířata každým dnem. Sám byl jsem velice překvapen mými úspěchy v těchto oborech. Nikdy jsem si nepomyslil, že je třeba zvířenu tak silně doplnit a že Brehm tolik zvířat mohl vynechat ve svém spise Život zvířat. Věděl Brehm a všichni ti, kteří šli po něm, o mém netopýrovi z ostrova Islandu, ,netopýru vzdáleném`, o mé kočce domácí z vrcholku hory Kilimandžáro pod názvem ,pačucha jelení dráždivá`?

Měli do té doby přírodozpytci zdání o nějaké bleše inženýra Khúna, kterou jsem našel v jantaru a která byla úplně slepá, poněvadž žila na podzemním prachistorickém krtkovi, který také byl slepý, poněvadž jeho prababička se spářila, jak jsem psal, s podzemním slepým macarátem jeskynním z Postojenské jeskyně, která v té době zasahovala až na nynější Baltický oceán?

Z této nepatrné události vyvinula se veliká polemika mezi Časem a Čechem, poněvadž Čech v rozmanitostech ve svém fejetonu, cituje článek o bleše mnou objevené, prohlásil: ,Co Bůh činí, dobře činí: Čas přirozené čistě realisticky rozbil celou mou blechu i s velebným Čechem, a od té doby zdálo se, že mne opouští šťastná hvězda vynálezcova a objevitele nových stvoření. Abonenti Světa zvířat začali se znepokojovat.

Původ k tomu daly mé různé drobné zprávy o včelařství, drůbežnictví, kde jsem rozvinul své nové teorie, které způsobily pravé zděšení, poněvadž po mých jednoduchých radách ranila známého včelaře pana Pazourka mrtvice a vyhynulo včelaření na Šumavě i v Podkrkonoší. Na drůbež přišel mor a zkrátka chcípalo to všechno. Abonenti psali výhružné dopisy a odmítali časopis.

Vrhl jsem se na ptáky žijící na svobodě a ještě dnes se pamatuji na svou aféru s redaktorem Selského obzoru, klerikálním poslancem ředitelem Jos. M. Kadlčákem!

Vystřihl jsem z anglického časopisu Country Life obrázek nějakého ptáčka, který seděl na ořechu. Dal jsem mu název ořešník, stejné jako bych se nijak logicky nerozpakoval napsat, že pták sedící na jalovci je jalovník, případné jalovice.

I co se nestalo. Na obyčejném korespondenčním lístku napadl mne pan Kadlčák, že prý je to sojka a žádný ořešník, a že prý je to překlad Eichelhäher.

Poslal jsem dopis, ve kterém jsem celou svou teorii vyložil o ořešníku, propletaje dopis četnými nadávkami a vymyšlenými citáty z Brehma.

Poslanec Kadlčák odpověděl v Selském obzoru úvodním článkem.

Můj šéf, pan Fuchs, seděl jako vždy v kavárně a četl krajinské noviny, poněvadž poslední dobou náramně často hledal zmínky o mých poutavých článcích ve Světě zvířat, a když jsem přišel, ukázal na ležící na stole Selský obzor a řekl tiše, dívaje se na mne svýma smutnýma očima, který výraz měly jeho oči stále poslední dobou.

Četl jsem hlasitě před celou kavárenskou publikou:

‚Ctěná redakce! Upozornil jsem, že váš časopis zavádí názvosloví nezvyklé a neodůvodněné, že příliš málo dbá čistoty jazyka českého, vymýšlí si různá zvířata. Uvedl jsem doklad, že místo všeobecně užívaného starodávného názvu sojka zavádí váš redaktor žaludník, což má podklad v překladě německého názvu Eichelhäher - sojka.`

‚Sojka,` opakoval po mně zoufale majitel časopisu.

Četl jsem klidně dál: ‚Nato jsem od vašeho redaktora Světa zvířat obdržel dopis nesmírně hrubého, osobního a neomaleného rázu, kde jsem byl nazván trestuhodně ignorantským hovadem, což zasluhuje pokárání důrazného. Tak se neodpovídá na~ věcné vědecké výtky mezi slušnými lidmi. Rád bych věděl, kdo je z nás obou větší hovado. Snad, pravda, neměl jsem činiti výtky dopisnicí a dopsati listem, ale pro nával práce nevšiml jsem si té malichernosti, ale nyní po sprostém výpadu vašeho redaktora Svět zvířat vedu na veřejný pranýř.

Váš pan redaktor se náramné mýlí, domnívaje se, že jsem nedoučené hovado, které nemá ani ponětí, jak se ten který pták jmenuje. Zabývám se ornitologií po léta, a nikoliv z knih, nýbrž studiemi v přírodě, maje v klecích víc ptáků, než viděl váš redaktor ve svém životě, zejména člověk uzavřený v pražských kořalnách a hospodách.

Než to jsou věci vedlejší, ač by zajisté nebylo na škodu, kdyby se váš redaktor Světa zvířat dříve přesvědčil, komu vytýká hovadinu, nežli nájezd vyjde z pera, třeba je určen na Moravu do Frýdlandu u Místku, kde byl do tohoto článku též odbírán váš časopis.

Nejde ostatně o osobní polemiku bláznivého chlapa, nýbrž o věc, a proto opakuji znova, že vymýšlet si z překladů názvy jest nepřípustné, když máme všeobecné známý domácí název sojka.`

‚Ano, sojka,` ještě zoufalejším hlasem pronesl můj šéf.

Čtu spokojeně dál nedaje se přerušovat. ‚Je to darebáctví, když se to děje od neodborníků a surovců. Kdo kdy říkal sojce ořešník? V díle Naši ptáci na str. 148 jest latinský název: Garrulus glandarius B. A., je ten můj pták - sojka.

Redaktor vašeho listu zajisté uzná, že znám lépe svého ptáka, než ho může znát neodborník. Ořešník se nazývá podle dr. Bayera Mucifraga carycatectes B, a to B neznamená, jak mně psal váš redaktor, že je to začáteční písmeno slova blb.

Čeští ptakopisci znají vůbec jenom sojku obecnou, nikoliv vašeho žaludníka, kterého vynašel právě ten pán, na kterého patří začáteční písmeno B podle jeho teorie. To jest neurvalý osobní nájezd, který na věci nic nezmění.

Sojka zůstane sojkou, i kdyby se redaktor Světa zvířat z toho podě..1, a zůstane to jen dokladem, jak lehkomyslně a nevěcně se leckdys píše, byt by se i on dovolával Brehma nápadně neurvale. Ten sprosťák píše, že sojka patří podle Brehma do čeledi krokodýlovitých, str. 452, kde se mluví o ťuhýku čili strakoši obecném (Lanius minor L.). Pak se tento ignorant, smím-li to jeho jméno zdrobnit, dovolává opět Brehma, že sojka patří do čeledi patnácté, a Brehm havranovité počítá do čeledi sedmnácté, k nimž druží se havrani, rod kavek, a jest tak sprostý, že i mne nazval kavkou (Colaeus) a rodem strak, vran modrých, podčeledí blbounů nejapných, ačkoliv na téže stránce jedná se o sojkách hájních a strakách pestrých...`

,Sojky hájní,` vzdychl můj vydavatel časopisu, chytaje se za hlavu, ,dejte to sem, ať to dočtu:

Lekl jsem se, že mu ochraptěl hlas, kterým četl: ,Kolohříbek neboli kos turecký zůstane stejně v českém překladě kolohříbkem, jako zůstane kvíčala kvíčalou.`

,Kvíčale se má říkat jalovečník nebo jalovice, pane šéf,` podotkl jsem, ,poněvadž se živí jalovcem.` Pan Fuchs uhodil novinami o stůl a vlezl pod kulečník, chroptě ze sebe poslední slova, která přečetl: ,Turdus, kolohříbek. - Žádná sojka,` řval pod kulečníkem, ,ořešník, koušu, pánové!`

Byl konečně vytažen a na třetí den skonal v rodinném kruhu na mozkovou chřipku.

Poslední slovo jeho bylo, v jeho poslední jasné chvilce: ,Nejedná se mně o osobní zájem, ale o dobro celku. Z toho stanoviska račte přijati můj posudek, tak věcně, jak...` - a škytl."

Jednoroční dobrovolník se zamlčel a řekl jízlivě k desátníkovi:

"Tím jsem jen chtěl říct, že každý člověk se octne někdy v choulostivé situaci a chybuje!"

Celkem vzato, desátník z toho pochopil jedině tolik, že je chybujícím; proto odvrátil se opět k oknu a zasmušile se díval, jak ubíhá cesta.

O něco větší zájem způsobilo vypravování na Švejka. Mužové z eskorty dívali se pitomě na sebe.

Švejk začal: "Na světě nezůstane nic utajeno. Všechno vyjde najevo, jak jste slyšeli, že i taková blbá sojka není žádnej vořešník. Je to vopravdu velice zajímavý, že se někdo dá na takovou věc chytit. Vymejšlet si zvířata je pravda věc těžká, ale ukazovat taková vymejšlená zvířata je vopravdu ještě těžší. Jednou před lety byl v Praze nějakej Mestek a ten vobjevil mořskou pannu a ukazoval ji na Havlíčkově třídě na Vinohradech za plentou. Ve plentě byl otvor a každej moh vidět v takovej polotmě prachvobyčejný kanape a na něm se válela jedna ženská ze Žižkova. Nohy měla zabalený do zelenýho gázu, co mělo představovat vohon, vlasy měla natřený nazeleno a na rukách rukavice a na nich přidělaný ploutve z papenteklu, taky zelený, na hřbetě měla provázkem upevněný nějaký kormidlo.

200

Mládež do šestnácti let tam neměla přístupu a všichni, kterým bylo přes šestnáct let a zaplatili si vstupný, moc si libovali, že ta mořská panna má velikou zadnici, na který byl nápis ,Na shledanou!` Co se týká ňáder, to nebylo nic. Házely se jí až na pupek jako utahanej flundře. V sedum hodin večer pak Mestek zavřel panorámu a řek: ,Mořská panno, můžete jít domů,` vona se převlíkla a v deset večer už ji bylo vidět chodit po Táborskej ulici a zcela nenápadně každýmu pánovi, kterýho potkala, říkat: ,Hezoune, šel si to zafilipínkovat.` Poněvadž neměla knížku, tak ji při šťáře s druhejma podobnejma myšema pan Drašner zavřel, a Mestek měl po kšeftě."

Vrchní polní kurát vtom spadl z lavice a spal na zemi dál. Desátník se na to hloupě díval a pak za všeobecného ticha zvedal ho beze všeho přispění druhých na lavici sám. Bylo vidět, že ztratil všechnu autoritu, a když řekl slabým beznadějným hlasem: "Mohli byste mně také pomoct," tu všichni z eskorty dívali se strnule a nehla se ani živá noha.

"Měl jste ho nechat chrnět, kde byl," pravil Švejk, "já jsem to se svým polním kurátem jinak nedělal. Jednou jsem ho nechal spát na záchodě, jednou se mně vyspal nahoře na almaře, v neckách v cizím domě a bůhví kde se všude vychrněl."

Na desátníka přišel náhle nával odhodlanosti. Chtěl ukázat, že je zde pánem, a proto řekl hrubě: "Držte hubu a nekecejte! Každej pucflek se toho zbytečně nažvaní. Jste jako štěnice."

"Ano, zajisté, a vy jste bůh, pane kaprál," odpověděl Švejk s rovnováhou filosofa, který chce na celém světě uskutečnit zemský mír a pouští se přitom do hrozné polemiky, "vy jste matka sedmibolestná."

"Panebože," zvolal jednoroční dobrovolník, spínaje ruce, "naplň naše srdce láskou ke všem šaržím, abychom se na ně nedívali s odporem. Požehnej našemu sjezdu v této arestantské díře na kolejích."

Desátník zrudl a vyskočil: "Já si zakazuji všechny poznámky, voní jednoročáku."

"Vy za nic nemůžete," chlácholivým tónem mluvil dál jednoroční dobrovolník, "při mnohých rodech a druzích odepřela příroda živočichům všechnu inteligenci, slyšel jste někdy vypravovat o lidské hlouposti? Nebylo by rozhodné lepší, kdybyste se byl zrodil jako jiný druh savce a nenosil to blbé jméno člověk a kaprál? Je veliká mýlka, že si o sobě myslíte, že jste nejdokonalejším a nejvyvinutějším tvorem. Když v&m odpářou hvězdičky, tak jste nula, která se odstřeluje beze všeho zájmu po všech zákopech na všech frontách. Když vám ještě jednu frčku přidají a udělají z vás živočicha, kterému se říká supák, pak ještě to nebude s vámi v pořádku. Váš duševní obzor se vám ještě víc zouží, a když složíte někde na bojišti své kulturně zakrnělé kosti, po vás v celé Evropě nikdo nezapláče."

"Já vás dám zavřít," vykřikl zoufale desátník. Jednoroční dobrovolník se usmál: "Vy patrné byste mé chtěl dát zavřít proto, že jsem vám nadával. To byste lhal, poněvadž váš duševní majetek nemůže vůbec vystihnout nějakých urážek, a kromě toho vsadil bych se s vámi, o co byste chtěl, že si nepamatujete vůbec ničeho z celé naší rozmluvy. Kdybych vám řekl, že jste embryo, tak to zapomenete dřív, ne snad než přijedeme na nejbližší stanici, ale dřív, než se kolem nás mihne nejbližší telegrafní tyč. Jste odumřelý mozkový závin. Nedovedu si vůbec představit, že byste mohl někde souvisle vyložit všechno, co jste mé slyšel mluvit. Kromě toho můžete se kohokoliv zde optat, zdali v mých slovech byla jen sebenepatrnější narážka na váš duševní obzor a zdali jsem vás v něčem urazil."

"Zajisté," potvrdil Švejk, "vám zde nikdo neřek ani slůvka, který byste si mohl nějak křivé vykládat. Vono to vždycky špatně vypadá, když se někdo cítí uraženej. Jednou jsem seděl v noční kavárně v Tunelu a bavili jsme se vo orangutanech. Seděl tam s námi jeden mariňák a ten vyprávěl, že orangutana často nerozeznají od nějakýho vousatýho vobčana, že takovej orangutan má bradu porostlou chlupy jako...,jako,` povídá, ,řekněme třebas tamhleten pán u vedlejšího stolu.` Vohlédli jsme se všichni, a ten pán s tou bradou šel k mariňákovi a dal mu facku a mariňák mu rozbil hlavu flaškou od piva a ten bradatej pán se svalil a zůstal ležet bez sebe a s mariňákem jsme se rozloučili, poněvadž hned vodešel, když viděl, že ho přizabil. Potom jsme vzkřísili toho pána, a to jsme rozhodné neměli dělat, poněvadž hned po svým vzkříšení na nás všechny, kteří jsme přece s tím neměli prachnic co dělat, zavolal patrolu, která nás vodvedla na komisařství. Tam von pořád ved svou, že jsme ho považovali za orangutana, že jsme vo ničem jiným nemluvili než vo něm. A on pořád svou. My, že ne, že není žádnej orangutan. A von, že je, že to slyšel. Prosil jsem pana komisaře, aby mu to vysvětlil. A ten mu to zcela dobrácky vysvětloval, ale ani pak si nedal říct a řekl panu komisařovi, že tomu on nerozumí, že je s námi spolčenej. Tak ho pan komisař dal zavřít, aby vystřízlivěl, a my jsme se zas chtěli vrátit do Tunelu, ale už jsme nemohli, poněvadž nás taky posadili za katr. Tak vidíte, pane kaprál, co může bejt z maličkýho a nepatrnýho nedorozumění, které nestojí ani za řeč. V Okrouhlicích byl zas jeden občan a ten se urazil, když mu řekli v Německém Brodě, že je krajta tygrovitá. Vono je víc takovejch slov, který nejsou naprosto trestný. Například jestli bychom vám řekli, že jste ondatra. Mohl byste se za to na nás zlobit?"

Desátník zařičel. Nebylo možné říci, že zařval. Hněv, vztek, zoufalství, vše se slilo v řadu silných zvuků a toto koncertní číslo doplňovalo pískání, které nosem prováděl chrápající vrchní polní kurát.

Po tom zařičení nastoupila úplná deprese. Desátník posadil se na lavici a jeho vodové, bezvýrazné oči utkvěly v dálce na lesy a hory.

"Pane desátníku," řekl jednoroční dobrovolník, "vy mně připomínáte nyní, jak sledujete šumné hory a vonné lesy, postavu Dante. Týž ušlechtilý obličej básníka, muže srdce a ducha jemného, přístupného šlechetnému hnutí. Zůstaňte, prosím vás, tak sedět, tak pěkně vám to sluší. S jakým oduševněním, beze vší strojenosti a škrobenosti vypulujete oči na krajinu. Jistěže si myslíte, jak to bude krásné, až na jaře místo těch pustých míst nyní rozloží se tu koberec lučních pestrých květin..."

"...kerej koberec vobjímá potůček," poznamenal Švejk, "a von pan desátník sliní tužku, sedí na nějakým pařezu a píše básničku do Malýho čtenáře."

Desátník stal se úplně apatickým, zatímco jednoroční dobrovolník tvrdil, že rozhodné viděl hlavu desátníka vymodelovanou na jedné výstavě sochařů: "Dovolte, pane desátníku, nestál jste snad modelem sochaři Štursovi?"

Desátník podíval se na jednoročního dobrovolníka a řekl smutně: "Nestál."

Jednoroční dobrovolník umlkl a natáhl se na lavici.

Mužové z eskorty hráli karty se Švejkem, desátník ze zoufalství kibicoval a dovolil si dokonce poznamenat, že Švejk vynesl zelené eso a to že je chyba. Neměl si trumfovat a měl by sedmu na poslední hod.

"Bejvaly v hospodách," řekl Švejk, "takový pěkný nápisy proti kibicům. Pamatuji se na jeden: Kibic, drž tlamajznu, než té přes ní šmajznu."

Vojenský vlak vjížděl do stanice, kde inspekce prohlížela vagóny. Vlak se zastavil.

"To se ví," řekl neúprosný jednoroční dobrovolník, dívaje se významně na desátníka, "inspekce je již tady..."

Do vagónu vstoupila inspekce.

***

Velitelem vojenského vlaku byl štábem naznačen rezervní důstojník doktor Mráz.

Na takové hloupé služby vždy házeli rezervní důstojníky. Doktor Mráz byl z toho jelen. Nemohl se dopočítat pořád jednoho vagónu, ačkoliv byl v civilu profesorem matematiky na reálném gymnasiu. Kromě toho na poslední stanici hlášený stav mužstva z jednotlivých vagónů kolísal s číslem udaným po skončeném nástupu do vagónů na budějovickém nádraží. Zdálo se mu, když se díval do papírů, že kde se vzalo tu se vzalo o dvě polní kuchyně víc. Neobyčejné nepříjemné šimrání v zádech působilo mu konstatování, že se mu rozmnožili koně neznámým způsobem. V seznamu důstojníků nemohl se dopátrat dvou kadetů, kteří mu scházeli. V kanceláři pluku v předním vagóně hledali neustále jeden psací stroj. Z toho chaosu rozbolela ho hlava, snědl již tři aspirinové prášky a nyní revidoval vlak s bolestným výrazem v obličeji.

Když vstoupil do arestantského kupé se svým průvodcem, nahlédl do papírů, a přijav raport zničeného desátníka, že veze dva arestanty a má tolik a tolik mužstva, porovnal ještě jednou ve spisech pravost udání a rozhlédl se kolem.

"Kohopak to vezete s sebou?" otázal se přísně, ukazuje na vrchního polního kuráta, který spal na břiše a jehož zadní tváře vyzývavé se dívaly na inspekci.

"Poslušně hlásím, pane lajtnant," zakoktal desátník, "že my tentononc..."

"Jaképak tentononc," zabručel doktor Mráz, "vyjádřete se přímo."

"Poslušně hlásím, pane lajtnant," ozval se místo desátníka Švejk, "tento pán, který spí na břiše, je nějakej vopilej pan obrfeldkurát. Von se k nám přidal a vlez nám sem do vagónu, a poněvadž je to náš představenej, tak jsme ho nemohli vyhodit, aby to nebylo porušení superordinace. Von si patrné spletl štábní vagón s arestantským."

Doktor Mráz si vzdychl a podíval se do svých papírů. O nějakém vrchním polním kurátovi, který má jeti s vlakem do Brucku, nebylo v seznamu zmínky. Cukl nervózně okem. Na poslední stanici mu najednou přibývali koně, a nyní se mu dokonce rodí zčistajasna vrchní polní kuráti v kupé pro arestanty.

Nevzmohl se na nic jiného, než že vyzval desátníka, aby spícího na břiše obrátil, poněvadž z této polohy nebylo možno určit jeho identitu.

Desátník obrátil po delší námaze vrchního polního kuráta naznak, přičemž se ten probudil, a vida důstojníka před sebou, řekl: "Eh, servus, Fredy, was gibt's Neues? Abendessen schon fertig?", zamhouřil opět oči a obrátil se k stěně.

Doktor Mráz poznal ihned, že je to týž žrout od včerejška z důstojnického kasina, pověstný vyžirač všech důstojnických mináží, a tiše si vzdychl.

"Za to," řekl k desátníkovi, "půjdete k raportu." Odcházel, když ho vtom Švejk zadržel:

"Poslušně hlásím, pane lajtnant, že sem nepatřím. Mám být zavřenej jen do jedenáctý, poněvadž právě dnes vyšla moje lhůta. Byl jsem zavřenej na tři dny a teď už mám sedět s vostatníma v dobytčím voze. Poněvadž už je dávno jedenáct pryč, prosím vás, pane lajtnant, abych byl buď vysazenej na trať, nebo převedenej do dobytčího vagónu, kam patřím, nebo k panu obrlajtnantovi Lukášovi."

"Jak se jmenujete?" otázal se doktor Mráz, dívaje se opět do svých papírů.

"Švejk Josef, poslušně hlásím, pane lajtnant " "Ehm, vy jste tedy ten známý Švejk," řekl doktor Mráz, "vy jste měl opravdu vyjít o jedenácté. Ale pan nadporučík Lukáš mne žádal, abych vás nepouštěl až v Brucku, je prý to bezpečnější, alespoň na cestě nic nevyvedete."

Po odchodu inspekce nemohl desátník udržet se jízlivé poznámky:

"Tak vidíte, Švejku, že vám to hovno pomohlo, obracet se k vyšší instanci. Kdybych byl chtěl, mohl jsem vám oběma zatopit."

"Pane desátníku," ozval se jednoroční dobrovolník, "házet hovny je víceméně věrohodná argumentace, ale inteligentní člověk nemá užívat takových slov, je-li rozčilen nebo chce-li dělat výpady na někoho. Potom to vaše směšné vyhrožování, že jste nám mohl oběma zatopit. Proč jste to u všech čertů neudělal, když jste měl k tomu příležitost? Jeví se v tom jistě vaše veliká duševní vyspělost a neobyčejná delikátnost."

"Už toho mám dost," vyskočil desátník, "já mohu vás oba přivést do kriminálu."

"A kvůli čemu, holoubku?" otázal se nevinně jednoroční dobrovolník.

"To je moje věc," dodával sobě odvahy desátník. "Vaše věc," řekl jednoroční dobrovolník s úsměvem, "vaše i naše. Jako v kartách: moje teta vaše teta. Spíš bych řekl, že na vás působila zmínka o tom, že půjdete k raportu, a proto začínáte na nás hulákat, ovšem že neslužební cestou."

"Vy jste sprosťáci," ozval se desátník, nabíraje poslední odvahu tvářit se strašně.

"Já vám něco povím, pane kaprál," poznamenal Švejk, "já už jsem starej voják, sloužil jsem před válkou, a vono se to vždycky s těma nadávkama nevyplácí. Když jsem tenkrát sloužil před léty, pamatuju se, že u nás byl u kumpanie nějakej supák Schreiter. Von sloužil za supu, moh jít už jako kaprál dávno domů, ale byl, jak se říká, uhozenej. Tak ten člověk na nás vojácích seděl, lepil se nám jako hovno na košili, to mu nebylo recht, to zas bylo proti všem foršriftům, sekýroval nás, jak jen moh, a říkal nám: ‚Vy nejste vojáci, ale vechtři: Mě to jednoho dne dožralo a šel jsem ke kumpanieraportu. ‚Co chceš?` povídá hejtman. ‚Mám, poslušně hlásím, pane hejtmane, stížnost na našeho pana feldvébla Schreitra, my jsme přece císařští vojáci, a ne žádní vechtři. My sloužíme císaři pánu, ale nejsme žádní hlídači ovoce: ‚Koukej, hmyze,` vodpověděl mně hejtman, ‚ať už tě nevidím: A já na to, že prosím poslušné přeložit mě k bataliosraportu. U bataliosraportu, když jsem to vysvětlil obrstlajtnantovi, že nejsme žádní vechtři, ale císařští vojáci, dal mne zavřít na dva dny, ale já jsem žádal, aby mne přeložili k regimentsraportu. U regimentsraportu pan obršt po mým vysvětlování na mě zařval, že jsem pitomec, abych táh ke všem čertům. Já zas na to: ‚Poslušně hlásím, pane obršt, abych byl předveden k brigaderaportu.` Toho se lek a hned dal do kanceláře zavolat našeho supáka Schreitra a ten mě musel vodprosit přede všema oficírama za to slovo vechtr. Potom mne dohonil na dvoře a voznámil mně, že vole dneška mně nadávat nebude, ale že mě přivede na garnizón. Já jsem si vod tý doby dával na sebe největší pozor, ale neuhlídal jsem se. Stál jsem post u magacínu a na stěně každej post na zel vždycky něco napsal. Bud tam vykreslil ženský přirození, nebo tam napsal nějakej veršíček. Já jsem si na nic nemohl vzpomenout, a tak jsem se z dlouhý chvíle podepsal na stěnu pod název ‚Supák Schreiter je hnát`. A ten pacholek supák hned to udal, poněvadž za mnou slídil jak červenej pes. Nešťastnou náhodou ještě nad tím nápisem byl jinej: ‚My na vojnu nepůjdeme, my se na ni vyséreme,` a to bylo v roce 1912, když jsme měli jít do Srbska kvůli tomu konzulovi Procházkovi. Tak mě hned poslali do Terezína k landgerichtu. Asi patnáctkrát tu zel od magacínu s těma nápisama i s mým podpisem páni od vojenskýho soudu fotografovali, desetkrát mně dali napsat, aby zkoumali můj rukopis, ‚My na vojnu nepůjdeme, my se na ni vyséreme`, patnáctkrát musel jsem psát před nimi ‚Supák Schreiter je hnát`, a nakonec přijel jeden znalec písma a dal mně napsat: Bylo 29. července 1897, kdy Králový Dvůr nad Labem poznal hrůzy prudkého a rozvodněného Labe. ‚To ještě nestačí,` povídal auditor, ‚nám se jedná o to vysrání. Nadiktujte mu něco, kde je hodně s a r.` Tak mně diktoval: Srb, srub, svrab, srabařina, cherubín, rubín, holota. Von už byl z toho ten soudní znalec písma tumpachovej a pořád se vohlížel dozadu, kde stál voják s bajonetem, a nakonec řekl, že to musí do Vídně, abych napsal třikrát za sebou: Také začíná už slunko pálit, horko je znamenité. Vodpravili celej materiál do Vídně a nakonec vyšlo to tak, že pokud se týká těch nápisů, že to není moje ruka, podpis že je můj, na kterej jsem se přiznal, a že za to jsem vodsouzenej na šest neděl, poněvadž jsem se podepsal, když jsem stál na vartě, a nemoh jsem prej hlídat po tu dobu, co jsem se podpisoval na zdi."

"To je vidět," řekl desátník s uspokojením, "že přece jen nezůstalo to bez trestu, že jste pořádnej kriminálník. Já bejt na místě toho landgerichtu, napařil bych vám ne šest neděl, ale šest let "

"Nebuďte tak strašným," ujal se slova jednoroční dobrovolník, "a pomýšlejte raději na svůj konec. Právě nedávno vám řekla inspekce, že půjdete k raportu. Na takovou věc měl byste se připravovat velice vážně a rozjímat o posledních věcech desátníka. Co jste vlastně proti vesmíru, když povážíte, že nejbližší nám stálice je od tohoto vojenského vlaku vzdálena 275 000krát, než je Slunce, aby její paralaxa tvořila jednu obloukovou vteřinu. Kdyby vy jste se nacházel ve vesmíru jako stálice, byl byste rozhodně příliš nepatrným, aby vás mohly postřehnout nejlepší hvězdářské přístroje. Pro vaši nepatrnost ve vesmíru není pojmu. Za půl roku udělal byste na obloze takový maličký oblouček, za rok maličkou elipsu, pro vyjádření kteréž číslicemi není vůbec pojmu, jak je nepatrná. Vaše paralaxa byla by neměřitelnou."

"V takovým případě," poznamenal Švejk, "moh by být pan kaprál hrdej na to, že ho žádnej nemůže změřit, a ať to s ním u raportu dopadne jak chce, musí bejt klidnej a nesmí se rozčilovat, poněvadž každý rozčílení škodí na zdraví, a. tel ve vojně si musí každej zdraví šetřit, poněvadž ty válečný outrapy vyžadujou vod každýho jednotlivce, aby nebyl žádnej chcípák. - Jestli vás, pane kaprál, zavřou," pokračoval Švejk ,s milým úsměvem, "jestli se vám stane nějaký to příkoří, tak nesmíte ztrácet ducha, a jestli voní si budou myslet svoje, vy si taky myslete svoje. Jako jsem znal jednoho uhlíře, kerej byl se mnou zavřenej na začátku války na policejním ředitelství v Praze, nějakej František Škvor, pro velezrádu, a později snad taky vodpravenej kvůli nějakej pragmatickej sankci. Ten člověk, když se ho u vejslechu ptali, jestli má nějaký námitky proti protokolu, řek: *Ať si bylo, jak si bylo, přece jaksi bylo, ještě nikdy nebylo, aby jaksi nebylo*. Potom ho za to dali do temný komůrky a nedali mu nic jíst a pít po dva dny a zas ho vyvedli k vejslechu, a on stál na svým, že ať si bylo, jak si bylo, přece jaksi bylo, ještě nikdy nebylo, aby jaksi nebylo. Může bejt, že šel s tím i pod šibenici, když ho potom dali k vojenskýmu soudu."

"Ted' prej toho hodně věšejí a střílejí," řekl jeden z mužů eskorty, "nedávno nám četli na execírplace befél, že v Motole vodstřelili záložníka Kudrnu, poněvadž hejtman sekl šavlí jeho chlapečka, kerej byl na ruce u jeho ženy, když se s ním v Benešově chtěla loučit, a von se rozčílil. A politický lidi vůbec zavírají. Taky už vodstřelili jednoho redaktora na Moravě. A náš hejtman povídal, že to na vostatní ještě čeká."

"Všechno má své meze," řekl jednoroční dobrovolník dvojsmyslně.

"To máte pravdu," ozval se desátník, "na takový redaktory to patří. Voni jen lid pobuřujou. Jako předloni, když jsem byl ještě jenom frajtrem, tak byl pode mnou jeden redaktor a ten mne jinak nenazýval než zkázou armády, ale když jsem ho učil klenkiibungy, až se potil, tak vždycky říkal: ,Prosím, abyste ve mně ctil člověka.` Já mu ale toho člověka ukázal, když bylo nýdr a hodně louží na dvoře v kasárnách. Zaved jsem ho před takovou louži a musel chlap do ní padat, až voda stříkala jako na plovárně. A vodpůldne už zas muselo se všechno na něm blejskat, mundúr musel bejt čistej jako sklo, a von pucoval a hekal a dělal poznámky, a druhej den zas byl jako svině vyválená v blátě a já stál nad ním a říkal jsem mu: ‚Tak, pane redaktore, co je víc, zkáza armády, nebo ten váš člověk?` To byl pravej inteligent."

Desátník podíval se vítězoslavně na jednoročního dobrovolníka a pokračoval: "Von ztratil jednoroční pásky právě pro svou inteligenci, poněvadž psal do novin o tejrání vojáků. Ale jak ho netejrat, když takovej učenej člověk neumí u kvéru rozebrat fršlus, ani když mu to už podesátý ukazujou, a když se řekne linkšaut, von kroutí jako naschvál svou palici napravo a kouká přitom jako vrána a při kvérgrifech neví, zač má dřív chytit, jestli za řemen nebo za patrontašku, a čumí na vás jako tele na nový vrata, když mu ukazujete, jak má sjed ruka po řemenu dolů. Von ani nevěděl, na kterým rameni se nosí kvér, a salutoval jako vopice, a při těch vobratech, pomoz pánbůh, když se mašírovalo a učil se chodit. Když se měl votočit, to mu bylo jedno, jakou haxnou to udělal, cáp, cáp, cáp, třebas šest šritů ještě šel kupředu a pak se teprve točil jako kohout na vobrtlíku a při marši držel krok jako podagrista nebo tancoval jako stará děvka vo posvícení."

Desátník si odplivl: "Vyfasoval schválně hodně rezavej kvér, aby se naučil pucovat, dřel ho jako pes čubku, ale kdyby si byl koupil ještě vo dvě kila koudele víc, tak nepropucoval nic. tím víc ho pucoval, tím to bylo horší a rezavější, a u raportu šel kvér z ruky do ruky a každej se divil, jak je to možný, že to je samá rez. Náš hejtman, ten mu vždycky říkal, že z něho nebude žádnej voják, aby se šel raději vobésit, že žere zadarmo komisárek. A von pod svejma brejličkama jen tak mrkal. To byl pro něho vetkej svátek, když neměl verschärft nebo kasárníka. V ten den vobyčejné psával ty svoje článečky do novin vo tejrání vojáků, až jednou mu udělali prohlídku v kufříku. Ten tam měl knih, panečku! Samý knihy vo odzbrojení, o míru mezi národy. Za to putoval na garnizónu a vod tý doby jsme měli vod něho pokoj, až se nám zas vobjevil najednou v kanceláři a vypisoval fasuňky, aby se s ním manšaft nestýkal. To byl smutnej konec toho inteligenta. Von moh bejt jiným pánem, kdyby byl neztratil pro svou pitomost jednoroční právo. Moh bejt lajtnantem."

Desátník vzdychl: "Ani ty faldy na mantlu neuměl si udělat, až z Prahy si vobjednával vodičky a různý mastě na čistění knoflíků, a přece takovej jeho knoflík vypadal zrzavej jako Ezau. Ale kušnu uměl, a když byl v kanceláři, tu nic jinýho nedělal, než že se dával do samýho filosofování. Von už měl v tom zálibu dřív. Byl pořád, jak už jsem říkal, samej ‚člověk`. Jednou, když tak uvažoval nad louží, do který musel při nýdr kecnout, tak jsem mu řekl: ‚Když tak pořád mluvějí o člověku a vo blátě, tak si vzpomenou na to, že člověk byl stvořenej z bláta a muselo mu to bejt recht.`"

Nyní, vypovídav se, byl desátník sám sebou spokojen a čekal, co na to řekne jednoroční dobrovolník. Ozval se však Švejk:

"Pro tyhle samý věci, pro takový sekýrování, zapích před léty u pětatřicátýho regimentu nějakej Koníček sebe i kaprála. Bylo to v Kurýru. Kaprál měl v těle asi třicet bodnejch ran, z kterejch bylo přes tucet smrtelnejch. Ten voják se potom ještě posadil na mrtvýho kaprála a na něm se vsedě probod. Jinej případ byl před léty v Dalmácii, tam kaprála podřezali a dodnes se neví, kdo to udělal. Zůstalo to zahalený v tajnosti, jen se ví tolik, že ten podřezanej kaprál se jmenoval Fiala a byl z Drábovny u Turnova. Potom ještě vím o jednom kaprálovi od pětasedmdesátejch, Rejmánkovi..."

Příjemné vypravování bylo vtom přerušeno velkým hekáním na lavici, kde spal vrchní polní kurát Lacina.

Páter se probouzel v celé své kráse a důstojnosti. Jeho probouzení bylo provázeno těmitéž zjevy jako ranní probuzení mladého obra Gargantuy, jak to popisoval starý veselý Rabelais.

Vrchní polní kurát prděl a krkal na lavici a hřmotné zíval na celé kolo. Konečné se posadil a udivené se tázal:

"Krucilaudon, kde to jsem?"

Desátník, vida probuzení vojenského pána, velice devótně odpověděl:

"Poslušně hlásím, pane obrfeldkurát, že se ráčíte nalézat v arestantenvagónu."

Záblesk údivu přelétl po tváři páterově. Seděl chvíli mlčky a úsilovně přemýšlel. Marně. Mezi tím, co prožil přes noc a ráno, a probuzením se ve vagóně, jehož okna byla opatřena mřížemi, bylo moře nejasností.

Konečné se optal desátníka, stále ještě devótně před ním stojícího: "A na čí rozkaz, já, jako..."

"Poslušné hlásím, bez rozkazu, pane obrfeldkurát."

Páter vstal a počal chodit mezi lavicemi, pobručuje si, že je mu to nejasné. Posadil se opět se slovy: "Kam to vlastně jedeme?"

"Do Brucku, poslušné hlásím."

"A proč jedeme do Brucku?"

"Poslušné hlásím, že je tam přeloženej náš celej jednadevadesátej regiment "

Páter počal opět úsilovně přemýšlet, co se to vlastně s ním stalo, jak se dostal do vagónu a proč vlastně jede do Brucku a právě s jednadevadesátým regimentem v průvodu nějaké eskorty.

Rozkoukal se již tak dalece ze své opice, že rozeznal i jednoročního dobrovolníka, a proto se obrátil na něho s dotazem: "Vy jste inteligentní člověk, můžete mně vysvětlit beze všeho, nezamlčujte ničeho, jak jsem se dostal k vám?"

"Milerád," kamarádským tónem řekl jednoroční dobrovolník, "vy jste se prostě ráno na nádraží při nastupování do vlaku k nám přidal, poněvadž jste měl v hlavě."

Desátník se přísně na něho podíval.

"Vlezl jste k nám do vagónu," pokračoval jednoroční dobrovolník, "a už to bylo hotovou událostí. Lehl jste si na lavici a to zde Švejk vám dal pod hlavu svůj plášť. Při kontrole vlaku na předešlé stanici byl jste zapsán do seznamu důstojníků nalézajících se ve vlaku. Byl jste, abych tak řekl, úředně objeven a náš kaprál půjde kvůli tomu k raportu."

"Tak, tak," vzdychl páter, "to abych na nejbližší stanici přešel do štábních vagónů. Nevíte, jestli se podával už oběd?"

"Oběd bude až ve Vídni, pane feldkurát," přihlásil se ke slovu desátník.

"Tedy vy jste mně dal pod hlavu mantl?" obrátil se páter na Švejka. "Děkuji vám srdečné."

"Já si žádnýho vděku nezasluhuju," odpověděl Švejk, "já jsem jednal tak, jak má každej voják jednat, když vidí svýho představenýho, že nemá nic pod hlavou a že je tentononc. Každej voják si má svýho představenýho vážit, třebas by ten byl i v jiným stavu. Já mám velký zkušenosti s feldkuráty, poněvadž jsem byl buršem u pana feldkuráta Otty Katze. Je to vesele] národ a dobrosrdečnej."

Vrchní polní karát dostal záchvat demokratismu z té kočky po včerejšku a vytáhl cigaretu a podával ji Švejkovi: "Kuř a bafej! - Ty," obrátil se na desátníka, "půjdeš prý kvůli mně k raportu. Nic se neboj, já už tě z toho vysekám, nic se ti nestane. - A tebe," řekl k Švejkovi, "vezmu s sebou. Budeš žít u mne jako v peřince."

Dostal nyní nový záchvat velkodušnosti a tvrdil, že všem udělá dobře, jednoročnímu dobrovolníkovi že koupí čokoládu, mužům z eskorty rum, desátníka že dá přeložit do fotografického oddělení při štábu 7. jízdní divize, že všechny osvobodí a že na ně nikdy nezapomene.

Počal rozdávat cigarety ze své tašky všem, nejen Švejkovi, a prohlašoval, že dovoluje všem arestantům kouřit, že se přičiní, aby všem byl zmírněn trest a oni opět vráceni do normálního vojenského života.

"Nechci," řekl, "abyste na mne vzpomínali ve zlém. Mám mnoho známostí a se mnou se neztratíte. Děláte vůbec na mne dojem slušných lidí, které má pánbůh rád. Jestli jste zhřešili, pykáte za svůj trest, a vidím, že rádi a ochotně snášíte, co bůh na vás seslal. - Na základě čeho," obrátil se k Švejkovi, "jste byl potrestán?"

"Bůh na mne seslal trest," odpověděl zbožné Švejk, "prostřednictvím regimentsraportu, pane obrfeldkurát, kvůli nezaviněnýmu vopoždění k regimentu."

"Bůh je nanejvýš milosrdný a spravedlivý," řekl slavnostně vrchní polní kurát, "on ví, koho má trestat, neboť tím ukazuje jenom svou prozíravost a všemohoucnost. A proč vy sedíte, vy jednoroční dobrovolníku?"

"Kvůli tomu," odpověděl jednoroční dobrovolník, "že milosrdný bůh ráčil na mne seslat revmatismus a já zpyšněl. Po odpykání trestu budu poslán na kuchyni." "Co bůh řídí, dobře řídí," prohodil páter nadšeně, slyše o kuchyni, "i tam může řádný člověk udělat kariéru. Právě na kuchyni by měli dávat inteligentní lidi, kvůli kombinacím, neboť nezáleží na tom, jak se vaří, ale s jakou láskou se to dává dohromady, úprava a jiné. Vezměte si omáčky. Inteligentní člověk, když dělá cibulkovou omáčku, tak vezme všechny druhy zeleniny a dusí je na másle, pak přidá koření, pepř, nové koření, trochu květu, zázvoru, ale obyčejný sprostý kuchař dá vařit cibuli a hodí do toho černou jíšku z loje. Vás bych opravdu viděl nejradši někde v důstojnické menáži. Bez inteligence může člověk žít v obyčejném nějakém zaměstnání a v životě, ale při kuchyni je to znát. Včera večer v Budějovicích v důstojnickém kasině podali nám mezi jiným ledvinky á la madeira. Kdo je dělal, tomu odpusť bůh všechny hříchy, to byl pravý inteligent, a také opravdu je v kuchyni tamější důstojnické menáže nějaký učitel ze Skutče. A tytéž ledvinky á la madeira jedl jsem v důstojnické menáži 64. landvérregimentu. Dali do nich kmín, jako když se dělají v obyčejné hospodě na pepři. A kdo je dělal, čím byl ten kuchař v civilu? Krmič dobytka na jednom velkostatku."

Vrchní polní kurát se odmlčel a potom převáděl rozhovor na kuchařský problém ve Starém i Novém zákoně, kde právě v těch dobách dbali velice na úpravu chutných krmí po bohoslužbách a jiných církevních slavnostech. Potom vyzval všechny, aby něco zazpívali, načež Švejk spustil jako vždycky nešťastně: "Ide Marína od Hodonína, za ní pan farář s bečicú vína."

Ale vrchní polní kurát se nerozhněval.

"Kdyby zde alespoň bylo trochu rumu, nemusela by být bečka vína," řekl usmívaje se v naprosté přátelské náladě, "a tu Marínu bychom si taky odpustili, beztoho to jen svádí ke hříchu."

Desátník opatrně sáhl do pláště a vytáhl odtud placatou láhev s rumem.

"Poslušně hlásím, pane obrfeldkurát," ozval se tiše, že bylo znát, jakou oběť dělá sám sobě, "jestli byste se snad neurazil."

"Neurazím se, hochu," odpověděl rozjasněným hlasem a radostně páter, "napiji se na naše šťastné cestování."

"Ježíšmarjá," vzdychl pro sebe desátník, vida, že po důkladném loku zmizelo půl láhve.

"I vy jeden chlape," řekl polní kurát usmívaje se a mrkaje významně na jednoročního dobrovolníka, "ještě ke všemu sakrujete. To vás pánbůh musí potrestat."

Páter si poznovu přihnul z placaté láhve, a podávaje ji Švejkovi, velitelsky rozkázal: "Doraž to."

"Vojna je vojna," pravil Švejk dobrosrdečně k desátníkovi, vraceje mu prázdnou láhev, což ten potvrdil tak podivným zábleskem v očích, jaký se může objevit jen u choromyslného člověka.

"A teď si do Vídně ještě drobátko schrupnu," řekl vrchní polní kurát, "a přeji si, abyste mne probudili, jakmile přijedeme do Vídně. - A vy," obrátil se na Švejka, "vy půjdete do kuchyně naší menáže, vezmete příbor a přinesete mně oběd. Řeknete, že to je pro pana obrfeldkuráta Lacinu. Hleďte, abyste dostal dvojnásobnou porci. Jestli budou knedlíky, tak neberte od špičky, na tom se jenom prodělá. Potom přinesete mně z kuchyně láhev vína a vezmete s sebou esšálek, aby vám do něho nalili rumu."

Páter Lacina hrabal se v kapsách.

"Poslyšte," řekl desátníkovi, "nemám drobné, půjčte mně zlatku. - Tak, tady máte! Jak se jmenujete? - Švejk? - Tady máte, Švejku, zlatku od cesty! Pane desátníku, půjčte mně ještě zlatku. Vidíte, Švejku, tu druhou zlatku dostanete, když všechno obstaráte v pořádku. - Potom ještě, aby vám dali cigarety a doutníky pro mne. Jestli se bude fasovat čokoláda, tak tam sbalte dvojnásobnou porci, a jestli konzervy, tak hled'te, aby vám dali uzený jazyk nebo husí játra. Bude-li se fasovat ementálský sýr, tak se postarejte, aby vám nedali z kraje, a uherský salám, tak žádnou špičku, pěkně ze středu, aby byl vláčný."

Vrchní polní kurát se natáhl na lavici a za chvíli usnul.

"Myslím," řekl jednoroční dobrovolník k desátníkovi do chrápání páterova, "že jste úplně spokojen s naším nalezencem. Má se jak náležitě k světu. "Už je, jak se říká," ozval se Švejk, "vodstavenej, pane kaprál, už cucá z flašky."

Desátník chvíli zápasil sám s sebou a najednou ztratil všechnu poníženost a řekl tvrdě: "Je náramně krotkej."

"Von mně připomíná s těma drobnejma, který nemá," prohodil Švejk, "že je jako nějaký Mlíčko, zedník z Dejvic, ten taky neměl tak dlouho drobný, až se zasekal po krk a byl zavřenej pro podvod. Prožral velký a neměl drobný."

"U pětasedmdesátého regimentu," ozval se jeden muž z eskorty, "prochlastal hejtman celou plukovní kasu před válkou a musel kvitovat z vojny, a teď je zas hejtmanem, a jeden felák, kterej vokrad erár vo sukno na vejložky, bylo ho přes dvacet balíků, je dneska štábsfeldvéblem, a jeden infanterista byl nedávno v Srbsku zastřelenej, poněvadž sněd najednou svou konzervu, kterou měl si nechat na tři dny."

"To sem nepatří," prohlásil desátník, "ale to je pravda, že vypůjčovat si vod chudýho kaprála dvě zlatky na diškereci..."

"Tu máte tu zlatku," řekl Švejk, "já se nechci vobohatit na vaše konto. A když mně dá ještě tu druhou zlatku, tak vám ji taky vrátím, abyste nebrečel. Vás má to těšit, když si nějakej váš vojenskej představenej vod vás vypůjčí peníze na outratu. Vy jste náramné sobeckej. Tady se jedná vo mizerný dvě zlatky, a já bych vás rád viděl, kdybyste měl vobětovat život za svýho vojenskýho představenýho, kdyby von ležel ranĕnej někde na nepřátelskej linii a vy jste ho měl zachránit a vodnest na svejch rukách a voni by stříleli po vás šrapnely a vším možným."

"Vy byste se podělal," bránil se desátník, "vy jedna fajfko."

"Je jich podělanejch víc v každým gefechtu," ozval se opět jeden muž z eskorty, "nedávno nám vypravoval jeden ranĕnej kamarád v Budějovicích, že když forykovali, že se podělal třikrát za sebou. Napřed, když lezli nahoru z dekungů na plac před dráthindrnisy, potom, když je začali stříhat, a potřetí že to pustil do kalhot, když se proti nim hnali Rusové s bajonety a řvali urá. Pak začali utíkat zas nazpátek do dekungů a z jejich švarmu nebylo ani jednoho, aby nebyl podělanej. A jeden mrtvej, kerej ležel nahoře na dekungu nohama dolů, kerýmu při forykungu šrapák utrhl půl hlavy, jako by ji seříz, ten se v tom posledním okamžiku tak podělal, že to z jeho kalhot teklo přes bagančata dolů do dekungů i s krví. A ta půlka jeho lebky i s mozkem ležela zrovna pod tím. Vo tom člověk ani neví, jak se mu to stane."

"Někdy," řekl Švejk, "se zas v gefechtu člověku udělá špatně, člověk si něco zvošklíví. Vypravoval v Praze na Pohořelci na Vyhlídce jeden nemocnej rekonvalescent od Přemyšlu, že tam někde pod festungem přišlo k útoku na bajonety a proti němu se vobjevil jeden Rus, chlap jako hora, a mazal si to na něho s bajonetem a měl pořádnou kapičku u nosu. Jak se mu von podíval na tu kapičku, na ten vozdr, že se mu hned udělalo špatně a musel jít na hilfsplac, kde ho uznali zamořenýho cholerou a odpravili do cholerovejch baráků do Pešti, kde se taky vopravdu nakazil cholerou."

"Byl to obyčejný infanterista, nebo kaprál?" otázal se jednoroční dobrovolník.

"Kaprál to byl," odpověděl Švejk klidně.

"To by se mohlo stát i každému jednoročákovi," řekl pitomě desátník, ale přitom podíval se vítězoslavně na jednoročního dobrovolníka, jako by chtěl říct: To jsem ti dal, co na to řekneš.

Ten však mlčel a lehl si na lavici.

Blížili se k Vídni. Ti, kteří nespali, pozorovali z okna drátěné překážky a opevnění u Vídně, což vyvolalo patrně v celém vlaku pocit jisté stísněnosti.

Jestli ozýval se ještě neustále z vagónů řev skopčáků od Kašperských Hor: "Wann ich kumm, wann ich kumm, wann ich wieda, wieda kumm," nyní umlkl pod nepříjemným dojmem ostatních drátů, kterými byla Vídeň zadrátována.

"Všechno je v pořádku," řekl Švejk, dívaje se na zákopy, "všechno je v ouplným pořádku, jenomže si tady Vídeňáci na vejletech'mohou roztrhnout kalhoty. Tady musí bejt člověk vopatrnej. - Vídeň je vůbec důležité město," pokračoval, "jenom co mají divokejch zvířat v tej schtinbrunnskej menažérii. Když jsem byl před lety ve Vídni, tak jsem se nejradši chodil dívat na vopice, ale když jede nějaká osobnost z císařskýho hradu, tak tam nikoho nepouštěj přes kordón. Byl se mnou jeden krejčí z desátýho okresu a toho zavřeli, poněvadž chtěl mermocí ty vopice vidět."

"A byl jste taky ve hradě?" otázal se desátník. "Je tam moc krásně," odpověděl Švejk, "já tam nebyl, ale vypravoval mně jeden, kerej tam byl. Nejhezčí je z toho burgwache. Každej z nich prej musí bejt na dva metry vysokej a potom dostane trafiku. A princezen je tam jako smetí."

Přejeli nějaké nádraží, kde za nimi doznívaly zvuky rakouské hymny kapely, která sem přišla snad omylem, poněvadž teprve za hezkou dobu se dostali s vlakem na nádraží, kde se zastavili, byla mináž a bylo slavnostní uvítání.

Ale už to nebylo to jako na začátku války, kdy se vojáci cestou na front přejedli na každém nádraží a kdy je vítaly družičky v pitomých bílých šatech a ještě blbějšími obličeji a zatracené hloupými kyticemi a ještě hloupějším proslovem nějaké té dámy, jejíž manžel teď dělá náramného vlastence a republikána.

Uvítání ve Vídni sestávalo ze tří členkyň spolku Rakouského červeného kříže a ze dvou členkyň nějakého válečného spolku vídeňských paní a dívek, jednoho oficielního zástupce vídeňského magistrátu a vojenského zástupce.

Na všech těch tvářích bylo vidět únavu. Vlaky s vojskem jezdily dnem i nocí, sanitní vozy projížděly s raněnými každou hodinu, na nádražích přehazovali z koleje na druhou kolej každou chvíli vozy se zajatci a při všem tom museli být členové těch všech různých korporací a spolků. Šlo to ze dne na den a původní nadšení měnilo se v zívání. Střídali se v té službě, každý z nich, který se objevil na některém vídeňském nádraží, měl týž unavený výraz jako ti, kteří očekávali dnes vlak s budějovickým plukem.

Z dobytčích vagónů vykukovali vojáci s výrazem beznadějnosti, jako u těch, kteří jdou na šibenici.

K nim přistupovaly dámy a rozdávaly jim perník s cukrovými nápisy "Sieg und Rache", "Gott strafe England", "Der Österreicher hat ein Vaterland. Er liebt's und hat such Ursach fürs Vaterland zu kämpfen."

Bylo vidět, jak horáci od Kašperských Hor cpou se perníkem, přičemž je neopouštěl výraz beznadějnosti.

Potom byl rozkaz jít si pro máináž po rotách k polním kuchyním, které stály za nádražím.

Tam byla také důstojnická kuchyně, kam šel Švejk vyřídit poručení vrchního polního kuráta, zatímco jednoroční dobrovolník čekal, až ho nakrmí, poněvadž dva z eskorty šli pro celý arestantský vůz za máínáží.

Švejk vyřídil správně poručení a přecházeje koleje uviděl nadporučíka Lukáše, který se procházel mezi kolejnicemi a čekal, jestli v důstojnické máínáži na něho něco zbude.

Jeho situace byla velice nepříjemnou, poněvadž měli prozatím s nadporučíkem Kirschnerem jednoho burše. Chlapík se staral vlastně výhradně jen o svého pána a provozoval úplnou sabotáž, když šlo o nadporučíka Lukáše.

"Komu to nesete, Švejku?" otázal se nešťastný nadporučík, když Švejk položil na zem hromadu věcí, které vylákal v důstojnické máínáži a které měl zabaleny do pláště.

Švejk se chvíli zarazil, ale okamžitě se vzpamatoval. Jeho obličej byl plný jasu a klidu, když odpověděl:

"To je pro vás, poslušně hlásím, pane obrlajtnant. Jenom nevím, kde máte svoje kupé, a potom taky nevím, jestli proti tomu, abych šel s vámi, nebude mít nic pan komandant vlaku. Von je nějaká svině."

Nadporučík Lukáš podíval se tázavě na Švejka, který však dobrácky důvěrně pokračoval: "Je to opravdu svině, pane obrlajtnant. Když byl na inspekci ve vlaku, já jsem mu hned hlásil, že už je jedenáct hodin a že mám vodbytej celej trest a že patřím bud do dobytčího vagónu, nebo k vám, a von mě vodbyl docela surově, abych prej jen zůstal, kde jsem, alespoň že vám, pane obrlajtnant, neudělám po cestě zas nějakou vostudu."

Švejk se zatvářil mučednicky: "Jako bych já vám, pane obrlajtnant, udělal vůbec někdy vostudu."

Nadporučík Lukáš si vzdychl.

"Vostudu," pokračoval Švejk, "jsem vám jisté nikdy neudělal, jestli se něco stalo, to byla náhoda, pouhý řízení boží, jako říkal starej Vaníček z Pelhřimova, když si vodbejval šestatřicátej trest. Nikdy jsem nic neudělal naschvál, páne obrlajtnant, vždycky jsem chtěl udělat něco vobratnýho, dobrýho, a já za to nemůžu, jestli jsme voba z toho neměli žádnej profit a jenom samý pouhý trápení a mučení."

"Jen tolik neplačte, Švejku," řekl nadporučík Lukáš měkkým hlasem, když se přibližovali k štábnímu vagónu, "já všechno zařídím, abyste už zas byl se mnou."

"Poslušně hlásím, pane obrlajtnant, že nepláču. Mně to přišlo jen tolik líto, že jsme voba nejnešťastnější lidi v týhle vojně i pod sluncem a voba že za nic nemůžem. Je to hroznej vosud, když si pomyslím, že jsem takovej starostlivej vodjakživa!"

"Uklidněte se, Švejku!"

"Poslušně hlásím, pane obrlajtnant, že kdyby to nebylo proti subordinaci, že bych řek, že se vůbec uklidnit nemůžu, ale takhle musím říct, že podle vašeho rozkazu jsem už úplné klidnej."

"Tak jen lezte, Švejku, do vagónu."

"Poslušné hlásím, že už lezu, pane obrlajtnant."

***

Nad vojenským táborem v Mostě panovalo noční ticho. V barácích pro mužstvo třásli se vojáci zimou a v důstojnických barácích otvírali okna, poněvadž bylo přetopeno.

Od jednotlivých objektů, před kterými stály stráže, ozývaly se občas kroky hlídky, která si plašila chůzí spánek.

Dole v Mostě nad Litavou zářily světla z c. k. továrny na masité konzervy, kde se pracovalo dnem i nocí a zpracovávaly se různé odpadky. Poněvadž šel odtud vítr do alejí ve vojenském táboře, šel sem smrad z hnijících šlach, kopyt, paznehtů a kostí, které vařili do polévkových konzerv.

Od opuštěného pavilónku, kde dřív za času míru fotografoval nějaký fotograf vojáky trávící zde mládí na vojenské střelnici, bylo vidět dole v údolí u Litavy červené elektrické světlo v bordelu U kukuřičného klasu, který poctil svou návštěvou arcivévoda Štěpán při velkých manévrech u Šoproně v roce 1908 a kde se scházela denně důstojnická společnost.

To byla nejlepší vykřičená místnost, kam nesměli chodit prostí vojáci a jednoroční dobrovolníci.

Ti chodili do Růžového domu, jehož zelená světla byla též vidět od opuštěného fotografického ateliéru. Bylo to roztřídění jako později na frontě, kdy mocnářství nemohlo už svému vojsku ničím jiným pomoct než přenosnými bordely u štábů brigád, takzvanými "pufy". Byly tedy k. k. Offizierspuff, k. k. Unteroffizierspuff a k. k. Mannschaftspuff.

Most nad Litavou zářil, stejně jako na druhé straně za mostem svítila Királyhida, Cislajtánie i Translajtánie. V obou městech, uherském i rakouském, hrály cikánské kapely, zářily okna kaváren a restaurací, zpívalo se, pilo. Místní

214

měšťáci i úřednictvo vodilo sem do kaváren a restaurací své paničky a dospělé dcery a Most nad Litavou, Bruck an der Leitha, a Királyhida nebyly nic jiného než jeden velký bordel.

V jednom z důstojnických baráků v táboře čekal v noci Švejk na svého nadporučíka Lukáše, který šel večer do města do divadla a doposud se nevrátil. Švejk seděl na odestlané posteli nadporučíkově a naproti němu seděl na stole sluha majora Wenzla.

Major se opět vrátil k regimentu, když byla v Srbsku konstatována jeho úplná neschopnost na Drině. Mluvilo se o tom, že dal rozebrat a zničit pontonový most, když měl ještě půl svého bataliónu na druhé straně. Nyní byl přidělen k vojenské střelnici v Királyhidě jako velitel a měl také co dělat s hospodářstvím v táboře. Mezi důstojníky se vypravovalo, že si major Wenzl nyní pomůže na nohy. Pokoje Lukáše i Wenzla byly na téže chodbě.

Sluha majora Wenzla Mikulášek, malinký chlapík od neštovic, klátil nohama a nadával: "Já se divím tomu mýmu starýmu pacholkovi, že ještě nejde. To bych rád věděl, kde se ten můj dědek celou noc fláká. Kdyby mně alespoň dal klíč od pokoje, leh bych si a čuřil. Má tam vína bezpočtu." "Von prej krade," prohodil Švejk, pohodlně koutě cigarety svého nadporučíka, poněvadž ten mu zakázal v pokoji bafat z dýmky, "ty přece musíš vo tom něco vědít, odkud máte víno."

"Já chodím tam, kam mně přikáže," tenkým hlasem řekl Mikulášek, "dostanu lístek vod něho a už jdu fasovat pro nemocnici, a nesu to domů."

"A kdyby ti poručil," otázal se Švejk, "abys ukrad plukovní kasu, udělal bys to? Ty zde za stěnou nadáváš, ale třeseš se před ním jako osika."

Mikulášek zamrkal malýma očima: "To bych si rozmyslil."

"Nic si nesmíš rozmejšlet, ty jedno upocený mládě," rozkřikl se na něho Švejk, ale umlk, poněvadž se otevřely dveře a vstoupil nadporučík Lukáš. Byl, jak se ihned mohlo pozorovat, ve velice dobré náladě, poněvadž měl čepici obrácené.

Mikulášek se tak lekl, že zapomněl seskočit se stolu, ale salutoval vsedě, zapomenuv ještě ke všemu, že nemá na hlavě čepici.

"Poslušně hlásím, pane obrlajtnant, že je všechno v pořádku," hlásil Švejk, zaujav pevné vojenské vzezření dle všech předpisů, přičemž cigareta mu zůstala v ústech.

Nadporučík Lukáš si toho však nevšiml a šel přímo na Mikuláška, který vyvalenýma očima pozoroval každý pohyb nadporučíka a přitom dál salutoval a stále ještě seděl přitom na stole.

"Nadporučík Lukáš," řekl přistupuje k Mikuláškovi nepříliš pevným krokem, "a jak vy se jmenujete?"

Mikulášek mlčel. Lukáš přitáhl si židli před Mikuláška na stole, sedl si, dívaje se na něho nahoru, řekl: "Švejku, přineste mně z kufru služební revolver."

Mikulášek po celou dobu, co Švejk hledal v kufru, mlčel a jen se vyděšeně díval na nadporučíka. Jestli v té chvíli pochopil, že sedí na stole, byl jistě ještě zoufalejší, poněvadž jeho nohy dotýkaly se kolen sedícího nadporučíka.

"Jářku, jak se jmenujete, člověče?" volal nahoru na Mikuláška nadporučík. Ten ale mlčel dál. Jak později vysvětloval, dostal jakýsi druh strnutí při nenadálém příchodu nadporučíka. Chtěl seskočit, a nemohl, chtěl odpovědít, a nemohl, chtěl přestat salutovat, ale nešlo to.

"Poslušné hlásím, pane obrlajtnant," ozval se Švejk, "že revolver není naládovanej."

"Tak ho naládujte, Švejku!"

"Poslušně hlásím, pane obrlajtnant, že nemáme žádný patrony a že ho půjde těžko sestřelit se stolu. Já si dovolím podotknout, pane obrlajtnant, že je to Mikulášek, burš od pana majora Wenzla. Ten vždycky ztratí řeč, když vidí někoho z pánů oficírů. Von se vůbec stydí mluvit. Vono je to vůbec takový, jak říkám, upocený mládě, utahaný. Pan major Wenzl nechá ho vždy stát na chodbě, když jde někam do města, a ono se to žalostivě potlouká po burších v baráku. Kdyby mělo příčinu se leknout, ale vždyť vlastně nic nevyvedlo."

Švejk si odplivl a v jeho hlase a v tom, že mluvil o Mikuláškovi ve středním rodě, bylo slyšet úplné opovržení nad zbabělostí sluhy majora Wenzla a nad jeho nevojenským chováním.

"Dovolte," pokračoval Švejk, "abych si k němu čichl."

Švejk stáhl Mikuláška, neustále pitomě hledícího na nadporučíka, se stolu, a postaviv ho na zem, čichl mu ke kalhotám.

"Ještě ne," prohlásil, "ale začíná to. Mám ho vyhodit?"

"Vyholte ho, Švejku."

Švejk vyvedl třesoucího se Mikuláška na chodbu, zavřel za sebou dveře a na chodbě k němu řekl: "Tak jsem ti, pitomý chlape, zachránil život. Až se vrátí pan major Wenzl, ať mně za to potichounku přineseš láhev vína. Bez legrace. Zachránil jsem ti opravdu život. Když je můj obrlajtnant vožralej, tak je zle. S tím to umím jen já a nikdo jiný."

"Já jsem..."

"Prd jseš," opovržlivě vyjádřil se Švejk, "sed' na prahu a čekej, až přijde tvůj major Wenzl."

"To je dost," uvítal Švejka nadporučík Lukáš, "že jdete, já chci s vámi mluvit. Nemusíte zas tak pitomě stát hapták. Sedněte si, Švejku, a nechte si to ‚dle rozkazu`. Držte hubu a dávejte dobrý pozor. Víte, kde je v Királyhidě Sopronyi utca? Nechte si pořád to vaše: Poslušně hlásím, pane obrlajtnant, že nevím. Nevíte, tak řekněte nevím, a basta. Napište si na kousek papíru: Sopronyi utca číslo 16. V tom domě je železářský krám. Víte, co je to železářský krám? Hergot, neříkejte poslušně hlásím. Řekněte vím nebo nevím. Tedy víte, co je to železářský krám? Víte, dobře. Ten krám patří nějakému Malarovi Kákonyimu. Víte, co je to Malar? Tak himlhergot, víte nebo nevíte? Víte, dobře. Nahoře nad krámem je první patro a tam on bydlí. Víte o tom? Že nevíte, krucifix, tak já vám povídám, že tam bydlí. Stačí vám to? Stačí, dobře. Kdyby vám to nestačilo, tak vás dám zavřít. Máte poznamenáno, že se ten chlap jmenuje Kákonyi? Dobrá, tak vy, zítra ráno asi tak v deset hodin, půjdete dolů do města, najdete ten dům a půjdete nahoru do prvního patra a odevzdáte paní Kákonyiové toto psaní."

Nadporučík Lukáš otevřel náprsní tašku a dal zívaje Švejkovi do ruky bílou obálku se psaním bez adresy.

"Je to věc náramně důležitá, Švejku," poučoval ho dál, "opatrnosti nikdy nezbývá, a proto, jak vidíte, není tam adresa. Já se na vás úplně spoléhám, že odevzdáte to psaní v pořádku. Poznamenejte si ještě, že ta dáma se jmenuje Etelka, tedy zapište si ‚paní Etelka Kákonyiová`. Ještě vám říkám, že musíte to psaní diskrétně doručit za všech okolností a čekat na odpověď. Že máte čekat na odpověď, o tom je už napsáno v dopise. Co ještě chcete?"

"Kdyby mně, pane obrlajtnant, nedali odpověď, co mám dělat?"

"Tak připomenete, že musíte dostat stůj co stůj odpověď," odpověděl nadporučík zívaje poznovu na celé kolo, "teď ale půjdu už spat, jsem dnes doopravdy unaven. Co jsme jen toho vypili. Myslím, že každý by byl stejně unaven po celém tom večeru a noci."

Nadporučík Lukáš neměl původně v úmyslu někde se zdržet. Šel kvečeru z tábora do města jen do maďarského divadla v Királyhidě, kde hráli nějakou maďarskou operetku s macatými židovkami herečkami v předních úlohách, jejichž báječnou předností bylo to, že vyhazovaly při tanci nohy do výše a nenosily ani trikot, ani kalhoty a kvůli větší přitažlivosti pánů důstojníků holily se dole jako Tatarky, z čehož ovšem neměla žádný požitek galérie, a zato tím větší důstojníci od dělostřelectva sedící dole v parteru, kteří si na tu krásu brali s sebou do divadla dělostřelecké triedry.

Nadporučíka Lukáše nezajímalo však to zajímavé svinstvo, poněvadž vypůjčené divadelní kukátko nebylo achromatické a místo stehen viděl jen v pohybu nějaké fialové plochy.

V přestávce po prvém jednání zaujala ho spíše jedna dáma, která provázena pánem v prostředních letech, táhla ho ke garderobě a vykládala mu, že ihned půjdou domů, že se na takové věci dívat nebude. Pronášela to dosti hlasitě německy, načež její průvodce odpovídal maďarsky: "Ano, anděli, půjdeme, souhlasím. Je to opravdu nechutná věc."

"Es ist ekelhaft," odpovídala rozhorleně dáma, když jí pán navlékal divadelní plášť. Oči jí přitom plály rozčilením nad tou nestoudností, velké černé oči, hodící se tak dobře k její pěkné postavě. Podívala se přitom na nadporučíka Lukáše a pronesla ještě jednou rozhodně: "Ekelhaft, wirklich ekelhaft." To rozhodlo o krátkém románku.

Obdržel informace od garderobiérky, že jsou to manželé Kákonyiovi, pán že má na Sopronyi utca číslo 16 železářský závod.

"A bydlí s paní Etelkou v prvním patře;` řekla garderobiérka s podrobností staré kuplířky, "ona je Němkyně ze Šoprony a on je Maďar, zde je to všechno pomíchané."

Nadporučík Lukáš vzal si též z garderoby plášť a šel do města, kde setkal se ve velké vinárně a kavárně U arcivévody Albrechta s několika důstojníky od 9i. pluku.

Nemluvil mnoho a pil zato víc, kombinuje, co má vlastně napsat té přísné, mravné, hezké dámě, která ho rozhodně víc lákala než všechny ty opice na jevišti, jak se o nich vyjadřovali druzí důstojníci.

Ve velice dobré náladě odešel do malé kavárny U kříže sv. Štěpána, kde zašel do malého chambre séparée, vyhnal odtamtud nějakou Rumunku, která se nabízela, že se svlékne do naha a že si s ní může dělat, co chce, poručil si inkoust, péro a dopisní papír, láhev koňaku a napsal po bedlivé úvaze toto psaní, které se mu zdálo být vůbec nejhezčím, které kdy napsal: *Milostivá paní! Byl jsem včera přítomen v městském divadle hře, která Vás rozhořčila. Sledoval jsem Vás již při celém prvním jednání, Vás i Vašeho pana manžela. Jak jsem pozoroval...* "Jen do něho," řekl si nadporučík Lukáš, "jaké má právo ten chlap mít takovou roztomilou ženu. Vždyť vypadá jako oholený pavián."

Psal dál: *Váš pan manžel s nejlepším porozuměním díval se na oplzlosti prováděné na jevišti ve hře, která ve Vás, milostivá paní, působila odpor, poněvadž to nebylo umění, ale hnusné působení na nejintimnější city člověka.* "Ta ženská má poprsí," pomyslil si nadporučík Lukáš, "jen přímo do toho!" *Odpusťte, milostivá paní že mne neznáte, ale přesto že jsem k Vám upřímný. Viděl jsem v životě mnoho žen, ale žádná na mne neučinila takový dojem jako Vy, neboť Váš úsudek a životní názor shoduje se úplně s mým názorem. Jsem přesvědčen, že Váš pan manžel je čistý sobec, který Vás tahá s sebou...* "To nejde," řekl k sobě nadporučík Lukáš a přeškrtl "schleppt mit" a místo toho psal: *...který v zájmu svém vodí Vás, milostivá, s sebou na divadelní představení odpovídající jedině jeho vkusu. Mám rád upřímnost, nevtírám se nijak ve Váš soukromý život, a přál bych si pohovořit s Vámi soukromě o čistém umění...* "Zde v hotelích to nepůjde, budu ji muset zatáhnout do Vídně," pomyslil si ještě nadporučík, "vezmu si komandýrovku." *Proto osměluji se, milostivá paní, poprositi Vás o setkání, abychom se blíže čestně seznámili, což jistě neodřeknete tomu, jehož v nejkratší době očekávají svízelné válečné pochody a který, v případě Vašeho laskavého svolení, zachová si v bitevní vřavě nejkrásnější vzpomínku na duši, která ho stejně pochopila, jako ji on sám chápal. Vaše rozhodnutí bude mi pokynem, Vaše odpověď rozhodujícím okamžikem v životě.* Podepsal se, vypil koňak a poručil si ještě jednu láhev, a pije číšku za číškou, takřka po každé větě dopravdy zaslzel, když přečetl své poslední řádky.

***

Bylo devět hodin ráno, když Švejk probudil nadporučíka Lukáše: "Poslušně hlásím, pane obrlajtnant, že jste zaspal na službu a já už musím jít s vaším psaním do tý Királyhidy. Já už vás budil v sedm hodin, potom v půl osmý, pak v osm, když už šli kolem na cvičení, a vy jste se jen obrátil na druhou stranu. Pane obrlajtnant... Jářku, pane obrlajtnant..."

Nadporučík Lukáš totiž chtěl se, zabručev cosi, obrátit opět na bok, což se mu nepodařilo, poněvadž Švejk s ním nemilosrdně třásl a hulákal: "Pane obrlajtnant, já jdu tedy s tím psaním do Királyhidy."

Nadporučík zívl: "S psaním? Ja, s mým psaním je to diskrétnost, rozumíte, tajemství mezi námi. Abtreten..."

Nadporučík zabalil se opět do deky, ze které ho Švejk vytáhl, a spal dál, zatímco Švejk putoval dál do Királyhidy.

Najít Sopronyi utczu číslo 16 nebylo by bývalo tak těžké, kdyby ho náhodou nebyl potkal starý sapér Vodička, který byl přidělen k "štajerákům", jejichž kasárna byla dole v lágru. Vodička bydlíval před léty v Praze na Bojišti, a proto při takovém setkání nezbylo nic jiného, než že oba zašli do hospody U černého beránka v Brucku, kde byla známá číšnice Růženka, Češka, které byli všichni čeští jednoročáci, kteří kdy byli v lágru, nějaký obnos dlužni.

Poslední dobou sapér Vodička, starý partyka, dělal jí kavalíra a měl v seznamu všechny maršky, které odjížděly z tábora, a chodil v pravý čas Čechy jednoročáky upomínat, aby se neztratili bez zaplacení útraty ve válečné vřavě.

"Kam vlastně máš zaměříno?" otázal se Vodička, když se ponejprv napili dobrého vína.

"Je to tajemství," odpověděl Švejk, "ale tobě, jako starýmu kamarádovi, to svěřím."

Vysvětlil mu všechno dopodrobna a Vodička prohlásil, že je starej sapér a že ho nemůže opustit, a že půjdou psaní odevzdat spolu.

Bavili se znamenitě o minulých dobách a všechno se jim zdálo, když po dvanácté hodině vyšli od Černého beránka, přirozeným a snadným.

Kromě toho měli v duši pevný dojem, že se nikoho nebojí. Vodička po celé cestě do Sopronyi utca číslo 16 projevoval ohromnou nenávist vůči Maďarům a vypravoval neustále, jak se všude s nimi pere, kde se všude a kdy s nimi sepral a co mu kdy a kde zabránilo, aby se s nimi nepopral.

"Jednou ti už takovýho kluka maďarskýho držím za chřtán v Pausdorfě, kam jsme šli my saperáci na víno, a chci mu dát jednu überšvunkem přes kokos v tý tmě, poněvadž jsme hned, jak to začlo, praštili láhví do visací lampy, a von najednou začne křičet: ,Tondo, dyť to jsem já, Purkrábek, vod 16. landvér!` Málem by to byla bejvala mejlka. Zato jsme jim to tam, tajtrlíkům maďarským, vodplatili pořádně u Neziderského jezera, na který jsme se šli před třemi tejdny podívat. Leží tam ve vedlejší vsi nějaký oddělení strojních pušek nějakejch honvédů, a my jsme náhodou všichni zašli do jedný hospody, kde voni tančili ten svůj čardáš jako pominutý a roztahovali si držku na celý kolo se svým ,Uram, uram, biró uram` nebo ,Láňok, láňok, láňok a faluba.` My si sedneme naproti nim, jen jsme si überšvunky položili před sebe na stůl, a povídáme si: ,Vy pacholci, my vám dáme láňok,` a nějakej Mejstřík, kerej měl ploutev jako Bílá hora, se hned nabíd, že si půjde zatančit a že nějakýmu syčákovi vezme holku z kola. Holky byly setsakra fešandy, takový lejtkavý a prdelatý, stehnatý a vokatý, a jak se na ně ti maďarští pacholci mačkali, bylo vidět, že ty holky mají plný, tvrdý prsa jako půlmíče a že jim to dělá moc dobře a že se vyznají v tlačenici. Tak ten náš Mejstřík skočí do kola a tu největší fešandu chce brát jednomu honvédovi, kerej začal něco brebentit, a Mejstřík mu hned jednu hodil, ten se svalil, my už hned chytli überšvunky, votočili jsme si je kolem ruky, aby nám bajonety neulítly, skočili mezi ně, já jsem vykřik: ‚Vinnej nevinnej, berte to po řadě!‘ a už to šlo jako na másle. Začli vyskakovat oknem, my je chytali ve voknech za nohy a zas stahovali do sálu. Kdo nebyl náš, ten dostal. Zaplet se tam do toho jejich starosta s četníkem, a už dostali na chrám páně. Hostinskej byl taky bit, poněvadž začal německy nadávat, že prej kazíme zábavu. Ještě jsme potom chytali po vesnici ty, kteří se chtěli před námi schovat. Jako jednoho jejich cuksfíru, toho jsme našli zahrabaného v seně na půdě v jednom statku až dole pod vsí. Prozradila nám ho jeho holka, poněvadž von tam tancoval s jinou. Byla udělaná do našeho Mejstříka a šla s ním potom nahoru po cestě na Királyhidu, kde jsou pod lesem sušírny na seno. Zatáhla ho do jedný takový sušírny a chtěla potom na něm pět korun a von jí dal přes hubu. Potom nás dohonil až nahoře u samýho lágru a povídal, že vždycky myslel, že jsou Maďarky vohnivější, ale ta svině že ležela jako pařez a pořád jen něco brebentila. - Maďaři jsou, zkrátka řečeno, holota," zakončil starý sapér Vodička, načež Švejk poznamenal: "Někerej Maďar taky za to nemůže, že je Maďar."

"Jakpak by nemoh," rozčiloval se Vodička, "každej za to může, to je hloupost. To bych ti přál, aby dostali jednou tebe tak do párády, jako se mně stalo, když jsem první den sem přijel na kursy. Ještě to samý vodpůldne už nás sehnali jako stádo dobytka do školy a jeden takovej pitomec nám začal kreslit a vysvětlovat, co jsou to blindáže, jak se dělají základy, jak se to měří, a ráno prej, kdo to nebude mít nakreslený, jak von to vykládá, že bude zavřenej a uvázanej. ‚Krucifix,‘ myslím si, ‚proto jsi se na frontě přihlásil do těch kursů, aby ses ulil z fronty, nebo abys večer maloval do nějakých sešitků tužtičkou jako školáček?‘ Takovej vztek mne vzal, žádný stání jsem neměl, ani jsem se nemoh na toho blbouna, co nám to vykládal, podívat. Nejraději byl bych všechno rozmlátil, jak jsem byl vzteklej. Ani jsem nečekal na kafe a hned jsem šel z baráku do Királyhidy, a z toho vzteku jsem na nic jinýho nemyslel než najít si v městě nějakou tichou putyku, vožrat se tam a udělat tam kravál, dát někomu přes držku a jít vybouřenej domů. Člověk míní, ale pánbůh mění. Tam u řeky až mezi zahradami našel jsem vopravdu takovej lokál, tichej jako kaple, jako stvořenej pro kravál. Seděli tam jen dva hosti a bavili se mezi sebou maďarsky, což mne ještě víc namíchalo, a taky jsem byl ještě dřív a víc vožralej, než jsem si myslel, takže jsem v tý vopici ani nepozoroval, že vedle je ještě jeden lokál, kam mezi tou dobou, co jsem se činil, přišlo asi vosum husarů, kteří se do mne pustili, když jsem těm dvěma prvním hostům dal přes držku. Ti prevíti husaři tak ti mne zmordovali a honili mezi zahradama, že jsem vůbec netrefil domů, až k ránu, a hned jsem musel na marodcimru, kde jsem se vymluvil, že jsem spad do cihelny, a celej tejden mne balili do mokrýho prostěradla, aby se mně záda nepodbírala. To si přej, panečku, dostat se mezi takový lotry. To nejsou lidi, to je dobytek."

"Kdo čím zachází, tím schází," řekl Švejk, "taky se jim nesmíš divit, že jsou rozčílení, když musejí tam nechat stát všechno víno na stole a mají té honit po zahradách ve tmě. Voni si to měli s tebou vodbejt hned na místě v lokále, pak té vyhodit. Pro ně by to bejvalo bylo lepší a pro tebe taky, kdyby to s tebou skoncovali u stolu. Já jsem znal nějakýho kořalečníka Paroubka v Libni. Jednou se mu tam opil nějakej dráteník jalovcovou a začal nadávat, že je to slabý, že do toho leje vodu, že kdyby drátoval sto let a za celej vejdělek si koupil samou jalovcovou a vypil ji najednou, že by moh ještě chodit po provaze a nosit ho, Paroubka, v náručí. Potom ještě řekl Paroubkovi, že je huncút a šaščínská bestie, tak ho mílej Paroubek chyt, votlouk mu jeho pasče na myši a dráty vo hlavu a vyhodil ho ven a mlátil ho po ulici tyčí na stahování rolety až dolů na Invalidovnu a hnal ho, jak byl zdivočelej, přes Invalidovnu v Karlíně až nahoru na Žižkov, vodtud přes Židovský pece do Malešic, kde vo něj konečné tyč přerazil, takže se moh vrátit nazpátek do Libně. Jó, ale v tom rozčílení zapomněl na to, že má ještě asi to všechno obecenstvo v kořalně, že si tam asi budou ti syčani sami hospodařit. A taky se vo tom přesvědčil, když konečné se zas dostal do svý kořalny. U kořalny bylo napolovic stažený roló, u kterýho stáli dva policajti, taky silné nabraný, když dělali vevnitř pořádek. Dopolovic všechno vypitý, na ulici prázdnej soudek vod rumu, a pod pultama našel Paroubek dva vožralý chlapy,, kteří byli přehlédnutý policajty a kteří, když je vytáhl, chtěli mu platit po dvou krejcařích, víc prej žitný nevypili. Tak se trestá přenáhlenost. To máš jako na vojně. Napřed nepřítele porazíme a potom pořád a pořád za ním, a nakonec nestačíme sami utíkat "

"Já jsem si ty chlapy dobře zapamatoval," ozval se Vodička, "kdyby mně tak některej z těch husarů padl do cesty, já bych si to s ním vyrovnal. My saperáci jsme, když to do nás vjede, potvory. My nejsme jako ty železný mouchy. Když jsme byli na frontě u Přemyšlu, tak tam byl s námi hejtman Jetzbacher, svině, které nebylo rovno pod sluncem. Ten nás uměl tak sekýrovat, že nějakej Bitterlich od naší kumpačky, Němec, ale moc takovej hodnej člověk, se kvůli němu zastřelil. Tak jsme si řekli, že až to začne z ruský strany hvízdat, že taky náš hejtman Jetzbacher žít nebude. A hned taky, jak začali Rusové po nás střílet, dali jsme do něho při přestřelce pět šušů. Potvora byl ještě živ jako kočka, tak jsme ho museli dvěma ranama dorazit, aby z toho nic nebylo; jenom zamrněl, ale tak nějak směšné, moc legračně."

Vodička se zasmál: "To máš na frontě na denním pořádku. Vypravoval mně můj jeden kamarád, je teď taky u nás, že když byl jako infanterák pod Bělehradem, jejich kumpačka v gefechtu vodstřelila si svýho obrlajtnanta, taky takovýho psa, který zastřelil sám dva vojáky na pochodu, poněvadž už dál nemohli. Ten když dodělával, najednou začal hvízdat signál k vodstoupení. Mohli se prej všichni kolem uřehtat "

Za tohoto poutavého a poučného rozhovoru našel Švejk s Vodičkou konečně železářský krám pana Kákonyie na Sopronyi utca číslo 16.

"Měl bys přece jen radši zde počkat," řekl Švejk k Vodičkovi před průjezdem domu, "já jen seběhnu do prvního patra a odevzdám psaní, počkám si na odpověď a hned jsem zas dole."

"Já té mám vopustit?" podivil se Vodička, "ty neznáš Maďary, říkám ti to pořád. Tady musíme bejt na né vopatrní. Já ho plácnu."

"Poslouchej, Vodičko," řekl Švejk vážně, "zde se nejedná vo Maďara, zde se jedná vo jeho paní. Vždyť jsem ti to všecko, když jsme seděli s tou českou kelnerkou, vykládal, že nesu psaní vod svýho obrlajtnanta, že je to naprosté tajemství. Von mně přece můj obrlajtnant klad na srdce, že vo tom nesmí vědět žádná živá duše, a ta tvoje kelnerka sama přece povídala, že je to úplně správný, že je to diskrétní věc. Vo tom, že se nesmí nikdo dovědět, že si pan obrlajtnant dopisuje se vdanou ženskou. A ty sám jsi taky to chválil a přikyvoval na to hlavou. Vysvětlil jsem vám to přece, jak náleží a patří, že vykonám přesné rozkaz svýho obrlajtnanta, a ty najednou mermocí chceš jít s sebou nahoru."

"Ty mě ještě neznáš, Švejku," odpověděl též velice vážné starý sapér Vodička, "když jsem už jednou řek, že té nevopustím, tak si pamatuj, že moje slovo platí za sto. Když jdou dva, je to vždycky bezpečnější."

"Z toho té, Vodičko, vyvedu. Víš, kde je na Vyšehradě Neklanova ulice? Tam měl dílnu zámečník Vobornik. Byl to člověk spravedlivej a jednoho dne, když se vrátil domů z flámu, tak si s sebou přived ještě jednoho flamendra spát. Potom ležel dlouho a dlouho a každej den, když mu jeho žena převazovala ránu na hlavě, tak mu říkala: ,Vidíš, Toníčku, kdybyste byli nepřišli dva, tak jsem ti jenom zahrála a nehodila ti na hlavu decimálku.` A von potom, když už moh mluvit, říkal: ,Máš pravdu, matko, podruhý až někam pudu, tak s sebou nikoho nepřitáhnu.` "

"To by tak ještě scházelo," rozdurdil se Vodička, "aby nám ještě ten Maďar chtěl hodit něco na hlavu. Já ho chytnu za krk a shodím ho z prvního poschodí dolů po schodech, že poletí jako šrapnel. Na ty kluky maďarský se musí jít vostře. Jakýpak s nimi cavyky."

"Vodičko, vždyť ty jsi přece tolik nevypil. Já měl vo dvě čtvrtky víc než ty. Rozvaž si jenom to, že nesmíme udělat žádnej škandál. Já jsem za to zodpovědnej. Jedná se přece vo ženskou."

"Plácnu taky ženskou, Švejku, mně je to jedno, to ještě neznáš starýho Vodičku. Jednou v Záběhlicích na Růžovým ostrově nechtěla se mnou jít jedna taková maškara tančit, že prej mám voteklou hubu. Měl jsem pravda hubu vopuchlou, poněvadž jsem právě přišel z jedný taneční zábavy v Hostivaři, ale považ si tu urážku vod tý běhny. ,Tak tu máte taky jednu, velectěná slečno,` řek jsem, ,aby vám to nebylo líto: Jak jsem jí tu jednu utrh, povalila celej stůl na zahradě i se sklenicema, za kterým seděla s tatínkem a s maminkou a s dvěma bratry. Ale nebál jsem se celýho Růžovýho ostrova. Byli tam známí z Vršovic a ty mně pomohli. Ztřískali jsme asi pět rodin i s dětma. Muselo to bejt slyšet až do Michle a potom to taky bylo v novinách o tej zahradní zábavě toho dobročinného spolku nějakejch rodáků ňákýho města. A proto jak říkám, jak mně jiní pomohli. tak i já vždycky každýmu kamarádovi pomůžu, když má k něčemu dojít. Za živýho boha se vod tebe nehnu. Ty Maďary neznáš... To mně přece nemůžeš udělat, abys mě vod sebe vodstrkoval, když se vidíme po tolika létech, a ještě za jakejch vokolností."

"Tak tedy pojď s sebou," rozhodl se Švejk, "ale vopatrně jednat, abychom neměli nějaký nepříjemnosti."

"Nestarej se, kamaráde," potichu řekl Vodička, když šli ke schodům, "já ho plácnu..."

A ještě tišeji dodal: "Uvidíš, že nám nedá ten kluk Maďarská žádnou práci."

A kdyby byl někdo v průjezdě a rozuměl česky, byl by zaslechl již že schodů hlasitěji pronesené Vodičkovo heslo "Ty Maďary neznáš...", heslo, ku kterému on došel v tichém lokále nad řekou Litavou, mezi zahradami slavné Királyhidy, obklopené vrchy, na které budou vojáci vzpomínat vždy s proklínáním při vzpomínkách na ty všechny übunky do světové války i za světové války, na kterých se cvičili teoreticky k praktickým masakrům a řežím.

***

Švejk s Vodičkou stáli před dveřmi bytu pana Kákonyiho. Než přitlačil na knoflík zvonku, poznamenal Švejk: "Slyšel jsi někdy, Vodičko, že vopatrnost je matkou moudrostí?"

"Já se vo to nestarám," odpověděl Vodička, "von nesmí mít ani čas votevřít hubu..."

"Já s ním taky nemám co jednat, Vodičko." Švejk zazvonil a Vodička řekl hlasitě: "Ajncvaj, a bude ze schodnu."

Dveře se otevřely, objevila se služka a tázala se maďarsky, čeho si přejí. "Nem tudom," řekl opovržlivě Vodička, "uč se, holka, česky."

"Verstehen Sie deusch?" otázal se Švejk. "A pischen."

"Also sagen Sie der Frau, ich will die Frau sprechen, sagen Sie, daß ein Brief ist von einem Herr draußen in Kong."

"Já se ti divím," řekl Vodička, vstupuje za Švejkem do předsíně, "že s takovým smradem mluvíš." Stáli v předsíni, zavřeli dveře na chodbu a Švejk jen poznamenal:

"Mají to tady pěkně zařízený, dokonce dva deštníky na věšáku, a ten vobraz toho Pána Krista taky není špatnej."

Z jednoho pokoje, odkud ozývalo se klepání lžic a zvonění talířů, vyšla opět služka a řekla k Švejkovi:

"Frau ist gesagt, daß sie hat ka' Zeit, wenn was ist, das mir geben und sagen."

"Also," řekl slavnostně Švejk, "der Frau ein Brief, aber halten Kuschen."

Vytáhl psaní nadporučíka Lukáše.

"Ich," řekl, ukazuje prstem na sebe, "Antwort warten hier in die Vorzimmer."

"Co si nesedneš?" ptal se Vodička, který již seděl na židli u zdi, "tamhle máš židli. Budeš stát tady jako žebrák. Neponižuj se před tím Maďarem. Uvidíš, že s ním budeme mít tahanici, ale já ho plácnu. - Poslyš," řekl po chvíli, "kde jsi se naučil německy?"

"Sám vod sebe," odpověděl Švejk. Opět bylo chvíli ticho. Pak bylo slyšet z pokoje, kam odnesla služka psaní, velký křik a hluk. Někdo uhodil něčím těžkým o zem, pak se dalo rozeznat jasně, že tam lítají sklenice a tříští se talíře, do čehož znělo hulákání: "Baszom az anyát, baszom az istenet, baszom a Krizstus Márját, baszom az atyádot, baszom a világot!"

Dveře se rozletěly a do předsíně vběhl pán v nejlepších letech s ubrouskem kolem krku, mávaje před chvilkou odevzdaným dopisem.

Nejblíže dveří seděl starý saperák Vodička a rozčilený pán se také první na něho obrátil. "Was soll das heißen, wo ist der verfluchte Kerl, welcher dieses Brief gebracht hat?" "Pomalu," řekl Vodička vstávaje, "ty nám zde moc neřvi, abys nevylít, a když chceš vědět, kdo ten dopis přines, tak se zeptej tamhle kamaráda. Ale mluv s ním slušně, nebo budeš za dveřma natotata."

Nyní bylo na Švejkovi, aby se přesvědčil o bohaté výřečnosti rozčileného pána s ubrouskem kolem krku, který míchal páté přes deváté, že právě obědvali.

"My jsme slyšeli, že obědváte," lámanou němčinou souhlasil s ním Švejk, dodávaje česky: "Mohlo nás to taky napadnout, že vás asi zbytečně vytrhnem vod oběda."

Neponižuj se," ozval se Vodička.

Rozčilený pán, kterému po jeho živé gestikulaci držel ubrousek již jen za jeden cíp, pokračoval dál, že napřed myslel, že se ve psaní jedná o vykázání nějakých místností pro vojsko v tomto domě, který patří jeho paní.

"Sem by se ještě vešlo hodně vojska," řekl Švejk, "ale vo to se v tom psaní nejednalo, jak jste se asi přesvědčil."

Pán se chytil za hlavu, přičemž spustil celou řadu výčitek, že byl taky rezervním lajtnantem, teď že by rád sloužil, ale že má ledvinovou nemoc. Za jeho časů že nebylo tak důstojnictvo rozpustilé, aby rušilo klid domácnosti. Že psaní pošle na velitelství pluku, do ministerstva vojenství, uveřejní je v novinách.

"Pane," řekl důstojné Švejk, "to psaní jsem psal já. Ich geschrieben, kein Oberleutnant. Podpis jen tak, falešný, Unterschrift, Name, falsch. Mně se vaše paní velice líbí. Ich liebe Ihre Frau. Já jsem do vaší paní zamilovanej až po uši, jak říkal Vrchlický. Kapitales Frau."

Rozčilený pán se chtěl vrhnout na Švejka, který stál klidně a spokojeně před ním, ale starý sapér Vodička, sledující každý jeho pohyb, podrazil mu nohu, vytrhl mu psaní z ruky, kterým stále mával, strčil do kapsy, a když se pan Kákonyi vzchopil, chytil ho Vodička, odnesl ke dveřím, otevřel si dveře jednou rukou, a už bylo slyšet, jak na schodech se něco válí.

Šlo to tak rychle jako v pohádkách, když si čert přijde pro člověka.

Po rozčileném pánovi zůstal jen ubrousek. Švejk ho zvedl, zaklepal slušně na dveře pokoje, odkud před pěti minutami vyšel pan Kákonyi a odkud bylo slyšet ženský pláč.

"Přináším vám ubrousek," řekl Švejk měkce k paní, která brečela na pohovce, "moh by se pošlapat. Moje úcta."

Srazil paty dohromady, zasalutoval a vyšel na chodbu. Na schodech nebylo znát tak dalece nijakých stop zápasu, zde dle předpokladů Vodičkových odehrávalo se vše úplně lehce. Jediné potom u vrat v průjezdě našel Švejk utržený nákrční Límeček. Tam se patrně, když pan Kákonyi zoufale se zachytil domovních vrat, aby nebyl vyvlečen na ulici, odehrával poslední akt této tragédie.

Zato na ulici bylo rušno. Pana Kákonyiho odtáhli do protějšího průjezdu, kde ho potívali vodou, a uprostřed ulice bil se starý sapér Vodička jako lev proti několika honvédům a hondvédhusarům, kteří se zastali svého krajana. Oháněl se mistrné bodlem na řemenu jako cepem. A nebyl sám. Jemu po boku bojovalo několik českých vojáků od různých regimentů, kteří právě šli ulicí.

Švejk, jak později tvrdil, ani sám nevěděl, jak se taky do toho dostal, a poněvadž neměl žádné bodlo, jak se mu do rukou dostala hůl nějakého uděšeného diváka.

Trvalo to hezkou chvíli, ale všechno pěkné má taky své konce. Přišel berajtšaft a sebral to všechno.

Švejk šel s holí, která byla komandantem berajtšaftu uznána jako corpus delicti, vedle Vodičky.

Švejk šel spokojeně, maje hůl jako flintu na rameni.

Starý sapér Vodička po celou cestu tvrdošíjně mlčel. Až teprve když vcházeli na hauptvachu, řekl zasmušile k Švejkovi: "Nepovídal jsem ti to, že Maďary neznáš?"

Nová utrpení

Plukovník Schröder se zalíbením pozoroval bledý obličej nadporučíka Lukáše, s velkými kruhy pod očima, který v rozpacích nedíval se na plukovníka, ale úkradkem, jako by něco studoval, díval se na plán dislokace mužstev ve vojenském táboře, který byl také jedinou ozdobou v celé kanceláři plukovníka.

Před plukovníkem Schrödrem bylo na stole několik novin s články zatrženými modrou tužkou, které ještě jednou přelétl plukovník zběžné, a řekl, dívaje se na nadporučíka Lukáše:

"Vy tedy již o tom víte, že váš sluha Švejk nalézá se ve vazbě a bude pravděpodobné dodán k divizijnímu soudu?"

"Ano, pane plukovníku."

"Tím ovšem," důrazné řekl plukovník, pase se nad bledou tváří nadporučíka Lukáše, "není celá záležitost ukončena. Jest jisté, že místní veřejnost byla pobouřena celým případem vašeho sluhy Švejka, a ona aféra uvádí se v souvislosti i s vaším jménem, pane nadporučíku. Z velitelství divize byl nám dodán již jistý materiál. Máme zde některé časopisy, které se zabývaly tímto případem. Můžete mně to přečíst nahlas."

Podal nadporučíkovi Lukášovi noviny se zatrženými články, který počal číst monotónním hlasem, jako by četl v čítance pro děti větu ,Med jest mnohem výživnější a snadněji stravitelnější než cukr`: "Kde je záruka naší budoucnosti?"

"To je v Pester Lloydu?" otázal se plukovník.

"Ano, pane plukovníku," odpověděl nadporučík Lukáš a pokračoval ve čtení: "Vedení války vyžaduje součinnost všech vrstev obyvatelstva rakouskouherského mocnářství. Chceme-li míti pod střechou bezpečí státu, všechny národy musí podporovati se navzájem a záruka naší budoucnosti je právě v té spontánní úctě, kterou jeden národ má před druhým. Největší oběti našich čackých vojínů na frontách, kde oni neustále postupují kupředu, nebyly by možny, kdyby týl, ona zásobovací i politická tepna našich slavných armád, nebyl sjednoceným, kdyby vyskytovaly se v zádech naší armády živly rozbíjející jednolitost státu a svou agitací a zlomyslností podrývaly autoritu státního celku a zaváděly v souručenství národů naší říše zmatky. Nemůžeme se v této dějinné chvíli mlčky dívati na hrstku lidí, kteří by chtěli se pokoušet z nacionálních místních důvodů rušit sjednocenou práci a zápas všech národů této říše o spravedlivé potrestání těch bídáků, kteří na říši naši bez příčiny napadli, aby ji zbavili veškerých kulturních i civilizačních statků. Nemůžeme mlčky opominout tyto hnusné zjevy výbuchů chorobné duše, která touží jen po rozražení jednomyslnosti v srdcích národů. Měli jsme již několikrát příležitost upozornit v našem časopise na ten zjev, jak vojenské úřady jsou nuceny se vší přísností zakročiti proti těm jednotlivcům od českých pluků, kteří nedbajíce slavné tradice plukovní, rozsívají svým nesmyslným řáděním v našich maďarských městech zlobu proti celému českému národu, který jako celek není ničím vinen a který vždy pevné stál za zájmy této říše, o čemž svědčí celá řada vynikajících českých vojevůdců, z nichž vzpomínáme slavné postavy maršálka Radeckého a jiných obranců rakousko-uherského mocnářství. Proti těmto světlým zjevům stojí několik darebáků zpustlé české lůzy, kteří použili světové války, aby se dobrovolné přihlásili do vojska a mohli uvésti zmatek v jednomyslnost národů monarchie, nezapomínajíce přitom na své nejnižší pudy. Upozornili jsme již jednou na řádění pluku No... v Debrecíně, jehož výtržnosti byly přetřásány i odsouzeny pešťskou sněmovnou a jehož plukovní prapor později na frontě byl - Konfiskováno - Kdo má na svědomí ten ohavný hřích? - Konfiskováno - Kdo hnal české vojáky Konfiskováno - Co si troufá cizota v naší maďarské vlasti, o tom svědčí nejlépe případ v Királyhidě, maďarské výspě nad Litavou. K jaké národnosti patřili vojáci z nedalekého vojenského tábora v Brucku nad Litavou, kteří přepadli a ztrýznili tamějšího obchodníka pana Gyulu Kákonyie? Jest rozhodné povinností úřadů vyšetřiti tento zločin a optati se vojenského velitelství, které jisté již se touto aférou zabývá, jakou úlohu v tom bezpříkladném štvaní proti příslušníkům Uherského království hraje nadporučík Lukasch, jehož jméno uvádí se po městě ve spojitosti s událostmi posledních dnů, jak nám bylo sděleno naším místním dopisovatelem, který sebral již bohatý materiál o celé aféře, která v dnešní vážné době přímo křičí. Čtenáři Pester Lloydu jistě se zájmem budou sledovati vývin vyšetřování a neopomeneme je ujistit, že je blíže seznámíme s touto událostí eminentní důležitosti. Současné však očekáváme úřední zprávu o királyhidském zločinu, spáchaném na maďarském obyvatelstvu. Že se věcí bude zabývat pešťská sněmovna, je nabíledni, aby nakonec se ukázalo jasné, že čeští vojáci, projíždějící Uherským královstvím na front, nesmí považovat zemi koruny svatého Štěpána, jako by ji měli v pachtu. Jestli pak někteří příslušníci toho národa, který v Királyhidě tak pěkné reprezentoval součenství všech národů tohoto mocnářství, ještě dnes nechápou situaci, ať zůstanou hezky zticha, neboť ve válce takové lidi kulka, provaz, kriminál a bajonet naučí již poslouchat a podřídit se nejvyšším zájmům naší společné vlasti."

"Kdo je podepsán pod článkem, pane nadporučíku?"

"Béla Barabás, redaktor a poslanec, pane plukovníku."

"To je známá bestie, pane nadporučíku; ale dřív, nežli se to dostalo do Pester Lloydu, byl již tento článek uveřejněn v Pesti Hirlap. Nyní mně přečtěte úřední překlad z maďarštiny článku v šoproňském časopise Sopronyi Napló."

Nadporučík Lukáš četl nahlas článek, ve kterém redaktor dal si neobyčejně záležet na tom, aby uplatnil směs vět: "příkaz státní moudrostí", "státní pořádek", "lidská zvrhlost", "zašlapaná lidská důstojnost a cit", "kanibalské hody", "zmasakrovaná lidská společnost", "smečka mameluků", "za kulisami je poznáte". A dál to šlo, jako by Maďaři na vlastní půdě byli nejpronásledovanějším živlem. Jako by byli přišli čeští vojáci, porazili redaktora a šlapali mu bagančatama po břiše a ten by řval bolestí a někdo si to stenografoval.

"O některých nejdůležitějších věcech," pláče Sopronyi Napló, šoproňský deník, "se povážlivě mlčí a ničeho se nepíše. Každý z nás ví, co to je český voják v Uhrách i na frontě. My všichni víme, jaké věci Češi provádí, co je tu v činnosti a jak to u Čechů vypadá a kdo to způsobuje. Bdělost úřadů je ovšem upoutána jinými důležitými věcmi, které však musí být v náležité spojitosti s dozorem nad celkem, aby se nemohlo stát to, co se stalo v těchto dnech v Királyhidě. Včerejší náš článek byl na patnácti místech konfiskován. Proto nezbývá nám nic jiného než prohlásit, že ani dnes nemáme příliš příčiny z technických důvodů se široce zabývati s událostmi v Királyhidě. Námi vyslaný zpravodaj zjistil na místě, že úřady jeví opravdovou horlivost v celé aféře, vyšetřujíce plnou parou. Zdá se nám jedině podivným, že někteří účastníci celého masakru nalézají se dosud na svobodě. Toto se týká zejména jednoho pána, který se dle doslechu zdržuje doposud beztrestně ve vojenském táboře a stále ještě nosí odznaky svého papageiregimentu a jehož jméno bylo též uveřejněno předevčírem v Pester Lloydu a Pesti Napló. Jest to známý česlo šovinista Lükáš, o jehož řádění bude podána interpelace naším poslancem Gézou Savanyú, který zastupuje okres királyhidský."

"Stejně líbezně, pane nadporučíku," ozval se plukovník Schröder, "píše o vás též týdeník v Királyhidě a potom prešburské listy. To vás ale už nebude zajímat, poněvadž je to na jedno kopyto. Politicky dá se to odůvodnit, poněvadž my Rakušané, ať jsme Němci, nebo Češi, jsme proti Maďarům přece jen ještě hodně... Rozumíte mně, pane nadporučíku. Je v tom jistá tendence. Spíš by snad vás zajímal článek v Komárenském večerníku, kde se o vás tvrdí, že jste se pokoušel znásilnit paní Kákonyiovou přímo v jídelně při obědě u přítomnosti jejího manžela, kterého jste ohrožoval šavlí a nutil ho, aby zacpal ručníkem ústa své manželky, aby nekřičela. To je poslední zpráva o vás, pane nadporučíku."

Plukovník se usmál a pokračoval: "Úřady nevykonaly svou povinnost. Preventivní cenzura ve zdejších listech nalézá se též v rukou Maďarů. Dělají si s námi, co chtí. Náš důstojník není chráněn před urážkami takové civilní maďarské redaktorské svině, a teprve na základě našeho ostrého vystoupení, respektive telegramu našeho divizijního soudu, učinilo státní návladnictví v Pešti kroky, aby byla provedena nějaká zatčení ve všech zmíněných redakcích. Nejvíc si to odkaše redaktor Komárenského večerníku, ten na svůj večerník nezapomene do smrti. Mě pověřil divizijní soud, jako vašeho představeného, vyslechnouti vás a zasílá mně současně celé spisy týkající se vyšetřování. Všechno by bylo dopadlo dobře, kdyby nebylo toho vašeho nešťastného Švejka. Je s ním nějaký sapér Vodička, u kterého po rvačce našli, když je přivedli na hauptvachu, váš dopis, který jste poslal paní Kákonyiové. Ten váš Švejk tvrdil při vyšetřování, že prý to není vaše psaní, že psal to sám, a když mu bylo předloženo a on usvědčen, aby je opsal a byl porovnán jeho rukopis, sežral vaše psaní. Z kanceláře pluku byly potom poslány k divizijnímu soudu vaše raporty k porovnání rukopisu Švejkova a zde máte výsledek."

Plukovník přelistoval se ve spisech a ukázal nadporučíkovi Lukášovi na tento pasus: "Obžalovaný Švejk odepřel napsat diktované věty, provázeje to tvrzením, že zapomněl přes noc psát."

"Vůbec já tomu, pane nadporučíku, nepřikládám žádného významu, co u divizijního soudu povídá ten váš Švejk nebo ten sapér. Švejk i sapér tvrdí, že šlo jen o nějaký malý žertíček, kterému nebylo porozuměno, a že byli sami přepadeni civilisty a že se bránili, aby záchránili vojenskou čest. Vyšetřováním bylo zjištěno, že ten váš Švejk je vůbec pěkné kvítko. Tak například na otázku, proč se nepřizná, odpověděl dle protokolu: "Iá jsem zrovna v takový situaci, jako se voctnul jednou kvůli nějakejm obrazům Panny Marie sluha akademického malíře Panušky. Ten taky, když se jednalo o nějaký vobrazy, který měl zpronevěřit, nemoh na to nic jiného vodpovědět než: Mám blit krev?`
Přirozené, že jsem se jménem velitelství pluku o to postaral, aby byla dána do všech novin jménem divizijního soudu oprava na všechny ty ničemné články zdejších novin. Dnes se to rozešle a doufám, že jsem učinil vše, abych napravil, co se stalo darebáckým chováním těch žurnalistických maďarských civilních potvor.

Myslím, že jsem to dobře stylizoval:
Divizijní soud čís. N a velitelství pluku čís. N
prohlašuje, že článek uveřejněný ve zdejším
časopise o domnělých výtržnostech mužstva
pluku čís. N nezakládá se v ničem na pravdě a od
první až do poslední řádky vymyšlen a že
vyšetřování zavedené proti oněm časopisům
přivodí přísné potrestání viníků.

Divizijní soud ve svém přípise na velitelství našeho pluku," pokračoval plukovník, "přichází k tomu mínění, že se vlastně o nic jiného nejedná než o soustavné štvaní proti vojenským částem přicházejícím z Cislajtánie do Translajtánie. A porovnejte přitom, kolik vojska odešlo na frontu od nás a kolik od nich. To vám řeknu, že mně je český voják milejší než taková maďarská sběř. Když si vzpomenu, že pod Bělehradem stříleli Maďaři po našem druhém maršbatalíónu, který nevěděl, že jsou to Maďaři, kteří po nich střílí, a počal pálit do deutschmajstrů na pravém křídle, a deutschmajstři zas si to také spletli a pustili oheň po bosenském regimentu, který stál vedle. To byla tenkrát situace! Já byl právě u štábu brigády na obědě, den předtím museli jsme se odbýt šunkou a polévkou z konzerv, a ten den jsme měli pořádnou polévku ze slepice, filé s rýží a buchtičky se šodó, večer předtím jsme pověsili jednoho srbského vinárníka v městečku a naši kuchaři našli u něho ve sklepě třicet let staré víno. Dovedete si představit, jak jsme se všichni těšili na oběd. Polévku jsme snědli a pouštíme se právě do slepice, když najednou přestřelka, pak střelba, a naše artilérie, která ani neměla zdání, že to naše části střílejí po sobě, počala pálit po naší linii a jeden granát padl těsně vedle našeho štábu brigády. Srbové snad mysleli, že u nás vypukla vzpoura, tak začti ze všech stran do nás řezat a přepravovat se proti nám přes řeku. Brigádního generála volají k telefonu a divizionér spustil rámus, co je to za hovadinu v brigádním úseku, že právě dostal rozkaz od štábu armády začít útok na srbské pozice ve 2 hodiny 35 minut v noci na levém křídle. My že jsme rezerva a že se ihned má oheň zastavit. Ale kdepak v takové situaci chtít ‚Feuer einstellen`. Brigádní telefonní centrála hlásí, že se nikam nemůže dozvonit, jenom že hlásí štáb 75. regimentu, že právě dostali od vedlejší divize rozkaz ‚ausharren`, že se nemůže smluvit s naší divizí, že Srbové obsadili kótu 212, 226 a 327, žádá se o zaslání jednoho batalionu jako svaz a spojení po telefonu s naší divizí. Přehodíme linku na divizi, ale spojení už bylo přerušeno, poněvadž Srbové se nám dostali mezitím do týla na obou křídlech a přesekávali náš střed do trojúhelníku, ve kterém zůstalo potom všechno, regimenty, artilérie i trén s celou autokolonou, skladiště i polní nemocnice. Dva dny jsem byl v sedle a divizionér padl do zajetí i s naším brigádníkem. A to všechno zavinili Maďaři tím, že stříleli po našem druhém maršbataliónu. Rozumí se samo sebou, že to sváděli na náš regiment."

Plukovník si odplivl:

"Sám jste se teď, pane nadporučíku, přesvědčil, jak využitkovali znamenitě vaší příhody v Királyhidě."

Nadporučík Lukáš rozpačitě zakašlal.

"Pane nadporučíku," obrátil se na něho důvěrně plukovník, "ruku na srdce. Kolikrát jste se vyspal s paní Kákonyiovou?"

Plukovník Schröder byl dnes ve velmi dobré náladě.

"Neříkejte, pane nadporučíku, že jste teprve začal korespondovat. Já, když jsem byl ve vašich letech, seděl jsem v Jágru na měřických kursech tři neděle, a měl jste vidět, jak jsem ty celé tři neděle nic jiného nedělal než spal s Maďarkami. Každý den s jinou. Mladé, svobodné, starší, vdané, jak to právě přišlo, žehlil jsem tak důkladně, že když jsem se vrátil k regimentu, sotva jsem pletl nohama. Nejvíc mne strhala paní jednoho advokáta. Ta ukázala, co dovedou Maďarky. Kousla mne přitom do nosu, celou noc mně nedala oka zamhouřit. - Začal korespondovat...," důvěrné plácl plukovník nadporučíka na rameno, "známe to. Neříkejte ničeho, já mám svůj úsudek o celé věci. Zapletl jste se s ní, její manžel na to přišel, ten váš pitomý Švejk... - Ale víte, pane nadporučíku, ten váš Švejk je přece jen charakter, když to tak proved s vaším dopisem. Takového člověka je opravdu škoda. Já říkám, že to je výchova. Mně se to velice líbí od toho chlapa. Rozhodné musí být v tomto ohledu vyšetřování zastaveno. Vás, pane nadporučíku, ostouzeli v novinách. Vaše přítomnost zde je úplně zbytečnou. Během týdne bude vypravena marška na ruský front. Jste nejstarším důstojníkem u 11. kompanie, pojedete s ní jako kompaniekomandant. Už je všechno zařízeno u brigády. Řekněte účetnímu feldvéblovi, aby vám našel nějakého jiného sluhu místo toho Švejka."

Nadporučík Lukáš vděčně pohlédl na plukovníka, který pokračoval: "Švejka přiděluji k vám jako kumpanieordonanc."

Plukovník vstal, a podávaje zbledlému nadporučíkovi ruku, řekl:

"Tím je tedy všechno vyřízeno. Přeji vám mnoho štěstí, abyste se vyznamenal na východním bojišti. A jestli se snad ještě někdy uvidíme, tak přijďte mezi nás. Ne abyste se nám vyhýbal jako v Budějovicích..."

Nadporučík Lukáš po celé cestě domů si opakoval: "Kompaniekomandant, kompanieordonanc." A jasné před ním vyvstávala postava Švejka. Účetní šikovatel Vaněk, když mu poručil nad poručík Lukáš, aby mu vyhledal nějakého nového sluhu místo Švejka, řekl: "Já myslel, že jsou, pane obrlajtnant, spokojenej s tím Švejkem."

Uslyšev, že Švejka naznačil plukovník ordonancí u 11. kumpanie, zvolal: "Pomoz nám pánbůh."

***

U divizijního soudu, v baráku opatřeném mřížemi, vstávali podle předpisu v sedm hodin ráno a dávali do pořádku kavalce válející se v prachu po zemi. Pryčen nebylo. V jednom přepažení v dlouhé místnosti skládali podle předpisu deky na slamník, a kteří byli s prací hotovi, seděli na lavicích podle stěny a buď si hledali vši, ti, kteří přišli z fronty, nebo se bavili vypravováním různých příhod.

Švejk se starým sapérem Vodičkou seděli na lavici u dveří ještě s několika vojáky od různých regimentů a formací.

"Podívejte se, hoši," ozval se Vodička, "na tamhletoho kluka maďarskýho u okna, jak se pacholek modlí, aby to s ním dobře dopadlo. Neroztrhli byste mu držku od ucha k uchu?"

"Ale to je hodnej člověk," řekl Švejk, "ten je zde proto, poněvadž nechtěl narukovat. Von je proti vojně, vod nějaký sekty, a je zavřenej proto, že nechce nikoho zabít, von se drží božího přikázání, ale voni mu to boží přikázání vosladějí. Před vojnou žil na Moravě nějakej pan Nemrava, a ten dokonce nechtěl vzíti ani flintu na rameno, když byl odvedenej, že prej je to proti jeho zásadě, nosit nějaký flinty. Byl za to zavřenej, až byl černej, a zas ho nanovo vedli k přísaze. A von, že přísahat nebude, že je to proti jeho zásadě, a vydržel to."

"To byl hloupý člověk," řekl starý sapér Vodička, "von moh přísahat a přitom se taky na všechno vysrat, i na celou přísahu."

"Já už třikrát přísahal," oznámil jeden infanterák, "a třikrát už jsem tady pro dezerci, a kdybych neměl to lékařský vysvědčení, že jsem před patnácti léty v choromyslnosti utlouk svou tetu, byl bych snad už potřetí na frontě vodstřelenej. Ale takhle mně moje nebožka teta vždycky pomůže z nouze a nakonec se přeci snad z tý vojny dostanu v pořádku."

"A proč jsi, kamaráde," otázal se Švejk, "utloukl svou tetičku?"

"Kvůli čemu se lidi utloukají," odpověděl příjemný muž, "každej si to může pomyslit, že kvůli penězům. Měla ta baba pět spořitelních knížek a zrovna jí poslali úroky, když jsem k ní přišel celej rozbitej a votrhanej na návštěvu. Kromě ní jsem neměl jiný duše na tom božím světě. Tak jsem ji šel poprosit, aby se mne ujala, a vona, mrcha, abych prej šel dělat, že prej takovej mladej, silnej a zdravej člověk. Slovo dalo slovo a já jsem ji uhodil jen tak několikrát přes hlavu pohrabáčem a tak jsem jí zřídil celej ksicht, že jsem nevěděl, je to tetička, nebo to není tetička. Tak jsem tam u ní seděl na zemi a pořád si říkám: ,Je to tetička, nebo to není tetička?` A tak mé našli u ní sedět druhý den sousedi. Potom jsem byl v blázinci ve Slupech, a když nás potom před válkou v Bohnicích postavili před komisi, byl jsem uznán za vyléčeného a hned jsem musel jít dosluhovat na vojnu za ty léta, co jsem promeškal."

Kolem prošel hubený, vytáhlý voják, utrápeného vzezření, s koštětem.

"To je jeden učitel od poslední naší maršky," představil ho myslivec sedící vedle Švejka, "teď jde si vymect pod sebou. Je to náramně pořádnej člověk. Je tady kvůli jedné básničce, kterou složil. - Pojď sem, učitelskej," zavolal na muže s koštětem, který přiblížil se vážně k lavici. "Pověz nám to o těch vších."

Voják s koštětem odkašlal a spustil:
Vše zavšiveno, front se drbe celý,
veš po nás leze veliká.
Pan generál se válí na posteli
a každej den se převlíká.
Vším u vojska se velmi dobře daří,
i na šarže už přivyká,
s vší pruskou už se hbitě páří
ten starý všivák rakouský.

Ztrápený voják učitel si přisedl na lavici a povzdechl: "To je všechno, a kvůli tomu jsem již počtvrté vyslýchanej u pana auditora."

"Vono to skutečně nestojí ani za řeč," rozšafné řekl Švejk, "vono jen přijde na to, koho voni u soudu budou myslet tím starým všivákem rakouským. Ještě dobře, že jste tam dal vo tom páření, to je spletete, že budou z toho janci. Jen jim vysvětlete, že všivák je sameček od vši a že na samičku veš může lezt zase jenom sameček všivák. Jinak se z toho nevymotáte. Nepsal jste to jisté, abyste chtěl někoho urazit, to je jasný. Řekněte jen panu auditorovi, že jste si to psal pro svoje potěšení, a jako se říká samečkovi od svině kanec, tak se říká všude samečkovi od vši - všivák."

Učitel si povzdechl: "Když ten pan auditor neumí dobře česky. Já už jsem mu to také podobným způsobem vysvětloval, ale on na mne spustil, že sameček od vši se jmenuje česky vešák. ,Šádný fšivák,` povídal pan auditor, ,vešák. Femininum, Sie gebildeter Kerl, ist ten feš, also masculinum ist ta fešák. Wir kennen unsre Pappenheimer.`"

"Zkrátka a dobře," řekl Švejk, "je to s vámi vachrlatý, ale nesmíte ztrácet naději, jako říkal Cikán Janeček v Plzni, že se to ještě může vobrátit k lepšímu, když mu v roce 1879 dávali kvůli tý dvojnásobný loupežný vraždě voprátku na krk. A taky to uhád, poněvadž ho vodvedli v poslední okamžik vod šibenice, poněvadž ho nemohli pověsit kvůli narozeninám císaře pána, který připadly právě na ten samej den, kdy měl viset. Tak ho voběsili až druhej den, až bylo po narozeninách, a chlap měl ještě takový štěstí, že třetí den nato dostal milost a mělo bejt s ním obnovený líčení, poněvadž všechno ukazovalo na to, že to vlastně udělal jinej Janeček. Tak ho museli vykopat z trestaneckýho hřbitova a rehabilitovati ho na plzeňskej katolickej hřbitov, a potom se teprve přišlo na to, že je evangelík, tak ho převezli na evangelickej hřbitov a potom..."

"...potom dostaneš pár facek," ozval se starý sapér Vodička, "co si ten chlap všechno nevymyslí. Člověk má starosti s divizním soudem, a von chlap mizerná mně včera, když nás vedli k vejslechu, vykládal, co je to růže z Jericha."

"To ale nebyla moje slova, to vykládal sluha malíře Panušky Matěj jedné staré bábě, když se ho ptala, jak vypadá růže z Jericha. Tak jí povídal: ‚Vemte suchý kravský hovno, dejte ho na talíř, polejte vodou a vono se vám krásně zazelená, a to je růže z Jericha,‘ " bránil se Švejk, "já jsem si tu blbost nevymyslil a přeci jsme si vo něčem museli povídat, když jdeme k vejslechu. Já jsem tě chtěl, Vodičko, jen potěšit..."

"Ty někoho potěšíš," odplivl si opovržlivě Vodička, "člověk má tu plnou hlavu starostí, aby se dostal z tý šlamastiky a vyšel ven, aby si to s téma klukama maďarskejma vyrovnal, a von chce člověka potěšit s nějakým kravským hovnem.

A jak to můžu splatit těm maďarskejm klukům, když sedím zavřenej, a ještě ke všemu se člověk musí přetvařovat a vykládat auditorovi, že nemá proti Maďarům žádnou zášť. To je, panečku, psí život. Ale až já jednou takovýho kluka dostanu do pazourů, tak ho uškrtím jako štěně, já jim dám ‚Isten áld meg a Magyart‘, já se s nima porovnám, vo mně se ještě bude mluvit "

"Nemějme žádnej vo nic starost," řekl Švejk, "všechno se urovná, hlavní věcí je vždycky u soudu mluvit nepravdu. Kerej člověk se dá vomámit, aby se přiznal, ten je vždycky ztracenej. Z toho nikdy nic pořádnýho nebude. Když jsem jednou pracoval v Mor. Ostravě, tak tam byl takovejhle případ: Jeden horník ztřískal tam inženýra mezi čtyřma vočima, takže to nikdo neviděl. A advokát, kerej ho hájil, pořád mu říkal, aby zapíral, že se mu nemůže nic stát, ale předseda senátu mu pořád klad na srdce, že přiznání je polehčující okolností, ale ten ved neustále svou, že se přiznat nemůže, tak byl osvobozenej, poněvadž dokázal svoje alibi. V ten samej den byl v Brně..."

"Ježíšmarjá," rozčílil se Vodička, "já už to nevydržím. Proč tohle všechno povídá, to nepochopuju. To byl včera s náma u vejslechu zrovna takovej člověk. Když se ho auditor ptal, čím je v civilu, tak říkal: ‚Dejmám u Kříže.‘ A trvalo to přes půl hodiny, než auditorovi vysvětlil, že tahá měch u kováře Kříže, a když se ho potom zeptali: ‚Vy jste tedy v civilu pomocnej dělník,‘ tak jim odpověděl: ‚Kdepak ponocnej, ten je Franta Hybšů.‘ "

Na chodbě se ozvaly kroky a volání stráže "Zuwachs". "Zas nás bude víc," radostné řekl Švejk, "snad si schovali nějaké to báčko."

Dveře se otevřely a dovnitř všoupli jednoročního dobrovolníka, který seděl se Švejkem v Budějovicích v arestě a byl předurčen ke kuchyni nějaké maršové roty. "Pochválen Pán Ježíš Kristus," řekl vstupuje, načež Švejk za všechny odpověděl: "Až na věky amen."

Jednoroční dobrovolník spokojeně podíval se na Švejka, položil na zem deku, kterou s sebou přinesl, a posadil se na lavici k české kolonii, roztočil si kamaše a vyňal uměle v záhybech stočené cigarety, které rozdal, pak vytáhl z boty kousek třecí plochy od krabičky zápalek a několik sirek uměle rozřezaných v půli hlavičky.

Rozškrtl, opatrně zapálil si cigaretu, dal všem připálit a lhostejně řekl: "Já jsem obžalovanej pro vzpouru."

"To nic není," chlácholivě ,ozval se Švejk, "to je legrace."

"To se rozumí," řekl jednoroční dobrovolník, "jestli takovým způsobem to chceme vyhrát, pomocí různých soudů. Když sě chtějí se mnou mermomocí soudit, ať se soudí. Celkem vzato, jeden proces nic nemění na celé situaci."

"A jak jsi se vzbouřil?" otázal se sapér Vodička, dívaje se sympaticky na jednoročního dobrovolníka.

"Nechtěl jsem pucovat hajzly na hauptvaše," odpověděl, "tak mě vedli až k obrštovi. A to je pěkná svině. Začal na mne křičet, že prý jsem zavřen na základě regimentsraportu a že jsem obyčejný arestant, že se vůbec diví, že mne země nosí a nepřestane se točit nad tou hanbou, že v armádě se vyskytl člověk s právem jednoročního dobrovolníka, majícího nárok na důstojnickou hodnost, který však svým chováním může vzbudit jediné hnus a opovržení u svých představených. Odpověděl jsem, že rotace zeměkoule nemůže být přerušena objevením se na ní takového jednoročního dobrovolníka, jako jsem já, že zákony přírodní jsou silnější než štráfky jednoročních dobrovolníků a že bych si přál vědět, kdo mne může přinutit, abych pucoval nějakej hajzl, který jsem nepodělal, ačkoliv i na to bych měl právo po té svinské kuchyni u regimentu, po tom shnilém zelí a močeném skopovém mase. Potom jsem ještě obrstovi řekl, že je též jeho názor, proč mne zem nosí, trochu podivný, poněvadž kvůli mně přece nevypukne zemětřesení. Pan obrst po celou mou řeč nic nedělal než cvakal zuby jako kobyla, když ji studí zmrzlá řepa na jazyk, a potom na mne zařval:

,Tak budete pucovat hajzl, nebo nebudete?` ,Poslušně hlásím, že žádného hajzlu pucovati nebudu:

,Vy budete pucovat, Sie Einjähriger.` ,Poslušně hlásím, že nebudu.`

,Krucityrkn, vy budete pucovat, ne jeden, ale sto hajzlů!`

,Poslušně hlásím, že nebudu pucovat ani sto, ani jeden hajzl!`

A tak to šlo pořád. ,Budete pucovat?` ,Nebudu pucovat ` Hajzly lítaly sem a tam, jako by to bylo nějaké dětské říkadlo od Pavly Moudré. Obršt běhal po kanceláři jako pominutý, nakonec si sedl a řekl: ,Rozvažte si to dobře, já vás předám divizijnímu soudu pro vzpouru. Nemyslete si, že budete první jednoroční dobrovolník, který byl za této války zastřelen. V Srbsku jsme pověsili dva jednoroční dobrovolníky od 10. kompanie a jednoho od 9. jsme zastřelili jako jehně. A proč? Pro jejich paličatost. Ty dva, kteří byli pověšeni, zdráhali se propíchnout ženu a chlapce jednoho čúžáka pod Šabacem a jednoročák od 9.

kumpačky byl zastřelen, poněvadž nechtěl jít kupředu a vymlouval se, že má oteklé nohy a že je platfus. Tak budete pucovat hajzl, nebo nebudete?`

,Poslušně hlásím, že nebudu:

Obršt se na mne podíval a řekl: ,Poslyšte, nejste vy slavjanofil?`

,Poslušně hlásím, že nejsem.`

Potom mne odvedli a oznámili mně, že jsem žalován pro vzpouru."

"Nejlepší uděláš," řekl Švejk, "když se budeš teď vydávat za blba. Když jsem seděl na garnizóně, tak tam s námi byt takovej chytrej člověk vzdělanej, profesor na obchodní škole. Ten dezentýroval z bojiště a měl bejt s ním náramně slavnej proces, aby byl pro postrach odsouzenej a oběšenej, a ten se z toho náramné jednoduše vyvlík. Začal dělat dědičně zatíženýho, a když ho štábní lékař prohlížel, tak prohlásil, že von nedezentýroval, že už vod mládí rád cestuje, že má vždycky touhu někam daleko zmizet. Že jednou se probudil v Hamburku a podruhý zas v Londýně, a že nevěděl, jak se tam dostal. Otec že byl alkoholik a zemřel sebevraždou před jeho narozením, matka že byla prostitutkou a opíjela se a zemřela na delirium. Mladší sestra že se utopila, starší že se vrhla pod vlak, bratr že skočí) z železničního mostu na Vyšehradě, dědeček že zavraždil svou ženu a polil se petrolejem a zapálil se, druhá babička že se toulala s Cikány a otrávila se ve vězení sirkami, jeden bratranec že byl několikrát souzen pro žhářství a podřezal si v Kartouzích žíly na krku kouskem skla, sestřenice z otcovy strany že se vrhla ve Vídni z šestýho patra, von sám že je strašně zanedbanýho vychování a do deseti let že neuměl mluvit, poněvadž ve věku šesti měsíců, když ho převazovali na stole a někam vodběhli, kočka ho stáhla se stolu a pádem že se uhodil do hlavy. Mívá též občasné silné bolení hlavy a v takových okamžicích že neví, co dělá, a v takovým stavu že taky vodešel z fronty do Prahy, a teprve když ho zatkla u Fleků vojenská policie, že přišel k sobě. Panečku, měli jste vidět, jak ho ještě rádi pustili z vojny, a asi pět maníků, kteří seděli s ním v cimře, všichni si to pro všechen případ napsali na papírek asi takhle:

Otec alkoholik. Matka prostitutka.

I. sestra (utopila)

II. sestra (vlak)

Bratr (z mostu)

Dědeček † ženu, petrolej, zapálil.

II. babička (cikáni, sirky) † atd.

A jeden, když to začal taky přednášet štábnímu lékařovi, už se nedostal ani přes bratrance a štábní lékař, poněvadž už to byl třetí případ, mu řekl: ,Ty chlape, a tvoje sestřenice z otcovy strany se vrhla ve Vídni z šestýho patra, ty jseš strašné zanedbaného vychování, a tak tě spraví korekce: Tak ho odvedli do korekce, svázali do kozelce, a hned ho přešlo strašně zanedbaný vychování, i otec alkoholik, i matka prostitutka a raději se přihlásil dobrovolně na front."

"Dnes," řekl jednoroční dobrovolník, "už na vojně nikdo nevěří v dědičné zatížení, poněvadž by to dopadlo tak, že by museli všechny jenerální štáby zavřít do blázince."

V okovaných dveřích zarachotil klíč a vstoupil profous:

"Infanterist Švejk a sapér Vodička k panu auditorovi."

Zvedli se a Vodička řekl k Švejkovi: "Vidíš je, lotry, každej den vejslech, a pořád žádnej vejsledek. Kdyby už nás radši, himlhergot, vodsoudili a netahali se s náma. Takhle se celý boží den válíme a těch maďarskejch kluků běhá vokolo..."

Pokračujíce na cestě k výslechu do kanceláří divizijního soudu, které byly umístěny na druhé straně v jiném baráku, sapér Vodička uvažoval se Švejkem, kdy vlastně přijdou před řádný soud.

"Pořád jenom samej vejslech," dopaloval se Vodička, "a kdyby z toho něco alespoň vylezlo. Spotřebujou haldy papíru a člověk ani ten soud neuvidí. Shnije za mřížema. Řekni upřímně, je ta supa k žrádlu? A to zelí se zmrzlejma bramborama? Krucifix, takovou blbou světovou vojnu jsem ještě nikdy nežral. Já jsem si to představoval docela jinak."

"Já jsem zas docela spokojenej," řekl Švejk, "to ještě před lety, když jsem sloužil aktivně, tak náš supák Solpera říkal, že na vojně musí bejt si každej vědom svejch povinností, a dal ti přitom takovou přes hubu, žes na to nikdy nezapomněl. Nebo nebožtík obrlajtnant Kvajser, když přišel prohlížet kvéry, tak vždycky nám přednášel, že každej voják má jevit největší duševní votrlost, poněvadž vojáci jsou jenom dobytek, kerej stát krmí, dá jim nažrat, napít kafe, tabák do fajfky a za to musí tahat jako volové."

Sapér Vodička se zamyslil a po chvíli se ozval: "Až tam budeš, Švejku, u toho auditora, tak se nesplet, a co jsi předešle při výslechu mluvil, tak to vopakuj, ať nejsem v nějaký bryndě. Tedy hlavně, že jsi viděl, že mě napadli ty kluci maďarští. Přece jsme to všechno podnikli na společnej účet."

"Nic se neboj, Vodičko," konejšil ho Švejk, "jen klid, žádný rozčilování, copak je to něco, bejt před nějakým takovým divizijním soudem. Tos měl vidět, jak před lety se takový vojenský soud vodbejval zkrátka. Sloužil ti u nás v aktivu učitel Herál a ten nám jednou na kavalci vykládal, když jsme všichni v cimře dostali kasárníka, že je v pražským muzeu jedna kniha zápisů takovýho vojenskýho soudu za Marie Terezie. Každej regiment měl svýho kata, který popravoval vojáky svýho regimentu, kus po kusu, za jeden tereziánskej tolar. A ten kat podle těch zápisů vydělal si někerej den až pět tolarů. - To se rozumí," dodal Švejk rozvážně, "tenkrát byly silný regimenty a pořád je po vesnicích doplňovali."

"Když jsem byl v Srbsku," řekl Vodička, "tak u naší brigády věšeli, kteří se přihlásili, čúžáky za cigarety. Kerej voják pověsil chlapa, ten dostal deset športek, za ženskou a za dítě pět. Potom začlo intendantstvo spořit a vodstřelovalo se to hromadně. Se mnou sloužil jeden Cikán a vo tom jsme to dlouho nevěděli. Bylo nám to jenom nápadný, že ho vždycky na noc někam volali do kanceláře. To jsme stáli na Drině. A jednou v noci, když byl pryč, tak někomu napadlo štourat se v jeho věcech, a pacholek měl v ruksaku celý tři krabičky po stovce športek. Potom se vrátil k ránu do naší stodoly a my jsme s ním udělali krátkej soud. Povalili jsme ho a nějakej Běloun ho uškrtil řemenem. Měl ten pacholek tuhej

236

život jako kočka."

Starý sapér Vodička si odplivl: "Ne a ne ho uškrtit, už se nám podělal, voči mu vylezly, a pořád ještě byl žívej jako nedoříznutej kohout. Tak ho trhli jako kočku. Dva za hlavu, dva za nohy a zakroutili mu vaz. Potom jsme na něho navlíkli jeho ruksak i s cigaretama a hodili ho pěkně do Driny. Kdopak by takový cigarety kouřil. Ráno byla po něm sháňka."

"To jste měli hlásit, že dezentýroval," rozšafně podotkl Švejk, "že už se na to připravoval a že každej den říkal, že se ztratí."

"Ale kdo by na takový věci myslel," odpověděl Vodička, "my jsme svý udělali a vo věci ostatní jsme neměli žádnou starost. Tam to bylo úplně lehký. Každej den někdo zmizel, a ani už to z Driny nelovili. Plaval tam nadmutej čúžák vedle našeho rozflákaného landveráka hezky po Drině do Dunaje. Někteří nezkušení, když to viděli ponejprv, tak dostali malinkou horečku."

"Těm měli dát chinin," řekl Švejk.

Vstoupili právě do baráku s kancelářemi divizijního soudu a patrola je ihned odvedla do kanceláře číslo 8, kde za dlouhým stolem s haldami spisů seděl auditor Ruller.

Před ním ležel nějaký díl zákoníku, na kterém stála nedopitá sklenice čaje. Po pravé straně na stole stál krucifix z napodobené slonoviny, se zaprášeným Kristem, který se zoufale díval na podstavec svého kříže, na kterém byl popel a oharky z cigaret.

Auditor Ruller oklepával si právě k nové lítosti ukřižovaného boha novou cigaretu o podstavec krucifixu a druhou rukou nadzvedal sklenici s čajem, která se přilepila na zákoník.

Vyprostiv sklenici z objetí zákoníku, listoval se dál v knize vypůjčené z důstojnického kasina. Byla to kniha Fr. S. Krause s mnohoslibným názvem Forschungen zur Entwicklungsgeschichte der geschlechtlichen Moral.

Zadíval se na reprodukci naivních kreseb mužského i ženského pohlavního ústroje s přiléhajícími verši, které objevil učenec Fr. S. Krause na záchodcích berlínského Západního nádraží, takže neobrátil pozornost na ty, kteří vstoupili.

Vytrhl se z pozorování reprodukcí teprve zakašláním Vodičky.

"Was geht los?" otázal se, listuje dál a hledaje pokračování naivních kresbiček, skic a náčrtů. "Poslušně hlásím, pane auditor," odpověděl Švejk, "kamarád Vodička se nastyd a teď kašle." Auditor Ruller teprve teď se podíval na Švejka a na Vodičku.

Snažil se dodati své tváři přísného výrazu. "Konečně že lezete, chlapi," řekl, štouraje se v haldě spisů na stole, "dal jsem vás předvolat na devátou hodinu a teď je pomalu jedenáct "

"Jak to stojíš, ty vole?" otázal se Vodičky, který si dovolil udělat pohov. "Až řeknu rút, tak si můžeš dělat s haksnama, co chceš."

"Poslušně hlásím, pane auditor," ozval se Švejk, "že von má revma."

"Ty drž radši hubu," řekl auditor Ruller, "až se tě na něco zeptám, tak teprv budeš odpovídat. Třikrát jsi byl u mne u výslechu a lezlo to z tebe jako z chlupatý deky. Tak najdu to nebo nenajdu? Mám já s vámi, vy chlapi mizerní, práci. Ale ono se vám to nevyplatilo, obtěžovat zbytečně soud. Tak se podívejte, parchanti," řekl, když vytáhl z haldy aktů obsáhlý spis s nápisem ,Schwejk & Woditschka`. "Nemyslete si, že se budete u divisionsgerichtu válet dál kvůli nějaké hloupé rvačce a vyhnete se na nějaký čas frontě. Kvůli vám jsem musel telefonovat až s armádním gerichtem, vy hňupi."

Vzdychl si.

"Netvař se tak vážně, Švejku, ono ti to na frontě přejde, prát se s nějakými honvédy," pokračoval, "líčení se s vámi oběma zastavuje a každý z vás jde k své části, kde budete potrestáni u raportu, a pak půjdete s marškou na frontu. Jestli vás ještě jednou dostanu do ruky, vy holomci, tak s vámi zatočím, že budete na to koukat. Zde máte propouštěcí blanket a chovejte se řádně. Odveďte je do čísla 2."

"Poslušné hlásím, pane auditor," řekl Švejk, "že si vaše slova vezmeme oba k srdci a že vám mockrát děkujeme za vaši dobrotu. Kdyby to bylo v civilu, tak bych si dovolil říct, že jste zlatej člověk. A zároveň vás musíme voba mockrát prosit za vodpuštění, že jste se s námi tolik musel abgébovat. My si toho vopravdu nezasloužíme."'

"Tak už táhněte ke všem čertům," rozkřikl se auditor na Švejka, "nebýt toho, že se za vás oba přimluvil pan obrst Schröder, tak nevím, jak by to s váma bylo dopadlo."

Vodička cítil se teprve starým Vodičkou až na chodbě, když šli s patrolou do kanceláře číslo 2.

Voják, který je vedl, bál se, že přijde pozdě na oběd, a proto se vyjádřil:

"Tak to trochu natáhněte, hoši, táhnete se jako vši."

Tu Vodička prohlásil, aby si moc neroztahoval kušnu a že může mluvit o štěstí, že je Čech. Kdyby byl Maďar, že by ho roztrhl jako slanečka.

Poněvadž v kanceláři šli si vojenští písaři pro mináž, byl nucen voják, který je vedl, přivést je prozatím nazpátek do vězení divizijního soudu, což se neobešlo bez proklínání z jeho strany, které adresoval na nenáviděnou rasu vojenských písařů.

"Kamarádi, mně zas seberou všechno mastný ze supy," zahořekoval tragicky, "a místo masa nechají mně šlachu. Včera jsem eskortoval taky dva do lágru a někdo mně sežral půl veky, kterou pro mne vyfasovali."

"Vy holt tady u divizijního soudu nemyslíte než na žrádlo," řekl Vodička, který již úplně okřál.

Když jednoročnímu dobrovolníkovi oznámili, jak to s nimi dopadlo, zvolal: "Tedy marška, přátelé! Je to jako v časopise českých turistů: ,Dobrý vítr!` Přípravné práce na cestu jsou již hotovy, vše slavnou vojenskou správou obstaráno a vykonáno. I vy jste objednáni připojiti se k výletu do Haliče. Nastupte cestu s myslí veselou a lehkým, radostným srdcem. Chovejte neobyčejnou lásku pro ty krajiny, kde budou vám představovat zákopy. Je to tam krásné a nanejvýš zajímavé. Budete se v dálné cizině cítiti jako doma, jako v příbuzném kraji, ba skoro jako v milé domovině. S city povznesenými nastoupíte pout do krajin, o kterých již starý Humboldt pravil: ,V celém světě neviděl jsem něco velkolepějšího nad tu blbou Halič: Hojné a vzácné zkušenosti, jichž nabyla naše slavná armáda na ústupu z Haliče při prvé cestě, budou našim novým válečným výpravám jistě vítaným vodítkem při sestavování programu druhé cesty. Jen pořád rovně za nosem do Ruska a z radosti vypalte do vzduchu všechny patrony."

Před odchodem Švejka a Vodičky po obědě do kanceláře přistoupil k nim neštastný učitel, který složil báseň o vších, a řekl tajemně, odváděje oba stranou: "Nezapomeňte, až budete na ruské straně, říct hned k Rusům: Zdrávstvujtě, ruskije bratja, my bratja čechi, my nět avstrijci."

Když vycházeli z baráku, tu Vodička, chtěje manifestačně vyjádřit svou nenávist k Maďarům a to, že ho nezdolala a nezviklala vazba v jeho přesvědčení, šlápl Maďarovi, který nechtěl sloužit na vojně, na nohu a zařval na něho: "Vobuj se, pahejle!"

"Měl mně něco říct," s nelibostí prohlásil potom sapér Vodička k Švejkovi, "měl se ozvat, tak bych mu jeho maďarskej šmakovák roztrh vod ucha k uchu. A von, kluk blbá, mlčí a dá si šlapat po botech. Hergot, Švejku, já mám takovej vztek, že nejsem vodsouzenej. Dyt to vypadá, jako kdyby se nám vysmívali, že to s těma Mad'arama nestojí ani za řeč. A přece jsme se bili jako lvi. To jsi zkazil ty, že nás nevodsoudili a že nám dali takový vysvědčení, jako bychom se ani neuměli pořádně prát. Co si vlastně vo nás myslí. Dyt to byl docela slušnej konflikt."

"Milej hochu," řekl Švejk dobrácky, "já dobře nechápu, jak tě to nemůže těšit, že nás divisionsgericht ouředně uznal za docela slušný lidi, proti kerým nic nemůže mít. Já jsem u vejslechu, to je pravda, vymlouval všelijak, to se musí dělat, to je povinností lhát, jako říká advokát Bass svým klientům. Když se mě pan audior zeptal, proč jsme vtrhli do bytu toho pana Kákonyiho, tak jsem mu prostě řek: ,Já myslel, že se nejlépe s panem Kákonyim poznáme, když ho budem navštěvovat: Pan auditor se mě pak už na nic neptal a měl už toho dost. - To si pamatuj," pokračoval Švejk v úvaze, "že se před vojenskejma soudy žádnej nesmí přiznávat. Když jsem seděl u garnisonsgerichtu, tak se ve vedlejší cimře jeden voják přiznal, a jak se to vostatní dozvěděli, tak mu dali deku a poručili mu, že musí svý přiznání vodvolat."

"Kdybych udělal něco nečestného, tak bych se nepřiznal," řekl sapér Vodička, "ale když se mne ten kluk auditorská přímo zeptal: Pral jste se?, tak jsem řekl: Ano, pral jsem se. Ztýral jste někoho? Zajisté, pane auditore. Poranil jste při tom někoho? Ovšemže, pane auditore. Ať ví, s kým mluví. A to je právě ta vostuda, že nás vosvobodili. To je, jako kdyby nechtěl věřit tomu, že jsem přerazil vo ty kluky maďarský übeřsvunk, že jsem z nich udělal nudle, boule a modřiny. Tys byl přece při tom, jak v jeden moment jsem měl tři kluky madarský na sobě, a jak za chvilku válelo se to všechno na zemi a já šlapal po nich. A po tom po všem zastaví takovej usmrkanej auditorskej kluk s náma vyšetřování. To je, jako

by mně řek: Kam se serete, vy a prát se. Až bude po vojně a budu v civilu, já ho
vočumu někde najdu a pak mu ukážu, jestli se nedovedu prát. Potom přijedu
sem do Királyhidy a udělám tady takový binec, že to svět neviděl a že se budou
lidi schovávat do sklepa, až se dozvědí, že jsem se přišel podívat na ty rošťáky v
Királyhidě, na ty lumpy, na ty pacholky."

***

V kanceláři bylo všechno odbyto velice rychle. Nějaký felák s hubou ještě
zamaštěnou od oběda, podávaje Švejkovi a Vodičkovi papíry s náramně vážnou
tváří, nedal si ujít té příležitosti, aby nepronesl k oběma řeč, ve které apeloval na
jich vojenského ducha, proplétaje to, poněvadž byl Vasrpolák, různými pěknými
výrazy svého nářečí, jako "marekvium", "glupi rolmopsie", "krajcová sedmina",
"sviňa porýpaná" a "dum vám baně na mjesjnuckovy vaši gzichty".

Když se Švejk s Vodičkou loučil, poněvadž každého odváděli k jejich části, řekl
Švejk: "Až bude po tý vojně, tak mé přijel navštívit. Najdeš mé každej večer od
šesti hodin u Kalicha na Bojišti."

"To se ví, že tam přijdu," odpověděl Vodička, "bude tam nějaká sranda?"

"Každej den se tam něco strhne," sliboval Švejk, "a kdyby to bylo moc tichý,
tak už to nějak zařídíme."

Rozešli se, a když byli od sebe již hodně kroků, volal starý sapér Vodička za
Švejkem: "Tak se ale jisté postarej vo nějakou zábavu, až tam přijdu."

Načež Švejk volal nazpět: "Přijel ale určitě, až bude konec týhle válce."

Potom se vzdálili a bylo slyšet zas za hodnou chvíli za rohem z druhé řady
baráků hlas Vodičky: "Švejku, Švejku, jaký mají pivo u Kalicha?"

A jako ozvěna ozvala se Švejkova odpověď: "Velkopopovický."

"Já myslel, že smíchovský," volal z dálky sapér Vodička.

"Mají tam taky holky," křičel Švejk.

"Tedy po válce v šest hodin večer," křičel zezdola Vodička.

"Přijel' raděj vo půl sedmý, kdybych se někde vopozdil," odpovídal Švejk.

Potom ozval se ještě, již z velké dálky, Vodička: "V šest hodin nemůžeš přijít?"

"Tak přijdu tedy v šest," slyšel Vodička odpověď vzdalujícího se kamaráda.

A tak se rozešel dobrý voják Švejk se starým sapérem Vodičkou. "Wenn die
Leute auseinander gehen, da sagen sie Auf Wiedersehen."

Z Mostu nad Litavou k Sokalu

Nadporučík Lukáš chodil rozčileně po kanceláři 11. maršové roty. Byla to tmavá díra v baráku roty, přepažená z chodby prkny. Stůl, dvě židle, baňka s petrolejem a kavalec.

Před ním stál účetní šikovatel Vaněk, který zde sestavoval listiny k výplatě žoldu, vedl účty kuchyně pro mužstvo, byl finančním ministrem celé roty a trávil tu celý boží den, zde též spal.

U dveří stál tlustý pěšák, zarostlý vousy jako Krakonoš. To byl Baloun, nový sluha nadporučíka, v civilu mlynář někde u Českého Krumlova.

"Vybral jste mně opravdu znamenitého pucfleka," mluvil nadporučík Lukáš k účetnímu šikovateli, "děkuji vám srdečně za to milé překvapení. První den si ho pošlu pro oběd do oficírsmináže, a on mně ho půl sežere."

"Rozlil jsem prosím," řekl tlustý obr.

"Dobře, rozlils. Tos moh rozlít jedině polívku nebo omáčku, ale ne frankfurtskou pečeni. Vždyť jsi mně přinesl jen takový kousek, co by se za nehet vešlo. A kams dal štrůdl?"

"Já jsem..."

"Ale nezapírej, tys ho sežral."

Nadporučík Lukáš pronesl poslední slova s takovou vážností a tak přísným hlasem, že Baloun mimoděk ustoupil o dva kroky.

"Já jsem se informoval v kuchyni, co jsme dnes měli k obědu. A byla polívka s játrovými knedlíčky. Kam jsi dal ty knedlíčky? Vytahal jsi je po cestě, to je jistá pravda. Potom bylo hovězí maso s okurkou. Cos s tím udělal? Taky jsi sežral. Dva plátky frankfurtské pečeně. A přines jsi jen půl plátku, he? Dva kousky štrůdlu! Kams ho dal? Nacpal jsi se, prase mizerný, ohavný. Mluv, kam jsi dal štrůdl? Že ti upad do bláta? Ty prevíte jeden. Můžeš mně ukázat to místo, kde leží v blátě? Že hned nějakej pes příběh jako na zavolanou, popad ho a odnes? Ježíšikriste, já ti tak nafackuju hubu, že budeš mít hlavu jako štandlík! Ještě mně, ta svině, zapírá. Víš, kdo tě viděl? Zde rechnungsfeldvébl Vaněk. Ten přišel ke mně a povídá: ,Poslušně hlásím, pane obrlajtnant, že to vaše prase, Baloun, vám žere oběd. Dívám se z okna a on se cpe, jako by nejedl celý týden.` Poslyšte, Sie Rechnungsfeldwebel, nemohli jste opravdu vybrat jiný dobytek pro mě než tohoto chlapa?"

"Poslušné hlásím, pane obrlajtnant, že se zdál Baloun z celé naší marškumpačky nejpořádnějším mužem. Je takový nemehlo, že si nepamatuje ani jeden kvérgrif, a dát mu flintu do ruky, ještě by udělal nějaké neštěstí. Při posledním cvičení blindpatronama byl by málem vystřelil oko sousedovi. Myslel jsem, že může alespoň takovouhle službu zastávat."

"A sežrat vždy celý oběd svému pánovi," řekl Lukáš, "jako by mu nestačila jeho porce. Nemáš snad hlad?"

"Poslušně hlásím, pane obrlajtnant, že mám pořáde hlad. Když někomu zbude chleba, tak ho odkoupím od něho za cigarety, a ještě to je všechno málo. Já už jsem takovej od přírody. Myslím vždycky, že už jsem sytej, a vono nic. Za chvilku zas, jako před jídlem, začne mně kručet v žaludku, a vida ho, von se už mrcha přihlašuje. Někdy si myslím, že už mám opravdu dost, že se už do mé nic nemůže vejít, ale toto. Vidím někoho, že jí, nebo ucejtím jen tu vůni, a hned je mně v žaludku jako po vymetení. Začne se žaludek hned zas hlásit o svoje práva a já bych potýkal hřebíky. Poslušně hlásím, pane obrlajtnant, že už jsem prosil, abych mohl dostávat dvojnásobnou porci; byl jsem kvůli tomu v Budějovicích u regimentsarcta a ten mě místo toho dal na tři dny na marodku a předepsal mně na den jen hrníček čistý polévky. Já prej tě, ty kanálie, naučím mít hlad. Přijd' sem ještě jednou, tak uvidíš, jak odtud vodejdeš jako chmelová tyčka! Já nemusím, pane obrlajtnant, vidět jen dobrý věci, i vobyčejný mě začnou dráždit a hned se mně dělají sliny. Poslušně hlásím, pane obrlajtnant, že uctivě prosím, aby mně byla povolena dvojitá porce. Jestli už masa nebude, tak alespoň ten příkrm, brambory, knedlíci, trochu vomáčky, toho vždycky zůstane..."

"Dobře, já jsem vyslech ty drzosti, Baloune," odpověděl nadporučík Lukáš. "Slyšel jste někdy, Sie Rechnungsfeldwebel, že dřív by byl voják tak drze] ještě ke všemu jako tento chlap? Sežere mně oběd a ještě chce, aby se mu povolila dvojitá porce. Já ti ale ukážu, Baloune, že vytrávíš. - Sie Rechnungsfeldwebel," obrátil se na Vaňka, "odveďte ho ke kaprálovi Weidenhofrovi, ať ho pěkně uváže na dvoře u kuchyně na dvě hodiny, až budou dnes večer rozdávat guláš. Ať ho uváže pěkně vysoko, aby jen tak se držel na špičkách a viděl, jak se v kotli ten guláš vaří. A zařiďte to tak, ať je ještě uvázána ta potvora, až se bude u kuchyně rozdávat guláš, aby mu sliny tekly jako hladové čubě, když čichá u uzenářského krámu. Řekněte kuchařovi, ať jeho porci rozdá!"

"K službám, pane obrlajtnant. Pojďte, Baloune!"

Když odcházeli, zadržel je ve dveřích nadporučík, a dívaje se do uděšené tváře Balounovy, zvolal vítězoslavně: "To sis pomoh, Baloune. Dobrou chuť přeji! A jestli mi to ještě jednou provedeš, pošlu tě bez milosti před polní soud." Když se vrátil Vaněk a oznámil, že Baloun je již uvázán, řekl nadporučík Lukáš: "Vy mne znáte, Vaňku, že takové věci nerad dělám, ale nemohu si pomoct. Za prvé uznáte, že když psovi berete kost, tak určí. Nechci mít kolem sebe podlého chlapa, a za druhé již ta okolnost, že je Baloun uvázán, má velký morální a psychologický význam pro celý manšaft. Ti chlapi si poslední dobou, když jsou u maršky a vědí, že zítra nebo pozítří pojedou do pole, dělají, co chtějí."

Nadporučík Lukáš vypadal velice utrápené a pokračoval tichým hlasem: "Předevčírem při nachtiibungu měli jsme, jak víte, manévrovat proti einjährigfreiwilligenschule za cukrovarem. První švarm, vorhut, ten šel ještě tiše po silnici, poněvadž ten jsem vedl sám, ale druhý, který měl jít nalevo a rozeslat vorpatroly pod cukrovar, ten si počínal, jako kdyby šel z výletu. Zpívali a dupali, že to muselo být slyšet až v lágru. Potom na pravém flangu šel rekognoscírovat terén třetí švarm pod les, to bylo vzdáleno od nás dobrých deset minut, a ještě na tu vzdálenost bylo vidět, jak chlapi kouří, samé ohnivé body ve tmě. A čtvrtý švarm, ten měl dělat nachhut, a čertví jak se to stalo, že se objevil najednou před naším vorhutem, takže byl považován za nepřítele, a já jsem musel ustupovat před vlastním nachhutem, který proti mně forykoval. To je jedenáctá marškumpanie, kterou jsem zdědil. Co z nich mohu udělat? Jak si budou počínat v opravdovém gefechtu?"

Nadporučík Lukáš měl přitom ruce sepjaty a tvářil se mučednicky a špička jeho nosu se protáhla.

"To si z toho, pane nadporučíku, nic nedělejte," snažil se ho upokojit účetní šikovatel Vaněk, "nelamte si s tím hlavu. Já už byl u třech maršek, každou nám s celým bataliónem rozflákali a šli jsme se formírovat znova. A všechny marškumpačky byla jedna jako druhá, žádná nebyla o chlup lepší než vaše, pane obrlajtnant. Nejhorší byla devátá. Ta s sebou odtáhla do zajetí všechny šarže i s kompaniekomandantem. Mé jenom to zachránilo, že jsem šel k regimentstrénu fasovat pro kumpačku rum a víno a oni to odbyli beze mne. - A to nevíte, pane obrlajtnant, že při tom posledním nachtiibungu, o kterém jste vypravoval, einjährigfreiwilligenschule, která měla naši kumpačku obejít, dostala se až k Neziderskému jezeru? Maširovala pořád pryč, až do rána, a vorposty se dostaly až do bahna. A vedl je sám pan hejtman Ságner. Byly by snad přišly až do Šoproně, kdyby se nebylo rozednilo," pokračoval tajemným hlasem účetní šikovatel, který si liboval v takových případech a měl v evidenci všechny podobné události.

"A víte, pane obrlajtnant," řekl, důvěrně mrkaje, "že se má stát pan hejtman Ságner batalionskomandantem našeho maršbataliónu? Napřed, jak říkal štábsfeldvébl Hegner, se myslelo, že vy budete, poněvadž jste nejstarší důstojník u nás, batalionskomandantem, a potom prý přišlo od divize na brigádu, že je jmenován pan hejtman Ságner."

Nadporučík Lukáš zahryzl se do pysků a zapálil si cigaretu. Věděl o tom a byl přesvědčen, že se mu děje křivda. Hejtman Ságner ho již dvakrát přeskočil v postupu, ale neřekl nic jiného než: "Copak hejtman Ságner..."

"Já z toho nemám moc velkou radost," důvěrně se ozval účetní šikovatel, "vypravoval štábsfeldvébl Hegner, že pan hejtman Ságner v Srbsku na počátku války chtěl někde u Černé Hory v horách se vyznamenat a hnal jednu kumpačku svého baťáčku za druhou na mašíngevéry do srbských štelungů, ačkoliv to byla úplné zbytečná věc a infantérie tam byla starýho kozla co platná, poněvadž Srby odtamtud z těch skal mohla dostat jen artilérie. Z celého bataliónu zbylo jen 80 mužů, pan hejtman Ságner sám dostal handšús, potom v nemocnici ještě úplavici, a zase se objevil v Budějovicích u regimentu a včera prý večer vypravoval v kasíně, jak se těší na front, že tam nechá celý maršbatalión, ale že něco dokáže a dostane signum laudis, za Srbsko že dostal nos, ale teť že bud padne s celým maršbatalónem, nebo bude jmenován obrstlajtnantem, ale maršbaták že musí zařvat. Já myslím, pane obrlajtnant, že se takové riziko týká i nás. Vypravoval nedávno štábsfeldvébl Hegner, že příliš neladíte s panem hejtmanem Ságnerem a že on právě pošle naši 11. kumpačku první do gefechtu na ta nejhroznější místa."

Účetní šikovatel si vzdychl: "Já bych byl toho náhledu, že v takové válce, jako je tahle, kdy je tolik vojska a taková dlouhá fronta, že by se spíš mohlo docílit víc jenom pořádným manévrováním nežli nějakými zoufalými ataky. Já to viděl pod Duklou při 10. marškumpačce. Tenkrát se to všechno odbylo úplné hladce, přišel rozkaz ‚Nicht schiessen`, a tak se nestřílelo a čekalo, až se Rusové přiblížili až k nám. Byli bychom je zajali bez výstřelu, jenomže tenkrát měli jsme vedle sebe na levém flanku železné mouchy, a ti pitomí landveráci tak se lekli, že se k nám Rusové blíží, že se začali spouštět dolů ze strání po sněhu jako na klouzačce, a my jsme dostali rozkaz, že Rusové protrhli levý flank, abychom se hleděli dostat k brigádě. Já byl tenkrát právě u brigády, abych si dal potvrdit kompanieverpflegungsbuch, poněvadž jsem nemohl najít náš regimentstrén, když vtom začnou k brigádě chodit první z 10. maršky. Do večera jich přišlo sto dvacet, ostatní prý po sněhu sjeli, jak při ústupu zabloudili, někde do ruských štelungů, jako by to byl tobogan. Tam to bylo hrozné, pane obrlajtnant, Rusové měli v Karpatech štelungy nahoře i dole. A potom, pane obrlajtnant, pan hejtman Ságner..."

"Dejte mně už pokoj s panem hejtmanem Ságnerem," řekl nadporučík Lukáš, "já to všechno znám a nemyslete si, že když bude nějaký šturm a gefecht, že vy opět náhodou budete někde u regimentstrénu fasovat rum a víno. Byl jsem upozorněn, že vy strašně chlastáte, a kdo se podívá na váš červený nos, ten hned vidí, koho má před sebou."

"To je z Karpat, pane obrlajtnant, tam jsme to museli dělat, mináž k nám přicházela nahoru studená, zákopy jsme měli ve sněhu, oheň se nesměl dělat, tak nás držel jen ten rum. A nebýt mě, bylo by to dopadalo jako u jiných kumpaček, že ani ten rum nebyl a lidi mrzli. Zato u nás jsme měli všichni červené nosy od rumu, ale to mělo zas tu nevýhodu, že od batalónu přišel rozkaz, aby na patroly chodil jen ten manšaft, který má červené nosy."

"Nyní máme zimu již za sebou," prohodil významně nadporučík.

"Rum je, pane obrlajtnant, v poli nezbytnou věcí v jakékoliv roční době, stejně jako víno. Působí, abych tak řekl, dobrou náladu. Za půl ešálku vína a čtvrt litru rumu budou se vám lidi prát s každým... Který dobytek to zas klepá na dveře, cožpak nečte na dveřích ‚Nicht klopfen!`? Herein!"

Nadporučík Lukáš otočil se na židli ke dveřím a zpozoroval, že se dveře pomalu a tiše otvírají. A stejné tak tiše vstoupil do kanceláře 11. marškumpanie dobrý voják Švejk, salutuje již ve dveřích a patrně již tenkrát, když klepal na dveře, dívaje se na nápis "Nicht klopfen!"

Jeho salutování bylo plnozvučným doprovodem k jeho neskonale spokojené, bezstarostné tváři. Vypadal jako řecký bůh zlodějství ve střízlivé uniformě rakouského infanteráka.

Nadporučík Lukáš na okamžik přivřel oči před tím pohledem dobrého vojáka Švejka, který ho svým pohledem objímal a líbal.

Asi s takovým zalíbením se díval marnotratný, ztracený a opět nalezený syn, na svého otce, když ten k jeho poctě otáčel na rožni berana.

"Poslušně hlásím, pane obrlajtnant, že jsem opět zde," ozval se ode dveří Švejk s takovou upřímnou nenuceností, že rázem se nadporučík Lukáš vzpamatoval.

Od té doby, kdy mu oznámil plukovník Schröder, že mu opět pošle Švejka na krk, nadporučík Lukáš si v duchu každý den oddaloval ono setkání. Každého rána si říkal: "On ještě dnes nepřijde, on tam snad něco provedl a oni si ho tam ještě nechají."

A ty všechny kombinace Švejk uvedl na pravou míru svým vstupem, provedeným tak mile a prostě.

Švejk podíval se nyní na účetního šikovatele Vaňka, a obraceje se k němu, podal mu s příjemným úsměvem papíry, které vytáhl z kapsy pláště: "Poslušně hlásím, pane rechnugsfeldvébl, že mám tyhle papíry, který mně napsali v regimentskanceláři, vodevzdat vám. Je to kvůli lénungu a zapsání mě na frpflégung."

Švejk pohyboval se tak volně společensky v kanceláři i 1. marškumpanie, jako by byl s Vaňkem nejlepším kamarádem, na což účetní šikovatel reagoval prostě slovy: "Položte to na stůl."

"Uděláte velice dobře, Sie Rechnungsfeldwebel, když nás necháte o samotě se Švejkem," s povzdechem řekl nadporučík Lukáš.

Vaněk odešel a zůstal stát za dveřmi, aby poslouchal, co ti dva si budou povídat.

Napřed neslyšel ničeho, neboť Švejk i nadporučík Lukáš mlčeli. Oba se dlouho na sebe dívali a pozorovali se. Lukáš se díval na Švejka, jako by chtěl ho hypnotizovat, jako kohoutek stojící proti kuřeti a chystající se na ně vrhnout.

Švejk, jako vždy, díval se svým vlahým, něžným pohledem na nadporučíka Lukáše, jako by chtěl mu říct: Opět pohromadě, má sladká duše, teď už nás nic nerozdvojí, můj holoubku.

A když dlouho se nadporučík neozýval, výraz očí Švejkových promluvil s lítostivou něhou: Tak řekni něco, můj zlatý, vyjádři se!

Nadporučík Lukáš přerušil toto trapné ticho slovy, do kterých snažil se vložit notnou porci ironie: "Pěkně vás vítám, Švejku. Děkuji vám za návštěvu. Vida, to jsou k nám hosti."

Nezdržel se však a zlost minulých dnů vybila se hroznou ranou pěstí do stolu, kde poskočil kalamář a vyprskl inkoust na lénungslistu.

Současně vyskočil nadporučík Lukáš, postavil se těsně k Švejkovi a zařval na něho: "Vy dobytku," a počal chodit v úzké prostoře kanceláře, přičemž si vždy před Švejkem odplivl.

"Poslušné hlásím, pane obrlajtnant," řekl Švejk, když nadporučík Lukáš nepřestával chodit a zuřivě odhazovat do kouta zmačkané chuchvalce papíru, pro který si vždy došel ke stolu, "že jsem psaní řádné odevzdal. Našel jsem šťastně paní Kákonyiovou a mohu říct, že je to velice hezká ženská, já ji sice viděl jenom, když plakala..."

Nadporučík Lukáš si sedl na kavalec účetního poddůstojníka a chraplavým hlasem zvolal: "Kdy bude tomu konec, Švejku."

Švejk odpověděl, jako by byl přeslechl: "Potom jsem tam měl malinkou nepříjemnost, ale vzal jsem všechno na sebe. Voni mně sice nevěřili, že si dopisuju s tou paní, tak jsem psaní raději spolkl při vejslechu, abych jim spletl každou stopu. Potom jsem se nějak čirou náhodou, jinak si to nemůžu vysvětlit, zapletl do nějaký malinký a velice nepatrný rvačičky. I z toho jsem se dostal a uznali mou nevinnost a poslali mé k regimentsraportu a zastavili u divizijního soudu celý vyšetřování. V regimentskanceláři byl jsem pár minut, až přišel pan obrst a ten mně trochu vynadal a řekl, že se mám ihned u vás, pane obrlajtnant, hlásit jako ordonanc, a poručil mně, abych vám oznámil, že vás žádá, abyste hned přišel k němu kvůli marškumpačce. Je už tomu víc než půl hodiny, ale von pan obrst nevěděl, že mne ještě potáhnou do regimentskanceláře a tam že budu sedět ještě přes čtvrt hodiny, poněvadž mám za tu celou dobu zadrženej lénunk a měl mně být vyplacen od regimentu, a ne od kumpačky, poněvadž jsem byl vedenej jako regimentsarestant. Vůbec mají to tam všechno pomíchaný a spletený, že by se člověk z toho zjančil..."

Nadporučík Lukáš řekl, oblékaje se rychle, když slyšel, že měl být již před půlhodinou u plukovníka Schrödra: "Vy jste mně, Švejku, zas pomohl na nohy." Řekl to tak zoufalým hlasem, plným beznadějnosti, že Švejk pokusil se ho uchlácholit přátelským slovem, které volal, když nadporučík Lukáš řítil se ze dveří: "Ale von pan obrst počká, von nemá beztoho co dělat "

Za chvíli po odchodu nadporučíkově vstoupil do kanceláře účetní šikovatel Vaněk.

Švejk seděl na židli a přikládal tím způsobem do malých železných kamínek, že házel kousky uhlí otevřenými dvířky dovnitř. Kamínka čoudila a smrděla a Švejk pokračoval dál v zábavě, nevšímaje si Vaňka, který chvíli pozoroval Švejka, pak ale kopl do dvířek kamen a řekl Švejkovi, aby se odtud klidil.

"Pane rechnungsfeldvébl," pravil důstojně Švejk, "dovoluji si vám prohlásit, že vašemu rozkazu nemůžu vyhovět při nejlepší vůli klidit se třebas z celýho lágru, nebot já podléhám vyššímu nařízení. - Já jsem totiž zde ordonanc," řekl hrdě dodatkem, "pan obršt Schröder mě sem přidělil k 11. marškumpačce k panu obrlajtnantovi Lukášovi, u kterého jsem byl pucflekem, ale svou přirozenou inteligencí jsem byl povýšenej na ordonanc. My jsme s panem obrlajtnantem už starý známý. Čímpak vy jste v civilu, pane rechnungsfeldvébl?"

Účetní šikovatel Vaněk byl tak překvapen tím familiérním sousedským tónem dobrého vojáka Švejka, že nedbaje své důstojnosti, kterou velice rád ukazoval před vojáky kumpanie, odpověděl, jako by byl Švejkův podřízený:

"Já jsem takto drogista Vaněk z Kralup."

"Já jsem se taky učil materialistou," řekl Švejk, "u nějakýho pana Kokošky na

Perštýně v Praze. To byl náramnej podivín, a když jsem mu jednou vomylem ve sklepě zapálil sud benzínu a von vyhořel, tak mne vyhnal a grémium mne už nikde nepřijalo, takže jsem se kvůli pitomýmu sudu benzínu nemoh doučit. Vyrábíte také koření pro krávy?"

Vaněk zavrtěl hlavou.

"U nás se vyrábělo koření pro krávy se svěcenými obrázky. Von byl náš pan šéf Kokoška náramné nábožnej člověk a dočetl se jednou, že svatej Pelegrinus pomáhal při nafouknutí dobytka. Tak si dal natisknout někde na Smíchově obrázky sv. Pelegrinusa a dal je posvětit v Emauzích za 200 zl. A potom jsme je přikládali do balíčků toho našeho koření pro krávy. Krávě se to koření namíchalo do teplý vody, dalo se jí napít z dřezu a přitom se dobytku předčítala modlitbička k sv. Pelegrinovi, kterou složil pan Tauchen, náš příručí. To když byly ty obrázky sv. Pelegrina vytištěny, tak ještě na druhou stranu bylo potřeba natisknout nějakou modlitbičku. Tak si večer zavolal náš starej Kokoška pana Tauchena a řek mu, aby do rána sestavil nějakou modlitbičku na ten obrázek a na to koření, až přijde v deset hodin do krámu, že už to musí bejt hotový, aby to šlo do tiskárny, že už krávy čekají na tu modlitbičku. Bud', anebo. Složit ji pěkné a má zlatku na prkně, nebo může za čtrnáct dní jít. Pan Tauchen se celou noc potil a přišel ráno celý nevyspalý votvírat krám a neměl nic sepsaného. Dokonce zapomněl, jak se ten svatej do toho koření pro krávy jmenuje. Tak ho vytrh z bídy náš sluha Ferdinand. Ten uměl všechno. Když jsme sušili na půdě heřmánkový thé, tak si tam vždycky vlez, zul si boty a naučil nás, že se přestanou nohy potit. Chytal holuby na půdě, uměl votvírat pult s penězma a ještě nás učil jinejm melouchům se zbožím. Já jako kluk jsem měl doma takovou lékárnu, kterou jsem si přines z krámu domů, že ji neměli ani u milosrdnejch. A ten pomoh panu Tauchenovi, jen řek: ,Tak to sem dají, pane Tauchen, ať se na to koukmu,` hned mu poslal pan Tauchen pro pivo. A než jsem pivo přines, tak už náš sluha Ferdinand byl s tím napolovic hotov a už předčítal:

Z nebes říše přicházím,
blahou pověst přináším.
Kráva, tele, každý vůl
potřebuje jako sůl
Kokoškovo koření,
jež ho zbaví trápení...

Potom, když vypil pivo a pořádné si lízl tinktury amáry, šlo mu to rychle a dokončil to ve vokamžiku moc hezky:

Vynašel to Pelegrinus svatý,
jeden balík za dva zlatý.
Svatý Pelegrine, chraň nám naše stádo,
které tvé koření vždycky pije rádo.
Vděčný hospodář tě chvalozpěvem slaví,
svatý Pelegrine, chraň nám naše krávy...

Potom, když přišel pan Kokoška, pan Tauchen šel s ním do komptoáru, a když vyšel ven, ukazoval nám dva zlatníky, ne jeden, jak měl slíbeno, a chtěl se s panem Ferdinandem rozdělit napolovic. Ale sluhu Ferdinanda, když viděl ty dva zlatníky, chyt najednou mamon. Že prej ne, buď všechno, anebo nic. Tak tedy pan Tauchen mu nedal nic a nechal si ty dvě zlatky pro sebe, vzal mě vedle do magacínu, dal mně pohlavek a řek, že dostanu takových pohlavků sto, když se někde vopovážím říct, že on to nesestavoval a nespisoval, i kdyby si šel Ferdinand stěžovat k našemu starýmu, že musím říct, že sluha Ferdinand je lhář. Musel jsem mu to vodpřísáhnout před nějakým plucarem s estragonovým voctem. A ten náš sluha se začal mstít na tom koření pro krávy. Míchali jsme to ve velkých bednách na půdě, a tu von, kde moh smect myší hovínka, tak je přinášel a míchal je do toho koření. Potom sbíral po ulici koňský kobližky, sušil si to doma, roztloukal v hmoždýři na koření a házel to taky do koření pro krávy s obrazem sv. Pelegrina. A na tom ještě neměl dost. dural do těch beden, vydělal se do nich a rozmíchal to, že to bylo jako kaše s otrubami."

Ozvalo se zvonění telefonu. Účetní šikovatel skočil k nasluchátku a mrzutě je odhodil: "Musím jít do regimentskanceláře. Tak najednou, to se mně nelíbí."

Švejk byl opět sám.

Za chvíli ozval se opět telefon.

Švejk se počal dorozumívat: "Vaněk? Ten šel do regimentskanceláře. Kdo je u telefonu? Ordonanc od i 1. marškumpanie. Kdo je tam? Ordonanc od 12. maršky? Servus, kolego. Jak se jmenuješ? Švejk. A ty? Braun. Nemáš příbuzného nějakýho Brauna v Pobřežní třídě v Karlíně, kloboučníka? Že nemáš, že ho neznáš... Já ho taky neznám, já jsem jen jednou jel kolem elektrikou, tak mně ta firma padla do voka. Co je novýho? - Já nic nevím. - Kdy pojedem? - Já jsem ještě s nikým vo odjezdu nemluvil. Kam máme ject?"

"Ty hňupe, s marškou na front."

"Vo tom jsem ještě neslyšel."

"To jseš pěknej ordonanc, Nevíš, jestli tvůj lajtnant..."

"Můj je obrlajtnant..."

"To máš jedno, tedy tvůj obrlajtnant šel na bešprechunk k obrstovi?"

"Von si ho tam pozval."

"Tak vidíš, náš tam šel taky a vod 13. maršky taky, právě jsem mluvil s ordonancem vod ní po telefonu. Mně se ten kvalt nelíbí. A nevíš nic, jestli se pakuje u muziky?"

"Já vo ničem nevím."

"Nedělej ze sebe vola. Vid, že váš rechnungsfeldvébl dostal už wagonenavízo? Kolik máte manšaftu?

"Já nevím."

"Ty pitomče, copak tě sežeru. (Je slyšet, jak muž u telefonu mluví vedle: "Vem si, Franto, druhý sluchátko, abys viděl, jakou tam mají u 11. maršky blbou ordonanc.") - Haló, spíš tam nebo co? Tak vodpovídej, když se tě kolega ptá. Ty tedy ještě nic nevíš? Nezapírej. Neříkal nic váš rechnungsfeldvébl, že budete fasovat konzervy? Že jsi s ním vo takových věcech nemluvil? Ty blboune jeden.

Že ti do toho nic není? (Je slyšet smích.) Jseš nějak praštěnej pytlem. Až budeš tedy něco vědět, tak nám to k 12. marškumpačce zatelefonuj, ty zlatej synáčku blbej. Vodkuď jseš?"

"Z Prahy."

"To bys měl bejt chytřejší... A ještě něco. Kdy šel váš rechnungsfeldvébl do kanceláře?"

"Před chvilkou ho zavolali."

"Vida, a napřed jsi to nemoh říct. Náš šel taky před chvilkou, to se něco peče. Nemluvil jsi s trénem?"

"Nemluvil."

"Pro Ježíše Krista, a to říkáš, že jseš z Prahy. Ty se vo nic nestaráš. Kde lítáš celý dni?"

"Já jsem teprve přišel před hodinou vod divizijního soudu."

"To je jiný žrádlo, kamaráde, to se ještě dnes přijdu na tebe podívat. Vodzvoň dvakrát "

Švejk si chtěl zapálit fajfku, když se opět ozval telefon. "Vlezte mně na záda s vaším telefonem," pomyslil si Švejk, "budu se s vámi bavit."

Telefon drnčel však neúprosně dál, takže Švejka konečně přešla trpělivost, on vzal sluchátko a zařval do telefonu:

"Haló, kdo tam? Zde ordonanc Švejk od 11. marškumpanie."

V odpovědi poznal Švejk hlas svého nadporučíka Lukáše: "Co tam děláte všichni, kde je Vaněk, zavolejte ihned Vaňka k telefonu."

"Poslušně hlásím, pane obrlajtnant, nedávno zazněl telefon."

"Poslyšte, Švejku, já nemám času se s vámi bavit. Telefonní rozhovory na vojně, to není žádné tlachání po telefonu, když někoho zveme, aby nás šel navštívit k obědu. Telefonní rozhovory musí být jasné a krátké. Při telefonních rozhovorech odpadá i to ‚poslušně hlásím, pane obrlajtnant‘. Ptám se vás tedy, Švejku, máte při ruce Vaňka? Ať jde hned k telefonu."

"Nemám ho při ruce, poslušně hlásím, pane obrlajtnant, byl před chvíli vodvolanej vodtud z kanceláře, může být tomu ani ne čtvrt hodiny, do regimentskanceláře."

"Až přijdu, tak si to s vámi, Švejku, spravím. Nemůžete se vyjadřovat stručně? Dejte si teď dobrý pozor na to, co vám povídám. Rozumíte jasné, abyste se potom nevymlouval, že to v telefonu chraptělo? Okamžité, jakmile pověsíte sluchátko..."

Pauza. Nové zvonění, Švejk bere sluchátko a je zasypán spoustou nadávek: "Vy dobytku, uličníku, lotře jeden. Co to děláte, proč přerušujete rozhovor?"

"Vy jste prosím řekl, abych pověsil sluchátko."

"Já jsem za hodinu doma, Švejku, a pak se těšte... Vy tedy hned se seberte, jděte do baráku a najděte nějakého cuksfíru, třebas Fuchse, a řekněte mu, že má ihned vzít deset mužů a jít s nimi do magacínu fasovat konzervy. Opakujte to, co má jít dělat?"

"Jít s deseti muži do magacínu fasovat konzervy pro kumpanii."

"Konečně jednou neblbnete. Já zatím budu telefonovat Vaňkovi do regimentskanclaje, aby šel také do magacínu a převzal je. Jestli přijde zatím do baráku, ať nechá všeho a běží laufšrit do magacínu. A teď zavěste sluchátko."

Švejk hezkou chvíli hledal marně nejen cuksfíru Fuchse, ale i ostatní šarže. Byli u kuchyně, obírali maso z kostí a těšili se pohledem na uvázaného Balouna, který stál sice pevně opřen nohama na zemi, poněvadž se nad ním slitovali, ale zato poskytoval zajímavý pohled. Jeden z kuchařů přinesl mu maso na žebru a strčil mu ho do huby a uvázaný vousatý obr Baloun, nemaje možnosti manipulovat rukama, opatrně posunoval kost v ústech, balancuje ji pomocí zubů a dásní, přičemž ohlodával maso s výrazem lesního muže.

"Kdopak je tady z vás cuksfíra Fuchs?" otázal se Švejk, když konečně je zastihl.

Četař Fuchs neuznal ani za vhodné se přihlásit, když viděl, že se po něm ptá nějaký obyčejný pěšák.

"Jářku," řekl Švejk, "jak dlouho se ještě budu ptát? Kdepak je cuksfíra Fuchs?"

Četař Fuchs vystoupil a pln důstojnosti začal nadávat všemožným způsobem, že on není žádný cuksfíra, že je pan cuksfíra, že se nemá říkat "Kde je cuksfíra?", ale "Poslušně hlásím, kde je pan cuksfíra?" U jeho cuku, když někdo neřekne "Ich melde gehorsam", že dostane hned přes držku.

"Pomalu," řekl rozvážně Švejk, "hned se seberou, jdou do baráku, vezmou tam deset mužů a laufšrit s nimi k magacínu, budete fasovat konzervy."

Četař Fuchs byl tak překvapen, že vypravil ze sebe jen: "Cože?"

"Žádný cože," odpověděl Švejk, "já jsem ordonanc jedenáctý marškumpanie a právě před chvílí jsem mluvil po telefonu s panem obrlajtnantem Lukášem. A ten řek: ,Laufšrit s deseti muži k magacínu.` Jestli nepůjdete, pane cuksfíra Fuchse, tak ihned jdu nazpátek k telefonu. Pan obrlajtnant si výhradně přeje, aby vy jste šel. Je to zbytečný vůbec vo tom mluvit. ,Telefonní rozhovor,` říká pan nadporučík Lukáš, ,musí bejt krátký, jasný. Když se řekne ,cuksfíra Fuchs jde`, tak von pude. Takový rozkaz, to není žádný tlachání po telefonu, jako kdybychom někoho zvali na oběd. Na vojně, zejména ve válce, je každý vopoždění zločin. Když ten cuksfíra Fuchs hned nepude, až mu to vohlásíte, tak mně to hned zatelefonujte a já už si to s ním spravím. Z cuksfíry Fuchse nezbyde ani památka.` Panečku, vy pana obrlajtnanta neznáte."

Švejk podíval se vítězoslavně po šaržích, kteří jeho vystoupením byli opravdu překvapeni i deprimováni.

Četař Fuchs zabručel cosi nesrozumitelně a rychlým krokem odcházel, přičemž Švejk za ním volal: "Mohu tedy telefonovat panu obrlajtnantovi, že je to všechno v pořádku?"

"Hned budu s deseti maníkama u magacínu," ozval se od baráku četař Fuchs, a Švejk nepromluviv již ani slova odcházel ze skupiny šarží, které byly stejně překvapeny jako četař Fuchs.

"Už to začíná," řekl malý desátník Blažek, "budeme pakovat."

***

Když se Švejk vrátil do kanceláře 11. marškumpačky, neměl opět času zapálit si dýmku, neboť ozval se opět telefon. Se Švejkem mluvil poznovu nadporučík Lukáš:

"Kde běháte, Švejku? Zvoním už potřetí a nikdo se mně neozve."

"Sháněl jsem to, pane obrlajtnant."

"Už tedy šli?"

"To se ví, že šli, ale ještě nevím, jestli tam budou. Mám tam snad doběhnout ještě jednou?"

"Našel jste tedy cuksfíru Fuchse?"

"Našel, pane obrlajtnant. Napřed na mě řek ‚Cože?‘, a teprve když jsem mu vysvětlil, že telefonní rozhovory musejí bejt krátký a jasný..."

"Nebavte se, Švejku...Vaněk se ještě nevrátil?"

"Nevrátil, pane obrlajtnant."

"Neřvete tak do telefonu. Nevíte, kde by moh bejt ten zatracený Vaněk?"

"Nevím, pane obrlajtnant, kde by moh bejt ten zatracenej Vaněk."

"V kanceláři u regimentu byl a někam odešel. Myslím, že bude asi v kantýně. Jděte tedy, Švejku, za ním a řekněte mu, aby hned šel do magacínu. Potom ještě něco. Najděte hned kaprála Blažka a řekněte mu, aby hned odvázal toho Balouna, a Balouna pošlete ke mně. Pověste sluchátko!"

Švejk se opravdu začal starat. Když našel desátníka Blažka a sdělil mu rozkaz nadporučíkův týkající se odvázání Balouna, zabručel kaprál Blažek: "Mají strach, když jim teče do bot."

Švejk šel se podívat na odvázání a doprovázel Balouna po cestě, poněvadž se šlo tím směrem současně ke kantýně, kde měl najít účetního šikovatele Vaňka.

Baloun se díval na Švejka jako na svého spasitele a sliboval mu, že se s ním rozdělí o každou zásilku, kterou dostane z domova.

"U nás teď budou zabíjet," mluvil Baloun melancholicky, "máš rád špekbuřt s krví nebo bez krve? Jen si řekni, já dneska večer píšu domů. Moje prase bude mít tak asi sto padesát kilo. Má hlavu jako buldok a takový prase je nejlepší. Z takovejch prasat nejsou žádný uhejbáci. To je moc dobrá rasa, která už něco vydrží. Bude mít sádla na vosum prstů. Když jsem byl doma, tak jsem si dělal jitrnice sám a vždycky jsem se tak naládoval prejtu, že jsem moh prasknout. Loňský prase mělo sto šedesát kilo. - Ale to bylo prase," řekl nadšeně, tiskna silně ruku Švejkovi, když se rozcházeli, "vychoval jsem ho jen na samých bramborech a sám jsem se divil, jak mu pěkně přibývá. Šunky jsem dal do slanýho láku, a takovej pěknej pečenej kousek z láku s bramborovejma knedlíkama, posypanejma škvarkama, a se zelím, to je pošušňáníčko. Po tom se pije pivičko. Člověk je takovej spokojenej. A to nám všechno vojna vzala."

Vousatý Baloun těžce vzdychl a odcházel k plukovní kanceláři, zatímco Švejk zamířil do kantýny starou alejí vysokých lip.

Účetní šikovatel Vaněk seděl mezitím spokojeně v kantýně a vyprávěl nějakému známému štábnímu šikovateli, kolik se mohlo vydělat před válkou na emailových barvách a cementových nátěrech.

Štábní šikovatel byl již nemožný. Dopoledne přijel jeden statkář od Pardubic, který měl syna v lágru, a dal mu slušný úplatek a celé dopoledne ho hostil dole ve městě.

Nyní seděl zoufale, že už mu nic nechutná, nevěděl ani, o čem mluví, a na rozhovor o emailových barvách vůbec nereagoval.

Obíral se svými vlastními představami a blábolil cosi, že by měla vést lokálka z Třeboně do Pelhřimova a zas nazpátek.

Když Švejk vstoupil, Vaněk ještě jednou snažil se štábnímu šikovateli vysvětlit v číslicích, co se vydělalo na jednom kilogramu cementového nátěru na stavby, načež štábní šikovatel odpověděl úplně z cesty: "Na zpáteční cestě zemřel, zanechal pouze dopisy."

Spatřiv Švejka, spletl si ho patrné s nějakým. jemu nemilým člověkem a počal mu nadávat, že je břichomluvec.

Švejk přistoupil k Vaňkovi, který byl též v kuráži, ale byl přitom velice příjemný a milý.

"Pane rechnungsfeldvébl," hlásil mu Švejk, "mají hned jít k magacínu, tam už čeká cuksfíra Fuchs s 10 maníky, budou se fasovat konzervy. Mají běžet laufšrit. Pan obrlajtnant dvakrát už telefonoval."

Vaněk se dal do smíchu: "A to bych byl blázen, miláčku. To bych sám sobě musel vynadat, můj anděli. Všechno má dost času, nehoří, dítě zlatý. Až pan obrlajtnant Lukáš bude tolikrát vypravovat marškumpačky jako já, pak teprve může o něčem mluvit a zbytečné nebude nikoho obtěžovat se svým laufšritem.

To já už dostal v regimentskanceláři takový rozkaz, že zítra pojedem, aby se pakovalo a šlo hned fasovat na cestu. A co jsem udělal, šel jsem pěkně sem na čtvrtku vína, sedí se mně tu pěkné a nechám to všechno běžet. Konzervy zůstanou konzervama, fasuňk fasuňkem. Já znám magacín lepší než pan obrlajtnant a vím, co se na takovým bešprechunku pánů oficírů u pana obršta mluví. To si pan obršt jen představuje ve své fantazii, že jsou v magacíně konzervy. Magacín našeho regimentu nikdy žádný konzervy neměl v zásobě a dostával je od případu k případu od brigády nebo si je vypůjčoval od jiných regimentů, s kterými se dostal do styku. Jenom benešovskému regimentu jsme dlužni přes tři sta konzerv. Cheche. Ať si říkají při bešprechunku, co chtějí, žádný kvalt. Však on jim magacinér, až tam naši přijdou, sám řekne, že se zbláznili. Ani jedna marška nedostala na cestu konzervy. - Viď, ty stará bramboro," obrátil se na štábního šikovatele. Ten však bud' usínal, nebo dostával nějaké malé delirium, poněvadž odpověděl:

"Když kráčela, držela nad sebou otevřený deštník."

"Nejlépe uděláte," pokračoval účetní šikovatel Vaněk, "když necháte všechno plavat. Jestli se dnes řeklo v regimentskanclaji, že se zítra pojede, tak tomu nesmí věřit ani malé dítě. Můžeme ject bez vagónů? Při mně se ještě telefonovalo na nádraží. Nemají tam ani jeden volný vagón. To bylo zrovna tak s poslední marškou. Stáli jsme tenkrát dva dny na nádraží a čekali, až se nad námi někdo smiluje a pošle pro nás vlak. A potom jsme nevěděli, kam pojedeme. Ani obršt to nevěděl, už jsme projeli potom celou Maďárii, a pořád nikdo nic nevěděl, jestli pojedeme na Srbsko nebo na Rusko. Na každé stanici se mluvilo přímo se štábem divize. A my byli jen taková záplata. Přišili nás konečné pod Duklu, tam nás rozflákali a my se jeli znovu zformírovat. Jen žádnej kvap. Všechno se během času vyjasní a na nic se nemusí spěchat. Jawohl, nochamol. - Víno mají zde dnes neobyčejně dobré," mluvil dál Vaněk, neposlouchaje ani, jak si breptá pro sebe štábní šikovatel:

"Glauben Sie mir, ich habe bisher wenig von meinem Leben gehabt. Ich wundere mich über diese Frage."

"Co bych si dělal zbytečné starosti s odjezdem maršbataliónu. To s první marškou, s kterou jsem jel, bylo to všechno v úplném pořádku za dvě hodiny. U druhých maršek našeho tehdejšího maršbataliónu chystali se na to už celé dva dny. Ale u nás byl kumpaniekomandantem lajtnant Přenosil, velký fešák, a ten nám řek: ‚Nespěchejte, hoši,' a šlo to jako na másle. Dvě hodiny před odjezdem vlaku jsme teprve začti pakovat. Uděláte dobře, když se taky posadíte..."

"Nemohu," řekl s hrozným sebezapřením dobrý voják Švejk, "musím do kanceláře, což kdyby někdo telefonoval."

"Tak tedy jděte, moje zlato, ale pamatujte si pro život, že to není od vás hezké a že pravý ordonanc nesmí být nikdy tam, kde je ho třeba. Nesmíte tak příliš horlivé se hnát do služby. Není opravdu nic ošklivějšího nad splašeného ordonance, který by chtěl celou vojnu sežrat, dušinko milá."

Ale Švejk byl již za dveřma a spěchal do kanceláře své maškumpanie.

Vaněk zůstal opuštěn, poněvadž se rozhodně nemohlo říct, že by mu štábní šikovatel poskytoval společnost.

Ten se udělal úplné pro sebe a blábolil, hladě čtvrtku vína, prapodivné věci beze vší souvislosti česky i německy:

"Mnohokrát prošel jsem touto vesnicí a neměl jsem ani potuchy o tom, že je na světě. In einem halben Jahre habe ich meine Staatsprüfung hinter mir und meinen Doktor gemacht. Stal se ze mne starý mrzák, děkuji vám, Lucie. Erscheinen sie in schön ausgestatteten Bänden - snad je tu někdo mezi vámi, jenž se na to pamatuje."

Účetní šikovatel z dlouhé chvíle bubnoval si nějaký pochod, ale nemusel se dlouho nudit, neboť otevřely se dveře a vstoupil kuchař z důstojnické mináže Jurajda a přilepil se na jednu židli.

"My jsme dnes," zabreptal, "dostali rozkaz jít fasovat na cestu koňak. Poněvadž jsme neměli proutěnou láhev od rumu prázdnou, museli jsme ji vyprázdnit. To nám to dalo. S manšaftem u kuchyně to úplně seklo. Přepočítal jsem se o několik porcí, pan obršt přišel pozdě a na něho se nedostalo. Tak mu tam dělají teď omeletku. To je vám legrace."

"Je to pěkné dobrodružství," poznamenal Vaněk, kterému se při víně vždy velice líbila hezká slova.

Kuchař Jurajda se dal do filosofování, což fakticky odpovídalo jeho bývalému zaměstnání. Vydával totiž do vojny okultistický časopis a knihovnu Záhady života a smrti.

Na vojně ulil se k důstojnické kuchyni regimentu a velice často připálil nějakou pečeni, když se zabral do čtení překladu staroindických súter Pragnâ-Paramitâ (Zjevená moudrost).

Plukovník Schröder měl ho rád jako zvláštnost u regimentu, neboť která důstojnická kuchyně mohla se pochlubit kuchařem okultistou, který nazíraje do záhad života a smrti, překvapil všechny takovou dobrou svíčkovou nebo s takovým ragú, že pod Komárovem smrtelně raněný poručík Dufek volal stále po Jurajdovi.

"Ano," řekl zčistajasna Jurajda, který se držel sotva na židli a čpěl na deset honů rumem, "když se nedostalo dnes na pana obršta a když viděl jen dušené brambory, tu upadl do stavu gaki. Víte, co je to gaki? To je stav hladových duchů. I řekl jsem: ,Máte, pase obršt, dosti síly k překonání osudového určení, že s~ na vás nedostala telecí ledvina? V karmě je určeno, abyste, pane obršt, dostal dnes k večeři báječnou omeletu se sekanými a dušenými telecími játry.` - Milý příteli," řekl po chvíli tiše k účetnímu šikovateli, přičemž udělal mimovolně nějaký posuněk rukou, kterým převrhl všechny sklenice, které byly před ním na stole.

"Je nebytelnost všech zjevů, tvarů a věcí," řekl po tomto činu zasmušile kuchař okultista. "Útvar je nebytelnost a nebytelnost je útvar. Nebytelnost není rozdílna od útvaru, útvar není rozdílný od nebytelnosti. Co je nebytelnost, to je útvar, co je útvar, to je nebytelnost."

Kuchař okultista zahalil se v roucho mlčení, podepřel si hlavu o ruku a díval se na mokrý, politý stůl.

Štábní šikovatel blábolil dále něco, co nemělo ani hlavy, ani paty:

"Obilí zmizelo z polí, zmizelo - in dieser Stimmung erhielt er Einladung und ging zu ihr - svatoduší svátky jsou na jaře."

Účetní šikovatel Vaněk bubnoval zas dál na stůl, pil a občas vzpomněl, že na něho čeká deset mužů s četařem u skladiště.

Při této vzpomínce se vždy usmál pro sebe a máchl rukou.

Když se pozdě vrátil do kanceláře 11. marškumpanie, našel Švejka u telefonu.

"Útvar je nebytelnost a nebytelnost je útvar," vypravil ze sebe a vlezl si oblečený na kavalec a ihned usnul.

A Švejk seděl pořád u telefonu, poněvadž před dvěma hodinami s ním hovořil nadporučík Lukáš, že je stále ještě u bešprechungu u pana plukovníka, a zapomněl mu říct, že může od telefonu odejít.

Potom s ním mluvil po telefonu četař Fuchs, který po celou tu dobu čekal s deseti muži nejen marně na účetního šikovatele, ale dokonce shledal, že je skladiště zavřeno.

Nakonec někam odešel a deset mužů jeden po druhém vrátilo se do svého baráku.

Občas bavil se Švejk tím, že vzal sluchátko a naslouchal. Byl to telefon nějakého nového systému, který se zaváděl právě u armády, a měl tu výhodu, že bylo slyšet dosti jasně a zřetelně cizí telefonní rozhovory po celé lince.

Trén si nadával s dělostřeleckými kasárnami, saperáci vyhrožovali vojenské poště, vojenská střelnice vrčela na odděleni strojních pušek.

A Švejk seděl stále u telefonu...

Porada u plukovníka se prodlužovala.

Plukovník Schröder rozvíjel nejnonější teorie polní služby a zejména kladl důraz na vrhače min.

Mluvil páté přes deváté, o tom, jak stála fronta před dvěma měsíci dole i na východě, o důležitosti přesného spojení mezi jednotlivými částmi, o otravných plynech, o střelbě na nepřátelské aeroplány, o zásobování mužstva v poli, a pak přešel na vnitřní poměry ve vojsku.

Rozhovořil se o poměru důstojníků k mužstvu, mužstva k šaržím, o přebíhání na frontách k nepříteli a o politických událostech a o tom, že padesát procent českých vojáků je ,politisch verdächtig`.

"Jawohl, meine Herren, der Kramarsch, Scheiner und Klófatsch." Většina důstojníků si přitom myslela, kdy už přestane dědek cancat, ale plukovník Schröder žvanil dál o nových úkolech nových maršbatiónů, o padlých důstojnících pluku, o zepelínech, španělských jezdcích, o přísaze.

Při tom posledním si vzpomněl nadporučík Lukáš, že když celý maršbatalión přísahal, že se přísahy nezúčastnil dobrý voják Švejk, poněvadž v té době seděl u divizijního soudu.

A přišlo mu to najednou k smíchu. Bylo to jako hysterický smích, kterým nakazil několik důstojníků, mezi kterými seděl, čímž vzbudil pozornost plukovníkovu, který právě přešel na zkušenosti získané při ústupu německých armád v Ardenách. Popletl si to všechno a skončil: "Pánové, to není k smíchu."

Potom se všichni odebrali do důstojnického kasina, poněvadž plukovníka Schrödra volal štáb brigády k telefonu.

Švejk klímal u telefonu dál, když ho vtom probudilo zvonění.

"Haló," slyšel, "zde regimentskanclaj."

"Haló," odpověděl, "zde kanclaj 11. marškumpanie."

"Nezdržuj," slyšel hlas, "vezmi si tužku a piš. Přijmi telefonogram: 11. Marschkumpanie..." Nyní následovaly za sebou nějaké věty v podivném chaosu, poněvadž do toho mluvila 12. i 13. marškumpanie současně, a telefonogram úplně se ztratil v té panice zvuků. Švejk nerozuměl ani slova. Nakonec se to utišilo a Švejk porozuměl: "Haló, haló, tak teľ to přečti a nezdržuj."

"Co mám přečíst?"

"Co máš přečíst, vole? Telefonogram!"

"takej telefonogram?"

"Krucihiml, copak jseš hluchej? Telefonogram, co jsem ti diktoval, blboune."

"Já nic neslyšel, někdo zde do toho mluvil."

"Ty vopice jedna, copak myslíš, že se budu jen s tebou bavit? Tak přijmeš telefonogram, nebo ne? Máš tužku a papír? Že nemáš, ty hovado, že mám počkat, až to najdeš? To jsou vojáci. Tak co, bude to? Že už jseš připravenej?

Konečně, že jsi se vyhrabal. Snad jsi se na to nepřevlík, člověče, tak poslouchej: 11. Marschkumpanie. Opakuj to!"

"11. Marschkumpanie..."

"Kumpaniekommandant, máš to? Opakuj to!"

"Kumpaniekommandant!..."

"Zur Besprechung morgen... Jseš hotov? Opakuj to!"

"Zur Besprechung morgen..."

"Um neun Uhr. - Unterschrift. Víš, co je to Unterschrift, vopice, to je podpis. Opakuj to!"

"Um neun Uhr. - Unterschrift. Víš - co - je to Unterschrift, vopice - to - je - podpis."

"Ty pitomče jeden. Tedy podpis: Oberst Schröder, hovado. Máš to? Opakuj to!"

"Oberst Schröder, hovado."

"Dobře, ty vole. Kdo přijmul telefonogram?" "

"Já.

"Himlhergot, kdo je to ten já?"

"Švejk. Ještě něco?"

"Zaplať pánbůh, už nic. Ale máš se jmenovat Kráva. - Co je u vás novýho?"

"Nic. Všechno při starým."

"To jseš rád, viď? U vás prej dneska někoho uvázali."

"Jenom pucfleka pana obrlajtnanta, sežral mu mináž. Nevíš, kdy se jede?"

"Člověče, to je otázka, to neví ani dědek. Dobrou noc! Máte tam blechy?"

Švejk položil sluchátko a počal budit účetního šikovatele Vaňka, který se zuřivě bránil, a když s ním začal Švejk třást, uhodil ho do nosu. Pak si lehl na břicho a kopal kolem do kavalce.

Švejkovi se však přece podařilo Vaňka tak dalece probudit, že ten protíraje si oči, obrátil se naznak a uděšeně se optal, co se stalo.

"Tak dalece nic," odpověděl Švejk, "já bych se jen rád s vámi poradil. Teď právě jsme dostali telefonogram, že má zas zítra o 9. hodině přijít pan obrlajtnant Lukáš k bešprechungu k panu obrstovi. Já tel nevím, na čem jsem. Mám mu to jít vyřídit hned, nebo až ráno? Já jsem dlouho váhal, jestli vás mám probudit, když jste tak pěkně chrápal, ale pak jsem si myslel, nevídáno, radši se poradíš..."

"Proboha vás prosím, nechte mne spát," zaúpěl Vaněk, zívaje na celé kolo, "jděte tam až ráno a nebulte mne!" Převalil se na bok a okamžitě opět usnul. Švejk šel opět k telefonu, posadil se a počal klímat na stole. Probudilo ho zvonění.

"Haló, 11. marškumpanie."

"Ano, 11. marškumpanie, kdo tam?"

"13. marška. Haló. Kolik máš hodin? Já se nemůžu dovolat centrály. Mě nejdou nějak dlouho ablézovat."

"Nám to stojí."

"Tak jste na tom jako my. Nevíš, kdy se pojede? Nemluvil jsi s regimentskanclaj?"

"Tam vědí hovno, jako my."

"Nebulte sprostá, slečno. Už jste fasovali konzervy? Vod nás tam šli a nepřinesli nic. Magacín byl zavřenej."

"Naši taky přišli s prázdnem."

"To je vůbec zbytečná panika. Kam myslíš že pojedem?"

"Do Ruska."

"Já myslím, že spíš do Srbska. To uvidíme, až budem v Pešti. Jestli nás povezou napravo, tak z toho kouká Srbsko, a nalevo Rusko. Máte už brotsaky? Prej teď bude zvýšenej lénunk? Hraješ frische viere? Hraješ? Tak přijel zejtra. My to válíme každej večír. Kolik je vás tam u telefonu? Sám? Tak se na to vyflákni a jdi ležet. To máte u vás divný pořádky. Žes k tomu přišel jako slepej k houslím? Nu, konečně mé přišli ablézovat. Hnípej sladce."

A Švejk také u telefonu sladce usnul, zapomenuv zavěsit sluchátko, takže ho nikdo nerušil ze spánku na stole a telefonista v plukovní kanceláři láteřil, že se nemůže dozvonit k 11. marškumpanii s novým telefonogramem, aby do zítřka do dvanácti hodin se sdělil do plukovní kanceláře počet těch, kteří nebyli očkováni proti tyfu.

Nadporučík Lukáš seděl ještě zatím v důstojnickém kasině s vojenským lékařem Šanclerem, který sedě obkročmo na židli, tágem bil v pravidelných přestávkách o podlahu a přitom pronášel tyto věty za sebou: "Saracénský sultán Salah-Edin poprvé uznal neutralitu sanitního sboru.

Má se pečovat o raněné na obou stranách.

Mají se jim zaplatiti léky a ošetřování za náhradu výloh z druhé strany.

Má být dovoleno poslat jim lékaře a jejich pomocníky s pasy generálů.

Také mají zajatí ranění být posláni zpět pod ochranou a zárukou generálů nebo vyměněni. Ale sloužit mohou potom dál.

Nemocní na obou stranách nemají být zajímáni a utraceni, nýbrž dopraveni do bezpečí do špitálů a má být dovoleno ponechati jim stráž, která jako nemocní má se vrátit s pasy generálů. To platí i pro polní duchovní, lékaře, chirurgy, lékárníky, ošetřovatele nemocných, pomocníky a pro jiné osoby určené k obsluze nemocných, které nesmějí být zajaty, nýbrž týmž způsobem musí být poslány zpět."

Doktor Šancler zlomil přitom již dvě tága a stále ještě nebyl hotov se svým podivným výkladem o péči o raněné ve válce, vplétaje do výkladu neustále cosi o nějakých generálských pasech.

Nadporučík Lukáš dopil černou kávu a šel domů, kde našel vousatého obra Balouna, zaměstnaného tím, že si v koflíku smažil na lihovém přístroji nadporučíka Lukáše nějaký salám.

"Osměluju se," zakoktal Baloun, "dovoluji si, poslušně hlásím..."

Lukáš podíval se na něho. V tom okamžiku mu připadal jako velké dítě, naivní tvor a nadporučíkovi Lukášovi bylo najednou líto, že ho dal uvázat kvůli jeho velkému hladu.

"Jen si vař, Baloune," řekl, odpínaje si šavli, "zítra ti dám připsat ještě jednu porci chleba."

Nadporučík Lukáš sedl si ke stolu a byl v takové náladě, že začal psát sentimentální psaní své tetičce.

Milá tetičko!
Právě jsem dostal rozkaz, abych byl připraven se
svou maškumpanií k odjezdu na front. Může být,
že toto psaní jest poslední, které ode mne
dostaneš, neboť jsou všude kruté boje a naše
ztráty jsou veliké. Proto jest mně těžké ukončit
tento dopis slovem "Na shledanou!" Spíše se hodí
poslat Ti poslední sbohem!

"To ostatní dopíšu až ráno," pomyslil si nadporučík Lukáš a šel si lehnout.

Když Baloun viděl, že nadporučík tvrdě usnul, počal opět šmejdit a slídit po bytě jako švábi v noci. Otevřel kufřík nadporučíkův a nakousl jednu tabulku čokolády, lekl se však, když nadporučík sebou ze spaní trhl. Uložil spěšné nakousnutou čokoládu do kufříku a ztišil se.

Pak šel se podívat potichounku, co to psal nadporučík.

Přečetl a byl pohnut, zejména tím "posledním sbohem!"

Lehl si na svůj slamník u dveří a vzpomínal na domov a na zabíjačky.

Nemohl se zbavit živé představy, jak propichuje tlačenku, aby dostal z ní vzduchu, jinak že při vaření praskne.

A při vzpomínce na to, jak u sousedů jednou praskl celý špekbuřt a rozvařil se, usnul nepokojným spánkem.

Zdálo se mu, že si pozval nějakého nešiku řezníka a tomu že při nabíjení jitrnic praskají jitrnicová střívka. Potom zas, že řezník zapomněl udělat 269 jelita, že se ztratil ovar a že se nedostává špejlů na jitrnice. Potom se mu zdálo něco o polním soudu, poněvadž ho chytli, když tahal z polní kuchyně kus masa. Nakonec viděl sám sebe, že visí na jedné lípě v aleji vojenského tábora v Brucku nad Litavou.

***

Když se Švejk probudil s probouzejícím se jitrem, které přišlo ve vůni vařených kávových konzerv ze všech rotných kuchyní, mechanicky, jako by právě skončil telefonní rozhovor, pověsil sluchátko a podnikl po kanceláři malou ranní procházku, přičemž si zpíval.

Začal hned zprostředka textu písně, jak voják se převleče za holku a jde za svou milou do mlýna, kde ho položí mlynář k dceři, ale předtím volá na mlynářku:

Panímámo, dej večeři,
ať ta holka povečeří.

Mlynářka nakrmí podlého chlapa. A potom rodinná tragédie:

Mlynářovic ráno vstali,
na dveřích napsáno měli:
"Vaše dcera Anna Nána
už není poctivá panna."
Švejk vložil do konce písně tolik hlasu, že kancelář ožila, neboť se probudil
účetní šikovatel Vaněk a tázal se, kolik je hodin.

"Právě před chvilkou odtroubili budíčka."

"To vstanu až po kafi," rozhodl se Vaněk, který měl vždy na všechno dost času,
"beztoho tak jako tak zas nás budou dnes sekýrovat s nějakým kvaltem a budou
člověka honit zbytečné, jako včera s těmi konzervami..." Vaněk zívl a optal se,
zdali když přišel domů, dlouho neřečnil.

"Jen tak trochu z cesty," řekl Švejk, "pořád jste něco ze sebe vyrážel o nějakejch
outvarech, že outvar není outvar a to, co není outvar, že je outvar a ten outvar že
zas není outvar. Ale přemohlo vás to brzo a začal jste brzo chrápat, jako když
řeže pilou."

Švejk se zamlčel, prošel se ke dveřím a zpět ke kavalci účetního šikovatele, před
kterým se zastavil a prohodil:

"Co se mý osoby týká, pane rechnungsfeldvébl, když jsem to slyšel, co vy jste
vo těch outvarech povídal, tak jsem si vzpomněl na nějakýho Zátku, plynárníka;
von byl na plynární stanici na Letný a rozsvěcoval a zas zhasínal lampy. Byl to
osvětovej muž a chodíval po všech možnejch putykách na Letný, poněvadž mezi
rozsvěcováním a zhasínáním lamp je dlouhá chvíle, a potom k ránu na
plynárenské stanici vedl zrovna takový hovory jako vy, jenže ten zas říkal:
,Kostka je hrana, proto je kostka hranatá.` Já to slyšel na vlastní voči, když mě
jeden vožralej policajt předved pro znečištění ulice vomylem místo na policejní
strážnici na plynárenskou strážnici. - A potom," řekl Švejk tiše, "to s tím Zátkou
po čase skončilo moc špatné. Dal se do mariánský kongregace, chodil s
nebeskýma kozama na kázání pátera Jemelky k Svatýmu Ignáci na Karlovo
náměstí a zapomenul jednou zhasnout, když byli misionáři na Karláku u
Svatýho Ignáce, plynový svítilny ve svým rajóně, takže tam hořel po ulicích plyn
nepřetržitě po tři dny a noci. - To je velmi špatný," pokračoval Švejk, "když se
najednou člověk začne plést do nějakýho filosofování, to vždycky smrdí delirium
tremens. Před léty k nám přeložili od pětasedmdesátejch nějakýho majora
Blühera. Ten vždy jednou za měsíc dal si nás zavolat a postavit do čtverce a
rozjímal s námi, co je to vojenská vrchnost. Ten nepil nic jiného než slivovici.
,Každej oficír, vojáci,` vykládal nám na dvoře v kasárnách, ,je sám vod sebe
nejdokonalejší bytost, která má stokrát tolik rozumu jako vy všichni dohromady.
Nad oficíra si vůbec, vojáci, nic dokonalejšího nemůžete představit, i když byste
na to mysleli po celej svůj život. Každej oficír je bytost nutná, kdežto vy jste,
vojáci, jen bytosti pouze nahodilý, vy můžete existovat, ale nemusíte. Kdyby
přišlo, vojáci, k vojně a vy jste padli za císaře pána, dobrá, tím by se moc
nezměnilo, ale kdyby napřed pad váš oficír, teprve pak byste viděli, jak jste na
něm závislí a jaká je to ztráta. Oficír musí existovat, a vy vlastně máte svou

existenci jen vod pánů oficírů, vy od nich pocházíte, vy se bez oficírů neobejdete, vy se bez svý vojenský vrchnosti ani neuprdnete. Pro vás je oficír, vojáci, mravní zákon, at tomu rozumíte nebo ne, a poněvadž každej zákon musel mít svýho zákonodárce, vojáci, je to jen oficír, ke kterému se cítíte a musíte cítit být vším povinni a beze vší vyjímky plnit každý jeho nařízení, byt i se vám to nezamlouvalo:

Potom jednou, když ukončil, chodil kolem čtverce a ptal se jednoho po druhým:

,Co pocituješ, když to přetáhneš?`

Dávali takový zmatený vodpovědi, jako že to ještě nepřetáhli nebo že je jim po každým přetáhnutí špatné vod žaludku, jeden pochoval kasárníka a tak dále. Ty všechny hned poroučel major . Blüher vodvádět stranou, že potom vodpůldne budou dělat klenkiibunky na dvoře za trest, že nedovedou se vyjádřit, co pocitujou. Než přišla řada na mě, vzpomněl jsem si, o čem on posledně s námi rozjímal, a když přišel ke mně, docela klidné jsem mu řek:

,Poslušné hlásím, pane major, že když přetáhnu, pocituju v sobě vždy jakejsi nepokoj, strach ' a výčitky svědomí. Jestli však, když dostanu přes čas, vrátím se v pořádku včas do kasáren, tu se mé zmocňuje nějakej blaživej pokoj, leze na mne vnitřní spokojenost.`

Všechno se kolem smálo a major Blüher se na mne rozkřik: ,Po tobě leda, chlape, lezou štěnice, když chrníš na kavalci. Von si, chlap mizerná, ještě dělá legraci.`

A dostal jsem za to takový špangle, až jedna radost."

"Na vojně to jinak nejde," řekl účetní šikovatel, protahuje se líně na své posteli, "to už je tak vžitý, ať odpovíš jak chceš, ať děláš co děláš, vždy nad tebou musí viset mračno a hromy začnou bít. Bez toho není možná disciplína."

"Docela dobře řečeno," pravil Švejk. "Na to nikdy nezapomenu, jak zavřeli rekruta Pecha. Lajtnant od kumpanie byl nějakej Moc a ten si shromáždil rekruty a ptal se každýho, vodkud je.

,Vy rekruti zelení, zatracení,` povídá k nim, ,vy se musíte naučit vodpovídat jasné, přesné a jako když bičem mrská. Tak to začnem. Odkud jste, Pechu?`
Pech byl inteligentní člověk a vodpověděl: ,Dolní Bousov, Unter Bautzen, 267 domů, 1936 obyvatelů českých, hejtmanství Jičín, okres Sobotka, bývalé panství Kost, farní chrám svaté Kateřiny ze 14. století, obnovený hrabětem Václavem Vratislavem Netolickým, škola, pošta, telegraf, stanice české obchodní dráhy, cukrovar, mlýn s pilou, samota Valcha, šest výročních trhů.` A tu už po něm skočil lajtnant Moc a počal mu sázet jednu po druhý přes hubu a křičel: ,Tu máš jeden výroční trh, tu máš druhej, třetí, čtvrtej, pátej, šestej: A Pech, třebas byl rekrut, hlásil se k batalionsraportu. V kancelářích byla tenkrát taková veselá pakáž, tak napsala, že jde k batalionsraportu kvůli výročním trhům v Dolním Bousově. Batalionskomandantem byl major Rohell. ,Also, was gibt's?` otázal se Pecha a ten spustil: ,Poslušné hlásím, pane majore, že v Dolním Bousově je šest výročních trhů: Jak na něho major Rohell zařval, zadupal a hned ho dal odvést

na magorku do vojenskýho špitálu, vod tý doby byl z Pecha nejhorší voják, samej trest "

"Vojáky je těžko vychovávat," řekl účetní šikovatel Vaněk zívaje. "Voják, který nebyl na vojně potrestán, není voják. To snad platilo v míru, že voják, který si odbyl bez trestu svou službu, měl potom přednost v civilní službě. Dnes právě ti nejhorší vojáci, kteří jindy v míru nevylezli z arestu, jsou ve válce nejlepšími vojáky. Pamatuji se u osmé maršky na infanteristu Sylvanusa. Ten měl dřív trest za trestem, a jaké tresty. Neostýchal se ukrást kamarádovi poslední krejcar, a když přišel do gefechtu, tak první prostříhal dráthindrnisy, zajmul tři chlapy a jednoho hned po cestě odstřelil, že prý mu nedůvěřoval. Dostal velkou stříbrnou medalii, přišili mu dvě hvězdičky, a kdyby ho byli později nepověsili pod Duklou, byl by už dávno cuksfírou. Ale pověsit ho museli, poněvadž po jednom gefechtu přihlásil se na rekognoscírunk a nějaká druhá patrola od jiného regimentu ho našla, jak šacoval mrtvoly. Našli u něho asi osm hodinek a mnoho prstenů. Tak ho pověsili u štábu brigády."

"Z toho je vidět," poznamenal moudře Švejk, "že každej voják si musí sám vydobejt svýho postavení."

Ozval se telefon. Účetní šikovatel šel k telefonu a bylo rozeznat hlas nadporučíka Lukáše, který se ptal, co je s konzervami. Potom bylo slyšet nějaké výčitky.

"Doopravdy nejsou, pane obrlajtnant," křičel do telefonu Vaněk, "kdepak by byly, to je jen fantazie seshora od intendantstva. To bylo úplné zbytečné, ty lidi tam posílat. Já vám chtěl telefonovat. - Že jsem byl v kantýně? Kdože to povídal? Ten okultista kuchař z oficírmináže? Dovolil jsem si tam zajít. Víte, pane obrlajtnant, jak nazýval ten okultista tu paniku s těmi konzervami? ‚Hrůzy nezrozeného`. Nikoliv, pane obrlajtnant, jsem úplně střízliv. Co dělá ~vejk? Je zde. Mám ho zavolat? - ~vejku, k telefonu," řekl účetní šikovatel a dodal tiše: "A kdyby se vás ptal, jak jsem přišel, tak řekněte, že v pořádku."

Švejk u telefonu: "Švejk, poslušně hlásím, pane obrlajtnant "

"Poslyšte, Švejku, jak je to s těmi konzervami? Je to v pořádku?"

"Nejsou, pane obrlajtnant, ani potuchy po nich není."

"Přál bych si, Švejku, abyste se vždy u mne ráno hlásil, dokud jsme v lágru. Jinak budete stále u mne, až pojedeme. Co jste dělal v noci?"

"Byl jsem u telefonu po celou noc." "Bylo něco nového?"

"Bylo, pane obrlajtnant "

"Švejku, nezačínejte zas blbnout. Hlásil někdo odněkud něco důležitého?"

"Hlásili, pane obrlajtnant, ale až na devátou hodinu. Nechtěl jsem znepokojovat, pane obrlajtnant, byl jsem toho dalek."

"Tak mně ksakru už řekněte, co je tak důležitého na devátou hodinu?"

"Telefonogram, pane obrlajtnant."

"Já vám nerozumím, Švejku."

"Já to mám napsáno, pane obrlajtnant: Přijměte telefonogram. Kdo je u telefonu? Máš to? Čti, nebo nějak podobně."

"Krucifix, Švejku, s vámi je kříž. Řekněte mně obsah, nebo na vás skočím a dám vám takovou jednu. Tak co je?"

"Zas nějakej bešprechunk, pane obrlajtnant, dnes ráno v devět hodin u pana obršta. Chtěl jsem vás vzbudit v noci, ale pak jsem si to rozmyslel."

"To byste se byl moh také opovážit, burcovat mne kvůli každej hlouposti, když je na to dost času až ráno. Wieder eine Besprechung, der Teufel soll das alles buserieren! Pověste sluchátko, zavolejte mně k telefonu Vaňka."

Účetní šikovatel Vaněk u telefonu: "Rechnungsfeldwebel Vaněk, Herr Oberleutnant."

"Vaňku, najděte mně okamžité jiného pucfleka. Ten lotr Baloun mně do rána sežral všechnu čokoládu. Uvázat ho? Ne, dáme ho k saniterákům. Chlap je jako hora, tak může tahat raněné z gefechtu. Pošlu ho hned k vám. Vyřiďte to v regimentskanclaj a vraťte se hned ke kumpanii. Myslíte, že brzy pojedem?"

"Není žádný spěch, pane obrlajtnant. Když jsme měli ject s devátou marškumpanií, tak nás tahali celé čtyry dny za nos. S osmou jakbysmet. Jen s desátou to bylo lepší. To jsme byli felddienstfleck, v poledne jsme dostali rozkaz a večer jsme jeli, ale zato potom nás honili po celých Uhrách a nevěděli, jakou díru na kterém bojišti mají s námi ucpat."

Během celé té doby, kdy nadporučík Lukáš stal se velitelem jedenácté marškumpačky, ocitl se ve stavu zvaném synkretismus, to jest ve filosofii, že usiloval rozpory pojmové vyrovnávati pomocí ústupků až k smíšení názorů.

Proto také odpověděl: "Ano, může být, to už je tak. Nemyslíte tedy, že se dnes pojede? V devět hodin máme bešprechunk s panem obrštem. - A propos, víte o tom, že jste dienstführender? Já jen tak. Zjistěte mně...Počkejte, co byste mně měl zjistit...? Seznam šarží s udáním, odkdy slouží...Potom zásoby kumpanie. Nacionálnost? Ano, ano, to taky...Ale hlavně pošlete toho nového pucfleka...Co má dnes s manšaftem dělat fénrich Pleschner? Vorbereitung zum Abmarsch. Účty? Přijdu podepsat po mináži. Nikoho nepouštějte do města. Do kantýny v lágru? Po mináži na hodinu...Zavolejte sem Švejka!...Švejku, vy zůstanete zatím u telefonu."

"Poslušné hlásím, pane obrlajtnant, že jsem ještě nepil kafé."

"Tak si přinesete kafé a zůstanete tam v kanceláři u telefonu, dokud vás nezavolám. Víte, co je to ordonanc?"

"Běhá to, pane obrlajtnant."

"Abyste tedy byl na místě, když vás zavolám. Řekněte ještě jednou Vaňkovi, ať pro mne vyhledá nějakého pucfleka. Švejku, haló, kde jste?"

"Zde, pane obrlajtnant, právě přinesli kafé." "Švejku, haló!"

"Slyším, pane obrlajtnant, kafé je úplně studený."

"Vy už znáte dobře, co je to pucflek, Švejku. Prohlídněte si ho a potom mně to sdělte, co je to zač. Pověste sluchátko."

Vaněk, srkaje černou kávu, do které si přilil rum z láhve s nápisem ‚Tinte‘ (kvůli vší opatrnosti), podíval se na Švejka a řekl: "Ten náš obrlajtnant nějak křičí do toho telefonu, rozuměl jsem každému slovu. Vy musíte, Švejku, být velmi dobře známý s panem obrlajtnantem."

"My jsme jedna ruka," odpověděl Švejk. "Jedna ruka druhou myje. My už jsme spolu moc toho prodělali. Kolikrát už nás chtěli vod sebe roztrhnout, ale zas jsme se sešli. Von se vždy na mě spoleh se vším, až se tomu kolikrát sám divím. Taky jste ted jisté slyšel, abych vám připomněl ještě jednou, že mu máte najít nějakýho novýho pucfleka a já že si ho musím prohlídnout a dát vo něm dobrozdání. Von pan obrlajtnant s každým pucflekem není spokojenej."

***

Plukovník Schröder, když si na konferenci zavolal všechny důstojníky pochodového praporu, učinil tak opět s velkou láskou, aby se mohl vymluvit. Kromě toho bylo nutno učinit nějaké rozhodnutí v aféře jednoročního dobrovolníka Marka, který nechtěl čistit záchody a byl pro vzpouru poslán plukovníkem Schrödrem k divizijnímu soudu.

Od divizijního soudu přibyl právě včera v noci na hauptvachu, kde byl držán pod stráží. Současně s ním dodán byl do plukovní kanceláře přípis divizijního soudu, nesmírné zmatený, ve kterém se poukazuje na to, že v tomto případě nejde o vzpouru, poněvadž jednoroční dobrovolníci nemají čistit záchody, nicméně že však jde o superordinationsverletzung, kterýžto delikt může být prominut řádným chováním v poli. Z těchto důvodů že se obžalovaný jednoroční dobrovolník Marek posílá zpět k svému pluku a vyšetřování o porušení kázně zastavuje se až do konce války a že bude obnoveno při nejbližším přestupku, který spáchá jednoroční dobrovolník Marek.

Potom byl ještě druhý případ. S jednoročním dobrovolníkem Markem dodán byl současně na hauptvachu od divizijního soudu falešný četař Teveles, který se nedávno objevil u regimentu, kam byl poslán z nemocnice v Záhřebě. Měl velkou stříbrnou medalii, odznaky jednoročního dobrovolníka a tři hvězdičky. Vyprávěl o hrdinských činech 6. maršové roty na Srbsku a že zbyl z ní jen sám. Vyšetřováním bylo zjištěno, že s 6. marškou na začátku války odešel skutečně nějaký Teveles, který však neměl práva jednoročního dobrovolníka. Vyžádána byla zpráva od brigády, ku které byla 6. marška přikomandýrována, když 2. prosince 1914 se utíkalo z Bělehradu, a zjištěno, že v seznamu navržených nebo vyznamenaných stříbrnými medaliemi není žádný Teveles. Byl-li však pěšák Televes povýšen v bělehradské válečné kampani za četaře, nedalo se naprosto zjistit, poněvadž celá 6. maršumpanie se ztratila u cerkve sv. Sávy v Bělěhradě i se svými důstojníky. U divizijního soudu hájil se Teveles tím, že opravdu mu byla slíbena velká stříbrná medalie a že si ji proto v nemocnici koupil od jednoho Bosňáka. Co se týká prýmků jednoročního dobrovolníka, ty že si přišil v opilství a že je nosil dál proto, poněvadž byl stále opilý, maje úplavicí zeslabený organismus.

Když tedy začal bešprechunk před projednáním těchto dvou případů, sdělil plukovník Schröder, že je nutné častěji se stýkat před odjezdem, který nedá na sebe dlouho čekat. Bylo mu sděleno z brigády, že očekávají se rozkazy z divize. Mužstvo ať je pohotově a kumpaniekomandanti ať bedlivě se starají o to, aby nikdo nescházel. Opakoval potom ještě jednou všechno to, co přednášel včera. Podal opět přehled válečných událostí a že nic nesmí potlačit ve vojsku bojovnou povahu a válečnou podnikavost.

Na stole byla připevněna před ním mapa bojiště s praporky na špendlíkách, ale praporky byly 281 přeházeny a fronty posunuty. Vytažené špendlíky s praporky válely se pod stolem.

Celé bojiště hrozně zřídil v noci kocour, kterého si chovali písaři v plukovní kanceláři a který, když se v noci vydělal na rakousko-uherské bojiště, chtěl lejno zahrabat, vytahal praporky a rozmazal lejno po všech pozicích, nacíkal na fronty a brückenkopfy a zaneřádil všechny armádní sbory.

Plukovník Schröder byl velice krátkozraký.

Důstojníci pochodového praporu se zájmem se dívali, jak prst plukovníka Schrödra blíží se k těm hromádkám.

"Odtud, pánové, k Sokalu na Bug," řekl plukovník Schröder věštecky a posunul ukazováček po paměti ke Karpatům, přičemž zabořil jej do jedné z těch hromádek, jak se kocour staral udělat mapu bojiště plastickou.

"Was ist das, meine Herren?" otázal se s údivem, když se mu cosi nalepilo na prst. "Wahrscheinlich Katzendreck, Herr Oberst," odpověděl za všechny velice zdvořile hejtman Ságner.

Plukovník Schröder vyrazil do kanceláře vedle, odkud bylo slyšet hrozné hřmění a hromování s příšernou hrozbou, že jim to dá všechno vylízat po kocourovi.

Výslech byl krátký. Zjistilo se, že kocoura před čtrnácti dny přitáhl do kanceláře nejmladší písař Zwiebelfisch. Po tomto zjištění sebral Zwiebelfisch svých pět švestek a starší písař ho odvedl na hauptvachu, kde bude tak dlouho sedět, až do dalšího rozkazu pana plukovníka.

Tím byla vlastně ukončena celá konference. Když se vrátil plukovník Schröder celý rudý v obličeji k důstojnickému sboru, zapomněl, že má ještě porokovat o osudu jednoročního dobrovolníka Marka a lžičetaře Tevelesa.

Řekl zcela krátce: "Prosím pány důstojníky, aby byli pohotově a vyčkávali další mé rozkazy a instrukce."

A tak zůstali dál jednoroční dobrovolník i Teveles pod stráží na hauptvaše, a když později k nim přibyl Zwiebelfisch, mohli si zahrát mariáš a po mariáši obtěžovat své strážce žádostí, aby jim vychytali blechy na slamníku.

Potom tam ještě k nim strčili frajtra Peroutku od 13. marškumpanie, který, když se včera rozšířila pověst po lágru, že se jede na pozici, se ztratil a byl ráno patrolou objeven u Bílé růže v Brucku. Vymlouval se, že chtěl před odjezdem prohlédnout známý skleník hraběte Harracha u Brucku a na zpáteční cestě že zabloudil, a teprve ráno celý unavený že dorazil k Bílé růži. (Zatím spal s Růženkou od Bílé růže.)

***

Situace byla stále nevyjasněnou. Pojede se, nebo se nepojede. Švejk u telefonu v kanceláři 11. maršky vyslechl nejrůznější názory, pesimistické i optimistické. 12. marškumpanie telefonovala, že prý někdo z kanceláře slyšel, že se bude čekat až na cvičení ve střelbě s pohyblivými figurami a že se pojede až po feldmäßigschießübungách. Tento optimistický názor nesdílela 13. marškumpačka, která telefonovala, že právě se vrátil kaprál Havlík z města a slyšel od jednoho železničního zřízence, že už vozy jsou na stanici.

Vaněk vytrhl Švejkovi sluchátko z ruky a křičel rozčileně, že ajznboňáci vědí starého kozla, teď že byl právě v plukovní kanceláři.

Švejk setrvával u telefonu s opravdovou láskou a na všechny otázky, co je nového, odpovídal, že se ještě nic určitého neví.

Takovým způsobem odpověděl též na otázku nadporučíka Lukáše:

"Co je u vás nového?"

"Ještě se nic určitého neví, pane obrlajtnant," stereotypně odvětil Švejk.

"Vy vole, pověste sluchátko."

Potom přišla řada telefonogramů, které Švejk přijal po delším nedorozumění. Předně ten, který mu nemohl být diktován v noci, když nezavěsil sluchátko a spal, týkající se očkovaných a neočkovaných.

Potom zas zpožděný telefonogram o konzervách, což bylo již včera večer vyjasněno.

Pak telefonogram po všech batalionech, kumpaniích a částech pluku:
Kopie telefonogramu brigády No 75692
Příkaz po brigádě čis. 172
Při výkazech o hospodářství polních kuchyní
sleduje tento pořádek při vyjmenování produktů
spotřebovaných: 1. maso, 2. konzervy 3. Zelenina
čerstvá, 4. sušená zelenina, 5. rýže, 6. makaróny,
7. kroupy a krupice, 8. Brambory,
místo dřívějšího:
4. sušená zelenina, 5. čerstvá zelenina.
Když to přečetl Švejk účetnímu šikovateli, prohlásil Vaněk slavnostně, že takové telefonogramy se házejí do latríny:

"To si vymyslil nějaký blbec u štábu armády, a už to jde na všechny divize a brigády a pluky." Potom přijal Švejk ještě jeden telefonogram, který byl tak rychle diktován, že Švejk z toho zachytil na blok jen to, co vypadalo jako šifra:

In der Folge genauer erlaubt gewesen oder das selbst einem hingegen immerhin eingeholet werden.

"To jsou všechno zbytečnosti," řekl Vaněk, když se Švejk nehorázně divil, co napsal, a třikrát za sebou si to hlasitě předčítal, "samé hlouposti, ačkoliv čertví, může to být také šifrováno, ale na to nejsme u nás u kumpanie zařízeni. To se může také zahodit."

"Já si to taky myslím," řekl Švejk, "kdybych voznámil panu obrlajtnantovi že má ‚in der Folge genauer erlaubt gewesen oder das selbt einem hingegen immerhin eingeholet werden`, ještě by se urazil. - Někdo je vám nedůtklivý až hrůza," pokračoval Švejk, zabořuje se opět ve vzpomínky. "Jednou jsem jel z Vysočan elektrikou do Prahy a v Libni k nám přised nějakej pan Novotný. Jakmile jsem ho poznal, šel jsem k němu na plošinu a dal jsem se s ním do hovoru, že jsme oba z Dražova. On se ale na mne rozkřik, abych ho neobtěžoval, že prý mne nezná. Já jsem mu to začal vysvětlovat, aby se jen upamatoval, že jsem jako malej hoch k němu chodil s matkou, která se jmenovala Antonie, otec že se jmenoval Prokop a byl šafářem. Ani potom nechtěl nic vědět o tom, že se známe. Tak jsem mu ještě řekl, bližší podrobnosti, že v Dražově byli dva Novotní, Tonda a Josef. On že je ten Josef, že mně psali o něm z Dražova, že postřelil svou ženu, když ho kárala z pití. A tu se vám von rozpřáh, já jsem se uhnul a on rozbil tabuli na přední plošině, tu velkou před řidičem. Tak nás vysadili, vodvedli a na komisařství se ukázalo, že byl proto tak nedůtklivý, poněvadž vůbec se nejmenoval Josef Novotný, ale Eduard Doubrava, a byl z Montgomery v Americe a zde byl navštívit příbuzný, ze kterých pocházela jeho rodina."

Telefon přerušil jeho vypravování a nějaký chraplavý hlas z oddílu strojních pušek se opět tázal, zdali se pojede. Je prý ráno bešprechunk u pana obršta.

Ve dveřích se objevil celý bledý kadet Biegler, největší blbec u kumpanie, poněvadž v jednoročácké škole se snažil vyniknout svými vědomostmi. Kývl Vaňkovi, aby za ním vyšel na chodbu, kde s ním měl dlouhou rozmluvu.

Když se Vaněk vrátil, usmíval se pohrdlivé.

"Je to kus vola," řekl k Švejkovi, "tady u naší maršky máme ale exempláře. Byl taky u bešprechungu, a když se rozcházeli, tak nařídil pan obrlajtnant, aby všichni cukskomandanti udělali kvérvizitu a aby byli přísní. A teď se mne přijde zeptat, jestli má dát uvázat Žlábka, poněvadž ten si vypucoval kvér petrolejem."

Vaněk se rozčílil. "Na takovou blbost se mne ptá, když ví, že se jede do pole. Však si to pan obrlajtnant včera dobře rozmyslil s tím uvázáním svého pucfleka. Taky jsem ale tomu mláděti řek, aby si dobře rozmyslil dělat z manšaftu zvířata."

"Když už mluvíte o tom pucflekovi," řekl Švejk, "nevíte snad, jestli jste už nějakého sehnal pro pana obrlajtnanta?"

"Mějte fištrón," odpověděl Vaněk, "na všechno je dost času, ostatně já myslím, že si pan obrlajtnant na Balouna zvykne, tu a tam mu něco ještě sežere a pak ho to taky pustí, až budem v poli. Tam často nebudou mít co žrát oba. Když řeknu, že Baloun zůstane, tak se nedá nic dělat. To je moje starost a do toho nemá pan obrlajtnant co mluvit. Jen žádný spěch."

Vaněk lehl si opět na svou postel a řekl: "Švejku, vypravujte mně nějakou anekdotu z vojenského života."

"To by šlo," odpověděl Švejk, "ale bojím se, že zas bude někdo na nás zvonit "

"Tak to vypněte, Švejku, odšroubujte vedení nebo sejměte sluchátko."

"Dobrá," řekl Švejk, snímaje sluchátko, "já vám povím něco, co se hodí do týhle situace, jenže tenkrát místo vopravdový vojny byly jen manévry a byla taky taková panika jako dnes, poněvadž se nevědělo, kdy vyrazíme z kasáren. Sloužil se mnou nějakej poříckej Šic, hodnej člověk, ale nábožnej a bojácnej. Ten si představoval, že manévry jsou něco hrozného, že lidi na nich padají žízní a saniteráci že to sbírají jako padavky na marši. Proto pil do zásoby, a když jsme vyrazili na manévry z kasáren a přišli k Mníšku, tak říkal: ,Já to, hoši, nevydržím, mě může zachránit jen sám pánbůh: Potom jsme přišli k Hořovicům a tam jsme měli dva dny rast, poněvadž to byla nějaká mejlka a my jsme šli tak rychle kupředu, že bychom byli s ostatníma regimentama, který šly s námi po flíglech, zajali celej nepřátelskej štáb, což by byla bejvala vostuda, poněvadž náš armádní sbor měl to prosrat a nepřítel vyhrát, poněvadž u nepřátel bylo jedno utahaný arciknížátko. Tak ten Šic proved tohle: Když jsme lágrovali, sebral se a šel si něco koupit do nějaký vesnice za Hořovicema a vracel se k polednímu do lágru. Horko bylo, napařenej byl taky akorát, a tu uviděl na cestě sloup, na sloupu byla skřínka a v ní pod sklem docela malá soška sv. Jana Nepomuckýho. Pomodlil se před sv. Janem a povídá mu: ,To je ti horko, kdybys měl alespoň trochu se napít. Jseš tady na slunci, furt se asi potíš: Tak zatřepal feldflaškou, napil se a povídá: ,Nechal jsem ti taky lok, svatej Jene z Nepomuku.` Ale lek se, vyžunk to všechno a na svatýho Jána nezbylo nic. ,Ježíšmarjá,` povídá, ,svatej Jene z Nepomuku, tohle mně musíš prominout, já ti to vynahradím, já tě vezmu s sebou do lágru a napojím tě tak slavně, že nebudeš stát na nohou.` A milej Šic z lítosti nad sv. Janem z Nepomuku rozbil sklo, vytáhl sošku svatýho a strčil si ji pod blůzu a vodnes do lágru. Potom 's ním sv. Jan Nepomuckej spal na slámě, nosil ho s sebou na marších v teleti a měl velký štěstí v kartách. Kde jsme lágrovali, tam vyhrával, až jsme přišli na Práchensko, leželi jsme v Drahenicích a von všechno sakumpak prohrál. Když jsme ráno vyrukovali, tak na hrušce u cesty visel svatej Jan Nepomuckej oběšenej. Tak, to je ta anekdota, a teď zas zavěsím sluchátko."

A telefon opět odnášel si záchvěvy nového nervového života, kdy stará harmonie klidu v lágru byla porušena.

V tu dobu nadporučík Lukáš studoval ve své komnatě právě doručené jemu od štábu pluku šifry s poučením, jak je luštit, a současně sekrétní šifrovaný rozkaz o směru, kterým se bude ubírat maršbatalión na haličské hranice (první etapa).

7217 - 1238 - 457 - 2121 - 35 = Mošon
8922 - 375 - 7282 = Ráb
4432 - 1238 - 7217 - 35 - 8922 - 35 = Komarn
7282 - 9299 - 310 - 375 - 7881 - 298 - 475 7979 = Budapešť.

Luště tyto šifry povzdechl si nadporučík Lukáš: "Der Teufel soll das buserieren."

III. kniha Slavný výprask

Přes Uhry

Konečně se všichni dočkali toho okamžiku, kdy je nacpali do vagónů v poměru 42 mužů k 8 koním. Koním ovšem se jelo pohodlněji než mužstvu, poněvadž mohli spát vstoje, ale to nevadilo. Vojenský vlak vezl do Haliče opět novou skupinu lidí hnaných na jatky.

Celkem však se všem těm tvorům přece jen ulehčilo; bylo to něco již určitého, když se vlak hnul, ale předtím to byla jen trapná nejistota, panika, zdali se pojede již dnes, nebo zítra, či pozítří. Některým bylo jako odsouzeným k smrti, kteří očekávají se strachem, kdy si pro ně přijde kat. A potom nastane uklidnění, že už to bude odbyto.

Proto jeden voják řval z vagónu jako pominutý: "Jedeme, jedeme!"

Účetní šikovatel Vaněk měl úplnou pravdu, když říkal Švejkovi, že není žádný spěch.

Nežli se dospělo k tomu okamžiku, aby se lezlo do vagónů, uplynulo několik dní, a přitom se stále hovořilo o konzervách a zkušený Vaněk prohlásil, že je to jenom fantazie. Jaképak konzervy! Takhle ještě polní mše, poněvadž i při předešlé maršce tak bylo. Když jsou konzervy, tak polní mše odpadá. V opačném případě polní mše je náhražkou za konzervy.

A tak se objevil místo gulášových konzerv vrchní polní kurát Ibl, který zabil tří mouchy jednou ranou. Odsloužil polní mši najednou pro tři pochodové prapory, dvěma z nich požehnal do Srbska a jednomu do Ruska.

Měl přitom velice nadšenou řeč a bylo znát, že bral materiál z vojenských kalendářů. Byla to taková dojemná řeč, že když ujížděli na Mošon, Švejk, který byl pohromadě ve vagónu s Vaňkem v improvizované kanceláři, vzpomněl si na ten proslov a řekl účetnímu šikovateli: "To bude moc fajn, jak povídal ten feldkurát, až den se skloní k večeru a slunce se svýma zlatejma paprskama zapadne za hory a na bojišti bude slyšet, jak von říkal, ten poslední dech umírajících, hejkot klesblých koní a sténání raněných mužů a nářek vobyvatelstva, když mu hořejí chalupy nad hlavou. Já mám moc rád, když tak lidi blbnou na kvadrát."

Vaněk souhlasně kývl hlavou: "Byl to zatraceně dojemný případ."

"Bylo to moc hezký a poučný," řekl Švejk, "já si to pamatuju velmi dobře, a až se vrátím z vojny, tak to budu vypravovat u Kalicha. Von se, když nám to pan kurát vykládal, tak pěkně rozkročil, že jsem měl strach, aby mu jedna haksna neuklouzla a von nespad do polního oltáře a nerozbil si kokos vo monstranci. Von nám dával takovej pěknej příklad z dějin naší armády, když ještě sloužil Radeckej a s večerními červánky slučoval se voheň, jak hořely stodoly na bojišti, jako kdyby to byl viděl."

A týž den vrchní polní kurát Ibl byl již ve Vídni a opět tam jinému maršbataliónu vykládal dojemnou historii, o které se Švejk zmiňoval a která se mu tolik líbila, že ji nazval blbostí na kvadrát.

"Milí vojáci," řečnil vrchní polní kurát Ibl, "tak tedy si myslete, že je rok osmačtyřicátý a že vítězstvím skončila bitva u Custozzy, kde po desetihodinovém úporném boji musil italský král Albert přenechati krvavé bojiště našemu otci vojínů, maršálkovi Radeckému, jenž v 84. roce svého života dobyl tak skvělého vítězství.

A hle, vojáci milí! Na výšině před dobytou Custozzou zastavil se kmet vojevůdce. Kolem něho jeho věrní vojevůdcové. Vážnost okamžiku zmocnila se celého kroužku, neboť, vojáci, v nepatrné vzdálenosti od maršálka bylo pozorovat vojína, jenž se smrtí zápasil. S roztříštěnými údy na poli cti pocifoval zraněný praporečník Hrt, jak na něho hledí maršálek Radecký. Hodný zraněný praporečník ještě svíral v tuhnoucí pravicí zlatou medalii v křečovitém nadšení. Při pohledu na vznešeného maršálka ožívl se ještě jednou tepot jeho srdce a zchromlým tělem pronikl poslední zbytek síly a umírající pokoušel se s nadlidskou námahou plížiti se vstříc svému maršálkovi. ,Popřej si klidu, můj hodný vojíne,` zvolal k němu maršálek, sestoupil s koně a chtěl mu podati ruku. ,Nejde to, pane maršálku,` řekl umírající vojín, ,mám obě ruce uraženy, ale o jedno prosím. Sdělte mně plnou pravdu: Je ta bitva zcela dobyta?` ,Docela, milý brachu,` pravil laskavě polní maršálek, ,škoda, že tvá radost je zkalena tvým zraněním.` ,Ovšem, vznešený pane, se mnou je konec,` temným hlasem řekl vojín, příjemné se usmívaje. ,Máš žízeň?` otázal se Radecký. ,Den byl parný, pane maršálku, měli jsme přes třicet stupňů horka.` Nato Radecký, chopiv se polní láhve svého pobočníka, podával ji umírajícímu. Tento se napil, učiniv mocný doušek. ,Zaplať bůh tisíckrát,` zvolal, namáhaje se políbiti ruku svému veliteli. ,Jak dlouho sloužíš?` otázal se tento. ,Přes čtyřicet let, pane maršálku! U Ošper dobyl jsem zlaté medalie. Také u Lipska jsem byl, dělový kříž mám rovněž, pětkrát jsem byl smrtelně raněn, ale teď je se mnou dočista konec. Ale jaké štěstí a blaho, že jsem se dožil dnešního dne. Co mi záleží na smrti, když jsme dobyli slavného vítězství a císaři vrácena jeho zem!`

V tom okamžiku, milí vojáci, zavzněly z tábora velebné zvuky naší hymny Zachovej nám, Hospodine, mocně a vznešené nesly se po bojišti. Padlý vojín, loučící se se životem, ještě jednou pokusil se vzchopit. ,Sláva Rakousku,` zvolal nadšené, ,sláva Rakousku! Nechť pokračuje se v té skvostné písni! Sláva našemu vojevůdci! Ať žije armáda!`

Umírající sklonil se ještě jednou k pravici maršálkové, kterou pocíloval, sklesl a tichý poslední vzdech vydral se z jeho šlechetné duše. Vojevůdce stál tu s obnaženou hlavou před mrtvolou jednoho z nejhodnějších vojínů. ,Tento krásný konec je věru záviděníhodný,` pravil v pohnutí maršálek, skláněje obličej do sepjatých dlaní.

Milí vojíni, i já vám přeji, abyste se všichni dočkali takového krásného konce."

Vzpomínaje na tuto řeč vrchního polního kuráta Ibla, mohl ho opravdu nazvati Švejk, aniž by mu v nejmenším ubližoval, blbem na kvadrát.

Potom Švejk počal mluvit o známých rozkazech, které jim byly přečteny před vstoupením do vlaku. Jeden byl armádní rozkaz podepsaný Františkem Josefem a druhý byl rozkaz arcivévody Josefa Ferdinanda, vrchního velitele východní armády a skupiny, kteréž oba týkaly se událostí na Dukelském průsmyku dne 3. dubna 1915, kdy přešly dva batalióny 28. pluku i s důstojníky k Rusům za zvuků plukovní kapely.

Oba rozkazy byly jim přečteny třaslavým hlasem a zněly v českém překladu:
Armádní rozkaz ze dne 17. dubna 1915:
Přeplněn bolestí nařizuji, aby c. k. pěší pluk čís. 28
pro zbabělost a velezrádu byl vymazán z mého vojska.
Plukovní prapor budiž zneuctěnému pluku
odebrán a odevzdán do Vojenského muzea. Dnešním
dnem přestává existovat pluk, který otráven
mravně z domovu, vytáhl do pole, aby se dopustil
velezrady.
František Josef 1.

***

Rozkaz arcivévody Josefa Ferdinanda:
České trupy během polního tažení zklamaly zejména
v posledních bojích. Zejména zklamaly při
obraně pozic, ve kterých se nalézaly po delší dobu
v zákopech, čehož použil často nepřítel aby navázal
styky a spojení s ničemnými živly těchto trup.
Obyčejně vždy směřovaly pak útoky nepřítele,
podporovaného těmito zrádci, proti těm oddílům
na frontě, které byly od takových trup obsazeny.
Často podařilo se nepříteli překvapit naše části
a takřka bez odporu proniknout do našich pozic
a zajmouti značný velký počet obránců.
Tisíckrát hanba, potupa i opovržení těmto bídákům
bezectným, kteří dopustili se zrady císaře i říše
a poskvrňují nejen čest slavných praporů naší slavné
a statečné armády, nýbrž i čest té národnosti, ku
které se hlásí.
Dřív nebo později zastihne je kulka nebo provaz kata.
Povinností každého jednotlivého českého vojáka,
který má čest v těle, je, aby označil svému komandantovi
takového ničemu, štváče a zrádce.
tak neučiní, je sám takový zrádce a ničema.
Tento rozkaz nechť je přečten všemu mužstvu

u českých pluků.

C. k. pluk čís. 28 nařízením našeho mocnáře jest
již vyškrtnut z armády a všichni zajatí přeběhlíci
z pluku splatí svou krví těžkou vinu.

Arcivévoda Josef Ferdinand

"To nám to přečtli trochu pozdě," řekl Švejk k Vaňkovi, "velice se divím, že
nám to četli až teď, když už císař pán ten befél vydal 17. dubna. To by mohlo
tak vypadat, jako kdyby z nějakejch důvodů hned nám to nedali přečíst. Já bejt
císařem pánem, tak bych si takový odstrkování nedal líbit. Když vydám befél 17.
dubna, tak se taky sedmnáctýho musí číst u všech regimentů, i kdyby šídla
padala."

Na druhé straně vagónu proti Vaňkovi seděl kuchař okultista z důstojnické
mináže a cosi psal. Za ním seděli sluha nadporučíka Lukáše vousatý obr Baloun
a telefonista přidělený k 11. marškumpačce Chodounský. Baloun přežvykoval
kus komisárku a vykládal uděšeně telefonistovi Chodounskému, že za to
nemůže, když v té tlačenici při nastupování do vlaku nemohl se dostat do
štábního vagónu ku svému nadporučíkovi.

Chodounský ho strašil, že teď přestává legrace, že za to bude kulka.

"Kdyby bylo už jednou toho trápení konec," bědoval Baloun, "už jednou jsem
měl namále na manévrech u Votic. Tam jsme šli vo hladu a žízni, a když k nám
přijel bataliónsadjutant, tak jsem vykřik: ,Dejte nám vodu a chleba.` Von votočil
na mne koně a řek, že kdyby to bylo ve válce, že bych musil vystoupit z řady a že
by mne dal vodstřelit, a teď že mne dá zavřít na garnizón, ale měl jsem veliký
štěstí, poněvadž když jel to voznámit ke štábu, tak na cestě se mu splašil kůň,
von spad a zlámal si, sláva bohu, vaz."

Baloun těžce vzdychl a zakuckal se soustem chleba, a když se vzpamatoval,
žádostivě podíval se na dva vaky nadporučíka Lukáše, které opatroval.

"Fasovali, páni oficíři," řekl trudnomyslně, "játrové konzervy a uherský salám.
Takhle kousíček."

Díval se přitom tak toužebně na ty dva vaky svého nadporučíka jako ode všech
opuštěný pejsek, který je hladový jako vlk a sedí, vdechuje páry z vařící se
uzeniny, u dveří uzenářského krámu.

"Neškodilo by," řekl Chodounský, "kdyby nás někde čekali s nějakým dobrým
obědem. To když jsme my na začátku vojny jeli do Srbska, tak jsme se přežrali
na každé stanici, jak nás všude hostili. Z husích stehýnek jsme vyřezávali
špalíčky toho nejlepšího masa a hráli s nimi 'ovčinec na plátech čokolády. V
Oseku v Charvatsku nám přinesli do vagónu dva páni od veteránů velký kotel
pečeného zajíce, a to už jsme nevydrželi a vylili jsme jim to všechno na hlavu. Po
všech tratích jsme nic jiného nedělali, než blili z vagónů. Kaprál Matějka v
našem vagóně se tak přecpal, že jsme museli dát mu přes břicho prkno a skákat
po něm, jako když se šlape zelí, a to mu teprve ulevilo a šlo to z něho horem
dolem. Když jsme jeli přes Uhry, tak nám házeli do vagónů na každé stanicí
pečené slepice. Z těch jsme nic jiného nejedli než mozeček. V Kapošfalvě házeli

nám Maďaři do vagónů celé kusy pečených prasat a jeden kamarád dostal celou pečenou vepřovou hlavou tak do lebky, že potom toho dárce honil s überšvunkem přes tři koleje. Zato už v Bosně jsme ani vodu nedostali. Ale do Bosny, ačkoliv to bylo zakázané, měli jsme různých kořalek, co hrdlo ráčilo, a vína potoky. Pamatuji se, že na jedné stanici nás nějaké paničky a slečinky uctívaly pivem a my jsme se jim do konve s pivem vymočili, a ty jely od vagónu!

Všichni jsme byli jako v mátohách po celou cestu, já neviděl ani na žaludské eso, a než jsme se nadáli, najednou rozkaz, karty jsme ani nedohráli, a všechno ven z vagónů. Nějakej kaprál, už nevím, jak se jmenoval, ten křičel na svoje lidi, aby zpívali: ‚Und die Serben müssen sehen, daß wir Österreicher Sieger, Sieger sind.ʻ Ale někdo ho zezadu kop a on se převalil přes koleje. Potom křik, aby se daly ručnice do pyramid, a vlak hned otočil a jel nazpět prázdný, jen, to se ví, jak to v té panice bývá, odvezl nám s sebou frpflégunk na dva dny. A jako odtud k tamhletěm stromům, tam už začaly praskat šrapnely. Přijel z druhého konce batalionskomandant a svolal všechny na poradu, a potom přišel náš obrlajtnant Macek, Čech jako poleno, ale mluvil jen německy, a povídá, bledý jako křída, že se dál nemůže ject, trat že je vyhozena do povětří v noci, Srbové že se dostali přes řeku a jsou nyní na levém křídle. Ale to je ještě daleko od nás. My prý dostaneme posily a pak je rozsekáme. Nikdo aby se nevzdal, kdyby k něčemu došlo, Srbové prej zajatcům uřezávají uši, nosy a vypichují oči. Že nedaleko nás praskají šrapnely, z toho abychom si nic nedělali. To se prý naše artilérie nastřeluje. Najednou ozvalo se kdesi za horou tatatatatatata. To prý nastřelují naši mašínengevéry. Potom bylo zleva slyšet kanonádu, my jsme to slyšeli ponejprv a leželi na břiše, přes nás přeletlo několik granátů a zapálily nádraží a z pravé strany nad námi začaly hvízdat kuličky a v dálce bylo slyšet salvy a rachocení ručnic. Obrlajtnant Macek poručil rozebrat pyramidy a ládovat kvéry. Dienstführender šel k němu a řekl, že to není vůbec možné, poněvadž nemáme s sebou žádnou munici, že přece ví dobře, že munici jsme měli fasovat až u další etapy před pozicí. Před námi že jel vlak s municí a ten že už patrné se dostal Srbům do rukou. Obrlajtnant Macek stál chvíli jako ze dřeva a pak dal rozkaz ‚Bajonett aufʻ, aniž by věděl proč, jen tak ze zoufalství, aby se něco dělalo. Potom jsme zas stáli v pohotovosti hezkou chvíli, potom zas jsme lezli na pražce, poněvadž objevil se nějaký aeroplán a šarže řvaly: ‚Alles decken, decken!ʻ Pak se objevilo, že je to náš, a byl také omylem naší artilérií podstřelenej. 'tak jsme zas vstali, a žádný rozkaz, rút! Z jedné strany hnal se k nám nějaký kavalerista. Ještě zdaleka křičel: ‚Wo ist Batalionskommando?ʻ Batalionskomandant vyjel mu naproti, ten mu podal nějaký list a zase už odjížděl dál napravo. Batalionskomandant si to po cestě četl, a pak najednou jako když se zblázní. Vytasil šavli a letěl k nám. ‚Alles zurück, alles zurück!ʻ řval na důstojníky. ‚Direktion Mulde, einzeln abfallen!ʻ A tu to začalo. Ze všech. stran, jako by na to čekali, počali do nás pálit. Po levé straně bylo kukuřičné pole a to bylo jako jeden čert. My jsme se plížili po čtyřech do údolí, ruksaky nechali na těch zatracených pražcích. Obrlajtnant Macek dostal to ze strany do hlavy a neřek ani švec. Než jsme utekli do údolí, bylo plno zabitých a raněných. Ty jsme tam nechali a běželi jsme až do večera a krajina byla od našich již před námi jako vymetená. Jen jsme viděli vyrabovaný trén. Až konečné jsme se dostali na stanici, kde už se dostaly nové rozkazy, sednout do vlaku a ject nazpátek ku štábu, což jsme nemohli vykonat, poněvadž celý štáb padl den předtím do zajetí, o čemž jsme se dozvěděli až ráno. Pak jsme byli jako sirotci, žádný o nás nic nechtěl vědět a přidali nás k 73. regimentu, abychom s ním odstupovali, což jsme s největší radostí udělali, ale napřed jsme museli mašírovat kupředu asi den, než jsme přišli k 73. regimentu. Potom jsme..."

Nikdo ho již neposlouchal, nebol Švejk s Vaňkem hrál tahaný mariáš, kuchař okultista z důstojnické mináže psal dál obšírné psaní své manželce, která za jeho nepřítomnosti počala vydávat nový teosofický časopis, Baloun dřímal na lavici, a tak nezbylo telefonistovi Chodounskému než opakovat: "Ano, na to nezapomenu..."

Zvedl se a šel kibicovat k tahanému mariáši. "Aspoň kdybys mně zapálil fajfku," řekl Švejk přátelsky na Chodounského, "když už jdeš kibicovat. Tahaný mariáš je vážnější věc než celá vojna a než to vaše zatracený dobrodružství na srbský hranici. - Takovou blbost udělám, měl bych se fackovat. Že jsem ještě chvíli nepočkal s tím králem, zrovna teď mně přišel filek. Já hovado."

Kuchař okultista mezitím dokončil své psaní a přečítal si ho zřejmé uspokojen, jak to pěkně složil kvůli vojenské cenzuře.

Drahá ženo!
Až dostaneš tyto řádky, budu se nalézati již po
několik dni ve vlaku, poněvadž odjíždíme na
frontu. Netěší mě to příliš poněvadž ve vlaku
musím zahálet a nemohu být prospěšným, neboť
se nevaří v naší důstojnické kuchyni a jídlo se
dostane na staničních etapách. Rád bych býval
našim pánům důstojníkům uvařil mezi jízdou
Maďarskem segedínský guláš ale sklaplo mně.
Snad až přijedeme do Haliče, budu mít příležitost
uvařit šoule, pravé haličské, husu dušenou
v kroupách nebo v rýži. Věř mne`, drahá Helenko,
že se opravdu snažím co nejvíce zpříjemnit našim
pánům důstojníkům jich starosti a námahy. Byl
jsem od pluku přeložen k maršbataliónu, což bylo
mým nejvroucnějším přáním, abych mohl byl i ze
skromných prostředků, důstojnickou polní
kuchyni na frontě uvésti v nejlepší koleje.
Pamatuješ se, drahá Helenko, žes mně při
narukování k pluku přála, abych dostal hodné
představené. Tvé přání se splnilo, a nejenže si ani
v nejmenším nemohu naříkat, naopak všichni

páni důstojníci jsou našimi pravými přáteli
a zejména ke mně se chovají jako otec. Co
nejdříve Ti oznámím číslo naší polní pošty... Toto psaní bylo vynuceno
okolnostmi, když kuchař okultista nadobro si rozlil ocet s plukovníkem
Schrödrem, který mu dosud držel palec, ale na kterého se při večeři na
rozloučenou s důstojníky maršbataliónu opět, neštastnou náhodou, nedostala
porce rolované telecí ledviny, a plukovník Schröder ho poslal s marškumpačkou
do pole, svěřiv důstojnickou kuchyni pluku nějakému nešťastnému učiteli z
ústavu slepců na Klárově.

Kuchař okultista přelétl ještě jednou, co napsal a co se mu zdálo velice
diplomatickým, aby se udržel přece jen trochu dál bojiště, poněvadž ať si říká co
kdo chce, přece jen je to ulejvárna i na frontě.

Napsal sice, když byl ještě v civilu redaktorem a majitelem okultistického
časopisu pro vědy záhrobní, velkou úvahu, že se nikdo nemá bát smrti, a úvahu
o stěhování duší.

Přistoupil též dělat kibice k Švejkovi a Vaňkovi. Mezi oběma spoluhráči nebylo
v tom okamžiku žádných rozdílů vojenské hodnosti. Nehráli již ve dvou, ale
mariáš ve třech s Chodounským.

Ordonanc Švejk nadával sprosté účetnímu šikovateli Vaňkovi: "Já se vám
divím, že můžete tak blbě hrát. Vidíte přeci, že von hraje betla. Já nemám žádný
kule, a vy neobrátíte vosmičkou a házíte jako nejpitomější hovado žaludského
spodka, a von to trouba vyhraje."

"To je řvaní pro jednoho prohraného betla," zněla slušná odpověd účetního
šikovatele, "vy sám hrajete jako idiot. Já si mám vycucat z malíčku kulovou
vosmu, když vůbec žádný kule taky nemám, já měl jen vysoký zelený a žaludy,
vy hampejzníku."

"Tak jste měl hrát, vy chytráku, durcha," s úsměvem řekl Švejk. "To je zrovna
tak jako jednou u Valšů, dole v restauraci, taky takovej jeden nekňuba měl
durcha, ale nehrál ho a vodložil vždycky ty nejmenší do talónu a pustil každýho
na betla. Ale jaký měl karty! Vod všech barev ty nejvyšší. Jako teď bych z toho
nic neměl, když vy byste hrál durcha, tak taky tenkrát ne, a nikdo z nás taky nic,
jak to šlo kolem, platili bychom mu furt. Já konečné povídám: ‚Pane Herolde,
jsou tak laskav, hrajou durcha a neblbnou.` Ale von se na mne utrh, že může
hrát, co chce, abychom drželi hubu, von že má universitu. Ale to mu přišlo
draze. Hostinský byl známej, číšnice byla s námi až moc důvěrná, tak jsme to tý
patrole všechno vysvětlili, že je všechno v pořádku. Předně, že je to vod něho
sprostý, rušit noční klid voláním patroly, když někde před hospodou sklouzne
na náledí a jede po nose po něm, až má rozbitej. Že jsme se ho ani nedotkli,
když hrál falešné mariáš, a když byl vodkrytej, že tak rychle vyběh, až sebou
kecnut. Hostinskej i číšnice nám to potvrdili, že jsme se vůči němu chovali
skutečné až moc džentlmensky. Von si taky nic jinýho nezasloužil. Seděl od
sedmi hodin večer až do půlnoci při jednom pivě a sodovce a hrál si na
bůhvíjakýho pána, poněvadž byl universitní profesor, a mariáši rozuměl jako

koza petrželi. Tak kdo má teď rozdávat?"

"Zahrejme si kaufevika," navrhl kuchař okultista, "šesták a dva."

"To raději nám vypravujte," řekl účetní šikovatel Vaněk, "o stěhování duší, jako jste to vykládal slečně v kantýně, když jste si rozbil nos."

"Vo tom stěhování duší jsem už taky slyšel," ozval se Švejk. "Já jsem si také jednou umínil před léty, že se, jak se s vodpuštěním říká, sám budu vzdělávat, abych nezůstal pozadu, a chodil jsem do čítárny Průmyslové jednoty v Praze, ale poněvadž jsem byl reztrhanej a svítily mně díry na zadnici, tak jsem se nemoh vzdělávat, poněvadž mne tam nepustili a vyvedli ven, poněvadž myslili, že jsem šel krást zimníky. Tak jsem si vzal sváteční šaty a šel jsem jednou do muzejní knihovny a vypůjčil jsem si takovou jednu knížku o tom stěhování duší se svým kamarádem, a tam jsem se dočetl, že jeden indickej císař se proměnil po smrti v prase, a když to prase zapíchli, že se proměnil v opici, z opice stal se jezevcem a z jezevce ministrem. Potom na vojně jsem se přesvědčil, že něco pravdy na tom musí bejt, poněvadž kdekdo vojáky, když měl nějakou hvězdičku, pojmenoval bud mořskými prasaty, nebo vůbec nějakým zvířecím jménem, a podle toho by se dalo soudit, že před tisíci léty tyhle sprostí vojáci byli nějakýma slavnejma vojevůdci. Ale když je vojna, tak je takový stěhování duší náramně hloupá věc. Čertví kolik proměn člověk prodělá, než se stane, řekněme, telefonistou, kuchařem nebo infanteristou, a najednou ho roztrhne granát a jeho duše vejde do nějakého koně u artilérie, a do celý baterie, když jede na nějakou kótu, praskne novej granát a zabije zas toho koně, do kterýho se ten nebožtík vtělil, a hned se přestěhuje ta duše do nějaké krávy u trénu, z který udělají guláš pro manšaft, a z krávy třebas hned se přestěhuje do telefonisty, z telefonisty..."

"Já se divím," řekl telefonista Chodounský, zřejmě uražen, "že zrovna já mám být terčem pitomých vtipů."

"Není ten Chodounský, co má soukromej detektivní ústav s tím vokem jako trojice boží, váš příbuznej?" otázal se nevinně Švejk. "Já mám moc rád soukromý detektivy. Já jsem taky jednou sloužil před léty na vojně s jedním soukromým detektivem, s nějakým Stendlerem. Ten měl tak šišatou hlavu, že mu náš feldvébl vždycky říkal, že už viděl moc šišatejch hlav vojenskejch za dvanáct let, ale takovou šišku že si ani v duchu nepředstavoval. ,Poslouchají, Stendlere,' říkal mu vždycky, ,kdyby nebyly letos manévry, tak by se vaše šišatá hlava ani na vojnu nehodila, ale takhle se bude alespoň podle vaší šišky artilérie nastřelovat, když přijdem do krajiny, kde nebude žádnej lepší punkt k orientaci.' Ten vod něho zkusil. Někdy, při marši, poslal ho na pět set kroků napřed a pak poručil: ,Direktion šišatá hlava: Von měl vůbec ten pan Stendler, i jako soukromej detektiv, náramnou smůlu. Kolikrát nám v kantýně o tom vyprávěl, jaký měl často trápení. Von dostával takový úlohy, jako kupříkladu vypátrat, zdali se manželka nějakýho klienta, který k nim přišel celej bez sebe, s jiným nesčuchla, a jestli už se sčuchla, s kým se sčuchla, kde a jak se sčuchla. Nebo 'zas naopak. Nějaká taková žárlivá ženská chtěla vypátrat, s kterou se její muž fláká, aby mu mohla doma dělat ještě větší rámus. Von byl vzdělanej člověk, mluvil jen vybraně o porušení manželský věrnosti a vždycky div neplakal, když nám vyprávěl, že všichni chtěli, aby zastih ji nebo jeho in flagranti. Jinej by se třebas z toho těšil, když najde takovej párek in flagranti, a voči by si moh vykoukat, ale ten pan Stendler, jak nám vyprávěl, byl z toho celej pryč. Von říkal velice inteligentně, že se už nemoh na ty voplzlý prostopášnosti ani koukat. Nám kolikrát tekly sliny z huby, jako když pes kaní, když kolem něho nesou vařenou šunku, když nám vyprávěl o všech těch různejch pozicích, jak ty párky natrefil. Když jsme měli kasárníka, tak nám to vždy kreslil. ,Takhle jsem,` povídá, ,viděl paní tu a tu s tím a tím pánem...` I adresy nám řek. A byl takovej smutnej. ,Těch facek,` říkal vždy, ,co jsem dostal vod vobojích stran; a to mne tak nemrzelo jako to, že jsem bral úplatky. Na jeden takovej úplatek nezapomenu do smrti. Von nahej, vona nahá. V hotelu, a nezarýglovali se, pitomci! Na divan se nevešli, poněvadž byli voba tlustí, tak laškovali na koberci jako koťata. A koberec byl celej prošlapanej, zaprášenej a po něm vmály se nedopalky z cigaret. A když jsem vešel, tak voba vyskočili, von stál proti mně a ruku si držel jako fíkovej list. A vona se otočila zády ke mně a bylo vidět na kůži, že má vobtisknutej celej vzorek toho mřížkování z koberce a na páteři jednu přilepenou hilznu z cigarety. "Vodpuste," povídám, "pane Zemku, já jsem soukromej detektiv Stendler, vod Chodounskýho, a mám ouřední povinnost vás najít in flagranti na základě oznámení vaší paní manželky. Tato dáma, s kterou zde udržujete nedovolený poměr, jest paní Grotová." Nikdy jsem v životě neviděl takovýho klidnýho občana. "Dovolte," řekl, jako by se to samo sebou rozumělo, "já se obléknu. Vinna je jediné má manželka, která bezdůvodnou žárlivostí svádí mne k nedovolenýmu poměru, kteráž puzena pouhým podezřením uráží manžela předhůzkami a mrzkou nedůvěrou. Nezbývá-li však pochybnosti, že hanba nedá se víc zatajit... Kde mám podvlíkačky?" otázal se přitom klidné. "Na posteli." Zatímco na sebe natahoval podvlékačky, vykládal mně dál: "Jestli hanba se nedá zatajit, tak se řekne rozvod. Ale tím se skvrna příhany nezatají. Vůbec jest rozvod věcí povážlivou," mluvil dál, oblékaje se, "nejlepší je, když se manželka ozbrojí trpělivostí a nepodává podnět k veřejnému pohoršení. Ostatně dělejte, jak chcete, já vás zde nechám s milostpaní o samotě." Paní Grotová vlezla si zatím do postele, pan Zemek mně podal ruku a odešel: Já už se dobře nepamatuji, jak nám dál vykládal pan Stendler, co všechno potom mluvil, poněvadž von se bavil s tou paní v posteli velice inteligentně, že jako manželství není ustanoveno k tomu, aby každýho zhola přímo vedlo ku štěstí, a že každého je povinnost v manželství pokořit chtíč a tělesnou svou část vytříbit a oduševnit. ,A přitom jsem se,` vyprávěl pan Stendler, ,pomalu začal vodstrojovat, a když už jsem byl vodstrojenej a celej zmámenej a divokej jako jelen v říji, vešel do pokoje můj dohrej známej Stach, taky soukromej detektiv, z našeho konkurenčního ústavu pana Sterna, kam se vobrátil pan Grot o pomoc, co se týká jeho paní, která prý má nějakou známost, a víc neřek než: "Aha, pan Stendler je in flagranti s paní Grotovou, gratuluji!" Zavřel zas tiše dveře a odešel. "Teď už je všechno jedno," řekla paní Grotová, "nemusíte se tak rychle voblikat, máte vedle mne dost místa." "Mně se, milostpaní, právě jedná vo místo," řekl jsem a už jsem ani nevěděl, co mluvím, jenom se pamatuji, že jsem něco mluvil o tom, že panují-li sváry mezi manžely, že tím utrpí taky vychování dítek.`

Potom ještě nám vyprávěl, jak se rychle voblíkal a jak vzal roha a jak si umínil, že to hned řekne svýmu šefovi panu Chodounskýmu, ale že se šel na to posilnit, a než přišel, že už to bylo s křížkem po funuse. Zatím že už tam byl ten Stach z nařízení svýho šefa pana Sterna, aby dal ránu panu Chodounskýmu, jaký to má zřízence svýho soukromýho detektivního ústavu, a ten zas nevěděl vo ničem lepším než poslat rychle pro manželku pana Stendlera, aby si to s ním spravila sama, když je někam poslán v úřední povinnosti a najdou ho z konkurenčního ústavu in flagranti. ‚Vod tý doby,` říkal vždy pan Stendler, když na tohle přišla řeč, ‚mám ještě šišatější palici.`"

"Tedy hrajeme pět - deset?" Hráli.

Vlak zastavil se na stanici Mošon. Byl již večer a nikoho nepouštěli z vagónů.

Když se hnuli, ozval se z jednoho vagónu silný hlas, jako by chtěl přehlušit rachocení vlaku. Nějaký voják z Kašperských Hor v nábožné náladě večera opěval hrozným řevem tichou noc, která 25 se blížila k uherským rovinám:

Gute Nacht! Gute Nacht!

Allen Müden sei's gebracht.

Neigt der Tag stille zur Ende,

ruhen alle fleiß'gen Hände,

bis der Morgen ist erwacht.

Gute Nacht! Gute Nacht! "Halt Maul, du Elender," přerušil někdo sentimentálního zpěváka, který umlkl.

Stáhli ho od okna.

Ale pilné ruce neodpočívaly až do rána. Stejně jako všude ve vlaku pod světlem svíček, tak i zde ve světle malé petrolejové lampy, zavěšené na stěně, hráli dál čapáry a Švejk, kdykoliv někdo tam spadl při rabování, prohlašoval, že je to nejspravedlivější hra, poněvadž každý může si vyměnit tolik karet, kolik chce.

"Při kaufcviku," tvrdil Švejk, "musí se rabovat jenom eso a sedma, ale pak se můžeš vzdát. Vostatní karty rabovat nemusíš. To už děláš na svoje riziko."

"Dejme si zdravíčko," navrhoval za všeobecného souhlasu Vaněk.

"Červená sedma," hlásil Švejk, snímaje karty. "Každý po pětníku a dává se po čtyrech. Dělejte, ať něco uhrajem."

A na tváři všech bylo vidět takovou spokojenost, jako kdyby vojny nebylo a oni nenalézali se ve vlaku, který je veze k pozici do velkých krvavých bitev a masakrů, ale v nějaké pražské kavárně za hracími stoly.

"To jsem si nemyslel," řekl Švejk po jedné partii, "že když jsem šel na nic a měním všechny čtyry, že dostanu kočičáka (esol. Kampak jste se hrabali na mne s králem? Přebiju krále natotata."

A zatímco zde přebíjeli krále kočičákem, daleko na frontě králové mezi sebou přebíjeli se svými poddanými.

***

Ve štábním vagóně, kde seděli důstojníci pochodového praporu, panovalo ze začátku jízdy podivné ticho. Většina důstojníků byla zahloubána do malé knihy v plátěné vazbě s nadpisem "Die Sünden der Väter. Novelle von Ludwig Ganghofer" a všichni byli současně zabráni do čtení stránky 161. Hejtman Ságner, batalionní velitel, stál u okna, v ruce držel tutéž knížku, maje ji taktéž otevřenu na stránce 161.

Díval se na krajinu a přemýšlel, jak vlastně by všem co nejsrozumitelněji vysvětlil, co mají s tou knihou dělat. Bylo to vlastně nejpřísněji důvěrné.

Důstojníci zatím přemýšleli o tom, že se plukovník Schröder zbláznil nadobro. Byl sice už dávno potrhlý, ale přec nedalo se očekávat, že ho to chytne tak najednou. Před odjezdem vlaku dal si je zavolat k poslednímu bešprechungu, při kterém jim sdělil, že každému patří po knize Die Sünden der Väter od Ludvíka Ganghofera, které dal odnésti do batalionní kanceláře.

"Pánové," řekl se strašně tajuplným výrazem, "nezapomeňte nikdy na stránku 161!" Zahloubáni do té stránky, nemohli si z toho ničeho vybrat. Že nějaká Marta, na té stránce, přistoupila k psacímu stolu a vytáhla odtud nějakou roli a uvažovala hlasitě, že obecenstvo musí cítit soustrast s hrdinou role. Potom se ještě objevil na té stránce nějaký Albert, který neustále se snažil mluvit žertovně, což vytrženo z neznámého děje, který před tím předcházel, zdálo se takovou hovadinou, že nadporučík Lukáš překousl vzteky špičku na cigarety.

"Zbláznil se, dědek," myslili si všichni, "s ním už je konec. Teď ho přeloží do ministerstva vojenství. Hejtman Ságner se zvedl od okna, když si to v hlavě všechno dobře zkomponoval. Neměl přílišného pedagogického nadání, proto mu tak dlouho trvalo, než sestavil si v hlavě celý plán přednášky o významu stránky sto šedesáté prvé.

Než začal vykládat, oslovil je "Meine Herren", jako to dělal dědek plukovník, ačkoliv dřív, ještě než vlezli do vlaku, říkal jim "Kameraden".

"Also meine Herren..." A jal se přednášet, že včera večer dostal od plukovníka instrukce týkající se stránky 161 v Die Sünden der Väter od Ludvíka Ganghofera.

"Also meine Herren," pokračoval slavnostně, "zcela důvěrné informace týkající se nového systému šifrování depeší v poli." Kadet Biegler vytáhl zápisník a tužku a řekl neobyčejně přičinlivým tónem: "Jsem hotov, pane hejtmane."

Všichni se podívali na toho hlupáka, jehož přičinlivost ve škole jednoročních dobrovolníků hraničila s blbostí. šel dobrovolně na vojnu a vykládal hned při první příležitosti veliteli školy jednoročních dobrovolníků, když se seznamoval s domácími poměry žáků, že jeho předkové se psali původně Büglerové z Leutholdu a že měli v erbu čapí křídlo s rybím ocasem.

Od té doby ho pojmenovali po jeho erbu a "čapí křídlo s rybím ocasem" bylo krutě pronásledováno a stalo se rázem nesympatickým, poněvadž to nijak nešlo dohromady k poctivému obchodu jeho otce se zaječími i králičími kůžemi, ačkoliv ten romantický nadšenec se poctivě přičiňoval, aby sežral celou vojenskou vědu, vynikl pilností a znalostí nejen všeho, co se mu k učení předkládalo, nýbrž ještě si sám hlavu zabedňoval čím dál tím více študiem spisů o vojenském umění a historii válečnictví, o čem vždy navazoval rozhovor, dokud nebyl usazen a zničen. V důstojnických kruzích považoval sám sebe za rovnocenného s vyššími šaržemi.

"Sie, Kadett," řekl hejtman Ságner, "dokud vám nedovolím mluvit, tak mlčte, poněvadž se vás nikdo na nic neptal. Ostatně vy jste zatraceně chytrý voják. Nyní vám předkládám zcela důvěrné informace, a vy si je zapisujete do svého zápisníku. Při ztrátě notesu očekává vás polní soud."

Kadet Biegler měl ještě ke všemu ten zlozvyk, že se vždy snažil každého přesvědčit nějakou výmluvou, že to myslí dobře.

"Poslušné hlásím, pane hejtmane," odpověděl, "že i při eventuelní ztrátě zápisníku nikdo nerozluští, co jsem napsal, neboť to stenografuji a mé zkratky nikdo po mně nepřečte. Užívám anglického systému stenografie."

Všichni se na něho podívali opovržlivě, hejtman Ságner máchl rukou a pokračoval ve své přednášce.

"Zmínil jsem se již o novém způsobu šifrování depeší v poli, a jestli vám snad bylo nesrozumitelným, proč právě vám byla odporučena z novel Ludvíka Ganghofera Die Sünden der Väter str. 161, jest to, pánové, klíč k nové šifrovací metodě, platné na základě nového nařízení štábu armádního sboru, ku kterému jsme přiděleni. Jak vám známo, je mnoho metod šifrování důležitých sdělení v poli. Nejnovější, které my používáme, jest číselná metoda doplňovací. Tím také odpadají minulého týdne doručené vám od štábu pluku šifry a poučení k jich odšifrování."

"Erzherzogs Albrechtsystem," zamumlal pro sebe snaživý kadet Biegler, "8922 = R, převzatý z metody Gronfelda."

"Nový systém jest velice jednoduchý," zněl vagónem hlas hejtmanův. "Osobně obdržel jsem od pana plukovníka druhou knihu i informace.

Máme-li například dostat rozkaz: ‚Auf der Kote 228, Maschinengewehrfeuer linksrichten,` obdržíme, pánové, tuto depeši: ‚Sache - mit - uns das - wir - aufsehen - in - die - versprachen - die - Martha - dich - das - ängstlich dann - wir - Martha - wir - den - wir Dank - wohl - Regiekollegium - Ende - wir versprachen - wir - gebessert - versprachen - wirklich - denke - Idee - ganz - herrscht - Stimme - letzten.` Tedy náramně jednoduché beze všech zbytečných kombinací. Od štábu po telefonu na batalión, batalión po telefonu na kumpanie. Obdržev velitel tuto šifrovanou depeši, rozluští ji tímto způsobem. Vezme Die Sünden der Väter, otevře si str. 161 a začne seshora hledat na protější straně 160 slovo Sache. Prosím, pánové. Poprvé jest Sache na str. 160 ve větním pořadí 52, slovem, tedy na protější straně 161 vyhledá se dvaapadesáté písmeno seshora. Všimněte si, že je to A. Dalším slovem v depeši je mit. Jest to na stránce 160 ve větním pořadí 7, slovo, odpovídající 7. hlásce na stránce 161, písmence u. Potom přijde uns, to jest, sledujte mě prosím bedlivě, 88. slovo, odpovídající 88. písmence na protější 161. straně, kterou jest f, a máme rozluštěno Auf. A tak pokračujeme, až zjistíme rozkaz: ‚Na kótě 228 řídit oheň strojních pušek nalevo:

Velice důmyslné, pánové, jednoduché a nemožné rozšifrovat bez klíče: 161. str., Ludvík Ganghofer: Die Sünden der Väter."

Všichni mlčky prohlíželi si nešťastné stránky a nějak se nad tím povážlivě zamyslili. Panovalo chvíli ticho, až najednou vykřikl ustaraně kadet Biegler: "Herr Hauptmann, ich melde gehorsam: Jesus Maria! Es stimmt nicht!"

A bylo to opravdu velice záhadné.

Ať se namáhali jak chtěli, nikdo kromě hejtmana Ságnera nenašel na stránce 160 ona slova a na protější straně 161, kterou začínal klíč, jemu odpovídající písmeny.

"Meine Herren," zakoktal hejtman Ságner, když se přesvědčil, že zoufalý výkřik kadeta Bieglera odpovídá pravdě, "co se to jen stalo? V mém Ganghoferovi Die Sünden der Väter je to, a ve vašem to není?"

"Dovolte, pane hejtmane," ozval se opět kadet Biegler. "Dovoluji si upozornit, že román Ludvíka Ganghofera má dva díly. Račte se prosím přesvědčit na první titulní straně: ‚Roman in zwei Bänden‘. My máme I. díl a vy máte II. díl," pokračoval důkladný kadet Biegler, "je proto nabíledni, že naše 160. i 161. stránka neodpovídá vaší. My tam máme zcela něco jiného. První slovo rozšifrované depeše má být u vás Auf, a nám vyšlo Heu!"

Všem bylo nyní zcela jasno, že Biegler není snad přece jen takový hlupák.

"Já mám II. díl ze štábu brigády," řekl hejtman Ságner, "a patrné se zde jedná o omyl. Pan plukovník objednal pro vás I. díl. Dle všeho," pokračoval tak, jako by to bylo přesné a jasné a on to věděl už dávno předtím, než měl svou přednášku o velmi jednoduchém způsobu šifrování, "spletli to ve štábu brigády. Neudali pluku, že jde o II. díl, a tak se to stalo."

Kadet Biegler se mezitím díval vítězně po všech a poručík Dub pošeptal nadporučíkovi Lukášovi, že to ‚čapí křídlo s rybím ocasem‘ zjelo Ságnera jaksepatří.

"Podivný případ, pánové," ozval se opět hejtman Ságner, jako by chtěl navázat rozmluvu, poněvadž to ticho bylo velice trapné. "V brigádní kanceláři jsou obmezenci."

"Dovoluji si podotknout," ozval se opět neúnavný kadet Biegler, který opět se chtěl pochlubit svými rozumy, "že podobné věci důvěrného, přísné důvěrného rázu neměly by od divize jít kanceláří brigády. Předmět týkající se nejdůvěrnější záležitosti armádního sboru mohl by být oznámen přísně důvěrným oběžníkem jedině velitelům částí divizí i brigád, pluků. Znám systémy šifer, které byly používány ve válkách o Sardinii a Savojsko, v anglo-francouzské kumpanii u Sebastopolu, při povstání boxerů v Číně i za poslední rusko-japonské války. Systémy tyto byly předávány..."

"Nám starého kozla na tom záleží, kadete Bieglere," s výrazem opovržení a nelitosti řekl hejtman Ságner; "je jisto, že systém, o který šla řeč a který jsem vám vysvětloval, je nejen jeden z nejlepších, ale můžeme říct nedostižitelných. Všechna oddělení pro protišpionáž našich nepřátelských štábů mohou jíti na hrnec. Kdyby se rozkrájeli, nepřečtou naše šifry. Jest to něco zcela nového. Tyto šifry nemají předchůdce."

Snaživý kadet Biegler významně zakašlal. "Dovoluji si," řekl, "pane hejtmane, upozorniti na knihu Kerickhoffovu o vojenském šifrování. Knihu tu může si každý objednat ve vydavatelstvu Vojenského naučného slovníku. Jest tam důkladné popsána, pane hejtmane, metoda, o které jste nám vypravoval. Vynálezcem jejím je plukovník Kircher, sloužící za Napoleona I. ve vojsku saském. Kircherovo šifrování slovy, pane hejtmane: každé slovo depeše se vykládá na protější stránce klíče. Metoda ta zdokonalena nadporučíkem Fleissnerem v knize Handbuch der militärischen Kryptographie, kterou si každý může koupit v na, kladatelství Vojenské akademie ve Vídeňském Novém Městě. Prosím, pane hejtmane." Kadet Biegler sáhl do ručního kufříku a vytáhl knížku, o které mluvil, a pokračoval: "Fleissner udává týž příklad, prosím račte se všichni přesvědčit. Týž příklad, jak jsme slyšeli:

Depeše: Auf der Kote 228, Maschinengewehrfeuer linksrichten.

Klíč: Ludwig Ganghofer: Die Sünden der Väter Zweiter Band. A podívejte se prosím dále: šifra ‚Sache mit uns das wir aufsehen in die versprachen die Martha...` a tak dále. Právě jak jsme před chvílí slyšeli."

Proti tomu se nedalo nic namítat. To usmrkané ‚čapí křídlo s rybím ocasem` mělo pravdu.

Ve štábu armády si někdo z pánů generálů ulehčil práci. Objevil Fleissnerovu knihu o vojenském šifrování, a už to bylo hotovo.

Po celou tu dobu bylo vidět, že nadporučík Lukáš přemáhá jakési divné duševní rozčilení. Kousal se do pysku, chtěl něco říct, ale nakonec počal mluvit o něčem jiném, než bylo jeho prvním úmyslem.

"Nesmí se to brát tak tragicky," řekl s podivnými rozpaky, "během našeho pobytu v lágru v Brucku nad Litavou změnilo se již několik systémů šifrování depeší. Nežli přijedeme na frontu, tak zas budou nové systémy, ale myslím, že v poli není čas na luštění takových kryptogramů. Než by kdokoliv z nás rozluštil podobný šifrovaný příklad, dávno už by bylo po kumpanii, bataliónu i po brigádě. Praktického významu to nemá!"

Hejtman Ságner velice nerad přikývl hlavou. "V praxi," pravil, "alespoň pokud se týče mých zkušeností ze srbského bojiště, neměl nikdo času na luštění šifer. Neříkám, že by šifry neměly významu při delším pobytu v zákopech, když se zakopáme a čekáme. Že se šifry mění, je také pravda."

Hejtman Ságner ustupoval na celé čáře: "Velkou část viny na tom, že se dnes od štábů na pozici čím dále tím méně používá šifer, je to, že naše polní telefony nejsou přesné a nereprodukují, zejména při dělostřeleckém ohni, jasné jednotlivé slabiky. Vy prostě neslyšíte ničeho a způsobuje to zbytečný chaos." Odmlčel se.

"Zmatek je to nejhorší, co může být v poli, pánové," dodal ještě prorocky a odmlčel se.

"Za chvíli," řekl dívaje se oknem, "jsme v Rábu: Meine Herren! Mužstvo zde dostane po patnácti dekách uherského salámu. Půl hodiny rast "

Podíval se na maršrútu: "Ve 4.12 se odjíždí. Ve 3.58 všechno ve vagónech.

Tedy vystupuje se po kumpaniích. Jedenáctá a tak dále. Zugsweise, Direktion Verpflegungsmagazin No 6. Kontrola při vydávání: kadet Biegler."

Všichni se podívali na kadeta Bieglera s pohledem: Budeš mít vojnu, holobrádku.

Ale snaživý kadet Biegler vytáhl již z kufříku arch papíru, pravítko, nalinkoval si arch, rozdělil na maršové roty a tázal se velitelů jednotlivých rot po stavu mužstva, z kterých žádný to nevěděl nazpamět a mohli Bieglerovi dát požadované číslice dle nejasných poznámek ve svých notesích.

Hejtman Ságner mezitím počal ze zoufalství číst nešťastnou knihu Hříchy otců, a když vlak stanul na nádraží v Rábu, sklapl přečtené stránky a poznamenal: "Tenhle Ludwig Ganghofer nepíše špatně."

Nadporučík Lukáš první vyřítil se ze štábního vagónu a šel k vagónu, kde nalézal se Švejk.

**

Švejk i ostatní již dávno přestali hrát karty a sluha nadporučíka Lukáše Baloun měl již takový hlad, že se počal bouřit proti vojenské vrchnosti a vykládat, že ví velice dobře, jak páni oficíři si dávají do mouly. Je to horší, než když byla robota. Dřív že tomu tak na vojně nebylo. To že se ještě, jak jeho dědeček říkává doma na výměnku, oficíři za šestašedesáté války dělili s vojáky o slepice a chleba. Jeho nářku nebylo konce, až konečné Švejk uznal za dobré pochválit stav vojenský za nynější války.

"Ty máš nějakýho mladýho dědečka," řekl přívětivé, když dojeli Rábu, "kerej se dovede pamatovat jen na tu vojnu v 66. roce. To já znám nějakýho Ronovskýho a ten měl dědečka, kerej byl v Itálii ještě za roboty a sloužil tam svejch dvanáct let a domů přišel jako kaprál. A neměl žádnou práci, tak ho vzal, toho dědečka, jeho otec k sobě do služby. A tenkrát jednou jeli na robotu svážet pařezy a jeden takovej pařez, jak nám vykládal ten dědeček, co sloužil u svýho tatíka, byl jako habán, a tak s ním nemohli ani hnout. A von jako řek: ,Nechme ho tady, potvoru, kdo se s ním bude dřít.` A hajnej, který to slyšel, začal křičet a zdvih hůl, že musí ten pařez naložit. A ten dědeček toho našeho Ronovskýho neřek nic jiného než: ,Ty mlacáku jeden, já jsem starej vysloužilej voják.` Ale za tejden dostal vobsilku a musel rukovat zas do Itálie, a tam byl zas deset let a psal domů, že toho hajnýho, až se vrátí, bácne po hlavě sekyrou. To bylo jen štěstí, že ten hajnej umřel." Ve dveřích vagónu se vtom objevil nadporučík Lukáš.

"Švejku, pojďte sem," řekl, "nechte si vaše pitomé výklady a raději mně pojďte něco vysvětlit "

"Bezevšeho, poslušné hlásím, pane obrlajtnant " Nadporučík Lukáš odváděl Švejka a pohled, kterým ho sledoval, byl velice podezřívavý.

Nadporučík Lukáš během celé přednášky hejtmana Ságnera, která skončila takovým fiaskem, dopracoval se k jisté detektivní schopnosti, k čemuž nebylo třeba mnoho obzvláštních kombinací, neboť den před odjezdem hlásil Švejk nadporučíkovi Lukášovi: "Pane obrlajtnant, na batalióně jsou nějaký knížky pro pány lajtnanty. Vodnes jsem je z regimentskanclaje." Proto když přešli druhé koleje, nadporučík Lukáš přímo se otázal, když zašli za vyhaslou lokomotivu, která čekala již týden na nějaký vlak s municí: "Švejku, jak to bylo tenkrát s těmi knížkami?"

"Poslušné hlásím, pane obrlajtnant, že je to moc dlouhá historie, a vy se vždy ráčíte rozčilovat, když vám všechno dopodrobna vypravuju. Jako tenkrát, když jste mně chtěl dát ten pohlavek, když jste roztrhal ten přípis týkající se válečné půjčky a já vám vyprável, že jsem čet jednou v nějakej knížce, že dřív, když byla vojna, tak lidi museli platit z voken, za každý vokno dvacetník, z husí taky tolik..."

"Takhle bychom nebyli hotovi, Švejku," řekl nadporučík Lukáš, pokračuje ve výslechu, přičemž si předsevzal, že to nejpřísněji důvěrné musí být přirozeně úplné skryto, aby ten holomek Švejk nedělal zas z toho nějakou potřebu. "Znáte Ganghofera?"

"Čím má bejt?" otázal se Švejk se zájmem.

"Je to německý spisovatel, vy chlape pitomá," odpověděl nadporučík Lukáš.

"Namouduši, pane obrlajtnant," řekl Švejk s výrazem mučedníka, "já žádného německýho spisovatele osobně neznám. Já jsem znal jenom jednoho českýho spisovatele osobně, nějakýho Hájka Ladislava z Domažlic. Von byl redaktorem Světa zvířat a já mu jednou prodal takovýho voříška za čistokrevného špice. To byl moc veselej pán a hodnej. Chodil do jedný hospody a tam čet vždycky svoje povídky, takový smutný, až se všichni řehtali, a von potom plakal a platil za všechny v hospodě a museli jsme mu zpívat: Domažlická brána pěkné malůvaná, kdo tu bránu malůval, ten panenky milůval... ten huž tady není, huž je zahrabaný..."

"Vždyť nejste na divadle, řvete jako operní zpěvák, Švejku," ulekané ozval se nadporučík Lukáš, když Švejk zazpíval poslední větu ,ten huž tady není, huž je zahrabaný`. "Na to jsem se vás netázal. Chtěl jsem jen vědět, zdali jste si všiml, že ty knížky, o kterých jste se vy mně sám zmiňoval, byly od Ganghofera. - Co je tedy s těmi knížkami?" vybouchl zlostně.

"S těmi, co jsem odnesl z regimentskanclaje na batalión?" otázal se Švejk. "Ty byly vopravdu vod toho sepsaný, vo kterým jste se mé ptal, jestli ho neznám, pane obrlajtnant. Já jsem dostal telefonogram přímo z regimentskanceláře. Voni totiž chtěli ty knížky poslat na batalionskanclaj, ale všichni tam byli pryč i s dienstführendrem, poněvadž museli bejt v kantýně, když se jede na front, a poněvadž žádnej neví, jestli bude ještě někdy sedět v kantýně. Voni tedy tam byli, pane obrlajtnant, byli a pili, nikde po telefonu ani ode všech druhejch marškumpaček nemohli nikoho sehnat, ale poněvadž vy jste mně přikázal, abych zatím byl jako ordonanc u telefonu, než k nám přidělí telefonistu Chodounského, tak jsem seděl, čekal, až došla taky na mé řada. Z regimentskanclaje nadávali, že se nikde nemohou dozvonit, že je telefonogram, aby si maršbatalionskanclaj vyzdvihla v regimentskanclaj nějaký knížky pro pány oficíry od celého maršbaťáku. Poněvadž vím, pane obrlajtnant, že se na vojně musí jednat rychle, tak jsem telefonoval na regimentskanclaj, že sám ty knížky vyzvednu a že je odnesu do batalionskanelaje. Tam jsem dostal takový ranec, že jsem to stíží vodtáh k nám do kumpaniekanclaje, a prohlídl jsem si ty knížky. Ale to jsem si pomyslil svoje. Regimentsrechnungsfeldvébl v regimentskanclaj mně totiž povídal, že podle telefonogramu na regiment už vědí u bataliónu, co si mají z těch knížek vybrat, kerej díl. Voni totiž ty knížky byly vo dvou dílech. První díl zvlášť, druhej díl zvlášť. Nikdy v životě jsem se tak tomu nezasmál, poněvadž jsem už v životě přečet mnoho knih, ale nikdy jsem nezačal číst něco vod druhýho dílu. A von mně tam ještě jednou říká: ‚Tady máte první díly a tady máte druhý díly. Kerej díl si mají číst páni oficíři, to už vědí.' Tak jsem si pomyslil, že jsou všichni vožralí, poněvadž když se má kniha číst vod začátku, takovej román, jakej jsem přines, vo těch Sünden der Väter, poněvadž znám taky německy, že se musí začít s prvním dílem, poněvadž nejsme židi a nečteni to pozpátku. Proto jsem se taky vás ptal, pane obrlajtnant, po telefonu, když jste se vrátil z kasina, a hlásil jsem vám to o těch knížkách, jestli snad teď na vojně je to převrácený a jestli se nečtou knihy v obráceném pořádku, napřed druhý a potom teprve první díl. A vy jste mně řek, že jsem vožralý hovado, když ani nevím, že v otčenáši je napřed ‚Otče náš' a potom teprve ‚amen'. - Je vám špatné, pane obrlajtnant?" otázal se se zájmem Švejk, když bledý nadporučík Lukáš zachytil se stupátka k vodojemu vyhaslé lokomotivy.

V jeho bledé tváři nejevil se žádný výraz zlosti. Bylo to něco zoufale beznadějného.

"Dál, dál, Švejku, už je to jedno, už je dobře..."

"Já jsem byl, jak povídám," zněl na opuštěné koleji měkký hlas Švejkův, "taky téhož mínění. Jednou jsem koupil krvák vo Růžovi Šavaňů z Bakonskýho lesa a scházel tam první díl, tak jsem se musel dohadovat vo tom začátku, a ani v takovej raubířské historii se neobejdete bez prvního dílu. Tak mně bylo úplně jasný, že je to vlastně zbytečný, kdyby páni oficíři začli číst napřed druhý díl a potom první, a jak by to vypadalo hloupě, kdybych u bataliónu byl vyřídil to, co říkali v regimentskanclaj, že páni oficíři už vědí, kerej díl mají číst. Vono mně to vůbec s těma knížkama, pane obrlajtnant, připadalo strašné nápadný a záhadný. Já věděl, že páni oficíři vůbec málo čtou, a když je řvava válečná..."

"Nechte si blbiny pro sebe, Švejku," zasténal nadporučík Lukáš.

"Vždyť já jsem, pane obrlajtnant, se vás taky hned ptal po telefonu, jestli chcete hned voba díly najednou, a vy jste mně řek, zrovna jako teď, abych si nechal ty blbiny pro sebe, ještě prej se tahat s nějakejma knihama. A tu jsem si pomyslil, že když je to vaše mínění, že musejí taky ty vostatní páni tak se na to dívat. Zeptal jsem se taky na to našeho Vaňka, ten má přece už zkušenosti z fronty. Von povídal, že napřed každej z pánů oficírů myslel, že je celá vojna nějaká srandička, a vez si do pole celou bibliotéku jako na letní byt. Dostávali dokonce vod arcikněžen dárkem celý sebraný spisy vod různejch básníků do pole, takže pucflekové se pod tím prohejbali a proklínali den svýho narození.

284

Povídal Vaněk, že ty knihy nebejvaly vůbec k potřebě, pokud se tejkalo kouření, neboť byly na moc pěkným papíře, tlustým, a na latríně že si člověk s takovejma básněma vodřel, s dovolením, pane obrlajtnant, celou zadnici. Na čtení nezbejvalo času, poněvadž se muselo pořád prchat, tak se to vodhazovalo, a potom byl už takovej zvyk, že jakmile bylo slyšet první kanonádu, že pucflek hned vyházel všechny zábavný knížky. Po tom, co jsem slyšel, chtěl jsem ještě jednou slyšet, pane obrlajtnant, vaše mínění, a když jsem se vás optal po telefonu, co má být s těmi knížkami, tak jste řek, že když mně něco vleze do mý blbý palice, tak že nepopustím, dokud nedostanu jednu přes hubu. Tak jsem tedy, pane obrlajtnant, vodnes do batalionskanclaje jenom ty první díly vod toho románu a druhej díl jsem nechal zatím v naší kompaniekanclaji. Měl jsem ten dobrej úmysl, až si páni oficíři přečtou první díl, že pak se jim vydá druhej díl, jako z knihovny, ale najednou přišlo to, že se jede, a telefonogram po celém bataliónu, že všechno zbytečný se má dát do regimentsmagacínu. Tak jsem se ještě zeptal pana Vaňka, jestli druhej díl toho románu považuje za něco zbytečnýho, a von mně řekl, že vod doby těch smutných zkušeností v Srbsku, v Haliti a v Uhrách se žádný knihy pro zábavu nevozejí na front, a ty schránky v městech, aby se sbíraly vodložený noviny pro vojáky, ty že jsou jedině dobrý, poněvadž do novin se dá balit dobře tabák nebo seno, co vojáci kouřejí v dekunkách. Na bataióně už rozdali ty první díly vod toho románu a ty druhý díly jsme vodnesli do magacínu."

Švejk se odmlčel a hned dodal: "Tam vám je různejch věcí, v tom magacíně, pane obrlajtnant, dokonce i cylindr budějovickýho regenschoriho, jak s ním narukoval k regimentu..."

"Já vám něco řeknu, Švejku," s těžkým povzdechem ozval se nadporučík Lukáš, "vy vůbec nejste si vědom dosahu svého jednání. Mně se samotnému už hnusí nadávat vám blbů. Pro vaši blbost není vůbec slova. Když vám řeknu blbe, tak vás nazývám ještě laskavým jménem. Vy jste provedl něco tak hrozného, že ty vaše nejstrašnější zločiny; kterých jste se dopustil za tu dobu, pokud vás znám, jsou proti tomu pravou andělskou hudbou. Kdybyste, Švejku, věděl, co jste udělal... Ale vy se toho nikdy nedozvíte... A jestli by snad někdy přišla řeč na ty knížky, tak se nevopovažujte kecnout, že já jsem vám po telefonu něco říkal, aby se ten druhý díl... Kdyby někdy přišla řeč na to, jak to bylo s tím prvním a druhým dílem, nevšímejte si toho. Vy o ničem nevíte, nic neznáte, na nic se nepamatujete. Ne abyste chtěl mne do něčeho zaplést, vy jeden..."

Nadporučík Lukáš mluvil takovým hlasem, jako by se o něho pokoušela horečka, a toho okamžiku, když umlkl, využitkoval Švejk k nevinné otázce: "Poslušně hlásím, pane obrlajtnant, za prominutí, proč se nikdy nedozvím, co jsem vyvedl hroznýho. Já, pane obrlajtnant, jsem se vopovážil na to zeptat jenom kvůli tomu, abych se příště mohl takový věci vystříhat, když se všeobecně povídá, že se vod chyby člověk učí, jako ten slejvač Adamec z Daňkovky, když se vomylem napil solný kyseliny . . ."

Nedokončil, poněvadž nadporučík Lukáš přerušil jeho příklad ze života slovy:

"Vy troubo jedna! Vysvětlovat vám nic nebudu. Vlezte si zas do vagónu a řekněte Balounovi, až bude Budapešť, aby mně přinesl do štábního vagónu nějakou housku a potom tu játrovou paštiku, kterou mám dole v kufříku ve staniolu. Potom řeknete Vaňkovi, že je kus mezka. Třikrát jsem ho žádal, aby mně udal přesný stav manšaftu. A když jsem to dneska potřeboval, tak jsem měl jen starý štand z minulého týdne."

"Zum Befehl, Herr Oberleutnant," zaštěkal Švejk a vzdaloval se pomalu k svému vagónu. Nadporučík Lukáš prošel se po trati, přičemž si pomyslil: "Měl jsem mu přece dát pár facek, a zatím se s ním bavím jako s nějakým kamarádem."

Švejk lezl vážně do svého vagónu. Měl sám před sebou úctu. To se každý den nestane, aby provedl něco tak hrozného, že se nikdy nesmí dozvědět, co to bylo.

***

"Pane rechnungsfeldvébl," řekl Švejk, když seděl na svém místě, "pan obrlajtnant Lukáš zdá se mně dnes být ve velmi dobré náladě. Dává vám po mně vzkazovat, že jste mezek kvůli tomu, že už třikrát vás žádal, abyste mu udal pravý stav manšaftu."

"Hergot," dopálil se Vaněk, "já těm cuksfírům zasolím. Copak já za to mohu, že každej takovej obejda cuksfíra dělá si, co chce, a neposílá mně štand cuku. Mám si štand vycucat z malíčku? To jsou poměry u naší kumpačky. To se může stát jenom u jedenácté marškumpačky. Ale já to tušil, já to věděl. Já o tom aní minutu nepochyboval, že jsou u nás nepořádky. Jeden den schází u kuchyně čtyry porce, druhý den zas přebývají tři. Kdyby mně ti lotři alespoň oznámili, jestli někdo není ve špitále. Ještě minulý měsíc ved jsem nějakého Nikodéma, a teprve při lénunku jsem se dozvěděl, že ten Nikodém zemřel v Budějovicích v nemocnici na rychlé souchotiny. A pořád se na něho fasovalo. Mundúr jsme na něho vyfasovali, ale je u boha, kam se to podělo. Potom mně ještě pan obrlajtnant řekne, že jsem mezek, když on sám nedovede dohlédnout na pořádek u své kumpanie."

Účetní šikovatel Vaněk chodil rozčileně po vagóně: "Já být kompaniekomandantem! To by všechno muselo klapat. O každém maníkovi bych měl přehled. Šarže by mně musely dvakrát denně podávat štand. Ale když šarže nejsou k ničemu. A nejhorší je u nás ten cuksfíra Zyka. Samý žert, samá anekdota, ale když mu oznamují, že je Kolařík odkomandován z jeho cuku k trénu, hlásí mně druhý den zas týž samý štand, jako by Kolařík dál se válel u kumpanie a u jeho cuku, A když se to má opakovat denně a potom ještě o mně říct, že jsem mezek... Takhle si pan obrlajtnant nezíská přátely. Rechnungsfeldvébl u kumpanie není žádný frajtr, s kterým si každý může vytřít..."

Baloun, který poslouchal s otevřenou hubou, pronesl nyní za Vaňka sám to pěkné slovo, které Vaněk nedořekl, čímž chtěl snad se také vmíchat do rozhovoru.

"Vy tam kušujte," řekl rozčilený účetní šikovatel.

"Poslyš, Baloune," ozval se Švejk, "tobě mám vyřídit, abys panu obrlajtnantovi, až přijedeme do Pešti, přines do vagónu nějakou housku a tu játrovou paštiku, co má pan obrlajtnant dole v kufříku ve staniolu."

Obr Baloun svěsil zoufale své dlouhé ruce šimpanze, prohnul hřbet a setrval v té pozici hezkou chvíli.

"Nemám," řekl tichým zoufalým hlasem, dívaje se na špinavou podlahu vagónu.

"Nemám," opakoval úryvkovité, "já jsem myslel... Já ji před odjezdem rozbalil... Já jsem k ní číchnul... , jestli není zkažená... - Já ji vochutnal," zvolal s takovým upřímným zoufalstvím, že všem bylo úplně jasno.

"Sežral jste ji i se staniolem," zastavil se před Balounem účetní šikovatel Vaněk, jsa tomu povděčen, že nemusí dál zastávat svůj názor, že není sám mezek, jak mu dal vzkázat nadporučík, ale že příčina neznámého kolísajícího štandu X má hlubší základy v jiných mezcích, a že nyní rozhovor se přesunul a točí se kolem nenažraného Balouna, kolem nové tragické události. Vaněk dostal takovou chut Balounovi říct něco nepříjemné mravoučného, když vtom ho předešel kuchař okultista Jurajda, který odložil svou zamilovanou knížku, překlad staroindických súter Pragná-Paramita, a obrátil se na zdrceného Balouna, který se ještě více shrbil pod tíhou osudu: "Vy, Baloune, máte bdíti sám nad sebou samým, abyste neztratí) důvěru v sebe samotného i důvěru v osud. Nemáte připisovat sobě na svůj účet to, co je zásluhou jiných. Kdykoliv se octnete před podobným problémem, který jste sežral, vždy se ptejte samého sebe: V jakém poměru jest ke mně játrová paštika?"

Švejk uznal za vhodné doplnit tuto úvahu praktickým příkladem: "Sám jsi mně, Baloune, předešle vykládal, že budou u vás zabíjet a udit, a jen co budeš znát, až budem na misté, číslo polní pošty, že ti hned pošlou kus šunky. Ted si představ, že by tu šunku z feldpošty poslali k nám do kumpačky a my jsme si s panem rechnungsfeldvéblem každej uřízli kousek, a vono by nám to zachutnalo, tak ještě kousek, až by to s tou šunkou dopadlo jako s jedním mým známým listonošem, nějakým Kozlem. Měl kostižer, tak mu napřed uřízli nohu pod kotník, potom pod koleno, potom stehno, a kdyby byl včas neumřel, byli by ho vořezali celýho jako prasklou tužku. Představ si tedy, Baloune, že bychom ti byli tu šunku tak sežrali, jako ty jsi panu obrlajtnantovi zblafnul játrovou paštiku."

Obr Baloun podíval se na všechny smutně.

"Jedině mým přičiněním a zásluhou," řekl účetní šikovatel k Balounovi, "zůstal jste buršem u pana obrlajtnanta. Měl jste být přeložen k sanité a odnášet raněné z gefechtu. Pod Duklou šli od nás saniteráci třikrát za sebou pro jednoho raněného fénricha, který dostal bauchšus před dráthindrnisama, a všichni tam zůstali, samý kopfšus. Teprve čtvrtý pár ho přines, ale než ho odnesli na hilfsplac, byl fénrich nebožtíkem."

Baloun se již nezdržel a hlasitě zavzlykal.

"Že se nestydíš," opovržlivě řekl Švejk, "to jseš voják..."

"Dyž já nejsem pro vojnu dělanej," zahořekoval Baloun, "já jsem pravda nenažranej, nedožranej, poněvadž jsem vytrženej z pořádného života. Vono je to u nás v rodu. Nebožtík tatínek, ten se sázel v Protivíně v hospodě, že sní na posezení padesát buřtů a dva bochníky chleba, a vyhrál to. Já jsem jednou vo sázku sněd čtyry husy a dvě mísy knedlíků se zelím. Doma si vzpomenu po obědě, že bych chtěl ještě něco zakusit. Jdu do komory, uříznu si kus masa, pošlu si pro džbán piva a splivnu dvě kila uzenýho. Měl jsem doma starýho čeledína Vomela a ten mě vždycky napomínal, abych jen tak nepejchnul, necpal se, že von pamatuje, jak mu jeho dědeček vypravoval dávno vo jednom takovým nedožerovi. A potom když byla nějaká vojna, že se nerodilo nic po celejch vosum let a že pekli chleba ze slámy a z toho, co zůstalo z lněnýho semene; a to byl svátek, když mohli do mlíka nadrobit trochu tvarohu, když nebylo chleba. A von ten sedlák, hned jak nastala ta bída, za tejden umřel, poněvadž ten jeho žaludek nebyl zvyklej na takovou selskou bídu..."

Baloun zvedl svůj zarmoucený obličej: "Ale já si myslím, že pánbůh lidi potrestá, a přeci nevopustí."

"Pánbůh nedojedy přived na svět, a pánbůh se vo ně postará, poznamenal Švejk, "jednou užs byl uvázanej a teď bys zasloužil, aby tě poslali do první linie; když já jsem byl buršem u pana obrlajtnanta, tak se mohl na mne ve všem spolehnout a ani ho nikdy nenapadlo, že bych mu byl něco sežral. Když se něco fasovalo zvláštního, tak mně vždycky řek: ,Nechte si to, Švejku,` nebo: ,A co, já o to tolik nestojím, dejte sem kousek a s ostatním si dělejte, co chcete.` A když jsme byli v Praze a on mne poslal někdy pro oběd do restaurace, tak aby si snad nemyslil, že mu nesu malou porci, poněvadž jsem polovičku na cestě sežral, sám jsem ze svých posledních peněz, když se mně zdála být porce malou, přikoupil ještě jednu, aby se pan obrlajtnant najed a vo mně si nic špatnýho nemyslil. Až takhle jednou na to přišel. Musel jsem mu vždycky nosit z restaurace jídelní lístek a on si vybral. Tak si vybral ten den nadívané holoubě. Já jsem si myslel, když mně dali půlku, že by si snad mohl pan obrlajtnant myslet, že jsem mu druhou půlku sežral, tak jsem ještě jednu porci koupil ze svýho a přines takovou nádhernou porci, že pan obrlajtnant Šeba, který ten den sháněl oběd a přišel právě před polednem na návštěvu k mýmu obrlajtnantovi, se taky najed. Ale když se najed, povídá: ,Tohle mně neříkej, že je to jedna porce. Na celým světě nedostaneš na menu celý nadívaný holoubě. Když seženu dneska peníze, tak si pošlu do tý tvý restaurace pro oběd. Řekni to upřímně, že je to dvojnásobná porce.` Pan obrlajtnant se mě zeptal před ním, abych dosvědčil, že dal mně peníze jen na jednoduchou porci, poněvadž nevěděl, že přijde. Odpověděl jsem, že mně dal peníze na vobyčejný oběd. ,Tak vidíš,` řekl můj obrlajtnant, ,tohle ještě nic není. Předešle mně přines Švejk dvě husí stehna k obědu. Tedy si představ: polívka s nudlema, hovězí maso se sardelovou omáčkou, dvě husí stehna, knedlíků a zelí do stropu a palačinky!` "

"C-c ta-ta," mlaskl Baloun.

Švejk pokračoval: "To byl kámen ourazu. Pan obrlajtnant Šeba poslal skutečně druhýho dne svýho pucfleka pro oběd do tý naší restaurace, a von mu přines jako příkrm takovou malinkou hromádečku pilafu ze slepice, jako když se šestinedělní děťátko vykaká do peřinky, tak asi na dvě lžičky. A pan obrlajtnant Šeba na něho; že polovici sežral. A von, že je nevinnej. A pan obrlajtnant Šeba mu dal přes hubu a dával mne za příklad. Já že nosím porce panu obrlajtnantovi Lukášovi. A tak ten nevinnej zfackovanej voják se druhej den v restauraci, když šel pro oběd, na všechno vyptal, řek to svýmu pánovi, ten zas mýmu obrlajtnantovi. Sedím já večer za novinama a čtu si zprávy nepřátelskejch štábů z bojiště, když můj pan obrlajtnant vešel, celej hledej, a hned přímo na mne uhodil, abych mu řek, kolik těch dvojnásobnejch porcí jsem v restauraci platil, že ví všechno, že mně vůbec žádný zapírání nepomůže, že už dávno ví o tom, že jsem blbec, ale že byl bych blázen, to že mu nenapadlo. Udělal jsem prej mu takovou vostudu, že má největší chut zastřelit napřed mě a potom sebe. ,Pane obrlajtnant,' řekl jsem mu, ,když jste mě přijímal, ten první den jste o tom mluvil, že každej pucflek je zloděj a podlej chlap. A když v tej restauraci dávali vopravdu tak malinký porce příkrmu, tak byste si bejval moh pomyslit, že jsem vopravdu taky jeden z takovejch podlejch chlapů, že jsem vám to sežral...`"

"Můj bože na nebi." zašeptal Baloun a shýbl se pro kuffík nadporučíka Lukáše a odcházel s ním dozadu.

"Potom se nadporučík Lukáš," pokračoval Švejk, "počal šacovat po všech kapsách, a když to bylo marný, sáhl si do vesty a dal mně své stříbrně hodinky. Byl takovej pohnutej. ,Až dostanu gáži, Švejku,` řekl, ,tak mně sepište, kolík jsem vám dlužen... Tyhle hodinky si nechte zvlášť. A podruhý nebláznete.` Potom jednou udeřila na nás voba taková bída, že ty hodinky jsem musel vodnest do zastavárny..."

"Copak tam děláte vzádu, Baloune?" otázal se vtom účetní šikovatel Vaněk.

Místo odpovědi se nešťastný Baloun zakuckal. Otevřel si totiž kuffík nadporučíka Lukáše a cpal se jeho poslední houskou...

***

Nádražím bez zastávky projel' jiný vojenský vlak odshora obsazený deutschmajstry, které posílali na srbský front. Ještě se nevzpamatovali ze svého nadšení při loučení s Vídní a řvali bez oddechu od Vídně až sem:
Prinz Eugenius, der edle Ritter,
vollt' dem Kaiser wiedrum kriegen
Stadt und Festung Belegrad.
Er ließ schlagen einen Brucken,
dala man kunnt' hinüberrucken
mit der Armee wohl für die Stadt Nějaký kaprál s výbojně nakrouceným knírem, nahýbaje se ven, opřen jsa lokty o mužstvo, které klátilo ven z vagónu vystrčenýma nohama, dával takt a hulákal na celé kolo:

Als der Brucken war geschlagen,
daß man kunnt' mit Stuck und Wagen
frei passier'n den Donaufluß,
bei Semlin schlug man das Lager,
alle Serben zu verjagen... Vtom však ztratil rovnováhu a vylítl z vagónu a plnou
silou narazil v letu břichem na páku u výhybky, na které zůstal nabodnut viset,
zatímco vlak jel dál a v zadních vagónech zpívali zase jinou.

Graf Radetzky, edler Degen,
schwur's des Kaisers Feind zu fegen
aus der falschen Lombardei.

In Verona langes Hoffen,
als mehr Truppen eingetroffen,
fühlt und rührt der Held sich frei... Nabodnutý na hloupou výhybku,
bojechtivý kaprál byl již mrtev a netrvalo dlouho, stál již u něho na stráži s
bajonetem nějaký mladičký vojáček z mužstva nádražního velitelství, který
pojímal svou úlohu velice vážně. Stál vzpřímen u výhybky a tvářil se tak
vítězoslavně, jako by to bylo jeho dílo, naražení kaprála na výhybku.

Poněvadž byl Maďar, řval po celých kolejích, když přicházeli sem se dívat z
ešalonu batalliónu 91. pluku: "Nem szabad! Nem szabad! Komision militär nem
szabad!"

"Má už to vodbytý," řekl dobrý voják Švejk, který byl také mezi zvědavci, "a
má to tu výhodu, že když už má kus železa v břiše, alespoň ví všichni, kde byl
pohřbenej. Je to zrovna na dráze, a nemusejí jeho hrob shánět po všech bojištích.
- Nabod se akorát," řekl ještě Švejk znalecky, obcházeje z druhé strany kaprála,
"má střeva v kalhotech."

"Nem szabad, nem szabad!" křičel mladičký maďarský vojáček, "komision
militär bahnhof, nem szabad!"

Za Švejkem ozval se přísný hlas: "Co tady děláte?" Před ním stál kadet Biegler.
Švejk zasalutoval. "Poslušně hlásím, prohlížíme si nebožtíka, pane kadet "

"A co jste zde ved za agitaci? Co tady máte co dělat?"

"Poslušně hlásím, pane kadet," s důstojným klidem odpověděl Švejk, "že jsem
nikdy žádnou zaagitaci neved."

Vzadu za kadetem se dalo několik vojáků do smíchu a kupředu vystoupil před
kadeta účetní šikovatel Vaněk.

"Pane kadet," řekl, "pan obrlajtnant poslal sem ordonanc Švejka, aby mu řek,
co se stalo. Byl jsem ted u štábního vagónu a batalionsordonanc Matušič vás
hledá z nařízení pana batalionskomandanta. Máte hned jít k panu hejtmanovi
Ságnerovi."

Všechno se rozcházelo do svých vagónů, když za chvíli ozval se signál k
vstoupení do vagónů.

Vaněk jda se Švejkem, řekl: "Když je někde víc lidí, tak si nechte, Švejku, svoje
rozumy. Mohlo by vás to mrzet. Mohlo by se stát, když ten kaprál byl od
dajčmajstrů, že by se to mohlo vykládat, jako že máte z toho radost. Ten Biegler

je strašný čechožrout"

"Vždyť já jsem nic neřek," odpověděl Švejk tónem, který vylučoval každou pochybnost, "než to, že se ten kaprál nabod akorát, měl střeva v kalhotech... Von moh..."

"Tak už o tom, Švejku, přestaňme mluvit " A účetní šikovatel Vaněk si odplivl.

"Vono je to jedno," poznamenal ještě Švejk, "mají mu lezt střeva pro císaře pána ven z břicha zde nebo tam. Von vykonal stejné svou povinnost... Von moh..."

"Podívejte se, Švejku," přerušil ho Vaněk, "jak si to zas nese batalionsordonanc Matušič k Štábnímu vagónu. To se divím, že se ještě nenatáh přes koleje."

Krátce předtím byla mezi hejtmanem Ságnerem a snaživým kadetem Bieglerem velice ostrá rozmluva.

"Já se vám divím, kadete Bieglere," mluvil hejtman Ságner, "proč jste mně hned nepřišel oznámit, že se nefasuje těch patnáct deka uherského salámu. To teprve musím já jít ven a sám se přesvědčit, proč se mužstvo vrací od skladiště. A páni důstojníci také, jako by rozkaz nebyl rozkazem. Řekl jsem přece: ‚Do skladiště zugsweise po kompanii.` To znamenalo, když ve skladišti nic jsme nedostali, že se má také jít zugsweise po kompanii do vagónů. Vám jsem přikázal, kadete Bieglere, abyste hleděl udržet pořádek, ale vy jste nechal všechno plavat. Byl jste rád, že se nemusíte starat o počítání porcí salámu, a šel jste se klidné podívat, jak jsem viděl z okna, na nabodnutého kaprála od dajěmajstrů. A když jsem vás potom dal zavolat, tak nemáte nic jiného na práci než ze své kadetské fantazie žvanit o tom, že jste se šel přesvědčit, zdali se tam u nabodnutého kaprála nevede nějaká agitace..."

"Poslušně hlásím, že ordonanc od 11. kumpanie Švejk..."

"Dejte mně pokoj se Švejkem," zakřičel hejtman Ságner, "nemyslete si, kadete Bieglere, že budete dělat nějaké intriky proti nadporučíkovi Lukášovi. My jsme tam Švejka poslali... Tak se na mne díváte, jako byste si myslel, že jsem si na vás zased... Ano, zased jsem si na vás, kadete Bieglere... Když neumíte respektovat svého představeného, snažíte se ho blamovat, tak vám udělám takovou vojnu, že vy, kadete Bieglere, si vzpomenete na stanici Ráb... Chvástat se svými teoretickými vědomostmi... Počkejte, až budeme na frontě... Až vám poručím jít na offizierspatrolu přes drátěné překážky... Váš raport? Ani ten raport jste mně nedal, když jste přišel... Ani teoreticky, kadete Bieglere..."

"Poslušně hlásím, pane hejtmane,[2] že místo patnácti deka uherského salámu obdrželo mužstvo po dvou pohlednicích. Prosím, pane hejtmane..."

Kadet Biegler podal veliteli batalionu dvě z těch pohlednic, které vydávalo ředitelství Vojenského válečného archivu ve Vídni, kde byl náčelníkem generál pěchoty Wojnowich. Na jedné straně byla karikatura ruského vojáka, ruského mužika se zarostlou bradou, kterého objímá kostlivec. Pod karikaturou byl text:

Der Tag, an dem das perfide Rußland krepieren wird, wird ein Tag der

---

2 Všechny rozmluvy důstojníků s důstojníky se přirozeně konají v jazyku německém.

Erlösung für ganze unsere Monarchie sein.

Druhá pohlednice pocházela z německé říše. Byl to dárek Němců rakousko-uherským vojínům.

Nahoře bylo "Viribus unitis" a pod tím obrázek, jak na šibenici visí Sir Edward Grey a dole pod ním vesele salutují rakouský i německý voják.

Básnička dole byla vzata z knížky Greinzovy Železná pěst. Žertíčky na naše nepřátele, o kterých říšské listy psaly, že verše Greinzovy jsou rány karabáčem, přičemž obsahují pravý nezkrocený humor a nepřekonatelný vtip.

Text pod šibenicí, v překladě:

GREY

Na šibenici v příjemné výši
měl by se houpat Edivard Grey,
je na to již nejvyšší čas,
však třeba upozornit vás,
že žádný dub své nepropůjčil dřevo
k popravě toho jidáše.
Na dřevě visí osiky
z Francouzské republiky.

Hejtman Ságner nebyl ještě ani hotov s přečtením těchto veršů "nezkroceného humoru a nepřekonatelného vtipu", když vrazil do štábního vagónu bataliónní ordonance Matušič.

Byl poslán hejtmanem Ságnerem do telegrafní centrály vojenského nádražního velitelství, jestli snad nejsou jiné dispozice, a přinesl telegram od brigády. Nebylo však třeba sahat k žádnému klíči šifer. Telegram zněl prosté, nešifrován: "Rasch abkochen, dann Vormarsch nach Sokal." Hejtman Ságner povážlivé zakroutil hlavou.

"Poslušné hlásím," řekl Matušič, "velitel stanice dá vás prosit k rozmluvě. Je tam ještě jeden telegram."

Potom byla mezi velitelem nádraží a hejtmanem Ságnerem rozmluva velice důvěrného rázu. První telegram musel být odevzdán, třebas měl obsah velice překvapující, když je batalión na stanici v Rábu: "Rychle uvařit a pak pochodem na Sokal." Adresován byl nešifrovaně na pochodový batalión 91. pluku s kopií na pochodový batalión 75. pluku, který byl ještě vzadu. Podpis byl správný: Velitel brigády Ritter von Herbert.

"Velmi důvěrné, pane hejtmane," řekl tajuplné vojenský velitel nádraží. "Sekrétní telegram od vaší divize. Velitel vaší brigády se zbláznil. Byl odvezen do Vídně, když rozeslal od brigády několik tuctů podobných telegramů na všechny strany. V Budapešti uvidíte jistě nový telegram. Všecky jeho telegramy patří přirozeně anulovat, ale ještě jsme žádný pokyn v tom ohledu nedostali. Mám, jak říkám, jedině příkaz od divize, aby nešifrované telegramy nebyly brány v úvahu. Doručovat je musím, poněvadž v tom ohledu neobdržel jsem od svých instancí odpovědi. Prostřednictvím svých instancí informoval jsem se u velitelství armádního sboru a je se mnou zavedeno vyšetřování... - Jsem aktivní důstojník staré ženijní služby," dodal, "byl jsem při stavbě naší strategické dráhy v Haliči... - Pane hejtmane," řekl po chvíli, "s námi starými chlapy od piky jen na front! Dnes je těch civilistů inženýrů od dráhy s jednoroční zkouškou dobrovolnickou jako psů v ministerstvu vojenství... Ostatně vy za čtvrt hodiny zas jedete dál... Pamatuji se jenom na to, že jsem jednou v kadetce v Praze vám pomáhal na hrazdu jako jeden ze staršího ročníku. Tenkrát jsme oba nesměli ven. Vy jste se pral s Němci ve třídě?[3] Tam byl s vámi také Lukáš. Vy jste bývali spolu nejlepší kamarádi. Když jsme sem dostali telegram se seznamem důstojníků maršbataliónu, kteří projíždějí stanicí, tak jsem si jasně vzpomněl... Je už to hezkých pár let... Kadet Lukáš býval mně tenkrát velice sympatickým..."

Na hejtmana Ságnera celá rozmluva učinila velice trapný dojem. Poznal velice dobře toho, který s ním mluvil a který vedl v kadetce opozici proti rakušáctví, což z nich později vytloukla snaha po kariéře. Nejvíc mu byla nepříjemnou zmínka o nadporučíkovi Lukášovi, který byl z jakéhokoliv důvodu proti němu všude odstrkován.

"Nadporučík Lukáš," řekl důrazně, "je velice dobrým důstojníkem. Kdy jede vlak?"

Velitel nádraží podíval se na hodinky. "Za šest minut "

"Jdu," řekl Ságner.

"Myslil jsem, že mně něco řeknete, Ságnere."

"Tedy nazdar!" odpověděl Ságner[4] a vyšel před budovu nádražního velitelství.

***

Když se hejtman Ságner vrátil před odjezdem vlaku do štábního vagónu, našel všecky důstojníky na svém místě. Hráli ve skupinách čapáry (frische viere), jediné kadet Biegler nehrál.

Listoval se spoustou načatých rukopisů o válečných scénách, neboť chtěl vyniknout nejen na poli válečném, ale i jako literární fenomén, popisující válečné události. Muž podivných křídel "s rybím ocasem" chtěl být vynikajícím válečným spisovatelem. Jeho literární pokusy začínaly mnohoslibnými názvy, ve kterých se sice zrcadlil militarismus té doby, ale které nebyly ještě propracovány, takže na čtvrtkách zůstaly jen názvy prací, které měly vzniknout.

"Charaktery vojínů z velké války - Kdo počal válku? - Politika Rakousko-Uherska a zrození světové války - Válečné poznámky - Rakousko-Uhersko a světová válka - Naučení z války Populární přednáška o vypuknutí války - Válečné politické úvahy - Slavný den Rakousko-Uherska - Slovanský

---

3 V německém rozhovoru, který ti dva vedli mezi sebou: "Sie haben sich damals auch mit den deutschen Mitschülern gerauft"

4V rozhovoru: "Also: Nazdar!"

imperialismus a světová válka - Dokumenty z války - Dokumenty k dějinám
světové války - Deník o světové válce - Denní přehled světové války - První
světová válka Naše dynastie ve světové válce - Národové rakouskouherského
mocnářství ve zbrani - Světový zápas o moc - Mé zkušenosti ve světové válce -
Kronika mého válečného tažení - Jak bojují nepřátelé Rakousko-Uherska - Čí je
vítězství? Naši důstojníci a naši vojáci - Pamětihodné činy mých vojáků - Z dob
velké války - O bitevní vřavě - Kniha rakousko-uherských hrdinů Železná
brigáda - Sbírka mých psaní z fronty Hrdinové našeho maršbataliónu - Příruční
kniha pro vojáky v poli - Dny bojů a dny vítězství Co jsem viděl a zkusil v poli -
V zákopech Důstojník vypravuje... - Se syny Rakousko-Uherska kupředu! -
Nepřátelské aeroplány a naše pěchota - Po bitvě - Naše dělostřelectvo věrnými
syny vlasti - I kdyby šli všichni čerti proti nám... - Válka obranná a útočná -
Krev a železo - Vítězství nebo smrt - Naši hrdinové v zajetí."

Když hejtman Ságner přistoupil ke kadetovi Bieglerovi a prohlédl si všechno,
optal se, proč to udělal a co tím myslí.

Kadet Biegler odpověděl s opravdovým nadšením, že každý ten nadpis
znamená knihu, kterou sepíše. Kolik nadpisů, tolik knih.

"Přál bych si, když padnu v boji, aby po mně zůstala památka, pane hejtmane.
Mým vzorem je německý profesor Udo Kraft. Narodil se roku 1870, nyní ve
světové válce přihlásil se dobrovolné a padl 22. srpna 1914 v Anloy. Před svou
smrtí vydal knihu Sebevýchova pro smrt za císaře."[5]

Hejtman Ságner odvedl kadeta Bieglera k oknu.

"Ukažte, co ještě máte, kadete Bieglere, mne strašně zajímá vaše činnost," s
ironií řekl hejtman Ságner, "jaký sešitek zastrčil jste za blůzu?"

"To nic není, pane hejtmane," s dětským uzarděním odpověděl kadet Biegler,
"račte se prosím přesvědčit."

Sešitek měl nadpis: Schémata vynikajících a slavných bitev vojsk rakousko-
uherské armády, sestavená dle historických studií c. k. důstojníkem Adolfem
Bieglerem. Poznámkami a vysvětlivkami opatřil c. k. důstojník Adolf Biegler.

Schémata byla strašně jednoduchá.

Od bitvy u Nördlingen 6. září 1634 přes bitvu u Zenty 11. září 1697, u
Caldiera 31. října 1805, přes bitvu u Ašprů 22. května 1809 a bitvu národů u
Lipska v 1813, přes St. Lucii v květnu 1848 a bitvu u Trutnova 27. června 1866
až po dobytí Sarajeva 19. srpna 1878. V schématech a nákresích plánů těch bitev
nic se neměnilo. Všude nakreslil kadet Biegler obdélníčky na jedné straně
prázdné, kdežto nepřítele znázorňovaly vyčárkované. Na obou stranách bylo levé
křídlo, centr a pravé křídlo. Potom vzadu rezervy a šipky sem a tam. Bitva u
Nördlingen stejně jako bitva u Sarajeva vypadala jako rozestavení hráčů na
jakémkoliv fotbolovém zápase při zahájení hry a šipky, kam má ta která strana
vykopnout míč.

To také ihned napadlo hejtmana Ságnera, který se otázal: "Kadete Bieglere, vy

5 Udo Kraft: Selbsterziehung zum Tod für Kaiser. C. F. Amelang's Verlag, Leipzig.

hrajete fotbal?"

Biegler se zarděl ještě víc a zamrkal nervózně, takže dělal dojem, jako když nabírá moldánky.

Hejtman Ságner s úsměvem listoval dál sešitkem a zastavil se na poznámce u schéma bitvy u Trutnova za prusko-rakouské války.

Kadet Biegler napsal: "Bitva u Trutnova neměla být svedena, poněvadž hornatá krajina znemožňovala rozvinutí divize generála Mazzuchelliho, ohrožené silnými pruskými kolonami, nalézajícími se na výšinách obklopujících levé křídlo naší divize."

"Podle vás bitva u Trutnova," řekl s úsměvem hejtman Ságner, vraceje sešitek kadetovi Bieglerovi, "mohla být svedena jediné v tom případě, kdyby Trutnov byl na rovině, vy budějovický Benedeku.

Kadete Bieglere, je velice hezké od vás, že jste se za tak krátkou dobu svého pobytu v řadách vojska snažil vniknout do strategie, jenže to u vás dopadlo, jako když si kluci hrajou na vojáky a dávají si tituly generálů. Sám jste se tak rychle povýšil, až jedna radost. C. k. důstojník Adolf Biegler! Než dojedeme do Pešti, tak z vás bude polní maršálek. Předevčírem jste ještě někde doma u tatínka vážil kravské kůže. K, u. k. Leutnant Adolf Biegler!... Člověče, vždyť vy ještě nejste žádný důstojník. Jste kadet. Visíte ve vzduchu mezi fénrichem a poddůstojníky. Jste vzdálen toho, jmenovat se důstojníkem, jako když si dá někde v hospodě říkat frajtr ,pane štábní šikovateli`. - Poslyš, Lukáši," obrátil se k nadporučíkovi, "máš kadeta Bieglera u své kumpanie, tak ho hocha cepuj. Podpisuje se, že je důstojník, ať si to v gefechtu zaslouží. Až bude trommelfeuer a my budem atakovat, ať se svým cukem stříhá dráthintrnisy, der gute Junge. A propos, dá tě pozdravovat Zykán, je velitelem nádraží v Rábu."

Kadet Biegler viděl, že je rozmluva s ním skončena, zasalutoval a celý červený v obličeji prošel vagónem, až se ocitl na samém konci v příčné chodbě.

Jako náměsíčník otevřel dveře klozetu, a dívaje se na německo-maďarský nápis "Upotřebení klozetu dovoleno pouze při jízdě", zavrněl, zaštkal a dal se do tichého pláče. Potom si sundal kalhoty... Potom tlačil utíraje si slzy. Potom upotřebil sešitku s nápisem "Schémata vynikajících a slavných bitev vojsk rakousko-uherské armády, sestavená c. k. důstojníkem Adolfem Bieglerem", který zmizel zneuctěn v díře, a dopadnuv na koleje, poletoval mezi kolejnicemi pod ujíždějícím vojenským vlakem.

Kadet Biegler umyl si v záchodku v umyvadle zardělé oči a vyšel na chodbu umiňuje si, že musí být silný, setsakramentsky silný. Bolela ho hlava a břicho již od rána.

Šel kolem zadního kupé, kde hrál batalionsordonanc Matušič se sluhou velitele praporu Batzerem vídeňskou hru šnopsa (šestašedesát).

Dívaje se do otevřených dveří kupé, zakašlal. Otočili se a hráli dál.

"Nevíte, co se patří?" otázal se kadet Biegler. "Nemoh jsem," odpověděl sluha hejtmana Ságnera Batzer svou strašnou němčinou od Kašperských Hor, "mi' is' d' Trump' ausganga. - Patřilo se mně hrát, pane kadet, s bubny," pokračoval, "s vysokými bubny, a hned nato nest zeleného krále... To jsem měl udělat..."

Kadet Biegler neřekl více ani slova a zalezl si do svého kouta. Když později k němu přišel fénrich Pleschner, aby mu dal připít z láhve koňaku, kterou vyhrál v kartách, podivil se, jak kadet Biegler pilně čte v knize profesora Udo Krafta Sebevýchova k smrti za císaře.

Než přijeli do Pešti, byl kadet Biegler tak opilý, že nahýbaje se z okna vagónu, křičel do pusté krajiny nepřetržité: "Frisch drauf! Im Gottes Namen frisch drauf!"

Potom ho na rozkaz hejtmana Ságnera batalionsordonanc Matušič odtáhl do kupé, kde ho se sluhou hejtmana Batzerem uložil na lavici, a kadet Biegler měl tento sen: SEN KADETA BIEGLERA PŘED BUDAPEŠTÍ

Měl signum laudis, železný kříž a byl majorem a jel na obhlídku účastku brigády, která mu byla přidělena. Nedovedl si sice vysvětlit, když má pod sebou celou brigádu, proč je neustále jen majorem. Měl podezření, že měl být jmenován generálmajorem a to "generál" že se někde v návalu na polní poště ztratilo.

Musel se v duchu smát tomu, jak ve vlaku, když jeli na frontu, hejtman Ságner mu vyhrožoval, že bude muset přeřezávat drátěné překážky. Ostatně hejtman Ságner byl už dávno na jeho návrh u divize přeložen k jinému pluku i s nadporučíkem Lukášem. K jiné divizi, k jinému armádnímu sboru.

Někdo mu také vypravoval, že oba bídné zahynuli někde v močále na útěku.

Když jel automobilem na pozici na obhlídku účastku své brigády, bylo mu všechno jasno. Byl vlastně vyslán z jenerálního štábu armády.

Kolem táhli vojáci a zpívali píseň, kterou četl ve sbírce vojenských rakouských písní Es gilt:

Halt' euch brav, ihr tapf'ren Brüder,

werft den Feind nur herzhaft nieder,

Laßt des Kaisers Fahne weh'n... Krajina měla týž ráz jako na obrázcích Wiener illustrierte Zeitung.

Po pravé straně bylo vidět u stodoly dělostřelectvo, jak střílí do nepřátelských zákopu vedle silnice, po které projížděl s automobilem. Vlevo stál dům, ze kterého se střílelo, zatímco nepřítel snažil se kolbami ručnic vypáčit dveře. Vedle silnice hořel nepřátelský aeroplán. Na obzoru bylo vidět jízdu a hořící vesnici. Potom zákopy pochodového praporu s malou vyvýšeninou, kde střílely do nepřátel strojní pušky. Dál potom táhly nepřátelské zákopy podél silnice. A šofér jede dál s ním k nepříteli po silnici.

Řve sluchátkem na šoféra: "Nevíš, kam to jedem? Tam je nepřítel."

Ale šofér klidné odpovídá:

"Pane generále, to je jediná pořádná cesta. Silnice je v dobrém stavu. Na těch vedlejších cestách by to pneumatiky nevydržely."

Čím více blíží se k pozicím nepřítele, tím se oheň stává silnější. Granáty vyhazují kolem dokola nad příkopy po obou stranách švestkovou alej.

Ale šofér klidné odpovídá do sluchátka:

"Tohle je výborná silnice, pane generále, po té se to jede jako po másle. Kdybychom odbočili do polí, tak nám zařve pneumatika. - Podívejte se, pane generále," křičí šofér do sluchátka, "tahle silnice je tak dobře stavěná, že ani třicetapůlcentimetrové hmoždýře nám nic neudělají. Silnice je jako mlat, ale po těch kamenitých cestách v polích zařvaly by nám pneumatiky. Vrátit se stejné nemůžeme, pane generále!"

"Bzzz - dzum!" slyší Biegler, a automobil udělal ohromný skok.

"Neříkal jsem vám, pane generále," řve šofér do sluchátka, "že je to po čertech dobře stavěná silnice? Teď právě těsně před námi vybouchla jedna osmatřicítka. Ale žádná díra, silnice je jako mlat. Ale zajet do polí, tak je po pneumatikách. Ted' na nás střílí z dálky 4 kilometrů."

"Kam to ale jedeme?"

"To se uvidí," odpověděl šofér, "dokud bude stále takováhle silnice, já za všechno ručím."

Let, ohromný let, a automobil se zastavuje. "Pane generále," křičí šofér, "nemáte štábní mapu?"

Generál Biegler rozsvěcuje elektrickou lampičku. Vidí; že má štábní mapu na kolenou. Ale je to námořní mapa helgolandského pobřeží z roku 1864, ve válce rakousko-pruské proti Dánsku za Šlesvik.

"Je zde křižovatka," povídá šofér, "obě křižovatky vedou k nepřátelským pozicím. Mně jde o pořádnou silnici, aby neutrpěly pneumatiky, pane generále... Já jsem zodpovědný za štábní automobil..."

Potom rána, ohlušující rána, a hvězdy veliké jako kola. Mléčná dráha je hustá jako smetana. Vznáší se vesmírem na sedadle vedle šoféra. Celý automobil je těsně před sedadlem ustříhnutý jako nůžkami. Z automobilu zbývá jen výbojný, útočný předek.

"Ještě štěstí," povídá šofér, "že jste mně přes záda ukazoval mapu. Přelít jste ke mně a ostatní zařvalo. Byla to dvaačtyřicítka... Já jsem to hned tušil, že jakmile je křižovatka, tak silnice stojí za starou belu, Po osmatřicítce mohla to být jen dvaačtyřicítka. Nic jiného se dosud nevyrábí, pane generále."

"Kam to řídíte?"

"Letíme do nebe, pane generále, a musíme se vyhnout vlasaticím. Ty jsou horši než dvaačtyřicítka. - Ted' je pod námi Mars," řekl šofér po dlouhé pomlčce.

Biegler cítil se již opět klidným.

"Znáte dějiny bitvy národů u Lipska?" otázal se, "když polní maršálek kníže Schwarzenberg šel na Liebertkovice 14. října roku 1813 a když i6. října byl zápas o Lindenau, boje generála Merweldta, a když rakouská vojska byla ve Wachavě a když 19. října padlo Lipsko?"

"Pane generále," řekl vtom vážně šofér, "jsme právě u nebeské brány, lezte ven, pane generále! Nemůžeme project nebeskou branou, je zde mačkanice. Samé vojsko."

"Jen z nich někoho přejed," křičí na šoféra, "však se vyhnou."

A nahýbaje se z automobilu křičí: "Achtung, sie Schweinbande! Je to dobytek, vidí generála, a nemohou udělat rechtšaut."

Šofér klidně na to ho konejší: "Těžká věc, pane generále, většina má uraženou hlavu."

Generál Biegler teprve nyní zpozoroval, že ti, kteří se tlačí u nebeské brány, jsou nejrůznější invalidi, kteří přišli ve válce o některé části svého těla, které měli však s sebou v ruksaku. Hlavy, ruce, nohy. Nějaký spravedlivý dělostřelec, tlačící se u nebeské brány v rozbitém plášti, měl v baťochu složeno celé své břicho i s dolními končetinami. Z jiného baťochu nějakého spravedlivého landveráka dívala se na jenerála Bieglera půlka zadnice, kterou ztratil u Lvova.

"To je kvůli pořádku," ozval se opět šofér, projížděje hustým davem, "je to patrně kvůli nebeské supravizitě."

U nebeské brány propouštěli jedině na heslo, které ihned generálu Biegierovi napadlo: "Für Gott und Kaiser."

Automobil vjel do ráje.

"Pane generále," řekl nějaký důstojník anděl s křídly, když projížděli kolem kasáren s rekruty anděly, "musíte se hlásit na hlavním velitelství."

Jeli dál kolem nějakého cvičiště, kde se to jen hemžilo rekruty anděly, které učili křičet "Alelujá".

Jeli kolem skupiny, kde rezavý kaprál anděl měl právě jednoho nemotorného rekruta anděla v parádě, mlátil mu pěstí do břicha a řval na něho: "Rozevři lepší svou držku, svině betlémská. Takhle se volá ,Alelujá`? Jako kdybys měl knedlík v hubě. To bych rád věděl, který vůl tě sem, ty dobytku, pustil do ráje. Zkus to ještě jednou... Hlahlehiuhja? Cože, bestie, ještě nám tady v ráji huhňáš... Zkus to ještě jednou, cedre libanonský."

Ujížděli dál a za nimi ještě dlouho bylo slyšet úzkostlivé řvaní huhňavého anděla rekruta "Hla-hle-hlu-hjá" a křik anděla kaprála "A-le-lu-já, a-le-lu-já, ty krávo jordánská!"

Potom ohromná záře nad velkou budovou jako Mariánská kasárna v Českých Budějovicích a nad ní dva aeroplány, jeden po levé, druhý po pravé straně, a uprostřed mezi nimi natažené obrovské plátno s ohromným nápisem K. u k. Gottes Hauptquartier.

Generála Biegiera vysadili z automobilu dva andělé v uniformě polního četnictva, vzali ho za límec a odvedli ho do budovy, nahoru do prvního poschodí.

"Chovejte se slušně před pánembohem," řekli mu ještě nahoře před jedněmi dveřmi a strčili ho dovnitř.

Uprostřed pokoje, ve kterém po stěnách visely podobizny Františka Josefa a Viléma, následníka trůnu Karla Františka Josefa, generála Viktora Dankla, arcivévody Bedřicha a šéfa generálního štábu Konráda z Hötzendorfu, stál pánbůh.

"Kadete Bieglere," řekl pánbůh důrazné, "vy mne nepoznáváte? Já jsem váš bývalý hejtman Ságner od 11. marškumpanie."

Biegler zdřevěněl.

"Kadete Bieglere," ozval se opět pánbůh, "jakým právem jste si přisvojil titul generálmajora? Jakým právem jste se, kadete Bieglere, projížděl štábním automobilem po silnici mezi nepřátelskými pozicemi?"

"Poslušně hlásím..."

"Držte hubu, kadete Bieglere, když s vámi mluví pánbůh."

"Poslušně hlásím," zajektal Biegler ještě jednou.

"Tak vy tedy nebudete držet hubu?" rozkřikl se na něho pánbůh, otevřel dveře a vykřikl: "Dva andělé sem!"

Vstoupili dva andělé s ručnicemi zavěšenými přes levé křídlo. Biegler v nich poznal Matušiče a Batzera.

A z úst pánaboha zněl hlas: "Holte ho do latríny!"

Kadet Biegler někam padal do hrozného smradu...

***

Naproti spícímu kadetovi Bieglerovi seděl Matušič se sluhou hejtmana Ságnera Batzerem a hráli stále šestašedesát.

"Stink awer d' Kerl wie a' Stockfisch," prohodil Batzer, který pozoroval se zájmem, jak sebou spící kadet Biegler považlivě vrtí, "muß' d' Hosen voll ha'n."

"To se může stát každému," řekl filosoficky Matušič, "nech ho být, převlíkat ho stejně nebudeš. Rozdej radši karty."

Nad Budapeští bylo již vidět záři světel a nad Dunajem přeskakoval reflektor.

Kadetovi Bieglerovi se již zdálo opět něco jiného, poněvadž mluvil ze spaní: "Sagen Sie meiner tapferen Armee, daß sie sich in meinem Herzen ein unvergängliches Denkmal der Liebe und Dankbarkeit errichtet hat."

Poněvadž se opět při těch slovech počal obracet, zavonělo to Batzerovi intenzívně pod nos, takže poznamenal odplivuje si: "Stink wie a' Haizlputza, wie a' bescheißena Haizlputza."

A kadet Biegler vrtěl sebou čím dál nepokojněji, a jeho nový sen byl velice fantastický. Obhajoval Linec ve válce o dědictví rakouské.

Viděl reduty, retranchementy a palisády kolem města. Jeho hlavní stan byl proměněn v ohromnou nemocnici. Všude kolem váleli se nemocní a drželi se za břicho. Pod palisádami města Lince projížděli se francouzští dragouni Napoleona I.

A on, velitel města, stál nad tou spoustou a držel se též za břicho a křičel na nějakého francouzského parlamentáře: "Vyřiďte svému císaři, že se nevzdám..."

Potom jako když to bolení břicha najednou z něho spadne, a on se řítí s batalionem přes palisády ven z města na cestu slávy a vítězství a vidí, jak nadporučík Lukáš zachycuje svými prsty ránu palaše francouzského dragouna, která platila jemu, Bieglerovi, obránci obleženého Lince.

Nadporučík Lukáš umírá u jeho nohou s výkřikem:

"Ein Mann wie Sie, Herr Oberst, ist nötiger als ein nichtsnutziger Oberleutnant!"

Obránce Lince odvrací se s pohnutím od umírajícího, když vtom přiletí kartáč a uhodí Bieglera do sedacích svalů.

Biegler mechanicky sáhne si dozadu na kalhoty a cítí mokro, něco lepkavého se mu maže po ruce. Křičí: "Sanität! Sanität!" a padá s koně...

Kadeta Bieglera zvedl Batzer s Matušičem z podlahy, kam se svalil z lavice, a položili ho opět na jeho místo.

Potom došel Matušič k hejtmanovi Ságnerovi a oznámil, že se s kadetem Bieglerem dějí podivné věci.

"Není to asi po tom koňaku," řekl, "mohla by to být spíš cholera. Kadet Biegler pil všude ve stanicích vodu. V Mošoni jsem ho viděl, že se..."

"To tak rychle s cholerou nejde. Matušič, řekněte vedle v kupé panu doktorovi, aby se šel na něho podívat."

K bataliónu byl přídělem ,válečný doktor`, starý medik a buršák Welfer. Znal pít, rvát se a přitom měl medicínu v malíčku. Prodělal medicínské fakulty v různých universitních městech v Rakousko-Uhersku, i praxi v nejrozmanitějších nemocnicích, ale doktorát neskládal prostě z toho důvodu. že v závěti, kterou zanechal jeho strýc svým dědicům, bylo to, že se má vyplácet studujícímu medicíny Bedřichu Welfrovi ročně stipendium do té doby, kdy obdrží Bedřich Welfer lékařský diplom. Toto stipendium bylo asi čtyřikrát větší než plat asistenta v nemocnicích a MUC Bedřich Welfer poctivě se snažil oddálit své jmenování doktorem všeho lékařství na dobu co nejvzdálenější.

Dědicové mohli se vzteknout. Prohlašovali ho za blba, dělali pokusy vnutit mu zámožné nevěsty, aby se ho zbavili. Aby je ještě víc dopálil, MUC Bedřich Welfer, člen asi dvanácti buršáckých spolků, vydal několik sbírek velmi slušných básní ve Vídni, v Lipsku, v Berlíně. Psal do Simplicissimu a studoval, jako kdyby se nechumelilo, dál.

Až přišla vojna, která vpadla MUC Bedřichovi Welfrovi haněbně vzad.

Básníka knih Lachende Lieder, Krug und Wissenschaft, Märchen und Parabeln zcela sprostě vzali na vojnu a jeden dědic v ministerstvu vojenství přičinil se o to, že bodrý Bedřich Welfer udělal "válečný doktorát". Udělal ho písemně. Dostal řadu otázek k vyplnění, které všechny zodpověděl stereotypně: "Lecken Sie mir Arsch!" Za tři dny oznámil mu plukovník, že dostal diplom doktora všeho lékařství, že už byl dávno zralý pro doktorát, že vrchní štábní lékař ho přiděluje k doplňovací nemocnici a na jeho chování že záleží rychlý postup, že sice měl v různých universitních městech souboje s důstojníky, to všechno že se o něm ví, ale že dnes ve vojně se na všechno zapomíná.

Autor knihy básní Džbán a věda kousl se do pysků a šel sloužit.

Po zjištění několika případů, že choval se k vojákům pacientům neobyčejně shovívavé, prodlužuje jich pobyt v nemocnici, pokud to bylo možné, kdy bylo heslo "Má se to válet v nemocnici, nebo chcípat raději v zákopech - má to chcípnout v nemocnici, nebo ve švarmlinii", doktora Welfera poslali s 11. pochodovým praporem na front.

Aktivní důstojníci u praporu považovali ho za něco méněcenného. Rezervní důstojníci si ho také nevšímali a nenavazovali s ním nijakého přátelství, aby se nerozšířila ještě více propast mezi nimi a aktivními důstojníky.

Hejtman Ságner cítil se přirozeně strašně povýšen nad toho bývalého MUC, který zesekal za dob svých dlouholetých studií kolik důstojníků. Když doktor Welfer, "válečný doktor", prošel kolem něho, ani se na něho nepodíval a hovořil dál s nadporučíkem Lukášem o něčem zcela bezvýznamném, že se pěstují u Budapešti dyně, načež nadporučík Lukáš odpověděl, že když byl v třetím ročníku kadetky, že s několika kamarády "v civilu" byli na Slovensku a přišli k jednomu evangelickému faráři, Slovákovi. Ten že jim dal k vepřové pečeni zelí z dyně a potom že jim nalil vína a řekl:

Dyňa sviňa,

chce sa jej vína, a on že se strašně urazil. [6]

"Z Budapešti mnoho neuvidíme," řekl hejtman Ságner, "vezou nás kolem. Dle maršrúty máme zde stát dvě hodiny."

"Myslím, že šíbují vagóny," odpověděl nadporučík Lukáš, "přijdeme na překládací nádraží. Transportmilitärbahnhof."

Kolem prošel ,válečný doktor` Welfer.

"Nic to není," řekl s úsměvem, "páni, kteří aspirují během času stát se důstojníky armády a kteří se vychlubovali ještě v Brucku svými strategicko--historickými znalostmi v kasině, měli by být upozorněni, že jest nebezpečno sníst najednou celou zásilku sladkostí, kterou mu maminka posílá do pole. Kadet Biegler, který od té doby, kdy jsme vyjeli z Brucku, snědl třicet kremrolí, jak se mně přiznal, a pil všude na nádražích jen převařenou vodu, pane hejtmane, připomíná mně verš Schillerův: ,Wer sagt von...` "

"Poslyšte, doktore," přerušil ho hejtman Ságner, "nejde o Schillera. Co je vlastně s kadetem Bieglerem?"

,Válečný doktor` Welfer se usmál. "Aspirant na důstojnickou hodnost váš kadet Biegler se posral... Není to cholera, není to úplavice, prosté a jednoduché posrání. Vypil trochu více koňaku, váš pan a s p i r a n t n a d ů s t o j n i c k o u h o d n o s t,, a podělal se... Byl by se patrně podělal i bez vašeho koňaku. Sežral tolik kremrolí, které mu poslali z domova... Je to dítě... V kasině, jak vím, pil vždy jednu čtvrtku. Abstinent."

Doktor Welfer si odplivl. "Kupoval si linecké řezy."

"Tedy to není nic vážného'?" ozval se hejtman Ságner, "ale přece taková věc... kdyby se to rozšířilo." Nadporučík Lukáš vstal a řekl k Ságnerovi: "Děkuji za takového zugskomandanta..."

"Trochu jsem mu pomohl na nohy," řekl Welfer, kterého neopouštěl úsměv, "pan batalionskomandant zařídí další... To jest, předám zde kadeta Bieglera do nemocníce... Vydám vysvědčení, že je to úplavice. Těžký případ úplavice. Izolace... Kadet Biegler přijde do dezinfekčního baráku... - Jest to rozhodně lepší," pokračoval Welfer s tímže protivným úsměvem, "buď posraný kadet,

---

6 Rozmluva hejtmana Ságnera s nadporučíkem Lukášem byla vedena v českém jazyce.

nebo úplavicí stižený kadet..."

Hejtman Ságner obrátil se ke svému Lukášovi čistě úředním tónem: "Pane nadporučíku, kadet Biegler od vaší kumpanie onemocněl úplavicí a zůstane v ošetřování v Budapešti..."

Hejtmanovi Ságnerovi zdálo se, že Welfer se směje strašně výbojné, ale když se podíval na ‚válečného doktora‘, viděl, že týž se tváří strašně lhostejně.

"Tedy je vše v pořádku, pane hejtmane," odpověděl Welfer klidně, "aspiranti na důstojnickou..." Máchl rukou: "Při úplavici se každý podělá do kalhot "

Ták se stalo, že statečný kadet Biegler byl odvezen do vojenské izolační nemocnice v Uj Buda.

Jeho podělané kalhoty ztratily se ve víru světové války.

Sny o velkých vítězstvích kadeta Bieglera byly uzavřeny do jednoho nemocničního pokoje izolačních baráků.

Když se dověděl, že má úplavici, byl tím kadet Biegler opravdu nadšen. Má být raněn, nebo onemocnět pro císaře pána, vykonávaje svou povinnost? Potom se stala s ním malá nehoda. Poněvadž všechna místa pro onemocnělé úplavicí byla přeplněna, kadeta Bieglera přenesli do cholerového baráku.

Nějaký maďarský štábní lékař, když kadeta Bieglera vykoupali a dali mu teploměr pod rameno, zavrtěl hlavou: "37 stupňů!" Při choleře je nejhorším příznakem povážlivé klesnutí teploty. Nemocný stává se apatickým.

Kadet Biegler opravdu nejevil žádného rozčilení. Byl neobyčejně klidným, opakuje si v duchu, že stejně trpí za císaře pána.

Štábní lékař poručil vsunout teploměr kadetovi Bieglerovi do konečníku.

"Poslední stadium cholery," pomyslil si štábní lékař, "příznak konce, nejkrajnější slabost, kdy nemocný ztrácí smysl pro okolí a jeho vědomí je zastřeno. On se usmívá v předsmrtných křečích."

Kadet Biegler za této manipulace se opravdu usmíval mučednicky, dělaje hrdinu, když mu do konečníku strkali teploměr. Ale nehnul sebou.

"Příznaky," pomyslil si štábní lékař, "které při choleře vedou pozvolna k smrti, pasívní poloha..." Optal se ještě maďarského sanitního poddůstojníka, zdali kadet Biegler vrhl a měl průjmy ve vaně.

Obdržev zápornou odpověď, zadíval se na Bieglera. Když při choleře pominou průjmy a dávení, je to opět, jako předešlé příznaky, obraz toho, co se stává při choleře v posledních hodinách smrti.

Kadet Biegler, úplně nahý, vynesený z teplé vany na postel, pocítil chladno a zajektal zuby. Také mu vyskočila husí kůže po celém těle.

"Vidíte," řekl štábní lékař maďarsky, "velká jektace, končetiny jsou studené. To je konec."

Naklániěje se ke kadetovi Bieglerovi, optal se ho německy: "Also, wie geht's?"

"S-s-se-hr-hr gu-gu-tt," zajektal zuby kadet Biegler, "...ei-ne...ei-ne De-deck-ke -"

"Vědomí dílem zastřeno, dílem zachováno; ` řekl maďarsky štábní lékař, "tělo velice hubené, pysky a nehty mají být černé... To je třetí případ, kdy umřeli mně na choleru bez černých nehtů a pysků...

Naklonil se opět nad kadeta Bieglera a pokračoval maďarsky: "Druhá ozva nad srdcem přestala..."

"Ei-ei-ne-ne De-de-de-deck-ke-ke," zajektal kadet Biegler.

"To, co mluví, jsou jeho poslední slova," řekl štábní lékař k sanitnímu poddůstojníkovi maďarsky, "zítra ho pochováme s majorem Kochem. Ted upadne do bezvědomí. Listiny jsou o něm v kanceláři?"

"Budou tam," odpověděl klidně sanitní poddůstojník.

"Ei-ei-ne-ne De-de-de-deck-ke-ke," jektal za odcházejícími kadet Biegler.

V celém pokoji bylo na šestnácti lůžkách pět lidí. Jeden z nich byl nebožtíkem. Zemřel před dvěma hodinami, byl pokryt prostěradlem a jmenoval se jako objevitel cholerových bacilů. Byl to hejtman Koch, o kterém se štábní lékař zmiňoval, že bude míti zítra pohřeb s kadetem Bieglerem.

Kadet Biegler zvedl se na posteli a viděl ponejprv, jak se umírá za císaře pána na choleru, neboť ze čtyř zbývajících dva umírali, dusili se a modrali, přičemž vyráželi něco ze sebe, ale nebylo poznat, co a jakou řečí mluví, bylo to spíše chrčení potlačeného hlasu.

Druzí dva s nápadně bouřlivou reakcí na uzdravení připomínali lidi stižené tyfózním deliriem. Křičeli nesrozumitelné a vyhazovali z pokrývky hubené nohy. Nad nimi stál vousatý saniterák, mluvící štýrským nářečím (jak poznal kadet Biegler), a uklidňoval je: "Já už měl taky choleru, moje zlaté panstvo, ale nekopal jsem do pokrývky. Ted už je s vámi dobře. Dostanete dovolenou, až... - Neházej sebou tak," zařval na jednoho, který kopl tak do pokrývky, až se mu přehnula přes hlavu, "to se u nás nedělá. Bud rád, že máš horečku, aspoň té odtud s hudbou nepovezou. Už jste oba z toho venku."

Podíval se kolem sebe.

"Tamhle už zase dva umřeli. To jsme čekali," řekl dobrácky, "buďte rádi, že už jste z toho venku. Musím dojít pro prostěradla."

Vrátil se za chvíli. Přikryl prostěradly zemřelé s úplně černými pysky, vytáhl jim ruce s černými nehty, které si drželi v poslední agónii udušení na ztopořeném přirození, snažil se jim zastrčit jazyk do úst a pak si klekl u postelí a spustil: "Heilige Maria, Mutter Gottes..." A starý saniterák ze Štýrska díval se přitom na své uzdravující se pacienty, jejichž delirium znamenalo reakci k novému životu.

"Heilige Maria, Mutter Gottes," opakoval, když vtom mu nějaký nahý muž zaklepal na rameno. Byl to kadet Biegler.

"Poslyšte," řekl, "já jsem... se koupal... Totiž mé koupali... Já potřebu-ji pokrývku... Mně je zima."

"To je zvláštní případ," řekl půl hodiny nato týž štábní lékař ke kadetovi Bieglerovi, který odpočíval pod pokrývkou, "vy jste, pane kadete, rekonvalescent; zítra vás pošlem do záložní nemocnice do Tarnova. Vy jste nositelem cholerových bacilů... Pokročili jsme tak daleko, že to všechno známe. Vy jste od 91. regimentu..."

"13. pochodový prapor," odpověděl sanitní poddůstojník za kadeta Bieglera,

"11. setnina."

"Pište," řekl štábní lékař: "Kadet Biegler, 13. pochodový prapor, 11. pochodová setnina, 91. pluk, na pozorování do cholerových baráků v Tarnově. Nositel cholerových bacilů..."

A tak se stal z kadeta Bieglera, nadšeného bojovníka, nositel cholerových bacilů.

V Budapešti

Matušič přinesl na vojenském nádraží v Budapešti hejtmanovi Ságnerovi z velitelství telegram, který poslal nešťastný velitel brigády dopravený do sanatoria. Byl téhož obsahu, nešifrován, jako na poslední stanici: "Rychle uvařit menáž a pochodem na Sokal." K tomu bylo připojeno: "Vozatajstvo začíslit u východní skupiny. Výzvědná služba se zrušuje. 13. pochodový prapor staví most přes řeku Bug. Bližší v novinách."

Hejtman Ságner odebral se ihned na velitelství nádraží. Uvítal ho malý tlustý důstojník s přátelským úsměvem.

"Ten vyváděl, ten váš brigádní jenerál," řekl, chechtaje se na celé kolo, "ale doručit jsme vám tu blbost museli, poněvadž ještě nepřišlo od divize nařízení, že se jeho telegramy nemají dodávat adresátům. Včera projel 14. pochodový prapor 75. pluku a velitel praporu měl zde telegram, aby bylo vydáno všemu mužstvu po šesti korunách jako zvláštní odměna za Přemyšl, a zároveň nařízení, aby z těch šesti korun každý muž složil zde v kanceláři dvě koruny na válečnou půjčku... Podle zaručených zpráv má váš brigádní jenerál paralýzu."

"Pane majore," otázal se hejtman Ságner velitele vojenského nádraží, "dle rozkazů pluku, dle maršrúty jedeme do Gödöllö. Mužstvo má zde dostat patnáct deka ementálského sýra. Na poslední zastávce mělo mužstvo dostat patnáct deka uherského salámu. Ale nedostalo ničeho."

"Patrně zde také z toho sejde," odpověděl major, stále se příjemné usmívaje, "nevím o podobném rozkazu **pro pluky z Čech**. Ostatně to není mou věcí, obraťte se na zásobovací komando."

"Kdy odjíždíme, pane majore?"

"Před vámi stojí vlak s těžkým dělostřelectvem do Haliče. Pustíme ho za hodinu, pane hejtmane. Na třetích kolejích stojí sanitní vlak. Odjíždí za 25 minut po dělostřelectvu. Na dvanácté koleji máme vlak s municí. Odjíždí deset minut po sanitním vlaku a za dvacet minut po něm jede váš vlak. - Jestli totiž nebudou nějaké změny," dodal opět úsměvavě, takže se zprotivil úplně hejtmanovi Ságnerovi.

"Dovolte, pane majore," otázal se Ságner, "můžete mně dát vysvětlení o tom, že nevíte o žádném podobném rozkazu týkajícím se vydávání patnácti deka ementálského **sýra pro pluky z Čech?**"

"To je rezervát," odpověděl hejtmanovi Ságnerovi, stále se usmívaje, velitel vojenského nádraží v Budapešti.

"To jsem si dal," pomyslil si hejtman Ságner, vycházeje z budovy velitelství, "proč jsem ke všem čertům řekl nadporučíkovi Lukášovi, aby sebral všecky komandanty a šel s nimi do zásobovacího 87 oddílu s mužstvem pro patnáct deka ementálského sýra pro osobu."

Nežli velitel 11. kumpanie nadporučík Lukáš dle rozkazu hejtmana Ságnera vydal rozkazy týkající se pochodu mužstva bataliónu ke skladišti pro patnáct deka ementálského sýra na muže, objevil se před ním Švejk s nešťastným Balounem. Baloun se celý třásl.

"Poslušně hlásím, pane obrlajtnant," řekl s obvyklou ohebností Švejk, "věc, o kterou jde, je nesmírné důležitou. Prosil bych, pane obrlajtnant, abychom mohli tu celou záležitost *vyřídit někde vedle*, jako říkal jeden můj kamarád, Špatina ze Zhoře, když dělal svědka na svatbě a chtělo se mu najednou v kostele..."

"Tak co je, Švejku?" přerušil ho nadporučík Lukáš, kterému se již zastesklo stejně po Švejkovi jako Švejkovi po nadporučíkovi Lukášovi, "pojďme tedy kousek dál."

Baloun je následoval. vzadu, nepřestávaje se třást. Tento obr ztratil úplně duševní rovnováhu a klátil rukama v hrozném, beznadějném zoufalství.

"Tak co je, Švejku?" optal se nadporučík Lukáš, když zašli vedle.

"Poslušné hlásím, pane obrlajtnant," řekl Švejk, "že je vždycky lepší se k něčemu přiznat dřív, než až to praskne. Vy jste dal určitej rozkaz, pane obrlajtnant, aby vám, až přijedeme do Budapešti, Baloun přines tu vaši játrovou paštiku a housky. Dostals ten rozkaz, nebo ne?" obrátil se Švejk na Balouna.

Baloun počal ještě více klátit rukama, jako by se chtěl ubránit proti dorážejícímu nepříteli.

"Tento rozkaz," řekl Švejk, "nemohl bejt, bohužel, pane obrlajtnant, vykonanej. Já jsem tu vaši játrovou paštiku sežral... - Sežral jsem ji," řekl Švejk, šťouchaje do zděšeného Balouna, "poněvadž jsem si myslel, že játrová paštika se může zkazit. Já jsem čet několikrát v novinách, že se celá rodina votrávila játrovou paštikou. Jednou na Zderaze, jednou v Berouně, jednou v Táboře, jednou v Mladé Boleslavi, jednou v Příbrami. Všichni tej votravě podlehli. Játrová paštika, to je nejhorší prevít..."

Baloun, celý se třesa, postavil se stranou a strčil si prst do krku a vrhl v krátkých přestávkách. "Co je s vámi, Baloune?"

"Ble-ble-ju, é-é pane obr... é-é obr-lajt-nant é-é," používaje přestávek, volal nešťastný Baloun, "já-já ji sežra-é-é, sežra-éé-1-1-1, é-é, já-éé, sám-éé, ý-é -" Z nešťastného Balouna šly hubou ven i kousky staniolového obalu z paštiky.

"Jak vidíte, pane obrlajtnant," řekl Švejk, neztráceje ničeho ze své duševní rovnováhy, "vona taková každá sežraná paštika vyjde ven jako volej nad vodu. Já jsem to chtěl vzít sám na sebe, a von se pitomec takhle prozradí. Von je to docela hodnej člověk, ale sežere všechno, co je mu svěřený. Já jsem znal taky jednoho takovýho člověka. Byl sluha v jedný bance. Tomu mohli svěřit tisíce; jednou taky vyzvednut peníze zas v jiný bance a předali mu o tisíc korun a on to vrátil hned na místě, ale poslat ho za patnáct krejcarů pro krkovičku, tak polovičku na cestě sežral. Byl takovej chtivej na žrádlo, že když ho posílali úředníci za jitrnicema, tak je páral po cestě kapesním nožem a díry zalepoval englišflastrem, kerej ho stál při pěti jitrnicích víc než celá jitrnice."

Nadporučík Lukáš si vzdychl a odcházel.

"Račte mít nějaké rozkazy, pane obrlajtnant?" volal za ním Švejk, zatímco nešťastný Baloun neustále si strkal prst do krku.

Nadporučík Lukáš máchl rukou a odcházel k zásobovacímu skladišti, přičemž mu na mysl přišla podivná myšlenka, že když vojáci žerou svým důstojníkům játrové paštiky, že to Rakousko nemůže vyhrát.

Mezitím Švejk odváděl Balouna na druhou stranu vojenské trati. Přitom ho těšil, že se spolu podívají do města a přinesou odtamtud panu nadporučíkovi debrecínské párky, kterýž pojem uzenářské speciality sléval se u Švejka přirozeně s pojmem hlavního města Uherského království.

"Von by nám moh ujet vlak," bědoval Baloun, který při své nenažranosti spojoval též ohromnou lakotu.

"Když se jede na front," prohlásil Švejk, "tak se nikdy nic nezmeška, poněvadž každej vlak, kerej jede na front, si to moc dobře rozmyslí, aby přivez na konečnou stanici jenom půl ešalonu. Vostatně já ti dobře rozumím, Baloune. Máš zašitou kapsu."

Nešli však nikam, poněvadž ozval se signál k nastupování do vlaku. Mužstva jednotlivých rot vracela se od zásobovacího skladiště ku svým vagónům opět s prázdnem. Místo patnácti dekagramů ementálského sýra, který měl zde být rozdán, dostal každý po škatulce zápalek a jednu pohlednici, kterou vydalo komité pro válečné hroby v Rakousku (Vídeň XIX, 4, Canisiusgasse). Místo patnácti dekagramů ementálského sýra měl každý v ruce západohaličský hřbitov vojínů v Sedlisku s pomníkem nešťastných landveráků, zhotovených ulejvákem sochařem, jednoročním dobrovolníkem šikovatelem Scholzem.

U štábního vagónu panovalo též neobyčejné vzrušení. Důstojníci pochodového praporu shromáždili se kolem hejtmana Ságnera, který jim cosi rozčileně vykládal. Vrátil se právě z nádražního velitelství a měl v ruce velmi důvěrný skutečný telegram ze štábu brigády, sáhodlouhého obsahu, s instrukcemi a pokyny, jak si počínati v této nové situaci, ve které se ocitlo Rakousko dne 23. května 1915.

Brigáda telegrafovala, že Itálie vypověděla Rakousko-Uhersku válku.

Ještě v Brucku nad Litavou v důstojnickém kasině se často při obědech a večeřích s plnou hubou hovořilo o podivném jednání a chování Itálie, ale celkem vzato nikdo nečekal, že se splní prorocká slova toho idiota kadeta Bieglera, který jednou při večeři odstrčil talíř s makaróny a prohlásil: "Těch se najím až pod branami Verony."

Hejtman Ságner, prostudovav instrukce obdržené právě z brigády, dal troubiti alarm.

Když se všechno mužstvo pochodového praporu shromáždilo, bylo postaveno do čtverce a hejtman Ságner přečetl mužstvu neobyčejně vznešeným hlasem telegraficky mu dodaný příkaz po brigádě:

"Z bezpříkladné zrady a z lačnosti zapomněl italský král na bratrské závazky, kterými byl povinován jako spojenec našeho mocnářství. Od vypuknutí války, ve které se měl postaviti po bok našim statečným vojskám, hrál zrádný italský král roli maskovaného zákeřníka, chovaje se obojetně, udržuje přitom tajné vyjednávání s našimi nepřáteli, kteráž zrada vyvrcholila v noci z 22. na 23. květen vypovězením války našemu mocnářství. Náš nejvyšší velitel je přesvědčen, že naše vždy statečná a slavná vojska odpoví na ničemnou zradu nevěrného nepřítele takovým úderem, že zrádce přijde k poznání, jak, začav hanebně a zrádně válku, sám sebe zničil. V to důvěřujeme pevně, že s pomocí boží brzy nadejde den, kdy roviny italské opět uvidí vítěze od Santa Lucie, Vicenzy, Novary, Custozzy. Chceme zvítězit, musíme zvítězit, a jistě zvítězíme!"

Potom bylo obvyklé "Dreimal hoch!" a vojsko nasedlo opět do vlaku, jaksi zaraženo. Místo patnácti deka ementálského sýra mají na krku válku s Itálií.

***

Ve vagóně, kde seděl Švejk s účetním šikovatelem Vaňkem, telefonistou Chodounským, Balounem a kuchařem Jurajdou, rozpředl se zajímavý rozhovor o zasáhnutí Itálie do války.

"V Táborskej ulici v Praze byl taky takovej případ," začal Švejk. "Tam byl ňákej kupec Hořejší, kus vod něho dál naproti měl svůj krám kupec Pošmourný a mezi nima voběma byl hokynář Havlasa. Tak ten kupec Hořejší jednou dostal takovej nápad, aby se jako spojil s tím hokynářem Havlasou proti kupci Pošmournýmu, a začal s ním vyjednávat, že by mohli ty dva krámy spojit pod jednou firmou ,Hořejší a Havlasa'. Ale ten hokynář Havlasa šel hned k tomu kupci Pošmournýmu a povídá mu, že mu dává Hořejší dvanáct set za ten jeho hokynářský krám a že chce, aby s ním šel do kumpanie. Jestli ale von mu dá, Pošmourný, osmnáct stovek, tak že raději půjde s ním do kumpanie proti Hořejšímu. Tak se dohodli, a ten Havlasa ňákej čas pořád se oklouněl kolem toho Hořejšího, kerýho zradil, a dělal, jako by byl jeho nejlepším přítelem, a když přišla řeč na to, kdy to jako dají dohromady, říkal: ,Jó, to už bude brzo. Já jenom čekám, až přijedou partaje z letních bytů.' A když ty partaje přijely, tak vopravdu to už bylo hotový, jak von pořád sliboval tomu Hořejšímu, že se to dá dohromady. Ten, když šel jednou ráno votvírat krám, viděl velkej nadpis nad krámem svýho konkurenta, velikánskou firmu ,Pošmourný a Havlasa'."

"U nás," poznamenal pitomý Baloun, "byl taky jednou takový případ: chtěl jsem koupit vedle ve vesnici jalovici, měl jsem ji smluvenou a votickej řezník mně ji přebral pod nosem."

"Když už tedy zas máme novou vojnu," pokračoval Švejk, "když máme vo jednoho nepřítele víc, když máme zas novej front, tak se bude muset šetřit s municí. ,Čím víc je v rodině dětí, tím více se spotřebuje rákosek,' říkával dědeček Chovanec v Motole, kerej vyplácel rodičům v sousedství děti za paušál."

"Já mám jenom strach," řekl Baloun celý se třesa, "že kvůli tý Itálii budou menší porce."

Účetní šikovatel Vaněk se zamyslil a řekl vážné: "To všechno může být, poněvadž teď se to naše vítězství nějak protáhne."

"Teď bychom potřebovali novýho Radeckýho," prohodil Švejk, "ten už byl vobeznámenej s tamější krajinou, ten už věděl, kde je slabá stránka Taliánů a co se má šturmovat a vod který strany. Vono to není jen tak lehký, vlezt někam. To dovede každej, ale dostat se vodtamtud, to je pravý vojenský umění, Když už člověk někam vleze, tak musí vědět vo všem, co se kolem něho děje, aby se najednou nevoctnul před nějakou šlamastykou, kerej se říká katastrofa. To u nás jednou v domě, ještě na starým bytě, chytili na půdě zloděje, a von si chlap povšímnul, když tam vlez, že právě zedníci vopravujou světlík, von se jim tedy vytrh, skolil domovnici a spustil se po lešení dolů do světlíku a vodtamtud vůbec nemoh ven. Ale náš tatíček Radecký věděl vo každej cestě, nemohli ho nikde dostat. V jedný knížce vo tom jenerálovi bylo to celý popsaný, jak utek vod Santa Lucie a Taliáni jak taky utekli, a teprve jak druhej den vobjevil, že to vlastně vyhrál, když tam Taliány nenašel a neviděl dalekohledem, tak se vrátil a vobsadil vopuštěnou Santu Lucii. Vod tý doby byl menovanej maršálkem."

"Cožpak Itálie, to je pěkná země," prohodil kuchař Jurajda, "já sem byl jeďnou v Benátkách a vím, že Talián nazve každého prasetem. Když se rozčílí, je u něho každej porco maladetto. I papež je u něho porco, i ,madonna mia e porco`, ,papa e porco`."

Účetní šikovatel Vaněk naproti tomu velice sympaticky se vyjádřil o Itálii. Má v Kralupech při své drogérii výrobu citrónové šťávy, kterou dělá ze shnilých citrónů, a nejlacinější citróny a nejshnilejší vždy kupoval z Itálie. Teď bude konec s dopravou citrónů z Itálie do Kralup. Není pochyby, že válka s Itálií přinese různá překvapení, poněvadž se bude chtít Rakousko pomstít.

"Vono se řekne," usmál se Švejk, "pomstít se: Někdo myslí, že se pomstí, a nakonec to vodnese ten, koho si jako takovej člověk vybral za nástroj svý pomsty. Když jsem bydlel před lety na Vinohradech, tak tam bydlel v přízemí domovník a u toho na bytě byl jeden takovej malej ouředníček z ňáký banky, a ten chodil do jednoho výčepu v Krameriově ulici a pohádal se tam jednou s jedním pánem, kerej měl takovej ňákej ústav na Vinohradech pro analýzu moče. Ten pán vůbec na nic jinýho nemyslel a vo ničem jiném nemluvil a nosíval samé flaštičky s močí, každýmu to cpal pod nos, aby se taky vymočil a dal si prohlídnout moč, protože na takový prohlídce záleží štěstí člověka, rodiny a je to taky laciný, stojí to šest korun. Všichni, co chodili do výčepu, i hostinský a hostinská, dali si moč analýzovat, jenom ten úředníček se ještě držel, ačkoliv ten pán za ním lez pořád do pisoáru, když šel ven, a vždycky mu starostlivě říkal: ,Já nevím, pane Skorkovský, mně se ta vaše moč nějak nelíbí, vymočte se do lahvičky, dřív než bude pozdě!` Konečně ho přemluvil. Stálo to úředníčka šest korun a ten pán mu ten rozbor jak náležitě vosladil, jako to už udělal těm všem ve výčepu, nevyjímaje ani hostinského, kterýmu kazil živnost, poněvadž takovej rozbor vždycky provázel říkáním, že je to moc vážnej případ, že nikdo nesmí nic pít kromě vody, že nesmí kouřit, že se nesmí ženit a že má jíst jen samou zeleninu. Tak ten úředníček měl na něho jako všichni strašnej vztek a zvolil si domovníka za nástroj svý pomsty, poněvadž znal domovníka jako surovce. Tak jednou tomu pánovi, co prováděl tu analýzu moči, povídá, že ten domovník už se necejtí zdráv nějakej čas a že ho prosí, aby si zejtra ráno k sedmej hodině přišel k němu pro moč, že si ji dá prozkoumat. A von tam šel. Domovník ještě spal, když ho ten pán vzbudil a povídal mu přátelsky: ,Moje úcta, pane Málek, dobré jitro přeji. Tady prosím lahvička, račte se vymočit a dostanu šest korun: Ale to bylo boží dopuštění potom, jak ten domovník vyskočil v kafatech z postele, jak toho pána chyt za krk, jak s ním praštil vo almaru, až ho do ní zafasoval! Když ho vytáh z almary, popad bejkovec a už ho hnal dolů v katatech Čelakovskýho ulicí, a ten ječel, jako když šlápneš psovi na vocas, a na Havlíčkově třídě skočil do elektriky, a domovníka chyt strážník, sepral se s ním, a poněvadž byl domovník v katatech a všechno mu lezlo ven, tak ho kvůli takovýmu pohoršení hodili do košatinky a vodvezli na policii, a von ještě z košatinky řval jako tur: ,Vy pacholci, já vám ukážu mně analýzovat moč: Seděl šest měsíců pro veřejný násilí a pro urážku stráže, a potom ještě po vyhlášení rozsudku dopustil se urážky panovnickýho domu, tak snad sedí ještě dnes, a proto říkám, chtít se někomu pomstít, že to vodnese nevinnej člověk."

Baloun mezitím úsilovně o něčem přemýšlel, až nakonec otázal se se strachem Vaňka: "Prosím, pane rechnungsfeldvébl, vy tedy myslíte, že kvůli tý válce s Itálií budem fasovat menší mináž?"

"To je nabíledni," odpověděl Vaněk.

"Ježíšmarjá," vykřikl Baloun, sklonil hlavu do dlaní a seděl tiše v koutku.

Tím skončila v tomto vagóně definitivně debata o Itálii.

***

Ve štábním vagóně rozhovor o nově utvořených válečných poměrech zasáhnutím Itálie do války byl by býval jisté velice fádní, když zde nebylo již slavného vojenského teoretika kadeta Bieglera, kdyby byl jaksi ho nezastoupil poručík Dub od třetí kumpanie.

Poručík Dub byl v civilu profesorem češtiny a již v té době jevil neobyčejný sklon k tomu, aby všude, kde jen to bylo možno, mohl vyjádřit svou loajálnost. V písemných pracech předkládal svým žákům témata z dějin rodu habsburského. V nižších třídách strašil žáky císař Maxmilián, který vlezl na skálu a nemohl slézt dolů, Josef II. jako oráč a Ferdinand Dobrotivý. Ve vyšších třídách byla ta témata ovšem spletenější, jako kupříkladu úloha pro septimány: "Císař František Josef I., podporovatel věd a umění", kteráž práce vynesla jednomu septimánovi vyloučení ze všech středních škol říše rakousko-uherské, poněvadž napsal, že nejkrásnějším činem tohoto mocnáře bylo založení mostu císaře Františka Josefa I. v Praze.

Velice dbal vždy toho, aby všichni jeho žáci při císařských narozeninách a jiných podobných císařských slavnostech zpívali~s nadšením rakouskou hymnu.

Ve společnosti byl neoblíben, poněvadž o něm bylo jisto, že je též denunciantem mezi svými kolegy. V městě, kde vyučoval, byl jedním z členů trojlístku největších pitomců a mezků, který se skládal z něho, okresního hejtmana a ředitele gymnasia. V tomto úzkém kroužku naučil se politizovat v rámcích rakousko-uherského mocnářství. Též nyní počal vykládat své rozumy hlasem a přízvukem zkostnatělého profesora:

"Celkem vzato mé naprosto nepřekvapilo vystoupení Itálie. Čekal jsem to již před třemi měsíci. Je jisté, že Itálie značně zpyšněla poslední dobou, následkem vítězné války s Tureckem o Tripolis. Kromě toho příliš spoléhá se na své loďstvo i na náladu obyvatelstva v našich přímořských zemích a v jižním Tyrolsku. Ještě před válkou mluvil jsem o tom s naším okresním hejtmanem, aby naše vláda nepodceňovala iredentistické hnutí na jihu. Dal mně též úplné za pravdu, poněvadž každý prozíravý člověk, kterému záleží na zachování této říše, musel již dávno předpokládat, kam bychom dospěli s přílišnou shovívavostí vůči takovým živlům. Pamatuji se dobře, že asi před dvěma lety jsem prohlásil v rozmluvě s panem okresním hejtmanem, že Itálie, bylo to v době balkánské války při aféře našeho konzula Prohasky, čeká na nejbližší příležitost nás zákeřně napadnout. - A teď to máme!" vykřikl takovým hlasem, jako by se s ním všichni hádali, ačkoliv všichni přítomní aktivní důstojníci si při jeho řeči mysleli, aby jim ten civilista žvanil vlezl na záda.

"Je pravdou," pokračoval již mírnějším tónem, "že se ve většině případech i ve školních úlohách zapomínalo na náš bývalý poměr s Itálií, na ony veliké dny slavných vítězných armád i v roce tisíc osm set čtyřicet osm, i v roce tisíc osm set šedesát šest, o kterých se mluví ve dnešních příkazech po brigádě. Já jsem však ale vykonal vždy svou povinnost a ještě před ukončením školního roku, takřka na samém začátku války, dal jsem svým žákům slohový úkol: ‚Unsre Helden in Italien von Vicenza bis zur Custozza, oder...' "

A blbeček poručík Dub slavnostně dodal: "...Blut und Leben für Habsburg! Für ein Osterreich, ganz, einig, groß!' "...

***

Odmlčel se a čekal patrně, že ostatní ve štábním vagóně též budou mluvit o nové utvořené situaci a on že jim ještě jednou dokáže, že to už věděl před pěti lety, jak se jednou zachová Itálie ku svému spojenci. Zklamal se však úplně, neboť hejtman Ságner, kterému přinesl batalionsordonanc Matušič ze stanice večerní vydání Pester Lloydu, řekl, dívaje se do novin: "Tak vida, ta Weinerová, kterou jsme viděli v Brucku vystupovat pohostinsky, hrála zde včera na scéně Malého divadla."

Tím byla zakončena ve štábním vagóně debata o Itálii.

***

Kromě těch, kteří seděli vzadu, bataliónní ordonanc Matušič a sluha hejtmana Ságnera Batzer dívali se na vojnu s Itálií ze stanoviska čistě praktického, poněvadž, kdysi dávno před léty, ještě za aktivní služby, zúčastnili se oba nějakých manévrů v jižním Tyrolsku.

"To se nám to špatně poleze do těch kopců," řekl Batzer, "hejtman Ságner má těch kufrů hromadu. Já jsem sice z hor, ale je to docela něco jiného, když si člověk vezme flintu pod kabát a jde si vyhlídnout nějakého zajíce na panství knížete Švarcenberka."

"Jestli totiž nás hodí dolů na Itálii. Mně by se to taky nezamlouvalo, lítat po kopcích a ledovcích s rozkazy. Potom to žrádlo tam dole, samá polenta a olej," smutně řekl Matušič.

"A proč by zrovna nás nestrčili do těch hor," rozčiloval se Batzer, "náš regiment už byl v Srbsku, Karpatech, už jsem se tahal s kufry pana hejtmana po horách, dvakrát už jsem je ztratil; jednou v Srbsku, podruhé v Karpatech, v takové patálii, a může být, že mě to čeká potřetí na italské hranici, - a co se týká toho žrádla tam dole..." Odplivl si. Přisedl důvěrně blíže k Matušičovi: "Víš, u nás v Kašperských Horách děláme takové maličké knedlíčky z těsta ze syrových brambor, ty se uvaří, pak se obalejí ve vejci, posypou se pěkně houskou a potom se opíkají na špeku." Poslední slovo pronesl takovým tajemně slavnostním hlasem.

"A nejlepší jsou s kyselým zelím," dodal melancholicky, "to musí jít makaróny do hajzlu."

Tím i zde skončil rozhovor o Itálii...

- - - - - - V ostatních vagónech, poněvadž vlak stál již přes dvě hodiny na nádraží, šel jeden hlas, že asi vlak obrátí a pošlou ho na Itálii.

Tomu by nasvědčovalo též to, že se zatím děly s ešalonem podivné věci. Opět všechno mužstvo vyhnali z vagónů, přišla inspekce s dezinfekčním sborem a vykropila pěkné všechny vagóny lyzolem, což bylo přijato, zejména ve vagónech, kde vezli zásoby komisárku, s velkou nelibostí.

Rozkaz je ale rozkaz, sanitní komise vydala rozkaz vydezinfikovati všechny vagóny ešalonu 728, proto zcela klidně postříkali hromady komisárku a pytle s rýží lyzolem. To už bylo přece znát, že se něco zvláštního děje.

Potom zas to všechno vehnali do vagónů a za půl hodiny zas to všechno vyhnali ven, poněvadž přišel si ešalon prohlédnout takový staříčký generál, takže Švejkovi ihned napadlo zcela přirozené pojmenování starého pána. Stoje vzadu za frontou poznamenal k účetnímu šikovateli Vaňkovi: "Je to chcípáček."

A starý generál procházel se dál před frontou, provázen hejtmanem Ságnerem, a zastavil se před jedním mladým vojákem, aby jaksi celé mužstvo nadchl, a otázal se ho, odkud je, jak je stár a má-li hodinky. Voják sice jedny měl, ale poněvadž myslel, že dostane od starého pána ještě jedny, řekl, že žádné nemá, načež staříčký chcípáček generál s takovým připitomělým úsměvem, jako to dělával císař František Josef, když oslovoval někde ve městech starosty, řekl: "To je dobře, to je dobře," načež poctil oslovením vedle stojícího kaprála, kterého se optal, je-li jeho manželka zdráva.

"Poslušné hlásím," zařval desátník, "že nejsem ženat," načež generál se svým blahosklonným úsměvem řekl opět své: "To je dobře, to je dobře."

Potom generál v stařecké dětinnosti požádal hejtmana Ságnera, aby mu předvedl, jak se vojáci sami počítají do dvojstupu, a za chvilku již znělo: "První-druhý, první-druhý, první-druhý."

To měl generál chcípáček velice rád. Měl dokonce doma dva burše, které si stavěl doma před sebe, a ti museli sami počítat: "První-druhý, první-druhý..." Takových generálů mělo Rakousko hromadu.

Když tedy byla přehlídka šťastně odbyta, při čem generál neskrblil pochvalou před hejtmanem Ságnerem, bylo dovoleno mužstvu pohybovat se v obvodu nádraží, poněvadž přišla zpráva, že se pojede ještě až za tři hodiny. Mužstvo se tedy procházelo kolem a očumovalo, poněvadž bývá na nádraží dosti obecenstva, tu a tam přece jen některý voják vyžebral si cigaretu.

Bylo vidět, že jaksi to prvotní nadšení, vyjadřující se v slavném vítání ešalonů na nádražích, již hluboce kleslo a upadlo až na žebrotu.

K hejtmanovi Ságnerovi dostavila se deputace Spolku pro vítání hrdinů, sestávající ze dvou strašně utahaných dam, které odevzdaly dárek patřící ešalonu, totiž dvacet krabiček voňavých pastilek do úst, reklamy to jedné pešťské továrny na cukrovinky. Krabičky ústních voňavých pastilek byly pěkně provedeny z plechu, na víčku byl namalován uherský honvéd, který tiskne ruku rakouskému landšturmákovi, a nad nimi září koruna svatoštěpánská. Kolem byl německý a maďarský nápis: "Für Kaiser, Gott und Vaterland."

Továrna na cukrovinky byla tak loajální, že dala přednost císaři před pánembohem.

Každá krabička obsahovala osmdesát pastilek, takže asi celkem přibližně pět pastilek přišlo na tři muže. Kromě toho přinesly ustarané, utahané dámy veliký balík vytištěných dvou modliteb, sepsaných budapešťským arcibiskupem Gézou ze Szatmár-Budafalu. Byly německo-maďarské a obsahovaly nejstrašnější prokletí všech nepřátel. Psány byly tyto modlitbičky tak vášnivě, že tam jenom na konci scházelo řízné maďarské "Baszom a Krisztusmárját!"

Dle ctihodného arcibiskupa měl dobrotivý bůh Rusy, Angličany, Srby, Francouze, Japonce rozsekat na nudle a na paprikaguláš. Dobrotivý bůh měl se koupat v krvi nepřátel a pomordovat to všechno, jako to udělal surovec Herodes s mláďátky.

Důstojný arcibiskup budapešťský použil ve svých modlitbičkách například takových pěkných vět: "Bůh žehnej vašim bodákům, aby hluboko vnikly v břicha vašich nepřátel. Nechť nejvýš spravedlivý Hospodin řídí dělostřelecký oheň nad hlavy nepřátelských štábů. Milosrdný bůh dejž, aby se všichni nepřátelé zalkli ve své vlastní krvi, z ran, které vy jim nanesete!"

Proto je třeba ještě jednou opakovat, že k těmto modlitbičkám nakonec nic jiného nescházelo než to "Baszom a Krisztusmárját!"

Když to všechno obě dámy odevzdaly, projevily hejtmanovi Ságnerovi zoufalé přání, zdali by nemohly být přítomny při rozdávání dárků. Jedna dokonce měla takovou odvahu zmínit se, že by při té příležitosti mohla promluvit k vojínům, které jinak nenazývala nežli "unsere braven Feldgrauen".

Obě tvářily se strašně uražené, když hejtman Ságner zamítl jejich žádost. Prozatím tyto milodary putovaly do vagónu, kde bylo skladiště. Ctihodné dámy prošly řadou vojáků a jedna z nich neopomenula při té příležitosti popleskati jednoho zarostlého vojáka po tváři. Byl to nějaký Šimek z Budějovic, který neznaje ničeho o tom vznešeném poslání těch dam, prohodil k svým soudruhům po odchodu dám: "Jsou ale tady ty kurvy drzý. Kdyby aspoň taková vopice vypadala k světu, ale je to jako čáp, člověk nic jiného nevidí než ty haksny a vypadá to jako boží umučení, a ještě si taková stará rašple chce něco začínat s vojáky."

Na nádraží bylo velice živo. Událost s Italy způsobila zde jistou paniku, poněvadž byly zadrženy dva ešalony s dělostřelectvem a poslány do Štyrska. Byl zde též ešalon Bosňáků, který tu čekal již dva dny z nějakých neznámých příčin a byl úplně zapomenut a ztracen. Bosňáci již dva dni nefasovali mináž a chodili žebrat chleba po Nové Pešti. Také nebylo nic jiného slyšet nežli rozčilený hovor ztracených Bosňáků, živě gestikulujících, kteří vyráželi neustále ze sebe: "Jebem ti boga - jebem ti dušu, jebem ti majku."

Potom pochodový prapor jednadevadesátých byl opět sehnán dohromady a nastoupil místo ve svých vagónech. Za chvilku však batalíónní ordonanc Matušič vrátil se z nádražního velitelství se zprávou, že se pojede až za tři hodiny. Proto opět svolané mužstvo bylo puštěno z vagónů. Těsně před odjezdem vlaku vstoupil do štábního vagónu velice rozčileně poručík Dub a žádal hejtmana Ságnera, aby dal neprodleně Švejka zavřít: Poručík Dub, starý známý denunciant na svém působišti jako gymnasiální profesor, dával se rád do rozhovoru s vojáky, přičemž pátral po jejich přesvědčení, a zároveň, aby je mohl poučiti a vysvětliti, proč bojují, zač bojují.

Na své obchůzce viděl vzadu, za nádražní budovou, stát u lucerny Švejka, který se zájmem si prohlížel plakát nějaké dobročinné vojenské loterie. Ten plakát znázorňoval, jak rakouský voják připichuje vyjeveného vousatého kozáka ke zdi.

Poručík Dub poklepal Švejkovi na rameno a otázal se, jak se mu to líbí.

"Poslušně hlásím, pane lajtnant," odpověděl Švejk, "že je to blbost. Už jsem viděl hodně pitomejch plakátů, ale takovou hovadinu sem ještě neviděl."

"Copak se vám na tom nelíbí?" optal se poručík Dub.

"Mně se, pane lajtnant, na tom plakátu nelíbí to, jak ten voják zachází se svěřenejma zbraněma, dyť von může ten bajonet zlomit vo zeď, a potom je to vůbec zbytečný, byl by za to trestanej, poněvadž ten Rus má ruce nahoře a vzdává se. On je zajatej, a se zajatci se musí slušně zacházet, poněvadž je to marný, ale jsou to taky lidi."

Poručík Dub pátral tedy dále po Švejkově smýšlení a optal se ho: "Vám je tedy toho Rusa líto, že ano?"

"Mně je líto, pane lajtnant, vobou, i toho Rusa, protože je propíchnutej, i toho vojáka, protože by byl za to zavřenej. Dyť von, pane lajtnant, musel ten bajonet přitom zlomit, to je marný, dyť to vypadá jako kamenná zeď, kam to vráží, a vocel je křehká. To jsem vám jednou; pane lajtnant, ještě do vojny, v aktivní službě, měli jednoho pana lajtnanta u kumpanie. Ani starej zupák nedoved se tak vyjadřovat jako ten pan lajtnant. Na cvičišti nám říkal: ‚Když je habacht, tak musíš vyvalovat voči, jako když kocour sere do řezanky.` Ale jinak byl moc hodnej člověk. Jednou na Ježíška se zbláznil, koupil pro kumpanii celej vůz kokosovejch vořechů, a vod tý doby vím, jak sou bajonety křehký. Půl kumpanie zlámalo si vo ty vořechy bajonety a náš obrstlajtnant dal celou kumpanii zavřít, tři měsíce jsme nesměli ž kasáren, pan lajtnant měl domácí vězení..."

Poručík Dub podíval se rozzlobené do bezstarostného obličeje dobrého vojáka Švejka a otázal se ho zlostně: "Znáte mne?"

"Znám vás, pane lajtnant."

Poručík Dub zakoulel očima a zadupal: "Já vám povídám, že mě ještě neznáte."

Švejk odpověděl opět s tím bezstarostným klidem, jako když hlásí raport: "Znám vás, pane lajtnant, jste, poslušně hlásím, od našeho maršbataliónu."

"Vy mě ještě neznáte," křičel poznovu poručík Dub, "vy mne znáte možná z té dobré stránky, ale až mne poznáte z té špatné stránky. Já jsem zlý, nemyslete si, já každého přinutím až k pláči. Tak znáte mne, nebo mne neznáte?"

"Znám, pane lajtnant "

"Já vám naposled říkám, že mne neznáte, vy osle. Máte nějaké bratry?"

"Poslušně hlásím, pane lajtnant, že mám jednoho."

Poručík Dub rozvztekil se při pohledu na Švejkův klidný, bezstarostný obličej, a neovládaje se více, zvolal: "To také bude ten váš bratr takové hovado, jako jste vy. Čímpak byl?"

"Profesorem, pane lajtnant. Taky byl na vojně a složil oficírskou zkoušku."

Poručík Dub podíval se na Švejka, jako by ho chtěl probodnout. Švejk snesl s důstojnou rozvahou zlý pohled poručíka Duba, takže prozatím celá rozmluva mezi ním a poručíkem skončila slovem "Abtreten!"

Každý šel tedy svou cestou a každý si myslel svoje.

Poručík Dub si myslil o Švejkovi, že řekne panu hejtmanovi, aby ho dal zavřít, a Švejk si opět myslel, že viděl již mnoho pitomých důstojníků, ale takový, jako je poručík Dub, je přece u regimentu vzácností.

Poručík Dub, který zejména dnes si umínil, že musí vychovávat vojáky, našel si za nádražím novou oběť. Byli to dva vojáci od pluku, ale od jiné roty, kteří tam smlouvali ve tmě lámanou němčinou s dvěma poběhlicemi, kterých se potloukaly celé tucty kolem nádraží.

Vzdalující se Švejk slyšel ještě zcela zřetelně ostrý hlas poručíka Duba: "Znáte mne?!... Ale já vám říkám, že mne neznáte!... Ale až mne poznáte!... Vy mne znáte třebas z té dobré stránky!... Já vám říkám, až mne poznáte z té špatné stránky!... Já vás přinutím až k pláči, oslové!... Máte nějaké bratry?... To budou také taková hovada, jako jste vy!... Čím byli?... U trénu?... Nu dobře...

Pamatujte, že jste vojáci... Jste Češi?... Víte, že řekl Palacký, že kdyby nebylo Rakouska, že bychom ho musili vytvořit... Abtreten...!"

Obchůzka poručíka Duba neměla však celkem pozitivního výsledku. Zastavil ještě asi tři skupiny vojáků a jeho výchovná snaha "přinutit až k pláči" úplné ztroskotala. Byl to takový materiál, který byl odvážen do pole, že z očí každého jednotlivce vycitoval poručík Dub, že si všichni o něm myslí něco jistě velice nepříjemného. Byl uražen ve své pýše a výsledek toho byl, že před odjezdem vlaku žádal ve štábním vagóně hejtmana Ságnera, aby byl Švejk zavřen. Mluvil přitom, odůvodňuje nutnost izolace dobrého vojáka Švejka, o prapodivném, drzém vystupování, přičemž nazval upřímné odpovědi Švejkovy na svou poslední otázku jízlivými poznámkami. Kdyby to takhle šlo dál, ztrácí důstojnický sbor v očích mužstva veškerou vážnost, o čemž jistě z pánů důstojníků nikdo nepochybuje. On sám ještě před válkou mluvil o tom s panem okresním hejtmanem, že každý nadřízený musí hledět vůči svým podřízeným zachovati jistou autoritu. Pan okresní hejtman byl také téhož mínění. Zejména teď na vojně, čím více přibližuje se člověk k nepříteli, je třeba udržeti jakousi hrůzu nad vojáky. Proto tedy žádá, aby byl Švejk disciplinárně potrestán.

Hejtman Ságner, který jako aktivní důstojník nenáviděl všechny ty rezervní důstojníky od různých branží z civilu, upozornil poručíka Duba, že podobná oznámení mohou se díti jedině ve formě raportu, a ne takovým zvláštním hokynářským způsobem, jako když se smlouvá na ceně brambor. Pokud se týká samotného Švejka, první instancí, jejíž pravomoci Švejk podléhá, že je pan nadporučík Lukáš. Taková věc se dělá čistě po raportu. Od kumpanie že jde taková věc k batalónu a to je snad panu poručíkovi známo. Jestli Švejk něco provedl, tak přijde před kumpanieraport, a když se odvolá, k batalionsraportu. Jestli si však pan nadporučík Lukáš přeje a považuje-li vypravování pana poručíka Duba za oficielní oznámení ku potrestání, že ničeho proti tomu nemá, aby byl Švejk předveden a vyslechnut.

Nadporučík Lukáš ničeho proti tomu nenamítal, jediné poznamenal, že z vypravování Švejkova ví sám velice dobře, že bratr Švejkův byl skutečně profesorem a rezervním důstojníkem. Poručík Dub se zakolísal a řekl, že on žádal za potrestání jedině v širším smyslu a že může být, že dotyčný Švejk se nedovede vyjádřit, a tak že jeho odpovědi činí dojem drzosti, jízlivosti a neúcty k představeným. Kromě toho že z celého vzezření dotyčného Švejka je vidět, že je mdlého rozumu.

Tím vlastně přešla celá bouřka přes hlavu Švejka, aniž by byl hrom uhodil.

Ve vagónu, kde byla kancelář a skladiště batalónu, účetní šikovatel pochodového praporu Bautanzel velmi blahosklonně rozdal dvěma písařům od batalónu po hrsti ústních pokroutek z těch krabiček, které se měly rozdat mezi batalión. To bylo obvyklým zjevem, že všechno, co bylo určeno pro mužstvo, muselo prodělat stejně manipulaci v batalliónní kanceláři jako nešťastné pokroutky.

To bylo všude něco tak obvyklého ve válce, že když někde se shledalo při inspekci, že se nekrade, byl přece jen každý z těch účetních šikovatelů ve všech možných kancelářích v podezření, že překročuje rozpočet a provádí zas jiné šmejdy, aby to klapalo.

Proto zde, když se všichni cpali těmito pokroutkami, aby aspoň toho svinstva užili, když už nebylo nic jiného, o co by se dalo mužstvo okrást, promluvil Bautanzel o smutných poměrech na této cestě: "Prodělal jsem už dva maršbatalióny, ale takovou bídnou cestu jako teď jsme nedělali. Panečku, než jsme přijeli tenkrát do Prešova, tak jsme měli haldy všeho, na co si člověk pomyslil. Měl jsem schováno deset tisíc memfisek, dvě kola ementálského sýra, tři sta konzerv, a potom, když už se šlo na Bardějov do zákopů, Rusové od Mušiny odřízli spojení na Prešov, potom se dělaly obchůdky. Odevzdal jsem z toho všeho naoko desátou část pro maršbatalión, že jsem to jako ušetřil, a rozprodal jsem to ostatní všechno u trénu. Měli jsme u nás majora Sojku, a to byla pěkná svině. On sice nebyl žádný hrdina a nejraději se potloukal u nás u trénu, poněvadž tam nahoře hvízdaly kuličky a praskaly šrapnely. A to vždycky přišel k nám pod záminkou, že musí se přesvědčit, jestli se pro mužstvo batalіónu vaří pořádné. Obyčejné přišel k nám dolů, když došla zpráva, že Rusové zas něco chystají; celý se třás, musel na kuchyni vypít rum a potom teprve dělal prohlídku ve všech polních kuchyních, které byly kolem trénu, poněvadž nahoru do pozic se nemohlo a mináž nahoru se nosila v noci. Byli jsme tenkrát v takových poměrech, že o nějaké důstojnické mináži nemohla být ani řeč. Jednu cestu, která ještě byla volná s týlem, měli obsazenu Němci z říše, kteří zadržovali všechno, co lepšího nám posílali z týlu, a sežrali to sami, takže na nás už nedošlo; my jsme všichni u trénu zůstali bez oficírsmináže. Za tu celou dobu nic víc se mně nepodařilo ušetřit pro nás v kanceláři než jedno prasátko, které jsme si dali vyudit, a aby ten major Sojka na to nepřišel, tak jsme ho měli uschované hodinu cesty u artilérie, kde jsem měl jednoho známého feuerwerkra. Tak ten major, když přišel k nám, začal vždy ochutnávat v kuchyni polévku. Pravda, masa mnoho se nemohlo vařit, jen tak co se sehnalo prasat nebo hubených krav v okolí. To nám ještě Prušáci dělali velkou konkurenci a dávali dvakrát tolik při rekvizici za dobytek. Za tu celou dobu, co jsme stáli pod Bardějovem, jsem si při nákupu dobytka neušetřil víc než něco málo přes dvanáct set korun, a to jsme ještě většinou namísto peněz dávali poukázky se štemplem batalіónu, zejména poslední dobou, když jsme věděli, že Rusové na východ od nás jsou v Radvani a na západ v Podolíně. Nejhůř se pracuje s takovým národem, jako je tam, který neumí číst a psát a podpisuje se jenom třemi křížky, o čemž naše intendantstvo velice dobře vědělo, takže když jsme posílali pro peníze na intendantstvo, nemohl jsem přiložit do přílohy padělané kvitance, že jsem jim vyplatil peníze; to se může dělat jenom, kde je národ vzdělanější a umí se podpisovat. A potom, jak už říkám, Prušáci nás přepláceli a platili hotově, a když jsme někam přišli, tak na nás pohlíželi jako na raubíře, a intendantstvo vydalo ještě k tomu rozkaz, že kvitance podepsané křížky předávají se polní účetní kontrole. A těch chlapů se jenom hemžilo. Přišel takový chlap, nažral se u nás a napil, a druhý den šel nás udat. Ten major Sojka chodil pořád po těch kuchyních, namouduši, věřte mně, vytáhl jednou z kotle maso pro celou čtvrtou kumpačku. Začal s vepřovou hlavou, o té řekl, že není dovařená, tak si ji dal ještě chvilku povařit; pravda, tehdy masa se mnoho nevařilo, na celou kumpanii přišlo asi dvanáct starých, poctivých porcí masa, ale on to všechno sněd, potom ochutnal polévku a spustil rámus, že je jako voda, co je to za pořádek, masová polévka bez masa, dal ji zapražit a hodil do ní moje poslední makaróny, co jsem ušetřil za tu celou dobu. Ale to mne tak nemrzelo jako to, že na tu jíšku praskly dvě kila čajového másla, které jsem vyšetřil ještě v té době, kdy byla důstojnická mináž. Měl jsem je na takové rechně nad kavalcem, on se na mé rozeřval, komu prý to patří. Já jsem mu tedy řekl, že podle rozpočtu na stravování vojáků, dle posledního příkazu po divizi, připadá na jednotlivého vojáka na přilepšení patnáct gramů másla nebo jednadvacet gramů sádla, poněvadž to nestačí, zůstávají zásoby másla stát tak dlouho, dokud se nebude moci přilepšit mužstvu másla v plné váze. Major Sojka se velice rozčílil, začal křičet, že asi patrné čekám, až přijdou Rusové a seberou nám poslední dvě kila másla, hned že to musí přijít do polévky, když je polévka bez masa. Tak jsem přišel o celou zásobu, a věřte mně, že ten major mně přinášel, jak se objevil, jen samou smůlu. On měl pomalu tak čich vyvinutý, že hned věděl o všech mých zásobách. Jednou jsem ušetřil na manšaftu hovězí játra a chtěli jsme si je dusit, když vtom šel pod kavalec a vytáhl je. Řekl jsem mu na jeho řvaní, že játra ta jsou určena k zakopání, že dopoledne to zjistil jeden podkovář od artilérie, který má veterinářský kurs. Major sebral maníka od trénu a potom s tím maníkem vařili si játra nahoře pod skalami v kotlíkách, a to byl také jeho osud, že Rusové viděli ten oheň, práskli do majora, do kotlíku osmnáctkou. Potom jsme se tam šli podívat, a člověk nerozeznal, jestli po těch skalách se válejí játra hovězí nebo játra pana majora."

***

Potom přišla zpráva, že se pojede ještě až za čtyři hodiny. Trať nahoře na Hatvan že je zastavena vlaky s raněnými. Také se rozšiřovalo po nádraží, že u Jágru srazil se jeden sanitní vlak s nemocnými a raněnými s vlakem vezoucím dělostřelectvo. Z Pešti že tam jedou pomocné vlaky.

Za chvíli pracovala již fantazie celého bataliónu. Mluvilo se o 200 mrtvých a raněných, o tom, že se ta srážka stala zúmyslně, aby se nepřišlo na podvody v zásobování nemocných.

To dalo podnět k ostré kritice o nedostatečném zásobování bataliónu a o zlodějích v kanceláři a ve skladišti.

Většina byla toho mínění, že účetní šikovatel batalionu Bautanzel dělí se o všechno napolovic s důstojníky.

Ve štábním vagóně oznámil hejtman Ságner, že dle maršrúty mají být už vlastně na haličské hranici. V Jágru že měli už vyfasovat na tři dny pro mužstvo chleba a konzervy. Do Jágru že mají ještě deset hodin jízdy. V Jágru že je opravdu tolik vlaků s raněnými z ofenzívy za Lvovem, že podle telegramu není v Jágru ani veky komisárku, ani jedné konzervy. Obdržel rozkaz vyplatit místo chleba a konzerv 6 K 72 h na muže, což má být vyplaceno při rozdávání žoldu za devět dní, jestli totiž dostane do té doby peníze od brigády. V pokladně je jenom něco přes dvanáct tisíc korun.

"To je ale svinstvo od regimentu," řekl nadporučík Lukáš, "pustit nás takhle bídně do světa." Nastal vzájemný šepot mezi fénrichem Wolfem a nadporučíkem Kolářem, že plukovník Schrtider za poslední tři neděle poslal na své konto do vídeňské banky šestnáct tisíc korun.

Nadporučík Kolář pak vyprávěl, jak se šetří. Ukradne se na regimentu šest tisíc korun a strčí se do své vlastní kapsy a s důslednou logikou dá se rozkaz po všech kuchyních, aby se denně na muže strhly v kuchyni tři gramy hrachu.

Za měsíc to dělá devadesát gramů na muže, a na kuchyni u každé kumpanie musí být nejmíň ušetřena zásoba 16 kilogramů hrachu a s tou se musí kuchař vykázat.

Nadporučík Kolář vyprávěl si s Wolfem jen povšechné o určitých případech, které zpozoroval. Jisto však bylo, že takovými případy byla přeplněna celá vojenská správa. Začínalo to účetním šikovatelem u nějaké nešťastné kumpanie a končilo to křečkem v generálských epuletách, který si dělal zásoby na poválečnou zimu.

Vojna vyžadovala udatnost i v krádeži.

Intendanti dívali se láskyplně na sebe, jako by chtěli říct: Jsme jedno tělo a jedna duše, kradem, kamaráde, podvádíme, bratře, ale nepomůžeš si, proti proudu je těžko plovat. Když ty nevezmeš, vezme druhý a ještě o tobě řekne, že proto už nekradeš, poněvadž sis už nahrabal toho dost.

Do vagónu vkročil pán s červenými a zlatými lampasy. Byl to opět jeden z generálů projíždějících se po všech tratích na inspekci.

"Sedněte si, pánové," pokynul vlídné, maje radost, že překvapil opět nějaký ešalon, o kterém nevěděl, že tam bude stát.

Když hejtman Ságner chtěl mu podati raport, mávl jen rukou: "Váš ešalon není v pořádku. Váš ešalon nespí. Váš ešalon má již spát. V ešalonech se má spát, když stojí na nádraží, jako v kasárnách - v devět hodin."

Mluvil úsečně: "Před devátou hodinou vyvede se mužstvo na latríny za nádražím - a potom se jde spát. Jinak mužstvo v noci znečistí trať. Rozumíte, pane hejtmane? Opakujte mně to. Nebo neopakujte mně to a udělejte mně to, jak si přeji. Odtroubit alarm, hnát to na latríny, zatroubit štrajch a spát, kontrolovat, kdo nespí. Trestat! Ano! Je to všechno? Večeři rozdat v šest hodin."

Mluvil nyní o něčem v minulosti, o tom, co se nestalo, co bylo jaksi za nějakým druhým rohem. Stál tu jako přízrak z říše čtvrté dimenze.

"Večeři rozdat v šest hodin," pokračoval dívaje se na hodinky, které ukazovaly deset minut po jedenácté hodině noční. "Um halb neune Alarm, Latrinenscheißen, dann schlafen gehen. K večeři zde v šest hodin guláš s brambory místo patnácti deka ementálského sýra."

Potom následoval rozkaz ukázat pohotovost. Opět dal tedy hejtman Ságner zatroubit alarm a inspekční generál, dívaje se na seřazování batalionu do šiku, procházel se s důstojníky a neustále k nim mluvil, jako by to byli nějací idioti a nemohli to hned pochopit, přičemž ukazoval na ručičky hodinek: "Also, sehen sie. Um halb neune scheißen und nach einer halben Stunde schlafen. Das genügt vollkommen. V této přechodné době má beztoho mužstvo řídkou stolici. Hlavně kladu důraz na spánek. To je posila k dalším pochodům. Dokud je mužstvo ve vlaku, musí si odpočinout. Jestli není dosti místa ve vagónech, mužstvo spí partienweise. Jedna třetina mužstva ve vagónu si lehne pohodlně a spí od devíti do půlnoci, a ostatní stojí a dívají se na ně. Pak první vyspalí dělají místo druhé třetině, která spí od půlnoci do třetí hodiny ranní. Třetí partie spí od tří do šesti, pak je budíček a mužstvo se myje. Při jízdě z vagónů ne-se-ska-ko-vat! Postavit před ešalon patroly, aby mužstvo při jízdě ne-se-ska-ko-va-lo! Jestli vojákovi zláme nohu nepřítel...," generál poklepal si přitom nohu, "jest to něco chvalitebného, ale mrzačit se zbytečným seskakováním v plné jízdě z vagónů jest trestuhodné. - To je tedy váš batalion?" tázal se hejtmana Ságnera, pozoruje ospalé postavy mužstva, z nichž mnozí nemohli se udržet, a vyburcováni ze spánku, zívali na svěžím nočním vzduchu. "To je, pane hejtmane, zívající batalion. Mužstvo musí jít v devět hodin spat "

Generál se postavil před 1 i. kumpanii, kde stál na levém křídle Švejk, který zíval na celé kolo a držel si přitom způsobně ruku na ústech, ale zpod ruky ozývalo se takové bučení, že nadporučík Lukáš se třásl, aby generál nevěnoval tomu bližší pozornost. Napadlo mu, že Švejk zívá schválně. A generál, jako by to znal, otočil se k Švejkovi a přistoupil k němu: "Böhm oder Deutscher?"

"Böhm, melde gehorsam, Herr Generalmajor."

"Dobrže," řekl generál, který byl Polák a znal trochu česky, "ty rzveš na sena jako krawa. Stul pysk, drž gubu, nebuč! Býl jsi už na látrině?"

"Nebyl, poslušné hlásím, pane generálmajor."

"Proč jsi nešel šráť s ostatními menži?"

"Poslušně hlásím, pane generálmajor, na manévrech u Písku říkal nám pan plukovník Wachtl, když mužstvo v době rastu se rozlézalo po žitech, že voják nesmí pořád myslet jen na šajseraj, voják že má myslet na bojování. Ostatně, poslušně hlásím, co bychom tam na tý latríně dělali? Není z čeho tlačit. Podle maršrúty měli jsme už dostat na několika stanicích večeři, a nedostali jsme nic. S prázdným žaludkem na latrínu nelez!"

Švejk objasniv prostými slovy panu generálovi všeobecnou situaci, podíval se tak nějak důvěrně na něho, že generál vycítil žádost, aby jim všem pomohl. Když už je rozkaz jít na latrínu organizovaným pochodem, tak už ten rozkaz musí být také vnitřně něčím podepřen.

"Pošlete to všechno opět do vozů," řekl generál k hejtmanovi Ságnerovi; "jak to přijde, že se nedostala večeře? Všechny ešalony projíždějící touto stanicí musí dostat večeři. Zde je zásobovací stanice. To jinak nelze. Jest určitý plán."

Generál řekl to s takovou jistotou, která znamenala, že jest sice již k jedenácté hodině noční, večeře že měla být v šest hodin, jak již prve poznamenal, takže nic jiného nezbývá než zadržet vlak přes noc a přes den do šesti hodin večera, aby dostali guláš s bramborem.

"Nic není horšího," řekl s ohromnou vážností, "než ve válce zapomínat při dopravě vojsk na jich zásobování. Mou povinností je dovědět se pravdy, jak to vlastně v kanceláři nádražního velitelství vyhlíží. Neboť, pánové, někdy jsou vinni velitelé ešalonů sami. Při revizi stanice Subotiště na jižní dráze bosenské zjistil jsem, že šest ešalonů nedostalo večeři, poněvadž o ni zapomněli velitelé ešalonů žádat. Šestkrát se na stanici vařil guláš s bramborky, a nikdo o něj nežádal. Vylévali ho na hromady. Byl to, pánové, učiněný krecht na brambory s gulášem, a tři stanice dál žebrali vojáci z ešalonů, které projely kolem hromad a kopců s gulášem v Subotišti, na nádraží o kus chleba. Zde, jak vidíte, nebyla vinna vojenská správa."

Mávl prudce rukou: "Velitelé ešalonů nedostáli svým povinnostem. Pojďme do kanceláře."

Následovali ho, přemýšlejíce o tom, proč se všichni generálové zbláznili.

Na velitelství se objevilo, že opravdu o guláši se nic neví. Měl se pravda zde vařit dnes pro všechny ešalony, které projedou, ale pak přišel rozkaz odečíst ve vnitřním účtování zásobování vojsk po 72 h za každého vojáka, takže každá část projíždějící má k dobru 72 h za muže, kteréž obdrží od svého intendantstva k výplatě k nejbližšímu rozdávání žoldu. Pokud se týká chleba, obdrží mužstvo ve Watianě na stanici po půl vece.

Velitel zásobovacího punktu se nebál. Řekl generálovi přímo do očí, že se rozkazy mění každou hodinu. Někdy mívá připravenu pro ešalony menáž. Přijede však sanitní vlak, vykáže se vyšším rozkazem, a je konec, ešalon stojí před problémem prázdných kotlů.

Generál souhlasné kýval hlavou a poznamenal, že poměry se rozhodné lepší, ze začátku války bylo mnohem hůř. Všechno nejde najednou, k tomu je rozhodně třeba zkušeností, praxe. Teorie vlastně brzdí praktiku. tím déle válka potrvá, tím více se všechno uvede do pořádku.

"Mohu vám dát praktický příklad," řekl s velikou rozkoší, že na něco znamenitého přišel. "Před dvěma dny ešalony projíždějící stanicí Hatvan nedostaly chleba, a vy ho tam zítra budete fasovat. Pojďme nyní do nádražní restaurace."

V nádražní restauraci pan generál počal opět mluvit o latríně a jak to nehezky vypadá, když všude po kolejích jsou kaktusy. Jedl přitom biftek a všem se zdálo, že se mu kaktus převaluje v hubě. Na latríny kladl takový důraz, jako by na nich záleželo vítězství mocnářství.

Vzhledem k nově vytvářené situaci s Itálií prohlásil, že právě v latrínách našeho vojska spočívá nepopíratelná naše výhoda v italské kampani.

Vítězství Rakouska lezlo z latríny.

Pro pana generála bylo všechno tak jednoduché. Cesta k válečné slávě šla dle receptu: v šest hodin večer dostanou vojáci guláš s brambory, o půl deváté se vojsko v latríně vykadí a v devět jde spat. Před takovým vojskem nepřítel prchá v děsu.

Generálmajor se zamyslil, zapálil si operas a díval se do stropu dlouho a dlouho. Vzpomínal, co by ještě řekl, když už je zde, a čím by poučil důstojníky ešalonu.

"Jádro vašeho batal. "véš je zdravé," řekl náhle, když všichni čekali, že se bude ještě dál dívat do stropu a mlčet, "váš štand je v úplném pořádku. Ten muž, s kterým jsem mluvil, podává svou přímostí a vojenským držením nejlepší naděje za celý batalión, že bude zápasit do poslední krůpěje krve."

Odmlčel se a díval se opět do stropu opřen o lenoch židle, a pak pokračoval v téže pozici, přičemž jediný poručík Dub pod pudem své otrocké duše díval se s ním na strop: "Váš batalión potřebuje však toho, aby jeho činy nepřešly v zapomenutí. Batalióny vaší brigády mají již svou historii, ve které musí váš batalión pokračovat. A vám právě schází muž, který by vedl přesné záznamy a sepisoval dějiny batalionu. K němu musí jít všechny nitky, co která kumpanie batalionu vykonala. Musí to být inteligentní člověk, žádné hovado, žádná kráva. Pane hejtmane, vy musíte jmenovati v batalionu batalionsgeschichtsschreibra."

Potom díval se na hodiny na stěně, jichž ručičky připomínaly celé ospalé společnosti, že už je čas se rozejít.

Generál měl na trati svůj inspekční vlak a požádal pány, aby ho šli doprovodit do jeho spacího vagónu.

Velitel nádraží si vzdychl. Generál si nevzpomněl, že má platit za biftek a láhev vína. Musí to zas zaplatit sám. Takových návštěv je denně několik. Už na to praskly dva vozy se senem, které dal zatáhnout na slepou kolej a které prodal firmě Löwenstein, vojenským dodavatelům sena, jako se prodává žito nastojatě. Erár zas ty dva vagóny od nich koupil, ale on je tam nechal pro jistotu dál stát. Snad je bude muset zas jednou odprodat firmě Löwenstein.

Zato však všechny vojenské inspekce projíždějící touto hlavní stanicí v Pešti říkaly, že se tam u velitele nádraží dobře pije a jí.

**

Ráno stál ještě ešalon na nádraží, byl budíček, vojáci se myli u pump z esšálků, generál se svým vlakem ještě neodjel a šel revidovat osobně latríny, kam chodili dle denního rozkazu po batalionu hejtmana Ságnera "Schwarmweise unter Kommando der Schwarmkommandanten", aby měl pan generálmajor radost. Aby pak měl také radost poručík Dub, sdělil mu hejtman Ságner, že má on dnes inspekci.

Poručík Dub dohlížel tedy nad latrínami.

Táhlá dlouhá latrína o dvou řadách pojmula dva švarmy jedné kumpanie.

A nyní vojáci pěkně jeden vedle druhého seděli na bobku nad vyházenými příkopy, jako vlaštovky na telegrafních drátech, když se chystají na podzim na cestu do Afriky.

Každému vyčuhovala kolena ze spuštěných kalhot, každý měl řemen kolem krku, jako kdyby se chtěl každou chvíli oběsit a čekal na nějaký povel.

Bylo v tom všem vidět vojenskou železnou disciplínu, organizovanost.

Na levém křídle seděl Švejk, který se sem připletl, a se zájmem si přečítal útržek papírku, vytrženého bůhví z jakého románu Růženy Jesenské:

...dejším penzionátě bohužel dámy
  em neurčité, skutečné snad více
  ré většinou v sebe uzavřeny ztrát
  h menu do svých komnat, aneb se
  svérázné zábavě. A utrousily-li t
   šel člověk jen a pouze stesk na ct
  se lepšilo, neb nechtěla tak úspěšně
  covati, jak by samy si přály.
 nic nebylo pro mladého Křičku

Když odtrhl oči od útržku, podíval se mimoděk k východu latríny a podivil se. Tam stál v plné parádě pan generálmajor od včerejška z noci se svým adjutantem a vedle nich poručík Dub horlivé jim cosi vykládaje.

Švejk rozhlédl se kolem sebe. Všechno sedělo klidně dál nad latrínou a jen šarže byly jaksi strnulé a bez hnutí.

Švejk vycítil vážnost situace.

Vyskočil, tak jak byl, se spuštěnými kalhotami, s řemenem kolem krku, upotřebiv ještě v poslední chvíli útržku papíru, a zařval: "Einstellen! Auf! Habacht! Rechts schaut!" A salutoval. Dva švarmy se spuštěnými kalhotami a s řemeny kolem krku se zvedly nad latrínou.

Generálmajor přívětivě se usmál a řekl: "Ruht, weiter machen!" Desátník Málek dal první příklad svému švarmu, že musí opět do původní pozice. Jen Švejk stál a salutoval dál, neboť z jedné strany blížil se k němu hrozivě poručík Dub a z druhé generálmajor s úsměvem.

"Vás já vidžel v noci," řekl k divné pozitúře Švejka generálmajor; načež rozčilený poručík Dub obrátil se ke generálmajorovi: "Ich melde gehorsam, Herr Generalmajor, der Mann ist blödsinnig und als Idiot bekannt, saghafter Dummkopf."

"Was sagen Sie, Herr Leutnant?" zařval najednou generálmajor na poručíka Duba a spustil na něho, že právě naopak. Muž, který zná, co se patří, když vidí představeného, a šarže, když ho nevidí a ignorují. To je jako v poli. Obyčejný voják přejímá v době nebezpečí komando. A právě pan poručík Dub měl sám dát komando, které dal tento voják: "Einstellen! - Auf! - Habacht! Rechts schaut!"

"Vytržel jsi si arš?" otázal se generálmajor Švejka.

"Poslušné hlásím, pane generálmajor, že je všechno v pořádku."

"Wiencej šrač nie bendzeš?"

"Poslušně hlásím, pane generálmajor, že jsem fertig."

"Dej si tedy hózny nahoru a postav se potom zas habacht!" Poněvadž to ‚habacht' řekl generálmajor trochu hlasitěji, ti nejbližší počali vstávat nad latrínou.

Generálmajor přátelsky jim však kývl rukou a jemným otcovským tónem řekl: "Aber nein, ruht, ruht, nor weiter machen."

Švejk stál již před generálmajorem v plné parádě a generálmajor řekl k němu krátký německý proslov: "Úcta k představeným, znalost dienstreglamá a duchapřítomnost znamená na vojně všechno. A když se s tím ještě snoubí statečnost, není nepřítele, kterého bychom se museli báti."

Obraceje se k poručíkovi Dubovi řekl, šťouchaje prstem Švejka do břicha: "Poznamenejte si: tohoto muže při přibytí na front neprodleně befedrovat a při nejbližší příležitosti navrhnout k bronzové medalii za přesné konání služby a znalost... Wissen Sie doch, was ich schon meine... Abtreten!"

Generálmajor vzdaloval se z latríny, kde zatím poručík Dub, aby to generálmajor slyšel, dával hlasité rozkazy: "Erster Schwarm auf! Doppelreihen... Zweiter Schwarm..."

Švejk odešel zatím ven, a když šel kolem poručíka Duba, vysekl mu sice jak náležitě čest, ale poručík Dub přece řekl "Herstellt", a Švejk musel salutovat znova, přičemž musel opět slyšet: "Znáš mne? Neznáš mne! Ty mne znáš z té dobré stránky, až mne ale poznáš z té špatné stránky, já tě přinutím až k pláči!"

Švejk odcházel konečně k svému vagónu a přitom si pomyslil: Jednou byl, když jsme ještě byli v Karlíně v kasárnách, lajtnant Chudavý a ten to říkal jinak, když se rozčílil: "Hoši, pamatujte si, když mne uvidíte, že jsem svině na vás a tou sviní že zůstanu, dokud vy budete u kompanie."

Když šel Švejk kolem štábního vagónu, zavolal na něho nadporučík Lukáš, aby vyřídil Balounovi, že si má pospíšit s tou kávou a mléčnou konzervu aby opět pěkně zavřel, aby se nezkazila. Baloun totiž vařil na malém lihovém samovařiči ve vagóně u účetního šikovatele Vaňka kávu pro nadporučíka Lukáše. Když to šel Švejk vyřídit, seznal, že zatím za jeho nepřítomnosti pije celý vagón kávu.

Kávová i mléčná konzerva nadporučíka Lukáše byly již poloprázdné a Baloun, srkaje ze svého šálku kávu, hrabal lžičkou v mléčné konzervě, aby si ještě kávu zlepšil.

Kuchař okultista Jurajda s účetním šikovatelem Vaňkem slibovali navzájem, že až přijdou kávové a mléčné konzervy, že se to panu nadporučíkovi Lukášovi vynahradí.

Švejkovi byla též nabídnuta káva, ale Švejk odmítl a řekl k Balounovi: "Právě přišel rozkaz od štábu armády, že každý pucflek, který zpronevěří svému oficírovi mléčnou a kávovou konzervu, má bejt neprodleně během 24 hodin pověšen. To ti mám vyřídit od pana obrlajtnanta, kerej si tě přeje vidět okamžitě s kávou."

Ulekaný Baloun vytrhl telegrafistovi Chodounskému porci, kterou mu právě před chvílí nalil, postavil to ještě ohřát, přidal konzervovaného mléka a upaloval s tím do štábního vagónu.

S vypoulenýma očima podal kávu nadporučíkovi Lukášovi, přičemž mu hlavou kmitla myšlenka, že nadporučík Lukáš mu musí vidět na očích, jak hospodařil s jeho konzervami.

"Já jsem se zdržel," koktal, "poněvadž jsem je nemohl votevřít."

"Tos asi mléčnou konzervu prolil, vid?" otázal se nadporučík Lukáš, upíjeje kávu, "nebo jsi ji žral po lžících jako polévku. Víš, co tě čeká?!"

Baloun si vzdychl a zabědoval: "Mám tři děti, poslušně hlásím, pane obrlajtnant "

"Dej si pozor, Baloune, ještě jednou tě varuji před tvou hltavostí. Neříkal ti Švejk nic?"

"Do 24 hodin mohl bych být pověšen," smutně odpověděl Baloun, kláté celým tělem.

"Neklať se mně tady, hlupáku," řekl s úsměvem nadporučík Lukáš, "a polepši se. Vypusť už z hlavy tu žravost a řekni Švejkovi, aby se poohlédl někde po nádraží nebo v okolí po něčem dobrém k jídlu. Dej mu tady desítku. Tebe nepošlu. Ty budeš chodit až tenkrát, když už budeš nažranej k prasknutí. Nesežral jsi mně tu krabičku sardinek? Ty říkáš, žes nesežral. Přines mně ji ukázat!"

Baloun vyřídil Švejkovi, že mu posílá pan obrlajtnant desítku, aby mu sehnal někde po nádraží něco dobrého k jídlu, s povzdechem vytáhl z nadporučíkova kufříku krabičku sardinek a se stísněným pocitem nesl k prohlídce k nadporučíkovi.

Tak se chudák těšil, že snad nadporučík Lukáš už na ty sardinky zapomněl, a teď je všemu konec. Nadporučík si je asi nechá ve vagóně a připraví ho o ně. Cítil se okraden.

"Zde jsou, poslušně hlásím, pane obrlajtnant, vaše sardinky," řekl s trpkostí, odevzdávaje je majiteli. "Mám je votevřít?"

"Dobře, Baloune, neotvírej nic a odnes je zas na místo. Chtěl jsem se jen přesvědčit, jestli jsi se do nich nepodíval. Tak se mně zdálo, když jsi přinesl kávu; že máš nějak mastnou hubu jako od oleje. Švejk už šel?"

"Poslušně hlásím, pane obrlajtnant, že už se vypravil," rozjasněné hlásil Baloun. "Řekl, že pan obrlajtnant bude spokojen a že panu obrlajtnantovi budou všichni závidět. Šel někam z nádraží a říkal, že to tady zná až za Rákošpalotu. Kdyby snad vlak bez něho odjel, že se přidá k automobilové koloně a dohoní nás na nejbližší stanici automobilem. Abychom byli o něj bez starosti, on ví, co je jeho povinnost, i kdyby si měl na svý outraty vzít fiakra a ject s ním za ešalonem až do Haliče. Dá si to potom strhovat z lénunku. Rozhodně nemáte prý mít o něho starost, pane obrlajtnant."

"Jdi pryč," řekl smutné nadporučík Lukáš.

Přinesli zprávu z kanceláře velitelství, že se pojede až odpůldne ve dvě hodiny na Gödöllö-Aszód a že se fasuje pro důstojníky na nádražích po dvou litrech červeného vína a láhev koňaku. Říkalo se, že je to nějaká ztracená zásilka pro Červený kříž. Ať se to mělo jak chce, spadlo to přímo z nebe a ve štábním vagóně bylo veselo. Koňak měl tři hvězdičky a víno bylo známky Gumpoldskirchen.

Jen nadporučík Lukáš byl stále nějak zaražen. Uplynula již hodina, a Švejk stále nešel. Potom ještě půl hodiny, a přibližoval se k štábnímu vagónu podivný průvod, který vyšel z kanceláře nádražního velitelství.

Napřed šel Švejk, vážné a vznešeně, jako první křesané mučedníci, když je táhli do arény.

Po obou stranách maďarský honvéd s nasazeným bodákem. Na levém křídle četař z velitelství nádraží a za nimi nějaká žena v červené sukni s varhánky a muž v čižmách s kulatým kloboučkem a podbitým okem, který nesl živou, křičící, vyděšenou slepici.

Všechno to lezlo do štábního vagónu, ale četař zařval maďarsky na muže se slepicí a s ženou, aby zůstali dole.

Uviděv nadporučíka Lukáše, Švejk počal velevýznamně mrkat.

Metař chtěl mluvit s velitelem 11. marškumpanie. Nadporučík Lukáš převzal od něho spis velitelství stanice, kde četl zblednuv:

Veliteli 11. marškumpanie N pochodového praporu 91. pěšího pluku k dalšímu řízení. Předvádí se pěšák Švejk Josef, dle udání ordonance téže marškumpanie N pochodového praporu 91. pěšího pluku, pro zločin loupeže, spáchaný na manželích Istvánových v Išatarča v rajóně velitelství nádraží. Důvody: Pěšák Švejk Josef, zmocniv se slepice pobíhající za domkem manželů Istvánových v Išatarča v rajóně velitelství nádraží a náležející István manželům (v originále slavně utvořené nové německé slovo "Istvangatten") a zadržen jsa majitelem, který mu slepici odebrati chtěl, zabránil tomu, udeřiv majitele Istvána slepicí přes pravé oko, a zadržen přivolanou hlídkou, byl dopraven k své části, přičemž slepice vrácena majiteli.

Podpis důstojníka konajícího službu

Když nadporučík Lukáš podpisoval stvrzenku o přijetí Švejka, zatřásla se pod ním kolena.

Švejk stál tak blízko, že viděl, jak nadporučík Lukáš zapomněl připsat datum.

"Poslušně hlásím, pane obrlajtnant," ozval se Švejk, "že je dnes dvacátýho čtvrtýho. Včera bylo 23. května, kdy nám Itálie vypověděla válku. Jak jsem teď byl venku, tak se vo ničem jiným nemluví."

Honvédi s četařem odešli a dole zůstali jen Istvánovi manželé, kteří chtěli stále lézt do vozu.

"Kdybyste měl, pane obrlajtnant, u sebe ještě pětku, tak bychom mohli tu slepici koupit. Von ten lump chce za ni patnáct zlatejch, ale do toho si počítá desítku za to svoje modrý voko," řekl Švejk vypravovatelským tónem, "ale já myslím, pane obrlajtnant, že deset zlatejch za takový pitomý voko je moc. To vyrazili u Starý paní soustružníkovi Matějů celou sanici cihlou za dvacet zlatejch, s šesti zubama, a tenkrát měly peníze větší cenu než dnes. Sám Wohlschläger věší za čtyry zlatky. - Pojď sem," kývl Švejk na muže s podbitým okem a se slepicí, "a ty, babo, tam zůstaň!"

Muž vstoupil do vozu. "Von umí trochu německy," poznamenal Švejk, "a rozumí všem nadávkám a také sám umí obstojně německy nadávat. - Also zehn Gulden," obrátil se na muže, "fünf Gulden Henne, fünf Auge. Öt forint, vidíš, kikiriki, tit forint kukuk, igen? Tady je štábsvagón, zloději. Dej sem slepici!"

Vstrčil překvapenému muži do ruky desítku, vzal mu slepici, zakroutil jí krk a pak ho vystrčil z vagónu, podav mu přátelsky ruku, kterou potřásl silně: "Jó napot, barátom, adieu, lez ku své bábě. Nebo tě srazím dolů. - Tak vidíte, pane obrlajtnant, že se dá všechno urovnat," řekl Švejk k nadporučíkovi Lukášovi, "nejlepší je, když se všechno obejde bez skandálu, bez velkých ceremonií. Nyní s Balounem vám uvaříme takovou slepičí polévku, že ji bude cítit až do Sedmihradska."

Nadporučík Lukáš již nevydržel a vyrazil Švejkovi nešťastnou slepici z ruky a pak se rozkřikl: "Víte, Švejku, co zaslouží ten voják, který v době války loupí mírné obyvatelstvo?"

"Čestnou smrt prachem a olovem," slavnostně odpověděl Švejk.

"Vy ovšem zasloužíte provaz, Švejku, neboť vy jste první začal loupit. Vy jste, chlape, já nevím opravdu, jak vás mám nazvat, zapomněl na svou přísahu. Mně se může hlava roztočit."

Švejk podíval se na nadporučíka Lukáše tázavým pohledem a rychle se ozval: "Poslušně hlásím, že jsem nezapomněl na přísahu, kterou náš válečný lid má učinit. Poslušné hlásím, pane obrlajtnant, že jsem přísahal slavně svému nejjasnějšímu knížeti a pánu Františku Josefovi L, že věren a poslušen budu také generálů Jeho Veličenstva a vůbec všech svých představených a vyšších poslouchati, je ctíti a chrániti, jejich nařízení a rozkazy ve všech službách plniti, proti každému nepříteli, bud kdo bud a kdekoliv toho požádá vůle Jeho císařského a královského Veličenstva, na vodě, pod vodou, na zemi, ve vzduchu, ve dne i v noci, v bitvách, útocích, zápasech i v jakýchkoliv jiných podnicích, vůbec na každém místě..."

Švejk zvedl slepici se země a pokračoval stoje vzpřímen a dívaje se nadporučíkovi Lukášovi do očí: "...každého času a při každé příležitosti udatně a zmužile bojovati, že svých vojsk, praporů, korouhví a děl nikdy neopustím, s nepřítelem nikdy v nejmenší srozumění nevejdu, vždy tak se chovati budu, jak toho vojenské zákony žádají a hodným vojákům přísluší, tímto způsobem že chci se ctí žíti a umříti, k čemuž mně dopomáhej bůh. Amen. A tu slepici jsem, poslušně hlásím, neukradl, neloupil jsem a choval jsem se řádně, vědom své přísahy."

"Pustíš tu slepici, dobytku," zařval na něho nadporučík Lukáš, uhodiv Švejka spisy přes ruku, kde držel nebožku, "podívej se na tato akta. Vidíš, tady to máš černé na bílém: ,Předvádí se pěšák Švejk Josef, dle udání ordonance téže marškumpanie... pro zločin loupeže...` A teď mně řekni, ty marodére, ty hyeno - ne, já tě přece jen jednou zabiju, zabiju, rozumíš - řekni mně, pitomče loupežnická, jak jsi se tak spustil."

"Poslušné hlásím," řekl přívětivé Švejk, "že se rozhodné nemůže vo nic jinýho jednat než vo mejlku. Když jsem dostal ten váš rozkaz, abych vám někde zaopatřil a koupil něco dobrýho k snědku, tak jsem počal uvažovat, co by tak asi bylo nejlepšího. Za nádražím nebylo vůbec nic, jenom koňský salám a nějaké sušené oslí maso. Já jsem si, poslušně hlásím, pane obrlajtnant, všechno dobře rozvážil. V poli je třeba něco velmi výživného, aby se mohly lépe snášet válečný útrapy. A tu jsem vám chtěl udělat horizontální radost. Chtěl jsem vám, pane obrlajtnant, uvařit polévku ze slepice."

"Polévku ze slepice," opakoval po něm nadporučík, chytaje se za hlavu.

"Ano, poslušně hlásím, pane obrlajtnant, polívku ze slepice, koupil jsem cibuli a pět deka nudlí. Zde je to prosím všechno. Zde je v té kapse cibule a v této jsou nudle. Sůl máme v kanceláři a pepř taky. Nezbývalo již nic jiného než koupit slepici. Šel jsem tedy za nádražím do Išatarči. Je to vlastně vesnice, jako by to nebylo žádný město, ačkoliv je tam napsáno v první ulici Išatarča város. Projdu jednu ulici se zahrádkami, druhou, třetí, čtvrtou, pátou, šestou, sedmou, osmou, devátou, desátou, jedenáctou, až v třinácté ulici na samém konci, kde za jedním domkem už začínaly trávníky, páslo se a procházelo stádo slepic. Šel jsem k nim a vybral jsem tu největší, nejtěžší, račte se na ni podívat, pane obrlajtnant, je to samý sádlo, nemusí se ani vohledávat a pozná se to hned na první pohled, že jí museli sypat hodně zrní. Vzal jsem ji tedy, zcela veřejně, u přítomnosti obyvatelstva, které na mne cosi maďarsky křičelo, držím ji za nohy a ptám se několika lidí, česky i německy, komu patří ta slepice, abych ji mohl od něho koupit, když vtom vyběhne z toho domku na kraji muž s ženou a počne mně napřed nadávat maďarsky a pak německy, že jsem mu ukradl za bílého dne slepici. Řekl jsem mu, aby na mne nekřičel, že jsem poslán, abych ji vám koupil, a vyprávěl jsem mu, jak se věci mají. A ta slepice, jak jsem ji držel za nohy, najednou počala mávat křídly a chtěla vyletět, a jak jsem ji jen tak lehce držel v ruce, vyzvedla mně ruku a chtěla se usadit svýmu pánovi na nose. A von hned začal křičet, že prý jsem ho slepicí flaknut přes hubu. A ta ženská něco ječela a pořád křičela na slepici ‚puta, Auta, puta, puta`. Vtom ale už nějací blbci, kteří tomu nerozuměli, přiváděli na mne patrolu, honvédy, a já jsem je sám vyzval, aby šli se mnou na bahnhofkomando, aby vyšla moje nevina jako volej nad vodu. Ale s tím panem lajtnantem, který měl tam službu, nebyla žádná řeč, ani když jsem ho prosil, aby se vás zeptal, je-li to pravda, že jste mne poslal, abych vám koupil něco dobrýho. Ještě se na mne rozkřik, abych držel hubu, že prý mně beztoho kouká z očí silná větev s dobrým provazem. Von byl patrně v nějakej moc špatný náladě, když mně povídal, že takhle vypasenej může bejt jen voják, kerej loupí a krade. Vono prej už je na stanici víc stížností, předevčírem prej se ztratil někde vedle někomu krocan, a když jsem mu řekl, že jsme tu dobu byli ještě v Rábu, tak řekl, že taková vejmluva na něho neplatí. Tak mé poslali k vám a ještě se tam na mne rozkřikl, když jsem ho neviděl, jeden frajtr, jestli prej nevím, koho mám před sebou. utek jsem mu, že je gefreiter, kdyby byl u myslivců, že by byl patrollführer a u dělostřelectva oberkanonier."

"Švejku," řekl za chvíli nadporučík Lukáš, "vy už jste měl tolik zvláštních náhod a nehod, tolik, jak vy říkáte, ,mejlek` a ,vomylů`, že vám přece snad jen jednou pomůže z těch vašich malérů silný provaz kolem krku s celou vojenskou poctou ve čtverci. Rozumíte?"

"Ano, poslušně hlásím, pane obrlajtnant, čtverec z takzvaného geschlossene Batalion sestává ze čtyř, výjimečné také ze tří nebo pěti setnin. Poroučíte, pane obrlajtnant, dát do polévky z této slepice více nudlí, aby byla hustší?"

"Švejku, já vám poroučím, abyste už zmizel i se slepicí, nebo vám ji otluču o hlavu, blbče jeden..."

"Dle rozkazu, pane obrlajtnant, ale celer jsem, poslušně hlásím, nenašel, mrkev také ne! Dám bram..."

Švejk nedořekl ,bor` a vyletěl i se slepicí před štábní vagón. Nadporučík Lukáš vypil najednou vinnou odlivku koňaku.

Švejk zasalutoval před okny vagónu a odcházel.

***

Baloun chystal se právě po šťastné skončeném duševním boji, že otevře přece jen krabičku se sardinkami svého nadporučíka, když se objevil Švejk se slepicí, což vzbudilo přirozený rozruch u všech přítomných ve vagóně, a všichni se na něho tak podívali, jako by chtěli s určitostí říct: Kdes to ukradl?

"Koupil jsem ji pro pana obrlajtnanta," odpověděl Švejk, vytahuje z kapes cibuli a nudle. "Chtěl jsem mu vařit z ní polévku, ale von už ji nechce, tak mně ji daroval."

"Nebyla chcíplá?" otázal se podezřívavě účetní šikovatel Vaněk.

"Já jsem jí sám zakroutil krk," odpověděl Švejk vytahuje z kapsy nůž.

Baloun vděčné a zároveň s výrazem úcty podíval se na Švejka a počal mlčky připravovat lihový samovařič nadporučíkův. Pak vzal koflíky a doběhl s nimi pro vodu.

K Švejkovi přiblížil se telegrafista Chodounský a nabídl se, že mu ji pomůže škubat, přičemž mu zašeptal do ucha intimní otázku: "Je to daleko odtud? Musí se přelejzat na dvůr, nebo je to ve volnu?"

"Já jsem ji koupil."

"Ale mlč, to jsi kamarád, my jsme viděli, jak tě vedli."

Zúčastnil se však horlivě škubání slepice. K velkým, slavným přípravám přidružil se i kuchař okultista Jurajda, který nakrájel brambory a cibuli do polévky.

Peří vyhozené z vagónu vzbudilo pozornost poručíka Duba, který obcházel vagóny.

Zavolal dovnitř, aby se ukázal ten, který škube slepici, a ve dveřích objevil se spokojený obličej Švejkův.

"Co je to?" rozkřikl se poručík Dub, zvedaje se země uříznutou slepičí hlavu.

"To je, poslušně hlásím," odvětil Švejk, "hlava slepice druhu černých vlášek. Jsou to, pane lajtnant, velmi dobré nosnice. Snáší až 260 vajec do roka. Račte se prosím podívat, jakej měla bohatej vaječník." Švejk držel poručíkovi Dubovi před nosem střeva i druhé vnitřnosti ze slepice.

Dub si odplivl, odešel a za chvíli se vrátil: "Pro koho bude ta slepice?"

"Pro nás, poslušně hlásím, pane lajtnant. Podívejte se, co má sádla."

Poručík Dub odcházel bruče: "U Filippi se sejdeme."

"Cože ti říkal?" obrátil se k Švejkovi Jurajda. "Ale dali jsme si schůzku někde u Filipy. Voní tihle vznešení páni bejvají obyčejně buzeranti."

Kuchař okultista prohlásil, že jediné estéti jsou homosexuelní, což vyplývá již ze samé podstaty estetismu.

Účetní šikovatel Vaněk vyprávěl potom o zneužívání dítek pedagogy ve španělských klášteřích.

A zatímco se voda v kotlíku na lihu počala vařit, Švejk se zmínil o tom, jak jednomu vychovateli svěřili kolonii opuštěných vídeňských dětí a ten vychovatel celou kolonii zneužil.

"Vona je to kolt vášeň, ale nejhorší je to, když to přijde na ženský. V Praze II byly před léty dvě vopuštěný paničky, rozvedený, poněvadž to byly coury, nějaká Mourková a Šousková, a ty jednou, když kvetly třešně v aleji u Roztok, chytly tam večer starýho impotentního stoletýho flašinetáře a vodtáhly si ho do roztockýho háje a tam ho znásilnily. Co ty s ním dělaly! To je na Žižkově pan profesor Axamit a ten tam kopal, hledal hroby skrčenců a několik jich vybral, a voní si ho, toho flašinetáře, vodtáhly do jedný takový vykopaný mohyly a tam ho dřely a zneužívaly. A profesor Axamit druhej den tam přišel a vidí, že něco leží v mohyle. Zaradoval se, ale von to byl ten utejranej, umučenej flašinetář vod těch rozvedenejch paniček. Kolem něho byly samý nějaký dřívka. Potom ten flašinetář na pátej den umřel, a voní ty potvory byly ještě tak drzý, že mu šly na pohřeb. To už je perverze. - Vosolils to?" obrátil se Švejk na Balouna, který použil všeobecného zájmu nad vypravováním Švejkovým a cosi schovával do svého baťochu, "ukaž, co tam děláš? - Baloune," řekl Švejk vážné, "co chceš s tím slepičím stehnem? Tak se podívejte. Ukradl nám slepičí stehno, aby si ho potom tajně uvařil. Víš, Baloune, cos to proved? Víš, jak se trestá na vojně, když někdo okrade kamaráda v poli. Přiváže se k hlavní děla a chlap se vystřelí kartáčem. Ted' už je pozdě vzdychat. Až potkáme někde na frontě artilérii, tak se přihlásíš u nejbližšího oberfeuerwerkra. Prozatím ale budeš cvičit za trest. Lez z vagónu."

Nešťastný Baloun slezl a Švejk, sedě ve dveřích vagónu, komandoval: "Hatit Acht! Ruht! Hatit Acht! Rechts schaut! Hatit Acht! Dívej se opět přímo! Ruht! - Ted' budeš dělat pohyby těla na místě. Rechts um! Člověče! Voní jsou kráva. Jejich rohy mají se octnout tam, kde měli dřív pravý rameno. Herstellt! Rechts um! Links um! Halbrechts! Ne tak, vole! Herstellt! Halbrechts! No vidíš, mezku, že to jde! Halblinks! Links um! Links! Front! Front, blbe! Nevíš, co je to front? Gradaus! Kehrt euch! Kniet! Nieder! Setzen! Auf! Setzen! Nieder! Aufl Nieder! Auf! Setzenl Auf! Ruht! Tak vidíš, Baloune, to je zdravý, aspoň vytrávíš!"

Kolem se počali seskupovat v masách a propukávat v jásot.

"Udělejte laskavě místo," křičel Švejk, "von bude mašírovat. Tedy, Baloune, dej si pozor, abych nemusel herštelovat. Nerad zbytečně manšaft trápím. Tedy: Direktion Bahnhof! Koukej, kam ukazuju. Marschieren marsch! Glied - halt! Stůj, ksakru, nebo tě zavřu! Glied - halt! Konečně, že jsi se, pitomče, zastavil. Kurzer Schritt! Nevíš, co je to kurzer Schritt? Já ti to ukážu, až budeš modrej! Voller Schritt! Wechselt Schritt! Ohne Schritt! Bůvole jeden! Když řeknu Ohne Schritt, tak překládáš haksny na místě."

Kolem už byly aspoň dvě kumpanie. Baloun se potil a o sobě nevěděl a Švejk velel dál:

"Gleicher Schritt! Glied rückwärts marsch! Glied halt! Laufschritt! Glied marsch! Schritt! Glied halt! Ruht! Hatit Acht! Direktion Bahnhof! Laufschritt marsch! Halt! Kehrt euch! Direktion Wagon! Laufschritt marsch! Kurzer Schritt! Glied halt! Ruht! Teď si odpočineš chvilku! A pak začneme nanovo. Při dobré vůli se všechno zmůže."

"Co se to zde děje?" ozval se hlas poručíka Duba, který přiběhl znepokojeně.

"Poslušné hlásím, pane lajtnant," řekl Švejk, "že se tak trochu cvičíme, abychom nezapomněli na execírku a zbytečně neprováleli drahocennej čas."

"Slezte z vagónu," poroučel poručík Dub, "už toho mám opravdu dost. Předvádím vás k panu batalionskomandantovi."

Když se ocitl Švejk ve štábním vagóně, odešel nadporučík Lukáš druhým východem z vagónu a šel na perón.

Hejtman Ságner, když mu hlásí! poručík Dub o podivných alotriích, jak se vyjádřil, dobrého vojáka Švejka, byl právě ve velmi dobré náladě, poněvadž gumpoldskirchen bylo opravdu znamenité.

"Tedy vy nechcete zbytečné proválet drahocennej čas," usmál se významně. "Matušič, pojďte sem!" Batalióní ordonanc obdržel rozkaz zavolat šikovatele od 12. kumpanie Nasákla, který byl znám jako největší tyran, a zaopatřit ihned Švejkovi ručnici.

"Zde tento muž," řekl hejtman Ságner k šikovateli Nasáklovi, "nechce zbytečně proválet drahocenný čas. Vezměte ho za vagón a hodinu s ním cvičte kvérgrify. Ale beze všeho milosrdenství, bez oddychu. Hlavně pěkné za sebou, setzt ab, an, setzt ab! - Uvidíte, Švejku, že se nebudete nudit," řekl k němu na odchodu. A za chvíli již ozýval se za vagónem drsný povel, který slavnostně se nesl mezi kolejnicemi. Šikovatel Nasáklo, který právě hrál jednadvacet a držel bank, řval do božího prostoru: "Beim Fuß! - Schultert! Beim Fuß! Schultert!"

Pak na chvíli to utichlo a bylo slyšet hlas Švejkův, spokojený a rozvážný: "To jsem se všechno učil v aktivní službě před léty. Když je Beim Fuß!, tak flinta stojí vopřena na pravým boku. Špička pažby je v přímý linii se špičkou nohou. Pravá ruka je přirozené napnuta a drží flintu tak, že palec vobjímá lauf, ostatní prsty musejí svírat pažbu na předku, a když je Schultert!, tak je flinta volné na řemenu na pravým rameni a laufmündunk nahoru a laufem nazad..."

"Tak už dost toho žvanění," ozval se opět povel šikovatele Nasákla. "Hatit Acht! Rechts schaut! Hergot, jak to děláte..."

"Jsem schultert a při Rechts schaut! sjede moje pravá ruka po řemeni dolů, obejmu krk pažby a hodím hlavou napravo, na to Hatit Acht! vezmu opět pravou rukou řemen a moje hlava hledí před sebe na vás."

A zas zněl hlas šikovatelův: "In die Balanz! Beim Fuß! In die Balanz! Schul-tert! Bajonett auf! Bajonett ab! Fállt das Bajonett! Zum Gebet! Vom Gebet! Kniet nieder zum Gebet! Laden! Schießen! Schießen halbrechts! Ziel Stabswagon! Distanz 200 Schritt... Fertig! An! Feuer! Setzt ab! An! Feuer! An! Feuer! Setzt ab! Aufsatz normal! Patronen versorgen! Ruht!" Šikovatel si kroutil cigaretu.

Švejk si mezitím prohlížel číslo na ručnici a ozval se: "4268! Takový číslo měla jedna lokomotiva v Pečkách na dráze na 16. koleji. Měli ji odtáhnout do depo v Lysý nad Labem, ku správě, ale vono to tak lehce nešlo, poněvadž, pane šikovateli, ten strojvůdce, který ji tam měl odtáhnout, měl velmi špatnou paměť na čísla. Tak ho traťmistr zavolal do svý kanceláře a povídá mu: ,Na T6. koleji je lokomotiva číslo 4268. Já vím, že máte špatnou paměť na číslice, a když se vám nějaký číslo napíše na papír, že ten papír ztratíte. Dejte si ale dobrý pozor; když jste tak slabej na číslice, a já vám ukážu, že je to velice lehký, zapamatovat si jakýkoliv číslo. Podívejte se: Lokomotiva, kterou máte odtáhnout do depo v Lysý nad Labem, má číslo 4288. Tedy dávejte pozor: První číslice je čtyřka, druhá dvojka. Tedy si pamatujte už 42, to jest dvakrát 2, to je v pořadí zepředu 4, děleno 2 = 2, a zas máte vedle sebe 4 a 2. Ted se nelekejte. Kolikrát jsou dvakrát 4, vosum, není-liž pravda? Tak si vryjte v paměť, že vosmička je z čísla 4268 poslední v řadě. Zbývá ještě, když už si pamatujete, že první je 4, druhá 2, čtvrtá vosum, nějak chytře si zapamatovat tu šestku, co jde před osmičkou. A je to strašné jednoduchý. První číslice je 4, druhá dvojka, čtyři a dvě je šest. Tedy už jste si jistej, druhá od konce je šestka, a už nám ten pořad čísel nikdy nevymizí z paměti. Máte utkvěno v hlavě číslo 4268. Nebo můžete také dojít k týmuž vejsledku ještě jednodušejc...' "

Šikovatel přestal kouřit a vytřeštil na něho oči a jenom zabreptal: "Kappe ab!"

Švejk vážné pokračoval: "Von mu tedy začal vykládat ten jednodušší způsob, jak by si zapamatoval číslo lokomotivy 4268. Vosum bez dvou je 6. Tedy už zná 68. 6 bez 2 jsou 4, už tedy zná 4-68, a tu dvojku do toho je 4-2-6-8. Není také příliš namáhavé, když se to udělá ještě jinak, pomocí násobení a dělení. To se dojde taky k takovýmu výsledku. ,Pamatujte si,' povídal ten traťmistr, ,že dvakrát 42 je 84. Rok má 12 měsíců. Vodečte se tedy 12 od 84, a zbývá nám 72, od toho ještě dvanáct měsíců, to je 60, máme tedy už jistou šestku a nulu škrtneme. Tedy víme 42 68 4. Když jsme škrtli nulu, škrtneme i tu čtyřku vzadu, a máme velice klidné zase 4268, číslo lokomotivy, která patří do depo v Lysý nad Labem. Taky, jak říkám, s tím dělením je to lehké. Vypočítáme si koeficient podle celního tarifu.' Snad vám není špatně, pane feldvébl. Jestli chcete, tak já začnu třebas s General de charge! Fertig! Hoch an! Feuer! Hrome! Neměl nás pan hejtman posílat na slunce! Musím pro nosítka."

Když přišel lékař, tak konstatoval, že je to bud úžeh sluneční, nebo akutní zánět mozkových blan.

Když přišel šikovatel k sobě, stál vedle něho Švejk a řekl: "Abych vám to tedy dopověděl. Myslíte, pane šikovateli, že si to ten strojvůdce zapamatoval? Von si to poplet a znásobil to všechno třema, poněvadž si vzpomněl na trojici boží, a lokomotivu nenašel, ta tam ještě stojí na trati číslo 16."

Šikovatel zavřel opět oči.

A když Švejk se vrátil do svého vagónu, na otázku, kde byl tak dlouho, odpověděl: "Kdo jinýho laufšrit učí, dělá stokrát schul-tert!" Vzadu se ve vagónu třásl Baloun. Sežral za nepřítomnosti Švejkovy, když se část slepice již uvařila, půl Švejkovy porce.

***

Před odjezdem vlaku dohonil ešalon smíšený vojenský vlak s různými částěmi. Byli to opozdilci nebo vojáci ze špitálů, dohánějící své části, i jiná podezřelá individua, vracející se z komandýrovek nebo z arestů.

Z toho vlaku vystoupil také jednoroční dobrovolník Marek, který byl obžalován tehdy pro vzpouru, že nechtěl čistit záchody, ale divizijní soud ho osvobodil, vyšetřování s ním bylo zastaveno, a jednoroční dobrovolník Marek objevil se proto nyní ve štábním vagóně, aby se hlásil u batalionskomandanta. Jednoroční dobrovolník nepatřil totiž doposud nikam, poněvadž ho vodili z arestu do arestu.

Hejtman Ságner, když uviděl jednoročního dobrovolníka a přijal od něho listiny týkající se jeho příchodu s velmi sekrétní poznámkou "Politisch verdachtig! Vorsicht!", nebyl příliš potěšen a naštěstí si vzpomněl na latrinengenerála, který tak zajímavé odporučoval doplnit batalión batalionsgeschichtsschreibrem.

"Jste velice nedbalý, vy jednoroční dobrovolníku," řekl k němu, "ve škole jednoročáků byl jste pravou metlou, místo toho, abyste hleděl vyniknout a získat hodnost, která vám náleží dle vaší inteligence, potuloval jste se z arestu do arestu. Regiment se za vás musí hanbit, vy jednoroční dobrovolníku. Můžete však napravit svou chybu, když řádným plněním svých povinností ocitnete se opět v řadě těch dobrých vojínů. Věnujte své síly batalionu s láskou. Zkusím to s vámi. Jste inteligentní mladý muž a jistě máte i schopnosti psát, stylizovat. Povím vám něco. Každý batalión v poli potřebuje muže, který by vedl chronologický přehled všech událostí válečných dotýkajících se přímo vystoupení batalionu na poli válečném. Jest třeba všechna vítězná tažení, všechny významné slavné chvíle, jichž batalión se zúčastňuje, při nichž hraje vedoucí a vynikající roli, popsati, pomalu sestavovati příspěvek k dějinám armády. Rozumíte mně?"

"Poslušné hlásím, ano, pane hejtmane, jde o epizody ze života všech částí. Batalión má své dějiny. Regiment na základě dějin svých batalionů sestavuje dějiny regimentu. Regimenty tvoří dějiny brigády, dějiny brigád dějiny divize a tak dále. Vynasnažím se ze všech sil, pane hejtmane."

Jednoroční dobrovolník Marek dal si ruku na srdce.

"Budu zaznamenávati s opravdovou láskou slavné dny našeho bataliónu, zejména dnes, kdy je ofenzíva v plném proudu a kdy to přijde do tuhého, kdy pokryje náš batalión svými hrdinnými syny bojiště. Svědomitě zaznamenám všech událostí, které se musí dostavit, aby stránky dějin našeho bataliónu byly naplněny vavříny."

"Budete se nalézati u štábu bataliónu, jednoroční dobrovolníku, budete si všímati, kdo byl navržen k vyznamenání, zaznamenávat - ovšem dle našich poznámek - pochody, které obzvláště by upozornily na vynikající bojechtivost a ocelovou disciplínu bataliónu. Není to tak lehké, jednoroční dobrovolníku, ale doufám, že máte tolik pozorovacího talentu, abyste; dostávaje ode mne určité direktivy, náš batalión povznesl nad ostatní skupiny. Odesílám telegram na pluk, že jsem vás jmenoval batalionsgeschichtsschreiber. Hlaste se u účetního šikovatele Vaňka od 11. kumpanie, aby vás tam umístil ve vagóně. Tam je tak ještě nejvíc místa, a řekněte mu, aby sem ke mně přišel. Ovšem začíslen budete u štábu bataliónu. To se 155 provede rozkazem po bataliónu."

***

Kuchař okultista spal. Baloun se stále třásl, poněvadž už otevřel i nadporučíkovy sardinky, účetní šikovatel Vaněk šel k hejtmanovi Ságnerovi a telegrafista Chodounský splašil někde na nádraží tajně láhvičku borovičky, vypil ji, byl nyní v sentimentální náladě a zpíval:

Dokud v sladkých dnech jsem bloudil
věrným se mně všechno zdálo,
tu dýchala má hruď vírou
a mé oko láskou plálo.
Však když zřel jsem, celá země
že je zrádná jako šakal,
zvadla víra, zvadla láska
a já poprvé jsem plakal.

Potom se zvedl, šel ke stolu účetního šikovatele Vaňka a napsal na kus papíru velkými písmeny:

Žádám tímto zdvořile, abych byl jmenován
a befedrován na batalionshornistu.
:Chodounský, telegrafista

***

Hejtman Ságner neměl příliš dlouhou rozmluvu s účetním šikovatelem Vaňkem. Upozornil ho jedině na to, že prozatím batalionsgeschichtsschreiber, jednoroční dobrovolník Marek, bude se nalézati ve vagóně se Švejkem.

Mohu vám říct jen tolik, že ten muž Marek jest, abych tak řekl, podezřelý.

Politisch verdächtig. Můj bože! To není dnes tak dalece nic divného. O kom se to neříká. Jsou takové různé domněnky. Vy mně přece rozumíte. Tedy vás jenom upozorňuji, abyste ho, kdyby snad mluvil něco, co by, nu rozumíte, hned ho zarazil, abych já snad také neměl nějaké nepříjemnosti. Řekněte mu prostě, aby zanechal všech řečí, a tím to bude již spraveno. Já ale nemyslím, abyste snad ke mně hned běžel. Vyřiďte to s ním přátelsky, taková domluva je vždycky lepší než nějaké hloupé udání. Zkrátka, já si nepřeji nic slyšet, poněvadž... Rozumíte. Taková věc zde padá vždycky i na celý batalión."

Když se tedy Vaněk vrátil, vzal stranou jednoročního dobrovolníka Marka a řekl k němu: "Člověče, vy jste podezřelý, ale to nic nevadí. Jen mnoho tady nemluvte zbytečnýho před tím Chodounským, telegrafistou."

Sotva to dořekl, Chodounský se přivrávoral a padl účetnímu šikovateli do náruče, vzlykaje opilým hlasem, což snad měl býti zpěv:

Když mne všechno opustilo,
já k tvým prsům hlavu sklonil
na tvém vřelém, čistém srdci
bolestné jsem slzy ronil.
A tvým okem zaplál oheň
jako hvězda třpytem lesklým,
korálová ústa šeptla:
Já tě nikdy neopustím.

"My se nikdy nevopustíme," hulákal Chodounský, "co uslyším u telefonu, hned vám řeknu. Vyseru se na přísahu."

V koutě se Baloun hrůzou pokřižoval a počal se hlasitě modlit: "Rodičko boží, nezamítej mé prosebné volání, nýbrž vyslyš milostivé, potěš mne laskavě, pomoz mně bídnému, jenž k Tobě volám s živou vírou, pevnou nadějí a horoucí láskou v slzavém údolí tomto. Ó, královno nebeská, učiň přímluvou svou, abych také v milosti boží a pod Tvou ochranou až do konce života svého setrval..."

Blahoslavená Panna Maria se opravdu za něho přimluvila, nebol ze svého chudého baťochu vytáhl za chvíli jednoroční dobrovolník několik krabiček sardinek a rozdal každému po jedné.

Baloun neohroženě otevřel kufřík nadporučíka Lukáše a vrátil tam z nebe spadlé sardinky.

Když pak všichni si otevřeli olejovky a pochutnávali si na nich, Baloun přišel do pokušení a otevřel kufřík i sardinky a hltavě je schlemstnul.

A tu nejblahoslavenější a nejsladší Panna Maria se od něho odvrátila, nebol právě když dopíjel olej z plechovky, objevil se před vagónem batalióní ordonanc Matušič volaje nahoru: "Baloune, máš přinést svýmu obrlajtnantovi ty sardinky."

"Těch facek," řekl šikovatel Vaněk.

"S pustejma rukama raděj tam nechoď," radil Švejk, "vem si aspoň s sebou pět prázdnejch plechovek."

"Co jste asi udělal, že vás bůh tak trestá," poznamenal jednoroční dobrovolník, "ve vaší minulosti musí být nějaký velký hřích. Nedopustil jste se snad svatokrádeže a nesněd jste vašemu farářovi šunku v komíně? Nevypil jste mu ve sklepě mešní víno? Nelez jste snad jako kluk na hrušky do farské zahrady?" Baloun se odklátil se zoufalým výrazem v obličeji, plným beznadějnosti. Teď jeho uštvaný výraz mluvil srdcervoucné: Kdy už bude konec toho trápení?

"To je to," řekl jednoroční dobrovolník, který zaslechl slova nešťastného Balouna, "že vy jste; příteli, ztratil spojitost s pánembohem. Vy se neumíte dobře pomodlit, aby vás pánbůh co nejdřív sprovodil ze světa."

Švejk k tomu dodal: "Von se Baloun nemůže pořád k tomu vodhodlat, aby svůj vojenský život, svoje vojenské smýšlení, slova, skutky i smrt svoji vojenskou vodporučil dobrotě mateřského srdce nejvyššího pánaboha, jako to říkával ten můj feldkurát Katz, když už začínal přebírat a vomylem strčil na ulici do nějakého vojáka."

Baloun zaúpěl, že už ztratil důvěru v pánaboha, poněvadž už kolikrát se modlil, aby mu dal tolik síly a nějak mu ten jeho žaludek sesevrknul.

"To se nedatuje vod týhle vojny," zabědoval, "to už je stará, nemoc, tahle moje žravost. Kvůli ní chodila žena s dětma na pout do Klokot."

"To znám," poznamenal Švejk, "to je u Tábora a mají tam bohatou Panenku Marii s falešnejma briliantama, a chtěl ji vokrást jeden kostelník, vodněkud ze Slovenska. Moc nábožnej člověk. Tak tam přijel a myslel si, že se mu to snad lepší povede, když bude napřed vočištěnej ze všech starých hříchů, a vyzpovídal se taky z toho, že chce zejtra vokrást Panenku Marii. Neřek ani švec, a než se pomodlil těch tři sta otčenášů, který mu pan páter dal, aby mu zatím neutek, už ho vyváděli kostelníci přímo na četnickou stanici."

Kuchař okultista začal se s telegrafistou Chodounským hádat, jestli je to do nebe volající prozrazení zpovědního tajemství anebo jestli to stojí za řeč, když šlo o falešné brilianty. Nakonec však Chodounskému dokázal, že to byla karma, tedy předurčený osud z daleké neznámé minulosti, kdy snad byl ten nešťastný kostelník ze Slovenska ještě hlavonožcem na nějaké cizí planetě, a stejné že osud již dávno předurčil, když snád byl ten páter z Klokot ještě třebas ježurou, nějakým vačnatým, dnes už vyhynulým savcem, že musí on porušit zpovědní tajemství, ačkoliv z právnického stanoviska dává se dle kanonického práva absoluce, i když jde o klášterní jmění.

K tomuto připojil Švejk tuto jednoduchou poznámku: "Ba jo, žádnej člověk neví, co bude vyvádět za pár miliónů let, a ničeho se nesmí vodříkat. Obrlajtnant Kvasnička, když jsme ještě sloužívali v Karlíně u erkencukskomanda, ten vždycky říkal, když držel školu: ‚Nemyslete si, vy hovnivárové, vy líní krávové a bagounové, že vám už tahle vojna skončí na tomhle světě. My se ještě po smrti uhlídáme, a já vám udělám takovej vočistec, že z toho budete jeleni, vy svinská bando.‘"

Mezitím Baloun, který jsa v úplném zoufalství stále myslel, že se jen nyní o něm povídá, že se všechno týká jeho, pokračoval ve své veřejné zpovědi: "Ani Klokoty proti mé žravosti nepomáhaly. Přijde žena s dětmi z pouti a už začne počítat slepice. Schází jedna nebo dvě. Ale já jsem si nemohl pomoc, já jsem věděl, že jsou v domácnosti potřeba kvůli vejcím, ale vyjdu ven, zakoukám se na ně, najednou vám cejtím v žaloudku propast, a za hodinu už je mně dobře, už je slepice vobraná. Jednou když byly v Klokotech, aby se za mě modlily, aby tatínek zatím doma nic nesežral a neudělal zas novou škodu, chodím po dvoře, a najednou mně vám pad do voka krocan. Tenkrát jsem to moh vodpykat životem. Uvázla mně z něho v krku stehenní kost, a nebejt mýho práška, takovýho malýho chlapce, který mně tu kost vytáh, tak už jsem tu dnes s vámi neseděl a ani se tý světový vojny nedočkal. - Ba, ba. Ten můj prášek, ten byl čipera. Takovej maličkej, baculatej, zavalitej, sádelnatej - "

Švejk přistoupil k Balounovi: "Ukaž jazyk!" Baloun vyplázl na Švejka svůj jazyk, načež Švejk obrátil se ke všem, kteří byli ve vagónu: "To jsem věděl, sežral i toho svýho práška. - Přiznej se, kdys ho sežral! Když byli zas vaši v Klokotech - viď."

Baloun zoufale sepjal ruce a zvolal: "Nechte mne, kamarádi! Ještě tohle ke všemu vod svejch kamarádů."

"My vás proto neodsuzujeme," řekl jednoroční dobrovolník, "naopak je vidět, že z vás bude dobrý voják. Když Francouzi za napoleonských válek obléhali Madrid, tu španělský velitel Madridu, nežli by vydal pevnost z hladu, snědl svého adjutanta bez solí "

"To už je vopravdu vobět, poněvadž nasolenej adjutant byl by rozhodné požívatelnější - Jakpak se jmenuje, pane rechnungsfeldvébl, ten náš adjutant od našeho bataliónu? - Ziegler? To je ňákej takovej uhejbáček, z toho by se neudělaly porce ani pro jednu marškumpačku."

"Podívejme se," řekl účetní šikovatel Vaněk, "Baloun má v ruce růženec."

A opravdu, Baloun ve svém největším hoři hledal spásu v drobných kuličkách z klokočí od firmy Moritz Ltiwenstein ve Vídni.

"Ten je taky z Klokot," řekl smutně Baloun. "Než mně ho přinesly, zařvala dvě housata, ale to není žádný maso, to je měkkotina."

Za chvíli nato přišel rozkaz po celém vlaku, že se za čtvrt hodiny pojede. Poněvadž tomu nikdo nechtěl věřit, stalo se to, že se, přes veškerou ostražitost, někdo leckams zatoulal. Když se vlak hnul, scházelo osmnáct maníků, mezi nimi šikovatel Nasáklo od 12. marškumpanie, který se ještě, když vlak už dávno zmizel za Išatarčou, hádal v malém akátovém lesíku za nádražím v nehlubokém úvalu s nějakou běhnou, která chtěla na něm pět korun, kdežto on navrhoval odměnu za vykonanou již službu korunu nebo pár facek, ke které- 161 muž poslednímu vyrovnání pak nakonec také došlo s takovou vehemencí, že na její řev počali se tam sbíhat z nádraží.

Z Hatvanu na hranice Haliče

Po celou dobu železniční přepravy bataliónu, který měl sklízet válečnou slávu, až projde pěšky od Laborce východní Haličí na front, vedly se ve vagónu, kde byl jednoroční dobrovolník a Švejk, opět podivné řeči, víceméně velezrádného obsahu, v menším měřítku, ale můžeme říct povšechné, dělo se tak i v jiných vagónech, ba i ve štábním vagónu panovala jakási nespokojenost, poněvadž ve Füzesabony přišel rozkaz po armádě od pluku, ve kterém se porce vína snižovala důstojníkům o jednu osminku litru. Ovšem že přitom nebylo zapomenuto na mužstvo, kterému se snižovala dávka sága o jeden dekagram na muže, což bylo tím záhadnějším, že nikdo nikdy na vojně sága neviděl.

Nicméně bylo to třeba oznámiti účetnímu šikovateli Bautanzlovi, který se tím cítil strašné uražen a okraden, což vyjádřil také tím, že ságo je dnes vzácná věc a že by za kilo dostal aspoň osm korun.

Ve Füzesabony přišlo se také na to, že jedna kumpanie ztratila polní kuchyni, poněvadž konečně se měl na této stanici vařit guláš s bramborama, na který kladl velký důraz latrinengenerál. Pátráním vyšlo najevo, že nešťastná polní kuchyně vůbec s sebou z Brucku nejela a že asi dodnes tam někde stojí za barákem 186, opuštěná a vychladlá.

Kuchyňský personál patřící k té polní kuchyni byl totiž den před odjezdem zavřen na hauptvaše pro bujné chování ve městě a dovedl si to tak zařídit, že seděl ještě dál, když už jeho maršknumpačka projížděla Uhry.

Kumpanie bez kuchyně byla tedy přidělena k druhé polní kuchyni, což se neobešlo ovšem bez hádky, poněvadž mezi přiděleným mužstvem z obou kumpanií ku škrábání bramborů došlo k takovým kontroverzím, že jedni druhým tvrdili, že nejsou taková hovada, aby se dřeli na druhého. Nakonec se vlastně ukázalo, že s tím gulášem s bramborama je to vlastně manévr, aby si vojáci zvykli na to, až v polí před nepřítelem bude se vařit guláš, najednou přijde rozkaz "Alles zurück!", guláš z kotlů se vyleje a žádný nedostane ani líznout.

Tohle byla tedy jakási průprava, ne tak do důsledků tragická, ale přece jen poučná. Když totiž se měl již guláš rozdávat, přišel rozkaz "Do vagónů!" a už se jelo na Miškovec. Ani tam se nerozdal guláš, poněvadž na trati stál vlak s ruskými vagóny, proto se mužstvo nepustilo ven z vagónů a ponechalo se mužstvu volné pole k fantazii, že se bude guláš rozdávat, až se vyleze už v Haliči z vlaku, kde bude uznán guláš zkysaným, k požívání neschopným, a pak že se vyleje.

Potom vezli guláš dál na Tiszaltik, Zombor, a když už nikdo nečekal, že se bude guláš rozdávat, zastavil se vlak v Novém Městě pod Šiatorem, kde se znova rozdělal oheň pod kotli, guláš se ohřál a byl konečné rozdán.

Stanice byla přeplněna, měly být napřed odeslány dva vlaky s municí, za nimi dva ešalony dělostřelectva a vlak s pontonovými oddíly. Vůbec možno říct, že zde se shromáždily vlaky s trupami všech možných částí armády.

Za nádražím měli honvéhusaři v parádě dva polské židy, kterým vyrabovali nůši s kořalkou, a nyní místo platu, v dobré náladě, bili je po hubě, což patrně měli dovoleno, poněvadž docela blízko stál jejich rytmistr a příjemné se na celou scénu usmíval, zatímco za skladištěm několik jiných honvéhusarů sahalo pod sukně černookým dceruškám bitých židů.

Byl zde též vlak s oddělením aeroplánů. Na druhých kolejích stály na vagónech tytéž předměty jako aeroplány a děla, jenže v rozbitém stavu. Byly to podstřelené létací stroje, roztrhané hlavně haubic. Zatímco všechno svěží a nové jelo tam nahoru, tyhle zbytky slávy jely do vnitrozemí k opravám a k rekonstrukcím.

Poručík Dub ovšem vojákům, kteří se kolem rozbitých děl a aeroplánů shromáždili, vykládal, že je to válečná kořist, a také zpozoroval, že kousek dál stojí opět ve skupině Švejk a něco vykládá. Přiblížil se tedy k tomu místu a slyšel rozšafný hlas Švejkův: "Ať si se to vezme jak chce, je to přece jen válečná kořist. Vono je to sice na první pohled vošemetný, když tady někdo čte na lafetě K. u k. Artilleriedivision. Ale vono.to bude asi tak, že to dělo padlo do rukou Rusů a my jsme si ho museli zas nazpět vydobýt, a taková kořist je mnohem cennější, poněvadž... - Poněvadž," řekl slavnostně, když zpozoroval poručíka Duba, "nepříteli se nesmí nechat nic v rukou. To máte jako s Přemyšlem, nebo s tím vojákem, kerýmu při gefechtu vytrh nepřítel feldflašku. To bylo ještě za napoleonských válek, a ten voják v noci odebral se do nepřátelského ležení a přines si zas feldflašku nazpátek a vydělal ještě přitom, poněvadž nepřítel na noc fasoval kořalku."

Poručík Dub řekl pouze: "Koukejte, ať už zmizíte, Švejku, ať vás zde už podruhé nevidím!"

"Dle rozkazu, pane lajtnant " A Švejk odcházel k druhé skupině vagónů, a kdyby ho byl poručík Dub slyšel, co ještě dodal, byl by jistě vyskočil z uniformy, ačkoliv to bylo zcela nevinné biblické rčení: "Maličko, uzříte mne, a opět maličko, a neuzříte mne."

Poručík Dub po odchodu Švejkově byl ke všemu ještě tak pitomý, že vojáky upozorňoval na jeden sestřelený rakouský aeroplán, na jehož kovovém ráfu bylo zřetelné vyznačeno Wiener Neustadt.

"Ten jsme Rusům sestřelili u Lvova," řekl poručík Dub. Tato slova, zaslechl nadporučík Lukáš, který se přiblížil a hlasitě dodal: "Přičemž oba ruští letci uhořeli."

Pak odcházel dál beze slova, pomysliv si, že poručík Dub jest kus dobytka.

Za druhými vagóny setkal se se Švejkem a hleděl se mu vyhnout, poněvadž na tváři Švejkově při pohledu na nadporučíka Lukáše bylo vidět, že ten muž toho má mnoho na srdci, co mu chce říci.

Švejk šel přímo k němu: "Ich melde gehorsam, kompanieordonanc Švejk prosí o další rozkazy. Poslušné hlásím, pane obrlajtnant, že jsem vás již hledal ve štábním vagóně."

"Poslyšte, Švejku," řekl nadporučík Lukáš tónem naprosto odpuzujícím a nepřátelským. "Víte, jak se jmenujete? Už jste zapomněl, jak jsem vás nazval?"

"Poslušně hlásím, pane obrlajtnant, že sem na takovou věc nezapomněl, poněvadž já nejsem nějakej jednoroční dobrovolník Železný. To jsme tenkrát, ještě dávno před válkou, byli v karlínskejch kasárnách a tam byl nějakej obrst Fliedler von Bumerang nebo tak nějank." Nadporučík Lukáš se mimoděk usmál tomu ‚nějank` a Švejk dál vyprávěl: "Poslušné hlásím, pane obrlajtnant, že ten náš obrst byl půl vaší vejšky, nosil plnovous jako kníže Lobkovic, takže vypadal jako vopice, a když se rozčílil, vyskakoval dvakrát tak vysoko, jak byl, sám vysokej, takže jsme mu říkali kaučukovej dědek. Tenkrát byl nějakej První máj a my jsme měli berajčaft, a von k nám držel předtím večer na nádvoří velikou řeč, že proto zejtra musíme vostat všichni v kasárnách a nehnout se ven, abychom mohli na nejvyšší rozkaz, v případě potřeby, všechnu tu socialistickou bandu postřílet. Proto taky, kterej voják má dneska přesčas a nevrátí se do kasáren a natáhne to až na druhej den, ten že proved zemězradu, poněvadž takovej vožralej chlap netrefí ani jednoho člověka, když budou salvy, a ještě bude střílet do vzduchu. Tedy ten jednoročák Železný vrátil se do cimry a povídá, že měl přeci jen kaučukovej dědek dobrej nápad. Dyť vono je to celkem pravda, zejtra přece nikoho do kasáren nepustěj, tak je nejlepší vůbec nepřijít, a taky to, poslušné hlásím, pane obrlajtnant, uskutečnil jako jedno víno. Ale ten obrst Fliedler, to vám byl taková potvora mizerná, dej mu pámbu nebe, že chodil druhej den po Praze a hledal někoho, kdo se vodvážil z našeho regimentu vylézt z kasáren, a někde u Prašný brány potkal taky šťastně Železného a hned na něho spustil: ‚Já ti tám, já ti náučím, já ti dvakrát oslatím!` Řekl mu toho ještě víc a spakoval ho s sebou do kasáren a po celý cestě mu říkal leccos vošklivýho, výhružnýho a ptal se ho pořád, jak se jmenuje. ‚Šélesnej, Šelesny, ty to odsrat, já rát, še chytit, já ti ukášat den ersten Mai. Šélesny, Šélesny, ty bejt můj, závžit, fajn závžit!` Železnýmu už to bylo všechno jedno. Tak jak šli přes Poříč, kolem Rozvařilů, Železný skočil do průjezdu a ztratil se mu průchodem a zkazil kaučukovýmu dědkovi tu velikou radost, až ho bude sázet do arestu. Obrsta to tak rozčílilo, že mu utek, že ze vzteku zapomněl, jak se ten jeho delikvent jmenuje, poplet si to, a když přišel do kasáren, začal skákat do stropu, strop byl nízkej, a ten, co měl batalionku, divil se, proč dědek mluví najednou lámané česky a křičí: ‚Měděnej závšít, Měděnej né závšit, Ólófénej závšít, Cínofej závšit!` A takhle dědek trápil den ze dne a ptal se pořád, jestli už chytli Měděnýho, Olověnýho a Cínovýho, a taky dal vyrukovat cele] regiment, ale oni už Železnýho, vo kterým se to všeobecně vědělo, dali na marodku, poněvadž byl zubní technik. Až takhle jednou vod našeho regirnentu podařilo se jednomu probodnout jednoho dragouna v hospodě u Bucků, kterej rnu chodil za holkou, a tu nás seřadili do čtverce, museli vyjít všichni, i marodka, kdo byl moc marod, toho dva drželi. Tak taky nebylo to nic platný, musel Železný vyrukovat na dvůr a tam nám četli rozkaz po regimentu asi v tom smyslu, že dragouni jsou taky vojáci a že je zakázáno je probodávat, protože jsou to naši kriegskamaraden. Jeden jednoročák to překládal a náš obrst koukal jako tygr. Napřed prošel před frontou, potom zas šel dozadu, obcházel čtverec, a najednou objevil Železnýho, který byl jako hora, takže to, pane obrlajtnant, bylo strašně komický, když ho přitáh dovnitř čtverce. Jednoročák přestal překládat a náš obrst začal vyskakovat před Železným, jako když pes doráží na kobylu, a přitom řval: "Ták ty mně neujít, ty mně nejít nikam neutéct, teď zas žíkat, žeš šélesný, a já furt Žíkat Médený, Cínofý, Olófěný, von je Šélesný, a von je ten parchant Šélesný, já ti náučím Olófěný, Cínofý, Médený, iy Mistvieh, du Schwein, du Šélesný!' Pak mu napařil za to měsíc, ale potom se mu ňák. za čtrnáct dní rozbolavějí zuby, a von si vzpomněl, že Železný je zubní technik, tak ho dal přivést z arestu na marodku a chtěl si dát vod něho vytrhnout zub, a Železný mu ho trhal asi půl hodiny, takže dědka asi třikrát vomejvali, ale dědek ňák zkrot a vodpustil Železnýmu těch druhejch čtrnáct dní. To je tedy tak, pane obrlajtnant, když představenej zapomene na jméno svýho podřízenýho, ale podřízenej na jméno svýho představenýho nesmí nikdy zapomenout, jako nám právě říkal ten pan obrst, že ani po letech nezapomeneme, že jsme měli jednou obrsta Fliedlera. - Nebylo to snad příliš dlouhé, pane obrlajtnant?"

"Víte, Švejku," odpověděl nadporučík Lukáš, "čím dále vás poslouchám, tím více přicházím k přesvědčení, že si svých představených vůbec nevážíte. Voják má ještě po letech o svých bývalých představených mluvit jenom dobře."

Bylo vidět, že nadporučík Lukáš se začíná bavit. "Poslušně hlásím, pane obrlajtnant," vpadl mu do toho Švejk omluvným tónem, "dyť von už je pan obrst Fliedler dávno mrtvej, ale když si, pane obrlajtnant, přejete, budu o něm mluvit samou chválu. Von byl vám, pane obrlajtnant, učiněnej anděl na vojáky. Von byl vám tak hodnej jako svatej Martin, kterej rozdával martinský husy chudejm a hladovejm. Von se dělil vo svůj vobéd z oficírsmináže s nejbližším vojákem, kterýho potkal na dvoře, a když už se nám všem přejedli blbouni, tak nám dal dělat na mináž grenadýrmarš s vepřovým masem, a o manévrech, to teprve se vyznamenal se svou dobrotou. Když jsme přišli do Dolních Křálovic, tak dal rozkaz vypít celej dolnokrálovickej pivovar na jeho útraty, a když měl svátek nebo narozeniny, tak dal pro cele] regiment navařit zajíce na smetaně s houskovejma knedlíkama. Von byl takovej hodnej na manšaft, že vám jednou, pane obrlajtnant..."

Nadporučík Lukáš klepl jemné Švejka přes ucho a řekl přátelským tónem: "Tak jdi už, potvoro, nech už ho být."

"Zum Befehl, Herr Oberleutnant!" Švejk odcházel k svému vagónu, zatímco před ešalonem bataliónu, tam, kde ve vagóně byly zavřeny telefonní přístroje a dráty, odehrávala se tato scéna: Stál tam post, poněvadž všechno z nařízení hejtmana Ságnera muselo být feldmäßig., Posti se tedy rozestavili podle cennosti ešalonu po obou stranách a dostali feldruf a losung z kanceláře batalionu.

Ten den byl feldruf "Kappe" a losung "Hatvan". Post, který si to měl u telefonních aparátů pamatovat, byl nějaký Polák z Kolomyje, který nějakou divnou náhodou se dostal k 91. regimentu.

Kdepak aby věděl, co je to Kappe, ale poněvadž měl v sobě nějaký zárodek mnemotechniky, tak si přece jen zapamatoval, že to začíná s k, a hrdě odpověděl poručíkovi Dubovi, který měl bataliónku a ptal se ho, přibližuje se k němu, na heslo ode dne: "Kafe." Bylo to ovšem velice přirozené, poněvadž Polák z Kolomyje pořád ještě vzpomínal na ranní a večerní kávu v táboře Brucku.

A když zařval ještě jednou "Kafe", a poručík Dub se neustále k němu přibližoval, tu on, pamětliv na svou přísahu a na to, že je na stráži, zvolal hrozivě: "Halt!", a když poručík Dub udělal k němu ještě dva kroky a stále chtěl na něm feldruf, namířil na něj ručnici, a neznalý dokonale německého jazyka, užil podivné směsi polštiny s němčinou, křiče: "Benže šajsn, benže šajsn."

Poručík Dub pochopil a počal couvat nazpátek, křiče: "Wachkommandant, Wachkommandant!"

Objevil se četař Jelínek, který Poláka zaváděl na stráž, a ptal se ho sám po heslu, potom poručík Dub, na kteréž otázky odpovídal zoufalý Polák od Kolomyje křikem, který se rozléhal po nádraží: "Kafe, kafe." Co tam bylo ešalonů, počali z nich vojáci vyskakovat s esšálkama a byla hrozná panika, která skončila tím, když odzbrojeného poctivého vojáka odvedli do arestantvagónu.

Ale poručík Dub choval určité podezření na Švejka, kterého viděl prvního s esšálkem vylízat z vagónu, a byl by dal za to krk, že ho slyšel volat: "S esšálkama ven, s esšálkama ven."

Po půlnoci vlak se hnul na Ladovce a Trebišov, kde ho ráno uvítal na stanici veteránský spolek, poněvadž si tenhle maršbatalión spletl s maršbataliónem 14. honvéd, maďarského pluku, který projel stanicí hned v noci. Jisto bylo, že veteráni byli namazaní, a svým řevem "Isten áld meg a királyt" probudili ze spaní celý ešalon. Několik uvědomělejších naklonilo se z vagónů a odpovědělo jim: "Políbte nám prdel. Éljen!"

Načež veteráni zařvali, až se okna nádražní budovy otřásala: "Éljen! Éljen a tizennegyedik regiment (čtrnáctý regiment)!"

Za pět minut jel vlak dál na Humenné. Zde již byly jasně a zřetelně znát stopy bojů, když Rusové táhli do údolí Tisy. Po stráních táhly se primitivní zákopy, tu a tam bylo vidět vypálenou usedlost, kolem které narychlo zbudovaná bouda znamenala, že se majitelé opět vrátili.

Potom, když k polednímu přišla stanice Humenné, kde nádraží jevilo také zbytky bojů, vykonány byly přípravy k obědu a mužstvo ešalonu zatím mohlo nahlédnout do veřejného tajemství, jak úřady po odchodu Rusů jednají s místním obyvatelstvem, které bylo řečí i náboženstvím příbuzné ruským vojskům.

Na peróně, obklíčena uherskými četníky, stála skupina zatčených uherských Rusů. Bylo tam několik popů, učitelů a sedláků z širokého dalekého okolí. Všichni měli ruce svázané dozadu provazy a po párech přivázáni k sobě. Většinou měli rozbité nosy a boule na hlavách, jak dostali hned po zatčení výprask od četníků.

Kousek dál hrál si jeden maďarský četník s jedním popem. Uvázal mu provaz kolem levé nohy, který držel v ruce, a nutil ho kolbou, aby pop tančil čardáš, přičemž trhal provazem, takže pop upadl na nos, a maje ruce svázané dozadu, nemohl vstát a dělal zoufalé pokusy obrátit se na záda, aby se snad tak mohl zvednout se země. četník se tak tomu upřímné smál, až mu slzy tekly z očí, a když už pop se zvedal, trhnul provazem a pop byl opět na nose.

Konečné učinil tomu přítrž četnický důstojník, který poručil, aby zatčené odvedli, zatím než přijede vlak, za nádraží do prázdné kůlny a tam je bili a mlátili, aby to nikdo neviděl.

O této epizodě rozhovořili se ve štábním vagónu a celkem možno říct, že většina to odsuzovala.

Fénrich Kraus mínil, že když už jsou velezrádci, mají se hned na místě oběsit beze všeho týráni, zato však poručík Dub s celým výjevem naprosto souhlasil a převedl to hned na sarajevský atentát a vysvětlil to tak, že ti maďaršti četníci na stanici Humenné mstí smrt arciknížete Františka Ferdinanda a jeho choti. Aby dodal váhy svým slovům, řekl, že odbíral časopis (Šimáčkův Čtyřlístek) a tam že ještě před válkou v červencovém čísle bylo o tom atentátu napsáno, že bezpříkladný zločin sarajevský zanechává v lidských srdcích nadlouho nezhojitelnou ránu, tím bolestnější, že zločinem nebyl jen zahlazen život představitele výkonné moci státu, nýbrž i život jeho věrné a milované družky, a že zničením těch dvou životů rozvrácen šťastný, příkladný rodinný život a sirotami učiněny všemi milované děti.

Nadporučík Lukáš jen zamručel k sobě, že asi zde v Humenném četníci odebírali Šimáčkův Čtyřlístek s tím dojemným článkem. Vůbec se mu počalo vše najednou hnusit a cítil jenom potřebu opít se, aby ho opustil světobol. Vyšel tedy z vagónu a šel vyhledat Švejka.

"Poslyšte, Švejku," řekl k němu, "nevíte o nějaké láhví koňaku? Mně není nějak dobře."

"To dělá všechno, poslušné hlásím, pane obrlajtnant, změna počasí. Může bejt, až budeme na bojišti, že vám bude ještě hůř. Čím víc se člověk vzdaluje vod svý původní vojenský bázy, tím mu bejvá mdlejc. Strašnickej zahradník, nějakej Josef Kalenda, ten se taky jednou vzdálil z domova, šel ze Strašnic na Vinohrady, stavil se na Zastávce v hospodě, ale to mu ješt`e nic nebylo, ale jakmile přišel do Korunní třídy k vodárně, bral v Korunní třídě až za kostel svaté Ludmily hospodu za hospodou a cítil už malátnost. Nedal se však tím odstrašit, poněvadž se vsadil předtím ten večer v Strašnicích v hospodě U remízy s jedním řidičem vod elektriky, že udělá pěšky cestu kolem světa za tři neděle. Počal se tedy dál a dál vzdalovat vod svýho domova, až se přivalil do Černýho pivovaru na Karlově náměstí, a vodtamtud šel na Malou Stranu k Sv. Tomáši do pivovaru a odtamtud přes restauraci U Montágů a ještě vejš přes hospodu U krále brabantskýho, pak na Krásnou vyhlídku, odtud do Strahovskýho kláštera do pivovaru. Ale to už mu změna podnebí přestala svědčit. Dostal se až na Loretánský náměstí a tam dostal najednou takový stesk po domově, že sebou praštil na zem, počal se válet po chodníku a křičel: ‚Lidičky, já už dál nepůjdu. Já se na cestu kolem světa,` s dovolením, pane obrlajtnant, ‚vykašlu: Jestli však si přejou, pane obrlajtnant, tak jím nějaký koňak seženu, jenom se bojím, abyste mně dřív nevodjelí."

Nadporučík Lukáš ho ujistil, že dřív se odtud nepojede až za dvě hodiny a že koňak prodávají hned za nádražím potajmu v láhvích, hejtman Ságner že tam už Matušiče poslal a ten že mu přines za patnáct korun láhev zcela obstojného koňaku. Tady má patnáct korun, a už aby šel, a jen ať nikomu neříká, že je to pro nadporučíka Lukáše nebo že on ho posílá, poněvadž je to vlastně zakázaná věc.

"Buďte ubezpečenej, pane obrlajtnant," řekl Švejk, "že to bude všechno v pořádku, poněvadž já mám moc rád zakázaný věci, poněvadž jsem se vždycky octnul v něčem zakázaným, aniž bych byl vo tom věděl bejval. Jednou v karlinskejch kasárnách nám zakázali..."

"Kehrt euch - marschieren marsch!" přerušil ho nadporučík Lukáš.

Švejk šel tedy za nádraží, opakuje si po cestě všechny složky své výpravy: že koňak musí být dobrý, proto ho musí napřed ochutnat, že je to zakázané, proto musí být opatrný.

Když právě zahýbal za perón, srazil se opětně s poručíkem Dubem. "Co se zde flákáš?" otázal se Švejka. "Znáš mne?"

"Poslušně hlásím," odpověděl Švejk salutuje, "že si vás nepřeji poznat z té vaší špatné stránky." Poručík Dub ustrnul leknutím, ale Švejk stál klidně, drže stále ruku na štítku čepice, a pokračoval: "Poslušně hlásím, pane lajtnant, že vás chci poznat jen z té dobré stránky, abyste mne nepřinutil až k pláči, jak jste mně posledně říkal."

Poručíkovi Dubovi zakroutila se nad takovou drzostí hlava a vzmohl se jen na rozhorlený výkřik: "Táhni, mizero, my si spolu ještě promluvíme!"

Švejk odešel za perón a poručík Dub vzpamatovav se vydal se za ním. Za nádražím, hned u silnice, stála řada nůší postavených dnem nahoru, na kterých byly ošatky a na ošatkách různé laskominy zcela nevinně vypadající, jako kdyby ty všechny dobroty byly určeny pro školní mládež někde na výletě. Ležely tam kousky tažených bonbónů, trubičky z oplatek, hromada kyselých pokroutek, tu a tam ještě na některé ošatce krajíčky černého chleba s kouskem salámu, zcela určitě koňského původu. Vevnitř však nůše obsahovaly různý alkohol, flašky s koňakem, rumem, jeřabinkou a s jinými likéry a kořalkami.

Hned za příkopem silnice byla bouda a tam se vlastně všechny tyhle obchody s nedovolenými nápoji prováděly.

Vojáci to napřed vyjednali u nůší a pejzatý žid vytáhl zpod nůše tak nevinně vypadající kořalku a přinesl ji pod kaftanem do dřevěné boudy, kde už si ji voják nenápadně schoval někam do kalhot nebo pod blůzu. Sem tedy Švejk zaměřil, zatímco od nádraží poručík Dub se svým detektivním talentem ho pozoroval.

Švejk to vzal hned přímo u první nůše. Napřed si vybral bonbóny, které zaplatil a strčil do kapsy, přičemž pán s pejzy mu zašeptal: "Schnaps hab' ich such, gnädiger Herr Soldat."

Vyjednávání bylo rychle skoncováno, Švejk odešel do boudy, a dříve nedal peníze, dokud pán s pejzy láhev neotevřel a Švejk neochutnal. Byl ale s koňakem spokojen a vracel se na nádraží, zastrčiv si láhev pod blůzu.

"Kdepak jsi byl, mizero?" zastoupil mu cestu k perónu poručík Dub.

"Poslušné hlásím, pane lajtnant, že jsem si šel koupit bonbóny." Švejk sáhl do kapsy a vytáhl hrst špinavých, zaprášených bonbónů: "Jestli by se pan lajtnant neštítil - Já už je okoušel, nejsou špatný. Mají takovou příjemnou, zvláštní chuť, jako vod povidel, pane lajtnant."

Pod blůzou rýsovaly se kulaté obrysy lahve. Poručík Dub poplácal Švejkovi po blůze: "Co to tady neseš, ty jeden mizero. Vytáhni to ven!"

Švejk vytáhl láhev s nažloutlým obsahem, se zcela jasnou a zřetelnou etiketou Cognac.

"Poslušně hlásím, pane lajtnant," odpověděl Švejk neohroženě, "že jsem si byl do prázdný flašky od koňaku napumpovat trochu vody k pití. Já mám ještě vod toho guláše, co jsme měli včera, strašnou žízeň. Jenže voda je tam u tý pumpy, jak vidíte, pane lajtnant, nějaká žlutá, to bude asi nějaká železitá voda. Takový vody jsou moc zdravý a užitečný."

"Když máš takovou žízeň, Švejku," řekl poručík Dub, ďábelsky se usmívaje a chtěje co nejdéle prodloužit tu scénu, ve které to Švejk nadobro prohraje, "tak se napij, ale pořádné. Vypij to všechno najednou!"

Poručík Dub zkombinoval si už předem, jak Švejk udělá pár hltů a dál už nebude moci a jak on, poručík Dub, nad ním slavně zvítězí a řekne: "Podej mi taky láhev, ať se trochu napiji, já mám také žízeň." Jak se bude asi ten lump Švejk v tom hrozném okamžiku pro něho tvářit, a potom dál raport a tak dále.

Švejk odzátkoval láhev, přiložil k ústům a hlt za hltem se ztrácel v jeho hrdle. Poručík Dub zkameněl. Švejk před jeho očima vypil celou láhev, aniž by hnul brvami, a prázdnou láhev hodil přes silnici do rybníka, odplivl si a řekl, jako by byl vypil skleničku minerální vody; "Poslušně hlásím, pane lajtnant, že ta voda měla vopravdu železitou příchuť. V Kamýku nad Vltavou jeden hostinskej dělal pro svý letní hosty železitou vodu takovým způsobem, že do studny házel starý podkovy."

"Já ti dám starý podkovy! Pojď mně ukázat tu studni, odkud měls tu vodu!"

"To je kousek vodtud, pane lajtnant, hned tady za tou dřevěnou boudou."

"Jdi napřed, ty mizero, ať vidím, jak držíš krok!"

"To je opravdu zvláštní," pomyslil si poručík Dub. "Na tom bídném chlapovi není docela nic znát "

Švejk šel tedy napřed, oddán do vůle boží, ale stále mu něco říkalo, že tam studna musí být, a taky ho nikterak nepřekvapilo, že tam byla. Dokonce tam byla pumpa, a když k ní došli, tu Švejk zapumpoval, tekla z ní nažloutlá voda, takže mohl slavnostně prohlásit: "Tady je ta železitá voda, pane lajtnant"

Uděšený muž s pejzy se přiblížil a Švejk mu řekl německy, aby přinesl nějakou skleničku, že se pan lajtnant chce napít.

Poručík Dub tak z toho úplně zblbl, že vypil celou sklenici vody, po které se mu v ústech převalovala chuf koňské moče a hnojůvky, a úplně zpitomělý tím, co zažil, dal pejzatému židovi za tu sklenici vody pětikorunu, a obraceje se na Švejka, řekl k němu: "Co zde čumíš, táhni domů."

Za pět minut Švejk objevil se ve štábním vagónu u nadporučíka Lukáše a tajemným posuňkem vylákal ho z vagónu a venku mu sdělil: "Poslušně hlásím, pane obrlajtnant, že za pět, nanejdýl za deset minut budu úplně vožralej, ale budu ležet ve svým vagóně, a prosil bych vás, abyste mé alespoň, pane obrlajtnant, na tři hodiny nevolal a žádný poručení mi nedával, dokud se z toho nevyspím. Vše je v pořádku, ale mé chyt pan lajtnant Dub, já mu řekl, že je to voda, tak jsem musel před ním tu celou flašku koňaku vypít, abych mu dokázal, že je to voda. Všechno je v pořádku, nic jsem neprozradil, jak jste si přál, a vopatrnej jsem byl taky, ale teď už, poslušně hlásím, pane obrlajtnant, že už to cejtím, začínají mně ňák brnět nohy. Ovšem, poslušné hlásím, pane obrlajtnant, že jsem zvyklej chlastat, poněvadž s panem feldkurátem Katzem..."

"Odejdi, bestie!" zvolal nadporučík Lukáš, ale beze všeho hněvu, zato však poručík Dub stal se u něho o padesát procent nesympatičtější než předtím.

Švejk vlezl opatrně do svého vagónu, a ukládaje se na svůj plášť a baťoch, řekl k účetnímu šikovateli a k ostatním: "Jednou se vám jeden člověk vožral a prosil, aby ho nebudili..." Po těch slovech převalil se na bok a počal chrápat.

Plyny, které vyvozoval krkáním, záhy naplnily celou místnost, takže kuchař okultista Jurajda, saje atmosféru nozdrami, prohlásil: "Sakra, tady voní koňak."

U skládacího stolu seděl jednoroční dobrovolník Marek, který konečné po všech těch útrapách dotáhl to až na batalionsgeschichtsschreibra.

Nyní sestavoval do zásoby hrdinné skutky batalionu a bylo vidět, že mu to dělá velké potěšení, ten pohled do budoucna.

Účetní šikovatel Vaněk se zájmem sledoval, jak jednoroční dobrovolník pilně píše a směje se přitom na celé kolo. Proto také vstal a naklonil se nad jednoročním dobrovolníkem, který mu počal vysvětlovat: "To máte strašnou legraci, psát dějiny batalionu do zásoby. Hlavní věcí je, aby se postupovalo systematicky. Ve všem musí být systém." "Systematický systém," poznamenal účetní šikovatel Vaněk s úsměvem víceméně opovržlivým.

"Ano," řekl ledabyle jednoroční dobrovolník, "systematizovaný, systematický systém při psaní dějin batalionu. Napřed nemůžeme vyrukovat hned s velkým vítězstvím. To všechno musí jít pomalu, podle určitého plánu. Náš batalión nemůže vyhrát najednou tuhle světovou vojnu. Nihil nisi bene. Hlavní věcí je pro důkladného historika dějin, jako jsem já, udělat si zprvu plán našich vítězství. Kupříkladu zde líčím, jak náš batalión, to snad bude asi za dva měsíce, málem překročí ruské hranice, velice silně obsazené, řekněme donskými pluky nepřítele, zatímco několik nepřátelských divizí obchází naše pozice. Na první pohled se zdá, že náš batalión jest ztracen, že nás rozsekají na nudle, když vtom dá hejtman Ságner tento rozkaz po našem batalionu: ,Bůh nechce, abychom tu zahynuli, prchejme!' Náš batalión dá se tedy na útěk, ale nepřátelská divize, která nás už obešla, vidí, že se vlastně na ni ženem, počne zděšené utíkat a padne bez výstřelu do rukou rezervám naší armády. Tím tedy vlastně celá historie našeho bataliónu začne. Z nepatrné události, abych mluvil prorocky, pane Vaňku, vyvinou se dalekosáhlé věci. Náš batalión jde od vítězství k vítězství. Zajímavé bude, jak náš batalión přepadne spícího nepřítele, k čemuž ovšem je potřeba slohu Ilustrovaného válečného zpravodaje, který vycházel u Vilímka za rusko-japonské války. Náš batalión přepadne tábor spících nepřátel. Každý náš voják vyhledá si jednoho nepřítele, vší silou vrazí mu bodák do prsou. Znamenitě nabroušený bajonet vjede jako do másla a jen tu a tam zapraská žebro, spící nepřátelé trhají celým tělem, na okamžik vypoulejí udivené, ale již nic nevidoucí oči, zachroptějí a natáhnou se. Spícím nepřátelům objevují se na rtech krvavé sliny, tím je věc odbyta a vítězství je na straně našeho bataliónu. Nebo ještě lepší to bude asi tak za tři měsíce, to náš batalión zajme ruského cara. O tom si ale povíme, pane Vaňku, až později, mezitím si musím připravit do zásoby malé epizody, svědčící o bezpříkladné hrdinnosti. Bude mně třeba vymyslit si zcela nové válečné termíny. Jeden jsem si již vymyslil, budu psát o obětavé odhodlanosti našeho mužstva, prošpikovaného střepinami granátů. Výbuchem nepřátelské miny přijde jeden z našich četařů, řekněme dvanácté nebo třinácté kumpanie, o hlavu. - Á propos," řekl jednoroční dobrovolník, uhodiv se do hlavy, "málem bych zapomněl, pane rechnungsfeldvébl, čili po občansku řečeno, pane Vaněk, musíte mně zaopatřit seznam všech šarží. Jmenujte mně nějakého šikovatele od dvanácté kumpanie. - Houska? Dobrá, tak tedy Houska přijde o hlavu s tou minou, hlava mu odletí, tělo však udělá ještě několik kroků, namíří si a sestřelí ještě nepřátelský aeroplán. To se samo sebou rozumí, že ohlasy těchto vítězství musí být v budoucnosti oslaveny v rodinném kruhu v Schönbrunnu. Rakousko má velice mnoho bataliónů, ale jediný batalión, to je náš, který se vyznamená, že jedině kvůli němu uspořádá se malá rodinná intimní slavnost císařského domu. Představuji si to tak, jak vidíte v mých poznámkách, že arcivévodská rodina Marie Valérie přesídlí kvůli tomu z Wallsee do Schönbrunnu. Slavnost je čistě intimní a koná se v sále vedle mocnářovy ložnice, kteráž je osvětlena bílými voskovicemi, neboť jak je známo, u dvora nemilují elektrických žárovek kvůli krátkému spojení, vůči kterému jest stařičký mocnář zaujat. O šesté hodině večerní začíná slavnost ku cti a chvále našeho bataliónu. V tu dobu uvedeni jsou vnukové Jeho Veličenstva do sálu, jenž vlastně náleží ke komnatám zvěčnělé císařovny. Teď je otázka, kdo bude přítomen kromě císařské rodiny. Musí tam být a bude tam generální adjutant mocnáře hrabě Paar. Poněvadž při takových rodinných a intimních hostinách bývá. občas někomu mdlo, čímž ovšem nemyslím, že se hrabě Paar snad poblije, je vyžadována přítomnost osobního lékaře, dvorního rady dr. Kerzla. Kvůli pořádku, aby si snad dvorní lokajové nedovolili nějaké důvěrnosti ku dvorním dámám přítomným na hostině, objevuje se nejvyšší hofmistr baron Lederer, komoří hrabě Bellegarde a vrchní dvorní dáma hraběnka Bombellesová, která hraje mezi dvorními dámami stejnou úlohu jako madam v bordelu u Šuhů.

Když se vznešené panstvo shromáždilo, byl o tom uvědomen císař, který se pak objevil v průvodu svých vnuků, posadil se za stůl a pronesl přípitek na počest našeho maršbatalíónu. Po něm se ujala slova arcivévodkyně Marie Valérie, která se zejména pochvalně zmiňuje o vás, pane rechnungsfeldvéble. Ovšem že podle mých poznámek náš batalión utrpí těžké a citelné ztráty, poněvadž batalión bez mrtvých není žádným batalíónem. Bude třeba ještě zhotovit nový článek o našich mrtvých. Dějiny batalíónu nesmí se skládat jenom ze suchých fakt o vítězství, kterých mám už napřed asi dvaačtyřicet poznamenáno. Vy například, pane Vaňku, padnete u malé říčky a tadyhle Baloun, který na nás tak divně čumí, ten zahyne docela jinou smrtí než kulí, šrapnelem nebo granátem, Bude uškrcen lasem vymrštěným z nepřátelského aeroplánu právě v tom okamžiku, kdy bude požírat oběd svého obrlajtnanta Lukáše."

Baloun odstoupil, zoufale máchl rukama a prohodil sklíčené: "Když já za svou povahu nemůžu. Ještě když jsem sloužil v aktiv, tak jsem se třebas třikrát vobjevil u kuchyně pro mináž, dokud mne nezavřeli. Jednou jsem měl třikrát k obědu žebro, za kterýžto seděl jsem měsíc. Děj se vůle Páně."

"Nebojte se, Baloune," utěšoval ho jednoroční dobrovolník, "v dějinách batalíónu nebude o vás zmíňka, že jste zahynul pří žrádle cestou od oficírsmináže do zákopů. Budete vyjmenován pohromadě se všemi muži našeho batalíónu, kteří padli za slávu naší říše, jako například účetní šikovatel Vaněk."

"Jakou smrt mně určujete, Marku?"

"Jen tolik nespěchejte, pane rechnungsfeldvébl, tak rychle to nejde."

Jednoroční dobrovolník se zamyslil: "Vy jste z Kralup, není-liž pravda; tedy pište domů, do Kralup, že zmizíte beze stopy, ale pište nějak opatrně. Nebo si přejete býti těžce raněn, zůstat ležet za dráthindrnisama? Ležíte si tak pěkně s přelámanou nohou celý den. V noci nepřítel reflektorem osvětluje naši pozici a zpozoruje vás; myslí, že konáte výzvědnou službu, počne do vás řezat granáty a šrapnely. Vy jste vykonal ohromnou službu pro vojsko, poněvadž na vás nepřátelské vojsko vypotřebovalo takové množství munice jako na celý batalión, a vaše součástky plující volně vzduchem po všech těch výbuších nad vámi, prorážejíce rotací vzduch, zpívají píseň velkého vítězství. Zkrátka a dobře, na každého dojde a každý se vyznamená z našeho batalíónu, takže slavné stránky našich dějin budou přeplněny vítězstvími - ačkoliv bych velice nerad to přeplňoval, ale nemohu si pomoct, všechno musí být provedeno důkladné, aby po nás zbyla nějaká památka, nežli, řekněme v měsíci září, nezbude z našeho batalíónu dočista nic než jenom ty slavné stránky dějin, které budou mluvit do srdcí všech Rakušanů, že je jisto, že všichni z těch, kteří nespatří už svůj domov, bili se stejné statně a udatně. Konec toho již jsem sestavil, víte, pane Vaňku, toho nekrologu. Čest památce padlých! Jejich láska k mocnářství je láskou nejsvětější, neboť vyvrcholila ve smrt. Jejich jména nechť jsou s úctou vyslovována, jako například Vaněk, Oni pak, jichž se ztráta živitelů dotkla nejcitelněji, ať si hrdě utrou slzy, neboť padlí - byli hrdinové našeho batalíónu."

Telefonista Chodounský a kuchař Jurajda s velkým zájmem naslouchali výklad jednoročního dobrovolníka o chystaných dějinách batalionu.

"Pojďte blíže, pánové," řekl jednoroční dobrovolník, listuje ve svých poznámkách, "stránka 15: ,Telefonista Chodounský padl 3. září současně s kuchařem od batalionu Jurajdou.` Slyšte dále mé poznámky: ,Bezpříkladná hrdinnost. První s nasazením života zachraňuje telefonní drát ve své blindáži, nejsa již po tři dny u telefonu vystřídán. - Druhý, vida hrozící nebezpečí od nepřítele obejitím z flanky, s kotlem vařící polévky vrhá se na nepřítele, rozsévaje hrůzu a opařeniny u nepřítele. - Krásná smrt obou. První roztrhán minou, druhý udušen jedovatými plyny, které mu strčili pod nos, když již neměl se čím bránit. Oba hynou s výkřikem: Es Tebe unser Batalionskommandant!' Vrchní velitelství nemůže nežli denně přinášet nám díkůvzdání ve způsobě rozkazu, aby i jiné části naší armády znaly udatnost našeho batalionu a vzaly si z nás příklad. Mohu vám přečíst výňatek z armádního rozkazu, který bude čten po všech oddílech armády, který se velice podobá onomu rozkazu. arcivévody Karla, když stál se svým vojskem roku 1805 před Paduou a den po rozkazu dostal slušný nátěr. Poslyšte tedy, co se bude číst o našem batalionu jako o příkladném hrdinném tělese pro všechna vojska: ,Doufám, že celá armáda vezme si příklad z výše uvedeného batalionu, zejména že osvojí si onoho ducha sebedůvěry a sebestatečnosti, pevné nezdolnosti v nebezpečí, oné příkladné hrdinnosti, lásky a důvěry ku svým představeným, kteréžto cnosti, jimiž batalion vyniká, vedou ho k obdivuhodným činům, ku blahu a vítězství naší říše. Všichni za jeho příkladem!`"

Z místa, kde ležel Švejk, ozvalo se zívnutí a bylo slyšet, jak Švejk mluví ze spaní: "To mají pravdu, paní Müllerová, že jsou si lidi podobný. V Kralupech stavěl pumpy nějaký pan Jaroš a ten se podobal hodináři Lejhanzovi z Pardubic, jako když mu z voka vypadne, a ten zas byl tak nápadně podobnej jičínskýmu Piskorovi a všichni čtyři dohromady neznámému sebevrahovi, kterýho našli voběšenýho a úplně zetlelýho v jednom rybníku u Jindřichova Hradce, zrovna pod dráhou, kde se asi vrhnul pod vlak." - Ozvalo se nové zívnutí a potom ještě dodatek: "Potom ty všechny vostatní vodsoudili k vetkej pokutě, a zejtra mně udělají, paní Müllerová, cezený nudle -" Švejk převalil se na druhý bok a chrápal dál, zatímco mezi kuchařem okultistou Jurajdou a jednoročním dobrovolníkem nastala debata týkající se věcí v budoucnu.

Okultista Jurajda mínil, že třebas na první pohled zdá se to být nesmyslem, když člověk píše z legrace o něčem, co bude v budoucnosti, ale je jisto, že i taková legrace velice často obsahuje prorocká fakta, kdy duševní zrak člověka překonává, pod vlivem tajemných sil, záclonu neznáma budoucnosti. Od toho okamžiku byl Jurajda ve své řeči samá záclona. Ob větu objevovala se jeho záclona budoucnosti, až konečně přešel dokonce na regeneraci, to jest na obnovování lidského těla, vrazil do toho schopnost obnovování těla u nálevníků, skončil prohlášením, že každý člověk může utrhnout ještěrce ocas a ten že jí opět naroste.

Telefonista Chodounský k tomu poznamenal, že by si lidi medili, kdyby to u nich bylo možné jako s tím ocasem u ještěrky. Jako řekněme například na vojně, někomu to utrhne hlavu nebo jiné části těla, a pro vojenskou správu byla by taková věc strašně vítanou, poněvadž by nebyli žádní invalidi. Takový jeden rakouský voják, kterému by pořád rostly nohy, ruce, hlavy, byl by jistě cennější než celá brigáda.

Jednoroční dobrovolník prohlásil, že dnes, díky vyspělé válečné technice, možno je s úspěchem nepřítele rozpůlit třebas i na tři příčné díly. Existuje zákon o obnovení těla mrskavek z rodu nálevníků; každá rozpůlená část obnovuje se, dostává nové ústrojí a roste samostatné jako mrskavka. V analogickém případě po každé bitvě by se rakouské vojsko zúčastnivší se této bitvy ztrojnásobilo, zdesateronásobilo, ke každé noze by se vyvinul nový svěží infanterista.

"Kdyby vás tak slyšel Švejk," poznamenal účetní šikovatel Vaněk, "ten by nám uvedl aspoň nějaký příklad."

Švejk reagoval na své jméno a zamumlal: "Hier," a chrápal zase dál, vydav ze sebe tento projev vojenské disciplíny.

V pootevřených dveřích vagónu objevila se hlava poručíka Duba.

"Je zde Švejk?" otázal se.

"Spí, poslušně hlásím, pane lajtnant," odpověděl jednoroční dobrovolník.

"Když se ptám po něm, vy jednoroční dobrovolníku, máte ihned skočit a zavolat ho."

"To nejde, pane lajtnant, on spí."

"Tak ho vzbuďte! Já se divím, že vám to, jednoroční dobrovolníku, hned nenapadlo? Máte přece projevovat více ochoty vůči svým představeným! Vy mne ještě neznáte. - Ale až mne poznáte -"

Jednoroční dobrovolník začal budit Švejka.

"Švejku, hoří, vstávej!"

"Když tenkrát hořely Odkolkovy mlejny," zabručel Švejk, obraceje se opět na druhý bok, "přijeli hasiči až z Vysočan..."

"Račte vidět," řekl vlídné jednoroční dobrovolník poručíkovi Dubovi, "že ho budím, ale že to nejde."

Poručík Dub se rozzlobil. "Jak se jmenujete, jednoroční dobrovolníku? - Marek? - Aha, to jste ten jednoroční dobrovolník Marek, který seděl pořád v arestě, že ano?"

"Ano, pane lajtnant. Prodělal jsem jednoroční kurs tak řečeno v kriminále, a byl jsem redegradován, to jest po svém propuštění od divizního soudu, kde moje nevina vyšla najevo, jmenován batalionsgeschichtsschreibrem s ponecháním hodnosti jednoročního dobrovolníka."

"Vy jím dlouho nebudete," řval poručík Dub, celý červený v obličeji, kterýžto přechod z barvy do barvy dělal dojem, že mu nabíhají tváře po fackách, "o to se přičiním já!"

"Prosím, pane lajtnant, abych byl předveden k raportu," řekl vážně jednoroční dobrovolník. "Vy sí se mnou nehrajte," řekl poručík Dub. "Já vám dám raport. My se ještě spolu setkáme, ale pak vás to bude setsakramentsky mrzet, poněvadž mé poznáte, když mé teď ještě neznáte!"

Poručík Dub odcházel hněvivě od vagónu, zapomenuv v rozčilení na Švejka, ačkoliv měl před chvílí ten nejlepší úmysl zavolat Švejka a říct mu: "Dejchni na mě!" jakožto sáhnutí k poslednímu prostředku ku zjištění Švejkova nezákonného alkoholismu. Ted bylo však již pozdě, poněvadž když se opět za půl hodiny vrátil k vagónu, rozdali mezitím pro mužstvo černou kávu s rumem, Švejk byl již vzhůru a na volání poručíka Duba vyskočil jako srnka z vagónu.

"Dýchni na mne!" zařval na něho poručík Dub. Švejk vydechl na něho celou zásobu svých plic, jako když horký vítr nese do polí vůni lihovaru.

"Co je z tebe, chlape, cítit?"

"Poslušně hlásím, pane lajtnant, ze mé je cítit rum."

"Tak vidíš, chlapečku," vítězně zvolal poručík Dub. "Konečně jsem té dostal."

"Ano, pane lajtnant," řekl Švejk beze všeho výrazu znepokojení. "Právě jsme fasovali rum do kafe a já jsem napřed vypil rum. Jestli však, pane lajtnant, je ňáký nový nařízení, že se má pít napřed kafe a pak teprv rum, prosím za odpuštění, příště se to již nestane."

"A proč jsi chrápal, když jsem byl před půlhodinou u vagónu? Vždyť tě nemohli vzbudit "

"Já jsem, poslušně hlásím, pane lajtnant, celou noc nespal, poněvadž jsem si vzpomínal na ty doby, když jsme ještě dělali manévry u Vesprimu, Tenkrát suponovanej první a druhej armádní sbor šel přes Štyrsko a západníma Uhrama vobklíčil náš čtvrtej sbor, kterej byl na lágru ve Vídni a v okolí, kde jsme měli všude festunky, ale voni vobešli nás a dostali se až na most, kterej dělali pionýři z pravýho břehu Dunaje. My jsme měli dělat ofenzívu a nám na pomoc měly přijít vojska vod severu a potom taky vod jihu vod Voseka. To nám četli v rozkaze, že nám táhne na pomoc třetí armádní sbor, aby nás nerozbili mezi tím Blatenským jezerem a Prešpurkem, až budeme forykovat proti druhýmu armádnímu sboru. Ale nebylo to nic platný; když jsme měli vyhrát, tak se vodtroubilo a vyhráli to s bílejma páskama."

Poručík Dub neřekl ani slova a rozpačitě odešel, vrtě hlavou, ale hned se opět vrátil od štábního vagónu a řekl k Švejkovi: "Pamatujte si všichni, že přijde čas, kdy budete přede mnou kňučet!" Na víc se nevzmohl a opět odešel ke štábnímu vagónu, kde hejtman Ságner právě vyslýchal jednoho nešťastníka od 12. kumpanie, kterého předvedl šikovatel Strnad, poněvadž voják začal již nyní pečovat o svou bezpečnost v zákopech a odněkud ze stanice přitáhl dvířka prasečího chlívku, pobitá plechem. Stál tu nyní vyjevený, vypoulený, omlouvaje se, že to chtěl vzít s sebou do dekunků proti šrapnelům, že se chtěl frsichrovat.

Toho použil poručík Dub k velkému kázání o tom, jak se má voják chovat, jaké jsou jeho povinnosti vůči vlasti a mocnáři, který je nejvyšším velitelem a nejvyšším vojenským pánem. Jestli ovšem jsou v bataliónu takové živly; ty že je potřeba vymýtit, potrestat a zavřít. To žvanění bylo tak nevkusné, že hejtman Ságner poklepal provinilci na rameno a řekl k němu: "Jen když jste to dobře myslel, příště to nedělejte, to je hloupost od vás, ty dvířka dejte zase nazpátek, kde jste je vzal, a táhněte ke všem čertům!"

Poručík Dub zahryzl se do rtů a umínil si, že na něm vlastně závisí celá záchrana rozkládající se disciplíny v batalióně. Proto obešel ještě jednou celé nádražní prostranství a nalezl u jednoho skladiště, kde byl veliký nápis maďarsko-německý, že se tam nesmí kouřit, nějakého vojáka, který tam seděl a četl si noviny, kterými byl tak zakryt, že nebylo vidět jeho výložky. Vykřikl na něho "Hatit Acht", poněvadž to byl nějaký muž od maďarského regimentu, který v Humenném stál v rezervě.

Poručík Dub s ním zatřásl, maďarský voják vstal, ani neuznal za dobré zasalutovat, strčil jen noviny do kapsy a odcházel směrem k silnici. Poručík Dub šel za ním jako v mátohách, ale maďarský voják zrychlil krok, a potom se obrátiv, dal posměšně ruce vzhůru, aby poručík Dub nebyl ani na okamžik v pochybnostech, že on ihned poznal jeho příslušnost k jednomu z českých pluků. Potom se hned Maďar klusem ztratil mezi blízkými chalupami za silnicí.

Poručík Dub, aby jaksi ukázal, že nemá s touto scénou nic společného, majestátně vešel do malého krámku u silnice, zmateně ukázal na velkou cívku černých nití, a zastrčiv si je do kapsy, zaplatil a vrátil se do štábního vagónu, kam si dal batalióní ordonancí zavolat svého sluhu Kunerta, kterému odevzdávaje nitě, řekl: "Abych se o všechno staral, já vím, že jste na nitě zapomněl."

"Poslušně hlásím, pane lajtnant, že jich máme celý tucet "

"Tak mně je hned ukažte; a ať jste hned s nimi tady. Myslíte, že vám věřím?"

Když se Kunert vrátil s celou krabicí cívek, bílých i černých, řekl poručík Dub: "Vidíš, ty chlape, všimni si dobře těch nití, co jsi ty přinos, a téhle mé veliké cívky! Vidíš, jak tvoje nitě jsou tenké, jak se lehce přetrhnou, a teď se podívej na moje, co dají za práci, než je přetrhneš. V poli nepotřebujeme žádných hadrů, v poli musí býti všechno důkladně. Tak zas ty všechny nitě vezmi s sebou a čekej na moje rozkazy a pamatuj si, podruhé nic nedělej samostatně ze své hlavy a přijel' se mne zeptat, když něco kupuješ! Nepřej si mne poznat, ty mne ještě neznáš z tý špatný stránky."

Když Kunert odešel, obrátil se poručík Dub k nadporučíkovi Lukášovi: "Můj burš je velice inteligentní člověk. Sem tam udělá nějakou chybu, ale jinak velice dobře chápe. Jeho hlavní věcí jest jeho naprostá poctivost. Dostal jsem do Brucku zásilku z venkova od svého švagra, několik pečených mladých husí, a věříte, že se jich ani netkl, a poněvadž jsem je rychle nemohl pojísti, raději je nechal zasmrádnout. To ovšem dělá disciplína. Důstojník si musí vojáky vychovat."

Nadporučík Lukáš, aby dal najevo, že neposlouchá žvanění toho pitomce, odvrátil se k oknu a řekl: "Ano, dnes jest středa."

Poručík Dub obrátil se tedy, cítě potřebu vůbec něco mluvit, na hejtmana Ságnera, ke kterémužto zcela důvěrným, kamarádským tónem řekl: "Poslyšte, hejtmane Ságnere, co soudíte..."

"Pardon, na moment," řekl hejtman Ságner a vyšel z vagónu.

***

Mezitím Švejk vypravoval si s Kunertem o jeho pánovi.

"Kdes byl po celou dobu, že tě ani nebylo vidět?" otázal se Švejk.

"Ale to víš," řekl Kunert. "S tím mým starým bláznem je pořád práce. Ten té každou chvilku volá k sobě a ptá se na věci, do kterých ti nic není. Taky se mé ptal, jestli jsem tvůj kamarád, a já jsem řek, že se moc málo vidíme."

"To je moc hezký vod něho, že se na mě ptá. Já ho mám moc rád, toho tvýho pana lajtnanta. Von je takovej hodnej, dobrosrdečnej a na vojáky jako pravej otec," řekl Švejk vážné.

"Jó, to si myslíš," odporoval Kunert, "to je pěkná svině, a blbej je jako hovno. Já ho mám už po krk, pořád mě jen sekýruje."

"Ale jdi pryč," divil se Švejk, "vždyť já myslil, že je to takovej vopravdu hodnej člověk, ty ňák divné mluvíš vo svým lajtnantovi, ale to už je vrozený u všech pucfleků. Jako máš toho burše majora Wenzla, ten vo svým pánovi jinak neřekne, než že je to kus zatraceného, idiotskýho blbouna, a pucflek obrsta Schródra, ten když o svém pánovi mluvil, jinak ho nenazval než pochcanou potvorou a smradem smradlavým. To máš vod toho, že se to každej burš naučí vod svýho pána. Kdyby pán sám nenadával, tak by to po něm pucflek nevopakoval. V Budějovicích byl za aktiva lajtnant Procházka, ten zas mnoho nenadával, jen svému pucflekovi říkal ,ty spanilá krávo`. Jinou nadávku ten pucflek, nějakej Hibman, vod něho neslyšel. Von si to ten Hibman tak navyk, že když přišel do civilu, říkal tatínkovi, mamince a sestrám ,ty spanilá krávo`, a řek to taky své nevěstě, ta se s ním rozešla a žalovala ho pro urážku na cti, poněvadž to řek jí, jejímu tatínkovi i mamince na nějaké taneční zábavě zcela veřejně. A nevodpustila mu to a před soudem taky udala, že kdyby ji nazval krávou někde stranou, že by třebas šla na smír, ale takhle že je to evropská ostuda. Mezi námi řečeno, Kunerte, to bych si na tvýho lajtnanta nikdy nepomyslil. Na mé udělal už tenkrát takovej sympatickej dojem, když jsem s ním prvně mluvil, jako čerstvě vytažený buřty z udírny, a když jsem s ním mluvil podruhý, tak se mi zdál velice sečtělej a nějak takovej voduševnělej. Vodkud vlastně seš? Přímo z Budějovic? To chválím, když je někdo přímo vodnékud. - A kde tam bydlíš? - Pod podloubím? To je dobře, tam je aspoň v letě chládek. Máš rodinu? - Ženu a tři děti? - To seš šťastnej, kamaráde, aspoň té bude mít kdo voplakávat, jako to říkal vždycky v kázání můj feldkurát Katz, a vono je to taky pravda, poněvadž jsem jednou slyšel takovou řeč jednoho obršta k záložníkům v Brucku, který jeli odtamtud do Srbska, že kterej voják zanechá doma rodinu a padne na bojišti, že sice roztrhá všechny rodinný styky - totiž von to řek takhle: ,Když je mrtfol, ot ródiny mrtfol, ródiny svázek pšetrhnuta, fíc být ajn helt, poněvadž hat geopfert svůj šivota za fétší famílii, za Vaterland: Bydlíš ve čtvrtým poschodí? - V přízemí? - To máš pravdu, teď' jsem si vzpomněl, že tam, na budějovickém náměstí, není ani jeden čtyřposchoďovej dům. Už tedy odcházíš? - Aha, tvůj pan oficír stojí před štábním vagónem a kouká se sem. Když tedy se tě snad zeptá, jestli snad jsem také o něm nemluvil, tak mu bezevšeho řekni, že jsem o něm mluvil, a nezapomeň mu říct, jak pěkně jsem o něm mluvil, že jsem málokdy potkal takového oficíra, který by se tak přátelsky a otcovsky choval jako on. Nezapomeň mu říct, že se mi zdá velice sečtělým, a řekni mu taky, že je velice intelikentní. Hekni mu taky, že jsem tě napomínal, abys byl hodnej a dělal mu všechno, co mu na očích vidíš. Pamatuješ si to?" Švejk vlezl do vagónu a Kunert s nitěma šel zas do svého pelechu.

Za čtvrt hodiny se jelo dál na Novou Čabynu přes vypálené vesnice Brestov a Veliký Radvaň.

***

Bylo vidět, že zde to již šlo do tuhého.

Karpatské stráně a svahy byly rozryty zákopy jdoucími z údolí do údolí podél trati s novými pražci, po obou stranách veliké jámy od granátů. Někde přes potoky tekoucí do Laborce, jehož horní tok dráha sledovala, bylo vidět nové mosty a ohořelé trámy starých mostových přechodů.

Celé údolí na Medzilaborce bylo rozryto a přeházeno, jako kdyby zde pracovaly armády obrovských krtků. Silnice za říčkou byla rozryta, rozbita a bylo vidět zdupané plochy vedle, jak se vojska valila.

Přívaly a deště odkrývaly na pokraji jam způsobených granáty roztrhané cáry rakouských stejnokrojů.

Za Novou Čabynou na staré ohořelé borovici ve spleti větví visela bota nějakého rakouského pěšáka s kusem holené.

Bylo vidět lesy bez listí, bez jehličí, jak tu řádil dělostřelecký oheň, stromy bez korun a rozstřílené samoty.

Vlak jel pomalu po čerstvé zbudované náspech, takže celý batalión mohl důkladně vnímat a ochutnávat válečné radosti a při pohledu na vojenské hřbitovy s bílými kříži, které se bělaly na planinkách i na svahu zpustošených strání, připravovat se pomalu, ale jistě na pole slávy, která končí zablácenou rakouskou čepicí třepetající se na bílém kříži.

Němci od Kašperských Hor, kteří seděli v zadních vagónech a ještě v Milovicích na stanici hulákali při vjezdu "Wann ich kumm, wann ich wieda kumm...", od Humenného silně ztichlí, poněvadž nahlíželi, že mnozí z těch, jejichž čepice jsou na hrobech, zpívali totéž o tom, jak to bude pěkné, až se opět vrátí a zůstane pořád doma se svou milou.

V Medzilaborci byla zastávka za rozbitým, vypáleným nádražím, z jehož začouzených stěn vyčnívaly zkroucené traverzy.

Nový dlouhý barák ze dřeva, namísto vypáleného nádraží rychle postavený, byl pokryt nalepenými plakáty ve všech řečích: "Upisujte rakouskou válečnou půjčku!"

V jiném dlouhém baráku byla i stanice Červeného kříže, odkud vyšly s tlustým vojenským lékařem dvě sestřičky a smály se na celé kolo tlustému vojenskému lékaři, který k jich obveselení napodoboval různé zvířecí zvuky a nepodařeně chrochtal.

Pod železničním náspem, v údolí potoka, ležela rozbitá polní kuchyně. Ukazuje na ni, řekl Švejk k Balounovi: "Podívej se, Baloune, co na nás v krátký budoucnosti čeká. Právě se měla rozdávat mináž, vtom přilít granát a takhle ji spořádal."

"To je hrozný," vzdychl Baloun, "já jsem si nikdy nepomyslil, že mé čeká něco podobnýho, ale to byla vinna ta má pejcha, dyt já jsem si, potvora, koupil v Budějovicích poslední zimu rukavice z kůže. Už mně bylo málo nosit na svejch selskejch pazourách pletený starý rukavice, jako nosil nebožtík táta, a já jen pořád stonal po těch koženejch, městskejch. - Táta žral pučálku, a já hrách ani vidět, jen samou drůbeř. Vobyčejná vepřová mně taky nešla pod nos; panímáma mně ji musela dělat, netrestej mé pámbu, na pivu."

Baloun s naprostým zoufalstvím začal vyznávat generální zpověď: "Já jsem se vám rouhal svatejm i světicím božím, na Malši v hospodě a v Dolním Zahájí ztřískal jsem kaplana. V boha jsem ještě věřil, to nezapírám, ale o svatým Josefovi jsem pochyboval, Všechny svatý jsem vytrpěl ve stavení, jenom vobrázek svatýho Josefa, ten musel pryč, a tak mě teď pánbu potrestal za všechny ty moje hříchy a za mou nemravnost. Co jsem se těch nemravností na mlejnici napáchal, jak jsem svýmu pantátovi často nadával a vejminěk mu ztrpčoval a svou ženu sekýroval."

Švejk se zamyslil: "Vy jste mlynář, že jo? - Tak jste moh vědět, že mlejny boží melou pomalu, ale jistě, když kvůli vám vypukla ta světová válka."

Jednoroční dobrovolník se vmísil do rozhovoru: "S tím rouháním, Baloune, a nepřiznáváním všech svatých a světic jste si rozhodně špatné posloužil, poněvadž musíte znát, že mase rakouská armáda, jest již od let armádou čistě katolickou, majíc nejskvělejší příklad v našem nejvyšším vojenském pánovi. Jak se můžete vůbec opovážit jít s jedem nenávisti vůči některým svatým a světicím božím do boje, když ministerstvem vojenství zavedeny byly pro posádková velitelství jezuitské exhorty pro pány důstojníky a když jsme viděli slavnost vojenského vzkříšení. Rozumíte mně dobře, Baloune? Chápete, že vy vlastně provádíte něco proti slavnému duchu naší slavné armády? Jako s tím svatým Josefem, o kterým jste se zmínil, že jeho obrázek nesměl viset u vás ve světnici. Vždyť on je, Baloune, vlastně patronem všech těch, kteří se chtějí dostat z vojny. On byl tesařem, a znáte přece heslo ,Koukejme, kde tesař nechal díru`. Kolik lidí už šlo s tím heslem do zajetí vidouce nezbytí, když obklíčeni ze všech stran, hleděli zachránit nikoliv snad sebe z egoistického stanoviska, nýbrž sebe jako člena armády, aby potom, až přijdou ze zajetí, mohli říct císaři pánu: My jsme zde a čekáme na další rozkaz! Rozumíte tedy tomu, Baloune?"

"Nerozumím," povzdychl Baloun, "vůbec já mám tupou palici. Mně aby se všechno vopakovalo desetkrát "

"Neslevíš?" otázal se Švejk, "tak já ti to vysvětlím ještě jednou. Tady si slyšel, že se musíš držet podle toho, jakej duch panuje v armádě, že budeš věřit v svatýho Josefa, a když budeš vobklíčenej vod nepřátelů, že budeš koukat, kde tesař nechal díru, abysi zachránil sebe pro císaře pána, pro nový vojny. Teď tomu snad rozumíš a uděláš dobře, když se nám vyzpovídáš trochu důkladněji, jaký si ty nemravnosti páchal na tý mlejnici, ne ale abys potom vypravoval něco podobnýho, jako je v té anekdotě vo té děvečce, která se šla zpovídat k panu faráři a potom, když už různý hříchy pověděla, začala se stydět a řekla, že každou noc páchala nemravnosti. To se ví, že jak tohle pan farář uslyšel, hned mu začaly téct sliny z papuly a řek: ,No, nestyd' se, milá dcero, já jsem přec na místě božím, a vypravuj mně pěkně dopodrobna vo svejch nemravnostech.` A vona se mu tam dala do pláče, že se stydí, že je to taková hrozná nemravnost, a von ji zas upozorňoval, že je otec duchovní. Konečné vona po dlouhým zdráhání začala s tím, že se vždycky svlíkla a vlezla si do postele. A zas z ní nemoh dostat ani slovo a jen se ještě víc rozeřvala. Von tedy zas, aby se nestyděla, že je člověk hříšná nádoba vod svý přirozenosti, ale milost boží že je neskonalá. Vona se tedy vodhodlala a s pláčem povídala: ,Když jsem si teda lehla svlečená do postele, tak jsem si počala vybírat špínu mezi prsty u nohou a čichala jsem k tomu.` To byla tedy ta celá její nemravnost. Já ale doufám, Baloune, žes tohle na mlejnici nedělal a že nám povíš něco vopravdovějšího, nějakou skutečnou nemravnost."

Objevilo se, že Baloun, dle svého vyjádření, páchal nemravnosti ve mlejnici se selkami, kterážto nemravnost záležela v tom, že jim míchal mouku, což ve své prostotě duševní nazýval nemravností. Nejvíce byl zklamán telegrafista Chodounský a ptal se ho, jestli opravdu neměl nic se šelkama ve mlejnici, na pytlech mouky, načež Baloun odpovídal kláté rukama: "Na to jsem byl moc hloupej."

Mužstvu bylo oznámeno, že oběd bude za Palotou v Lupkovském průsmyku, a také vyšli do obce Medzilaborce batalióní účetní šikovatel s kuchaři od kumpanií a poručíkem Cajthamlem, který měl na starosti hospodářství bataliónu. K nim byli přiděleni čtyři mužové jako patrola.

Vrátili se za necelé půl hodiny se třemi prasaty uvázanými za zadní nohu, řvoucí rodinou uherského Rusa, kterému prasata byla rekvírována, a tlustým vojenským lékařem z baráku Červeného kříže, který cosi horlivé vykládal poručíku Cajthamlovi, krčícímu rameny.

Před štábním vagónem celý spor dosáhl vrchole, když vojenský lékař počal do očí tvrdit hejtmanovi Ságnerovi, že ta prasata jsou určena pro hospitál Červeného kříže, o čemž zas sedlák nechtěl nic vědět, a žádal, aby mu byla prasata navrácena, že je to jeho poslední majetek a že rozhodně nemůže je dát za tu cenu, co mu vyplatili.

Strkal přitom peníze, které měl za prasata v hrstí, hejtmanovi Ságnerovi, kterého držela selka za druhou ruku, líbala mu ji v té poníženosti, kterou tento kraj vždy vynikal.

Hejtman Ságner byl z toho celý polekán a chvíli trvalo, nežli se mu podařilo odstrčit starou selku. Nebylo to však nic platné, místo ní přišly mladé síly, které se mu jaly znova cucat ruce.

Poručík Cajthaml hlásil však zcela obchodním tónem: "Ten chlap má ještě dvanáct prasat a dostal vyplaceno zcela řádně, podle posledního rozkazu po divizi číslo 12420, hospodářská část. Dle toho rozkazu, § 16, jest kupovati vepřový dobytek v místech válkou nestižených ne dráže než 2 K 16 haléřů za jeden kilogram živé váhy; v místech válkou postižených přidati na jeden kilogram živé váhy 36 haléřů, platiti tedy za jeden kilogram 2 K 52 haléře. K tomu poznámka: Byly-li zjištěny případy, že v místech válkou postižených ucelena zůstala hospodářství s plným stavem vepřového bravu, který může býti odeslán k zásobovacím účelům procházejících částí, vypláceti za odebrané vepřové maso jako v místech válkou nestižených, se zvláštním příplatkem 12 haléřů na jeden kilogram živé váhy. Není-li tato situace úplně jasnou, sestaviti komisi ihned na místě z interesenta, velitele procházejícího vojenského oddílu a toho důstojníka nebo účetního šikovatele (jde-li o menší formace), jimž svěřena hospodářská část."

Všechno toto přečetl poručík Cajthaml z kopie rozkazu po divizi, který nosil neustále s sebou a takřka už uměl nazpamět, že se na frontovém území zvyšuje odměna za jeden kilogram mrkve na 15,30 h a pro offiziersmenageküchenabteilung za karfiól v území při frontě na 1 korunu 75 haléřů za jeden kilogram.

Ti, kteří to vypracovávali ve Vídni, představovali si frontové území jako zemi oplývající mrkví a karfiólem.

Poručík Cajthaml přečetl to ovšem rozčilenému sedlákovi německy a tázal se ho taktéž, jestli tomu rozumí; když ten zavrtěl hlavou, zařval na něho: "Chceš tedy komisi?"

Ten rozuměl slovu komise, proto zakýval hlavou, a zatímco jeho prasata už před chvílí byla odvlečena k polním kuchyním na popravu, obstoupili ho přidělení k rekvizici vojáci s bajonety a komise se vypravila do jeho statku, aby se zjistilo, má-li dostat 2 K 52 haléře za jeden kilogram anebo jen 2 K 28 haléřů.

Nevyšli ještě ani na cestu vedoucí k obci, když vtom ozval se od polních kuchyní trojnásobný smrtelný kvikot prasat.

Sedlák pochopil, že je všemu konec, a zoufale zvolal: "Davajtě mně za každyju svinju dva rýnskija!"

Čtyři vojáci ho těsněji obklopili a celá rodina zastavila cestu hejtmanovi Ságnerovi a poručíku Cajthamlovi, kleknuvši si do prachu silnice.

Matka se dvěma dcerami objímaly kolena obou, nazývajíce je dobrodinci, až je sedlák zakřikl a zvolal ukrajinským dialektem uherských Rusů, aby vstaly, ať si vojáci prasata sežerou a chcípnou po nich.

Tak sešlo z komise, a poněvadž sedlák se najednou vzbouřil, hrozil pěstí, dostal od jednoho vojáka kolbou, až to o jeho kožich zadunělo, a celá jeho rodina se pokřižovala a dala se i s otcem na útěk.

Za deset minut potom batalióní účetní šikovatel pochutnával si již s batalióním ordonancem Matušičem na vepřovém mozečku ve svém vagóně, a cpaje se udatně, jízlivě ob chvíli říkal písařům: "To byste žrali, co? Jo, hoši, to je jenom pro šarže. Kuchařům ledvinky a játra, mozeček a ovárek pánům rechnungsfeldvéblům, a písařům jen dvojité porce masa pro manšaft."

Hejtman Ságner dal již též rozkaz týkající se důstojnické kuchyně: "Vepřové na kmíně; vybrat to nejlepší maso, aby to nebylo příliš tučné!"

A tak se stalo, že když v Lupkovském průsmyku rozdávala se mužstvu menáž, v každém vojenském kotlíku ve své porci polévky našel jednotlivec dva malé kousíčky masa, a ten, který se narodil ještě na horší planetě, našel jenom kousek kůže.

Panoval u kuchyní obvyklý nepotismus vojenský, rozdávající všem, kteří byli blízko k vládnoucí klice. Pucflekové objevili se v Lupkovském průsmyku se zamaštěnýma hubama. Každá ordonanc měla břicho jako kamínek. Děly se věci do nebe volající.

Jednoroční dobrovolník Marek způsobil u kuchyně skandál, poněvadž chtěl být spravedlivým, a když mu kuchař s poznámkou "To je pro našeho geschichtsschreibra" dával do kotlíku s polévkou pořádný řízek vařené kýty, tu on prohlásil, že jsou si na vojně všichni rovni z mužstva, což způsobilo všeobecný souhlas a zavdalo příčinu k nadávání kuchařům.

Jednoroční dobrovolník hodil kus masa nazpátek, zdůrazňuje, že nechce žádnou protekcí. U kuchyně to však nepochopili a domnívali se, že batalionsgeschichtsschreiber není spokojen, a kuchař mu řekl po straně, aby přišel až potom, až se rozdá mináž, že mu dá kus nohy.

Písařům se také leskly tlamy, saniteráci odfukovali blahobytem a kolem toho božího požehnání všude dokola neuklizené ještě památky posledních bojů. Všude vály se jímky na patrony, plechové prázdné krabice od konzerv, cáry z ruských, rakouských í německých uniforem, části rozbitých vozů, zakrvácené dlouhé pruhy gázových obvazů a vaty.

Do staré borovice u bývalého nádraží, ze kterého zůstala jen hromada sutin, byl vražen granát, který nevybuchl. Všude bylo vidět střepiny granátů a někde v bezprostřední blízkostí museli patrně pochovat mrtvoly vojáků, poněvadž zde strašně páchlo hnilobou.

A jak tudy procházela vojska a tábořila zde kolem, všude bylo vidět kopečky lidských lejn mezinárodního původu, od všech národů Rakouska, Německa i Ruska. Lejna vojáků všech národností a všech náboženských vyznání ležela vedle sebe či vrstvila se na sobě, aniž by se mezi sebou poprala.

Polorozbořený vodojem, dřevěná budka železničního hlídače a vůbec vše, co mělo nějakou stěnu, bylo provrtáno kulemi z ručnic jako řešeto.

Kvůli úplnějšímu dojmu vojenských radostí za nedalekým vrchem vystupovaly hory dýmu, jako by tam hořela celá vesnice a byl střed velkých vojenských operací. To tam spalovali cholerové a úplavicové baráky k velké radosti těch pánů, kteří měli co dělat se zařizováním onoho hospitálu pod protektorátem arcikněžny Marie a kteří kradli a nabíjeli si kapsy předkládáním účtů za neexistující cholerové a úplavicové baráky.

Teď si to odnášela jedna skupina baráků za všechny ostatní a ve smradu hořících slamníků vznášela se k obloze celá zloděja arciknížecího protektorátu.

Za nádražím na skále pospíšili si již Němci z říše postavit pomník padlým

Brandeburákům s nápisem "Den Helden von Lupkapaß", s velikou říšskoněmeckou orlicí vylitou z bronzu, přičemž na podstavci bylo výslovné podotknuto, že ten znak je vyroben z ruských děl ukořistěných při osvobození Karpat říšskoněmeckými pluky.

V této podivné a dosud nezvyklé atmosféře odpočíval batalión po obědě ve vagónech, a hejtman Ságner s batalónním adjutantem ještě se stále nemohli dohovořit šifrovanými telegramy s brigádní bází o dalším postupu bataliónu. Zprávy byly tak nejasné, že to vypadalo asi tak, že by ani neměli do Lupkovského průsmyku přijeti a měli jeti zcela jiným směrem od Nového Města pod Šiatorem, poněvadž v telegramech byla nějaká řeč o místech: Csap - Ungvár, Kis-Berezna Uzsok.

Za deset minut se objevuje, že tam v brigádní bázi sedící štábní důstojník je nějaký mamlas, poněvadž přichází šifrovaný telegram, zdali mluví 8. maršbatalión 75. regimentu (vojenská šifra G 31. Mamlas v brigádní bázi je udiven odpovědí, že jde 0 7. pochodový prapor 91. pluku, i táže se, kdo dal rozkaz jeti na Munkačevo, po vojenské trati na Stryj, když maršrúta je přes Lupkovský průsmyk na Sanok do Haliče. Mamlas se strašné diví, že se telegrafuje z Lupkovského průsmyku, a posílá šifru: Maršrúta nezměněna, na Lupkovský průsmyk - Sanok, kde další rozkazy.

Po návratu hejtmana Ságnera rozvinuje se ve štábním vagóně debata o jisté bezhlavosti a činí se určité narážky, že kdyby nebylo říšských Němců, že by byla východní vojenská skupina úplné bezhlavou.

Poručík Dub pokouší se obhajovat bezhlavost rakouského štábu a kecá něco o tom, že zdejší krajina byla dosti zpustošena nedávnými boji a trať nemohla být uvedena ještě do náležitého pořádku.

Všichni důstojníci se na něho dívají soustrastně, jako kdyby chtěli říct, ten pán za svou blbost nemůže. Nenalézaje odporu, poručík Dub rozežvanil se dál o nádherném dojmu, kterým na něho působí tato rozbitá krajina, svědčící o tom, jak dovede bít železná pěst našeho vojska. Opět mu nikdo neodpovídá, načež on opakuje: "Ano, zajisté, ovšem, Rusové zde ustupovali v úplné panice."

Hejtman Ságner si umiňuje, že pošle poručíka Duba při nejbližší příležitosti, až bude situace nejvýš nebezpečnou v zákopech, jako oficírspatrolu za drátěné překážky k rekognoskování nepřátelských pozic, a šeptá nadporučíkovi Lukášovi, s kterým jsou vykloněni z okna vagónu: "Tyhle civilisty byl nám taky čert dlužen. Čím větší inteligent, tím větší hovado."

Zdá se, že poručík Dub vůbec nepřestane mluvit. Vykládá dál všem důstojníkům, co četl v novinách o těch bojích karpatských i o zápase o karpatské průsmyky za rakousko-německé ofenzívy na Sanu.

Vypravuje o tom tak, jako by se nejen těch bojů zúčastnil, nýbrž dokonce všechny operace sám řídil.

Zejména jsou neobyčejné protivné jeho věty takovéhoto smyslu: "Potom jsme šli na Bukovsko, abychom měli pojištěnou linii Bukovsko-Dynov, majíce spojení s bardějovskou skupinou u Velké Polanky, kde jsme rozbili samarskou divizi nepřítele."

Nadporučík Lukáš již nevydržel a poznamenal poručíkovi Dubovi: "O čemž jsi již před válkou patrné mluvil se svým okresním hejtmanem."

Poručík Dub podíval se nepřátelsky na nadporučíka Lukáše a vyšel z vagónu.

Vojenský vlak stál na náspu a dole pod svahem, několik metrů, ležely různé předměty zahozené ustupujícími ruskými vojáky, kteří patrně ustupovali tímto příkopem. Bylo zde vidět zrezavělé čajníky, nějaké hrnce, tašky na patrony. Také se zde válely vedle nejrůznějších předmětů kotouče ostnatého drátu a opět ty zakrvácené pruhy gázových obvazů a vaty. Nad tímto příkopem na jednom místě stála skupina vojáků a poručík Dub ihned zjistil, že mezi nimi stojí Švejk a něco jim vykládá.

Šel tedy tam.

"Co se zde stalo?" ozval se přísný hlas poručíka Duba, přičemž postavil se přímo před Švejka. "Poslušně hlásím, pane lajtnant," odpověděl Švejk za všechny, "že se díváme."

"A na co se díváte?" rozkřikl se poručík Dub. "Poslušné hlásím, pane lajtnant, že se díváme dolů do příkopu."

"A kdo vám dal k tomu svolení?"

"Poslušně hlásím, pane lajtnant, že je to přání našeho pana obršta Schrödra z Brucku. Když von se s náma loučil, když jsme jeli teď na bojiště, tak ve svý řeči řek, abychom všichni, když budem procházet vopuštěnými bojišti, všeho si dobře všímali, jak se bojovalo a co by nám mohlo bejt na prospěch. A my teď tady vidíme, pane lajtnant, v tejhle muldě, co všechno musí voják vodházet na svým outěku. My tady vidíme, poslušně hlásím, pane lajtnant, jak je to hloupý, když voják táhne s sebou všelijaký zbytečnosti. Von je tím zbytečné zatíženej. Von se tím zbytečné unaví, a když takovou tíhu vleče s sebou, von nemůže lehce bojovat "

Poručíkovi Dubovi zasvitla náhle naděje, že konečně dostane Švejka před válečný polní soud pro antimilitaristickou velezrádnou propagandu, a proto otázal se rychle: "Vy tedy myslíte, že má voják odhazovat patrony, které se tady válejí v muldě, nebo bajonety, jak támhle vidím?"

"Ó nikoliv né, poslušně hlásím, pane lajtnant," odpověděl Švejk, usmívaje se příjemné, "ráčejí se podívat tady dolů na ten vodhozenej plechovej nočník."

A vskutku, pod náspem válel se vyzývavě nočník s potlučeným emailem, rozežraný rzí, mezi střepinami hrnců, kteréžto všechny předměty, nehodící se již pro domácnost, ukládal zde přednosta nádraží, patrně jako materiál k diskusím archeologů budoucích věků, kteří, až objeví toto sídlisko, budou z toho magoři, a ve školách budou se děti učit o věku emailovaných nočníků.

Poručík Dub zadíval se na tento předmět, ale nemohl nežli prosté zjistit, že je to opravdu jeden z těch invalidů, kteří své svěží mládí trávili pod postelí.

Na všechny to působilo ohromným dojmem, a když poručík Dub mlčel, ozval se Švejk: "Poslušné hlásím, pane lajtnant, že s takovým nočníkem byla jednou pěkná legrace v lázních Poděbradech. Vo tom se u nás vypravovalo na

Vinohradech v hospodě. Tenkrát totiž začali vydávat v Poděbradech časopejsek Nezávislost a poděbradskej lekárník byl toho hlavní hlavou, a redaktorem tam udělali ňákýho Ladislava Hájka Domažlickýho. A ten pan lekárník, to vám byl takovej podivín, že sbíral starý hrnce a jiný takový drobotiny, až byl samej muzeum. A von si jednou, ten Hájek Domažlickej, pozval na návštěvu do poděbradskejch lázní jednoho kamaráda, kterej taky psal do novin, a vožrali se tam spolu, poněvadž se už přes tejden neviděli, a ten mu slíbil, že mu za to pohoštění napíše fejton do tý Nezávislosti, do toho nezávislýho časopisu, ve kterým von byl vodvislej. A von mu ten jeho kamarád napsal takovej fejton vo takovým jednom sběrateli, jak našel v písku na břehu Labe starej nočník plechovej a myslel, že to přilbice svatýho Václava, a udělal s tím takovej rozruch, že se tam na to přijel podívat biskup Brynych z Hradce s procesím a s korouhvema. Ten lekárník poděbradskej myslil, že to padá na něho, a tak byli vobá, von a ten pan Hájek, ve při."

Poručík Dub byl by nejraději srazil Švejka tam dolů, opanoval se však a rozkřikl se na všechny: "Já vám povídám, abyste zde zbytečně nečuměli! Vy mě všichni ještě neznáte, ale až mne poznáte! – Vy zde zůstanete, Švejku," řekl hrozným hlasem, když Švejk s ostatními chtěl odejíti k vagónům.

Zůstali sami stát proti sobě a poručík Dub přemýšlel, co má říct strašného.

Švejk ho však předešel: "Poslušně hlásím, pane lajtnant, kdyby nám aspoň tohle počasí vydrželo. Ve dne není moc horko a noci jsou taky docela příjemný, takže je to nejpříhodnější doba k válčení."

Poručík Dub vytáhl revolver a otázal se: "Znáš to?"

"Poslušně hlásím, pane lajtnant, znám. Pan obrlajtnant Lukáš má nemlich takovej."

"Tak si to tedy, ty pacholku, pamatuj!" vážně a důstojně řekl poručík Dub, zastrkuje opět revolver; "abys věděl, že by se ti mohlo stát něco velice nepříjemného, kdybys pokračoval v těch svých propagandách."

Poručík Dub odcházel, opakuje si: "Teď jsem mu to nejlépe řekl: v propagandách, ano, v propagandách!..."

Nežli Švejk vstoupí opět do svého vagónu, prochází se ještě chvíli a bručí k sobě: "Kam ho mám jenom zařadit`?" A čím dále tím jasněji vybavuje se Švejkovi pojmenování tohoto druhu: poloprďoch.

Ve vojenském slovníku slovo prďoch bývalo odedávna používáno s velkou láskou, a hlavně toto čestné nazvání patřilo plukovníkům nebo starším hejtmanům a majorům a bylo to jisté stupňování používaných slov "dědek prevítská". Bez toho přídavného jména slovo dědek bylo laskavým oceněním starého plukovníka nebo majora, který hodně řval, ale přitom měl svoje vojáky rád a chránil je vůči jiným regimentům, když šlo hlavně o cizé patroly, které jeho vojáky vyzdvihovaly z putyk, když neměli přesčas. Dědek se staral o své vojáky, mináž musela být v pořádku, ale míval vždy nějakého koníčka; na něco si zased, a proto byl "dědek".

Když ale dědek zbytečné sekýroval přitom mužstvo i šarže, vymýšlel si noční cvičení a podobné věci, byl "dědek prevítská".

Z "prevítského dědka", jako vyšší s-peň vývinu neřádnosti, sekatury a blbosti, stal se "prďoch". To slovo znamenalo všechno, a veliký jest rozdíl mezi prďochem v civilu a prďochem na vojně.

První, civilní, jest též představeným a také ho tak všeobecně nazývají v úřadech sluhové i podřízení úředníci. To je filistr byrokrat, který vytýká například, že koncept není dobře vysušen pijákem a podobně. Je to vůbec blbé hovadský zjev v lidské společnosti, poněvadž přitom dělá takový mezek rozšafu, všemu chce rozumět, všechno dovede vyložit a nade vším se urazí.

Kdo byl na vojně, chápe ovšem ten rozdíl mezi tímto zjevem a prďochem v uniformě. Zde to slovo představovalo dědka, který byl "prevít", skutečný prevít, šel na všechno ostře, ale zastavil se přesto před každou překážkou; vojáky neměl rád a zápasil s nimi marně, nedovedl si získat žádné autority, které se těšil "dědek" i "dědek prevítská".

U některých posádek, jako například v Tridentu, místo prďoch říkalo se "náš starej hajzl". Ve všech případech šlo 0 osobu starší, a jestli Švejk nazval v duchu poručíka Duba poloprďochem, vystihl naprosto logicky, že jak do stáří, tak do hodnosti a vůbec do všeho schází poručíkovi Dubovi do prďocha ještě padesát procent.

S těmi myšlenkami vraceje se ke svému vagónu, potkal pucfleka Kunerta, který měl opuchlou tvář a cosi nesrozumitelně breptal, že se právě srazil se svým pánem, poručíkem Dubem, který mu zčistajasna nafackoval, poněvadž prý má zjištěná fakta, že se stýká se Švejkem.

"V tomto případě," řekl klidně Švejk, "půjdeme k raportu. Rakouskej voják musí se dát fackovat jenom v určitejch případech. Ale von ten tvůj pán překročil všechny meze, jako to říkal starej Evžen Savojskej: ,Potud až votud: Ted ty musíš jít sám k raportu, a jestli nepudeš, tak ti sám nafackuju, abys věděl, co je to disciplína v armádě. V karlínskejch kasárnách bejval ňákej lajtnant Hausner a ten měl taky burše, a taky ho fackoval a kopal. Jednou byl ten burš tak zfackovanej, že byl z toho pitomej a hlásil se k raportu a u raportu vohlásil, že byl zkopanej, poněvadž von si to všechno plet, a ten jeho pán taky vopravdu dokázal, že on lže, že von ho v ten den nekopal, ale jenom fackoval, tak toho milýho burše pro křivý nařčení zavřeli na tři neděle. - Ale to na celý věci nic nemění," pokračoval Švejk, "to je zrovna to samý, vo čem vždycky vypravoval medik Houbička, že je to jedno, rozřezat v patalogickým ústavě ňákýho člověka, který se voběsil nebo votrávil. A já jdu s tebou. Pár facek dělá na vojně moc."

Kunert úplné zpitoměl a dal se vést Švejkem k štábnímu vagónu.

Poručík Dub zařval, vykláněje se z okna: "Co tady chcete, pacholci?"

"Chovej se důstojné," napomínal Švejk Kunerta a strkal ho napřed do vagónu.

V chodbě objevil se nadporučík Lukáš a za ním hejtman Ságner.

Nadporučík Lukáš, který už měl tolik se Švejkem, strašlivě se udivil, nebol' Švejk netvářil se již tak dobromyslné vážně, jeho tvář neměla známý dobromyslný výraz, spíš znamení nových nepříjemných událostí.

"Poslušně hlásím, pane obrlajtnant," řekl Švejk, "věc jde k raportu."

"Jenom zas neblbni, Švejku, já už toho mám také dost "

"Račte dovolit," řekl Švejk, "jsem ordonancí vaši kumpanie, vy, račte dovolit, ráčíte být kompaniekomandantem jedenáctky. Já vím, že to vypadá děsné divné, ale já vím taky, že pan lajtnant Dub nalézá se pod vámi."

"Vy jste se, Švejku, vůbec zbláznil," vpadl do jeho řeči nadporučík Lukáš, "vy jste vožralej, uděláte nejlepší, když odejdete! Rozumíš, ty blbe, ty hovado."

"Poslušně hlásím, pane obrlajtnant," řekl Švejk, strkaje před sebou Kunerta, "vono to vypadá zrovna tak, jako když se jednou v Praze dělal pokus s ochranným rámem proti přejetí elektrikou. Ten pan vynálezce se sám na ten pokus vobětoval a potom muselo město platit jeho vdově odškodný."

Hejtman Ságner, nevěda co říci, kýval přitom souhlasné hlavou, zatímco nadporučík Lukáš tvářil se zoufale.

"Všechno musí jít po raportu, poslušné hlásím, pane obrlajtnant," pokračoval neúprosné Švejk, "ještě v Brucku jste mně říkal, pane obrlajtnant, že když jsem ordonancí u kumpanie, že mám ještě jiný povinnosti než nějaký rozkazy. Že mám bejt ve všem, co se děje u kumpanie, informovanej. Na základě toho nařízení dovoluji si vám oznámit, pane obrlajtnant, že pan lajtnant Dub nafackoval mirnikstirniks svýmu buršovi. Já bych to, poslušně hlásím, pane obrlajtnant, třebas neříkal. Když já však vidím, že pan lajtnant Dub je přidělen pod vaše komando, tak jsem si umínil, že to musí jít po raportu."

"Tohle je divná záležitost," řekl hejtman Ságner, "proč sem strkáte, Švejku, toho Kunerta." "Poslušné hlásím, pane batalionskomandante, že všechno musí jít po raportu. Von je pitomej, von byl zfackovanej panem lajtnantem Dubem, a von si to nemůže dovolit, aby sám šel k raportu. Poslušné hlásím, pane hauptmane, kdybyste se na něj podíval, jak se mu třesou kolena, von je celej nežívej, že musí jít k tomu raportu. A nebejt mě, tak by se k tomu raporiu snad vůbec nedostal, jako ten Kudela z Bytouchova, kterej za aktivní služby tak dlouho chodil k raportu, až byl přeloženej k maríně, kde se stal kornetem, a byl na ňákým vostrově potom, v Tichým oceánu, vyhlášenej jako dezertýr. Von se tam potom voženil a mluvil taky s cestovatelem Havlasou, kterej vůbec nepoznal, že to není domorodec. - Je to vůbec moc smutný, když má jít někdo kvůli takovejm pár blbejm fackám k raportu. Ale von vůbec sem nechtěl jít, poněvadž říkal, že sem nepude. Von je vůbec takovej ufackovanej burš, že ani neví, vo kterej facce se tady jedná. Von by sem byl vůbec nešel, von vůbec nechtěl jít k raportu, von si dá namlátit kolikrát ještě víc. Poslušně hlásím, pane hauptman, podívají se na něj, von už je z toho celej posranej. A na druhý straně zas, von si měl hned stěžovat, že dostal těch pár facek, ale von se nevodvážil, poněvadž věděl, že je to lepší, jako napsal ten jeden básník, bejt skromnou fialkou. Von totiž slouží u pana lajtnanta Duba."

Strkaje Kunerta před sebe, řekl k němu Švejk: "Netřes se pořád jako dub ve vosice!"

Hejtman Ságner otázal se Kunerta, jak se to vlastně stalo.

Kunert však prohlásil, třesa se na celém těle, že se mohou zeptat pana lajtnanta Duba, že mu ten vůbec nenafackoval.

Jidáš Kunert, stále třesa celým tělem, prohlásil dokonce, že si to Švejk vůbec vymyslil.

Této trapné události učinil konec poručík Dub, který se náhle objevil a rozeřval se na Kunerta: "Chceš ještě dostat novejch pár facek?"

Věc byla tedy úplně jasnou a hejtman Ságner prostě k poručíkovi Dubovi prohlásil: "Kunert ode dneška je přidělen k bataliónní kuchyni, a pokud se týká nového burše, obrat se na rechnungsfeldvébla Vaňka."

Poručík Dub zasalutoval a jenom při odchodu řekl k Švejkovi: "Sázím se, že budete jednou viset:" Když odešel, obrátil se Švejk k nadporučíkovi Lukášovi jemným, přátelským tónem: "V Mnichově Hradišti byl taky takovej jeden pán a taky tak s tím druhým mluvil, a von mu vodpověděl: ,Na popravišti se sejdeme.`"

"Švejku," řekl nadporučík Lukáš, "vy jste ale blbej, a neopovažte se mně říct, jak vy to máte ve zvyku: Poslušně hlásím, že jsem blbej."

"Frapant," ozval se hejtman Ságner naklánéje se v okně a byl by tak rád od okna odstoupil, ale neměl již času, neboť zjevilo se to neštěstí: poručík Dub pod oknem,

Poručík Dub začal s tím, že velice lituje toho, jak hejtman Ságner odešel, nevyslechnuv jeho důvody o ofenzívě na východní frontě.

"Máme-li porozuměti obrovské ofenzívě," volal poručíti Dub nahoru do ókna, "musíme si uvědomit, jak se vyvinula ofenzíva koncem dubna. Museli jsme prolomit ruskou frontu a našli jsme nejvýhodnějším místem pro tento průlom frontu mezi Karpaty a Vislou."

"Já se s tebou o to nehádám," odpověděl suše hejtman Ságner a odešel od okna.

Když se za půl hodiny nato pokračovalo v jízdě na Sanok, hejtman Ságner natáhl se na sedadlo a dělal, že spí, aby poručík Dub zatím zapomněl na své otřepané vývody o ofenzívě.

Ve vagóně se Švejkem scházel Baloun. Vyprosil si totiž dovolení vytřít chlebem kotel po guláši. Nalézal se nyní na voze s polními kuchyněmi v nepříjemné situaci, poněvadž přitom, jak se vlak hnul, vletěl po hlavě do kotle a nohy mu čouhaly přes kotel. Zvykl si však na tuto situaci a z kotle ozývalo se mlaskání, jako když ježek honí šváby, a později Balounův prosebný hlas: "Prosím vás, kamarádi, proboha, hocYte mi sem kousek chleba, ještě je tady moc vomáčky." Tato idyla trvala až do nejbližší stanice, kam přijeli již s kotlem 1 t. kumpanie vyčištěným, že se pocínování jen lesklo.

"Zaplať vám to pámbu, kamarádi," děkoval Baloun srdečné. "Vod tý doby, co jsem teď na vojně, ponejprv se na mé štěstí usmálo."

A bylo také vskutku co říct. V Lupkovském průsmyku dostal se Baloun ku dvěma porcím guláše, nadporučík Lukáš projevil též svou spokojenost nad tím, že mu Baloun přinesl z důstojnické kuchyně netknutou mináž, a zanechal pro ného dobrou polovičku. Baloun byl úplně šťasten, klátil nohama, které vystrčil z vozu, a najednou se mu celá tahle vojna zdála býti něčím teplým, rodinným.

Kuchař kumpanie počal si z něho dělat legraci, že až se přijede do Sanoku, že se bude vařit večeře a ještě jeden oběd, poněvadž tu večeři a oběd mají k dobru za tu celou cestu, když to nedostali. Baloun jen souhlasně kýval hlavou a šeptal: "Uvidíte, kamarádi, že nás pámbu neopustí."

Všichni se tomu upřímné smáli a kuchař sedě na polní kuchyni zazpíval:
Župajdijáh župajdá,
šak nás pánbůh nezandá.
Zandá-li nás do bláta,
šak nás zaseje vydrápá...
Zandá-li nás do houště,
šak nás zase vykouše.
Župajdijá, župajdá,
šak nás pánbůh nezandá...

Za stanicí Ščavne počaly se objevovat opět v údolích nové vojenské hřbitůvky. Pod Ščavne bylo vidět z vlaku kamenný kříž s bezhlavým Kristem Pánem, který ztratil hlavu při odstřelu trati.

Vlak zrychloval svou rychlost, žena se dolů údolím k Sanoku, obzory se rozšiřovaly a tím i četnějšími stávaly se celé skupiny rozbitých vesnic po obou stranách do kraje.

U Kulašné bylo vidět dole v říčce z železničního náspu zřícený, rozbitý vlak Červeného kříže.

Baloun vytřeštil na to oči a zejména se podivil na rozházené dole části lokomotivy. Komín byl zaražen do železničního náspu a vyčuhoval z něho ven jako osumadvacítka.

Tento zjev vzbudil též pozornost ve vagóně, kde byl Švejk. Nejvíce se rozčílil kuchař Jurajda: "Copak se smí střílet do vagónů Červeného kříže?"

"Nesmí, ale může," řekl Švejk, "šusa to byla dobrá, a von se pak každej vomluví, že to bylo v noci a že ten červenej kříž není vidět. Vono je vůbec moc věcí na světě, který se nesmějí dělat, ale můžou se provádět. Hlavní věc, aby to každej zkusil, jestli se mu to povede, když to nesmí, aby to moh. Vo císařskejch manévrech na Písecku přišel takovej rozkaz, že se nesmějí vojáci na pochodu vázat do kozelce. Ale náš hejtman na to přišel, že se to může, poněvadž takovej rozkaz byl strašné směšnej, to moh každej lehko pochopit, že do kozelce svázanej voják nemůže mašírovat. Tak von vlastně ten befel nevobcházel, dával jednoduše a rozumně svázaný vojáky do kozelce házet do vozů vod trénu a mašírovalo se s nima dál. Nebo takovejhle případ, co se stal v naší ulici před pěti šesti lety. Tam bydlel nějakej pan Karlík v prvním patře. O poschodí vejš moc hodnej člověk, nějakej konzervatorista Mikeš. Von měl moc rád ženský a taky mezi jinejma počal chodit za dcerou toho pana Karlíka, kterej měl špeditérství a cukrářství a taky měl někde na Moravě knihařství pod ňákou docela cizou firmou. Když se ten pan Karlík dověděl, že ten konzervatorista mu chodí za dcerou, tak ho navštívil v byté a řek mu: ‚Vy si mou dceru nesmíte vzít, vy jeden votrapo. Já vám jí nedám!' ‚Dobrá,' vodpověděl mu pan Mikeš; ‚když si. ji nesmím vzít, co mám dělat, mám se roztrhat?' Za dva měsíce přišel pan Karlík znova a přived si svou manželku a voba mu řekli jednohlasné: ‚Vy pacholku, vy jste připravil naši dceru vo čest: ‚Zajisté,' odpověděl on jim na to, ‚dovolil jsem si ji zkurvit, milostivá paní: Ten pan Karlík začal na něj zbytečně řvát, že mu přece říkal, že si ji nesmí vzít, že mu ji nedá, ale von mu docela správně vodpověděl, že si ji taky neveme, a tenkrát že nebyla vo tom žádná řeč, co s ní může dělat. Že se vo tom nejednalo, von že drží slovo, aby byli bez starosti, že von ji nechce, že je charakter, že není kam vítr, tam plášť, a že drží slovo, že když něco řekne, že je to svatý. A jestli bude kvůli tomu pronásledovanej, tak že si z toho taky nic nedělá, poněvadž má svědomí čistý a jeho nebožka maminka ještě na smrtelný posteli ho zapřísahala, aby nikdy v životě nelhal, a von že jí to slíbil rukoudáním a taková přísaha že je platná. V jeho rodině že vůbec nikdo nelhal a von měl taky vždycky ve škole z mravnýho chování nejlepší známku. Tedy tady vidíte, že se leccos nesmí, ale může, a že cesty můžou býti rozličné, jenom vůli mějme všichni rovnou."

"Milí přátelé," řekl jednoroční dobrovolník, který si dělal horlivě poznámky, "všechno špatné má i dobrou stránku. Tento do povětří vyhozený, polospálený a z náspu svržený vlak Červeného kříže obohacuje slavné dějiny našeho bataliónu o nový hrdinný čin budoucnosti. Představuji si, že asi tak 16. září, jak jsem si již učinil poznámku, přihlásí se od každé kumpanie našeho bataliónu několik prostých vojínů pod vedením kaprála, že vyhodí pancéřový vlak nepřítele, který nás ostřeluje a brání našemu přechodu přes řeku. Čestně vyplnili svůj úkol, převléknuti za sedláky - - Co to vidím," zvolal jednoroční dobrovolník, dívaje se do svých poznámek. ‚"Jak se mně sem dostal náš pan Vaněk? - Poslyšte, pane rechnungsfeldvébl," obrátil se na Vaňka, "jaký krásný článeček bude o vás v dějinách batalíónu. Tuším, že už jste tam jednou, ale tohle bude rozhodné Lepši a vydatnější." Jednoroční dobrovolník četl povýšeným hlasem: "***Hrdinná smrt účetního šikovatele Vaňka***. K odvážnému podniku, vyhození nepřátelského pancéřového vlaku, přihlásil se též účetní šikovatel Vaněk, jsa převlečen jako ostatní v selský kroj. Přivozeným výbuchem byl omráčen, a když se probral z mrákot, viděl se obklopena nepřítelem, který ho okamžitě dopravil do štábu nepřátelské divize, kde tváří v tvář smrti odepřel jakéhokoliv vysvětlení o postavení a síle našeho vojska. Poněvadž nalézal se v převlečení, byl odsouzen jako vyzvědač k oběšení provazem, kterýžto trest, vzhledem k jeho vysoké hodnosti, byl mu změněn k smrti zastřelením. Exekuce byla ihned vykonána u hřbitovní zdi a statečný účetní šikovatel Vaněk žádal, aby mu nebyly zavázány oči. Na otázku, má-li nějaké přání, odpověděl: ‚Vyřiďte prostřednictvím parlamentáře mému batalíónu můj poslední pozdrav a že umírám s přesvědčením, že náš batalión bude pokračovati na své vítězné cestě. Dále vyřiďte panu hejtmanovi Ságnerovi, že podle posledního rozkazu po brigádě zvyšuje se porce konzerv denně na dvěapůl konzervy na jednoho muže: Tak umřel náš účetní šikovatel Vaněk, vzbudiv svou poslední větou panický strach u nepřítele, který se domníval, že bráně našemu přechodu přes řeku, odřezuje nás od zásobovacích bodů, způsobuje nám brzké vyhladovění a tím i demoralizaci v našich řadách. - O jeho klidu, s kterým hleděl smrti vstříc, svědčí ta okolnost, že hrál s nepřátelskými štábními důstojníky před svou popravou cvika. ‚Mnou vyhraný obnos odevzdejte ruskému Červenému kříži,' řekl, stoje již před hlavněmi ručnic. Tato šlechetná velkomyslnost pohnula přítomné vojenské zástupce až k slzám. - Odpusťte, pane Vaňku," pokračoval jednoroční dobrovolník, "že jsem si dovolil disponovat s vašimi vyhranými penězi. Přemýšlel jsem o tom, má-li se to snad odevzdat rakouskému Červenému kříži, ale konečně předpokládám, že ze stanoviska lidskosti je to jedno, jen když se to odevzdá humánní instituci."

"Moh to ten náš nebožtík," řekl Švejk, "vodevzdat polívkovýmu ústavu města Prahy, ale takhle je to přeci jen lepší, von by si třeba pan starosta za ten vobnos koupil jitrnici na gábl."

"Inu, krade se všude," řekl telefonista Chodounský.

"Hlavně se krade u Červeného kříže," s velkou zlostí prohlásil kuchař Jurajda. "Měl jsem v Brucku známého kuchaře, který vařil pro séstřičky v baráku, a ten mně říkal, jak představená těch sestřiček a vrchní ošetřovatelky posílají domů celé bedny malaga a čokolády. To nese sama sebou příležitost, to je sebeurčení člověka. Každý člověk prodělává ve svém nekonečném životě nesčíslné přeměny a jednou musí se objevit na tomto světě jako zloděj, v určitých obdobích své činnosti. Sám jsem již prodělal toto jedno období."

Kuchař okultista Jurajda vytáhl ze svého baťochu láhev koňaku.

"Zde vidíte," řekl, otvíraje láhev, "neomylný důkaz mého tvrzení. Vzal jsem ji před odjezdem z důstojnické mináže. Koňak jest nejlepší známky a mělo se ho používati k cukrovým polevům na linecké dorty. Byl však předurčen k tomu, abych ho ukradl, stejně jako já jsem byl předurčen státi se zlodějem."

"A taky by to nebylo špatný," ozval se Švejk, "kdybychom byli předurčeni k tomu, abychom byli vašema spoluviníkama, já alespoň mám takový tušení."

A předurčení se opravdu ukázalo. Láhev šla kolem přes protest účetního šikovatele Vaňka; který tvrdil, že se má pít koňak z esšálku a spravedlivě rozdělit, poněvadž je jich všech dohromady na láhev pět, takže při lichém čísle se lehce může stát, že se někdo určité o jeden lok z láhve víc napije nežli ti druzí, k čemuž podotkl Švejk: "To je pravda, jestli chce mít pan Vaněk sudý číslo, tak ať vystoupí ze spolku, aby nebyly žádný nepříjemnosti a hádky."

Vaněk tedy odvolal svůj návrh a podal jiný, velkodušný, aby se dárce Jurajda umístil do takového pořadí, aby se mohl napíti dvakrát, což způsobilo bouři odporu, poněvadž se již Jurajda jednou napil, ochutnávaje koňak při otevírání lahve.

Konečné byl přijat návrh jednoročního dobrovolníka pít podle abecedy, což odůvodnil tím, že jest to též jisté předurčení, jak se kdo jmenuje.

Láhev dorazil Chodounský, prvý v abecedě, provázen hrozivým zrakem Vaňka, který si vypočítával, že když je poslední, že bude mít o jeden lok víc, což byla hrubá matematická chyba, poněvadž bylo jednadvacet loků.

Potom hráli obyčejného cvika ze tří karet; objevilo se, že jednoroční dobrovolník používá přitom při každém rabování nábožných propovídek z Písma svatého. Rabuje spodka, zvolal: "Pane, ponechejž mně tohoto spodka i tohoto léta, ať jejž okopám a ohnojím, ať mně přinese ovoce."

Když mu bylo vytýkáno, že dokonce se odvážil rabovat osmičku, zvolal hlasem velikým: "Ale žena některá, mající grošů deset, ztratila-li by jeden groš, zdaliž nezažže svíce a nehledá pilně, dokud nenalezne? A když nalezne, svolá sousedy a přítelkyně, řkouc: ,Spolu radujte se se mnou, neboť rabovala jsem osmičku a v kartách přikoupila trumfového krále s esem!` - Tak sem dejte ty karty, spadli jste tam všichni "

Jednoroční dobrovolník Marek měl opravdu velké štěstí v kartách. Zatímco druzí přebíjeli si trumfy navzájem, on bil jejich přebité trumfy vždy nejvyšším trumfem, takže tam jeden za druhým padali a on bral sázku za sázkou a volal k poraženým: "A zemětřesení veliká budou po místech, a hladové a morové hrůzy a zázrakové z nebe velicí." Konečně už toho. měli dost, přestali hrát, když telefonista Chodounský prohrál svůj žold na půl roku napřed. Byl nad tím zdrcen a jednoroční dobrovolník žádal na něm úpisy, že při vyplácení žoldu účetní šikovatel Vaněk vyplatí žold Chodounského jemu.

"Neboj se, Chodounský," těšil ho Švejk. "Když budeš mít štěstí, tak padneš při prvním gefechtu a Marek utře hubu ve tvoje lénungy, jen mu to podepiš."

Zmínka o padnutí dotkla, se Chodounského velice nepříjemně, takže řekl s určitostí: "Já nemůžu padnout, protože jsem telefonista, a telefonisti jsou vždycky v blindáži a dráty se natahujou nebo chyby se hledají vždycky až po gefechtu."

Jednoroční dobrovolník zmínil se, že telefonisti právě naopak vydáni jsou velkému nebezpečí a že hlavně na telefonisty má spadeno vždy nepřátelské dělostřelectvo. Žádný telefonista není jist ve své blindáži. Kdyby bytí deset metrů pod zemí, tak ho tam nepřátelská, artilérie přece najde. Že telefonisti hynou jako kroupy v dešti v létě, o tom svědčí, že když opouštěl Bruck, tak právě tam otvírali 28. kurs pro telefonisty.

Chodounský díval se před sebe utrápeně, což pohnulo Švejka k přátelskému, dobrému slovu: "Máš to zkrátka pěknej švindl." Chodounský odpověděl vlídné: "Kušte, tetičko."

"Podívám se na písmenu *Ch* ve svých poznámkách o dějinách batalionu... Chodounský - Chodounský, hm, aha, tady to máme: ,Telefonista Chodounský, zasypán minou. Telefonuje ze své hrobky na štáb: Umírám a gratuluji svému batalionu k vítězství!` "

"To ti musí stačit," řekl Švejk, "nebo chceš ještě něco k tomu doplnit? Pamatuješ se na toho telefomstu z Titaniku, kterej, když už loď se potápěla, pořád telefonoval dolů do zatopený kuchyně, kdy už bude voběd?"

"Mně na tom nesejde," řekl jednoroční dobrovolník, "popřípadě se může předsmrtný výrok Chodounského doplnit tím, že on nakonec zvolá do telefonu: ‚Pozdravujte ode mne naši železnou brigádu!' "

Marschieren marsch!

Objevilo se, když se přijelo do Sanoku, že vlastně na tom voze s polní kuchyní jedenáctky, kde prděl blahem nasycený Baloun, měli celkem pravdu, že bude večeře, a dokonce kromě večeře že tam bude rozdáván nějaký komisárek za všechny ty dny, kdy nedostal batalión ničeho. Objevilo se také, že vlastně v Sanoku, když vylezli z vagónů, nalézá se štáb železné brigády, ku které batalión 91. regimentu patřil podle svého křestního listu. Ačkoliv odtud bylo spojení železniční neporušeno pod Lvov i severně na Veliké Mosty, bylo vlastně záhadou, proč štáb východního úseku udělal tyto dispozice, aby železná brigáda se svým štábem soustřeďovala pochodové prapory sto padesát kilometrů v týlu, když šla v té době fronta od Brodů na Bug a podél řeky severně k Sokalu.

Tato velice zajímavá strategická otázka byla strašně jednoduchým způsobem rozluštěna, když šel hejtman Ságner v Sanoku hlásit do štábu brigády o přibytí maršbataliónu.

Ordonančním důstojníkem byl adjutant brigády hejtman Tayrle.

"Já se velice divím," řekl hejtman Tayrle, "že vy jste nedostali určité zprávy. Maršrúta je jistá. O linii vašeho pochodu měli jste nám oznámit přirozeně předem. Podle dispozic hlavního štábu *přijeli jste o dva dny dříve*."

Hejtman Ságner se trochu zarděl, ale nenapadlo mu opakovat všechny ty šifrované telegramy, které dostával po celé cestě.

"Já se vám divím," řekl adjutant Tayrle. "Myslím," odpověděl hejtman Ságner, "že si všichni důstojníci tykáme."

"Budiž," řekl hejtman Tayrle, "řekni mně, ješ aktivní nebo civilista? Aktivní? - To je docela něco jiného... člověk se v tom nevyzná. Tady už ti projelo takových blbů rezervních lajtnantů. Když jsme ustupovali od Limanova a od Krasníku, všichni ti takélajtnanti ztratili hlavu, jakmile uviděli kozáckou patrolu. My ve štábu nemáme rádi takových příživníků. Pitomý chlap s inteligentkou dá se nakonec aktivovat nebo v civilu udělá oficírskou zkoušku a blbne zas dál v civilu, a když přijde vojna, tak je z něho ne lajtnant, ale poseroutka!"

Hejtman Tayrle si odplivl a důvěrně poplácal hejtmana Ságnera: "Zdržíte se tady asi dva dny. Já vás všechny provedu, zatančíme si. Máme tady takové hezké kurvičky, engelhuren. Máme zde dceru jednoho generála, která dřív pěstovala lesbickou lásku. To se ti všichni převlékneme do ženských šatů, a uvidíš, co ona umí! Je ti to taková hubená svině, že bysi si snad ani nic nepomyslel. Ale zná to, kamaráde. Je to taková potvora ostatně to poznáš. - Pardon!" zarazil se; "musím se zas vyblít, je to dnes již potřetí."

Když se potom vrátil, sdělil hejtmanovi Ságnerovi, aby dokázal, jak je tu veselo, že jsou to následky včerejšího večera, na kterém bral účast i stavební oddíl.

S velitelem tohoto oddílu, který byl též v hodnosti hejtmana, seznámil se hejtman Ságner velice brzo. Do kanceláře vpadl totiž uniformovaný dlouhán s třemi zlatými hvězdičkami a jaksi v mátohách, nepozoruje přítomnosti hejtmana Ságnera, zcela důvěrně oslovil Tayrle: "Co děláš, svině? Tys nám včera pěkné zřídil naši hraběnku." Posadil se na židli, a tluče se tenkou rákoskou přes lýtka, smál se na celé kolo: "Když si vzpomenu, jak jsi se jí vyblil do klína..."

"Ano," řekl Tayrle, "bylo to včera velmi veselé." Pak teprve seznámil hejtmana Ságnera s důstojníkem s rákoskou a všichni vyšli kanceláří administračního oddělení brigády ven do kavárny, která náhle vyrostla z bývalé pivnice.

Když šli kanceláří, hejtman Tayrle vzal si od velitele stavebního oddílu rákosku a uhodil na dlouhý stůl, kolem kterého na povel postavilo se do fronty dvanáct vojenských písařů. Byli to vyznavači klidné, bezpečné práce v týlu armády s velkými, spokojenými břichy v extra uniformách.

A těmto dvanácti tlustým apoštolům ulejvandy hejtman Tayrle řekl, chtěje se vyznamenati před Ságnerem i druhým hejtmanem: "Nemyslete si, že vás tady mám jako na krmníku. Prasata! Méně žrát a chlastat, ale více běhat. - Teď vám ukáži ještě jinou drezúru," oznámil Tayrle svým společníkům.

Uhodil poznovu rákoskou na stůl a otázal se těch dvanácti: "Kdy prasknete, čuňata?"

Všech dvanáct odpovědělo unisono: "Dle vašeho rozkazu, pane hejtmane."

Směje se vlastní blbosti a pitomosti, vyšel hejtman Tayrle z kanceláře.

Když seděli všichni tři v kavárně, poručil Tayrle přinésti láhev jeřabinky a zavolat nějaké slečny, které jsou volné. Objevilo se, že kavárna vlastně není nic jiného než vykřičený dům, a poněvadž žádná ze slečen nebyla volnou, rozčílil se hejtman Tayrle na nejvyšší stupeň a v předsíni vynadal sprostě madam a křičel, kdože je u slečny Elly. Když dostal za odpověď, že je tam nějaký poručík, láteřil ještě víc.

U slečny Elly byl pan poručík Dub, který, když maršbatalión byl už ve svých ubikacích v gymnasiu, zavolal si celý svůj šik a upozorňoval jej v dlouhé řeči, že Rusové při svém ústupu zakládali všude bordely s personálem pohlavně nakaženým, aby způsobili rakouské armádě tímto svým trikem velké ztráty. Varuje tedy tímto vojáky před vyhledáváním podobných místností. Sám se osobně přesvědčí v těch domech, jestli jeho rozkazu nebylo uposlechnuto, poněvadž jsou již ve frontovém pásmu; každý, který bude přistižen, bude postaven před polní soud.

Poručík Dub šel se osobně přesvědčit, zdali jeho rozkaz nebyl překročen, a proto patrně za východisko své kontroly vybral si pohovku v Ellině pokojíku v prvém patře takzvané "městské kavárny", na kteréžto pohovce se velice dobře bavil.

Mezitím již hejtman Ságner odešel ku svému bataliónu. Tayrlova společnost byla totiž rozpuštěna. Hejtmana Tayrleho hledali z brigády, kde se sháněl již přes hodinu brigádník po svém adjutantovi. Přišly nové rozkazy od divize a bylo

nutno určit definitivně maršrútu pro přibyvší 91. pluk, poněvadž jeho
původním směrem dle nových dispozic má jít pochodový prapor 102. pluku.

Bylo to všechno velice spletené, Rusové ustupovali na severovýchodním cípu
Haliče velíce rychle, takže se tam některé rakouské části navzájem promíchaly,
do čehož místy jako klíny vnikaly části německé armády, kterýžto chaos
doplňovalo přibývání na front nových pochodových praporů a jiných
vojenských těles. Totéž bylo i při frontových úsecích, které byly ještě dále v týlu,
jako zde v Sanoku, kam najednou přibyly rezervy německé hannoverské divize
pod vedením plukovníka s tak ošklivým pohledem, že brigadýr byl uveden do
naprostého zmatku. Plukovník rezerv hannoverské divize ukazoval totiž
dispozice svého štábu, že má ubytovat své mužstvo v gymnasiu, kde právě nyní
byli ubytováni jednadevadesátníci. Pro umístění svého štábu žádal vyklizení
domu krakovské banky, ve kterém právě byl štáb brigády.

Brigadýr spojil se přímo s divizí, kde vylíčil přesně situaci, potom s divizí
mluvil uhrančivý Hannoverák, v důsledcích čehož přišel na brigádu rozkaz:
"Brigáda vystupuje z města v šest hodin večer na Turovu-Wolsku - Liskowiec -
Starasol - Sambor, kde další rozkazy. S ní vystupuje pochodový prapor 91,
tvořící ochranu, rozdělení, které vypracovat v brigádě dle schémy: Přední voj
vystupuje o půl šesté na Turovu, mezi jižní a severní poboční ochrannou
vzdálenost třiapůl kilometru. Zadní ochranný voj vystupuje ve čtvrt na sedm!"

Tak nastal tedy v gymnasiu velký ruch a scházel ku poradě důstojníků
batalionu jen poručík Dub, kterého vyhledat bylo poručeno Švejkovi.

"Doufám," řekl k němu nadporučík Lukáš, "že vy ho najdete beze všech obtíží,
poněvadž vy máte stále něco mezi sebou."

"Poslušné hlásím, pane obrlajtnant, že prosím o písemný rozkaz vod
kumpanie. To je právě kvůli tomu, že mezi náma je právě vždycky to něco."

Zatímco nadporučík Lukáš ve své zápisní knížce kopíroval na útržkovém listě,
aby se poručík Dub ihned dostavil do gymnasia k poradě, Švejk hlásil dál: "Ano,
pane obrlajtnant, vy můžete být, jako vždycky, bez starosti. Já ho najdu,
poněvadž je vojákům zakázáno chodit do bordelu, a von bude jistě v jednom,
aby se přesvědčil, jestli vod jeho cuku žádnej se nechce dostat před polní soud,
kterým von obyčejně vyhrožuje. Von sám prohlásil před manšaftem svýho cuku,
že projde všechny bordely, a pak že bude běda a voni že ho poznají z té špatné
stránky. Ostatně já vím, kde je. Je tady zrovna naproti v tej kavárně, poněvadž
všechen ten manšaft se za ním díval, kam nejdřív jde."

,Spojené zábavní místnosti a městská kavárna`, podnik, o kterém se Švejk
zmiňoval, byly rozděleny také na dvě části. Kdo nechtěl jít přes kavárnu, šel
zadem, kde se vyhřívala na slunci nějaká stará paní, která mluvila německy,
polsky a maďarsky asi v tomto smyslu: "Pojďte, vojáčku, máme zde pěkné
slečinky."

Když vojáček vstoupil, vedla ho chodbou do jakési přijímací předsíně a
zavolala na jednu ze slečen, která přiběhla ihned v košili; napřed chtěla peníze,
kterýž obnos hned na místě, zatímco si vojáček odepínal bajonet, inkasovala

madam.

Důstojnictvo chodilo kavárnou. Cesta pánů důstojníků byla trudnější, poněvadž vedla přes šámbry vzadu, kde byl výběr z druhé partie, určené pro důstojnické šarže, a kde byly krajkové košilky a pilo se víno nebo likéry. Madam zde také ničeho netrpěla, to se všechno konalo nahoře v pokojíkách, kde se provaloval na divanu v jednom takovém ráji plném štěnic v podvlékačkách poručík Dub, zatímco slečna Ella mu vypravovala vymyšlenou, jako to vždy v těchto případech bývá, tragédii svého života, že otec její byl továrníkem a ona profesorkou na lyceu v Pešti a tohle že udělala z nešťastné lásky.

Vzadu za poručíkem Dubem na dosah ruky na malém stolku byla láhev jeřabinky a sklenky. Poněvadž láhev byla poloprázdnou a Ella i poručík Dub mluvili již z cesty, bylo zatěžkací zkouškou, že poručík Dub ničeho nesnese. Podle jeho řeči bylo vidět, že si to již všechno popletl a že považuje Ellu za svého sluhu Kunerta; také ji tak oslovoval a vyhrožoval domnělému Kunertovi dle svého zvyku: "Kunerte, Kunerte, ty bestie, až ty mne poznáš z mé špatné stránky..."

Švejk měl být podroben téže samé proceduře jako všichni ostatní vojáčkové, kteří chodili zadem, on však se vlídně vytrhl nějaké košilaté holce, na jejíž pokřik přiběhla polská madam, která Švejkovi zapřela drze do očí, že by zde měli nějakého pana lajtnanta hostem.

"Moc na mé neřvete, milostpaní," řekl vlídně Švejk, usmívaje se přitom sladce, "nebo vám dám přes držku. U nás jednou v Platnéřské ulici zmlátili jednu madam tak, že nevěděla o sobě. To tam syn hledal svýho otce, nějakýho Vondráčka, obchod s pneumatikami. Vona se ta madam jmenovala Křovánová, když ji vzkřísili a ptali se jí na záchrannej stanici, jak se jmenuje, řekla, že nějak vod Ch. A jaké je vaše ctěné jméno?"

Ctihodná matróna dala se do děsného řvaní, když ji Švejk po těchto slovech odstrčil a vážně stoupal po dřevěných schodech do prvního poschodí.

Dole se objevil sám majitel nevěstince, nějaký zchudlý polský šlechtic, který vyběhl za Švejkem po schodech a počal ho tahat za blůzu, přičemž křičel na něho německy, tam nahoru že vojáci nesmí, tam že je to pro pány důstojníky, pro vojsko že je to dole.

Švejk ho upozornil, že sem přichází v zájmu celé armády, že hledá jednoho pana poručíka, bez kterého se nemůže armáda vydat do pole, a když ten počínal si stále výbojněji, Švejk ho srazil dolů ze schodů a pokračoval nahoře v prohlídce místností. Přesvědčil se, že všechny pokojíky jsou prázdny, až teprve na samém konci pavlače, když zaklepal, vzal za kliku a pootevřel dveře, ozval se kvikavý hlas Elly: "Besetzt" a vzápětí nato hluboký hlas poručíka Duba, který myslel snad, že je ještě ve svém pokoji v lágru: "Herein!"

Švejk vstoupil, přistoupil k divanu, a odevzdávaje blokový útržek kopie poručíkovi Dubovi, hlásil, dívaje se úkosem na části uniformy rozházené v rohu postele: "Poslušně hlásím, pane lajtnant, že se mají voblíknout a dostavit se hned podle toho rozkazu, který jim dodávám, do našich kasáren v gymnasiu, máme tam velkou vojenskou poradu!"

Poručík Dub vytřeštil na něho oči s malinkými panenkami, ale připamatoval si, že přece jen není tak namazán, aby nepoznal Švejka. Napadlo mu ihned, že mu Švejka posílají k raportu, a proto řekl: "Hned si to s tebou spravím, Švejku. Uvidíš - jak - to - s tebou - dopadne... - Kunerte," zvolal na Ellu, "nalej - mně - ještě - jednu!"

Napil se, a trhaje písemný rozkaz, smál se: "To je - omluvenka? U - nás - žádné omluvenky neplatí. My jsme - na - vojně - a ne - ve škole. Tak - tě - tedy - chytli - v bordelu? Pojil - ke - mně - Švejku - blíž - já ti - dám - pár - facek. - Ve - kterém - roce - Filip Macedonský - porazil - Římany, to ty - nevíš - ty - hřebče!"

"Poslušné hlásím, pane lajtnant," pokračoval neúprosně Švejk, "je to nejvyšší rozkaz z brigády, aby se páni důstojníci voblíkli a šli na batalióní bešprechunk, my totiž vyrazíme, a ještě teprve se teď bude rozhodovat, která kumpanie bude forhút, sajtnhút nebo nachhút. Už se bude teď vo tom rozhodovat a já myslím, pane lajtnant, že voni taky mají do toho co mluvit "

Tato diplomatická řeč trochu vzkřísila poručíka Duba, takže počínal nyní nabývati jistoty, že přece není v kasárnách, ale ještě z opatrnosti se optal: "Kde to jsem?"

"Ráčíte být v bordeláku, pane lajtnant. Voni jsou ty cesty Páně rozličné."

Poručík Dub těžce vzdychl, slezl z divanu a počal shánět svoji uniformu, přičemž mu Švejk pomáhal, a když konečně se oblékl, vyšli oba ven, ale za chvíli se Švejk mžiknutím vrátil a nedbaje Elly, která jeho návratu přikládala zcela jiného významu, z nešťastné lásky hned lezla na postel, vypil rychle zbytek jeřabinky v láhvi a šel zas za poručíkem.

Na ulici se to poručíkovi Dubovi vrazilo zas do hlavy, poněvadž bylo velké parno. Vykládal Švejkovi nejrůznější nesmysle bez jakékoliv spojitosti. Mluvil o tom, že má doma poštovní známku z Helgolandu a hned po ukončení maturity že šli hrát biliár a nepozdravili třídního profesora. Ku každé větě dodával: "Myslím, že mně dobře rozumíte".

"Zajisté že vám úplně rozumím," odpověděl Švejk. "Vy mluvíte podobné jako klempíř Pokorný v Budějovicích. Ten, když se ho lidi optali: ,Koupal jste se už letos v Malši?`, vodpovídal: ,Nekoupal, ale zato bude letos hodně švestek.` Nebo se ho zeptali: ,Jed jste už letos hříbky?` a von na to vodpověděl: ,Nejed, ale tenhle novej sultán marockej má prej bejt moc hodnej člověk.`"

Poručík Dub se zastavil a vypravil ze sebe: "Marocký sultán? To je odbytá veličina, utřel si pot z čela, a dívaje se zakalenýma očima na Švejka, zabručel: "Takhle jsem se ani v zimě nepotil. Souhlasíte s tím? Rozumíte mně?"

"Rozumím, pane lajtnant. K nám do hospody ke Kalichu chodíval jeden starej pán, nějakej rada vod zemskýho výboru ve výslužbě, a ten zrovna tohle tvrdil. Von vždycky říkal, že se diví, jakej je rozdíl mezi temperaturou v letě a v zimě. Že je mu to moc divný, proč lidi ještě na to nepřišli."

Ve vratech gymnasia opustil Švejk poručíka Duba, který se motal po schodech nahoru do sborovny, kde se konala vojenská porada, a také hned hlásil hejtmanovi Ságnerovi, že je úplně opilý. Celou poradu seděl s hlavou sklopenou a při debatě se občas zvedl, aby zvolal: "Váš názor je správný, pánové, ale já jsem úplně opilý."

Když byly vypracovány všechny dispozice a kumpanie nadporučíka Lukáše měla jít jako přední ochrana, trhl sebou najednou poručík Dub, vstal a řekl: "Pamatuji se, pánové, na našeho třídního profesora v primě. Sláva mu, sláva mu, sláva mu!"

Nadporučíkovi Lukášovi přišlo na mysl, že nejlépe bude, když dá prozatím uložiti poručíka Duba jeho sluhou Kunertem do fyzikálního kabinetu vedle, kde byla stráž u dveří, aby někdo nedokradl snad již polorozkradené sbírky minerálií v kabinetu. Na to stále také z brigády upozorňovali procházející oddíly na pochodu.

Toto opatření datovalo se od té doby, kdy jeden prapor honvédů, ubytovaný v gymnasiu, počal rabovat kabinet. Zejména se honvédům líbila sbírka nerostů, pestré krystaly a kyzy, které si nastrkali do svých baťochů.

Na vojenském hřbitůvku je také na jednom z bílých křížů nápis "László Gargany". Tam spí věčný sen jeden honvéd, který při onom rabování gymnasiálních sbírek vypil všechen denaturovaný líh z nádoby, ve které byli naloženi různí plazové.

Světová válka vybíjela lidské pokolení dokonce i kořalkou z hadů.

Nadporučík Lukáš, když se již všichni rozešli, dal zavolat sluhu poručíka Duba Kunerta, který odvedl a uložil na pohovku svého poručíka.

Poručík Dub byl najednou jako malé dítě; vzal za ruku Kunerta, počal prohlížet dlaň, přičemž říkal, že uhodne z jeho dlené jméno jeho budoucí choti.

"Jak vy se jmenujete? Vytáhněte mně z náprsní kapsy u blůzy zápisník a tužku. Vy se jmenujete tedy Kunert; tak sem přijďte za čtvrt hodiny a já vám tady nechám lístek se jménem vaší paní manželky."

Sotva to dořekl, dal se do chrápání, ale opět se z toho jaksi probudil a počal čmárat do svého zápisníku; co napsal, to vytrhl, hodil na zem, a tajemné přiloživ prst na ústa, řekl blábolivě: "Ted ještě ne, až za čtvrt hodiny. Nejlépe bude hledati papírek se zavázanýma očima."

Kunert byl takové dobré hovado, že přišel skutečně za čtvrt hodiny, a když rozbalil papírek, četl z těch klikyháků poručíka Duba: "Jméno vaší budoucí manželky zní: paní Kunertová."

Když to za chvíli ukazoval Švejkovi, řekl mu Švejk, aby si jen dobře ten papírek schoval, že takových dokumentů od vojenských pánů si má každý vážit, to že dřív za aktivní vojny nebylo, aby si dopisoval důstojník se svým sluhou a říkal mu pane.

***

Když byly vykonány přípravy k tomu, aby se vyrazilo dle daných dispozic, brigádní generál, kterého vystrnadil tak pěkně hannoverský plukovník, dal shromáždit celý batalión do obvyklého čtverce a měl k němu řeč. Ten muž totiž velice rád řečnil, mlel páté přes deváté, a když už neměl dál co říct, vzpomněl si ještě na polní poštu:

"Vojáci," hřmělo z jeho úst do čtverce. "Nyní blížíme se k frontě nepřítele, od kterého nás dělí několik denních pochodů. Doposud na svém marši neměli jste, vojáci, příležitosti udati svým milým, které jste opustili, své adresy, aby věděli vaši vzdálení, kam vám mají psát, abyste se potěšili dopisy od svých milých pozůstalých."

Nějak se z toho nemohl dostat, opakoval to nesčíslněkrát za sebou: "Milí vzdálení - drazí příbuzní - milí pozůstalí" a tak dále, až konečně vyrazil z toho kola mohutným zvoláním: "Od toho máme polní pošty na frontě!"

Jeho další řeč vypadala tak, jako by všichni tihle lidé v šedivé uniformě měli se dát s největší radostí zabít jediné kvůli tomu, že jsou na frontě zařízeny polní pošty, a že když někomu granát utrhne obé nohy, že se mu to musí krásně umírat, když si vzpomene, že jeho polní pošta má číslo 72, kde snad leží psaní z domova, od vzdálených milých, se zásilkou obsahující kus uzeného masa, špeku a domácích sucharů.

Potom, po té řeči, když brigádní hudba zahrála císařskou hymnu, provolána byla sláva císaří, vydaly se jednotlivé skupiny toho lidského dobytka, určeného na jatky někde za Bugem, postupné na pochod podle udělených dispozic.

11. kumpanie vystoupila o půl šesté na Turowu-Wolsku. Švejk táhl se vzadu se štábem kumpanie, se sanitou a nadporučík Lukáš objížděl celou kolonu, přičemž každou chvíli zajel dozadu, aby se přesvědčil u sanity, kde na vozíku pod plachtami vezli poručíka Duba k novým hrdinným činům do neznámé budoucnosti, a přitom aby také si ukrátil cestu rozmluvou se Švejkem, který nesl svůj baťoch a ručnici trpělivě, vyprávěje si s účetním šikovatelem Vaňkem o tom, jak se to před lety pěkné mašírovalo na manévrech u Velkého Meziříčí.

"To byla docela taková krajina, jako je tady, jenomže my jsme nešli tak feldmésik, poněvadž ten krát ještě jsme ani nevěděli, co jsou to rezervní konzervy, když jsme nějakou konzervu fasovali, tak jsme ji u našeho cuku hned při nejbližším noclehu sežrali a místo toho dávali jsme si do baťochu cihlu. V jedný vesnici přišla inspekce, vyházeli nám všechny cihly z baťochu a bylo jich tolik, že si tam z nich jeden člověk vystavěl potom rodinnej domek."

Za chvíli nato šel Švejk rázné vedle koně nadporučíka Lukáše a vykládal o polních poštách: "Hezká ta řeč byla a vono jisté každýmu je moc milý, když dostane na vojnu nějaký pěkný psaní z domova. Ale já, když jsem sloužil před lety v Budějovicích, tak jsem dostal na vojnu jen jedno psaní do kasáren a to mám ještě schovaný "

Švejk vytáhl z ušpiněné kožené tašky zamaštěný dopis a četl, zachovávaje krok s koněm nadporučíka Lukáše, který se dal do mírného poklusu: "Ty pacholku mizernej, ty jeden vrahu a bídáku! Pan kaprál Kříž přijel do Prahy na urláb a já jsem s ním tančila u Kocanů, a von mně povídal, že prej ty tancuješ v Budějovicích u Zelený žáby s nějakou pitomou flundrou a že jsi mě už úplně vopustil. Aby jsi věděl, píšu toto psaní na hajzlu na prkně vedle díry, mezi náma je konec. Tvoje bejvalá Božena. Abych nezapomněla, ten kaprál to umí a bude té ještě sekýrovat, já jsem ho vo to pro9ila. A ještě abych nezapomněla, nenajdeš mě už mezi živejma, až přijedeš na urláb. - To se ví," pokračoval při mírném poklusu Švejk, "že když jsem přišel na urláb, že byla mezi živejma, a ještě mezi jakejma živejma. Našel jsem ji taky u Kocanů, voblíkali ji dva vojáci vod cizího regimentu a jeden z nich byl tak moc žívej, že jí šahal docela veřejně pod živůtek, jako kdyby chtěl, poslušně hlásím, pane obrlajtnant, vytáhnout odtamtud pel její nevinnosti, jak říká Věnceslava Lužická nebo jak to podobně jednou řekla jedna mladá dívka asi šestnáctiletá v tanečních.hodinách jednomu gymnasistovi hlasitě s pláčem, když ji štípl do ramena: ,Vy jste, pane, setřel pel mého panenství: To se ví, že se všichni smáli a její matinka, která ji tam hlídala, že ji vodvedla na chodbu v Besedě a že tu svou blbou nánu zkopala. Já přišel, pane obrlajtnant, k tomu názoru, že přece jenom ty venkovský holky jsou upřímnější než ty takový utahaný městský slečinky, který chodějí do nějakejch tanečních hodin. Když jsme před lety stáli lágrem v Mníšku, tak jsem chodil tancovat do Starýho Knína, namluvil jsem si tam nějakou Karlu Veklovou, ale moc jsem se jí nelíbil. Jednou večer v neděli jsem ji doprovázel k rybníčku, tam jsme si sedli na hráz a ptal jsem se jí, když zapadalo slunce, jestli mě má taky ráda. Poslušně hlásím, pane obrlajtnant, že byl vzduch tak vlahej, všichni ptáci zpívali, a vona mně vodpověděla s příšerným smíchem: ,Já mám tě tak ráda jako pazdero v prdeli, vždyť ješ blbej: A já byl taky vopravdu blbej, tak strašně blbej, že jsem vám, poslušně hlásím, pane obrlajtnant, předtím chodíval mezi polma, mezi vysokým vobilím v liduprázdnej prostoře, ani jsme si jednou nesedli, a já jí jen ukazoval po tom božím požehnání, a pitomec, tej selskej holce vykládám, že tohle je žito, tohle že je pšenice a tohle že je voves."

A jako na potvrzení toho ovsa kdesi vpředu doznívaly sebrané hlasy vojáků kumpanie v pokračování písně, s kterou šly už české regimenty krvácet za Rakousko k Solferinu:

A když bylo půl noci,
voves z pytle vyskočí,
župajdijá, župajdá
každá holka dá!

Do čehož opět vpadli druzí:

A dá,a dá a dá,
a proč by nedala,
a dá ti dvě hubičky
na obé tvářičky.
Župajdijá, župajdá,
každá holka dá!
A dá,a dá,a dá,
a proč by nedala...

Potom počali Němci zpívat tutéž píseň německy.

Je to tak stará vojenská píseň, kterou snad již zpívala soldateska za napoleonských bitek ve všech jazycích. Nyní zněla jásavé po zaprášené silnici na Turovu-Wolsku, v haličské rovině, kde po obou stranách silnice až tam k zeleným chlumům na jihu byla pole zdeptána a zničena pod kopyty koní a pod podešvemi tisíců a tisíců vojenských těžkých bot.

"Takhle jsme to jednou podobně zřídili," ozval se Švejk, rozhlížeje se kolem, "na manévrech u Písku. Byl tam s námi jeden pan arcivévoda, to byl takovej spravedlivej pán, že když se se svým štábem projížděl ze strategickejch důvodů obilím, tak hned za ním tu celou škodu vodhadoval adjutant. Nějakej sedlák Pícha neměl žádnou radost z tý návštěvy a nepřijmul vod eráru osmnáct korun náhrady za zdupanejch pět měr pole, chtěl se vám, pane obrlajtnant, soudit a dostal za to osmnáct měsíců.

Já myslím, pane obrlajtnant, že moh vlastně bejt rád, že někdo z císařského rodu ho navštíví na jeho pozemku. Jinej sedlák, kterej by byl uvědomělej, tak by voblík všechny své holky do bílejch šatů jako družičky, dal by jim kytice do ruky a rozestavil by je na svým pozemku a každá by z nich musela vítat vysokého pána, jako jsem čet ve Indii, kde se dávali poddaní nějakýho panovníka vod toho slona rozšlápnout "

"Co to mluvíte, Švejku?" volal na něho s koně nadporučík Lukáš.

"Poslušně hlásím, pane obrlajtnant, že já myslím toho slona, kterej nes na svým hřbetě onoho panovníka, vo kterým jsem čet."

"Jen když dovedete, Švejku, všechno správně vysvětlit," řekl nadporučík Lukáš a rozjel se kupředu. Tam se již kolona trhala, nezvyklý pochod po odpočinku ve vlaku, v plné, dokonalé výzbroji, působil, že všem počala bolet ramena a každý si pohovoval, jak mohl. Přendavali ručnice z jedné strany na druhou, většina už je nenesla na řemeni, ale přehozené jako hrábě nebo vidle. Někteří mysleli, že si lépe vyhoví, když půjdou příkopem nebo po mezi, kde se jim zdála půda pod nohama přece jen měkčí než na zaprášené silnici.

Většina šla s hlavou k zemi sklopenou a všichni trpěli velkou žízní, poněvadž přesto, že již slunce zapadlo, bylo stejné takové dusno a parno jako v poledne a nikdo neměl již ani kapky vody v polní láhvi. Byl to první den pochodu a tato nezvyklá situace, která byla jaksi vstupem do větších a větších útrap, činila všechny čím dál tím více malátnými a zemdlenými. Přestali také zpívat a navzájem si mezi sebou odhadovali, jak mají asi daleko na Turovu-Wolsku, kde mysleli, že se bude noclehovat. Někteří poposedávali v příkopu, a aby to tak nevypadalo, rozvazovali si boty a dělali na první pohled vezření člověka, který si špatné složil onučky a snaží se je složit tak, aby ho netlačily na dalším pochodu. Jiní opět zkracovali si nebo prodlužovali řemen na ručnici, nebo rozvinovali baťoch a překládali předměty v něm umístěné, namlouvajíce si sami sobě, že tak činí z ohledu na správné zatížení, aby pásy baťochu netáhly jim jedno či druhé rameno. Když se k nim blížil postupně nadporučík Lukáš, tu vstávali a hlásili, že je něco tlačí nebo podobné, jestli předtím kadeti nebo četaři, když viděli z dálky kobylu nadporučíka Lukáše, je nehnali kupředu.

Nadporučík Lukáš, projížděje kolem, vybízel je zcela vlídně, aby jen vstávali, že do Turovy-Wolsky jsou ještě tři kilometry, tam že bude odpočinek.

Mezitím se poručík Dub vzpamatoval neustálým třesením na sanitní dvojkolce. Nevzpamatoval se sice ještě úplně, ale mohl se již zvednout a vyhnouti se z dvojkolky a volat na štáb kompanie, který se volné pohyboval kolem, poněvadž si všichni, počínaje Balounem a konče Chodounským, dali svoje baťochy do dvojkolky. Jedině Švejk šel neohroženě kupředu i s baťochem, maje ručnici po dragounsku přes prsa na řemen, kouřil z dýmky a zpíval si do pochodu:

Když jsme táhli k Jaroměři,
ať si nám to, kdo chce, věří,
přišli jsme tam asi právě k večeři...

Více než pět set kroků před poručíkem Dubem zvedaly se po silnici kotouče prachu, z něhož vynořovaly se postavy vojáků; poručík Dub, kterému se opět vrátilo nadšení, naklonil hlavu z dvojkolky a počal řvát do silničního prachu: "Vojáci, váš vznešený úkol je těžký, nastávají vám obtížné pochody, nejrůznější nedostatky na všem a štrapáce všeho druhu. Ale s plnou důvěrou hledím vstříc vaší vytrvalosti a vaší síle vůle."

"Ty vole," zabásnil si Švejk.

Poručík Dub pokračoval: "Pro vás, vojáci, není žádná překážka tak mocnou, abyste ji nepřekonali! Ještě jednou, vojáci, opakuji vám, že vás nevedu k lehkému vítězství. Bude to tvrdý oříšek pro vás, ale vy to dokážete! Vás bude slavit historie věků."

"Strč si prst do krku," zabásnil znovu Švejk.

A jako by byl poručík Dub poslechl, počal vrhnout najednou, jak měl skloněnou hlavu, do prachu silnice, a když se vyblil, vykřikl ještě: "Vojáci, kupředu," svalil se poznovu na baťoch telegrafisty Chodounského a spal až do Turowy-Wolsky, kde ho konečně postavili na nohy a sundali z vozu na rozkaz nadporučíka Lukáše, který s ním měl velice dlouhou a velice obtížnou rozmluvu, nežli se poručík Dub ze všeho tak dalece vzpamatoval, že konečné mohl prohlásit: "Logicky soudě, provedl jsem hloupost, kterou vynahradím před tváří nepřítele."

Nebyl ovšem ještě úplně zcela při sobě, poněvadž řekl nadporučíkovi Lukášovi, když odcházel ke svému šiku: "Vy mě ještě neznáte, ale až mě poznáte!"

"Můžete se informovat o tom, co jste prováděl, u Švejka."

Poručík Dub šel tedy dříve než k svému šiku k Švejkovi, kterého našel ve společnosti Balouna a účetního šikovatele Vaňka.

Baloun vykládal právě o tom, že u nich ve mlýně měl vždy v studni láhev piva. Pivo že bylo tak studené, až zuby trnuly. Jinde ve mlýnech že večer se takovým pivem zapíjela rozhuda, ale on že ve své žravosti, za kterou ho teď pánbu potrestal, po rozhudě ještě vždycky spolkl pořádný kus masa. Ted že boží spravedlnost potrestala ho teplou smradlavou vodou ze studní v Turowé-Wolské, do které musí všichni sypat kvůli choleře kyselinu citrónovou, kterou právě před chvilkou rozdávali, když se po švarmech fasovala voda ze studní. Baloun projevil názor, že tahle kyselina citrónová je asi patrné kvůli vyhladovění lidí. Je sice pravda, že se v Sanoku trochu najedl, že dokonce obrlajtnant Lukáš mu opět přepustil půl celé porce telecího, které mu přinesl od brigády, ale že je to hrozné, že myslel přece jen, když přijdou sem a bude rast s noclehem, že se zas bude něco vařit. Už byl o tom také přesvědčen, když nabírali feldküchři vodu do kotlů. Šel se hned otázat ke kuchyním co a jak, a oni mu odpověděli, že je jenom rozkaz nabrat zatím vodu, a za chvíli že může přijít rozkaz opět tu vodu vylít.

Vtom právě přišel poručík Dub, a poněvadž byl sám velice nejistý vůči sobě, otázal se: "Bavíte se?"

"Bavíme se, pane lajtnant," odpověděl za všechny Švejk, "u nás je zábava v plným proudu. Vono je vůbec nejlepší se vždycky dobře bavit. Teď se právě bavíme o kyselině citrónový. Bez zábavy nemůže bejt žádnej voják, von aspoň lepší zapomíná na všechny štrapáce."

Poručík Dub mu řekl, aby šel kus s ním; že se chce na něco zeptat. Když byli tedy stranou, řekl k němu strašně nejistým hlasem; "Nebavili jste se o mně?"

"Nikoliv, nikdy ne, pane lajtnant, jenom vo tý kyselině citrónový a vo uzeným mase."

"Říkal mně obrlajtnant Lukáš, že prý jsem já jako něco prováděl a že vy o tom velice dobře víte, Švejku."

Švejk velice vážně a důrazně řekl: "Nic jste neprováděl, pane lajtnant, byl jste jenom na návštěvě v jednom vykřičeným domě. Ale to byl asi nějakej vomyl. Klempíře Pimpra z Kozího plácku taky vždycky hledali, když šel kupovat plech do města, a našli ho také vždycky v podobné místnosti, bud u Suhů, nebo u Dvořáků, jako já vás našel. Dole byla kavárna a nahoře v našem případě byly holky. Vy jste byl, pane lajtnant, asi na vomylu, kde se to vlastně nacházíte, poněvadž bylo horko, a když člověk není zvyklej pít, tak se v takovým teplu vopije i vobyčejným rumem, natož vy jeřabinkou, pane lajtnant. Tak jsem dostal rozkaz vám doručit pozvání k bešprechunku, než jsme vyrazili, a taky jsem vás tam našel u tý holky nahoře; z toho horka a jeřabinky jste mě ani nepoznal a ležel jste tam na kanapí vysvlečenej. Nijak jste tam neřádil, ani jste neříkal ,Vy mě ještě neznáte`, ale taková věc se může stát každýmu, když je horko. Někdo na to strašně trpí, jinej zas do toho přijde jako stepej k houslím. Kdybyste byl znal starýho Vejvodu, políra z Vršovic, ten vám si, pane lajtnant, umínil, že nebude pít žádný nápoje, po kterých by se vopil. Tak si dal ještě štamprle na cestu a vyšel z domova hledat ty nápoje bez alkaholu. Zastavil se tedy napřed v hospodě Na zastávce, dal si tam čtvrtičku vermutu a počal se nenápadně vyptávat hostinskýho, co vlastně pijou ti abstinenti. Von docela správně soudil, že čistá voda je i pro abstinenty přece jen krutej nápoj. Hostinskej mu tedy vysvětlil, že abstinenti pijou sodovky, limonády, mlíko a potom vína bez alkaholu, studenej oukrop a jiný lihuprostý nápoje. Z toho se starýmu Vejvodovi přece jen zamlouvala ta lihuprostá vína. Optal se ještě, jestli jsou také lihuprosté kořalky, vypil ještě jednu čtvrtičku, pohovořil si s hostinským vo tom, že je to vopravdu hřích se často vožírat, načež mu hostinskej řekl, že všechno na světě snese, jenom ne vožralýho člověka, kterej se jinde vožere a přijde k němu vystřízlivět flaškou sodovky a ještě udělá kravál. ,Vožer se u mne,` povídá hostínskej, ,pak jseš můj člověk, ale jinak tě neznám.` Starej Vejvoda tedy dopil a šel dál, až vám přišel, pane lajtnant, na Karlovo náměstí do obchodu s vínem, kam také někdy zacházel, a optal se tam, jestli nemají lihuprostá vina. ,Lihuprostá vína nemáme, pane Vejvodo,` řekli mu, ,ale vermut nebo šery.` Starýmu Vejvodoví bylo nějak hanba, tak tam vypil čtvrtku vermutu a čtvrtku šery, a jak tak sedí, seznámí se vám, pane lajtnant, s nějakým takyabstinentem. Slovo dalo slovo, pijou ještě po čtvrtce šery, a konečně se domluvili, že ten pán zná místo, kde se čepují lihuprostá vína. ,Je to v Bolzánově ulici, jde se tam po schodech dolů a mají tam gramofon.` Za tuhle dobrou zprávu dal starej Vejvoda celou láhev vermutu na stůl a potom se voba vypravili do Bolzánový ulice, co se tam jde dolů po schodech a co tam mají gramofon. A skutečně, tam se čepovala samá ovocná vína, nejen lihuprostá, ale dokonce i bez alkaholu. Napřed si každej dal půl litru angreštového vína, potom půllitr rybízového vína, a když vypili ještě půl litru angreštového lihuprostého vína, počaly je brnět nohy po všech těch vermutech a šery předtím, počali křičet, aby jim přinesli úřední potvrzení, že co tady pijou, je lihuprostý víno. Voní že jsou abstinenti, a jestli jim to hned nepřinesou, že to tady všechno rozsekají i s gramofonem. Potom je policajti museli oba tahat po těch schodech nahoru do Bolzánovy ulice, museli je dát do truhly a museli je hodit do separace voba dva museli bejt vodsouzený pro vožralství jako abstinenti."

"Proč mně to povídáte," vykřikl poručík Dub; který touto řečí úplně vystřízlivěl.

"Poslušně hlásím, pane lajtnant, že vono to vlastně k sobě nepatří, ale když už si tak povídáme..."

Poručíkovi Dubovi v tom okamžiku napadlo, že ho Švejk opět urazil, poněvadž již byl jaksi úplně při sobě, i křičel na něho: "Ty mě jednou poznáš! Jak to stojíš?"

"Poslušné hlásím, že stojím špatně, já jsem, poslušně hlásím, zapomněl srazit paty k sobě. Hned to udělám."

Švejk již opět stál v nejlepší frontě.

Poručík Dub přemýšlel, co má ještě říct, ale nakonec řekl jen: "Dej si na mne pozor, abych ti to nemusel říkat naposled," k čemuž jako dodatkem opravil své staré pořekadlo: "Ty mě ještě neznáš, ale já tě znám."

Když poručík Dub odcházel od Švejka, pomyslil si v své kocovině: "Může být, že by na něho lépe účinkovalo, kdybych mu byl řekl: Já té, chlape, už dávno znám z té špatné stránky."

Potom poručík Dub dal si zavolat sluhu Kunerta a poručil mu, aby sehnal džbán vody.

Ku cti Kunerta budiž řečeno, že sháněl dlouho po Turowě-Wolsce džbán i vodu.

Džbán se mu nakonec podařilo ukrást panu plebánovi a do džbánu načerpal z jedné studně, úplně pobité prkny, vodu. Za tím účelem musel ovšem vytrhnout několik prken, poněvadž ta studně byla tak opatřena, že v ní byla voda podezřelá jako tyfúzní.

Poručík Dub vypil však celý džbán vody beze všech dalších následků, čímž potvrdil přísloví "Dobré prase všechno snese".

***

Všichni se velice mýlili, když se domnívali, že v Turowé-Wolské budou snad nocovati. Nadporučík Lukáš zavolal telefonistu Chodounského, účetního šikovatele Vaňka a kurýra kumpanie Švejka a Balouna. Rozkazy byly jednoduché. Všichni nechají výzbroj u sanity, vyrazí ihned na Malý Polanec polní cestou a potom podél potoka dolů jihovýchodním směrem na Liskowiec.

Švejk, Vaněk a Chodounský jsou kvartýrmajstry. Všichni musí obstarat noclehy pro kumpanii, která přijde za nimi za hodinu, nanejvýš za půldruhé hodiny. Baloun musí mezitím na místě, kde bude noclehovat on, nadporučík Lukáš, dát upéct husu, a všichni tři musí dát pozor na Balouna, aby jí poloviČku nesežral. Kromě toho musí Vaněk se Švejkem koupit prase pro kumpanii, podle toho, kolik připadá masa na celou kumpanii. V noci bude se vařit guláš. Noclehy pro mužstvo musí být řádné; vyhýbat se zavšiveným chalupám, aby si mužstvo náležitě odpočinulo, poněvadž kumpanie vystupuje z Liskowiec již o půl sedmé hodině ranní přes Kroscienku na Starasol.

Batalión totiž už nebyl chudobný. Brigádní intendantstvo v Sanoku vyplatilo batalionu zálohy na budoucí jatka. V pokladně kumpanie bylo přes sto tisíc korun a účetní šikovatel Vaněk dostal již rozkaz, až budou někde na místě, což se rozumělo v zákopech, před smrti kumpanie, vyúčtovat a vyplácet za nedodaný komisárek a mináž mužstvu nesporné patřící obnosy.

Zatímco se všichni čtyři vypravili na cestu, objevil se u kumpanie pan místní plebán a rozdával vojákům dle jich národnosti lísteček s "Lurdskou písní" ve všech jazycích. Měl těch písní balík, který mu zde zanechal na rozdávání procházejícím vojenským oddílům nějaký vysoký vojenský církevní hodnostář, projíždějící se zpustošenou Haličí na automobilu s nějakými děvkami.

Kde v údolí ku řece hora má sklon,
všem poselství andělské zvěstuje zvon.
Ave, ave, ave, Maria! - Ave, ave, ave,
Maria! Aj, Bernardu, dívenku, nebeský duch
tam ku břehu provodí v zelený luh. - Ave!
I spatřila na skále hvězdovou zář,
v ní postavu velebnou, přesvatou tvář - Ave!
Ji rozmile zdobí šat liliový
a prostinký světlý pás oblakový. - Ave!
A na rukou sepjatých růženec má

ta Paní a Královna přemilostná. - Ave!
Aj Bernardě mění se nevinná tvář tvář
krášlí jí podivná nadzemská zář - Ave!
Již klečí a modlí se, Vládkyni zři,
řeč nebeskou Královna promlouvá s ní. - Ave!
"Věz dítě, já bez hříchu počala jsem,
já ochranou přemocnou chci býti všem! - Ave!
Sem v průvodech putuj můj nábožný lid!
Mně vzdávej jen poctu a hledej svůj klid - Ave!
Buď svědkem zde národům z mramoru chrám,
že na tomto místě já stánek svůj mám. - Ave!
Ten pramen však, který se rozproudil zde,
tenť lásky mé zárukou k sobě vás zve. - Ave!
Ó sláva ti, údolí přemilostné,
to obydlí Matičky přeradostné. - Ave!
Tam ve skále zázračná jeskyně Tvá,
ráj dalas nám, Královno dobrotivá. - Ave!
Co nastal ten přeslavný radostný den,
ctí Tebe tam průvody mužův i žen. - Ave!
Ty chtělas mít zástupy ctitelů svých,
viz také nás, prosících za časů zlých. - Ave!
Ó hvězdo Ty spasná, Ty před námi choď,
Ty ke trůnu božímu věrné nás voď! - Ave!
Ó přesvatá Panno, Ty v lásce nás měj
a mateřskou milost svou dítkám svým dej!

V Turowé-Wolské bylo mnoho latrín a všude po latrínách válely se papírky s Lurdskou písní.

Kaprál Nachtigal, někde od Kašperských Hor, sehnal láhev kořalky od ustrašeného žida, shromáždil několik kamarádů a nyní všichni jali se dle německého textu zpívat Lurdskou píseň bez refrénu Ave! na melodii písně Prince Eugena.

Byla to zatracené ošklivá cesta, když se setmělo a ti čtyři, kteří měli se postarat o nocleh pro 11. kumpanii, dostali se do lesíka nad potokem, který měl jít na Liskowiec.

Baloun, který se poprvé octl v situaci, že jde kamsi do neznáma, a kterému se všechno: tma, že jdou hledat napřed kvartýry, zdálo neobyčejně tajemným, pojal náhle strašlivé podezření, že to není jen tak. "Kamarádí," řekl tiše, klopýtaje na cestě nad potokem, "voní nás vobětovali."

"Jak to?" potichounku zařval na něho Švejk.

"Kamarádi, nehulákejme tolik," prosil potichu Baloun, "já už to cítím v kříži, voní nás uslyší a začnou hned po nás střílet. Já to vím. Voní nás poslali napřed, abychom vypátrali, jestli tam není nepřítel, a když uslyší střelbu, tak hned budou vědět, že se nesmí dál. My jsme, kamarádi, folpatrola, jak mé tomu učil kaprál Terna."

"Tak jdi tedy napřed," řekl Švejk. "My půjdeme pěkně za tebou, abys nás chránil svým tělem, když seš takovej obr. Až budeš střelenej, tak nám to voznam, abychom mohli včas udělat nýdr, Seš to ale voják, von se bojí, že budou do něho střílet. To právě má mít každej voják náramně rád, každej voják musí vědět, že čím víckrát po něm nepřítel vystřelí, tím se také nepříteli tenčeji zásoby munice. Každou ranou, kterou dá nepřátelskej voják proti tobě, se vochuzuje jeho bojeschopnost. Von je přitom rád, že může po tobě střílet, poněvadž nemusí se aspoň tahat s patronama a lehčeji se mu to běží."

Baloun těžce vzdychl: "Když já mám doma hospodářství."

"Vykašli se na hospodářství," radil mu Švejk, "raději padni za císaře pána. Copak tě to na vojně neučili?"

"Voní se vo tom jenom zmiňovali," řekl pitomý Baloun. "Voní mě jenom vodili na execírplac a potom už jsem nikdy vo nic podobným neslyšel, poněvadž jsem se stal buršem... Kdyby nás aspoň císař pán lepší krmil..."

"Ty jsi ale zatracená nenasytná svině. Vojáka před gefechtem vůbec nemají krmit, to už nám před lety vykládal ve škole hejtman Untergriez. Ten nám vždycky říkával: ,Kluci zatracený, kdyby došlo někdy k válce, přišlo se do gefechtu, né abyste se před bojem přežrali. Kdo bude přežranej a dostane ránu do břicha, tak bude hotovej, poněvadž všechna supa a komisárek po takovej ráně vylezou ze střeva, a takovej voják je hned hotovej na zápal. Když ale nemá v žaloudku nic, tak taková rána do břicha je pro něho jako nic, jako když štípne vosa, jedna radost."

"Já rychle trávím," řekl Baloun, "u mé toho v žaloudku nikdy mnoho nezůstane. Já ti třeba, kamaráde, sežeru celou mísu knedlíků s vepřovou a se zelím, a za půl hodiny víc ti ze všeho toho nevyseru jak tak na tři políčkový lžíce, vostatní se ti ve mně ztratí. Někdo kupříkladu říká, že když sní lišky, že z něho vyjdou tak, jak byly, jen je vyprat a dělat je zas znova nakyselo, a u mě navopak. Nažeru se ti lišek, že by jinej prasknut, a když potom jdu na záchod, tak ti vyprdnu jen trochu žlutý kaše, jako vod dítěte, vostatní se taky ve mně ztratí. - Ve mně se ti, kamaráde," důvěrně sděloval Baloun Švejkovi, "rozpouštějí kosti vod ryb a pecky ze švestek. Jednou jsem to schválně počítal. Sněd jsem sedumdesát švestkovejch knedlíků s peckama, a když přišla moje chvíle, šel jsem za humna, štoural jsem se v tom dřevíčkem, dával pecky stranou a počítal. Ze sedumdesáti pecek rozpustilo se ve mně přes polovičku."

Z Balounových úst vydral se tichý táhlý povzdech: "Moje panímáma dělala švestkové knedlíky z bramborového těsta, do kterýho přidávala trochu tvarohu, aby byly vydatnější. Měla vždycky raději sypaný mákem než se syrečkem a já zas navopak, takže kvůli tomu jsem ji jednou zfackoval ... Já jsem si nedoved vážit svýho rodinnýho štěstí."

Baloun se zastavil, zamlask, přejel jazykem po patře a řekl smutně a měkce: "Víš, kamaráde, že teď, když to nemám, tak mně připadá, že měla žena přece jen pravdu, že jsou s tím jejím mákem lepší. Tenkrát se mně pořád zdálo, že mně ten mák leze do zubů, a teď si myslím, jen kdyby lez... Zkusila moje žena se mnou častý a velký protivenství. Kolikrát vona se naplakala, když jsem chtěl, aby dávala víc marjánky do jitrnic, a přitom jsem jí vždycky nějakou vrazil. Jednou jsem ji chudáka ztřískal tak, že ležela dva dni, poněvadž mně nechtěla k večeři zaříznout krocana, že prej mně stačí kohoutek. - Ba, kamaráde," rozplakal se Baloun, "kdyby teď byla jitrnice bez marjánky a kohouti... Rád jíš koprovou vomáčku? Vidíš, kvůli tej bejval kravál, a dnes bych ji pil jako kafe."

Baloun pomalu zapomínal na představu domnělého nebezpečí a v tichu noci, ještě když sestupovali dolů na Liskowiec, dál neustále vykládal s pohnutím Švejkovi, čeho si dřív nevážil a co by teď jed, až by oči plakaly.

Za nimi šel telefonista Chodounský s účetním šikovatelem Vaňkem.

Chodounský vykládal Vaňkovi, že dle jeho názoru je světová válka blbost. Nejhorší při ní je, že když se někde přetrhne telefonní vedení, tak že musíš to jít v noci spravovat, a ještě horší při tom je to, že dřív, když byla nějaká vojna, neznali reflektory. Ale teď, právě když spravuješ ty zatracené dráty, nepřítel najde tě hned reflektorem a pustí do tebe celou artilérii.

Dole ve vsi, kde měli vyhledat nocleh pro kumpanii, byla tma a rozštěkali se všichni psi, což přinutilo výpravu zastaviti se a uvažovati o tom, jak čeliti těmto potvorám.

"Což abychom se vrátili," zašeptal Baloun.

"Baloune, Baloune, kdybychom to udali, tak bys byl vodstřelenej za zbabělost," řekl na to Švejk.

Psi štěkali čím dál tím více, a dokonce i na jihu za řekou Ropou, rozštěkali se i v Kroscience a v několika jiných vesnicích, neboť Švejk řval do nočního ticha: "Lehneš - lehneš - lehneš," jako kdysi řvával na své psy, když ještě s nimi obchodoval.

Psi se rozštěkali ještě víc, takže účetní šikovatel Vaněk řekl Švejkovi:

"Neřvete na ně, Švejku, nebo nám rozštěkáte celou Halič."

"Něco podobného," odpověděl Švejk, "se nám stalo na manévrech v táborském kraji. Přitáhli jsme tam v noci do jedný vesnice a psi začali dělat ohromnej rámus. Všude je vokolí pěkně zalidněný, takže ten psí štěkot šel od vesnice k vesnici, pořád dál a dál, a ti psi v naší vesnici, kde jsme lágrovali, když už umlkli, zas uslyšeli z dálky štěkot, třebas odněkud až od Pelhřimova, tak se dali zas do štěkotu, a za chvíli vám štěkalo Táborsko, Pelhřimovsko, Budějovicko, Humpolecko, Třeboňsko a Jihlavsko. Náš hejtman, to byl takovej nervózní dědek, ten nemoh vystát psí štěkot, nespal celou noc, neustále chodil sem tam, ptal se patroly: ,Kdo štěká, co štěká?` Vojáci poslušně hlásíli, že psi štěkají, a vono ho to tak dopálilo, že za to ti, co byli tenkrát na patrole, dostali kasárníka, když jsme se vrátili z manévrů. Potom vždycky vybral ,psí komandu` a poslal ji napřed. Ta měla za účel oznámit obyvatelstvu ve vesnici, kde jsme měli noclehovat, že žádnej pes nesmí v noci štěknout, nebo že bude utracen. Já jsem byl taky v takový komandě, a když jsme přišli do jedný vesnice na Milevsku, tak jsem si to splet a voznámil jsem starostovi obce, že každej majitel psa, kterej v noci zaštěká, bude utracen ze strategických důvodů. Starosta se polekal, hned zapřáh a jel na hlavní štáb prosit za celou vesnici o milost. Tam ho vůbec nepustili, posti by ho byli málem zastřelili, tak se vrátil domů, a než jsme přitáhli do vesnice, vovázali všichni na jeho radu psům kolem držky hadry, až se tři z nich vztekli."

Sestupovali do vsi, když bylo přijato všeobecné ponaučení Švejka, že se psi bojí v noci vohýnku ze zapálené cigarety. Naneštěstí cigarety z nich nikdo nekouřil, takže tato rada Švejkova neměla pozitivních výsledků. Ukázalo se však, že psi štěkají z radosti, poněvadž si vzpomínali s láskou na procházející vojska, která jim vždy zanechala něco k snědku.

Cítili již zdaleka, že se blíží ti tvorové, kteří po sobě zanechávají kosti a zdechliny koní. Kde se vzali tu se vzali kolem Švejka čtyři hafani, kteří jali se na něho přátelsky dorážet s ohony vyzdviženými nahoru.

Švejk je hladil, poplácával a mluvil s nimi ve tmě jako s dětmi:

"Tak už jsme tady, přišli jsme se k vám vyhajínkovat, napaputínkat, dáme vám kostičky, kůrčičky a ráno potom zas půjdeme dál na nepřítele."

Ve vsi po chalupách počali rozžíhat světla, a když u první chalupy počali bušit do dveří, aby se dověděli, kde bydlí starosta, ozval se zevnitř vřískavý a ječivý hlas ženský, který ne polsky, a také ne ukrajinsky oznamoval, že ona má muže na vojně, že má děti nemocné na neštovice a že Moskali všechno zabrali a že muž, než šel na vojnu, jí nakazoval, aby v noci nikomu neotvírala. Teprve když zdůraznili útok na dveře s ujišťováním, že jsou kvartýrmachři, otevřely se dveře nějakou neznámou rukou, a když vešli dovnitř, objevilo se, že zde vlastně bydli starosta, který marné snažil se Švejkovi vymluvit, že on nenapodoboval ten vřískavý ženský hlas. Omlouval se, že spal na seně a že jeho žena, když ji někdo náhle probudí ze spaní, že neví, co mluví. Pokud se týká noclehu pro celou kumpanií, že je vesnice tak malinká, že se do ní ani jeden voják nevejde. Není vůbec kde spát. Ke koupi zde také není ničeho, Moskali vše zabrali.

Kdyby pánové dobrodzejové tím nepohrdli, odvedl by je do Kroscienky, tam jsou veliké statky, je to jen tři čtvrté hodiny odtud, místa je tam dost, každý voják bude se moc přikrýt ovčím kožichem, mají tam tolik krav, že každý voják dostane esšálek mléka, je tam dobrá voda, páni důstojníci mohou tam spát v zámečku, ale tady v Liskowci? Bída, svrab a vši. On sám měl kdysi pět krav, ale Moskali mu všechny zabrali, takže on sám, když chce mléko pro své nemocné děti, musí chodit až do Kroscienky.

Jako na důkaz toho zabučely vedle u něho v chlévě krávy a bylo slyšet ječivý ženský hlas, který okřikoval nešťastné krávy a přál jim, aby je cholera zkroutila. Starostu však to nezmátlo a pokračoval obouvaje si vysoké boty:

"Jedinou krávu tady má soused Vojciek, kterou jste ráčili slyšet, moji páni dobrodinci, teď zabučet. Je to kráva nemocná, tesklivá. Moskali od ní telátko odebrali. Od té doby mléko nedává, ale hospodáři je ji líto zařezat, myslí si, že Matka boží Čenstochovská opět vše přivede k lepšímu."

Za této své řeči navlékl na sebe kantuš:

"Půjdeme, páni dobrodinci, do Kroscienky, ani tři čtvrtě hodiny nebude, co já hříšný povídám, půl hodiny nebude. Znám cestu přes potok, potom přes březový háječek kolem dubu... Ves je to veliká, i bardzo dužo mocna vodka v propinacyach. Půjdeme, pánové dobrodinci! Nač otálet? Pánům vojákům od vašeho slavného regimentu je třeba, aby se uložili v pořádku, v pohodlí. Pán císařský a královský voják, který se bije s Moskaly, potřebuje rozhodně čistý nocleh, pohodlný nocleh... A u nás? - Vši, svrab, neštovice-a cholera. Včera u nás, v proklaté naší vsi, tři chlopi od cholery zčernali... Nejmilosrdnější bůh proklel Liskowiec..."

Vtom Švejk majestátně pokynul rukou.

"Pánové dobrodinci," řekl, napodobuje starostův hlas. "Čet jsem jednou v jedný knížce, že za švédských válek, když byl rozkaz nakvartýrovat se v takovej a v takovej vesnici a starosta se nějak vymlouval a nechtěl jim být na ruku, že ho pověsili na nejbližším stromě. Potom mně dneska vypravoval v Sanoku jeden polskej kaprál, že když přijdou kvartýrmajstři, musí starosta svolat všechny radní, a ted se chodí s nimi po chalupách a řekne se prostě: Sem se vejdou tři, sem čtyři, na faře budou páni oficíři a musí to být za půl hodiny všechno připravený. - Pane dobrodinče," obrátil se Švejk vážně na starostu, "kde máš tady nejbližší strom?"

Starosta nerozuměl, co to znamená strom, a proto mu Švejk vysvětlil, že to je bříza, dub, hruška, jabloň, zkrátka všechno, co má silné větve. Starosta opět tomu nerozuměl, a když slyšel jmenovat některé ovocné stromy, lekl se, poněvadž třešně již zrály, a řekl, že o ničem takovém neví, jenom že má dub před stavením.

"Dobrá," řekl Švejk, dělaje rukou mezinárodní znak věšení, "my tě tady pověsíme před tvou chalupou, poněvadž ty musíš bejt si toho vědomej, že je vojna a že my máme rozkazy spát tady, a ne v ňákej Kroscience. Ty nám, chlape, nebudeš měnit naše strategický plány, nebo se budeš houpat, jako je to v tý knížce ve švédskejch vojnách... To vám byl, pánové, takovej případ jednou na manévrech u Velkýho Meziříčí..."

Vtom přerušil Švejka účetní šikovatel Vaněk:

"To nám povíte až potom, Švejku," a obraceje se na starostu, řekl: "Tak teď alarm a kvartýry!"

Starosta se počal třást, koktal cosi o tom, že to s pány dobrodinci myslel nejlepší, ale když to jinak nejde, že se ve vesnici přece snad něco najde, aby byli všichni páni spokojeni, že hned přinese lucernu.

Když odešel ze světnice, kterou velice spoře osvětlovala malá petrolejová lampička pod obrazem nějakého svatého, který se na obraze kroutil jako největší mrzáček, zvolal najednou Chodounský: "Kampak nám zmizel Baloun?"

Ještě však nežli se mohli dobře rozhlédnout, otevřely se tiše dvířka za pecí, vedoucí kamsi ven, a jimi protáhl se Baloun, rozhlédl se kolem sebe, jestli tam není starosta, a řekl huhňavě, jako by měl největší rýmu:

"Jhá jshem bhyl vhe sphyhýrně, hhráb jshem dho nečehho, nhabral jshem si thoho dho hhuby, a theď she mhi tho vhecko lhepí nha phatro. Nhení to slhaný ani shladký, jhe tho těsto nha chlebha."

Účetní šikovatel Vaněk posvítil si na něho elektrickou svítilnou a všichni zjistili, že v životě ještě neviděli tak zamazaného rakouského vojáka. Potom se lekli, neboť viděli, že se blůza Balounovi tak nadula, jako by byl v největším stupni těhotenství.

"Co se ti to stalo, Baloune," otázal se soustrastně Švejk štouchaje ho do nadmutého břicha.

"To jsou vokurky," chrčet Baloun, duse se těstem, které nešlo ani nahoru, ani dolů, "vopatrně, to jsou slaný vokurky. Sněd jsem v kalupu tři a vostatní jsem vám přines."

Baloun počal vytahovat ze záňadří okurku za okurkou a podával je kolem.

Na prahu stál již starosta se světlem, který vida tu scénu, pokřižoval se a zakvílel:

"Moskali zabrali, i naši zabirajom."

Všichni vyšli do vsi, provázeni tlupou psů, kteří se nejhouževnatěji drželi kolem Balouna a nyní mu doráželi na kapsu u kalhot, kde měl Baloun kus špeku, taktéž získaný ve spižírně, ale z chamtivosti zrádně zapřený kamarádům.

"Co tak za tebou psi lezou," otázal se Švejk Balouna. Baloun odpověděl po delším rozmyšlení:

"Voní ve mně cejtějí dobrýho člověka."

Přitom ale neřekl, že má ruku v kapse na špeku a že jeden pes mu pořád chňapá zubama po ruce...

Na obchůzce za ubytováním bylo zjištěno, že Liskowiec je veliká osada, která však skutečně byla hodně již vyždímaná válečnou vřavou. Neutrpěla sice požáry, obě válčící strany jako zázrakem nevzaly ji do sféry válečných operací, zato však bylo zde usídleno obyvatelstvo nedalekých zničených vesnic z Chyrówa, z Grabówa a z Holubly. V některé chatě žilo i osm rodin v největší bídě, po všech těch ztrátách, které utrpěly loupežnickou válkou, jejíž jedna epocha přeletěla přes né jako dravé proudy povodně.

Bylo nutno umístit kumpanii v malém zpustošeném Lihovaru na druhém konci vesnice, kam se do kvasírny vešlo půl roty. Ostatní po deseti mužích byli umístěni v několika statcích, kde zámožní šlachtici nepřipustili k sobě chudou holotu ožebračených bezzemků.

Štáb kumpanie se všemi důstojníky, účetním šikovatelem Vaňkem, s vojenskými sluhy, telefonistou, sanitou, kuchaři a se Švejkem usadil se u pana plebána na faře, který taktéž nepřijal k sobě ani jednu zničenou rodinu z okolí, takže měl tam hodně místa.

Byl to vysoký, hubený starý 'pán ve vybledlé a zamaštěné klerice, který ze samé lakoty takřka nejedl. Byl odchován svým otcem ve velké nenávisti proti Rusům, kterouž nenávist však najednou ztratil, když Rusové ustoupili a přišla rakouská vojska, kteráž mu sežrala všechny husy a slepice, které mu Rusové nechali na pokoji, a bydlelo u něho několik ježatých zabajkalských kozáků.

Potom zanevřel na rakouská vojska ještě více, když přišli do vesnice Maďaři a vybrali mu všechen med z úlů. Díval se nyní s velikou nenávistí na své nenadálé noční hosty a dělalo mu to velice dobře, když mohl chodit kolem nich, krčit rameny a opakovat: "Nic nemám. Jsem úplný žebrák, nenajdete u mne, pánové, ani krajíček chleba."

Nejsmutněji přitom ovšem se tvářil Baloun, který se div nerozplakal nad takovou bídou. V hlavě měl neustále takovou nejasnou představu o nějakém podsvinčeti, jehož kůžička jako měď chrupe a voní. Baloun přitom klímal v kuchyni pana faráře, kam občas nahlédl vytáhlý výrostek, který dělal panu faráři čeledína i kuchařku zároveň a měl přísné nařízeno dávat všude pozor, aby se nekradlo. Baloun také v kuchyni ničeho nenašel než v papírku na slánce trochu kmínu, který si nacpal do huby, jehož aróma vzbudilo u něho chuťové halucinace o podsvinčeti.

Na nádvoří malého lihovaru za farou planuly ohně pod kotli polní kuchyně a vařila se již voda, a v té vodě se nevařilo nic.

Účetní šikovatel s kuchaři běhali po celé vesnici, sháněli prase, ale nadarmo. Všude dostávali tutéž odpověď, že Moskali všechno snědli a zabrali.

Probudili také žida v krčmě, který si počal rváti pejzy a projevovat lítost nad tím, že nemůže pánům vojákům posloužit, a nakonec je nutil, aby koupili od něho jednu starou, stoletou krávu, hubeného chcípáka, která nebyla nic jiného nežli kost a kůže. Chtěl za ni horentní sumu, trhal si vousy a přísahal, že takovou krávu nenajdou v celé Haliči, v celém Rakousku a Německu, v celé Evropě a na celém světě, přitom vyl, plakal a dušoval se, že je to nejtlustší kráva, která kdy z poručení Jehovy přišla na svět. Zaklínal se všemi praotci, že na tu krávu se jezdí dívat až od Woloezysky, že se o té krávě mluví v celém kraji jako o pohádce, že to ani kráva není, že to je nejšťavnatější buvol. Nakonec klekl před nimi, a objímaje kolena jednoho po druhém, volal přitom:

"Zabte raději starého ubohého žida, ale bez krávy neodcházejte!"

Pomátl všechny tak svým jekem, že konečně tu mrchu, které by se každý ras štítil, odtáhli k polní kuchyni. Pak ještě dlouho, když již měl peníze v kapse, před nimi plakal a naříkal, že ho úplné zahubili, zničili, že sám se ožebračil, když takovou nádhernou krávu jim prodal tak lacino. Prosil je, aby ho pověsili za to, že na stará kolena udělal takovou hloupost, pro kterou se jeho otcové musí v hrobech obrátit.

Když se ještě před nimi vyválel v prachu, setřásl ze sebe najednou všechnu lítost, odešel domů, kde řekl v komůrce své ženě:

"Elsalébn, vojáci hloupí a tvůj Náthan moc chytrý."

S krávou bylo mnoho práce. Chvílemi se zdálo, že se kráva nedá vůbec stáhnout. Při stahování přetrhli několikrát kůži, pod kterou se objevilo svalstvo zkroucené jako vyschlé lodní lano.

Zatím odněkud přitáhli pytel brambor a počali beznadějně vařit ty šlachy a kosti, zatímco vedle u menší kuchyně kuchař kuchtil v plném zoufalství z kusu té kostry důstojnickou mináž.

Tato nešťastná kráva, možno-li vůbec nazvati onen přírodní zjev krávou, utkvěla všem účastníkům v živé paměti, a je téměř jisto, že kdyby později před bitvou u Sokalu byli velitelé připomněli mužstvu krávu z Liskowiec, že by se byla jedenáctá kumpanie za hrozného řevu vzteku vrhla s bajonetem na nepřítele.

Kráva byla taková nestyda, že nešlo z ní vůbec udělat hovězí polévku. Čím déle se maso vařilo, tím více zůstalo sedět na kostích, tvoříc s nimi jeden celek, zkostnatělo jako byrokrat, který se půl věku pase v úředních šimlech a žere jen akta.

Švejk, který jako kurýr udržoval stálé spojení mezi štábem a kuchyní, aby zjišťoval, kdy už to bude uvařeno, hlásil nakonec nadporučíkovi Lukášovi:

"Pane obrlajtnant, už je z toho porculán. Ta kráva má tak tvrdý maso, že se s ním může řezat sklo. Kuchař Pavlíček, když okoušel maso s Balounem, vylomil si přední zub a Baloun zadní stoličku."

Baloun vážně přistoupil před nadporučíka Lukáše a podal mu, zajíkaje se, v Lurdské písni zabalený svůj vylomený zub:

"Poslušně hlásím, pane obrlajtnant, že jsem dělal, co jsem mohl. Von je ten zub vylomenej u oficírsmináže, když jsme zkoušeli, jestli by se z toho masa přeci dal udělat biftek."

U okna zvedla se po těchto slovech z lenošky nějaká smutná postava. Byl to poručík Dub, kterého přivezli sanitní dvojkolkou jako úplné zničeného člověka:

"Prosím o ticho," řekl zoufalým hlasem, "mně je špatně!"

Sedl si opět do starého křesla, kde v každé štěrbině bylo tisíce vajíček štěnic.

"Jsem unaven," řekl tragickým hlasem, "jsem churav a nemocen, prosím, aby se přede mnou nemluvilo o vylomených zubech. Moje adresa je: Smíchov, Královská 18. Nedočkám-li se jitra, prosím, aby má rodina byla o všem šetrně zpravena a aby nebylo opomenuto poznamenati na mém hrobě, že jsem byl též před válkou c. k. gymnasiálním profesorem."

Dal se do jemného chrápání a neslyšel již, jak Švejk prohodil verš z písně za zemřelé:

Marii jsi hřích sňal mile,

lotru dal jsi dojít cíle,

i mne spasit Tvá bud' píle. *Nato bylo zjištěno účetním šikovatelem Vaňkem, že znamenitá kráva se musí vařit ještě dvě hodiny v důstojnické kuchyni, že není ani řeči o nějakém bifteku a že místo bifteku se bude dělat guláš.*

Bylo usneseno, že než se zatroubí k mináži, mužstvo si schrupne, poněvadž stejně bude večeře hotova až k ránu.

Účetní šikovatel Vaněk přitáhl odněkud otýpku sena, položil si ji pod sebe ve farské jídelně, kroutil si nervózně knír a řekl tiše k nadporučíkovi Lukášovi, který odpočíval nad ním na staré pohovce: "Věřte mně, pane obrlajtnant, že takové krávy jsem ještě za celé války nežral..."

V kuchyni seděl před rozsvíceným oharkem kostelní svíce telefonista Chodounský a psal domů psaní do zásoby, aby se tím nemusel namáhat, až konečně budou mít určené číslo polní pošty. Psal: *Milá a drahá ženo, nejdražší Boženko! Je noc a já neustále vzpomínám na Tebe, moje zlato, a vidím Tě, jak ty taky na mě vzpomínáš, když pohlédneš na prázdnou postel vedle sebe. Musíš mně odpustit, že mně přitom leccos přijde na mysl. Víš dobře, že už jsem od samýho začátku války v poli a že už jsem Leccos slyšel od svých kamarádů, kteří byli raněni, dostali dovolenou, a když přišli domů, tak by byli raději viděli se pod zemí, než aby byli svědky toho, že jim nějaký rošťák chodí za ženou. Je to pro mě bolestný když Ti drahá Boženko, musím tohle psát. Já bych Ti to ani nepsal, ale Ty víš sama dobře, že jsi se mně svěřila, že já nejsem první, který s Tebou měl vážnou známost, a že Tě přede mnou měl už pan Kraus z Mikulášské třídy. Teď když si na to vzpomenu v téhle noci že ten mrzák by si mohl dělat ještě na Tebe za mé nepřítomnosti nějaké nároky, tu si myslím, že bych ho, drahá Boženko, uškrtil na místě. Dlouho jsem to držel v sobě, ale když si pomyslím, že by zas mohl lézt za Tebou, tak se mně srdce svírá, a upozorňuji Tě jenom na jedno, že nestrpím vedle sebe nějakou svini, která by se kurvila s každým a dělala ostudu mému jménu. Odpust mně, drahá Boženko, moje příkrá slova, ale dej si pozor, abych se o Tobě nic špatného nedozvěděl. Jinak byl bych nucen Vás oba vykuchat, poněvadž jsem již na všechno odhodlaný i kdyby mě to mělo stát život. Tisíckrát Tě Líbá pozdravuje tatínka i maminku*

Tvůj Tonouš. N. B. Nezapomeň, že jsem Ti dal svoje jméno! Pokračoval ve psaní dopisů do zásoby: *Má nejmilejší Boženko! Až tyto řádky dostaneš, věd že máme po velké, bitvě, ve které se štěstí válečné obrátilo na naši stranu. Mezi jiným sestřelili jsme asi deset nepřátelských aeroplánů a jednoho generála s velkou bradavicí na nose. V největším boji, kdy nad námi vybuchovaly šrapnely myslel jsem na Tebe, drahá Koženko, co asi děláš, jak se máš a co je doma nového? Vždycky si přitom vzpomínám, jak jsme byli spolu u Tomáše v pivovaře a jak jsi mě vedla domů a jak Tě druhý den ruka bolela od té námahy. Nyní jdeme opět kupředu, takže nezbývá mně již více času pokračovati ve psaní. Doufám, že jsi mně zůstala věrnou, poněvadž víš dobře, že v tomto ohledu jsem neřád. Leč již jest čas k pochodu! Líbám Tě tisíckrát, drahá Koženko, a doufej, že to všechno dobře dopadne.*

Tvůj upřímný Tonouš

Telefonista Chodounský počal klímat a usnul nad stolem. Farář, který nespal a chodil neustále po faře, otevřel dveře do kuchyně a ze šetrnosti sfoukl dohořívající oharek kostelní svíce vedle Chodounského.

V jídelně kromě poručíka Duba nikdo nespal. Účetní šikovatel Vaněk, který dostal v Sanoku v brigádní kanceláři nový rozpočet týkající se zásobování vojska produkty, studoval ho pečlivě a shledával, že vlastně, čím více se vojsko blíží k frontě, se mu snižují dávky. Dokonce musel se usmáti nad jedním paragrafem rozkazu, ve kterém se zakazuje používati při úpravě polévky pro mužstvo šafránu a zázvoru: Byla tu též v rozkaze poznámka, že při polních kuchyních mají se sbírat kostí a posílat do týlu, do skladišť divizí. Bylo to trochu nejasné, poněvadž se nevědělo, o jaké kosti jde, zdali o lidské nebo z jiného jatečného dobytka.

"Poslouchejte, Švejku," řekl nadporučík Lukáš, zívaje nudou, "nežli dostaneme něco jíst, mohl byste mně vyprávět nějakou událost."

"Ó jé," odpověděl, "nežli dostaneme jíst, to bych vám, pane obrlajtnant, musel vypravovat celý dějiny národa českýho. Já znám zatím jenom moc krátkou historii vo jedný paní poštmistrový ze Sedlčanska, která po smrti svýho muže dostala tu poštu. Mně to vo ní napadlo hned, jak jsem slyšel mluvit vo polních poštách, ačkoliv to nemá docela nic společnýho s feldpostama."

"Švejku," ozval se z pohovky nadporučík Lukáš, "vy zas začínáte strašně blbnout."

"Zajisté, poslušné hlásím, pane obrlajtnant, vono je to skutečně strašné blbá historie. Já sám nevím, jak mně mohlo tak něco blbýho napadnout, vo něčem takovým mluvit. Buď je to vrozená blbost, anebo jsou to vzpomínky z mládí. Voni jsou, pane obrlajtnant, na naší zeměkouli různý povahy, a von měl přece jen pravdu ten kuchař Jurajda, jak byl tenkrát v Brucku vožralej, když upad do rigolu a nemoh odtamtud se vyškrábat, že křičel vodtamtuď: ,Člověk je určenej a povolanej k tomu, aby poznal pravdu, aby von vládl svým duchem v nějakej harmonii věčnýho všehomíra, aby se stále vyvinoval a zdělával, postupné vcházel do vyšších sfér, inteligentnějších a láskyplnějších světů.` Když jsme ho chtěli odtamtud vytáhnout, tak škrábal a kousal. Myslel, že je doma, a teprve když jsme ho tam znova shodili, tak teprve začal škemrat, abychom ho vodtamtuď vytáhli."

"Co je ale s tou poštmistrovou?" zvolal zoufale nadporučík Lukáš.

"To byla moc hodná ženská, ale když byla přece jenom prevít, pane obrlajtnant, vona zastávala všechny svý povinnosti na poště, ale měla jen jednu chybu, že myslela, že ji všichni pronásledujou, že mají na ni spadýno, a proto po denní práci podávala na ně oznámení k ouřadům podle toho, jak se všechny ty okolnosti sešly. Jednou šla do lesa ráno sbírat houby a velice dobře si všimla, že když šla kolem školy, že byl pan učitel již vzhůru a že ji pozdravil a ptal se jí, kam jde tak časně zrána. Když mu řekla, že jde na houby, povídal jí, že přijde za ní. Z toho usoudila, že měl s ní, se starou bábou, nějaký nekalý záměry, a potom, když ho viděla, že opravdu vystupuje z houští, lekla se, utekla a napsala hned oznámení k místní školní radě, že ji chtěl znásilnit. Učitele dali do disciplinárního vyšetřování, a aby snad z toho nebyla ňáká veřejná ostuda, přijel sám školní inspektor to vyšetřovat, kterej vobrátil se na četnickýho strážmistra, aby ten dal úsudek o tom, jestli snad ten učitel je schopnej takovýho činu. Četnickej strážmistr podíval se do aktů a řek, že to není možný, poněvadž už jednou ten učitel byl farářem obviněnej, že mu chodil za jeho neteří, s kterou ten farář spával, ale že ten učitel vzal si od okresního lékaře vysvědčení, že je impotentní od šesti let, když spadl obkročmo z půdy na voj žebřiňáku. Tak vona ta potvora udělala voznámení na četnickýho strážmistra, na okresního doktora i na školního inspektora, že jsou všichni podplacený vod toho učitele. Voni ji všichni žalovali a byla vodsouzená, a vona se vodvolala, že je nepříčetná. Byla taky prohlédnutá soudními lékaři, a ti jí dali dobrozdání, že je sice blbá, ale že může zastávat jakoukoliv státní službu."

Nadporučík Lukáš vykřikl: "Ježíšmarjá," k čemuž ještě dodal: "Já bych vám něco řek, Švejku, ale nechci si kazit večeři," načež Švejk pronesl:

"Já vám říkal, pane obrlajtnant, že co vám budu vypravovat, je něco strašně blbýho."

Nadporučík Lukáš máchl jen rukou a řekl: "Od vás jsem se už těch chytrostí dověděl."

"Každej nemůže bejt chytrej, pane obrlajtnant," řekl přesvědčivě Švejk, "ti hloupí musejí dělat výjimku, poněvadž kdyby byl každej chytrej, tak by bylo na světě tolik rozumu, že by z toho byl každej druhej člověk úplně blbej. Kdyby například, poslušně hlásím, pane obrlajtnant, znal každej zákony přírodní a doved by si vypočítat vzdálenosti nebeský, tak by jenom vobtěžoval svoje okolí, jako ňákej pan upek, kterej chodil ke Kalichu do hospody a v noci vždycky vyšel z výčepu na ulici, rozhlížel se po hvězdnatej vobloze, a když se vrátil, chodil vod jednoho k druhýmu a říkal: ‚Dneska krásně svítí Jupiter, ty nevíš, pacholku, ani, co máš nad hlavou. To jsou vzdálenosti, kdyby tě, lumpe, vystřelili z děla, tak bys tam rychlostí dělový kule letěl milióny a milióny let.' Bejval přitom tak sprostej, že potom vobyčejně vyletěl z hospody sám, vobyčejnou rychlostí elektrický tramvaje, asi tak, pane obrlajtnant, deset kilometrů za hodinu. - Nebo máme například, pane obrlajtnant, brabence..."

Nadporučík Lukáš se vztýčil na pohovce a sepjal ruce:

"Musím se divit sám sobě, že se s vámi vždycky, Švejku, bavím, znám vás přece, Švejku, takovou dobu - -"

Švejk kýval přitom souhlasně hlavou:

"To je na zvyku, pane obrlajtnant, to leží právě v tom, že už se spolu dávno známe a že jsme spolu už něco toho prodělali. My už jsme toho spolu vytrpěli, a vždycky jsme přišli do toho jako slepej k houslím. Poslušně hlásím, pane obrlajtnant, že je to vosud. Co císař pán řídí, dobře řídí, von nás dal dohromady, a já si taky nic, jinýho nepřeji, než abych vám moh bejt někdy hodně moc užitečným. - Nemáte hlad, pane obrlajtnant?"

Nadporučík Lukáš, který se zatím opět natáhl na starou pohovku, řekl, že poslední otázka Švejkova je nejlepším rozuzlením trapné zábavy, aby se jen šel optat, co je s mináží. Bude rozhodně lepší, když se Švejk podívá trochu ven a opustí ho, poněvadž ty blbiny, které od něho slyší, unavují ho víc než celý pochod od Sanoku. Rád by na chvíli usnul, ale nemůže.

"To dělají štěnice, pane obrlajtnant. To už je stará pověra, že faráři rodějí štěnice. Nikde nenajdete tolik štěnic jako na farách. Na faře v Horních Stodůlkách farář Zamastil napsal dokonce vo štěnicích celou knížku, voni po něm lezly i při kázání."

"Tak co jsem řek, Švejku, půjdete ke kuchyni, nebo ne?"

Švejk odcházel a za ním z rohu jako stín po špičkách vyšel Baloun...

***

Když vyrazili ráno z Liskowiec na Starasol, Sambor, vezli s sebou v polní kuchyní nešťastnou krávu, která se ještě neuvařila. Bylo usneseno, že ji budou vařit po cestě a sní se, až bude odpočinek na půl cestě z Liskowiec na Starasol.

Na cestu se mužstvu uvařila černá káva. Poručíka Duba táhli opět na sanitní dvojkolce, poněvadž mu po včerejšku bylo ještě hůř. Nejvíce s ním zkusil jeho sluha, který musel neustále běžet vedle dvojkolky, přičemž na něho poručík Dub stále křičel, že se o něho včera vůbec nic nestaral, a až přijdou na místo, že si to s ním spraví. Každou chvíli žádal, aby mu byla podána voda, kterou když vypil, opět ihned zvrátil.

"Komu - čemu se smějete?" křičel z dvojkolky. "Já vás naučím, vy si se mnou nehrajte, vy mne poznáte!"

Nadporučík Lukáš jel na koni a měl vedle sebe ve společnosti Švejka, který kráčel bystře kupředu, jako by se nemohl dočkati toho okamžiku, kdy se srazí s nepřítelem. Přitom vypravoval:

"To jste si všiml, pane obrlajtnant, že někteří naši lidé jsou vopravdu jako mouchy? Nemají ani třicet kilo na zádech, a už to nemůžou vydržet. Voni by se jim měly dělat přednášky, jako nám je dělával nebožtík pan obrlajtnant Buchánek, kterej se zastřelil kvůli kauci, kterou si vybral na ženění vod svýho budoucího tchána a kterou von utratil s cizejma děvkama. Pak si zas vzal druhou kauci vod druhýho budoucího tchána, s tou už si ved víc hospodářsky, tu pomaloučku prohrával v kartách a holčičky nechal stranou. Taky mu to dlouho nevydrželo, takže musel sáhnout k třetímu budoucímu tchánovi vo kauci. Z tý třetí kauce si koupil koně, arabskýho hřebce, nečistokrevnýho..."

Nadporučík Lukáš seskočil s koně.

"Švejku," řekl hrozivým tónem, "jestli ještě budete mluvit o čtvrté kauci, tak vás shodím do příkopu."

Vyskočil opět na koně a Švejk vážné pokračoval: "Poslušně hlásím, pane obrlajtnant, že vo čtvrtý kauci nemůže být ani řeči, protože von se po třetí kauci zastřelil."

"Konečné," řekl nadporučík Lukáš.

"Abychom tedy nezapomněli řeč," mluvil dál Švejk, "takový přednášky, jaký nám držel vždycky pan obrlajtnant Buchánek, když už na pochodu vojáci padali, měly by se podle mýho skromného názoru držet všemu mužstvu, jako von to dělával. Von udělal rast, shromáždil nás všechny jako kuřata kolem kvočny a začal nám vykládat: 'Vy holomci, vy si vůbec nedovedete vážit, že mašírujete po zeměkouli, poněvadž jste taková nevzdělaná banda, že je to k blití, když se člověk na vás podívá, takhle vás nechat mašírovat po Slunci, kde člověk, kterej na naší bídný planetě má váhu šedesát kilo, váží přes sedumnáct set kilogramů, to byste chcípali, to by se vám to mašírovalo, kdybyste měli v teleti přes dvě stě

394

osmdesát kilogramů, na tři metráky, a kvér by byl půldruhýho metrickýho centu těžkej. To byste hekali a vyplazovali jazyky jako uhoněný psi.` Byl tam mezi námi jeden nešťastnej učitel, ten se vopovážil přihlásit se taky ke slovu: ,S dovolením, pane obrlajtnant, na Měsíci váží šedesátikilogramovej člověk jenom třináct kilogramů. Na Měsíci by se nám to lepší mašírovalo, poněvadž naše tele by tam vážilo jenom čtyři kilogramy. Na Měsíci bychom se vznášeli a nemašírovali.` ,To je hrozný,` povídá na to nebožtík pan obrlajtnant Buchánek, ,ty si, chlape mizerná, loudíš vo facku, buď rád, že ti dám jenom vobyčejnou pozemskou facku, kdybych ti dal takovou tu měsíční, tak bys při své lehkosti letěl až někam na Alpy a rozplác by ses vo ně. Kdybych ti dal tu těžkou sluneční, tak by se na tobě mundúr proměnil na kaši a hlava by ti ulítla někam do Afriky.` Dal mu tedy tu vobyčejnou pozemskou facku, všetečka se dal do pláče a mašírovali jsme dál. Po celou dobu na marši brečel a mluvil vám, pane obrlajtnant, vo ňáký lidský důstojnosti, že se s ním zachází jako s ňákou němou tváří. Potom ho pan obrlajtnant poslal k raportu, zavřeli ho na čtrnáct dní a dosluhoval ještě šest neděl, ale nedosloužil je, poněvadž měl brůch a voni ho ňák nutili, aby se točil v kasárnách na hrazdě, a von to nevydržel a zemřel jako simulant v nemocnici."

"Je to opravdu zvláštní, švejku," řekl nadporučík Lukáš, "že vy, jak jsem vám již kolikrát říkal, máte ve zvyku zvláštním způsobem zlehčovat důstojnický sbor."

"To nemám," s upřímností odpověděl Švejk. "Já vám chtěl jenom vyprávět, pane obrlajtnant, vo tom, jak dřív na vojně se lidi přiváděli sami do neštěstí. Von si ten člověk myslel, že je vzdělanější nežli ten pan obrlajtnant, chtěl ho s tím Měsícem snížit v očích manšaftu, a taky když dostal tu jednu pozemskou přes hubu, tak si vám tak všichni voddechli, nikoho to nemrzelo, navopak, všichni měli radost, že pan obrlajtnant udělal takovej dobrej vtip s tou pozemskou fackou; tomu se říká zachráněná situace. Člověka musí hned něco na padnout, a je už dobře. Naproti karmelitánům v Praze měl, pane obrlajtnant, před lety krám s králíky a jiným ptactvem pan Jenom. Ten si udělal známost s dcerou knihaře Bílka. Pan Bílek, ten tý známosti nepřál a taky prohlásil veřejné v hospodě, že kdyby pan Jenom přišel žádat o ruku jeho dcery, že ho srazí ze schodnu, že to svět neviděl. Pan Jenom se na to napil, a přece jen šel k panu Bílkovi, kterej ho v předsíni uvítal s velkým nožem, kterým ořezávají ořízku, který vypadá jako žabikuch. Zařval na něho, cože tu chce, a vtom se vám mílej pan Jenom upšouk tak silně, až se pendlovky na stěně zastavily. Pan Bílek se dal do smíchu, hned mu podal ruku a byl jen samé: ,Račte dále, pane Jenom - račte se posadit - snad jste se nepokakal - vždyť já nejsem tak zlej člověk, je pravda, že jsem vás chtěl vyhodit, ale teď vidím, že jste docela příjemný pán, vy jste člověk originál. Jsem knihař, pročet jsem mnoho románů a povídek, ale v žádnej knížce jsem nečet, že by se ženich takhle představoval.` Smál se přitom, až se za břicho popadal, a povídal s náramnou radostí, že mu to připadá, jako by se znali vod narození, jako by to byli rodní bratři, snášel mu hned doutník, poslal pro pivo,

pro taliány, zavolal ženu, představil jí ho se všema podrobnostma toho
upšouknutí. Ta si vodplivla a šla pryč. Potom zavolal na dceru a povídá jí:
‚Tenhle pán přišel požádat o tvoji ruku za takovejch a takovejch okolností:
Dcera se dala hned do pláče a prohlásila, že ho nezná, že ho nechce ani vidět,
tak nezbejvalo nic jiného, než aby vobá vypili pivo a snědli taliány a rozešli se.
Potom pan Jenom měl ještě vostudu v tej hospodě, kam chodil pan Bílek, a
nakonec se všude po cele] čtvrti mu jinak neříkalo než ‚posránek Jenom‘ a všude
si vypravovali, jak chtěl zachránit situaci. - Život lidský, poslušně hlásím, pane
obrlajtnant, je tak složitej, že samotnej život člověka je proti tomu hadr. - K
nám, do hospody ke Kalichu na Bojišti, chodíval ještě před válkou jeden
policejní nadstrážník, nějakej pan Hubička, a jeden pan redaktor, kterej sbíral
zlámaný nohy, přejetý lidi, sebevrahy a dával je do novin. To byl tak veselej pán,
že bejval víc na policejní vachcimře než ve svý redakci. Ten jednou vopil toho
pana nadstrážníka Hubičku a proměnili si šaty v kuchyni, takže nadstrážník byl
v civilu a z pana redaktora stal se policejní nadstrážník, jenom si ještě zakryl číslo
revolveru a vydal se do Prahy na patrolu. V Resslový ulici, za bejvalou
Svatováclavskou trestnicí, potkal v nočním tichu staršího pána v cylindru a v
kožichu, kterej šel zavěšen se starší paní v kožešinovém plášti. Voba spěchali
domů a nepromluvili ani slova. Von na ně vypad a zařval tomu pánovi do
ucha: ‚Neřvete tolik, nebo vás předvedu!‘ Představte si, pane obrlajtnant, to
jejich leknutí. Marně mu vykládali, že to bude asi nějaká mejlka, poněvadž voba
jedou z hostiny u pana místodržitele. Ekvipáž že je dovezla až za Národní
divadlo a nyní že se chtí provětrat a bydlí nedaleko, na Moráni, on že je vrchní
místodržitelskej rada s chotí. ‚Vy mě nebudete bulíkovat,‘ rozeřval se dál na
něho převlečený redaktor, ‚to se musíte stydět, když jste, jak vy říkáte, nějakej
vrchní místodržitelskej rada a chováte se přitom jako kluk. Já vás pozoruju už
moc dlouho, jak jste třískal holí do roló všech krámů, který vám byly na cestě, a
při tom vám vaše, jak vy říkáte, choť pomáhala.‘ ‚Vždy já žádnou hůl, jak vidíte,
nemám. To snad byl někdo před náma.‘ ‚Bodejtr byste ji měl,‘ povídá na to
převlečenej redaktor, ‚když jste ji přerazil, jak jsem viděl, támhle za rohem o
jednu bábu, která chodí po hospodách s pečenejma bramborama a kaštanama.‘
Ta paní už ani plakat nemohla a pan vrchní místodržitelský rada rozčílil se tak,
že začal mluvit něco ve sprostáctví, načež byl zatčen a předveden k nejbližší
patrole v rajónu komisařství v Salmově ulici, které řekl převlečený redaktor, aby
ten párek odvedli na komisařství, on že je od Sv. Jindřicha a byl za služební
cestou na Vinohradech, oba dopadl pří rušení nočního klidu, při noční rvačce, a
zároveň že ještě spáchali přestupek urážky stráže. On že si vyřídí svou věc na
komisařství u Sv. Jindřicha a za hodinu že přijde na komisařství do Salmovky.
Tak je voba patrola vodtáhla s sebou, kde seděli až do rána a čekali na toho
nadstrážníka, který zatím voklikama se vrátil ke Kalichu na Bojiště, tam vzbudil
nadstrážníka Hubičku a se vší šetrností mu sdělil, co se stalo a jaký bude z toho
vyšetřování, jestli nebude držet hubu...“
    Nadporučík Lukáš zdál se být již unaven rozhovorem, nežli však pobídl koně

ke klusu, aby předhonil předvoj, řekl k Švejkovi:

"Kdybyste mluvil až do večera, tak to bude čím dál blbější."

"Pane obrlajtnant," volal za odjíždějícím nadporučíkem Švejk, "nepřejete si vědět, jak to skončilo?"

Nadporučík Lukáš přidal do trysku.

Stav poručíka Duba se tak zlepšil, že vylezl ze sanitní dvojkolky, shromáždil vedle sebe celý štáb kumpanie a jako v mátohách jal se je poučovat. Měl k nim ohromně dlouhou řeč, která všechny více tížila nežli munice a ručnice.

Byla to směs různých podobenství.

Začal: "Láska vojáků k pánům důstojníkům činí neuvěřitelné oběti možnými, a na tom nezáleží, a naopak, není-li tato láska ve vojákovi urozena, musí se vynutit. V civilním životě nucená láska jednoho k druhému, řekněme školníka k profesorskému sboru, tak dlouho vydrží jako moc vnější, která ji vynucuje, na vojně však vidíme pravý opak, poněvadž nesmí důstojník povolit vojákovi ani toho sebemenšího uvolnění oné lásky, která poutá vojáka k jeho představenému. Tato láska není jenom obyčejnou láskou, ale je to vlastně úcta, strach a disciplína."

Švejk po celou tu dobu šel vedle po levé straně, a jak poručík Dub mluvil, byl neustále k němu obličejem otočen rechtsšaut.

Poručík Dub zprvu toho jaksi nepozoroval a pokračoval dál v řeči:

"Tato disciplína a povinnost poslušenství, povinná láska vojína k důstojníkovi jeví velikou stručnost, poněvadž poměr mezi vojákem a důstojníkem jest zcela jednoduchý: jeden poslouchá, druhý poroučí. Již dávno jsme četli v knihách o vojenském umění, že vojenský lakonismus, vojenská jednoduchost je právě tou ctností, kterou si má osvojiti každý voják, milující, chtěj nechtěj, svého představeného, který v jeho očích musí být pro něho největším, hotovým, vykrystalizovaným předmětem pevné a dokonalé vůle."

Nyní teprve zpozoroval Švejkův rechtsšaut, jak ho sleduje, bylo mu to strašně nepříjemné, poněvadž vycitoval jaksi najednou sám, že se ve své řeči nějak zaplétá a že nemůže nikam vyjet z toho úvozu lásky vojína k představenému, proto se rozkřikl na Švejka:

"Co na mne čumíš jako tele na nová vrata?" "Dle rozkazu, poslušně hlásím, pane lajtnant, vy jste mé ráčil sám jednou upozornit, že když mluvíte, že mám svým zrakem sledovati vaše ústa. Poněvadž každej vojín musí vyplniti rozkazy svého představeného a zapamatovati si je i pro všechny budoucí časy, byl jsem k tomu nucen."

"Dívej se," křičel poručík Dub, "na druhou stranu, jenom se, ty pitomej chlape, nedívej na mne, víš že to nemám rád, že to nesnesu, když tě vidím, já si tak na tebe zasednu..."

Švejk udělal hlavou obrat nalevo a kráčel tak dál vedle poručíka Duba tak strnule, že poručík Dub vykřikl:

"Kam se to koukáš, když s tebou mluvím?" "Poslušné hlásím, pane lajtnant, že jsem dle vašeho rozkazu linkssšaut."

"Ach," vzdychl si poručík Dub, "s tebou je kříž. Koukej se přímo před sebe a mysli si o sobě: Já jsem takový hlupák, že mě nebude žádná škoda. Pamatuješ si to?"

Švejk hleděl před sebe a řekl:

"Poslušné hlásím, pane lajtnant, mám na tohle odpovědít?"

"Co si to dovoluješ," zařval na něho poručík Dub. "Jak to se mnou mluvíš, co si tím myslíš?" "Poslušné hlásím, pane lajtnant, že si tím myslím jenom na ten váš rozkaz na jedný stanici, kde jste mě káral, abych vůbec nevodpovídal, když vy ukončíte řeč."

"Máš tedy ze mé strach," řekl rozradostněte poručík Dub, "ale ještě jsi mé nepoznal. Přede mnou se třásli jiní lidé, nežli jsi ty, pamatuj si to. Dovedl jsem zkrotit jiné chlapíky, proto drž hubu a zůstaň hezky vzadu, abych té neviděl!"

Tak Švejk zůstal vzadu u sanity a jel pohodlné s dvojkolkou až na místo určené k odpočinku, kde konečné všichni se dočkali polévky a masa z nešťastné krávy.

"Tu krávu měli naložit alespoň na čtrnáct dní do octa, a když už ne tu krávu, tak toho člověka, kterej ji kupoval," prohlásil Švejk.

Od brigády přicválal na koni kurýr s novým rozkazem pro 11. kumpanii, že maršrúta se mění na Felštýn, Wojalyče a Sambor nechat stranou, neboť tam není možno ubytovat kumpanii, poněvadž jsou tam dva poznaňské pluky.

Nadporučík Lukáš učinil okamžité dispozice. Účetní šikovatel Vaněk se Švejkem vyhledají pro kumpanii nocleh ve Felštýně.

"Ne abyste, Švejku, něco proved na cestě," upozorňoval ho nadporučík Lukáš. "Hlavně chovejte se slušně k obyvatelstvu!"

"Poslušně hlásím, pane obrlajtnant, že se vynasnažím. Měl jsem sice vošklivej sen, když jsem si trochu k ránu zdříml. Zdálo se mně ve neckách, který tekly přes celou noc na chodbě v domě, kde jsem bydlel, až vytekly a promočily strop u pana domácího, kterej mně hned ráno dal vejpověď. Von byl už, pane obrlajtnant, takovej případ ve skutečnosti; v Karlíně, za viaduktem..."

"Dejte nám pokoj, Švejku, s vašimi hloupými řečmi a dívejte se raději s Vaňkem na mapu, kudy máte jít. Tak tady vidíte ty vesnice. Od téhle vesnice dáte se napravo k říčce a podél toku říčky až zas k nejbližší vesnici, a odtamtud, kde vlévá se do ní první potok, který vám bude po pravé ruce, dáte se polní cestou nahoru, přesně na sever, a nikam jinam nemůžete zabloudit než do Felštýna! Pamatujete si to?"

Švejk vydal se tedy s účetním šikovatelem Vaňkem podle maršrúty.

Bylo po poledni; krajina těžce oddychovala ve vedru a špatně zaházené jámy s pochovanými vojáky vydávaly hnilobní zápach. Přišli do krajiny, kde byly svedeny boje na postupech k Přemyslu a kde strojními puškami byly skoseny celé bataliony. V malých lesících u říčky bylo znát řádění artilérie. Na velkých plochách a úbočích čněly místy místo stromů jakési pahýly ze země a tuto poušt brázdily zákopy.

"Tady to vypadá jinak než u Prahy," řekl Švejk, aby přerušil mlčení.

"U nás už máme po žních," řekl účetní šikovatel Vaněk. "Na Kralupsku začínáme nejdřív."

"Tady bude po válce moc dobrá ouroda," řekl po chvilce Švejk. "Nebudou si tu muset kupovat kostní moučku, to je moc výhodný pro rolníky, když jim na poli zpráchniví celej regiment; je to zkrátka vobživa. Jenom vo jedno mám starost, aby ti rolníci nedali se vod nikoho nabulíkovat a neprodávali ty kosti vojáků zbytečně na špódium do cukrovarů. To bejval v karlínskejch kasárnách obrlajtnant Holub, ten byl tak učenej, že ho všichni u kumpanie považovali za blba, poněvadž von kvůli svý učenosti se nenaučil nadávat na vojáky a vo všem jenom rozjímal z vědeckýho stanoviska. Jednou mu vojáci hlásili, že vyfasovanej komisárek není k žrádlu. Jinej oficír by se rozčílil nad takovou drzostí, ale von né, von zůstal klidnej, neřek nikomu ani prase, ani svině, ani nedal nikomu přes držku. Svolal jenom všechny svoje maníky a povídá jim svým takovým příjemným hlasem: ‚Předně si, vojáci, musíte uvědomit, že kasárna nejsou žádnej delikatessenhandlung, abyste tam mohli vybírat marinovaný ouhoře, volejový rybičky a vobložený chlebíčky. Každej voják má bejt tak inteligentním, aby sežral bez reptání všechno, co vyfasuje, a musí mít v sobě tolik disciplíny, aby se nepozastavoval nad kvalitou toho, co má sežrat. Představte si, vojáci, že by byla vojna. Tej zemi, do který vás po bitvě pochovají, je to úplně lhostejný, jakým komisárkem jste se před svou smrtí napráskli. Vona vás matička země rozloží a sežere i s botama. Ve světě se nic nemůže ztratit, z vás vyroste, vojáci, zas nový vobilí na komisárky pro nový vojáky, kteří třeba zas, jako vy, nebudou spokojený, půjdou si stěžovat a narazejí na někoho, kterej je dá zavřít až do aleluja, poněvadž má na to právo. Teď jsem vám to, vojáci, všechno pěkně vysvětlil, a nemusím vám snad víckrát připomínat, že kdo si bude příště stěžovat, že si toho bude moc vážit, až bude zas na božím světle.` ‚Kdyby nám aspoň nadával,` říkali vojáci mezi sebou a všechny ty jemnosti v přednáškách pana obrlajtnanta je hrozně mrzely. Tak mě jednou zvolili z kumpačky, abych mu to jako řek, že ho všichni mají rádi a že to není žádná vojna, když nenadává. Tak jsem šel k němu do bytu a prosil jsem ho, aby zanechal všeho vostejchání, vojna že má bejt jako řemen, vojáci že jsou zvyklí na to, aby se jim každej den připomínalo, že jsou psi a prasata, jinak že ztrácejí úctu k svým představeným. Von se napřed bránil, mluvil něco vo inteligenci, vo tom, že se dnes už nesmí sloužit pod rákoskou, ale nakonec si přeci dal říct, nafackoval mě a vyhodil mě ze dveří, aby stoupla jeho vážnost. Když jsem voznámil výsledek svýho vyjednávání, měli všichni z toho velkou radost, ale von jim to zas zkazil hned druhej den. Přijde ke mně a přede všema povídá: ‚Švejku, já jsem se včera přenáhlil, tady máte zlatku a napijte se na moje zdraví. S vojskem se musí umět zacházet.` "

Švejk se rozhlédl po krajině.

"Myslím," řekl, "že jdeme špatně. Pan obrlajtnant nám to přece dobře vysvětloval. Máme jít nahoru, dolů, potom nalevo a napravo, pak zas napravo, potom nalevo - a my jdeme pořád rovně. Nebo už jsme to všechno prodělali mimochodem mezi řečí? Já rozhodně tady vidím před sebou dvě cesty k tomu

Felštýnu. Já bych navrhoval, abychom se teď dali po tej cestě nalevo."

Účetní šikovatel Vaněk, jak už to bývá zvykem, když se dva octnou na křižovatce, počal tvrdit, že se musí jít napravo.

"Ta moje cesta," řekl Švejk, "je pohodlnější nežli ta vaše. Já půjdu podél potůčka, kde rostou pomněnky, a vy se budete flákat někde suchopárem. Já se držím toho, co nám řekl pan obrlajtnant, že vůbec nemůžeme zabloudit, a když nemůžem zabloudit, tak co bych lez někam do kopce; půjdu pěkně po lukách a dám si kvíteček za čepici a natrhám celou kytici pro pana obrlajtnanta. Ostatně se můžeme přesvědčit, kdo z nás má pravdu, a doufám, že se tady rozejdem jako dobří kamarádi. Tady je taková krajina, že všechny cesty musejí vést do toho Felštýna."

"Nebláznětě, Švejku," řekl Vaněk, "tady právě podle mapy musíme jít, jak říkám, napravo."

"Mapa se taky může mejlit," odpověděl Švejk, sestupuje do údolí potoka. "Jednou šel uzenář Křenek z Vinohrad podle plánu města Prahy od Montágů na Malé Straně domů v noci na Vinohrady a dostal se až k ránu do Rozdělova u Kladna, kde ho našli celého zkřehlého k ránu v žitě, kam upad únavou. Když si tedy nedáte říct, pane rechnungsfeldvébl, a máte svou hlavu, tak se holt musíme rozejít a sejdeme se až na místě ve Felštýně. Podívají se jenom na hodinky, abychom věděli, kdo tam bude dřív. A kdyby jim snad hrozilo nějaký nebezpečí, tak jen vystřelejí do vzduchu, abych věděl, kde jsou."

Odpůldne Švejk došel k malému rybníku, kde se setkal s jedním uprchlým ruským zajatcem, který se tu koupal a při spatření Švejka dal se nahý, jak vylezl z vody, na útěk.

Švejk byl zvědav, jak asi by mu slušela ruská uniforma, která se zde válela pod vrbičkama, svlékl svou a oblékl si ruskou uniformu nešťastného nahého zajatce, který utekl od transportu ubytovaného ve vesnici za lesem. Švejk přál si, aby sebe viděl důkladně zrcadlit ve vodě, proto chodil tak dlouho po hrázi rybníka, až ho tam našla patrola polního četnictva, která hledala ruského zběha. Byli to Maďaři a Švejka přes jeho protesty odtáhli na etapu v Chyrówě, kde ho zařadili do transportu ruských zajatců určených pracovat na opravě železniční trati směrem ku Přemyšlu.

Všechno to se zběhlo tak rychle, že teprve druhý den Švejk si uvědomil situaci a napsal na bílou zeď školní světnice, kde ubytovali část zajatců, kouskem oharku ze dříví: *Zde spal Josef Švejk z Prahy, kompanieordonanc 11. marškumpačky 91. regimentu, který jako kvartýrmachr upadl omylem do rakouského zajetí pod Felštýnem.*

IV. kniha Pokračování slavného výprasku

Švejk v transportu ruských zajatců

Když tedy Švejk, považovaný omylem v ruském plášti a ve furažce za ruského zajatce, uprchlého z vesnice před Felštýnem, psal své zoufalé výkřiky uhlem na stěny, nikdo si toho nevšímal, a když chtěl v Chyrówě na etapě všechno dopodrobna vysvětlit nějakému důstojníkovi, který šel právě okolo, když jim rozdávali kousky tvrdého kukuřičného chleba, tu ho jeden z maďarských vojáků, hlídající transport zajatců, uhodil kolbou do ramene s poznámkou: "Baszom az élet, lezeš do řady, ruská svině!"

Tohle všechno bylo v rámci, jak zacházeli Maďaři s ruskými zajatci, jejichž řeči nerozuměli.

Švejk se tedy vrátil do řady a obrátil se k nejbližšímu zajatci:

"Von ten člověk koná svou povinnost, ale vydává sebe sám v nebezpečí. Což kdyby náhodou měl nabito a votevřenej fršlús? Tak by se mu mohlo lehce stát, že jak mlátí člověka do ramene a lauf má proti sobě, že by moh kvér spustit a celej náboj by mu vletěl do huby, a von by zemřel ve vykonávání své povinnosti. Na Šumavě v jedněch lomech kradli skaláci dynamitový zápalky, aby měli zásobu na zimu na trhání pařezů. Hlídač v lomech dostal rozkaz, když jdou skaláci z práce, každýho šacovat, a von to dělal s takovou láskou, že chyt hned prvního skaláka a začal mu plácat tak náružívě po kapsách, až tomu skalákovi dynamitový zápalky v kapse vybouchly, a voba i s hlídačem vyletěli do povětří, takže to vypadalo, jako by se ještě v poslední chvíli drželi kolem krku."

Ruský zajatec, kterému to Švejk vyprávěl, díval se na něho s plným porozuměním, že z celé řeči nerozumí ani slova.

"Ne ponymat, já krymsky tatárin, Allah achper." Tatar sedl si, zkříživ nohy, na zem, složiv ruce na hrud', začal se modlit: "Allah achper - Allah achper - bezmila - arachman - arachim - málinkin mustafír."

"Tak ty seš tedy Tatar," soustrastně řekl Švejk, "ty jsi se vydařil. Pak mně máš rozumět a já tobě, když seš Tatar. Hm - znáš Jaroslava ze Šternberka? To jméno neznáš, ty kluku tatarská? Ten vám natřel prdel pod Hostýnem. To ste vod nás jeli, vy kluci tatarský, z Moravy svinským krokem. Patrně vás ve vašich čítankách neučejí, jako nás to učívali. Znáš hostýnskou Panenku Marii? To se ví, že neznáš - ta byla taky při tom, však voni vás, kluky tatarský, tady v zajetí pokřtějí."

Švejk obrátil se na druhého zajatce: "Ty seš taky Tatar?" Oslovený porozuměl tomu slovu Tatar, zavrtěl hlavou: "Tatárin net, čerkes, rodneja čerkes, golovy režu."

Švejk měl vůbec štěstí, že se octl ve společnosti různých příslušníků východních národů. Byli tu v transportu Tataři, Gruzíni, Osjetínci, Čerkesové, Mordvíni a Kalmykové. Tak měl Švejk neštěstí, že se nemohl dohovořiti s nikým, a s ostatními vlekli ho na Dobromil, odkud se měla spravovati dráha přes Přemyšl na Nižankovice.

V Dobromilu, na etapě v kanceláři, jednoho po druhém zapisovali, což šlo velice ztěžka, poněvadž ze všech 300 zajatců, které do Dobromilu přihnali, nikdo nerozuměl ruštině šikovatele, který tam seděl za stolem a který se přihlásil kdysi, že umí rusky, a jako tlumočník vystupoval nyní ve východní Haliči. Dobře před třemi nedělemi objednal si německo-ruský slovník a konverzaci, ale dosud mu to nepřišlo, takže mluvil místo rusky lámanou slovenčinou, kterou si bídně osvojil, když jako zástupce vídeňské firmy prodával na Slovensku obraz svatého Štěpána, kropenky a růžence.

Nad těmito podivnými postavami, s kterými se vůbec nemohl smluvit, byl celý vyjeven. Vyšel tedy ven a zařval do skupiny zajatců: "Wer kann deutsch sprechen!"

Ze skupiny vystoupil Švejk, který se hnal s radostnou tváří k šikovatelovi, který mu řekl, aby šel hned za ním do kanceláře.

Šikovatel posadil se za lejstra, za haldu blanketů o jménu, původu, příslušenství zajatců, a nyní začal zábavný německý rozhovor:

"Ty jseš žid, viď?" začal na Švejka. Švejk zavrtěl hlavou.

"To nemusíš zapírat," pokračoval s určitostí šikovatel tlumočník, "každý z vás zajatců, který uměl německy, byl žid, a basta. Jak se jmenuješ? Švejch? Tak vidíš, co zapíráš, když máš takové židovské jméno? U nás se nemusíš bát přiznat se k tomu. U nás v Rakousku se nedělají pogromy na židy. Odkud' jsi? Aha, Prága, á, to znám, to znám, to je u Varšavy. Taky jsem tu měl před týdnem dva židy z Prágy od Varšavy, a tvůj pluk, jaké má číslo? 91?" Šikovatel vzal schematismus, listoval se v něm: "Jednadevadesátý pluk je erivanský, Kavkaz, kádr má v Tiflisu, to koukáš, co, jak my tady všechno známe."

Švejk opravdu koukal na tu celou historii a šikovatel pokračoval s velkou vážností, podávaje Švejkovi napolo dokouřenou svou cigaretu: "To je jiný tabák než ta vaše machorka. - Já jsem zde, židáčku, nejvyšším pánem. Když já něco řeknu, tak se všechno musí třást a zalízat. U nás ve vojsku je jiná disciplína než u vás. Váš car je ksindl, ale náš car je otevřená hlava. Teď ti něco ukážu, abys věděl, jaká je u nás disciplína."

Otevřel dveře do vedlejší místnosti a zavolal: "Hans Lófler!" Ozvalo se "Hier!" a dovnitř vstoupil volatý voják, Štajeráček, s výrazem ubrečeného kreténa. To byla na etapě holka pro všecko.

"Hans Lófler," poručil šikovatel, "vezmi si tamhle mou dýmku, strč si ji do huby, jako když pes aportuje, a budeš po čtyřech běhat kolem stolu tak dlouho, dokud neřeknu Halt! Přitom musíš štěkat, ale tak, aby ti fajfka z huby nevypadla, nebo tě dám uvázat."

Volatý Štajeráček dal se do lezení po čtyřech a do štěkání. Šikovatel vítězoslavně podíval se na Švejka: "Co, neříkal jsem ti to, židáčku, jaká je u nás disciplína?" A šikovatel s potěšením díval se na tu němou vojenskou tvář z nějaké alpské salaše. "Halt!" řekl konečně, "nyní panáčku] a aportuj dýmku. -

Dobře, a teď zajódluj."

Místností ozval se řev: "Holarijó, holarijó..."

Když bylo po představení, šikovatel vytáhl ze zásuvky 4 Sportky a velkomyslně je daroval Hanzimu, a tu jal se Švejk lámanou němčinou vykládat šikovatelovi, že u jednoho regimentu měl jeden důstojník takového poslušného sluhu, že ten udělal všechno, co si jeho pán přál, a když se ho jednou optali, jestli by sežral lžíci, kdyby mu jeho pán poručil, i to, co vykadí, že řekl: "Kdyby mně to můj pan lajtnant poručil, sežral bych to dle rozkazu, ale nesměl bych v tom najít vlas, to si strašně ekluju, to by se mi udělalo hned špatně."

Šikovatel se zasmál: "Vy židi máte podařené anekdoty, ale to bych se chtěl vsadit, že disciplína ve vašem vojsku není jako u nás. Abychom tedy přišli k jádru věci, já tě ustanovuji nad transportem! Do večera sepíšeš mně jména všech druhých zajatců! Budeš pro ně fasovat mináž, rozdělíš je po deseti mužích a ručíš za to, že nikdo neuteče! Kdyby ti někdo utek, židáčku, tak tě zastřelíme!"

"Já bych chtěl, pane šikovateli, si s váma promluvit," řekl Švejk.

"Jen nesmlouvej," odpověděl šikovatel. "To já nemám rád, nebo tě pošlu do lágru. Náramně brzo jsi se u nás v Rakousku nějak aklimatizoval. - Chce si se mnou soukromě promluvit... Čím je člověk na vás zajatce hodnější, tím je to horší... Tedy se hned seber, tady máš papír a tužku a piš seznam...! Co chceš ještě?"

"Ich melde gehorsamst, Herr Feldwebel..."

"Hleď se ztratit! Vidíš, co mám práce!" Obličej šikovatelův vzal na sebe výraz člověka úplně přepracovaného.

Švejk zasalutoval a odešel k zajatcům, přičemž si pomyslil, že trpělivost pro císaře pána nese ovoce.

Horší to ovšem bylo se sestavováním seznamu, než pochopili zajatci, že mají jmenovat své jméno. Švejk prožil mnoho v životě, ale přece jen tahle tatarská, gruzínská a mordvinská jména mu nešla do hlavy. "To mně nikdo nebude věřit," pomyslil si Švejk, "že se někdy někdo moh tak jmenovat jako ti Tataři kolem: Muhlahalej Abdrachmanov - Bejmurat Allahali - Džeredže Čerdedže - Davlatbalej Nurdagalejev a tak dále. To u nás máme přeci lepší jména, jako ten farář v Židohoušti, kterej se jmenoval Vobejda."

Zas chodil dál vystrojenými řadami zajatců, kteří postupně vykřikovali svá jména a příjmení: "Džindralej Hanemalej - Babamulej Mirzahali" a tak dále.

"Že si nepřekousneš jazyk," říkal každému z nich s dobráckým úsměvem Švejk. "Jestlipak to není lepší, když se u nás jmenuje někdo Bohuslav Štěpánek, Jaroslav Matoušek nebo Růžena Svobodová."

Když konečně Švejk po hrozném utrpení sepsal všechny ty Babula Halleje, Chudži Mudži, umínil si, že to zkusí ještě jednou a vysvětlí tlumočníkovi šikovatelovi, že se stal obětí omylu a jak už několikrát po cestě, když ho hnali mezi zajatci, marně se dovolával spravedlnosti.

Šikovatel tlumočník, který již předtím nebyl úplně střízlivý, mezitím pozbyl úplně soudnosti.

Měl před sebou rozloženou inzertní část nějakých německých novin a zpíval inzeráty na notu Radeckého pochodu: "Gramofon vyměním za dětský kočárek! - Skelné střepy, bílé tabulové i zelené, kupuji! - Účtovati i bilancovati naučí se každý, kdo prodělá písemný kurs účetnictví" a tak dále.

Na některý inzerát nehodil se pochodový nápěv, šikovatel však to chtěl vší mocí přemoct, proto mlátil si pěstí do taktu do stolu a dupal nohama. Oba jeho kníry, slepené kontušovkou, trčely po obou stranách tváře, jako kdyby mu vrazili do každé strany zaschlé štětce od arabské gumy. Jeho opuchlé oči zpozorovaly sice Švejka, ale nenásledovala žádná reakce na tento objev, jenom to, že šikovatel přestal tlouct pěstí a dupat nohama. Přebubnovával si na židli na nápěv "Ich weiß nicht, was soll's bedeuten..." nový inzerát: "Karolina Dreger, porodní babička, doporučuje se ct. dámám v každém případě."

Přezpěvoval si to tišeji a tišeji a tichounce, až konečně umlkl, nehybně se zadíval na celou velkou plochu inzerátů a dal příležitost Švejkovi, aby se rozpovídal o svém neštěstí, ku kterémuž povídání Švejkovi dostačovaly jen taktak věty v lámané němčině.

Švejk začal tím, že měl přeci jen pravdu, jít na Felštýn podél potoka, ale že za to nemůže, když jeden neznámý ruský voják uteče ze zajetí a jde se vykoupat do rybníka, kolem kterého on, Švejk, musel jít, poněvadž to byla jeho povinnost, když šel nejkratší cestou na Felštýn jako kvartýrmachr. Rus jakmile ho uviděl, utekl a nechal všechnu svou uniformu ve křoví. On, Švejk, že slýchával, jak třebas na pozici používá se k výzvědné službě uniformy padlých nepřátel, a proto že na zkoušku se převlékl do zanechané uniformy, aby se přesvědčil, jak by se mu v takovém případě v cizí uniformě chodilo.

Vysvětliv tento svůj omyl, tedy Švejk seznal, že mluvil úplně zbytečně, poněvadž šikovatel již dávno spal, ještě než došel k tomu rybníku. Švejk důvěrně přikročil k němu a dotkl se jeho ramene, což úplně stačilo, aby šikovatel spadl ze židle na zem, kde spal klidně dál.

"Vodpustějí, pane šikovatel," řekl Švejk, zasalutoval a vyšel z kanceláře.

Časně ráno změnilo vojenské stavební velitelství dispozice a usneslo se, že ona skupina zajatců, ve které byl Švejk, bude dopravena přímo do Přemyšlu k obnovení trati Přemyšl-Lubaczów.

Zůstalo tedy vše při starém a Švejk pokračoval ve své odyseji mezi ruskými zajatci. Maďarské hlídky hnaly to všechno bystrým tempem kupředu.

V jedné vesnici, kde byl oddych, srazili se na návsi s oddělením trénu. Před skupinou vozů stál důstojník a díval se na zajatce. Švejk vyskočil z řady, postavil se před důstojníka a zvolal: "Herr Leutnant, ich melde gehorsamst." Víc ale neřekl, neboť hned tu byli dva maďarští vojáci, kteří ho pěstmi do zad vrazili mezi zajatce.

Důstojník hodil za ním nedopalek cigarety, který jiný zajatec rychle zvedl a kouřil dál. Potom důstojník vykládal vedle stojícímu kaprálovi, že v Rusku jsou němečtí kolonisté a ti že také musí bojovat.

Potom už se po celé cestě do Přemyšlu nevyskytla Švejkovi příležitost někomu si postěžovat, že je vlastně kompanieordonanc 11. marškumpanie 91. regimentu. Až teprve v Přemyšlu, když je navečer zahnali do jedné rozbité pevnůstky ve vnitřním pásmu, kde byly uchovány stáje pro koně pevnostního dělostřelectva.

Byla tam navrstvena tak zavšivená sláma, že krátkými stébly vši pohybovaly, jako by to nebyly vši, ale mravenci, odtahující materiál ku stavbě svého hnízda.

Také jim rozdali trochu černé špíny z čisté cikorky a po kuse trupelovitého kukuřičného chleba.

Potom je přejímal major Wolf, vládnouti tou dobou nad všemi zajatci pracujícími na opravách v pevnosti Přemyšlu a okolí. To byl důkladný člověk. Měl u sebe celý štáb tlumočníků, kteří vybírali ze zajatců specialisty ku stavbám podle jejich schopností a předběžného vzdělání.

Major Wolf měl utkvělou představu, že ruští zajatci zapírají svou gramotnost, poněvadž se stávalo, že na jeho přetlumočenou otázku: "Umíš stavět železnice?" odpovídali všichni zajatci stereotypně: "O ničem nevím, o ničem takovém jsem neslýchal, žil čestně a poctivě."

Když tedy stáli již sešikováni před majorem Wolfem a celým jeho štábem, otázal se zprvu major Wolf německy zajatců, kdo z nich umí německy.

Švejk rázně vykročil, postavil se před majora, hodil mu čest a hlásil, že on umí německy.

Major Wolf, zřejmě potěšen, ihned se Švejka optal, zdali není inžinýrem.

"Poslušně hlásím, pane majore," odpověděl Švejk, "že inžinýrem nejsem, ale ordonancí 11. marškumpanie 91. regimentu. Upadl jsem do našeho zajetí. To se stalo takhle, pane majore..."

"Cože?" zařval major Wolf.

"Poslušně hlásím, pane majore, že se to má takhle..."

"Vy jste Čech," řval dál major Wolf. "Vy jste se převlékl do ruské uniformy."

"Poslušně hlásím, pane majore, že to všechno úplné souhlasí. Já jsem opravdu rád, že pan major se hned vžil do mý situace. Možná, že už naši někde bojují, a já bych tady zbytečné proflákal celou vojnu. Abych jim to, pane majore, ještě jednou po pořadě vysvětlil."

"Dost," řekl major Wolf a zavolal na dva vojáky s rozkazem, aby ihned toho muže odvedli na hauptvachu, a sám ještě s jedním důstojníkem ubíral se pomalu za Švejkem, přičemž rozhazoval v rozhovoru s důstojníkem rukama. V každé jeho větě bylo něco o českých psech a zároveň z jeho řeči vycitoval druhý důstojník velkou radost majorovu, že svým bystrozrakem objevil jednoho z těch ptáčků, o jejichž velezrádné činnosti za hranicemi vydávány byly již po kolik měsíců velitelům vojenských částí tajné rezerváty, že totiž je zjištěno: jak někteří přeběhlíci od českých regimentů, zapomínajíce na svou přísahu, vstupují do řad ruského vojska a slouží nepříteli, prokazujíce mu zejména platné vyzvědačské služby.

Rakouské ministerstvo vnitra tápalo ještě ve tmách, pokud se týkalo zjištění nějaké bojovné organizace z přeběhlíků na ruskou stranu. Neznalo ještě nic určitého o revolučních organizacích v cizině a teprve v srpnu na linii Sokal Milijatin - Bubnovo obdrželi velitelé bataliónů důvěrné rezerváty, že bývalý rakouský profesor Masaryk utekl za hranice, kde vede proti Rakousku propagandu.

Nějaký pitomeček od divize doplnil rezervát ještě tímto rozkazem: "V případě zachycení předvésti neprodlené k štábu divize!"

Toto tedy připomínám panu presidentovi, aby věděl, jaké nástrahy a léčky byly na něho kladeny mezi Sokalem - Milijatinem a Bubnovou.

Major Wolf v té době ještě neměl zdáni o tom, co vlastně všechno chystají Rakousku přebehlíci, kteří později, setkávajíce se v Kyjevě a jinde, na otázku: "Co tady děláš?" odpovídali vesele: "Zradil jsem císaře pána."

Znal jenom z těch rezervátů o těch přebehlících špiónech, z nichž jeden, kterého odvádějí na hauptvachu, tak lehce mu padl do pasti. Major Wolf byl trochu ješitný člověk, představoval si z vyšších míst pochvalu, vyznamenání za svou ostražitost, opatrnost a nadání.

Nežli došli k hauptvaše, byl přesvědčen, že tu otázku: "Kdo zná německy?" dal schválně, poněvadž se mu již hned, jak zajatce prohlížel, právě ten zdál podezřelým.

Důstojník jej provázející kýval hlavou a řekl, že bude třeba oznámiti zatčení na velitelství posádky k dalšímu řízení a převedení obžalovaného k vyššímu vojenskému soudu, poněvadž to rozhodné nejde, jak říká pan major, vyslechnout ho na hauptvaše a pak ho hned za hauptvachou pověsit. On bude pověšen, ale právní cestou podle vojenského soudního řádu, aby docíleno bylo spojitosti s podobnými jinými zlosyny podrobným výslechem před pověšením. Kdoví co se ještě z toho nevyklube.

Major Wolf byl jat náhlou neústupností, vjela do něho doposud skrytá zhovadilost, takže prohlásil, že toho přeběhlíka špióna dá ihned po výslechu pověsit na své riziko. On si to ostatně může dovolit, poněvadž má vysoké známosti, a jemu že je to všechno úplné jedno. Je to zde jako na frontě. Kdyby ho byli chytli a objevili hned za bojištěm, tak by ho byli vyslechli a také hned pověsili a nedělali by s ním taky žádných cavyků. Ostatně přece snad zná pan hejtman, že velitel ve válečném území, jakýkoliv velitel od hejtmana nahoru, má právo všechny podezřelé lidi věšet.

Major Wolf si to ovšem trochu popletl, pokud se týká právomoci vojenských hodností na věšení.

Ve východní Haliči, čím blíže k frontě, tím více tato právomoc sestupovala na nižší a nižší šarže, až konečné stávaly se případy, že třebas kaprál vedoucí patrolu dal pověsit dvanáctiletého kluka, který mu byl podezřelý tím, že v opuštěné a vydrancované vesnici vařil si v rozbořené chatě slupky od brambor.

Také hádka mezi hejtmanem a majorem se stupňovala.

"Nemáte na to práva," křičel rozčileně hejtman. "Ten bude pověšen na základě soudního rozsudku vojenského soudu."

"Bude pověšen bez rozsudku," sípal major Wolf. Švejk, kterého vedli napřed a slyšel celý zajímavý rozhovor, neřekl nic jiného svým průvodčím než: "Pěšky jako za vozem. To jsme se vám jednou v hospodě Na Zavadilce v Libni hádali mezi sebou, jestli máme nějakýho kloboučníka Vašáka, kerej vždycky dělal při zábavě neplechu, vyhodit, hned jak se vobjeví ve dveřích, nebo ho vyhodit, až si dá pivo, zaplatí a dopije, nebo mu vyndat boty, až přetančí první kolo. Hostinskej, ten zas navrhoval, abysme ho vyhodili až v půli zábavy, až bude mít nějakou útratu, pak že musí zaplatit a hned že musí ven. A víte, co nám ten lump proved? Nepřišel. Co tomu říkáte?"

Oba vojáci, kteří byli odněkud z 'Drol, odpověděli současně: "Nix böhmisch."

"Verstehen Sie deutsch?" otázal se klidně Švejk. "Jawohl," odpověděli oba, načež Švejk poznamenal: "To je dobře, aspoň se mezi svejma neztratíte."

Během těchto přátelských rozmluv došli všichni na hauptvachu, kde major Wolf pokračoval dále s hejtmanem v debatě o Švejkově osudu, zatímco Švejk seděl skromně vzadu na lavici.

Major Wolf konečně přece jen přiklonil se k hejtmanově názoru, že tento člověk musí viset až po delší proceduře, které se říká roztomile: právní cesta.

Kdyby se byli Švejka optali, co on o tom soudí, byl by řekl: "Mně je to moc líto, pane majore, poněvadž voni mají vyšší šarži než pan hejtman, ale pan hejtman má pravdu. Vona každá ukvapenost škodí. U jednoho okresního soudu v Praze se jednou zbláznil jeden soudce. Dlouho na něm nebylo nic pozorovat, až to takhle u něho propuklo při líčení pro urážku na cti. Nějakej Znamenáček řekl kaplanovi Hortíkovi, kerej při náboženství nafackoval jeho klukovi, když ho potkal na ulici: ,Vy vole, ty černá potvoro, ty nábožnej blbečku, ty černý prase, ty farní kozle, ty przniteli učení Kristova, ty pokrytče a šarlatáne v kutně!` Ten bláznivej soudce byl moc nábožnej člověk. Měl tři sestry a ty všechny byly farskejma kuchařkama a jejich všem dětem byl za kmotra, tak ho to tak rozčílilo, že pozbyl najednou rozum a zařval na obžalovaného: ,Jménem Jeho Veličenstva císaře a krále odsuzujete se k smrti provazem. Proti rozsudku není odvolání. - Pane Horáček!` zavolal potom na dozorce, ,vezmou tady tohodle pána a pověsejí ho tam, vědí, kde se klepají koberce, a potom sem přijdou, dostanou na pivo!` To se rozumí, že pan Znamenáček i ten dozorce zůstali stát jako zkoprnělí, ale on si na ně dup a rozkřikl se: ,Poslechnou, nebo ne!` Ten dozorce se tak lek, že táh už pana Znamenáčka dolů, a nebejt obhájce, kerej se do toho vložil a zavolal záchrannou stanici, nevím, jak by to bylo dopadlo s panem Znamenáčkem. Ještě když pana soudce sázeli do vozu záchranné stanice, křičel: ,Nenajdou-li provaz, pověsejí ho na lajntuchu, potom to vyúčtujem v půlročních výkazech...`"

Švejk byl tedy pod eskortou dopraven na velitelství posádky, když byl podepsán protokol sestavený majorem Wolfem, že jako příslušník rakouské armády vědomě, beze všeho nátlaku převlékl se do ruské uniformy a byl za frontou zadržen polním četnictvem, když Rusové ustoupili.

To všechno byla svatá pravda a Švejk, jako poctivec, nemohl proti tomu protestovati. Když se pokusil při sepisování protokolu doplniti protokol nějakým výrokem, který by snad mohl objasnit blíže situaci, byl zde hned pohotové rozkaz pana majora: "Držte hubu, na tohle se vás neptám! Věc je úplné jasná."

Švejk potom vždy zasalutoval a prohlásil: "Poslušné hlásím, že držím hubu a že je věc úplně jasná."

Potom, když ho přivedli na velitelství posádky, odvedli ho do nějaké díry, kde bylo dřív skladiště rýže, zároveň penzionát pro myši. Byla zde ještě všude po podlaze roztroušena rýže a myši se nikterak Švejka nebály a vesele běhaly kolem, paběrkujíce zrnka. Švejk si musel dojít pro slamník, a když se ve tmě rozhlédl, shledal, že se do jeho slamníku stěhuje ihned celá rodina myší. Nebylo žádné pochyby, že si zde chtějí udělat nové hnízdo, ve troskách slávy zpuchřelého rakouského slamníku. Švejk počal bouchat na zamčené dveře, přišel nějaký kaprál, Polák, a Švejk ho žádal, aby byl převeden do jiné místnosti, poněvadž by mohl zalehnout myši ve svém slamníku a udělat škodu vojenskému eráru, poněvadž co je ve vojenských magacínech, je všechno jeho majetkem.

Polák částečné porozuměl, zahrozil Švejkovi pěstí před uzavřenými dveřmi, a zmíniv se ještě něco o "dupě zasrane", vzdálil se, bruče něco rozčilené o choleře, jako by ho bůhvíjak Švejk neurazil.

Noc strávil Švejk klidně, poněvadž myši nečinily si veliké nároky na Švejka a patrné měly svůj noční program, který dodržovaly ve vedlejším skladiští vojenských plášťů a čepic, které prokousávaly s velkou jistotou a s bezpečím, poněvadž až teprve za rok vzpomněla si intendantura a zavedla do vojenských skladišť erární kočky, bez nároku na penzi, které byly vedeny v intendanturách pod rubrikou "K. u. k. Militärmagazinkatze". Tato kočičí hodnost byla vlastně jen obnovením této staré instituce, která byla zrušena po válce v šestašedesátém roce.

Dříve, ještě za Marie Terezie, v dobách válečných zaváděny byly též kočky do vojenských skladišť, když páni z intendantstva sváděli všecky své šmejdy s mundúry na nešťastné myši.

C. k. kočky v mnohých případech nekonaly však svou povinnost, a tak stalo se, že jednou za císaře Leopolda ve vojenském skladišti na Pohořelci, na základě výnosu vojenského soudu, bylo oběšeno šest koček přidělených k vojenskému skladišti. Já vím, že se tenkrát pěkně usmívali pod vousy všichni ti, co měli s tím vojenským skladištěm...

***

S ranní kávou strčili k Švejkovi do díry nějakého člověka v ruské furažce a v ruském vojenském plášti.

Muž ten mluvil česky, s polským přízvukem. Byl to jeden z těch ničemů sloužících v kontrašpionáži při armádním sboru, jehož velitelství nalézalo se v Přemyšlu. Byl to člen vojenské tajné policie a nedal si ani příliš záležet na nějakém rafinovaném přechodu k vyzvídání na Švejkovi. Začal zcela jednoduše: "To jsem se dostal do penkneho svinstva svou neopatrností. Já jsem sloužil u 28.

regimentu a hned jsem vstoupil k Rusům do služby, a pak se dám tak hloupé chytit. Přihlásím se Rusům, že půjdu na forpatrolu... Sloužil jsem u 6. kyjevské divize. U kterého ruského regimentu jsi ty sloužil, kamaráde? Tak se mi zdá, že jsme se někde v Rusku museli vidět. Já jsem v Kyjevě znal mnoho dechů, kteří šli s námi na front, když jsme přešli do ruského vojska, nemůžu si teď ale vzpomenout na jejich jména a odkud' byli, snad ty si vzpomeneš na někoho, s kým si se tam tak stýkal, rád bych věděl, kdo tam je od našeho 28. regimentu?"

Místo odpovědi sáhl mu Švejk starostlivě na čelo, pak mu prozkoumal tepnu a nakonec ho odvedl k malému okénku a požádal ho, aby vyplázl jazyk. Celé té proceduře se ničema nijak nebránil, domnívaje se, že se snad jedná o určitá spiklenecká znamení. Potom Švejk počal bušit na dveře, a když se ho hlídka přišla zeptat, proč dělá rámus, žádal česky i německy, aby ihned zavolali doktora, poněvadž toho muže, kterého mu sem dali, chytá se fantas.

Nebylo to však nic platné, pro toho muže si hned nikdo nepřišel. Zůstal tam zcela klidné a blábolil dále cosi o Kyjevu a že Švejka tam rozhodně viděl, jak mašíroval mezi ruskými vojáky.

"Voní se museli rozhodné napít bahnitý vody," řekl Švejk, "jako ten mladej Tyneckej od nás, člověk jinak rozumnej, ale jednou se pustil na cesty a dostal se až do Itálie. Taky vo ničem jiným nemluvil než vo tej Itálii, že jsou tam samý bahnitý vody a nic jinýho památnýho. A taky dostal z tý bahnitý vody zimnici. Chytalo ho to čtyřikrát do roka. Na Všechny svatý, na sv. Josefa, na Petra a Pavla a na Nanebevstoupení Panny Marie. Když ho to chytlo, tak všechny lidi, úplně cizí a neznámý, poznával zrovna jako voní. Třebas v elektrice oslovil kdekoho, že ho zná, že se viděli na nádraží ve Vídni. Všechny lidi, který potkával na ulici, viděl bud na nádraží v Miláně, nebo s nimi seděl ve Štýrském Hradci v radničním sklepě při víně. Když v tej době, kdy přišla na něho ta bahenní horečka, seděl v hospodě, tu všechny hosty poznával, všechny viděl na tom parníku, kterým jel do Benátek. Proti tomu nebyl však žádnej jinej lék, než jako to udělal ten novej ošetřovatel v Kateřinkách. Dostal na starost jednoho nemocnýho na hlavu, kterej celej boží den nic jinýho nedělal, než že seděl v koutě a počítal: ‚Jedna, dvě, tři, čtyři, pět, šest,` a zas od začátku: ‚Jedna, dvě, tři, čtyři, pět, šest.` Byl to nějakej profesor. Ten ošetřovatel moh zlostí vyskočit z kůže, když viděl, že ten blázen se přes šestku nemůže dál dostat. Začal to napřed s ním po dobrým, aby řekl: sedem, vosum, devět, deset. Ale kdepak! Ten profesorskej na to nedbal ani za ~má,k. Sedí si v koutečku a počítá: "leden, dva, tři, čtyři, pět, šest,` a zas: ‚Jeden, dva, tři, čtyři, pět, šest!` Tak se dožral, skočil na svýho ošetřovance a dal mu, když řekl šest, pohlavek. ‚Tady je sedem,` povídá, ‚a tady je vosum, devět, deset ` Co číslice, to pohlavek. Ten se chyt za hlavu a optal se, kde se nalézá. Když mu řek, že v blázinci, upamatoval se již na všechno, že se dostal do blázince kvůli nějaký kometě, když vypočítával, že se objeví napřesrok 18. července v šest hodin ráno, a voni mu dokázali, že ta jeho kometa shořela už před několika milióny let. Toho ošetřovatele jsem znal. Když se profesor úplně vzpamatoval a byl propuštěn, vzal si ho k sobě za sluhu. Von neměl nic jinýho na práci než každý ráno vysázet panu profesorovi čtyry pohlavky, což on vykonával svědomitě a přesně."

"Já znám vaše všechny známé z Kyjeva," neúnavně pokračoval zřízenec protišpionáže, "nebyl tam s vámi takový tlustý a jeden takový hubený? Teď' nevím, jak se jmenovali a od kterého byli regimentu..."

"Z toho si nic nedělejte," těšil ho Švejk, "to se může každýmu stát, že si nezapamatuje všechny tlustý a hubený lidi, jak se jmenujou. Hubený lidi je ovšem těžší si zapamatovat, poněvadž je jích většina na světě. Voni tedy tvořejí většinu, jak se říká."

"Kamaráde," ozval se naříkavě c. k. padouch, "ty mně nevěříš. Vždyť nás čeká stejný osud."

"Vod toho jsme vojáci," řekl Švejk nedbale, "kvůli tomu nás matky porodily, aby nás rozsekali na hadry, až nás oblíknou do mundúru. A my to rádi děláme, poněvadž víme, že naše kosti nebudou zadarmo práchnivět. My padneme za císaře pána a jeho rodinu, za kterou jsme vybojovali Hercegovinu. Z našich kostí se bude vyrábět špódium pro cukrovary, vo tom už nám před lety vykládal pan lajtnant Zimmer. ,Vy svinská bando,` povídá, ;vy nevzdělaní kanci, vy zbytečný, indolentní vopice, vy těma haksnama pletete, jako by neměly žádnou cenu. Kdybyste padli jednou ve vojně, tak z každého vašeho hnátu udělají půl kilogramu špódia, z muže přes dva kilogramy, hnáty i pazoury dohromady, a budou skrz vás filtrovat v cukrovarech cukr, vy idioti. Vy ani nevíte, jak ještě po smrti budete užitečný svým potomkům. Vaši kluci budou pít kafe voslazený cukrem, kerej šel skrz vaše hnáty, hňupové: Já jsem se zamyslel, a von na mne, vo čem přemejšlím. ,Poslušně hlásím,` povídám, ,tak si myslím, že špódium z pánů oficírů musí bejt vo hodně dražší než ze sprostejch vojáků ` Dostal jsem za to tři dny ajnclíčka."

Švejkův společník zatloukl na dveře a vyjednával cosi se stráží, která volala do kanceláře.

Za chvíli přišel nějaký štábní šikovatel pro Švejkova společníka a Švejk byl opět sám.

Při odchodu řekla stvůra hlasitě k štábnímu šikovateli, ukazujíc na Švejka: "Je to můj starý kamarád z Kyjeva." Celých 24 hodin zůstal Švejk o samotě kromě těch chvil, kdy mu přinesli jíst.

V noci dospěl k tomu přesvědčení, že ruský vojenský plášť je teplejší a větší než rakouský, a že očichává-li myš v noci ucho spícího člověka, že to není nic nepříjemného. Švejkovi to připadalo jako něžný šepot, ze kterého ho ještě za šera probudili, když přišli pro něho.

Švejk nedovede si dnes představit, jaká vlastně soudní formace to byla, před kterou ho to smutné ráno vlekli. Že to je vojenský soud, o tom nebylo žádné pochybnosti. Zasedal dokonce nějaký generál, pak plukovník, major, nadporučík, šikovatel a nějaký pěšák, který vlastně nic jiného nedělal, než druhým zapaloval cigarety.

Švejka se také na mnoho netázali.

Ten major mezi nimi jevil o něco větší zájem a mluvil česky.

"Vy jste zradil císaře pána," vybafl na Švejka. "Ježíšmarjá, kdy?" vykřikl Švejk, "já že jsem zradil císaře pána, našeho nejjasnějšího mocnáře, pro kterého jsem už tolik trpěl?"

"Nechte hloupostí," řekl major.

"Poslušně hlásím, pane majore, že zradit císaře pána není žádná hloupost. My lid vojenský přísahali jsme císaři pánu věrnost, a přísahu, jak zpívali v divadle, co věrný muž jsem splnil."

"Zde to je," řekl major, "zde jsou důkazy vaší viny a pravdy." Ukázal na objemný svazek papírů.

Muž, kterého posadili k Švejkovi, dodal hlavní materiál.

"Vy se tedy ještě nechcete přiznat?" otázal se major. "Vy jste přece již potvrdil sám, že jste se dobrovolně převlékl do ruské uniformy jako příslušník rakouské armády. Ptám se vás ještě naposled: Byl jste k tomu někým nucen?"

"Udělal jsem to bez přinucení."

"Dobrovolné?"

"Dobrovolně."

"Bez nátlaku?"

"Bez nátlaku."

"Víte, že jste ztracen?"

"Vím, vod 91. regimentu mne už jistě hledají, ale jestli dovolíte, pane majore, malou poznámku vo tom, jak se lidi dobrovolně převlíkají do cizích šatů. Roku 1908, někdy v červenci, koupal se knihař Božetěch z Příčný ulice v Praze na Zbraslavi ve starým rameni Berounky. Šaty si dal do vrbiček a náramně si liboval, když později vlez k němu do vody ještě jeden pán. Slovo dalo slovo, škádlili se, stříkali po sobě, potápěli se až do večera. Potom ten cizí pán vylez z vody napřed, že musí k večeři. Pan Božetěch ještě chvíli zůstal sedět ve vodě a pak si šel pro šaty do vrbiček a našel tam místo svých rozbitý vandrácký šaty a lístek: ‚Dlouho jsem se rozmejšlel: mám - nemám, když jsme se spolu tak krásně bavili ve vodě, tak jsem utrh kopretinu a poslední otrhaný lístek bylo: mám! Proto jsem si s nimi hadry vyměnil. Nemusejí se bát vlézt do nich. Vodvšivený jsou před tejdnem u okresu v Dobříši. Podruhý si dají lepší pozor na toho, s kým se koupají. Ve vodě vypadá každej nahej člověk jako poslanec, a je to třeba vrah. Voni taky nevědí, s kým se koupali. Za vykoupání to stálo. Teď je voda navečír nejlepší. Vlezou si tam ještě jednou, aby se vzpamatovali.‘ - Panu Božetěchovi nic jiného nezbývalo než čekat, až se zešeří, a pak se oblékl do těch vandráckých hadrů a namířil si to ku Praze. Vyhýbal se okresní silnici a šel přes luka po pěšinkách a setkal se s četnickou patrolou z Chuchle, která vandráka zatkla a odvedla druhého dne ráno na Zbraslav k okresnímu soudu, neboť to by moh říct každý, že je Josef Božetěch, knihař z Příčný ulice v Praze, číslo 16."

Zapisovatel, který více česky nerozuměl, pochopil, že obžalovaný udává adresu svého spoluviníka, a proto se ještě jednou otázal: "Ist das gemu, Prag, No 16, Josef Bozetech?"

"Jestli tam ještě bydlí, to nevím," odpověděl Švejk, "ale tenkrát tam v roce 1908 bydlel. Náramně hezky svazoval knihy, ale dlouho, poněvadž je napřed musel přečíst a podle obsahu je vázal. Když dal na knihu černou ořízku, to už to nikdo ani nemusel číst. To hned věděl, že to moc špatné v tom románě dopadlo. Přejete si snad ještě něco bližšího? Abych nezapomněl, sedával denně u Fleků a vyprávěl obsah všech knih, které právě si dali k němu vázat "

Major přistoupil k zapisovateli a šeptal si s ním, ten potom ve spisech přeškrtával adresu nového domnělého spiklence Božetěcha.

Potom pokračoval tento podivný soud na způsob náhlého soudu, který aranžoval předsedající generál Fink von Finkenstein.

Jako má někdo koníčka sbírat krabičky od sirek, tak zase koníčkem tohoto pána bylo organizovat náhlé soudy, ačkoliv ve většině případů bylo to proti vojenskému soudnímu řádu.

Tento generál říkával, že žádných auditorů nepotřebuje, že to sezve dohromady a za tři hodiny že každý chlap musí viset. Dokud byl na frontě, tak u něho o náhlý soud nikdy nebyla nouze.

Jako někdo pravidelně musí si denně zahrát partii šachu, kulečníku nebo mariáš, tak tento znamenitý generál sestavoval denně náhlé polní soudy, předsedal jim a hlásil s velkou vážností a radostí mat obžalovanému.

Kdyby člověk chtěl být sentimentálním, tak by napsal, že tento člověk měl na svědomí hodně tuctů lidí, zejména tam na východě, kde zápasil, jak říkal, s velkoruskou agitací mezi haličskými Ukrajinci. Z jeho stanoviska nemůžeme však mluvit, že by měl někoho na svědomí.

To u něho neexistovalo. Když dal pověsit učitele, učitelku, popa nebo celou rodinu na základě rozsudku svého náhlého soudu, vracel se klidně do své ubikace, jako když se spokojené vrací z hospody domů vášnivý hráč mariáše a přemýšlí o tom, jak mu dali flek, jak on dal re, oni supre, on tuti, oni boty, a jak on to vyhrál a měl sto a sedmu. Považoval věšení za něco prostého a přirozeného, za jakýsi denní chléb a při rozsudcích dosti často zapomínal na císaře pána a už ani neříkal: "Jménem Jeho Veličenstva odsuzujete se k smrti provazem," ale pronášel: "Odsuzuji vás."

Někdy nalézal ve věšení i komickou stránku, o čemž také jednou psal své manželce do Vídně: "...nebo například, má drahá, nedovedeš si představit, jak jsem se předešle nasmál, když před několika dny odsoudil jsem jednoho učitele pro vyzvědačství. Mám vycvičeného člověka, který to věší, má již větší praxi, je to jeden šikovatel, a ten to dělá ze sportu. Byl jsem ve svém stanu, když po rozsudku přišel ten šikovatel ke mně a ptá se mne, kde má toho učitele pověsit. Řekl jsem mu, že na nejbližším stromě, a nyní si považ tu komičnost situace. Byli jsme uprostřed stepi, kde do nedozírna nic jiného jsme neviděli než trávu a na míle cesty ani stromečku. Rozkaz je rozkaz, proto šikovatel vzal učitele s sebou s eskortou a jeli hledat strom. Vrátili se až večer, opět s učitelem. Šikovatel přišel ke mně a ptá se mne opět: ,Na čem mám pověsit toho chlapa?` Vynadal jsem mu, že přece můj rozkaz byl: na nejbližším stromě. Řekl, že se tedy ráno o to pokusí, a ráno přišel celý bledý, že učitel do rána zmizel. Připadalo mně to tak směšné, že jsem všem odpustil, kteří ho hlídali, a ještě jsem udělal vtip, že se ten učitel patrně sám šel poohlédnout po nějakém stromě. Tak vidíš, má drahá, že se zde nijak nenudíme, a řekni malému Viloušovi, že ho tatínek líbá a že mu brzo pošle živého Rusa, na kterém bude Viloušek jezditi jako na koníčkovi. Ještě ti, má drahá, si vzpomínám na jeden směšný případ. Věšeli jsem onehdy jednoho žida pro vyzvědačství. Chlap se nám připletl do cesty, ačkoliv tam neměl co dělat, a vymlouval se, že prodává cigarety. Tedy visel, ale jen několik vteřin, provaz se s ním přetrhl a on spadl dolů, hned se vzpamatoval a křičel na mne: ,Pane generále, já jdu domů, už jste mě pověsili, a podle zákona nemohu být za jednu věc dvakrát pověšen.` Dal jsem se do smíchu a žida jsme pustili. U nás je, má drahá, veselo..."

Když se generál Fink stal velitelem posádky pevnosti Přemyšlu, neměl již tolik příležitosti pořádat podobné cirkusy, proto s velkou radostí chopil se Švejkova případu.

Švejk tedy stál před tím tygrem, který sedě v popředí za dlouhým stolem, kouřil cigaretu za cigaretou, dával si překládat výpovědi Švejkovy, přičemž souhlasně kýval hlavou.

Major podal návrh, aby telegraficky byl učiněn dotaz na brigádu kvůli zjištění, kde se nyní nalézá 11. pochodová setnina 91. pluku, ku které obžalovaný patří dle jeho údajů.

Generál proti tomu vystoupil a prohlásil, že se tím zdržuje náhlost soudu a pravý význam tohoto zařízení. Je zde přece úplné doznání obžalovaného, že se oblékl do ruské uniformy, potom jedno důležité svědectví, kde se přiznal obžalovaný, že byl v Kyjevě. Navrhuje tudíž, aby se odebrali k poradě, aby pronesen mohl býti rozsudek a ihned vykonán.

Major trval však na svém, že je třeba zjistit totožnost obžalovaného, poněvadž celá záležitost jest neobyčejné politicky důležitou. Zjištěním jeho totožnosti může se přijít na další styky obviněného s jeho bývalými kamarády z oddílu, ku kterému patřil.

Major byl romantický snílek. Mluvil ještě o tom, že vlastně se hledají jakési nitky, že nestačí člověka odsoudit. Odsouzení že je jediné výslednicí určitého vyšetřování, které zahrnuje v sobě nitky, kteréžto nitky... Nemohl se z těch nitek dostat, ale všichni mu rozuměli, souhlasně kývali hlavou, dokonce i pan generál, kterému se ty nitky tak zalíbily, že si představoval, jak na majorových nitkách visí nové náhlé soudy. Proto také již více neprotestoval, aby u brigády bylo zjištěno, zdali Švejk skutečné přísluší k 91. pluku a kdy asi přešel k Rusům, v době kterých operací 11. marškumpanie.

Švejk po tu celou dobu debaty byl střežen na chodbě dvěma bajonety, potom byl opět přiveden před soud a ještě jednou otázán, ke kterému pluku vlastně patří. Potom ho přestěhovali do garnizónního vězení.

***

Když se generál Fink vrátil po nezdařeném náhlém soudu domů, lehl si na pohovku a přemítal, jak by vlastně urychlil celé jednání.

Byl pevně přesvědčen, že odpověď zde bude brzo, ale že už to přece nebude ta rychlost, kterou jeho soudy vynikaly, poněvadž ještě potom přijde duchovní útěcha odsouzence, čímž se rozsudek zbytečně zdrží o dvě hodiny.

"Je to jedno," pomyslil si generál Fink, "můžeme mu poskytnout duchovní útěchu napřed, před rozsudkem, ještě než přijdou zprávy z brigády. Viset bude stejné."

Generál Fink dal zavolat k sobě polního kuráta Martince.

Byl to jeden nešťastný katecheta a kaplan, odněkud z Moravy, který měl takového neřáda faráře nad sebou, že se raději dal na vojnu. Byl to doopravdy nábožensky založený muž, který s lítostí v srdci vzpomínal na svého faráře, který pomalu, ale jistě propadá zkáze. Vzpomínal, jak jeho farář chlastal slivovici jako duha a jak mu jednou v noci mermomocí strkal do postele nějakou potulnou Cikánku, kterou našel za vesnicí, když se potácel z vinopalny.

Polní kurát Martinec představoval si, že jsa ve službách duchovní útěchy raněným a umírajícím na bojišti, vykoupí i hříchy svého zpustlého faráře, který vraceje se v noci domů, nesčíslněkráte ho vzbudil a vypravoval mu:

"Jeníčku, Jeníčku! Macatá děvka, to je můj celý život "

Jeho naděje se nesplnily. Házeli ho po garnizónách, kde vůbec neměl nic jiného na práci než v garnizónním chrámu jednou za čtrnáct dní před mší kázat vojákům z posádky a odolávat pokušení, které vycházelo z důstojnického kasina, kde vedly se takové řeči, že v porovnání s nimi byly macaté děvky jeho faráře nevinnou modlitbičkou k andělu strážci.

Obyčejně teď býval volán ke generálu Finkovi v době velikých operací na bojišti, kdy se mělo slavit nějaké vítězství rakouské armády, tu se stejnou zálibou jako náhlé soudy aranžoval generál Fink slavné polní mše.

Potvora Fink byl takový rakouský vlastenec, že se nemodlil za vítězství říškoněmeckých zbraní nebo tureckých. Když říšští Němci někde vyhráli nad Francouzi nebo Angličany, opomenul to úplným mlčením od oltáře.

Nepatrná vítězná rakouská šarvátka výzvědné rakouské hlídky s ruskou přední stráží, kterou nafoukl štáb na ohromnou mýdlovou bublinu porážky celého armádního sboru, dala podnět generálu Finkovi k slavnostním bohoslužbám, takže nešťastný polní kurát Martinec měl dojem, že generál Fink je současné též nejvyšší hlavou katolické církve v Přemyšlu.

Generál Fink také rozhodoval o tom, jaký pořad bude mít při takové příležitosti mše, a nejraději by si byl vždy přál něco na způsob Božího těla s oktávou.

Měl též ve zvyku, že když při mši bylo již ukončeno pozdvihování, přicválal na cvičiště na koni k oltáři a zvolal třikrát: "Hurá - hurá - hurá!"

Polní kurát Martinec, duše zbožná a spravedlivá, jeden z těch málo, kteří ještě věřili v pánaboha, nerad chodíval ke generálovi Finkovi.

Po všech instrukcích, které mu dával velitel garnizónní posádky, dával vždycky generál Fink něco ostrého nalít a potom mu vypravoval nejnovější anekdoty z nejblbějších svazečků, které pro vojsko byly vydány v Lustige Blätter.

Měl celou knihovnu takových svazečků s pitomými názvy jako Humor v tornistře pro oči i uši, Hindenburgovy anekdoty, Hindenburg v zrcadle humoru, Druhá tornistra plná humoru, naládovaná Felixem Schlemprem, Z našeho gulášového kanónu, Šťavnaté granátové třísky ze zákopů, nebo tyto hovadiny: Pod dvojitým orlem, Vídeňský řízek z c. k. polní kuchyně. Ohřál Artur Lokesch. Někdy mu také předzpěvoval ze sbírky veselých vojenských písní Wir müssen siegen, přičemž naléval neustále něco ostrého a nutil polního kuráta Martince, aby pil a hulákal s ním. Potom vedl oplzlé řeči, při kterých kurát Martinec se steskem v srdci vzpomínal na svého faráře; který si v ničem nezadal generálovi Finkovi, pokud se týkalo tlustých slov.

Kurát Martinec pozoroval s hrůzou, že čím více chodí ke generálovi Finkovi, tím více mravně upadá.

Počaly nešťastníkovi lahodit likéry, které tam pil u generála, a také generálovy řeči začaly se mu pomaloučku zamlouvat, dostával zpustlé představy a kvůli kontušovce, jeřabince a pavučinám na lahvích starého vína, které mu předkládal generál Fink, zapomínal na pánaboha a mezi řádkami breviáře tancovaly mu holky z vypravování generálova, Odpor k návštěvám u generála pomalu se zmírňoval.

Generál oblíbil si kuráta Martince, který se mu prvně představil jako nějaký svatý Ignác z Loyoly a pomalu přizpůsoboval se generálovu okolí.

Jednou pozval generál k sobě dvě sestřičky z polního špitálu, které tam vlastně ani nesloužily, jenom byly tam připsány kvůli platu a zvětšovaly si své příjmy lepší prostitucí, jak to bývalo zvykem v těch těžkých dobách. Dal zavolat polního kuráta Martince, který již upadl tak dalece do osidel ďábla, že po půlhodinové zábavě vystřídal obě dámy, přičemž tak říjel, že poslintal celou podušku na pohovce. Potom dlouhou dobu vyčítal si toto zpustlé jednání, ačkoliv to nemohl ani napraviti tím, když tu noc, vraceje se domů, klečel omylem v parku před sochou stavitele a starosty města, mecenáše pána Grabowského, který získal si velké zásluhy o Přemyšl v letech osmdesátých.

Jenom dupot vojenské hlídky míchal se do jeho vroucích slov:

"Nevcházej v soud se služebníkem svým, neboť nižádný člověk nebude ospravedlněn před tebou, nedáš-li ty mu odpuštění všech hříchů jeho, nechat mu tedy, prosím tebe, není těžký výrok tvůj. Pomoci tvé žádám a odporučuji v ruce tvé, pane, ducha svého."

Od té doby učinil několikrát pokus, kdykoliv ho zavolali ke generálovi Finkovi, zřeknouti se všech pozemských rozkoší a vymlouval se přitom na zkažený žaludek, považuje tuto lež za nutnou, aby jeho duše nezakusila pekelných útrap, neboť současně nahlížel, že disciplína vojenská vyžaduje, když feldkurátovi řekne generál: "Chlastej, kamaráde," aby ten chlastal již ze samotné úcty k představenému.

Někdy se mu to ovšem nepodařilo, zejména když generál po slavných polních bohoslužbách pořádal ještě slavnostnější žranice na účet garnizónní pokladny, kde potom v účtárně to všelijak stloukali dohromady, aby také z toho něco trhli, tu si vždy potom představoval, že je morálně pohřben před tváří Hospodinovou a třesoucím se učiněn jest.

Chodil potom jako v mátohách, a neztráceje při tom chaosu víru v boha, zcela vážně už začal přemýšlet o tom, zdali by se neměl každodenně pravidelné mrskat.

V podobné náladě dostavil se i nyní na pozvání generála.

Generál Fink vyšel mu vstříc celý rozzářený a rozradostnělý.

"Slyšel jste již," volal mu jásavé vstříc, "o mém náhlém soudu? Budeme věšet jednoho vašeho krajana."

Při slově ,krajana` podíval se polní kurát Martinec utrápeně na generála. Již několikráte odmítl domněnku, že by byl Čechem, a vysvětlil již bezpočtukráte, že k jejich moravské farnosti patří dvě obce, česká i německá, a že on kolikrát musí jeden týden kázat pro G`echy a druhý pro Němce, a poněvadž v české obci není žádná česká škola, jenom německá, proto že on musí vyučovat v obou obcích německy, a proto on není žádný dech. Tento logický důvod dal jednou podnět jednomu majorovi u stolu k poznámce, že ten polní kurát z Moravy je vlastně obchod se smíšeným zbožím.

"Pardon," řekl generál, "zapomněl jsem, není to váš krajan. Je to dech, přeběhlík, zrádce od nás, sloužil Rusům, bude viset. Zatím však jaksi kvůli formě zjišťujeme jeho identitu, to nevadí, viset bude hned, jakmile dojde telegrafická odpověď."

Usazuje polního kuráta vedle sebe na pohovku, pokračoval generál vesele: "U mé když je náhlý soud, musí odpovídat také skutečné náhlosti tohoto soudu, to je můj princip. Když jsem byl ještě za Lvovem na počátku války, docílil jsem toho, že jsme chlapa pověsili za tři minuty po rozsudku. To byl ovšem žid, ale jednoho Rusína jsme oběsili za pět minut po naší poradě."

Generál se dobromyslně zasmál: "Oba náhodou nepotřebovali duchovní útěchy. Žid byl rabínem a Rusín popem. Tento případ je ovšem jiný, zde se jedná o to, že budeme věšet katolíka. Přišel jsem na kapitální myšlenku, aby se to potom nezdržovalo, že mu poskytnete duchovní útěchu napřed, jak říkám, aby se to nezdržovalo."

Generál zazvonil a poručil sluhovi: "Přines dvě z té včerejší baterie."

A naplňuje za chvíli polnímu kurátovi sklenici na víno, pravil přívětivé: "Utěšte se trochu před duchovní útěchou..." Ze zamřížovaného okna, za kterým seděl Švejk na kavalci, ozýval se v tento hrozný čas jeho zpěv:

My vojáci, my jsme páni
nás milujou holky samy
my fasujem peníze,
máme se všady dobře...
Cárárá... Ein, zwei...

Duchovní útěcha

Polní kurát Martinec v pravém slova smyslu nepřišel k Švejkovi, ale veplul k němu jako baletka na jevišti. Nebeské touhy a láhev starého gumpoldskirchen činily ho v této dojemné chvíli lehkým jako pírko. Zdálo se mu, že se přibližuje v této vážné a posvátné chvíli blíže k bohu, zatímco se přibližoval k Švejkovi.

Zavřeli za ním dveře, zanechali oba o samotě a on nadšeně řekl k Švejkovi, který seděl na kavalci: „Milý synu, já jsem polní kurát Martinec."

Toto oslovení zdálo se mu po celé cestě sem nejvhodnějším a jaksi otcovsky dojemným.

Švejk vstal ze svého pelechu, potřásl bodře rukou polnímu kurátovi a řekl: „Mě velice těší, já jsem Švejk, ordonanc 11. marškumpanie 91. regimentu. Nedávno nám přeložili kádr do Brucku nad Litavou, tak si pěkně sednou vedle mne, pane feldkurát, a vypravujou mně, proč voní sou zavřenej. Voní sou přece v ranku oficíra, tak jim gebíruje oficírskej arest při garnizóně, kdepak tady, vždyť je na tom kavalci plno vší. Někdy ovšem se stává, že někdo neví, kam vlastně arestem patří, ale to se splete v kanceláři nebo náhodou. Jednou jsem vám seděl, pane feldkurát, v arestě v Budějovicích u pluku a přivedli ke mně jednoho kadetštelfrtrétra. Takovej kadetštelfrtrétr, to bylo něco podobnýho jako feldkuráti, ani prase, ani myš, řval na vojáky jako oficír, a když se něco stalo, tak ho zavírali mezi sprostej manšaft. Byli to vám, pane feldkurát, takoví bastardi, že je nepřijímali na mináž do untroficírský kuchyně, na mináž pro manšaft neměli právo, to byli vejš, a oficírsmináž jim zase negebírovala. Měli jsme jich tam tenkrát pět a ze začátku vám to žralo v kantýně samý syrečky, poněvadž mináž nikde nedostali, až tam na ně přišel takhle jednou obrlajtnant Wurm a zakázal jim to, poněvadž prej se to nesrovnává se ctí kadetštelfrtrétrů, chodit do kantýny pro manšaft. Ale co měli dělat, do oficírskantýny je nepouštěli. Tak viseli ve vzduchu a prošli za několik dní takovou cestou utrpení, že jeden z nich skočil do Malše a jeden zběh od pluku a za dva měsíce do kasáren psal, že je v Maroku ministrem vojenství. Byli čtyři, poněvadž toho z Malše vylovili živýho, poněvadž von v rozčilení zapomněl, když tam skákal, že umí plavat a že udělal zkoušku v plavectví s výborným prospěchem. Dodali ho do nemocnice a tam si s ním zas nevěděli rady, jestli ho mají přikrejt oficírskou dekou anebo vobyčejnou pro manšaft. Tak našli tedy cestu a nedali mu vůbec žádnou deku a zabalili ho jenom do mokrýho prostěradla, takže von za půl hodiny prosil, aby ho pustili zpátky do kasáren, a to byl právě ten, kterýho zavřeli ke mně ještě celýho mokrýho. Seděl tam asi čtyři dni a liboval si, poněvadž tam dostával mináž, arestantskou sice, ale mináž, byl na svým jistým, jak se říká. Pátej den si pro něho přišli a von se potom za půl hodiny vrátil pro čepici a plakal vám radostí. Povídá mně: ,Přišlo konečně vo nás rozhodnutí. Vode dneška budeme kadetštelfrtrétři zavíráni na hauptvaše mezi oficírama, na mináž budeme si připlácet do oficírský kuchyně, a až se oficíři najedí, tak teprve dostanem my jíst, spát budeme s manšaftem a kafe budem dostávat taky vod manšaftskuchyně a fasovat budem tabák taky s manšaftem.'"

Teprve nyní se tak dalece vzpamatoval polní kurát Martinec, že přerušil Švejka větou, která svým obsahem nepatřila nijak předcházejícímu rozhovoru:

„Ano, ano, milý synu! Jsou věci mezi nebem a zemí, o kterých sluší uvažovati s vroucím srdcem a s plnou důvěrou v nekonečné milosrdenství boží. Přicházím, milý synu, poskytnouti ti duchovní útěchy."

Zamlčel se, poněvadž to všechno se mu jaksi nehodilo. Po cestě již si sestavoval celý náčrtek řeči, ve které nešťastníka přivede k rozjímání o jeho životě a jak mu bude odpuštěno tam nahoře, když se bude kát a projeví účinnou lítost.

Nyní přemýšlel, jak dál navázat, ale předešel ho Švejk otázkou, jestli má cigaretu.

Polní kurát Martinec nenaučil se doposud kouřit. To bylo také jediné, co si vlastně zachoval ze životosprávy, než sem přijel. Někdy u generála Finka, když už měl trochu v hlavě, zkoušel kouřit britanika, ale hned mu všechno šlo ven, přičemž měl dojem, že mu andělíček strážce výstražně lechtá v krku.

„Nekouřím, milý synu," odpověděl Švejkovi s neobyčejnou důstojností.

„To se divím," řekl Švejk. „Znal jsem mnoho feldkurátů a ti kouřili jako špirituska na Zlíchově. Feldkuráta si vůbec nemůžu představit, aby nekouřil a nepil. Jenom jednoho jsem znal, kterej nešlukoval, ale ten zas raději místo kouření žvejkal tabák a při kázání poplival celou kazatelnu. - Vodkudpak sou, pane feldkurát?"

„Od Nového Jičína," skleslým hlasem ozval se c. k. dp. Martinec.

„To snad znali, pane feldkurát, nějakou Růženu Gaudrsovou, byla předloni zaměstnána v jedný vinárně v Platnéřský ulici v Praze a žalovala vám najednou osmnáct lidí pro paternitu, poněvadž se jí narodily dvojčata. To jedno z, těch dvojčat mělo jedno voko modrý a druhý hnědý, to druhý dvojče mělo jedno voko šedý a druhý černý, tak vona předpokládala, že už jsou v tom angažovaný čtyři páni s podobnejma vočima, kteří tam do tý vinárny chodili a něco s ní měli. Potom to jedno z dvojčat mělo chromou nožičku jako jeden magistrátní rada, který tam taky chodil, a to druhý zas mělo šest prstů na jedný noze jako jeden poslanec, kterej tam bejval denním hostem. A teď si představějí, pane feldkurát, že takovejch hostů tam chodilo vosumnáct, a ta dvojčata vod každýho měla nějaký znamínko, vod všech těch vosumnácti, s kerejma vona chodila buď na privát, nebo do hotelu. Nakonec soud rozhod, že otec při takovej tlačenici je neznámý, a vona to nakonec svedla na vinárníka a žalovala vinárníka, u kterýho sloužila, ale ten dokázal, že je už přes dvacet let impotentní na základě operace při nějakým zánětu dolejších vokončetin. Voni ji pak šupovali, pane feldkurát, k vám do Novýho Jičína, z toho je nejlepší vidět, že kdo baží vo moc, dostane vobyčejně starýho kozla. Vona se měla držet jednoho a netvrdit před soudem, že jedno .dvojčátko je vod pana poslance a druhý vod pana magistrátního rady anebo vod toho a toho. Každý narození dítěte se dá lehce spočítat. Tolikátýho a tolikátýho jsem s ním byla v hotelu a tolikátýho a tolikátýho se mně to narodilo. To se ví, když je to normální porod, pane feldkurát. V takovejch abštajglách vždycky se najde za pětku ňákej svědek, jako podomek nebo pokojská, étery to vodpřísáhnou, že tam skutečně tu noc s ní byl a vona že mu řekla. ještě když šli dolů po schodech: ‚A co když něco z toho bude?‘ a von že ji na to vodpověděl: ‚Neboj se, kanimůro, vo dítě se postarám.‘"

Polní kurát se zamyslil a celá duchovní útěcha připadala mu nyní nějak těžkou, třebaže měl již předtím celou osnovu vypracovanou, co a jak bude s milým synem mluvit. O tom nejvyšším milosrdenství v den posledního soudu, kdy vstanou všichni vojenští zločinci z hrobů s oprátkou na krku, a poněvadž se káli, přijati jsou na milost stejně jako ten lotr z Nového zákona.

Měl připravenu snad jednu z nejhezčích duchovních útěch, která měla sestávat ze tří částí. Napřed chtěl pojednat o tom, že je smrt oběšením lehká, když je člověk úplně usmířen s bohem. Vojenský zákon že trestá provinilce pro jeho zradu spáchanou na císaři pánu, který je otcem svých vojínů, takže na sebemenší poklesek jejich sluší se dívati jako na otcovraždu, potupení otce. Potom chtěl dál rozvinout svou teorii, že císař pán jest z milosti boží, že jest bohem ustanoven k řízení světských záležitostí, tak jako papež jest ustanoven k řízení duchovních věcí. Zrada spáchaná na císaři jest zradou spáchanou na samotném pánubohu. Čeká tedy vojenského zločince kromě oprátky trest na věčnosti a věčné zatracení zlolaje. Jestli však světská spravedlnost nemůže vzhledem k vojenské disciplíně zrušit rozsudek a musí oběsit zločince, není ještě všecko ztraceno, pokud se týká druhého trestu na věčnosti. Člověk to může parírovat výborným tahem, pokáním.

Polní kurát představoval si tu nejdojemnější scénu, která jemu samotnému tam nahoře prospěje k vymazání všech poznámek o jeho činnosti a působení v bytě generála Finka v Přemyšlu.

Jak na něho, odsouzence, potom v úvodě zařve: Kaj se, synu, klekněme si spolu! Opakuj za mnou, synu!

A jak potom touhle smradlávou, zavšivenou celou bude se ozývati modlitba: Bože, jehož vlastností jest smilovávati se vždycky a odpouštěti, snažně tě prosím za duši vojína tohoto, kteréž jsi rozkázal odejíti z tohoto světa na základě rozsudku náhlého vojenského soudu v Přemyšlu. Dejž infanteristovi tomuto pro jeho úpěnlivé a úplné pokání, aby pekelných útrap nezakusil, ale věčných radostí požíval.

„S dovolením, pane feldkurát, už sedějí pět minut jako zařezanej, jako by jim ani do hovoru nebylo. Na nich člověk hned pozná, že jsou ponejprv v arestě."

„Přišel jsem," řekl vážně polní kurát, „kvůli duchovní útěše."

„To je zvláštní, co pořád mají, pane feldkurát, s tou duchovní útěchou. Já, pane feldkurát, necejtím se bejt tak silnej, abych jim mohl nějakou útěchu poskytnout. Voní nejsou ani první, ani poslední feldkurát, kerej se dostal za mříže. Vostatně, abych jim řekl pravdu, pane feldkurát, já nemám tu vejřečnost, abych mohl někomu poskytovat útěchu v jeho těžkým postavení. Jednou jsem to zkusil, ale nedopadlo to příliš dobře, hačnou si pěkně vedle a já jim to povím. Když jsem bydlel v Opatovickej ulici, tak jsem tam měl jednoho kamaráda, Faustýna, vrátnýho z hotelu. Byl to moc hodnej člověk, spravedlivej a přičinlivej. Znal kdejakou holku z ulice, a mohli by přijít, pane feldkurát, kterejkoliv čas noční do hotelu k němu a říct mu jen: ,Pane Faustýne, potřebuje nějakou slečnu,' a von vám hned svědomitě se optal, jestli blondýnku, brunetu, menší, vyšší, tenkou, tlustou, Němkyni, Češku nebo židovku, svobodnou, rozvedenou nebo vdanou paničku, inteligentní nebo bez inteligence."

Švejk přitulil se důvěrně k polnímu kurátovi, a objímaje ho v pasu, pokračoval: „Řekněme tedy, pane feldkurát, že by řekli: ,Potřebuju blondýnu, nohatou, vdovu, bez inteligence,' a za deset minut byste ji měl v posteli i s křestním listem."

Polnímu kurátovi počalo být horko, a Švejk mluvil dál, tiskne k sobě mateřsky polního kuráta: „Ani by neřekli, pane feldkurát, jakej měl pan Faustýn smysl pro mravnost a poctivost. Vod těch ženskejch, kerý dohazoval a dodával do pokojů, nevzal vám ani krejcar diškerece, a když se někdy některá z těch ženštin zapomněla a chtěla mu něco podstrčit, měli vidět, jak se rozčílil a začal na ni křičet: ,Ty svině jedna, když prodáváš svoje tělo a pášeš smrtelnej hřích, nemyslí si, že ten tvůj nějakej šesták mně pomůže. Já nejsem žádnej kuplíř, nestoudná běhno. Já to dělám jedině z outrpnosti k tobě, abys, když už ses tak spustila, nemusela svou hanbu veřejně vykládat kolemjdoucím, aby tě někde v noci chytla patrola a tys musela potom tři dni mejt na direkci. Takhle seš aspoň v teple a nikdo nevidí, kam až jsi klesla.' Von si to vynahražoval na hostech, když nechtěl brát peníze jako pasák. Měl svou sazbu: modrý voči stály šesták, černý patnáct krejcarů, a von to všechno vypočet přímo dopodrobna jako oučet na kousek papíru, kerej podal hostovi. Byly to velmi přístupné ceny za zprostředkování. Na ženskou bek inteligence byla přirážka šesták, poněvadž von vycházel z tý zásady, že taková sprostá nádoba víc pobaví než taková vzdělaná dáma. Jednou kvečeru přišel ke mně pan Faustýn do Opatovickej ulice náramně rozčilenej a nesvůj, jako by ho právě byli před chvilkou vytáhli zpod ochranného rámu vod elektriky a ukradli mu přitom hodinky. Napřed vůbec nic nemluvil, jen vytáhl z kapsy láhev rumu, napil se, podal mně a řekl: ,Pij.' Tak jsme nemluvili nic, až když jsme tu láhev vypili, von najednou povídá: ,Kamaráde, buď tak laskav, udělej mně něco k vůli. Otevři vokno na ulici, já si na vokno sednu a ty mě chytíš za nohy a shodíš mě z třetího patra dolů. Já už v životě nic jinýho nepotřebuju, já mám tuhle poslední outěchu, že se našel dohrej kamarád, kerej mne sprovodí ze světa. Já dál na světě bejt živ nemůžu, já poctivej člověk sem žalovanej pro kuplířství jako ňákej pasák ze Židů. Náš hotel je přeci prvotřídní, všecky tři panský i moje žena mají knížky a nejsou dlužni panu doktorovi za vizitu ani krejcar. Máš-li mne jen trošku rád, shod mne z třetího patra, dej mně tu poslední outěchu; hekl jsem mu, aby si tedy vylezl na okno, a shodil jsem ho dolů na ulici. - Nelekají se, pane feldkurát.“

Švejk vystoupil na pryčnu, přičemž vytáhl s sebou polního kuráta:

„Podívají se, pane feldkurát, já jsem ho tedy takhle chytil a šup s ním dolů.“

Švejk vyzvedl polního kuráta, spustil ho na podlahu, a zatímco poděšený polní kurát se sbíral se země, hovořil Švejk dále: „Tak vidějí, pane feldkurát, že se jim nic nestalo, a jemu taky ne, paňu Faustýnovi, vono to bylo asi jenom vo třikrát vejš. Von byl totiž ten pan Faustýn úplně vožralej a zapomněl, že já bydlím v Opatovickej ulici docela v nízkém přízemí, a ne ve třetím patře iako před rokem, když jsem bydlel v Křemencovej ulici a von ke mně chodil na návštěvu.“

Polní karát se země poděšené podíval se na Švejka, který stoje nad ním na pryčně, rozkládal rukama.

Kurátovi napadlo, že má co dělat se šílencem, proto koktaje: „Ano, milý synu, nebylo to ani třikrát tak vysoko,“ šoupal se pomalu pozpátku ku dveřím, na které začal tak náhle bušit a přitom tak strašně ječet, že mu hned otevřeli.

Švejk viděl zamřížeým oknem, jak polní karát spěšné kráčí přes nádvoří v průvodu stráže, přitom živé gestikuluje.

„Teď ho vedou asi na magorku,“ pomyslil si Švejk, seskočil z pryčny, a procházeje se vojenským krokem, zpíval si:

Ten prstýnek, cos mi dala, ten já nosit nebudu.

Prachsakra, pročpak ne.

Až já přijdu k svému regimentu,

do kvéru ho nabiju... Polního kuráta za několik minut nato ohlašovali u generála Finka.

*

U generála bylo opět jedno velké shromáždění, ve kterém vynikající úlohu hrály dvě příjemné dámy, víno a likéry.

Bylo zde z důstojnického sboru celé sestavení ranního náhlého soudu, kromě obyčejného infanteristy, který ráno jim zapaloval cigarety.

Polní karát veplul opět tak pohádkově jako příšera do shromáždění. Byl bledý, rozechvělý a důstojný jako člověk, který je si vědom, že byl nevinně zfackován.

Generál Fink, počínající si poslední dobou velice důvěrně k polnímu karátoví, stáhl ho k sobě na pohovku a napařeným hlasem otázal se kuráta: „Co je s tebou, duchovní útěcho?“

Přitom jedna z veselých dam hodila po kurátoví memfiskou. „Pijte, duchovní útěcho,“ řekl ještě generál Fink, nalévaje vína polnímu kurátoví do velikého zeleného poháru. Poněvadž ten ihned se nenapil, začal ho sám vlastnoručně generál napájet, a kdyby nebyl karát statečně lokal, byl by ho celého pobryndal.

Potom nastalo teprve dotazování, jak se při poskytování duchovní útěchy choval odsouzenec. Polní karát vstal a řekl hlasem plným tragiky: „Zešílel.“

„To musela být znamenitá duchovní útěcha,“ zasmál se generál, načež se všichni dali do hrozného chechtotu, přičemž obě dámy začaly opět házet na kuráta memfisky.

Na konci stolu klímal v křesle major, který již trochu přebral, nyní se probudil ze své apatie, nalil rychle do dvou vinných sklenic nějakého likéru, rozrazil si cestu přes židle k polnímu kurátovi a přinutil zmámeného božího sluhu vypít to s ním na bratrství. Potom se zas odvalil na své místo a tloukl špačky dál.

Tímto přípitkem na bratrství upadl polní karát do osidel ďábla, který natahoval na něho svou náruč ze všech lahví na stole i z pohledů a úsměvů veselých dam, které si daly naproti němu nohy na stůl, takže na polního kuráta koukal Belzebub z krajkoví.

Do poslední chvíle neztrácel polní karát přesvědčení, že se hraje o jeho duši a on sám že je mučedníkem.

Vyjádřil to také rozjímáním, které pronesl k dvěma vojenským sluhům generála, kteří ho odnášeli do vedlejších pokojů na pohovku: „Smutné sice, ale vznešené divadlo otvírá se před vašima očima, když nepředpojatou a čistou myslí vzpomenete si na tolik proslavených trpitelů, kteří stali se obětmi pro víru a jsou známi pod jménem mučedníků. Na mně vidíte, jak člověk nad veliká utrpení cítí se povýšen, když v jeho srdci obývá pravda a ctnost, které ho ozbrojují k dobytí slavného vítězství nad nejstrašnějším utrpením.“

Tu ho obrátili obličejem ke stěně a on ihned usnul.

Měl neklidný spánek.

Zdálo se mu, že ve dne vykonává funkce polního kuráta a večer že je vrátným v hotelu namístě vrátného Faustýna, kterého Švejk shodil z třetího poschodí.

Přicházely na něho ze všech stran ke generálovi žaloby, že místo blondýny přivedl hostovi brunetu, místo rozvedené paní s inteligencí že dodal vdovu bez inteligence.

Probudil se ráno zpocený jako myš, měl žaludek jako na vodě a připadalo mu, že ten jeho farář na Moravě je proti němu anděl.

Švejk opět u své marškumpanie

Onen major, který dělal auditora při včerejším dopoledním líčení se Švejkem, byla tatáž figura, která večer u generála pila na bratrství s polním kurátem a klímala.

Jisto bylo, že nikdo nevěděl, kdy a jak major v noci od generála odešel. Všichni byli v takovém stavu, že nikdo nezpozoroval jeho nepřítomnosti, generál si dokonce pletl, kdo vlastně ze společnosti mluví. Major nedlel již přes dvě hodiny ve společnosti, ale generál přesto kroutil si vousy, pitomě se usmívaje volal: "Dobře jste to řekl, pane majore."

Ráno nemohli majora nikde najít. Jeho plášť visel v předsíni, šavle byla na věšáku, scházela jen jeho důstojnická čepice. Domnívali se, že snad usnul někde na záchodě v domě, prohledali všechny záchody, ale nenašli ho nikde. Místo něho objevili v druhém patře jednoho spícího nadporučíka ze společnosti generálovy, který spal vkleče, maje hubu v díře, jak ho tu spánek zastihl, když zvracel.

Major jako kdyby do vody zapadl.

Kdyby však byl se někdo podíval zamřížovaným oknem, kde byl zavřen Švejk, uviděl by, jak pod Švejkovým ruským vojenským pláštěm spí dvě osoby na jednom kavalci, jak zpod pláště vykukují dva páry bot.

S ostruhami patřily majorovi, bez ostruh Švejkovi.

Oba leželi k sobě přituleni jako dvě koťata. Švejk měl pracku pod majorovou hlavou a major objímal Švejka za pasem, tule se k němu jako štěně k fence.

Nebylo v tom nic záhadného. Bylo to prostě uvědomění si svých povinností ze strany pana majora.

Stalo se vám jistě někdy, že jste s někým seděli a pili po celou noc až do druhého dne dopoledne, a najednou váš spolubesedník chytne se za hlavu, vyskočí a vykřikne: "Ježíšmarjá, já měl být v osm hodin v úřadě." To je takzvaný záchvat povinnosti, který se dostavuje jako jakýsi odštěpený produkt výčitek svědomí. Takového člověka, kterého chytne tento šlechetný záchvat, nic neodvrátí od jeho svatého přesvědčení, že musí okamžité vynahradit v úřadě to, co zameškal. To jsou ta zjevení bez klobouků, která vrátní v úřadech zachycují na chodbě a ukládají ve svém pelechu na pohovku, aby se prospala.

Podobný záchvat dostal i major.

Když se probudil v křesle, najednou mu napadlo, že musí okamžitě vyslechnouti Švejka. Tento záchvat úřední povinnosti vynořil se najednou tak rychle a byl proveden bystře a odhodlaně, že vůbec nikdo nezpozoroval zmizení pana majora.

Zato však tím pádněji pocítili přítomnost majorovu na strážnici vojenského arestu. Vpadl jim tam jako puma.

Šikovatel mající službu spal u stolu a kolem všude dřímalo ostatní mužstvo v nejrůznějších polohách.

Major s čepicí na stranu spustil takovou bandurskou, že ve všech zarazil zívání, takže jejich obličeje nabyly šklebivého výrazu a na majora díval se zoufale a pitvorně ne houf vojáků, ale houf sešklebených opic.

Major mlátil pěstí do stolu a řval na šikovatele: "Vy indolentní chlape, já už vám tisíckrát říkal, že vaše lidi jsou zasranou svinskou bandou." Obraceje se na vyjevené mužstvo, křičel: "Vojáci! Vám kouká blbost z očí, i když spíte, a když se probudíte, tak se, chlapi, tváříte, jako by každý z vás sežral vagón dynamitu."

Následovalo potom dlouhé a vydatné kázání o povinnostech všeho mužstva na strážnici a konečně vyzvání, aby mu otevřeli ihned arest, kde je Švejk, že chce delikventa podrobiti novému výslechu.

Tak se tedy dostal v noci major ke Švejkovi. Přišel tam v tom stadiu, kdy se to v něm všechno, jak se říká, rozleželo. Posledním jeho výbuchem bylo, že poručil, aby klíče od arestu byly mu odevzdány.

Šikovatel odmítl v jakémsi posledním zoufalém připamatování si svých povinností, což na majora působilo najednou velkolepým dojmem.

"Vy zasraná svinská bando," křičel do nádvoří, "kdybyste mi tak dali klíče do ruky, já bych vám ukázal."

"Poslušně hlásím," odpověděl šikovatel, "že jsem nucen vás zamknouti a postaviti kvůli vaší bezpečnosti k arestantovi stráž. Až si budete přát vyjít, račte, pane majore, zabouchat na dveře."

"Ty pitomečku," řekl major, "ty paviáne jeden, ty velbloude, ty myslíš, že já se bojím nějakého arestanta, abys mně k němu stavěl stráž, když ho budu vyslýchat. Krucihimldonrvetr, zamkněte mne a ať už jste venku!"

V otvoru nade dveřmi v zamřížované lucerně vydávala petrolejová lampa s přitáhnutým knotem matně světlo, které sotva stačilo k tomu, aby major našel probuzeného Švejka, který trpělivě vyčkával, stoje ve vojenském postoji u svého kavalce, co se vlastně vyvine z této návštěvy.

Švejk si vzpomněl, že bude nejlepší odevzdat panu majorovi raport, proto zvolal rázně: "Poslušně hlásím, pane majore, jeden zavřenej muž a jinak se nic nestalo."

Major si najednou nemohl vzpomenout, proč sem vlastně přišel, proto řekl: "Ruht! Kde máš toho zavřeného muže?"

"To jsem, poslušně hlásím, pane majore, já," řekl hrdě Švejk.

Major však nedbal této odpovědi, neboť generálovo víno a likéry vyráběly v jeho mozku poslední alkoholickou reakci. Zívl tak strašně, že by se každému civilistovi vykloubily sanice. U majora však toto zívnutí přemístilo jeho myšlení v ty mozkové závity, kde lidstvo chová dar zpěvu. Zapadl zcela nenuceně na Švejkův kavalec na pryčně a takovým hlasem, jaký vyráží podřezané podsvinče před svým skonem, ječel:

Oh, Tannenbaum! Oh, Tannenbaum,
wie schön sind deine Blätter! což opakoval několikrát za sebou, vplétaje v tu píseň nesrozumitelné skřeky.

Potom se převalil na záda jako malé medvídě, skulil se do kotouče a začal hned chrápat.

"Pane majore," budil ho Švejk, "poslušně hlásím, že dostanou vši."

Nebylo to ale nic platné. Major spal, jako když ho do vody hodí.

Švejk podíval se něžně na něho a řekl: "Tak tedy spinkej, ty kořalo," a přikryl ho pláštěm. Později si vlezl k němu, a tak je tedy k sobě stulené našli ráno.

K deváté hodině, když sháňka po majorovi nabyla vrcholu, Švejk vylezl z kavalce a uznal za vhodné probudit pana majora. Zatřásl s ním několikrát velice důkladně, odstranil z něho ruský plášť, až konečné major se na kavalci posadil, a dívaje se tupé na Švejka, hledal u něho rozluštění záhady, co se to s ním vlastně stalo.

"Poslušně hlásím, pane majore," řekl Švejk, "že zde byli již několikrát z vachcimry se přesvědčit, jste-li ještě naživu. Proto jsem si.dovolil vás nyní probudit, poněvadž já nevím, jak obyčejné dlouho spíte, abyste snad nepřespal. V pivovaře v Uhřiněvsi byl jeden bednář. Ten spal vždycky do šesti hodin ráno, když ale přespal, třebas jen čtvrt hodinky do čtvrt na sedm, tak už potom spal až do samého poledne, a to dělal tak dlouho, až ho vyhodili z práce, a von jim potom ze zlosti dopustil se urážky církve a jednoho člena našeho panujícího rodu."

"Ty bejt blbej, vid'?" řekl major ne bez přídechu jakéhosi zoufalství, poněvadž měl hlavu po včerejšku jako křáp a nijak nenacházel ještě odpovědi na to, proč zde vlastně sedí, proč sem chodili ze strážnice a proč ten chlap, který stojí před ním, žvaní takové hlouposti, které nemají ani hlavy, ani paty. Připadalo mu to všechno tak strašně podivné. Nejasně si vzpomínal, že zde již jednou v noci byl, ale proč?

"Já zde už v noci bejt?" otázal se s poloviční jistotou.

"Dle rozkazu, pane majore," odpověděl Švejk, "jak jsem vyrozuměl, poslušně hlásím, ze řeči pana majora, pan major mě přišel vyslechnout "

A tu se majorovi rozbřesklo v hlavě a podíval se na sebe, pak za sebe, jako kdyby cosi hledal. "Neračte se o nic starat, pane majore," řekl Švejk. "Probudil jste se zrovna tak, jak jste sem přišel. Přišel jste sem bez pláště, bez šavle a s čepicí. Čepice je támhle, já jsem vám ji musel vzít z ruky, poněvadž jste si ji chtěl dát pod hlavu. Parádní oficírská čepice, to je jako cylindr. Vyspat se na cylindru, to doved jenom nějakej pan Karderaz v Loděnici. Ten se natáhl v hospodě na lavici, dal si cylindr pod hlavu, on totiž zpíval na pohřbech a na každej pohřeb chodil v cylindru, dal si cylindr pěkně pod hlavu a vsugeroval si, že ho nesmí promáčknout, a celou noc se jaksi nad ním nepatrnou tíhou těla vznášel, takže to cylindru vůbec nic neuškodilo, ještě spíš prospělo, poněvadž von, když se vobracel ze strany na stranu, tak ho svýma vlasama pomalu kartáčoval, až ho vyžehlil."

Major, který si již tedy uvědomil co a jak, nepřestával se dívat tupě na Švejka a jenom opakoval: "Ty blbnout, viď? Já tedy být zde, já jít odtud." Vstal, šel ke dveřím a zabouchal.

Nežli přišli otevřít, řekl ještě k Švejkovi: "Jestli telegram nepřijít, že ty jseš ty, tedy ty viseti" "Děkuji srdečné," řekl Švejk, "vím, pane majore, že se velice o mne staráte, ale jestli snad, pane majore, jste zde nějakou na kavalci chyt, bulte přesvědčen, že když je malinká a má načervenalej zadeček, tak že je to sameček, jestli je jenom jeden a nenajde se taková dlouhá šedivá s načervenalými proužky na bříšku, tak je dobře, jinak by to byl páreček, a voni se ty potvory úžasně rozmnožujou, ještě víc než králíci."

"Lassen Sie das," řekl sklesle major k Švejkovi, když mu otvírali dveře. Major na strážnici nedělal už žádných výstupů, zcela odměřeně poručil, aby došli pro drožku, a za drkotání drožky po mizerném dláždění Přemyšlu měl v hlavě jen ty představy, že delikvent je blbec prvního řádu, ale že to bude patrně přece jen nevinné hovado, a pokud se týká jeho, majora, že mu nic jiného nezbývá, než aby se bud zastřelil ihned, jak přijede domů, nebo aby si poslal pro plášť a šavli ke generálovi a jel se vykoupat do městských lázní a po vykoupání zastavil se ve vinárně u Vollgrubera, spravil si povšechně chuť a na večer objednal si po telefonu lístek na představení do městského divadla.

Nežli dojel k svému bytu, rozhodl se pro to druhé.

V bytě čekalo ho malé překvapení. Přišel právě včas...

Na chodbě jeho bytu stál generál Fink, držel za límec jeho burše, děsné si s ním počínal a řval na něho: "Kde máš svého majora, dobytku? Mluv, ty zvíře!"

Zvíře však nemluvilo, poněvadž modralo v obličeji, jak ho generál škrtil.

Major ještě při vstupu k této scéně postřehl, že nešťastný burš pevně pod paždí svírá jeho plášť a šavli, které patrně přinesl z předsíně od generála.

Tato scéna počala majora velice bavit, proto zůstal stát v pootevřených dveřích a díval se dál na utrpení svého věrného sluhy, který měl tu vzácnou vlastnost, že majorovi ležel už dávno v žaludku pro různé zlodějny.

Generál na okamžik pustil zmodralého burše, jedině kvůli tomu, aby vytáhl z kapsy telegram, kterým potom počal mlátit majorova sluhu přes hubu a přes pysky, přičemž křičel: "Kde máš svého majora, dobytku, kde máš svého majora auditora, dobytku, abys mu mohl odevzdat telegram v úřední záležitosti?"

"Zde jsem," zvolal major Derwota ve dveřích, kterému kombinace slov ‚major auditor' a ‚telegram' připomněla poznovu jeho jisté povinnosti.

"Ach," vykřikl generál Fink, "ty se vracíš?" V přízvuku bylo tolik jízlivosti, že major neodpověděl a zůstal nerozhodné stát.

Generál mu řekl, aby šel s ním do pokoje, a když se posadil za stůl, hodil mu omlácený telegram o burše na stůl a řekl mu tragickým hlasem: "čti, to je tvoje dílo." Zatímco major četl telegram, vstal generál ze židle, běhal po pokoji, porážel židle a taburetky, křičel: "A přeci ho pověsím!"

Telegram byl tohoto znění:

Pěšák Josef Švejk, ordonanc 11. pochodové roty,

ztratil se 16. t. m. na přechodu Chyrów - Felštýn na
služební cestě jako zaopatřovač bytů. Neprodleně
dopravit pěšáka Švejka na brigádní velitelství do
Wojalycze.

Major otevřel si stůl, vytáhl mapu a zamyslel se nad tím, že Felštýn je 40
kilometrů jihovýchodně od Přemyšlu, takže jevila se zde hrozná záhada, jak
přišel pěšák Švejk k ruské uniformě v místech vzdálených přes sto padesát
kilometrů od fronty, když pozice táhnou se v linii Sokal - Turze Kozlów.

Když to major sdělil generálovi a ukázal mu na mapě místo, kde se Švejk ztratil
před několika dny dle telegramu, generál řval jako býk, poněvadž vyciťoval, že se
všechny jeho naděje o náhlém soudu rozplynuly vniveč. Šel k telefonu, spojil se
se strážnicí a dal rozkaz, aby okamžité k němu, do majorova bytu, přivedli
arestanta Švejka.

Nežli byl rozkaz vyplněn, generál nesčíslněkrát za hrozného proklínání
projevoval svou nelibost nad tím, že ho měl dát na své riziko ihned pověsit beze
všeho vyšetřování.

Major oponoval a mluvil něco o tom, že právo a spravedlnost si podávají ruce,
a řečnil vůbec ve skvělých periodách o spravedlivém soudu, o justičních
vraždách a vůbec o všem možném, co mu slina přinesla na jazyk, neboť měl po
včerejšku nehoráznou kočku, která potřebovala se vymluvit. Když konečně
předvedli Švejka, major žádal na něm vysvětlení, jak to bylo tam u Felštýna a co
vlastně je s tou ruskou uniformou.

Švejk to náležitě vysvětlil, podepřel to několika příklady ze svých dějin lidských
trampot. Když se ho potom major zeptal, proč to již neřekl při výslechu před
soudem, Švejk odpověděl, že se ho na to vlastně nikdo neptal, jak se dostal do
ruské uniformy, ale že všechny otázky byly: "Přiznáváte se, že jste se dobrovolně
a beze všeho nátlaku oblékl do uniformy nepřítele?" Poněvadž to byla pravda, že
nemohl nic jiného říct: "Ovšem - ano - zajisté - tak jest - bezesporu." Proto také
přece odmítl s rozhořčením nařčení, které padlo u soudu, že zradil císaře pána.

"Ten muž je naprostý idiot," řekl generál k majorovi. "Převlékat se na hrázi
rybníka do nějaké ruské uniformy, kterou tam bůhvíkdo zanechal, dát se vřadit
do partie ruských zajatců, to může udělat jenom blbec."

"Poslušně hlásím," ozval se Švejk, "že opravdu sám na sobě někdy pozoruju, že
sem slabomyslnej, zejména takhle kvečeru..."

"Kuš, vole," řekl mu major a obrátil se ke generálovi s otázkou, co tedy se má
stát se Švejkem. "Ať si ho oběsí u jeho brigády," rozhodl generál. Za hodinu nato
vedla eskorta Švejka na nádraží, aby ho doprovodila do štábu brigády do
Wojalycze.

V arestě zanechal Švejk po sobě malou památku, vyškrábav na stěně kouskem
dřívka ve třech sloupcích seznam všech polívek, omáček a příkrmů, které jedl v
civilu. Byl to jakýsi protest proti tomu, že během 24 hodin nedali mu ani do
úst.

Se Švejkem šel současně tento papír na brigádu:

Na základě telegramu číslo 469 dodává se pěšák Josef Švejk, zběhlý od 11. pochodové roty, k dalšímu řízení v štáb brigády.

Sama eskorta, sestávající ze čtyř mužů, byla směsí národností. Byl v ní Polák, Maďar, Němec a Čech, který eskortu vedl a měl hodnost frajtra a naparoval se vůči krajanovi arestantovi, dávaje mu najevo svou hroznou nadvládu. Když totiž Švejk na nádraží projevil přání, by dovoleno mu bylo se vymočit, řekl mu frajtr docela hrubě, že bude močit, až přijede k brigádě.

"Dobrá," řekl Švejk, "to mně musejí dát písemně, aby se vědělo, až mě praskne močovej měchýř, kdo mně to udělal. Na to je zákon, pane frajtře."

Frajtr, chlap od volů, se lekl toho močového měchýře, a tak slavnostně na nádraží celá eskorta vedla Švejka na záchod. Frajtr vůbec po celé cestě dělal dojem sveřepého člověka a tvářil se tak nafoukaně, jako kdyby hned zítra měl dostat přinejmenším hodnost velitele armádního sboru.

Když seděli ve vlaku na trati Přemyšl - Chyrów, poznamenal k němu Švejk:

"Pane frajtr, když se na nich koukám, tak si vzpomínám vždycky na nějakýho frajtra Bozbu, kterej vám sloužil v Tridentu. Toho když jmenovali frajtrem, tak hned ten první den najednou začal přibejvat do vobjemu. Začínaly mu votýkat tváře a břicho se mu tak nafouklo, že druhej den už mu ani erární kalhoty nestačily. A co bylo to nejhorší, že mu začaly růst uši do délky. Tak ho dali na marodku a regimencarct povídal, že se to stává všem frajtrům. Ze začátku že se nafouknou, u některýho že to brzo přejde, ale tohle že je takovej těžkej případ, že by moh puknout, poněvadž mu to de vod tý hvězdičky na pupek. Aby ho zachránili, museli mu tu hvězdičku vodříznout, a von zas splasknul."

Od té chvíle Švejk marně se snažil udržet s frajtrem rozhovor a vysvětlit mu přátelsky, proč se povšechně říká, proč je frajtr neštěstím kumpanie. Frajtr na to neodpovídal kromě temných výhružek, kdo se asi z obou bude smát, až přijdou k brigádě. Krajan se zkrátka neosvědčil, a když se ho Švejk optal, odkud je, odpověděl, že mu do toho nic není.

Švejk to zkoušel s ním všelijak. Vypravoval mu, že to není ponejprv, co ho vedou eskortou, ale že se vždycky přitom dobře bavil se všemi, kteří ho provázeli.

Frajtr ale mlčel dál a Švejk pokračoval: "Tak se mně zdá, pane frajtr, že jich muselo potkat ve světě neštěstí, když ztratili řeč. Znal jsem mnoho smutnejch frajtrů, ale takový boží neštěstí, jako jste vy, pane frajtr, vodpustějí a nehněvají se, jsem ještě neviděl. Svěřejí se mně, co jich trápí, a může bejt, že jim poradím, poněvadž voják, kterýho vodějí eskortou, ten má vždy větší zkušenosti než ti, co ho hlídají. Nebo vědí co, pane frajtr, aby nám cesta lepší utíkala, vypravujou něco, třebas jak to u nich vypadá v okolí, jestli tam mají rybníky, nebo třebas je tam nějaká zřícenina hradu, taky by nám mohli vyprávět, jaká pověst se k tomu víže?"

"Už toho mám dost," vykřikl frajtr.

"To sou šťastnej člověk," řekl Švejk, "některej člověk nemá toho nikdy dost."

Frajtr zahalil se v naprosté mlčení, když byl promluvil své poslední slovo: "Voni ti to u brigády vytmavějí, ale já se s tebou abgébovat nebudu."

V eskortě bylo vůbec velice málo zábavy. Maďar se bavil s Němcem zvláštním způsobem, jelikož znal z němčiny jenom jawohl a was? Když Němec mu cosi vykládal, Maďar kýval hlavou a říkal Jawohl, a když se Němec zamlčel, řekl Maďar Was? a Němec spustil znova. Polák z eskorty se držel aristokraticky, nikoho si nevšímal a bavil se sám pro sebe tím, že smrkal na zem, používaje k tomu velice dovedně palce pravé ruky, pak to zádumčivé na zemi roztíral kolbou ručnice a pak způsobně si utíral zasviněnou kolbu o kalhoty, přičemž si neustále pobručoval: "Svatá Panno."

"To toho moc neumíš," řekl k němu Švejk. "Na Bojišti bydlel v jednom sklepním bytě metař Macháček, ten se vysmrkal na vokno a rozmazal to tak dovedné, že z toho byl vobraz, jak Libuše věští slávu Prahy. Za každej takovej vobraz dostal vod ženy takový státní štipendium, že měl hubu jako žok, ale von toho nenechal a pořád se v tom zdokonaloval. Byla to taky jediná jeho zábava."

Polák mu na to neodpovídal a nakonec celá eskorta byla v hlubokém mlčení, jako by jela na pohřeb a přemýšlela s pietou na nebožtíka.

Tak se blížili ku štábu brigády do Wojalyzce.

***

Mezitím se u štábu brigády zběhly jisté velice podstatné změny.

Řízením štábu brigády byl pověřen plukovník Gerbich. To byl pán velkých vojenských schopností, které se mu vrazily do nohou ve formě podágry. Měl však v ministerstvu velice vlivné osobnosti, které způsobily, že nešel do penze a potloukal se nyní po různých štábech větších vojenských formací, bral zvýšené služné s nejrozmanitějšími válečnými doplatky a zůstával tak dlouho na místě, dokud v záchvatu podágry nevyvedl nějakou blbost. Potom ho zase přeložili jinam a obyčejně bylo to vlastně jakési povýšení. S důstojníky při obědě obyčejné o ničem jiném nemluvíval než o svém oteklém palci na noze, který nabýval občas hrozivých rozměrů, takže musel nosit zvláštní velikou botu. Při jídle bylo jeho nejmilejší zábavou vypravovat všem, jak mu palec mokvá a neustále se potí, takže jej musí mít ve vatě, a ty výpotky že jsou cítit jako zkysaná hovězí polévka.

Proto také se vždycky s ním celý důstojnický sbor s velkou upřímností loučil, když odcházel na jiné místo. Jinak byl velice žoviální pán a choval se zcela přátelsky k nižším důstojnickým šaržím, kterým vykládal, co toho dřív, dokud ho ještě tohle nechytlo, dobrého vypil a snědl.

Když dopravili Švejka na brigádu a dle rozkazu službu konajícího důstojníka předvedli ho s patřičnými listinami k plukovníkovi Gerbichovi, seděl u něho v kanceláři poručík Dub.

Za těch několik dní od pochodu Sanok - Sambor poručík Dub prodělal opět jedno dobrodružství. Za Felštýnem potkala totiž 11. pochodová setnina transport koní, které vedli k dragounskému pluku do Sadowe-Wisznie.

Poručík Dub ani sám vlastně nevěděl, jak se to stalo, že chtěl ukázat nadporučíkovi Lukášovi své jezdecké umění, jak vyskočil na jednoho koně, který s ním zmizel do údolí potoka, kde později našli poručíka Duba pevně zasazeného v malém močálu, že by jej snad ani nejdovednější zahradník nedovedl tak zasadit. Když ho vytáhli pomocí smyček, poručík Dub nestěžoval si na nic, jenom tiše sténal, jako kdyby dodělával. Tak ho přivezli ke štábu brigády, jak táhli kolem, a složili ho tam v malém lazaretu.

Za pár dní se vzpamatoval, takže lékař prohlásil, že ještě dvakrát nebo třikrát mu namažou záda a břicho jódovou tinkturou a že potom může směle zas dostihnout svůj oddíl.

Nyní seděl tedy u plukovníka Gerbicha a vypravoval si s ním o nejrůznějších nemocech.

Když spatřil Švejka, zvolal hlasem velikým, neboť mu bylo známo o záhadném zmizení Švejka před Felštýnem: "Tak už tě zas máme! Mnozí jako potvory putují a ještě horší šelmy se vracejí. Ty jsi taky jeden z nich."

Kvůli doplnění sluší ještě poznamenati, že poručík Dub při svém dobrodružství s koněm utrpěl slabý otřes mozku, proto se nesmíme divit, že přistupuje těsněji k Švejkovi, křičel ve verších, vyzývaje boha k zápasu se Švejkem: "Otče, hle, vzývám tě, dýmem halí mne dunivá děla, děsivě míhá se svištivá střela, řediteli bitev, vzývám té, Otče, ty doprovod' mne na tohodle lumpa... Kdes byl tak dlouho, pacholku? Jakou to máš uniformu na sobě?"

Ještě sluší dodati, že plukovník stižený dnou měl ve své kanceláři všechno velice demokraticky zařízeno, když právě neměl záchvatu. Střídaly se u něho všechny možné šarže, aby vyslechly jeho názory na oteklý palec s příchutí zakyslé hovězí polévky.

V dobách, kdy plukovník Gerbich netrpěl záchvaty, bývalo v jeho kanceláři vždy plno nejrůznějších šarží, neboť on v takových mimořádných případech byl velice veselý a hovorný a rád měl kolem sebe posluchače, kterým by vypravoval sviňácké anekdoty, což mu dělalo velice dobře a ostatním působilo tu radost, že se nuceně smáli nad starými anekdotami, které snad byly už v oběhu za generála Laudona.

Služba u plukovníka Gerbicha byla v takových dobách velice lehká, všichni si dělali, co chtěli, a kdekoliv v nějakém štábu objevil se plukovník Gerbich, tam bylo jisto, že se krade a dělají skopičiny všeho druhu.

Také nyní nahrnulo se s předvedeným Švejkem do kanceláře plukovníka šarží nejrůznějšího druhu a čekalo, co se bude dít, mezitímco plukovník studoval přípis ke štábu brigády, sestavený majorem z Přemyšlu.

Poručík Dub však pokračoval v rozmluvě se Švejkem svým obvyklým, roztomilým způsobem: "Ty mne ještě neznáš, ale až mne poznáš, tak strachy zcepeníš."

Plukovník z listiny majorovy byl jelen, poněvadž major v Přemyšlu diktoval ten spis ještě pod vlivem slabouninké otravy alkoholem.

Plukovník Gerbich byl však přesto v dobré náladě, poněvadž včera i dnes pominuly mu nepříjemné bolesti a jeho palec choval se tiše jako beránek.

"Tak co jste vlastně provedl," otázal se Švejka tak laskavým tónem, a poručíka Duba píchlo u srdce a přinutilo ho, aby místo Švejka sám odpověděl:

"Muž ten, pane plukovníku," představoval Švejka, "dělá ze sebe blba, aby kryl svým idiotstvím svá darebáctví. Nejsem sice obeznámen s obsahem dodaného s ním spisu, nicméně domnívám se, že ten chlap zase něco provedl, ale ve větším měřítku. Kdybyste dovolil, pane plukovníku; abych se mohl seznámiti s obsahem spisu, mohl bych vám rozhodně dáti eventuelně určité direktivy, jak s ním naložit."

Obraceje se na Švejka, řekl k němu česky: "Ty mně piješ krev, viď?"

"Piju," odpověděl důstojně Švejk.

"Tak si ho představte, pane plukovníku," pokračoval německy poručík Dub. "Nemůžete se ho na nic optat, nemůžete s ním vůbec promluvit. Jednou musí padnout kosa na kámen a bude třeba ho příkladně potrestat. Dovolte, pane plukovníku..."

Poručík Dub zahloubal se do spisu sestaveného majorem z Přemyšlu, a když dočetl, zvolal slavnostně k Švejkovi: "Teď je s tebou amen, kam jsi dal erární uniformu?"

"Nechal jsem ji na hrázi rybníka, když jsem zkoušel tyhle hadry, jak se v nich ruskejm vojákům chodí," odpověděl Švejk, "vono to vlastně není nic jiného než vomyl."

Švejk počal vyprávět poručíkovi Dubovi, co všechno zkusil kvůli tomu omylu, a když skončil, zařval na něho poručík Dub:

"Ted mě teprv poznáš. Víš, co to je, ztrácet erární majetek, víš, co to znamená, ty lotře, přijít ve válce o uniformu?"

"Poslušně hlásím, pane lajtnant," odpověděl Švejk, "že když voják ztratí uniformu, že musí vyfasovat novou."

"Ježíšmarjá," vykřikl poručík Dub, "ty vole, ty zvíře jedno, ty si budeš tak dlouho zahrávat se mnou, že budeš po válce sto let dosluhovat."

Plukovník Gerbich, který doposud seděl klidně a rozšafně za stolem, sešklebil se najednou strašlivě, neboť jeho doposud klidný palec u nohy z mírného a klidného beránka proměnil se záchvatem dny na řvoucího tygra, na elektrický proud o 600 voltech, na úd drcený pomalu kladivem na štěrk. Plukovník Gerbich mávl jenom rukou a zařval hrozným hlasem člověka pomalu pečeného na rožni: "Všechno ven! Podejte mi revolver!"

Tohle už všichni znali, a proto vyrazili ven i se Švejkem, kterého odtáhla stráž na chodbu. Jediné poručík Dub zůstal a chtěl ještě v této chvíli, která se mu zdála tak příhodnou, nasadit na Švejka a řekl šklebícímu se plukovníkovi: "Dovoluji si upozorniti, pane plukovníku, že tento muž..."

Plukovník zamňoukal a hodil po poručíkovi kalamářem, načež zděšený poručík Dub zasalutoval a řekl: "Ovšem, pane plukovníku," a zmizel ve dveřích.

Potom dlouho ozýval se z plukovníkovy kanceláře řev a vytí, až nakonec bolestné úpění umlklo. Palec plukovníkův proměnil se najednou opět v klidného beránka, záchvat dny pominul, plukovník si zazvonil a poručil, aby přivedli k němu opět Švejka.

"Tak co je vlastně s tebou," otázal se plukovník Švejka, jako by z něho všechno nepříjemné spadlo a kterému bylo tak volně a blaze, jako by se povaloval v písku na břehu mořském.

Švejk, usmívaje se přátelsky na plukovníka, vyprávěl mu celou svou odyseu, jak je ordonancí 11. marškupanie 91. regimentu a jak neví, co si tam bez něho počnou.

Plukovník se také usmíval a potom vydal tyto rozkazy: "Vyhotovit Švejkovi vojenský lístek přes Lvov na stanici Zóltance, kam má zítra dorazit jeho pochodová setnina, a vydat mu ze skladiště nový erární mundúr a 6 korun 82 haléře v záměnu mináže na cestu."

Když potom Švejk v novém rakouském mundúru opouštěl štáb brigády, aby se vydal na nádraží, civěl u štábu poručík Dub a byl nemálo překvapen, když Švejk ohlásil se přísně vojensky u něho, ukázal mu dokumenty a optal se ho starostlivě, má-li něco vyřídit od něho panu nadporučíkovi Lukášovi.

Poručík Dub se k nijakému jinému vyjádření nedostal než ke slůvku Abtreten! A když se díval za vzdalujícím se Švejkem, tak si jenom mumlal pro sebe: "Ty mne ještě poznáš, ježíšmarjá, ty mne poznáš..."

***

Ve stanici Zóltance bylo shromáždění celého bataliónu hejtmana Ságnera až na nachhút ze 14. kumpanie, který se někde ztratil, když obcházeli Lvov.

Při vstupu do městečka Švejk ocitl se úplně v novém prostředí, neboť zde již bylo pozorovat ze všeobecného ruchu, že není tak příliš daleko na pozici, kde se to řeže. Všude leželo kolem dělostřelectvo a vozatajstvo, z každého domu vystupovali vojáci nejrůznějších pluků, mezi těmi jako elita chodili říšští Němci a aristokraticky rozdávali Rakušanům cigarety ze svých hojných zásob. U říškoněmeckých kuchyní na náměstí byly dokonce sudy s pivem, kde se vojákům točilo pivo do odměrek k obědu a k večeři, kolem kterých sudů ploužili se jako mlsné kočky zanedbaní rakouští vojáci s nabobtnalými břichy od špinavého odvaru slazené cigorky.

Skupiny pejzatých židů v dlouhých kaftanech ukazovaly si na mraky kouře na západě, šermovaly rukama. Křičelo se všude, že to hoří na řece Bugu, Uciszków, Busk a Derewiany.

Slyšet bylo zřetelně dunění děl. Tu zas křičeli, že Rusové bombardují z Grabové Kamionku Strumilowu a že se bojuje podél celého Bugu, a vojáci že zadržují běžence, kteří se už chtěli vrátit za Bug opět do svých domovů.

Všude panoval zmatek a nikdo nevěděl nic jistého, zdali Rusové nepřešli opět k ofenzívě a nezarazili svůj nepřetržitý ústup po celé frontě.

Na hlavní velitelství městečka vodily hlídky polních četníků každou chvíli nějakou ustrašenou židovskou duši pro obvinění z rozšiřování nepravých a klamných zpráv. Tam bili potom nešťastné židy do krve a propouštěli je s rozsekanou zadnicí do jejich domovů.

Do toho zmatku přišel tedy Švejk a pátral v městečku po své marškumpanii. Již na nádraží byl by se málem dostal do konfliktu na etapním velitelství. Když přišel ke stolu, kde se podávaly informace vojákům hledajícím své části, nějaký kaprál se na něho od stolu rozkřikl, jestli snad nechce, aby mu šel jeho marškumpačku vyhledat. Švejk mu řekl, že chce jenom vědět, kde je zde v městečku rozložená 11. marškumpanie 91. regimentu takového a takového maršbataliónu.

"Pro mne je to velice důležitý," zdůrazňoval Švejk, "abych věděl, kde je 11. marškumpanie, poněvadž já jsem vod ní ordonanc."

Ke všemu neštěstí seděl u vedlejšího stolu nějaký štábní šikovatel, který vyskočil jako tygr a zahulákal na Švejka: "Zatracený prase, ty seš ordonanc a nevíš, kde je tvá marškumpanie?"

Nežli mohl Švejk odpovědět, zmizel štábní šikovatel v kanceláři a za chvíli přiváděl odtamtud tlustého nadporučíka, který vypadal tak důstojně jako majitel nějaké velkořeznické firmy.

Etapní velitelství bývala též padáky na potloukající se zdivočilé vojáky, kteří by snad přes celou válku hledali své části a potloukali by se po etapách a nejraději by čekali ve frontách u stolů na etapních velitelstvích, kde byl nápis Minagegeld.

Když tlustý nadporučík vstoupil, tu vykřikl šikovatel "Habt Acht!" a nadporučík otázal se Švejka: "Kde máš dokumenty?"

Když mu je Švejk předložil a nadporučík se přesvědčil o správnosti jeho maršrúty od štábu jeho brigády do Zóltance k jeho kumpanii, odevzdal je opět Švejkovi a řekl blahosklonné ke kaprálovi u stolu: "Dejte mu informace," a opět se zavřel vedle do kanceláře.

Když za ním zapadly dveře, vzal štábní šikovatel Švejka za rameno, a odváděje ho ke dveřím, podal mu tuto informaci: "Koukej, smrade, ať zmizíš!"

A tak se Švejk ocitl opět v tom zmatku a pátral nyní po někom známém z bataliónu. Chodil dlouho po ulicích, až konečně vsadil na jednu kartu.

Zastavil jednoho plukovníka a svou lámanou němčinou ho prosil, jestli snad nezná, kde leží jeho batalión s jeho marškumpanií.

"Se mnou můžeš mluvit česky," řekl plukovník, "já jsem také z Čech. Tvůj batalión je rozložen vedle ve vesnici Klimontówě za drahou, a do městečka se nesmí, poněvadž se od vaší jedné kumpanie poprali na náměstí s Bavoráky, hned jak přišli."

Švejk vydal se tedy do Klimontówa.

Plukovník na něho zavolal, sáhl do kapsy a dal Švejkovi pět korun, aby si za ně koupil cigarety, poznovu se s ním laskavě rozloučiv, vzdaloval se od Švejka a myslel si v duchu: "Jaký to sympatický vojáček."

Švejk pokračoval na své cestě do vesnice, a přemýšleje o plukovníkovi, dospěl k tomu úsudku, že před dvanácti lety byl v Tridentu nějaký plukovník Habermaier, který se také tak laskavé choval k vojákům, a nakonec vyšlo najevo, že je homosexuelní, když chtěl v lázních u Adiže zprznit jednoho kadetaspiranta, vyhrožuje mu dienstreglamá.

Za těchto ponurých myšlenek došel Švejk pomalu do nedaleké vesnice a nedalo mu mnoho práce najít štáb batalionu, neboť třebas vesnice byla velice rozsáhlá, byla tam jen jedna slušná budova, veliká obecná škola, kterou v tomto čistě ukrajinském kraji postavila haličská zemská správa k vydatnému popolštění obce.

Škola ve válce prodělala několik fází. Bylo zde umístěno povícero ruských štábů, rakouských štábů, jeden čas byl z tělocvičny zřízen operační sál v dobách velikých bitev, rozhodujících osud Lvova. Zde řezali nohy i ruce a prováděli trepanace lebek.

Za školou ve školní zahradě byla veliká trychtýřovitá jáma, způsobená výbuchem granátu velikého kalibru. V rohu zahrady stála silná hruška, na jejíž jedné větvi visel kus přeříznutého provazu, na kterém visel nedávno místní řeckokatolický farář, pověšený na udání místního polského řídícího učitele, že byl členem skupiny starorusů a že za ruské okupace sloužil v kostele mši za vítězství zbraní ruského pravoslavného cara. Nebylo to sice pravda, poněvadž v té době obviněný vůbec nebyl v místě přítomen, jsa na léčení kvůli svým žlučovým kamínkům v malých lázních nedotčených válkou, v Bochníe Zamurowane.

V pověšení řeckokatolického faráře hrálo úlohu několik složek: národnost, náboženský spor a slepice. Nešťastný farář těsně před válkou zabil totiž ve své zahradě jednu z učitelových slepic, které mu vybíraly zasazená zrna melounů.

Po nebožtíkovi řeckokatolickém faráři zůstala farní budova prázdnou a možno říct, že každý si vzal po panu faráři něco na památku.

Jeden polský sedláček odnesl si domů dokonce i staré piano, jehož vrchní desky použil ku spravení dvířek u prasečího chlívka. Část nábytku roztřípali vojáci, jak to bylo zvykem, a šťastnou náhodou zůstala neporušena veliká kamna v kuchyni se znamenitou plotnou, neboť řeckokatolický farář nelišil se nikterak od svých ultrakolegů a rád papal a měl rád mnoho hrnců a pekáčů na plotně i v troubě.

Tu stalo se jakousi tradicí, že všechny procházející části vojsk vařily zde v kuchyni pro důstojníky. Nahoře pak, ve velkém pokoji, bývalo jakési důstojnické kasino. Stoly a židle sesbírali u obyvatelstva vesnice.

Dnes právě důstojníci z batalionu uspořádali si slavnostní večeři, složili se a koupili si prase, a kuchař Jurajda dělal prasečí hody pro důstojníky, obklopen různými příživníky z řad důstojnických sluhů, nad kterými vynikal účetní šikovatel, který dával rady Jurajdovi, jak má dranžírovat prasečí hlavu, aby na něho zbyl kus rypáčku.

Nejvíc vyvalené oči ze všech měl nedožera Baloun.

Tak asi se dívají lidožrouti s laskominami a chtivostí, jak z misionáře pečeného na rožni teče tuk, vydávaje příjemnou vůni při škvaření. Balounovi bylo asi tak jako mlékařskému psu táhnoucímu vozík, kolem kterého nese uzenářský pomocník na hlavě koš s čerstvými uzenkami z udírny, přičemž řetěz uzenek visí mu z koše po zádech, takže jen skočit a chňapnout, kdyby nebylo toho protivného řemení, do kterého je ten ubohý pes zapřažen, a mizerného náhubku.

A jitrnicový prejt, prodělávající první období zrození, jitrnicové ohromné embryo na hromadě na vále vonělo pepřem, mastnotou, játry.

A Jurajda s vykasanými rukávy byl tak vážným, že by mohl sloužit za model k obrazu, jak bůh z chaosu tvoří zeměkouli.

Baloun se nezdržel a zavzlykal. Jeho vzlykot stupňoval se do usedavého pláče.

"Co řveš jak bejk?" otázal se ho kuchař Jurajda. "Tak jsem si vzpomněl na domov," odpověděl se vzlykotem Baloun, "jak jsem bejval vždycky doma při tom a jak jsem nikdy ani svýmu nejlepšímu sousedovi nechtěl poslat vejslužku, jen jsem chtěl vždycky všechno sežrat sám a taky sežral. Jednou jsem se tak naprásk jitrnic, jelit a ovaru; že všichni mysleli, že prasknu, a honili mne kolem dokola s bičem po dvoře, jako když se kráva nafoukne po jeteli. - Pane Jurajda, dovolejí mně hrábnout do toho prejtu, a potom ať jsem uvázanej, jinak já to trápení nepřežiju."

Baloun vstal z lavice, a potáceje se jako opilý, přikročil ke stolu a natáhl svou pracku směrem k hromadě prejtu.

Nastal urputný zápas. Stěží ho zmohli všichni přítomní, aby se nevrhl na prejt. Jen to mu nemohli zabránit, když ho vyhazovali z kuchyně, aby nehrábl v zoufalství do hrnce s močenými střevy na jitrnice.

Kuchař Jurajda byl tak rozčilen, že za prchajícím Balounem vyhodil celý svazek dřívek a zařval za ním: "Nažer se špejlů, potvoro!"

V tu dobu byli již nahoře shromážděni důstojníci bataliónu, a zatímco očekávali slavnostně to, co se rodilo dole v kuchyni, pili z nedostatku jiného alkoholu sprostou samožitnou kořalku, zabarvenou odvarem cibule nažluto, o které tvrdil židovský kupec, že je to nejlepší a nejpůvodnější francouzský koňak, který zdědil po svém otci, a ten že ho měl ještě od svého dědečka.

"Ty chlape," řekl mu při té příležitosti hejtman Ságner, "jestli ještě řekneš, že ho tvůj pradědeček koupil od Francouzů, když utíkali od Moskvy, tak tě dám zavřít, až ten nejmladší z tvé rodiny bude nejstarší."

Zatímco po každém doušku proklínali podnikavého žida, Švejk seděl již v kanceláři bataliónu, kde nebyl nikdo kromě jednoročního dobrovolníka Marka, který jako historik bataliónu použil zdržení se bataliónu u Zóltance, aby do zásoby popsal některé vítězné boje, které se strhnou patrně v budoucnosti.

Prozatím dělal si určité náčrtky, a měl právě napsáno, když Švejk vstoupil: "Jestli před naším duševním zrakem objeví se všichni ti hrdinové zúčastnivší se bojů u vesnice N, kde po boku našeho bataliónu bojoval jeden batalión pluku N a druhý batalión pluku N, vidíme, že náš n-tý batalión projevil nejskvělejší strategické schopnosti a přispěl nepopiratelně k vítězství n-té divize, mající za účel upevniti definitivně naše pozice v úseku N."

"Tak vidíš," řekl Švejk k jednoročnímu dobrovolníkovi, "už jsem zde zas."

"Dovol, ať tě očuchám," řekl mile dojat jednoroční dobrovolník Marek, "hm, opravdu smrdíš kriminálem."

"Jako vobyčejně," řekl Švejk, "bylo to jenom malinký nedorozumění; a co ty děláš?"

"Jak vidíš," odpověděl Marek, "házím na papír hrdinné záchrance Rakouska, ale nějak mi to nechce jít dohromady a je to samé enóno. Podtrhuji v tom n, kteréžto písmeno dospělo k neobyčejné dokonalosti i v přítomnosti, i v budoucnosti. Kromě předešlých schopností objevil ve mně hejtman Ságner neobyčejný matematický talent. Musím kontrolovat účty bataliónu a dospěl jsem doposud k takové uzávěrce, že batalión je naprosto pasívní a že čeká jen na to, jak by udělal nějaké vyrovnání se svými ruskými věřiteli, poněvadž se po porážce i po vítězství nejvíce krade. Ostatně je to všechno jedno. I kdybychom byli potřeni na hlavu, jsou zde dokumenty o našem vítězství, poněvadž v úloze batalionsgeschichtsschreibra jsem počten tím, že mohu psát: ,Poznovu se otočit proti nepříteli, který již se domníval, že vítězství je na jeho straně. Výpad našich vojínů a útok s bodáky bylo dílem okamžiku. Nepřítel v zoufalství prchá, vrhá se do vlastních zákopů, bodáme ho bez milosti, takže v nepořádku opouští své zákopy, zanechávaje v našich rukách zraněné i nezraněné zajatce. Jest to jeden z nejslavnějších okamžiků.` Kdo to všechno přečká, píše domů polní poštou lístek: ,Dostali přes prdel, drahá ženo! Jsem zdráv. Odstavilas už našeho fakana? Jenom ho neuč, aby říkal cizím lidem táta, poněvadž by to bylo pro mě těžký.` Cenzura potom škrtne na lístku ,Dostali přes prdel`, poněvadž se neví, kdo to dostal, a mohlo by se různě kombinovat, poněvadž bylo vyjádření nejasné."

"Hlavně jasně mluvit," prohodil Švejk. "Když byli misionáři u Svatýho Ignáce v Praze v roce 1912, tak tam byl jeden kazatel, a ten povídal z kazatelny, že se asi s nikým neshledá v nebi. A byl na té exercici večerní jeden klempíř, Kulíšek, a ten po tý pobožnosti povídal v hospodě, že ten misionář musel asi moc věcí provést, když v kostele vohlašoval, jako při veřejný zpovědi, že s nikým se neshledá na nebi; proč takový lidi posílají na kazatelnu. Má se vždycky mluvit jasně a zřetelně, a ne v žádných takových, oklikách. U Brejšků byl před léty jeden sklepmistr a ten měl ve zvyku, když byl v ráži a šel po práci domů, stavět se přitom v jedný noční kavárně a připíjet si s cizími hosty a vždycky při přípitku říkat: My se na vás, vy se na nás . . . Za to dostal jednou od nějakýho slušnýho pána z Jihlavy takovou přes hubu, že kavárník ráno, když vymetli ty zuby, zavolal svou dcerušku, která chodila do pátý vobecný školy, a zeptal se jí, kolik má dospělý člověk v hubě zubů. Poněvadž to nevěděla, tak jí vyrazil dva zuby, a na třetí den dostal přípis vod toho sklepmistra, ve kterým se mu ten omlouval za všechny nepříjemností, který mu způsobil, že nechtěl nic říct sprostýho, ale že ho veřejnost nepochopuje, poněvadž vono je to vlastně tak: My se na vás, vy se na nás hněváte? Kdo mluví nějaký dvojsmyslný řeči, musí si je napřed rozvážit. Přímej člověk, který mluví, jak mu zobák narost, málokdy dostane přes hubu. A jestli už se mu to stane pokolikrát, pak si vůbec dá pozor a radši ve společnosti drží kušnu. Je pravda, že vo takovým člověku každej myslí, že je potouchlej a bůhví jakej, a že kolikrát taky ho zřežou, ale to už nese s sebou jeho rozvaha, jeho sebeovládání se, poněvadž musí počítat, že von je sám a proti němu že je moc lidí, kteří se cítějí bejt uraženými, a kdyby se začal s nima prát, že by dostal ještě dvakrát tolik. Takovej člověk musí bejt skromnej a trpélivej. V Nuslích je nějakej pan Hauber, toho jednou v neděli v Kundraticích na silnici píchli omylem nožem, když šel z výletu od Bartůňkovýho mlejna. A von s tím nožem v zádech přišel až domů, a když mu žena svlíkala kabát, tak mu ho pěkně vytáhla ze zad a dopoledne už s tím nožem rozkrajovala maso na guláš, poněvadž byl ze solingenský vocele a pěkně nabroušenej a voni měli doma všechny nože pilkovatý a tupý. Vona potom chtěla mít celou soupravu do domácnosti z takovejch nožů a posílala ho vždycky v neděli do Kundratic na vejlet, ale von byl tak skromnej, že nešel nikam než k Banzetovům do Nuslí, kde věděl, že když sedí v kuchyni, že ho dřív Banzet vyhodí, než může na něho někdo sáhnout "

"Ty jsi se nijak nezměnil," řekl k němu jednoroční dobrovolník.

"Nezměnil," odpověděl Švejk, "já jsem na to neměl čas. Voni mě dokonce chtěli zastřelit, ale to by nebylo ještě to nejhorší, já jsem ještě nedostal nikde lénunk vod dvanáctého."

"U nás ho teď nedostaneš, poněvadž my jdeme na Sokal a lénunk se bude vyplácet až po bitvě, musíme šetřit. Jestli počítám, že se to tam strhne za čtrnáct dní, tak se ušetří na každým padlým vojákovi i s culágama 24 K 72 hal."

"A co je jinak nového u vás?"

"Předně se nám ztratil nachhút, potom důstojnický sbor má na faře prasečí hody a mužstvo rozlezlo se po vesnici a provádí nejrůznější nemravnosti s místním ženským obyvatelstvem. Dopoledne uvázali jednoho vojáka od vaší kumpanie za to, že lezl na půdu za sedmdesátiletou bábou. Ten člověk je nevinen, poněvadž v denním rozkaze nic nebylo, do kolika let je to dovoleno."

"To bych si taky myslel," řekl Švejk, "že ten člověk je nevinnej, poněvadž když taková bába leze nahoru po žebříku, tak jí člověk do vobličeje nevidí. To byl zrovna takovej případ na manévrech u Tábora. Náš jeden cuk kvartýroval v hospodě a nějaká ženská drhla v předsíni podlahu a nějakej Chramosta se k ní přitočil a poplácal ji - jak bych ti to řekl - po sukních. Voňa měla moc vyvinutý sukně, a když ji tak přes né plác, tak vona nic, plácne ji podruhý, plácne ji potřetí, vona zase nic, jako by se jí to netejkalo, tak von se vodhodlal k činu a vona klidně dál drhla kolem podlahu, a potom se na něho votočí plným vobličejem a povídá: ,To jsem vás dostala, vojáčku: Té bábě bylo přes sedmdesát let a vypravovala to potom po celý vesnici. - A nyní dovolil bych se vás otázati, zdali jste za mé nepřítomnosti nebyl též zavřen."

"Nebylo k tomu příležitosti," omlouval se Marek, "ale zato, pokud se týká tebe, musím ti sdělit, že batalión vydal na tebe zatykač."

"To nevadí," podotkl Švejk, "to udělali úplně správné, to musel batalión udělat a vydat na mě zatykač, to byla jejich povinnost, poněvadž se o mně nevědělo po takovou dobu. To nebylo žádné přenáhlení vod batalónu. - Tys tedy povídal, že všichni oficíři jsou na faře na prasečích hodech? To tam musím jít a představit se, že jsem zase zde, beztoho měl pan obrlajtnant Lukáš ve mě velkou starost."

Švejk vyrazil k faře pevným vojenským krokem, přičemž si zpíval:

Podívej se na mne,
potěšeni moje,
podívej se na mne,
jak sou udělali
ze mne pána... Pak vstoupil Švejk do fary po schodech nahoru, odkud ozývaly se hlasy důstojníků.

Mluvilo se o všem možném a právě mleli brigádu, jaké nepořádky tam panují u štábu, a adjutant brigády položil též polínko pod brigádu, poznamenávaje: "Telegrafovali jsme přece kvůli tomu Švejkovi, Švejk..."

"Hier!" zvolal za pootevřenými dveřmi Švejk, a vstupuje dovnitř, opakoval: "Hier! Melde gehorsam, Infanterist Švejk, Kumpanieordonanz 11. Marschkumpanie!"

Vida zaražené obličeje hejtmana Ságnera a nadporučíka Lukáše, v nichž zračilo se jakési tiché zoufalství, nečekal na otázku a zvolal: "Poslušně hlásím, že mě chtěli zastřelit, že jsem zradil císaře pána."

"Pro Ježíše Krista, co to mluvíte, Švejku?" vykřikl zoufale bledý nadporučík Lukáš.

"Poslušně hlásím, to bylo takhle, pane obrlajtnant..."

A Švejk počal zevrubně líčit, jak se to vlastně s ním stalo.

Dívali se na něho s vytřeštěnými zraky, on vypravoval se všemi možnými podrobnostmi, dokonce nezapomněl poznamenati, že na hrázi toho rybníka, kde se mu to neštěstí stalo, rostly pomněnky. Když potom jmenoval tatarská jména, s kterými se seznámil na své pouti, jako Hallimulabalibej, ke kterýmž jménům přidal celou řadu jmen vytvořených jím samým, jako Valivolavalivej, Malimulamalimej, nezdržel se již nadporučík Lukáš poznámky: "Že vás kopnu, vy dobytku. Pokračujte krátce, ale souvisle!"

A Švejk pokračoval dále se svou důsledností, a když přišel až k náhlému soudu a generálovi a majorovi, zmínil se o tom, že generál šilhal na levé oko a major že měl modré oči, "...které po mně točí," dodal potom v rýmu.

Od 12. kumpanie velitel Zimmermann hodil po Švejkovi hrníčkem, z kterého pil mocnou kořalku od žida.

Švejk pokračoval dál zcela klidné, jak potom došlo k duchovní útěše a jak major spal do rána v jeho objetí. Potom obhájil skvěle brigádu, kam ho poslali, když si ho batalión vyžádal jako ztraceného. Předkládaje pak dokumenty před hejtmana Ságnera, že jak je vidět, byl tou vysokou instancí brigády osvobozen z jakéhokoliv podezření, připomenul: "Dovoluji si poslušné hlásit, že pan lajtnant Dub nalézá se u brigády s otřesením mozku a dá vás všechny pozdravovat. Prosím o lénunk a tabáksgelt."

Hejtman Ságner s nadporučíkem Lukášem vyměnili mezi sebou tázavé pohledy, ale vtom již otevřely se dveře a dovnitř nesli v jakémsi džberu kouřící se jitrnicovou polévku.

To byl začátek všech těch rozkoší, na které čekali.

"Vy jeden zatracenej chlape," řekl hejtman Ságner k Švejkovi, jsa v příjemné náladě před blížícími se požitky, "vás zachránily jenom prasečí hody."

"Švejku," dodal k tomu nadporučík Lukáš, "jestli se stane ještě něco, tak bude s vámi zle." "Poslušně hlásím, že musí bejt se mnou zle," zasalutoval Švejk, "když je člověk na vojně, musí vědět a znát..."

"Zmizte!" zařval na něho hejtman Ságner.

Švejk zmizel a odebral se dolů do kuchyně. Tam se vrátil opět zdrcený Baloun a žádal, aby mohl obsluhovati svého nadporučíka Lukáše při hodech.

Švejk dostavil se právě k polemice kuchaře Jurajdy s Balounem.

Jurajda používal přitom dosti nesrozumitelných výrazů.

"Jsi hodule žravá," říkal Balounovi, "žral bys, až by ses potil, a kdybych ti dal nést nahoru jitrnice, tak by ses s nimi pekelil na schodech."

Kuchyně měla nyní jinou tvářnost. Účetní šikovatelé od batalionu i od setnin mlsali podle hodností, dle rozpracovaného plánu kuchaře Jurajdy. Písaři od batalionu, telefonisti od kumpanií a několik šarží jedli chtivé z rezavého umývadla rozředěnou jitrnicovou polévku horkou vodou, aby se na ně též něco dostalo.

"Nazdar!" řekl účetní šikovatel Vaněk ku Švejkovi, ohlodávaje jeden pazourek. "Byl zde před chvílí náš jednoročák Marek a oznámil, že jste opět zde a máte na sobě nový mundúr. Vy jste mne teď přived do pěkné šlamastiky. On mne postrašil, že teď ten mundúr nevyúčtujeme s brigádou. Váš mundúr se našel na hrázi rybníka a my už to oznámili přes batalionskanclaj na brigádu. U mne jste veden jako utopený při koupání, vy jste se vůbec nemusel vracet a dělat nám nepříjemnosti s dvojím mundúrem. Vy ani nevíte, co jste proved batalionu. Každá část vašeho mundúru je u nás zaznamenána. Nalézá se v seznamu mundúrů u mě, u kumpanie, jako přírůstek. Kumpanie má o jeden úplný mundúr víc. O tom jsem učinil oznámení k batalionu. Teď dostaneme z brigády vyrozumění, že jste tam dostal nový mundúr. Poněvadž batalion mezitím ve výkazech 0 ošacení oznámí, že je přírůstek jednoho kompletu... Já to znám, z toho může být revize. Když se jedná o takovou maličkost, přijedou k nám z intendantstva. Když se ztratí dva tisíce párů bot, o to se nikdo nestará... - Ale nám se ztratil ten váš mundúr," řekl tragicky Vaněk, saje z kosti, která mu padla do ruky, morek a vydloubávaje zbytek zápalkou, kterou si čistil v zubech místo párátka; "kvůli takové maličkostí rozhodné sem přijde inspekce. Když jsem byl v Karpatech, přišla k nám inspekce kvůli tomu, že nebylo dodrženo nařízení, aby se zmrzlým vojákům stahovaly boty bez poškození. Stahovaly se, stahovaly, a na dvou přitom praskly a jeden měl je už rozbité před smrtí. A malér byl hotov. Přijel jeden plukovník z intendantstva, a nebýt toho, že dostal, hned jak přijel, z ruské strany jednu do hlavy a že se svalil do údolí, nevím, co by z toho bylo."

"Stáhli s něho taky boty?" otázal se Švejk se zájmem.

"Stáhli," řekl zádumčivé Vaněk, "ale nikdo nevěděl kdo, takže jsme ani plukovníkovy boty nemohli dát do výkazu."

Kuchař Jurajda se opět vrátil seshora a první jeho pohled padl na zničeného

Balouna, který seděl zarmoucené a zničené na lavici u kamen a díval se se strašným zoufalstvím na své vyhublé břicho.

"Ty bys patřil mezi sektu hesychastů," s lítostí řekl učený kuchař Jurajda, "ti také hleděli celé dny na svůj pupek, až se jim zdálo, že jim kolem pupku zasvitla svatozář. Pak se domnívali, že dospěli třetího stupně dokonalosti."

Jurajda sáhl do trouby, vzal odtamtud jedno jelítko. "Žer, Baloune," řekl přívětivě, "nažer se, až pukneš, udav se, nenažranče."

Balounovi vstoupily slzy do očí.

"Doma, když jsme zabíjeli, tak jsem napřed," podotkl plačtivé Baloun, požíraje malé jelítko, "snědl pořádný kus ovaru, celej rypák, srdce, ucho, kus jater, ledvinu, slezinu, kus boku, jazyk a potom..."

A tichým hlasem dodal, jako když se vypravuje pohádka: "A potom přišly jitrnice, šest, deset kousků, a bachoratá jelita, kroupová i housková, že nevíš ani, do čeho dřív kousnout, do houskovýho, nebo kroupovýho. Všechno se rozplývá na jazyku, všechno voní, a člověk žere a žere. - Tak si myslím," hořekoval dál Baloun, "že mě koule ušetří, ale hlad dorazí, a že už vícekrát v životě nepřijdu dohromady s takovým pekáčem jelitového prejtu jako doma. - Sulc, ten jsem nemíval tak rád, poněvadž se to jen třese a nic to nevydá. Žena, ta se zas mohla pro sulc utlouct, a já jí do toho sulce nepřál ani kus ucha, poněvadž chtěl jsem všecko sám sežrat, tak, jak mně to nejlepší chutnalo. Nevážil jsem si toho, tý lahody, toho blahobytu, a tchánovi, vejminkáři, upřel jsem jednou prase a zabil, sežral, a ještě mně bylo ke všemu líto poslat mu, chudákovi starýmu, třebas jen malou vejslužku - a von mně potom prorokoval, že chcípnu jednou hlady."

"A už je to tady," řekl Švejk, kterému dnes mimoděk splývaly z úst samé rýmy.

Kuchaře Jurajdu opustil již náhlý záchvat soucitu s Balounem, poněvadž Baloun přitočil se nějak rychle k plotně, vytáhl z kapsy kus chleba a pokusil se celý krajíc namočit do omáčky, která ve velkém pekáči tulila se ze všech stran k velké hroudě vepřové pečeně.

Jurajda uhodil ho přes ruku, takže Balounův krajíc chleba spadl do omáčky, jako když plavec skáče na plovárně z můstku do řeky.

Nedaje mu příležitosti, aby mohl vytáhnouti lahůdku z pekáče, chytil ho a vyhodil ze dveří.

Zdrcený Baloun viděl ještě oknem, jak Jurajda vytahuje vidličkou ten krajíc chleba, který se dohněda nasákl omáčkou, a jak jej podává Švejkovi a přidává k tomu ještě kousek seříznutého masa z povrchu pečené se slovy:

"Jezte, můj skromný příteli!"

"Panenko Marjá," zabědoval za oknem Baloun, "můj chleba je v hajzlu." Kláté dlouhýma rukama, šel shánět něco na zub do vsi.

Švejk, pojídaje šlechetný dar Jurajdy, promluvil plnými ústy: "To jsem opravdu rád, že jsem zas mezi svýma. Moc by mé to mrzelo, kdybych nemoh prokazovat kumpanii dál svoje platný služby." Otíraje si s brady z krajíce steklé kapky omáčky a sádla, dokončil:

"Nevím, nevím, co byste si tady beze mne počali, kdyby mne tam byli někde zdrželi a válka by se ještě prodloužila o pár roků."

Účetní šikovatel Vaněk se otázal se zájmem: "Jak myslíte, Švejku, že bude vojna dlouho trvat?"

"Patnáct let," odpověděl Švejk. "To jest samozřejmý, poněvadž jednou už byla třicetiletá válka, a teď jsme o polovičku chytřejší než dřív, tedy 30:2=15."

"Pucflek našeho hejtmana," ozval se Jurajda, "vypravoval, že slyšel, jakmile obsadíme hranice Haliče, že se dál nepotáhne. Potom Rusové začnou vyjednávat o mír."

"To by nestálo za to ani válčit," řekl důrazně Švejk. "Když vojna, tak vojna. Já rozhodné dřív vo míru mluvit nebudu, dokud nebudeme v Moskvě a v Petrohradě. Přeci to nestojí za to, když je světová vojna, prdelkovat se jenom kolem hranic. Vezměme si například Švejdy, za tý třicetiletý vojny. Vodkud až nepřišli, a dostali se až k Německýmu Brodu a na Lipnici, kde událi takovou paseku, že ještě dodneška se tam mluví v hospodách po půlnoci švédsky, takže si navzájem nikdo nerozumí. Nebo Prušáci, ty taky nebyli jen přespolní, a na Lipnici je po nich Prusů habaděj. Dostali se až do Jedouchova a do Ameriky a zas nazpátek."

"Ostatně," řekl Jurajda, kterého dnes vepřové hody úplné přivedly z rovnováhy a popletly, "všichni lidé povstali z kaprů. Vezměme si, přátelé, vývojovou teorii Darwina..."

Další jeho uvažování přerušeno bylo vpádem jednoročního dobrovolníka Marka.

"Zachraň se, kdo můžeš," zvolal Marek; "poručík Dub přijel před chvílí automobilem ke štábu bataliónu a přivezl s sebou toho posraného kadeta Bieglera. - Je to s ním hrozné," informoval dál Marek, "když vylezl s ním z automobilu, vpadl do kanceláře. Víte dobře, jak jsem šel odtud, jak jsem říkal, že si trochu schrupnu. Natáhl jsem se tedy v kanceláři na lavici a začal jsem pěkně usínat, když vtom na mě skočil. Kadet Biegler zařval ,Habacht!`, poručík Dub postavil mě na nohy a teď spustil: ,To se divíte, co, jak jsem vás překvapil v kanceláři při nedodržování povinností? Spí se až po odtroubení,` k čemuž dodal Biegler: ,Oddělení 16, paragraf 9 kasárenského řádu: Nato bouchl poručík Dub pěstí do stolu a rozkřikl se: ,Snad jste se mě chtěli u batalionu zbavit, nemyslete si, že to byl otřes mozku, má lebka něco vydrží: Kadet Biegler listoval si přitom na stole a přečetl k tomu nahlas pro sebe z jedné listiny: ,Příkaz po divizi číslo 280!` Poručík Dub myslel, že si dělá z něho legraci kvůli poslední jeho větě, že mu lebka něco vydrží, počal mu vytýkat jeho nedůstojné a drzé chování vůči starším důstojníkům, a teď ho vede sem k hejtmanovi, aby si na něho stěžoval."

Za chvíli přišli do kuchyně, kterou se muselo projít, když se šlo nahoru, kde seděl celý důstojnický sbor a kde po vepřové kýtě zpíval baculatý praporčík Malý árii z opery Traviata, krkaje přitom po zelí a mastném obědě.

Když poručík Dub vstoupil, zvolal Švejk: "Habacht, všechno vstát!"

Poručík Dub těsné přistoupil k Švejkovi, aby mu přímo do obličeje zvolal:
"Teď se těš, teď je s tebou amen! Já té dám vycpat na památku pro 91.

regiment."

"Zum Befehl, pane lajtnant," zasalutoval Švejk, "jednou jsem četl, poslušně hlásím, že byla jednou jedna veliká bitva, ve který pad jeden švédský král se svým věrným koněm. Vobě zdechliny dopravili do Švédska, a teď ty dvě mrtvoly stojejí vycpaný v štokholmským muzeu."

"Odkud máš ty vědomosti, pacholku," rozkřikl se poručík Dub.

"Poslušně hlásím, pane lajtnant, vod svýho bratra profesora."

Poručík Dub se otočil, odplivl si, strkaje před sebou kadeta Bieglera nahoru, kudy se šlo do síně. Přece však mu to nedalo, aby se ve dveřích neotočil po Švejkovi a s neúprosnou přísností římského Césara, rozhodujícího osud raněného gladiátora v čirku, neučinil posunek palcem pravé ruky a nevykřikl na Švejka: "Palce dolů!"

"Poslušně hlásím," křičel za ním Švejk, "že už je dávám dolů!"

***

Kadet Biegler byl jako moucha. Za tu dobu prodělal několik cholerových stanic a zvykl si plným právem po všech manipulacích, které s ním jako cholerou podezřelým zaváděli, že už počal zcela nevědomky neustále pouštět do kalhot. Až se konečné dostal do rukou na jedné takové pozorovací stanici nějakému odborníkovi, který v jeho výmětech nezjistil cholerových bacilů, utužil mu střeva taninem jako švec dratví rozbité čochty a poslal ho na nejbližší etapní velitelství, uznav kadeta Bieglera, který byl jako pára nad hrncem, frontdiensttauglich.

Byl to srdečný člověk.

Když ho kadet Biegler upozorňoval, že se cítí velice slabým, řekl k němu s úsměvem: "Zlatou medaili za statečnost ještě unesete. Vždyť jste se přihlásil přece dobrovolně na vojnu."

A tak se kadet Biegler vydal za zlatou medailí.

Jeho utužená střeva nevrhala již řídkou tekutinu do kalhot, ale zůstalo mu přece jen časté nucení, takže od poslední etapy až na štáb brigády, kde se setkal s poručíkem Dubem, byla to vlastně manifestační cesta po všech možných záchodech. Několikrát zmeškal vlak, poněvadž seděl na nádražích v klozetech tak dlouho, dokud vlak neodjel. Několikrát zameškal ve vlaku přesedání, sedě ve vlaku na záchodě. Ale přesto, přes všechny záchody, které mu byly v cestě, kadet Biegler přec jen se přibližoval k brigádě.

Poručík Dub měl být tenkrát přece ještě několik dnů v ošetřování u brigády, ale téhož dne, když Švejk odjel k bataliónu, štábní lékař si to s poručíkem Dubem rozmyslel, když se dověděl, že odpůldne tím směrem, kde leží batalión 91. pluku, odjíždí sanitní automobil.

Byl velice rád, že se zbavil poručíka Duba, který jako vždy dokládal svá různá tvrzení slovy: "O tom jsme již před válkou u nás mluvili s panem okresním hejtmanem."

"Mit deinem Bezirkshauptmann kannst du mir Arsch lecken," pomyslil si štábní lékař a velice děkoval té náhodě, že sanitní automobily jedou nahoru na Kamionku Strumilowu přes Zóltance.

Švejk tam u brigády neviděl kadeta Bieglera, poněvadž týž přes dvě hodiny seděl opět na jednom splachovacím zařízení pro důstojníky u brigády.

Možno říct směle, že kadet Biegler na podobných místech nikdy neztrácel času, poněvadž si opakoval všechny slavné bitvy slavných rakouskouherských vojsk, počínaje bitvou u Nördlingen dne 6. září 1634 a konče Sarajevem 19. srpna 1878.

Když tak nesčíslněkráte tahal za šňůru splachovacího klozetu a voda se s hlukem řítila do mísy, tu přimhouřiv oči, představoval si řev bitvy, útok jízdy a hukot děl.

Setkání poručíka Duba s kadetem Bieglerem nebylo příliš půvabné a bylo jistě příčinou nakyslosti v jich budoucím poměru ve službě i mimo službu.

Když totiž již počtvrté poručík Dub dobýval se na záchod, dopáleně vykřikl: "Kdo je tam?"

"Kadet Biegler, 11. marškumpanie, batalión N, 91. regiment," zněla hrdá odpověď.

"Zde," představoval se konkurent přede dveřmi, "poručík Dub od téže kumpanie."

"Hned jsem hotov, pane poručíku!"

"Čekám!"

Poručík Dub díval se netrpělivě na hodinky. Nikdo by nevěřil, jaké je třeba energie a houževnatosti k tomu, vydržet v takové situaci přede dveřmi nových patnáct minut, potom ještě pět, a pak dalších pět, a dostával na klepání, tlučení a kopání stále tutéž odpovědi "Hned jsem hotov, pane poručíku."

Poručíka Duba zmocnila se horečka, zejména když po nadějném šustění papíru uplynulo dalších sedm minut, aniž by se dveře otevřely.

Kadet Biegler byl ke všemu ještě tak taktní, že nespouštěl ještě neustále vodu.

Poručík Dub v slabé horečce počal přemýšlet, jestli si snad nemá stěžovat veliteli brigády, který, může být, dá rozkaz vylomit dveře a vynést odtamtud kadeta Bieglera. Také mu napadlo, že snad je to porušení subordinace.

Poručík Dub teprve po dalších pěti minutách vlastně zpozoroval, že by tam za dveřmi neměl už nic co dělat, že už ho to dávno přešlo. Setrvával však před klozetem z jakéhosi principu, kopaje dále do dveří, za kterými se ozývalo stále totéž: "In einer Minute fertig, Herr Leutnant"

Konečné bylo slyšet, jak Biegler spouští vodu, a za chvíli setkali se oba tváří v tvář.

"Kadete Bieglere," zahřměl na něho poručík Dub, "nemyslete si, že jsem zde byl za týmže účelem jako vy. Přišel jsem kvůli tomu, že jste se mně při svém příchodu k štábu brigády neohlásil. Neznáte předpisy? Víte, komu jste dal přednost?"

Kadet Biegler srovnával chvíli ve své paměti, jestli se přece snad nedopustil něčeho, co by se nesrovnávalo s disciplínou a s nařízeními týkajícími se styků nižších důstojnických šarží s vyššími.

V jeho vědomostech v tomto ohledu byla nehorázná mezera a propast.

Ve škole jim nikdo o tom nepřednášel, jak se má v takovém případě zachovat nižší důstojnická hodnost vůči druhé, vyšší; zdali má nedokadit a vyletět ze dveří záchodu, přidržuje si jednou rukou kalhoty a druhou vzdávaje čest.

"Nuže odpovězte, kadete Bieglere!" vyzývavě zvolal poručík Dub.

A tu kadet Biegler si vzpomněl na zcela jednoduchou odpověď, která to rozluštila: "Pane poručíku, neměl jsem vědomosti po svém přibytí do štábu brigády, že se zde nalézáte, a vyřídiv své záležitosti v kanceláři, odebral jsem se ihned na záchod, kde jsem setrval až do vašeho příchodu."

K čemuž dodal slavnostním hlasem: "Kadet Biegler hlásí se panu poručíkovi Dubovi."

"Vidíte, že to není maličkost," s trpkostí řekl poručík Dub, "podle mého názoru měl jste ihned, kadete Bieglere, jakmile jste se dostal do štábu brigády, otázati se v kanceláři, zdali náhodou není zde též přítomen nějaký důstojník od vašeho batalionu, od vaší kumpanie. O vašem chování rozhodneme u batalionu. Odjíždím k němu automobilem, a vy pojedete s sebou. - Žádné ale!"

Kadet Biegler totiž namítl, že má z kanceláře štábu brigády vypracovanou maršrútu po Železnici, kterýžto způsob cestování zdál se mu být mnohem výhodnějším vzhledem ku chvění jeho konečníku. Každé dítě přece ví, že automobily nejsou zařízeny na takové věci. Než proletíš sto osmdesát kilometrů, máš už to dávno v kalhotech.

Čertví co se to stalo, že otřesy automobilu neměly zprvu, když vyjeli, tak dalece žádného vlivu na Bieglera. Poručík Dub byl celý zoufalý, že se mu nepodaří provésti plán pomsty.

Když totiž vyjeli, poručík Dub si v duchu myslel: "Jen počkej, kadete Bieglere, jestli to na tebe přijde, myslíš, že dám zastavit."

V tomto směru také, pokud to bylo možno pro rychlost, kterou polykali kilometry, navazoval příjemnou rozmluvu o tom, že vojenské automobily, mající vyměřenou určitou dráhu, nesmí plýtvati benzínem a zastavovat se nikde.

Kadet Biegler proti tomu namítl zcela správné, že když automobil někde čeká na něco, nespotřebuje vůbec benzínu, poněvadž šofér vypne motor.

"Má-li," pokračoval neodbytně poručík Dub, "přijet ve vyměřený čas na své místo, nesmí se nikde zastavovat "

Ze strany kadeta Bieglera nenásledovalo více žádné repliky.

Tak řezali vzduch přes čtvrt hodiny, když vtom poručík Dub cítil, že má nějak nafouklé břicho a že by bylo záhodno zastavit automobil, vylézt ven a vstoupit do škarpy, sundat kalhoty a hledat ulehčení.

Držel se jako hrdina až na 126. kilometr, kdy rázně zatáhl šoféra za plášť a vykřikl mu do ucha: "Halt!"

"Kadete Bieglere," řekl poručík Dub milostivě, seskakuje rychle z automobilu ,ke škarpě, "teď máte také příležitost "

"Děkuji," odpověděl kadet Biegler, "nechci zbytečně zdržovat automobil."

A kadet Biegler, který měl též už na krajíčku, řekl si v duchu, že se raději podělá, než by propustil krásnou možnost blamovat poručíka Duba.

Než dojeli do Zóltance, dal poručík Dub ještě dvakrát zastavit a po poslední zastávce řekl urputně k Bieglerovi: "Měl jsem k obědu bikoš po Polsku. Od batalionu telegrafuji stížnost na brigádu. Zkažené kyselé zelí a znehodnocené k požívání vepřové maso. Smělost kuchařů převyšuje všechny meze. Kdo mne ještě nezná, ten mne pozná."

"Feldmaršálek Nostitz-Rhieneck, elita rezervní kavalérie," odpověděl na to Biegler, "vydal spis Was schadet dem Magen im Kriege, ve kterém nedoporučoval při válečných útrapách a svízelích vůbec jísti vepřového masa. Každá nestřídmost na pochodu škodí."

Poručík Dub neodpověděl na to ani slova, jenom si pomyslil: "Tvou učenost srovnám, chlape." Potom si to rozmyslil a přece se jen ozval Bieglerovi s úplně hloupou otázkou: "Vy tedy myslíte, kadete Bieglere, že důstojník, vedle kteréhož vy musíte se pokládati dle své šarže býti jemu podřízeným, nestřídmě jí? Nechtěl jste snad říct, kadete Bieglere, že jsem se přežral? Děkuji vám za tu sprostotu. Bulte ubezpečen, že si to s vámi vyrovnám, vy mne ještě neznáte, ale až mne poznáte, tak si vzpomenete na poručíka Duba."

Byl by si při posledním málem překousl jazyk, poněvadž přeletěli na silnici nějaký výmol.

Kadet Biegler neodpovídal zase ničeho, což popudilo opět poručíka Duba, takže se hrubě otázal: "Poslyšte, kadete Bieglere, myslím, že jste se učil, že máte na otázky svého představeného odpovídat "

"Ovšem," řekl kadet Biegler, "jest takový pasus. Nutno ovšem předem rozebrati náš vzájemný poměr. Pokud mně známo, nejsem nikam ještě přidělen, takže odpadá tím úplně řeč o mé bezprostřední podřízenosti k vám, pane poručíku. Nejdůležitějším ovšem jest, že odpovídá se na otázky představených v důstojnických kruzích jediné ve věcech služby. Jak my zde dva sedíme v automobilu, nepředstavujeme žádnou bojovnou složku určité válečné manipulace. Mezi námi není žádného služebního poměru. Jedeme oba stejně ku svým oddílům a nebylo by rozhodně žádným služebním vyjádřením se odpověď na vaši otázku, zdali jsem chtěl snad říct, že jste se přežral, pane poručíku."

"Už jste domluvil?" zařval na něho poručík Dub, "vy jeden..."

"Ano," prohlásil pevným hlasem kadet Biegler, "nezapomeňte, pane poručíku, že o tom, co se mezi námi stalo, rozhodne patrné čestný důstojnický soud."

Poručík Dub byl téměř bez sebe zlostí a vztekem. U něho bylo zvláštním zvykem, že když se rozčílil, mluvil ještě větší pitomosti a hlouposti nežli v klidu.

Proto také zabručel: "O vás bude rozhodovat vojenský soud."

Kadet Biegler použil této příležitosti, aby ho dorazil úplně, a proto řekl takovým nejpřátelštějším tónem: "Ty žertuješ, kamaráde." Poručík Dub vykřikl na šoféra, aby zastavil.

"Jeden z nás musí jít pěšky," zablábolil.

"Já se vezu," klidně na to 'řekl kadet Biegler, "a ty si dělej, kamaráde, co chceš."

"Jeďte dál," hlasem jako v deliriu houkl poručík Dub na šoféra a zahalil se potom v důstojné mlčení jako Julius Caesar, když se k němu přibližovali spiklenci s dýkami, aby ho probodli. Tak přijeli do Zóltance, kde našli stopu bataliónu.

***

Mezitímco poručík Dub s kadetem Bieglerem se ještě na schodech hádali o tom, zdali kadet, který není ještě nikam zařazen, má nárok na jitrnici z onoho množství, které připadá na důstojnictvo jednotlivých kumpanií, dole v kuchyni zatím byli již syti a rozložili se po rozlehlých lavicích a rozhovořili se o všem možném, přičemž bafali ostošest z dýmek.

Kuchař Jurajda prohlásil: "Tak jsem vám dnes udělal báječný vynález. Myslím, že to udělá úplný převrat v kuchařství. Ty přece víš, Vaňku, že jsem nemohl nikde v této proklaté vesnici najít marjánku do jitrnic."

"Herba majoranae," řekl účetní šikovatel Vaněk, vzpomínaje na to, že je drogistou.

Jurajda pokračoval: "Je neprozkoumané, jak lidský duch chápe se v nouzi nejrůznějších prostředků, jak se mu jeví nové obzory, jak začíná vynalézat všechny nemožné věci, o kterých se lidstvu dosud ani nesnilo... Hledám tedy po všech staveních marjánku, běhám, sháním se, vysvětluji jim, k čemu to potřebuji, jak to vypadá..."

"To jsi měl ještě popsat vůni," ozval se z lavice Švejk, "měl jsi říct, že marjánka voní tak, jako když čicháš k lahvičce inkoustu v aleji rozkvetlých agátů. Na vrchu Bohdalci u Prahy..."

"Ale Švejku," přerušil ho prosebným hlasem jednoroční dobrovolník Marek, "nech dokončit Jurajdu."

Jurajda mluvil dál: "V jednom statku přišel jsem na jednoho starého, vysloužilého vojáka z doby okupace Bosny a Hercegoviny který vysloužil vojenskou službu v Pardubicích u hulánů a ještě dnes nezapomněl česky. Ten se se mnou začal hádat, že v Čechách se nedává do jitrnic marjánka, ale heřmánek. Nevěděl jsem tedy doopravdy, co si tedy počnu, neboť opravdu každý rozumný a nepředpojatý člověk musí považovat marjánku mezi kořením, které se dává do jitrnic, za princeznu. Nutno bylo nalézti rychle takovou náhražku, která by dodala rázovité kořeněné chuti. A tak jsem našel v jednom stavení pod obrazem nějakého svatého pověšený svatební myrtový věneček. Byli to novomanželé, větvičky myrty na věnečku byly ještě dosti svěží. Tak jsem dal myrtu do jitrnic, ovšem že jsem musel celý svatební věneček třikrát pařit ve vařící vodě, aby lístky změkly a pozbyly příliš štiplavé vůně a chuti. To se rozumí, že když jsem jim bral ten svatební myrtový věneček do jitrnic, že bylo mnoho pláče. Rozloučili se se mnou s ujištěním, že za takové rouhání, poněvadž věneček byl svěcený, nejbližší koule mne zabije. Vy jste jedli přece mou jitrnicovou polévku a nikdo z vás nepoznal, že místo marjánkou voní myrtou."

"V Jindřichově Hradci," ozval se Švejk, "byl před lety uzenář Josef Linek a ten měl na polici dvě krabice. V jedné měl směs všeho koření, které dával do jitrnic a jelit. V druhé krabici měl prášek na hmyz, poněvadž ten uzenář už několikráte zjistil, že rozkousali jeho kunšofti v buřtě štěnici nebo švába. Von vždycky říkal, pokud se týká štěnice, že má kořennou příchuť po hořkých mandlích, které se dávají do bábovek, ale švábi že v uzeninách smrdějí jako stará bible prolezlá plísní. Proto von držel na čistotu ve svý dílně a zasejpal všude ten prášek na hmyz. Takhle jednou dělá jelita a měl přitom rýmu. Popadne tu krabici s práškem na hmyz a vsypal to do prejtu na jelita, a vod tý doby v Jindřichově Hradci chodili pro jelita jen k Linkovi. Lidi se mu tam přímo hrnuli do krámu. A von byl tak chytrej, že přeci na to přišel, že to dělá ten prášek na hmyz, a vod tý doby objednával si na dobírku celé bedničky s tím práškem, když byl předtím upozornil firmu, od které to bral, aby na bedničku napsali ,Indické koření`. To bylo jeho tajemství, s ním šel do hrobu, a nejzajímavějším bylo to, že z těch rodin, kde brali jeho jelita, vodstěhovali se všichni švábi a štěnice. Vod tý doby patří Jindřichův Hradec k nejčistším městům v celejch Čechách."

"Už jsi skončil?" otázal se jednoroční dobrovolník Marek, který chtěl patrně též vmísiti se do rozhovoru.

"S tím bych už byl hotov," odpověděl Švejk, "ale znám podobný případ v Beskydách, ale vo tom vám povím, až budeme v gefechtu."

Jednoroční dobrovolník Marek se rozhovořil: "Kuchařské umění nejlépe se pozná ve válce, zejména na frontě. Dovolím si učiniti malé přirovnání. V míru četli jsme a slýchali o takzvaných ledových polívkách, to jest polívkách, do nichž přidává se led a které jsou velice oblíbeny v severním Německu, Dánsku a Švédsku. A vidíte, přišla válka, a letos v zimě v Karpatech měli vojáci tolik zmrzlé polévky, že ji ani nejedli, a je to přece specialita."

"Zmrzlý guláš dá se jíst," namítl účetní šikovatel Vaněk, "ale ne dlouho, tak nanejvýš týden. Kvůli tomu naše devátá kumpanie pustila pozici."

"Ještě za míru," s neobyčejnou vážností řekl Švejk, "točila se celá vojna kolem kuchyně a kolem nejrozmanitějších jídel. Měli jsme vám v Budějovicích obrlajtnanta Zákrejse, ten se točil pořád kolem důstojnický kuchyně, a taky, když ňákej voják něco proved, tak si ho postavil hapták a pustil se do něho: ,Ty pacholku, jestli se to bude ještě jednou opakovat, ták udělám z tvý huby důkladně naklepanou roštěnku, rozšlápnu té na bramborovou kaši a pak ti to dám sežrat. Poteče z tebe kaldoun s rejží, budeš vypadat jako prošpikovanej zajíc na pekáči. Tak vidíš, že se musíš polepšit, jestli nechceš, aby lidi mysleli, že jsem z tebe udělal fašírovanou pečeni se zelím.'"

Další výklad a zajímavý rozhovor o používání jídelního lístku pro vychování vojínů před válkou byl přerušen velikým křikem nahoře, kde končil slavnostní oběd.

Ze zmatené směsi hlasů vynikal křik kadeta Bieglera: "Voják má již v míru znát, čeho vyžaduje válka, a ve válce nezapomínat, čemu se naučil na cvičišti."

Potom bylo slyšet supění poručíka Duba: "Prosím, aby bylo konstatováno, že jsem již potřetí uražen!"

Nahoře děly se velké věci.

Poručík Dub, který choval známé záludné úmysly s kadetem Bieglerem před tváří batalionskomandanta, byl hned při vstupu uvítán důstojníky velkým řevem. Účinkovala znamenitě na všechny židovská kořalka.

Tak volali jeden přes druhého, narážejíce na jezdecké umění poručíka Duba: "Bez štolby to nejde! - Splašený mustang! - Jak dlouho jsi se, kamaráde, pohyboval mezi kovboji na Západě? Krasojezdec!"

Hejtman Ságner rychle do něho vrazil odlivku prokleté kořalky a uražený poručík Dub zasedl za stůl, Přistavil si starou rozbitou židli k nadporučíkovi Lukášovi, který ho uvítal přátelskými slovy: "Všechno jsme již snědli, kamaráde."

Smutná postava kadeta Bieglera byla jaksi přehlédnuta, přesto, že kadet Biegler přesně dle předpisu hlásil se kolem stolu hejtmanovi Ságnerovi služebné a druhým důstojníkům, opakuje kolikrát za sebou, ačkoliv ho všichni viděli a znali: "Kadet Biegler přibyl do štábu batalionu."

Biegler vzal si plnou sklenici, usedl potom zcela skromně k oknu a čekal na vhodný okamžik, aby mohl hodit do povětří některé své znalostí z učebnic.

Poručík Dub, kterému ty hrozné přiboudliny lezly do hlavy, klepal prstem o stůl a zčistajasna obrátil se k hejtmanovi Ságnerovi:

"S okresním hejtmanem jsme vždy říkávali: Patriotismus, věrnost k povinnosti, sebepřekonání, to jsou ty pravé zbraně ve válce! Připomínám si to zejména dnes, když naše vojska v dohledné době překročí hranice."

448

Doslov k prvnímu dílu "V zázemí"

Ukončuje první díl knihy Osudy dobrého vojáka Švejka (V zázemí), oznamuji, že vyjdou rychle za sebou dva díly: Na frontě a V zajetí. I v těch druhých dílech budou vojáci i obyvatelstvo mluvit a vystupovat tak, jak je tomu ve skutečnosti. Život není žádnou školou uhlazeného chování. Každý mluví tak, jak je schopen. Ceremoniář dr. Guth mluví jinak než hostinský Palivec u Kalicha a tento román není pomůckou k salónnímu ušlechtění a naučnou knihou, jakých výrazů je možno ve společnosti užívat. Jest to historický obraz určité doby.

Je-li třeba užít nějakého silného výrazu, který skutečně padl, nerozpakuji se podat jej právě tak, jak se to stalo. Opisovat nebo vytečkovat považuji za nejpitoměší přetvářku. Slov těch užívá se i v parlamentech.

Správně bylo kdysi řečeno, že dobře vychovaný člověk může číst všechno. Nad tím, co jest přirozené, pozastavují se jen největší sviňáci a rafinovaní sprosťáci, kteří ve své nejmizernější lžimorálce nedívají se na obsah a s rozčílením vrhají se na jednotlivá slova.

Před léty četl jsem kritiku jakési novely, ve které se kritik rozčiloval nad tím, že autor napsal: "Vysmrkal se a utřel si nos." Příčí se prý to všemu estetickému, vznešenému, co má dát národu literatura.

Toť jen malá ukázka toho, jaká hovada se rodí pod sluncem.

Lidé, kteří se pozastavují nad silným výrazem, jsou zbabělci, neboť skutečný život je překvapuje, a tací slabí lidé jsou právě těmi největšími poškozovači kultury i charakteru. Oni by vychovali národ jako skupinu přecitlivělých lidiček, masturbantů falešné kultury, typu svatého Aloise, o kterém vypravuje se v knize mnicha Eustacha, že když svatý Alois uslyšel, jak jeden muž za hlučného rachotu vypustil své větry, tu dal se do pláče a jedině modlitbou se upokojil.

Tací lidé se veřejně rozhořčují, ale s neobyčejnou zálibou chodí po veřejných záchodkách přečíst si neslušné nápisy na stěnách.

Užívaje ve své knize několika silných výrazů, konstatoval jsem letmo, jak se skutečně mluví.

Od hostinského Palivce nemůžeme žádati, aby mluvil tak jemně jako pí Laudová, dr. Guth, pí Olga Fastrová a celá řada jiných, kteří by nejraději udělali z celé Československé republiky velký salón s parketami, kde by se chodilo ve fracích, v rukavičkách a mluvilo vybraně a pěstoval jemný mrav salónní, pod jehož rouškou právě salónní lvi oddávají se nejhorším neřestem a výstřednostem.

Při této příležitosti upozorňuji, že hostinský Palivec je naživu. Přečkal válku, kterou proseděl v žaláři, a zůstal stále týmž, jako když měl tu aféru s obrazem císaře Františka Josefa.

Přišel mne též navštívit, když četl, že je v knize, a skoupil přes dvacet sešitů prvého čísla, které rozdal svým známým, a přispěl tak k rozšíření knihy.

Měl upřímnou radost z toho, že jsem o něm psal a vylíčil ho jako známého sprosťáka.

"Mne už nikdo nepředělá," řekl ke mně, "já jsem po celý život mluvil sprostě, jak jsem si to myslel, a budu tak mluvit dál. Nevezmu si kvůli nějaký takový krávě ubrousek na hubu. Já jsem dnes slavnej."

Jeho sebevědomí opravdu stouplo. Jeho sláva je založena na několika silných výrazech. Jemu to stačí ku spokojenosti, a kdybych byl chtěl snad upozornit ho, reprodukuje jeho hovor věrně a přesně, jak jsem popsal, že tak nemá mluvit, což ovšem nebylo mým úmyslem, rozhodně bych urazil toho dobrého člověka.

Nehledanými výrazy, prostě a poctivě vyjádřil odpor českého člověka proti byzantismu a sám ani o tom nevěděl. To bylo v krvi, ta neúcta k císaři a slušným výrazům.

Otto Katz je též naživu. Jest to skutečná figurka polního kuráta. Hodil to všechno po převratě na hřebík, vystoupil z církve, dělá dnes prokuristu v jedné továrně na bronz a barviva v severních Čechách.

Psal mně dlouhý dopis, ve kterém vyhrožuje, že si to se mnou spořádá. Jistý německý list přinesl totiž překlad jedné kapitoly, kde je vylíčen, jak skutečně vypadal. Navštívil jsem ho tedy a dopadlo to s ním velice dobře. Ve dvě hodiny v noci nemohl stát na nohou, ale kázal a říkal: "Já jsem Otto Katz, polní kurát, vy gypsové hlavy."

Lidí typu nebožtíka Bretschneidra, státního detektiva starého Rakouska, potlouká se i dnes velice mnoho v republice. Neobyčejně se zajímají o to, co kdo mluví.

Nevím, podaří-li se mně vystihnout touto knihou, co jsem chtěl. Již okolnost, že slyšel jsem jednoho člověka nadávat druhému: "Ty jsi blbej jako Švejk," právě tomu nenasvědčuje. Stane-li se však slovo Švejk novou nadávkou v květnatém věnci spílání, musím se spokojit tímto obohacením českého jazyka.

Jaroslav Hašek

Made in United States
Cleveland, OH
04 April 2025

15800504R00267